Dieser wohl berühmteste Indienroman des 20. Jahrhunderts, längst ein Klassiker der modernen englischen Literatur, hat die nahezu unüberwindliche Kluft zwischen der abendländischen und der indischen Mentalität zum Thema. Ein unbedeutender Zwischenfall, der sich bei einem Besuch der geheimnisvollen Marabar-Grotten unweit Tschandrapurs zuträgt, läßt die latenten Konflikte zwischen Indern und Engländern, Einheimischen und Kolonialherren aufbrechen.

Edward Morgan Forster (1879–1970), einer der bedeutendsten englischen Prosaisten des 20. Jahrhunderts, erlangte mit seinem Indien-Roman Weltruhm. Er ist der Verfasser von fünf weiteren Romanen, zahlreichen Kurzgeschichten und Essays. Er lebte bis zu seinem Tod in Cambridge.

Unsere Adresse im Internet: www.fischerverlage.de

E. M. Forster

Auf der Suche nach Indien

Roman

Aus dem Englischen von
Wolfgang von Einsiedel

Fischer Taschenbuch Verlag

Limitierte Sonderausgabe
Veröffentlicht im Fischer Taschenbuch Verlag,
einem Unternehmen der S. Fischer Verlag GmbH,
Frankfurt am Main, März 2005

Lizenzausgabe mit freundlicher Genehmigung
der S. Fischer Verlag GmbH, Frankfurt am Main
Die englische Originalausgabe erschien 1924
unter dem Titel »A Passage to India«
im Verlag Edward Arnold, London

Druck und Bindung: Clausen & Bosse, Leck
Printed in Germany
ISBN 3-596-50820-7

Inhalt

Buch I
Moschee

1

Mit Ausnahme der – ohnehin vierzig Kilometer abgelegenen – Marabar-Grotten hat die Stadt Tschandrapur dem Besucher nichts Ungewöhnliches zu bieten. Vom Ganges nicht so sehr bespült wie gesäumt, zieht sie sich ein paar Kilometer weit am Ufer entlang, kaum zu unterscheiden von all dem Unrat, den sie so großzügig ablagert. Da der Ganges an dieser Stelle nicht heilig ist, sind auf der Flußseite auch keine Badestufen zu sehen, ja, von der Flußseite ist überhaupt nicht viel zu bemerken. Das weite, wechselvolle Panorama des Stromes ist von Basaren verstellt. Die Straßen sind dürftig, die Tempel unansehnlich, und wenn es auch einzelne stattliche Häuser gibt, so liegen sie doch in Gärten versteckt oder stehen in Hintergassen, deren Schmutz nur den geladenen Gast nicht abzuschrecken vermag. Niemals war Tschandrapur groß oder schön, aber vor 200 Jahren lag es an der breiten Handelsstraße, die das – damals kaiserliche – Oberindien mit der See verband, und aus jener Zeit stammen auch die stattlichen Häuser. Im 18. Jahrhundert erstarb die Freude am Zierat, die ohnehin auf die oberen Schichten beschränkt war. Im Basarviertel ist nicht das geringste von Malerei, und so gut wie nichts von Schnitzerei wahrzunehmen. Das Holz selbst scheint aus Lehm zu bestehen – jeder Stadtbewohner aus wandelndem Lehm. So heruntergekommen, so eintönig ist alles, was dem Blick des Beschauers begegnet, daß man fast wünschen könnte, der ganze Auswuchs würde bei der nächsten Überschwemmung vom Ganges wieder in den Erdboden zurückgespült. Tatsächlich stürzen Häuser zusammen, ertrinken Menschen, die man auch unbekümmert verwesen läßt, aber im allgemeinen bleibt die Umrißlinie der Stadt mehr oder weniger die gleiche, auch wenn sie, wie eine niedere und doch unzerstörbare Lebensform, sich hier ein wenig baucht, dort ein wenig zusammenzieht.

Auf der dem Fluß abgewandten Seite sieht alles gleich anders aus.

Hier befindet sich ein ovaler *maidan* und ein langgestrecktes düsteres Hospital. Auf dem höhergelegenen Gelände in der Nähe des Bahnhofs stehen ein paar Häuser, die wohlhabenden Eurasiern gehören. Hinter der Eisenbahn, deren Gleise zum Fluß parallel verlaufen, senkt der Boden sich und reckt sich dann wieder ziemlich steil in die Höhe. Auf der zweiten Erhebung ist die kleine Beamtenstation errichtet, und von hier aus gesehen bietet Tschandrapur fast ein neues Bild. Es ist eine Gartenstadt, nein, keine Stadt, sondern ein Hain, spärlich mit Hütten gesprenkelt. Ein tropischer Lustgarten, von einem edlen Strom bespült. Die buschigen Palmen und Nim-Bäume, die Mango- und Pepulbäume, sonst stets von den Basaren verdeckt, schieben sich nunmehr ins Blickfeld und verdecken ihrerseits die Basare. Von uralten künstlichen Teichen gespeist, schwingen sie sich aus Gärten, oder sie bersten aus erstickendem Buschwerk und verfallenden Tempeln. Nach Licht und Luft drängend und von stärkeren Kräften erfüllt als der Mensch und alles von ihm Geschaffene, scheinen sie über der unteren Ablagerung dahinzuschweben, um einander mit ihren Zweigen und winkenden Blättern zu grüßen, eine Wohnstatt für gefiederte Wesen. Vor allem nach der langen Regenzeit verhüllen sie, was in der Tiefe vor sich geht, aber immer von neuem verklären sie, auch verdorrt oder unbelaubt, in den Augen der weiter oben hausenden Engländer das Bild der Stadt. Deshalb vermag auch der Neuankömmling diese Stadt zunächst nicht für so kümmerlich zu halten, wie er es nach ihrer Beschreibung erwarten sollte: erst an Ort und Stelle wird er geneigt sein, sich eines Besseren belehren zu lassen. Was die Beamtenstation selbst betrifft, so löst sie keinerlei stärkere Empfindung aus. Sie entzückt den Betrachter nicht, aber sie stößt ihn auch nicht ab. Sie ist höchst zweckmäßig angelegt. An weithin sichtbarer Stelle befindet sich ein Klubgebäude aus rotem Backstein, an weniger sichtbarer ein Kramladen und ein Friedhof. Die kleinen Bungalows liegen gleichmäßig verteilt an Straßen, die einander rechtwinklig schneiden. Nein, diese Siedlung hat nichts Häßliches an sich, aber wirklich schön ist nur die Aussicht, die man von ihr aus genießt. Und mit der Stadt selbst hat sie nichts anderes gemein als den sie beide überwölbenden Himmel.

Auch am Himmel pflegen allerlei Veränderungen vor sich zu gehen, weniger auffällige als die bei Fluß und bei Pflanzenwuchs. Bisweilen wird der Himmel durch Wolken in eine Landschaft verwandelt, aber für gewöhnlich ist er nur eine weite Kuppel, von Mischtönen überhaucht. Der vorwaltende Farbton ist Blau, am Tage zu Weiß verblassend, wo er ans Weiß der Erde rührt, nach Sonnenuntergang aber von einem neuen Saum umkränzt – Orange, das nach der Höhe zu in zartestes Purpur übergeht. Aber der blaue Untergrund bleibt bestehen, auch des Nachts. Wie Lampen hängen dann von der Decke des ungeheuren Gewölbes die Sterne herab. Der Abstand zwischen beidem ist winzig klein, verglichen mit der dahinter sich breitenden Ferne, und diese fernere Ferne hat, wenngleich dem Bereich aller Farbe entrückt, als letzte das Blau von sich abgetan.
Es ist der Himmel, der alles verfügt – nicht nur die Wechselfolge des Wetters, der Jahreszeiten, sondern auch den Augenblick, in dem die Erde sich wieder zu schmücken hat. Aus eigenen Kräften vermag die Erde nur wenig zu tun, es sei denn, daß sie hie und da ein paar Blumen hervortreibt. Aber wenn es dem Himmel gefällt, kann er Herrlichkeit auf die Basare Tschandrapurs niederregnen, ein lichtes Segenszeichen von Horizont zu Horizont gleiten lassen. Der Himmel ist dessen fähig, weil er so stark, so gewaltig ist. Seine Stärke, täglich erneuert, rührt von der Sonne her, seine Größe von der tief unter ihm ruhenden Erde. Kein Bergesgipfel stört die Reinheit der Wölbungslinie. Meile um Meile liegt die Erde flach hingestreckt, wirft sich ein wenig auf und duckt sich wieder. Nur im Süden, wo ein paar Finger und Fäuste den Boden durchstoßen haben, ist die endlose Fläche gebrochen. Diese Fäuste und Finger sind die Felshügel des Marabar, die in ihrem Innern die seltsamen Grotten bergen.

2

Das Fahrrad fiel zu Boden, ehe ein Diener es auffangen konnte, und der junge Mann, der es eben losgelassen hatte, sprang die Stufen zur Veranda empor. Er sprudelte über vor Lebhaftigkeit.

»Hamidullah, Hamidullah«, rief er, »komme ich zu spät?«

»Erspare dir jede Entschuldigung«, sagte sein Gastgeber. »Du kommst immer zu spät.«

»Sei doch bitte so freundlich, mir auf meine Frage zu antworten. Bin ich jetzt zu spät gekommen? Hat Mahmoud Ali schon alles aufgegessen? Dann will ich lieber woanders hin. Mr. Mahmoud Ali, wie geht es Ihnen?«

»Danke der Nachfrage, Dr. Aziz. Ich pfeife gerade auf dem letzten Loch.«

»Und das ausgerechnet vor dem Essen? Armer Mahmoud Ali!«

»Hamidullah weilt schon nicht mehr unter den Lebenden. Er hat den Geist aufgegeben, als Sie gerade angeradelt kamen.«

»Ja, das stimmt«, bemerkte der andere. »Stell dir bitte vor, daß wir beide aus einer anderen, besseren Welt das Wort an dich richten.«

»Gibt es in eurer besseren Welt möglicherweise auch so etwas wie eine *hookah*?«

»Laß das Albern, Aziz. Wir sind gerade dabei, etwas höchst Betrübliches zu erörtern.«

Die *hookah* war, wie gewöhnlich im Haus seiner Freunde, zu fest gestopft und gluckerte mißmutig. Aziz setzte ihr liebevoll zu, bis der Tabak ihm in Lunge und Nase emporschoß und den Beizgeruch brennenden Kuhdungs vertrieb, der sich bei seiner Fahrt durchs Basarviertel darin eingenistet hatte. Ein köstliches Gefühl! Aziz geriet bald in einen Entrückungszustand, der zwar erschlaffend, aber gleichzeitig erfrischend war und hinter dessen Schleiern auch die Unterhaltung der beiden andern ihm nicht sonderlich betrüblich vorkommen wollte – sie erörterten gerade, ob es überhaupt möglich sei, mit einem Engländer befreundet zu sein. Mahmoud Ali bestritt es, Hamidullah vertrat die gegenteilige Meinung, aber das mit so vielen Vorbehalten, daß keine Gereiztheit zwischen ihnen aufkommen konnte. Ja, Aziz fand es herrlich, draußen auf der breiten Veranda zu liegen, während vor seinen Augen der Mond immer höher stieg und in seinem Rücken die Diener das Essen anrichteten, ohne daß irgend etwas Unliebsames zu befürchten gewesen wäre.

»Du brauchst nur an das zu denken, was mir selber heute vormittag zugestoßen ist.«

»Ich behaupte auch nur, daß es in England möglich ist«, erwiderte Hamidullah, der vor langer, langer Zeit einmal dort gewesen war, ehe das zur großen Mode wurde, und der in Cambridge so gastliche Aufnahme gefunden hatte.

»Hier ist es jedenfalls undenkbar, Aziz. Herr Rotnase hat mich vor Gericht heute schon wieder beleidigt. Ich mache ihm keinen Vorwurf daraus. Er hatte den Auftrag, mich zu beleidigen. Noch bis vor kurzem war er wirklich ganz nett, aber nun haben sie ihn 'rumgekriegt.«

»Ja, hier dürfen sie nicht sein, was sie sein wollen – das meine ich gerade. Sie kommen mit der guten Absicht her, Gentlemen zu sein, und müssen sich dann gleich sagen lassen, daß sich das gar nicht schickt. Denk an Lesley, denk an Blakiston. Heute ist es dein Herr Rotnase, und morgen wird es Fielding sein. Ich erinnere mich noch, wie es am Anfang mit Turton war. Ihr werdet's mir beide nicht glauben, aber ich bin damals mit Turton zusammen in seinem Wagen herumkutschiert – in einem anderen Teil der Provinz – ausgerechnet mit Turton! O ja, wir standen einmal auf ganz vertrautem Fuß miteinander. Er hat mir sogar seine Briefmarkensammlung gezeigt.«

»Und nun ist er sicher davon überzeugt, daß du sie ihm stibitzen würdest. Turton. Aber Herr Rotnase wird sich einmal noch sehr viel schlimmer aufführen als Turton.«

»Das wohl kaum. Sie sind am Ende alle gleich hier, der eine ist nicht besser und nicht schlimmer als der andere. Ein Engländer braucht nach meiner Meinung nur zwei Jahre hier zu sein, ein Turton oder ein Burton oder wer sonst. Den einzigen Unterschied macht ein Buchstabe. Und die Engländerinnen schaffen es in einem halben Jahr. Sie gleichen sich wie ein Ei dem anderen. Ist es nicht so?«

»O nein«, erwiderte Mahmoud Ali, in den Ton bitteren Scherzens einstimmend – bei jedem Wort schmerzhaft berührt und zugleich amüsiert. »Ich meinerseits entdecke immer neue Unterschiede zwischen unseren Herrn und Gebietern. Herr Rotnase mümmelt vor sich hin, Turton spricht deutlich, Mrs. Turton nimmt Schmiergelder, Frau Rotnase dagegen nicht – kann es auch gar nicht, weil es sie bisher noch nicht gibt.«

»Schmiergelder?«

»Wußten Sie denn nicht, daß die Turtons im Zusammenhang mit irgendeinem Kanalprojekt einmal der Regierung von Zentralindien leihweise zur Verfügung gestellt wurden und daß irgendein Radscha ihr eine Nähmaschine aus purem Gold zum Geschenk machte, damit die Wasserstraße durch sein Gebiet geleitet würde?«

»Und hat er das erreicht?«

»O nein. In dem Punkt ist nämlich Mrs. Turton ganz gerissen. Wenn wir armen Nigger Schmiergelder annehmen, dann tun wir auch wirklich, wofür man uns bezahlt – und gleich haben wir das Gesetz auf dem Hals! Die Engländer stecken Schmiergelder ein, ohne auch nur das geringste dafür zu unternehmen. Ich finde sie bewundernswert.«

»Wir alle finden sie bewundernswert. Bitte, Aziz, reich mir doch die *hookah*.«

»Oh – noch nicht. Sie schmeckt so gut!«

»Du alter Egoist.« Hamidullah hob plötzlich die Stimme und rief im Kommandoton nach dem Essen. Die Diener riefen zurück, daß es fertig sei. Was gar nichts anderes hieß, als daß sie selber wünschten, es fertig zu haben, und was auch in diesem Sinne verstanden wurde, denn niemand rührte sich von der Stelle. Hamidullah fuhr weiter in der Unterhaltung fort, aber sein Tonfall hatte gewechselt, und er sprach offensichtlich mit innerer Bewegung.

»Wie verhält es sich nun aber mit meinem Fall, dem Fall des jungen Hugh Bannister? Ja, da wäre also der Sohn meiner lieben dahingegangenen Freunde, des Pfarrers Bannister und seiner Frau – die Güte, die sie mir bei meinem Aufenthalt in England erwiesen haben, läßt sich weder schildern noch vergessen. Sie waren wie meine eigenen Eltern, und ich konnte mit ihnen reden, wie jetzt mit euch. Während der Ferien war das Pfarrhaus ein Heim für mich. Sie vertrauten mir alle ihre Kinder an – wie oft habe ich den kleinen Hugh auf den Armen getragen! Auch zum Begräbnis der Königin Victoria habe ich ihn mitgenommen und ihn dabei auf diesen Händen über die Köpfe der Menge emporgehalten.«

»Königin Victoria war ganz anders«, murmelte Mahmoud Ali.

»Nun höre ich, daß der Junge im Lederhandel in Kanpur tätig ist. Ihr könnt euch denken, wie sehr ich darauf brenne, ihn wiederzusehen und ihm das Fahrgeld zu bezahlen, damit dieses Haus auch für ihn zum Heim werde. Aber es hat gar keinen Zweck. Die anderen Anglo-Inder werden ihn längst zu einem der Ihren gemacht haben. Er wird wahrscheinlich vermuten, ich wolle irgend etwas von ihm, und das wäre mir beim Sohn meiner alten Freunde ein unerträglicher Gedanke. Oh, was ist mit diesem Land eigentlich schiefgegangen, Vakil Sahib? Ich frage Sie!«

Nun griff endlich Aziz mit in die Unterhaltung ein. »Warum immerzu von Engländern reden? . . . Warum mit diesen Burschen überhaupt befreundet oder nicht befreundet sein? Lassen wir sie doch einfach aus dem Spiel und amüsieren wir uns! Die Königin Victoria und Mrs. Bannister waren die einzigen Ausnahmen, und die sind nicht mehr am Leben.«

»Nein, nein, das kann ich nicht zugeben. Ich habe auch noch andere Ausnahmen kennengelernt.«

»Ich auch«, sagte Mahmoud Ali, einen unerwarteten Frontwechsel vollziehend. »Die Damen sind sich durchaus nicht gleich.« Die Stimmung der Freunde war umgeschlagen, und sie riefen sich kleine Akte der Gefälligkeit und der Höflichkeit ins Gedächtnis. »Sie sagte auf die natürlichste Weise von der Welt: Danke recht schön.« – »Sie bot mir eine Pastille an, als mein Hals von Staub ganz rauh war.« Hamidullah konnte sich an bedeutsamere Beispiele englisch-engelhaften Verhaltens erinnern, aber der andere, der lediglich Anglo-Indien kannte, mußte sein Gedächtnis schon nach Bagatellen durchwühlen, und so war es nicht weiter überraschend, daß er bald wieder auf seine frühere Feststellung zurückkam: »Aber natürlich sind das alles nur Ausnahmen, und die beweisen gerade die Regel. Die Durchschnittsengländerin ist wie Mrs. Turton, und Sie, Aziz, wissen ja, was das bedeutet.« Aziz wußte es nicht, stimmte aber zu. Auch er war allzu geneigt, seine persönlichen Enttäuschungen zu verallgemeinern – das Gegenteil wäre für die Angehörigen einer nichtunabhängigen Nation auch mehr als schwierig gewesen. Ja, mit gewissen Ausnahmen waren alle Engländerinnen hochnäsig und bestechlich. Von der Unterhaltung wich aller Schimmer, und ihr graufarbiges Band entrollte sich ins Unabsehbare.

Ein Diener kündigte an, daß das Mahl aufgetragen sei. Sie nahmen keine Notiz von ihm. Die beiden Älteren waren bei ihrer ewigen Politik angelangt. Aziz schlenderte in den Garten hinaus. Süß dufteten die Sträucher – *champak* mit grüner Blüte –, und Einzelklänge persischer Verse wogten ihm durch den Sinn. Mahl, Mahl, Mahl ... aber als er dafür ins Haus zurückkehrte, war Mahmoud Ali seinerseits entschwunden, um seinem *sais* ein paar Anweisungen zu erteilen. »Dann komm doch inzwischen ein bißchen mit zu meiner Frau«, sagte Hamidullah zu Aziz, und zwanzig Minuten lang verweilten beide hinter dem *purdah*. Die Begum war eine entfernte Tante von Aziz – die einzige weibliche Verwandtschaft, die er in Tschandrapur besaß –, und sie hatte bei dieser Gelegenheit allerhand zu dem Familienereignis einer Beschneidung zu bemerken, bei der es nicht feierlich genug zugegangen war. Es war nicht ganz einfach, von der Begum loszukommen, weil sie erst mit ihrem eigenen Mahl beginnen konnte, wenn die anderen das ihre bereits hinter sich hatten, und infolgedessen zog sie das Gespräch in die Länge, um nicht den Eindruck des Ungeduldigseins zu erwecken. Nachdem sie das Ritual der Beschneidung ausgiebig beanstandet hatte, ging sie zu verwandten Themen über und fragte Aziz, wann er sich wieder zu verheiraten gedenke.

Ehrerbietig, aber etwas gereizt erwiderte er: »Einmal ist für mich genug.«

»Ja, er hat seine Pflicht schon getan«, fiel Hamidullah ein. »Setz ihm nur nicht zu sehr zu, den Fortbestand seines Namens hat er ja gesichert – zwei Jungen und deren Schwester.«

»Tante, bei der Mutter meiner Frau geht ihnen nicht das geringste ab – bei ihr hat sie selbst die letzten Lebenstage verbracht. Ich kann die Kinder sehen, wann immer mir danach zumute ist. Sie sind noch ganz klein.«

»Und er läßt ihnen sein ganzes Gehalt zukommen und lebt selbst

wie ein kleiner Büroangestellter und sagt keinem Menschen, warum. Was sollte er nach deiner Meinung noch mehr?«
Aber das war nicht, was die Hamidullah-Begum im Sinn hatte. Nachdem sie ein paar Augenblicke lang aus Höflichkeit der Unterhaltung eine andere Wendung gegeben hatte, rückte sie offen damit heraus. »Was soll nur aus unseren Töchtern werden«, fragte sie, »wenn die Männer nicht heiraten wollen? Sie werden sich unter dem Stande verehelichen oder müssen sogar –.« Und wieder einmal begann sie mit der schon oft vorerzählten Geschichte von einer Dame kaiserlichen Geblüts, die in dem engen Umkreis, in dem ihr eigener Stolz ihr eine Gattenwahl vergönnte, keinen geeigneten Mann hatte finden können und unvermählt ihr Dasein zu fristen hatte, auch wohl unvermählt ins Grab sinken würde, weil nun, da sie dreißig war, kein Mann sie mehr haben wollte. Während ihnen von dieser Tragödie berichtet wurde, waren beide Männer ehrlich überzeugt, daß die Gemeinschaft als Ganzes daran mitschuldig war. Dann schon fast lieber Vielweiberei, als daß eine Frau ohne die ihr von Gott zugedachten Freuden ins Grab sinken mußte! Ehe, Mutterschaft, häusliche Machtvollkommenheit – wofür wäre sie sonst wohl auf der Welt, und wie hätte auch der Mann, der ihr solches vorenthalten, am Jüngsten Tage ihrem – und seinem – Schöpfer unverzagt ins Antlitz blicken sollen? Aziz verabschiedete sich mit den Worten: »Ja, vielleicht ... aber etwas später ...« – seine stereotype Antwort auf jedes diesbezügliche Ansinnen.
»Du solltest nicht hinausschieben, was du für richtig hältst«, sagte Hamidullah. »Indien ist nur darum in ein solches Schlamassel geraten, weil wir alles immer wieder hinausschieben.« Aber da er bemerkte, daß sein jugendlicher Verwandter eine etwas sorgenvolle Miene aufgesetzt hatte, fügte er ein paar begütigende Worte hinzu und machte damit jeden Eindruck zunichte, den seine Frau möglicherweise bei ihm hervorgerufen hatte.
Während beider Abwesenheit war Mahmoud Ali davonkutschiert. Er hatte Bescheid hinterlassen, daß er in fünf Minuten wieder zurücksein werde, daß aber die anderen keinesfalls mit dem Essen auf ihn warten sollten. Diese ließen sich denn auch mit

einem entfernten Vetter der Familie, Mohammed Latif, der, auf Hamidullahs Freigebigkeit angewiesen, die Position weder eines Untergebenen noch eines Gleichgestellten innehatte, zum ersten Gang nieder. Latif öffnete die Lippen nur, wenn man ihn anredete, und da niemand es tat, blieb er selbst stumm, ohne sich im entferntesten gekränkt zu zeigen. Hin und wieder stieß er auf – in Anerkennung des üppigen Essens. Ein sanfter, zufriedener, unredlicher alter Mann, der sein ganzes Leben lang nicht einen Finger krummgemacht hatte. Solange einer seiner Verwandten ein Haus besaß, durfte er selbst einer Heimstatt gewiß sein, und es war auch kaum zu erwarten, daß eine so wohlhabende Familie wie die seine als ganzes jemals Bankrott machen würde. In mehreren hundert Meilen Entfernung führte seine Frau ein ähnliches Schmarotzerdasein – in Anbetracht der Kostspieligkeit einer Eisenbahnkarte stattete er ihr niemals einen Besuch ab. Aziz hielt ihn, wie auch die Diener, ein wenig zum besten und begann dann gleich, Verse zu rezitieren – zuerst auf persisch und dann gelegentlich auf arabisch. Er hatte ein gutes Gedächtnis und war für sein jugendliches Alter auch recht belesen. Seine Lieblingsthemen waren der Verfall des Islam und die Flüchtigkeit der Liebe. Die anderen lauschten ihm voller Entzücken, denn für sie war die Dichtkunst eine gesellschaftliche, und nicht, wie überwiegend in England, eine private Angelegenheit. Sie wurden es niemals müde, Worte zu hören und wieder Worte. Sie atmeten sie mit der kühlen Nachtluft ein und machten sich auch über ihre Bedeutung nicht allzuviel Gedanken. Der Name des Dichters – Hafiz, Hali, Iqbal – war in sich selbst schon Gewähr. Das weite Indien – Hunderte von Ländern, die Indien hießen – flüsterte draußen in der Nacht unter einem gleichmütigen Mond vor sich hin. Aber im Augenblick schien es für sie nur ein einziges Indien zu geben, das ihre, und sie gewannen ihre ehemalige Größe zurück, als sie den Verlust dieser Größe beklagen hörten, sie fühlten sich selbst wieder jung, weil sie an die Flüchtigkeit der Jugend gemahnt wurden. Ein scharlachroter Diener unterbrach die Rezitation – der *chuprassi* des britischen Oberarztes, der Aziz ein Stück Papier aushändigte.

»Der alte Callendar will mich in seinem Bungalow sehen«, sagte

er, ohne Anstalten zum Aufstehen zu machen. »Er hätte immerhin so höflich sein können, mich wissen zu lassen, warum.«
»Irgendein Krankheitsfall, würde ich denken.«
»Nein, sicher nicht, gar nichts. Er hat herausgefunden, wann wir beim Essen sitzen, und es macht ihm Vergnügen, uns jedesmal dabei zu stören, um uns seine Macht fühlen zu lassen.«
»Ja, das stimmt schon, andererseits mag es sich wirklich um etwas Ernsthaftes handeln – man kann es einfach nicht wissen«, sagte Hamidullah, Aziz mit einiger Rücksicht einen Pfad zum Gehorsam bahnend. »Solltest du dir nicht lieber erst den Mund spülen, wenn du *pan* gekaut hast?«
»Wenn mein Mund erst gespült werden muß, gehe ich nicht. Ich bin Inder, und es ist eine indische Gewohnheit, *pan* zu kauen. Damit muß der Oberarzt sich schon abfinden. Mein Fahrrad bitte, Mohammed Latif.«
Der arme Verwandte stand auf. Dem Bereich des Stofflichen nur lose zugehörig, legte er lediglich die Hand auf den Sattel, während ein Diener den eigentlichen Transport übernahm. Gemeinsam hoben sie das Rad über eine am Boden liegende Reißzwecke. Aziz hielt die Hände unter die Wasserkanne, trocknete sie, drückte sich den grünen Filzhut kleidsam in die Stirn und schwirrte dann mit unerwarteter Entschlossenheit die Straße hinab.
»Aziz, Aziz, du unvorsichtiger Bengel...« Aber er war bereits mitten im Basarviertel, wie ein Wahnsinniger in die Pedale tretend. Er hatte keine Lampe, keine Klingel, keine Bremse an seinem Rad. Aber was haben Nebensächlichkeiten wie diese in einem Land zu besagen, in dem ein Radfahrer nur die eine Hoffnung hat, daß jedes der auf seinem Weg von ihm erspähten Gesichter sich in Luft auflöst, bevor er damit zusammenprallt! Und um diese Stunde war es in der Innenstadt ziemlich leer. Als einer der Reifen die Luft verlor, sprang Aziz ab und brüllte nach einer Tonga.
Zunächst konnte er freilich keine auftreiben und mußte auch erst das Fahrrad im Haus eines Freundes abstellen. Weitere Zeit vertrödelte er mit Mundspülen. Aber schließlich rasselte er im Triumphgefühl hoher Geschwindigkeit der Beamtensiedlung zu.

Als er ihrer öden Gepflegtheit ansichtig wurde, überfiel ihn plötzlich eine gewisse Niedergeschlagenheit. Die Straßen, auf die Namen siegreicher Generale getauft und im rechten Winkel sich kreuzend, waren symbolisch für das Netz, das Großbritannien über Indien geworfen hatte und in dessen Maschen er sich jetzt verfing. Als er an Major Callendars Gartenpforte anlangte, konnte er sich nur mit Mühe zurückhalten, von der Tonga abzuspringen und den kleinen Weg bis zum Bungalow zu Fuß zurückzulegen – mit einiger Mühe nicht deshalb, weil er ein unterwürfiges Gemüt hatte, sondern weil sein Gefühl – die empfindlichere Seite seines Wesens – eine grobe Zurechtweisung befürchtete. Im vorausgehenden Jahr war es einmal zu einem besonderen »Fall« gekommen. Ein vornehmer Inder war am Haus eines britischen Beamten vorgefahren, war aber vom Diener zur Umkehr genötigt und von ihm bedeutet worden, er solle auf angemessene Weise wiedererscheinen – ein einziger »Fall« unter Tausenden von Besuchen bei Hunderten von Beamten, aber ein leider weithin bekanntgewordener Fall. Der junge Mann wollte ihn keineswegs wiederholt sehen. Er entschloß sich zu einem Kompromiß und ließ außerhalb des breiten Lichtscheins halten, der über die Veranda fiel.

Der Oberarzt war nicht zu Hause.

»Aber der Sahib hat mir wohl Bescheid hinterlassen?«

Der Diener erwiderte mit einem gleichgültigen Nein. Aziz war in heller Verzweiflung. Es war ein Diener, dem er bei einer früheren Gelegenheit aus purer Vergeßlichkeit kein Trinkgeld gegeben hatte, und nun konnte er das nicht mehr nachholen, weil Leute in der Vorhalle waren. Er war überzeugt, daß eine Nachricht für ihn da war und daß der andere sie ihm aus Rache vorenthielt. Während beide noch hin und her redeten, traten die Leute heraus. Es waren zwei Damen. Aziz lüftete den Hut. Die eine, in großer Abendtoilette, streifte den Inder mit einem einzigen Blick und wandte sich instinktiv von ihm ab.

»Ja, Mrs. Lesley, es ist eine Tonga«, rief sie aufgeregt.

»Unsere Tonga?« fragte die zweite, bei Aziz' Anblick dem Beispiel der ersten folgend.

»Man sollte die Gaben der Götter nicht mißachten«, gellte sie,

und beide sprangen hinein. »Tonga Wallah, Klub, Klub. Warum rührt der Idiot sich nicht von der Stelle?«
»Fahr schon los – ich werde morgen bezahlen«, sagte Aziz zu dem Kuli. Und als dieser sich in Bewegung setzte, rief er höflich: »Es ist mir ein Vergnügen, meine Damen.« Sie antworteten nicht – sie waren viel zu sehr mit ihren eigenen Angelegenheiten beschäftigt.
Da war es nun also wieder einmal passiert, das Übliche – gerade wie Mahmoud Ali es vorher beschrieben hatte. Die unverzeihliche Kränkung: seine Verbeugung übersehen, sein Gefährt in Beschlag genommen. Gewiß hätte es noch schlimmer kommen können. Irgendwie beruhigte es ihn, daß die Damen Callendar und Lesley korpulent waren und mit ihrem Schwergewicht den hinteren Teil der Tonga herunterdrückten. Schöne Frauen würden ihm ärger zu schaffen gemacht haben. Er wandte sich dem Diener zu, drückte ihm ein paar Rupien in die Hand und fragte nochmals, ob nicht Bescheid für ihn da sei. Jener wiederholte in sehr höflichem Ton die frühere Antwort. Major Callendar war gerade vor einer halben Stunde abgefahren.
»Ohne etwas zu bemerken?«
In Wirklichkeit hatte er gesagt: »Dieser verdammte Aziz!« – Worte, die der Diener wohl verstanden hatte, die zu wiederholen er aber nun zu höflich war. Man kann zuviel Trinkgeld geben und auch zu wenig: die Münze, mit der man sich die ganze Wahrheit erkauft, muß erst noch geprägt werden.
»Dann will ich ihm ein paar Zeilen schreiben.«
Der Diener wies mit einer großmütigen Geste ins Innere des Hauses, aber Aziz glaubte es seiner Würde schuldig zu sein, diesseits der Schwelle zu verharren. Auf die Veranda hinaus wurden ihm Papier und Tinte gebracht. Er begann: »Sehr geehrter Herr Major! Auf Ihren ausdrücklichen Befehl habe ich, wie es sich für einen Untergebenen gehört, nicht gesäumt –«. Er hielt inne. »Sag ihm, daß ich hier war – das genügt«, rief er, seinen Protest in Stücke reißend. »Hier ist meine Karte. Besorge mir eine Tonga.«
»Huzoor – sie sind alle gerade beim Klub.«
»Dann bestelle mir telefonisch eine am Bahnhof.« Und da der

Diener sich eilig anschickte, das Gewünschte zu tun, sagte er: »Schon gut, schon gut, ich möchte doch lieber zu Fuß gehen.« Er ließ sich ein Zündholz reichen und steckte sich eine Zigarette an. Diese kleine Aufmerksamkeit hatte, wiewohl erkauft, etwas Beruhigendes für ihn. Er durfte auf Entsprechendes rechnen, solange er noch Rupien in der Tasche hatte – immerhin etwas. Hätte er nur schon den Staub Anglo-Indiens von den Sohlen geschüttelt, sich aus dem Netz herausgewunden, und sähe er sich nur wieder Umgangsformen und Gebärden gegenüber, die ihm vertraut waren! Er begann, eine ihm ungewohnte Tätigkeit, rasch auszuschreiten.

Aziz war behende und klein und zierlich gebaut, aber im Grunde recht kräftig. Dennoch ermüdete es ihn, zu Fuß zu gehen, was in Indien bis auf den Neuankömmling jeden ermüdet. Der Boden scheint etwas Feindliches an sich zu haben. Er gibt entweder nach, und man sinkt beim Gehen tief in ihn ein, oder er ist unerwartet zäh und scharfkantig, und mehr als einmal verspürt man, ausschreitend, den Gegendruck von Stein und Kristall. Nach einer Reihe solch kleiner Überraschungen fühlt man sich ganz erschöpft. Und Aziz trug obendrein Schuhe, die keine Absätze hatten – in jedem Land eine für Fußgänger unzulängliche Ausrüstung. Am Außenrand der Beamtenstation schwenkte er in die Moschee ein, um hier ein wenig zu rasten.

Er hatte gerade für diese Moschee stets etwas übrig gehabt. Sie war anmutig gegliedert, und die bauliche Anordnung sagte ihm zu. Im Hof, den er durch ein verfallenes Tor betrat, befand sich ein Reinigungsbrunnen mit fließendem klarem Wasser – Teil einer die ganze Stadt versorgenden Zuflußleitung. Die Pflasterung des Hofes bestand aus geborstenen Platten. Der überdachte Teil der Moschee war weiträumiger, als es sonst der Fall war – man fühlte sich bei seinem Anblick an eine englische Gemeindekirche erinnert, bei der eine Seitenwand fehlt. Von dort, wo Aziz saß, konnte er in drei Bogengänge hineinblicken, deren Dunkel nur durch eine kleine Hängelampe und den Mond aufgehellt war. Die Vorderwand schien, im vollen Mondlicht, aus Marmor zu bestehen, und auf dem Fries hoben sich die neunundneunzig Namen Gottes schwärzlich vom Steingrund ab, während der Fries selbst weißleuchtend vor dem nächtlichen Himmel stand. Am Wettstreit der Gegensätze und am Wechselspiel der Schatten im Innern des Baus fand Aziz Gefallen, und er versuchte, beidem sinnbildliche Bedeutung für irgendeine Wahrheit der Liebe oder der Religion abzugewinnen. Wann immer eine Moschee ästhetisches Wohlgefallen bei ihm erweckte, vermochte sie auch seine Einbildungskraft zu beflügeln. Der Anblick eines anderen Tempels, sei es von Hindus, von Christen oder von Griechen, würde ihn gelangweilt, würde auch sein Schönheitsgefühl unbeteiligt gelassen haben. Hier aber war der Islam, war seine geistige Heimat, mehr als ein Glaube, als ein Schlachtruf, mehr, sehr viel mehr ... Islam: ein Lebensgehäuse, das köstlich-erlesen und gleichzeitig dauerfest war und in dem sein Körper und seine Gedanken sich daheim fühlen durften.

Sein Ruhesitz befand sich auf einer niedrigen Mauer, die den Hof zur Linken begrenzte. Vor seinen Füßen fiel der Boden in Richtung der Stadt ein wenig ab, die jetzt nicht mehr war als ein Schattengebilde von Bäumen, und in der Stille vernahm er vielerlei ferne Laute. Zur Rechten, drüben im Klubgebäude, steuerte die englische Kolonie den Klang eines Amateurorchesters dazu bei. Irgendwo anders rührten Hindus die Trommeln – er wußte, daß es Hindus waren, weil der Rhythmus dem seines Wesens zuwiderlief –, während andere eine Totenklage angestimmt hatten – er wußte, wer der Verstorbene war, denn er hatte ihm erst am Nachmittag den ärztlichen Totenschein ausgestellt. Endlich waren Eulen zu hören und der Pandschab-Expreß ... und aus dem Garten des Stationsvorstehers wehte berückender Blumenduft. Aber die Moschee – nur ihr war geistige Wirklichkeit eigen, und dem vielfältigen Anruf der Nacht sich verschließend, wandte er sich ihr wieder zu und schmückte sie mit Bedeutungen, von denen ihr Erbauer sich nie hätte träumen lassen. Eines Tages würde auch er eine Moschee errichten lassen, kleiner als diese, aber von erlesenstem Geschmack, auf daß alle, die zufällig hier des Weges kamen, das gleiche Gefühl der Glückseligkeit auskosten durften, das er selbst jetzt empfand. Und ganz in ihrer Nähe sollte, in einem niedrigen Gewölbe, sein Grab sich befinden, mit einer persischen Inschrift:

»Ohne mich wird nun, wehe, viele Jahrtausende
Die Rose erblühen, der Frühling erschimmern,
Aber wer im geheimen mein Herz verstanden hat,
Wird herpilgern zu dem Grab, das mir Ruhestatt ist.«

Er hatte diesen Vierzeiler einst auf dem Grab eines Königs im Dekhan erblickt und betrachtete ihn als Ausdruck einer tiefsinnigen Weltanschauung – stets setzte er das Pathetische mit dem Tiefgründigen gleich. Das geheime Verstehen des Herzens! Mit Tränen im Auge wiederholte er die Floskel, und währenddessen schien eine der Moscheesäulen ins Wanken zu geraten. Sie bebte in der Düsternis, schien sich abzusondern. Geisterglaube spukte ihm im Blut, aber er rührte sich nicht von der Stelle. Eine zweite Säule bewegte sich, eine dritte, und dann trat ins Mondlicht hinaus die Gestalt einer Frau – einer Engländerin. Plötzlich von Wut gepackt, rief er laut: »Madam! Madam! Madam!«
»Oh, oh«, hauchte erschrocken die Frau.
»Madam, dies ist eine Moschee. Sie haben kein Recht, sie zu betreten! Sie hätten Ihre Schuhe ablegen sollen. Dies ist für Moslems eine heilige Stätte.«
»Ich habe die Schuhe abgelegt.«
»Tatsächlich?«
»Ich habe sie am Eingang gelassen.«
»Dann bitte ich um Verzeihung.«
Noch immer erschrocken, bewegte die Frau sich dem Ausgang zu, wobei sie sich absichtlich auf der anderen Seite des Reinigungsbrunnens hielt. »Ich bitte aufrichtig um Verzeihung für meine Worte«, rief er ihr nach.
»Ja, es war doch alles in Ordnung, nicht wahr? Wenn ich meine Schuhe ausziehe, bin ich doch zugelassen?«
»Natürlich. Aber so wenige Damen nehmen sich diese Mühe, vor allem, wenn sie glauben, daß es niemand sieht.«
»Das macht doch nicht den geringsten Unterschied. Gott ist hier.«
»Madam!«
»Bitte lassen Sie mich nun gehen.«

»Oh, kann ich Ihnen jetzt oder ein anderes Mal in irgendeiner Weise gefällig sein?«
»Nein, danke schön, wirklich nicht – Gute Nacht.«
»Darf ich wohl Ihren Namen wissen?«
Sie stand nun im Schatten des Torwegs, so daß er ihr Gesicht nicht erkennen konnte, aber sie sah das seine und sagte mit einem Wechsel der Stimme: »Mrs. Moore.«
»Mrs. –« Ein paar Schritte vortretend, bemerkte er, daß sie gar keine junge Frau mehr war. Ein Traumschloß, leuchtender als die Moschee, sank in Trümmer, und er wußte nicht, ob er froh sein sollte oder betrübt. Sie war älter als die Hamidullah-Begum, hatte ein rötliches Gesicht und weißes Haar. Ihre Stimme hatte ihn getäuscht.
»Mrs. Moore, ich fürchte, ich habe Sie erschreckt. Ich werde meinen Glaubensbrüdern – unseren Freunden – berichten, was Sie gesagt haben. Daß Gott hier ist – wie gut, wie schön das klingt! Sie sind wohl noch nicht lange in Indien?«
»Gar nicht lange. Aber woran erkennen Sie das?«
»An der Art, wie Sie mit mir sprechen. Nein, nicht nur das. Aber darf ich Ihnen einen Wagen holen?«
»Ich bin nur eben vom Klub einen Moment herübergekommen. Sie führen dort ein Stück auf, das ich schon in London gesehen habe, und im Saal war es so heiß.«
»Was ist denn das für ein Stück?«
»›*Cousin Kate*‹.«
»Sie sollten bei Nacht hier lieber nicht allein spazierengehen, Mrs. Moore. Es treibt sich allerhand Gesindel herum, und von den Marabar-Hügeln wagen sich mitunter sogar Leoparden hierher. Auch Schlangen.«
Sie stieß einen Laut des Schreckens aus. An die Schlangen hatte sie nicht mehr gedacht.
»Oder auch ein bestimmter Käfer mit sechs Pünktchen auf den Flügeln. Sie lesen ihn auf, er sticht, und Sie müssen sterben.«
»Aber Sie gehen ja selbst hier spazieren!«
»Oh, ich bin es gewohnt.«
»Die Schlangen gewohnt?«
Beide lachten. »Ich bin Arzt«, sagte er. »Schlangen trauen sich

nicht an mich heran.« Seite an Seite ließen sie sich in dem weiten Eingangstor nieder und streiften sich die Schuhe wieder über.
»Darf ich bitte noch eine Frage an Sie richten? Warum kommen Sie eigentlich um diese Zeit des Jahres nach Indien, ausgerechnet jetzt, wo das kühle Wetter zu Ende geht?«
»Ursprünglich hatte ich die Absicht, früher zu kommen, aber es gab einen unvermeidlichen Aufschub.«
»Bald wird es hier ganz ungesund für Sie sein. Und warum kommen Sie ausgerechnet nach Tschandrapur?«
»Um meinen Sohn zu besuchen. Er ist der Richter für diese Stadt!«
»Aber nein, entschuldigen Sie, das ist ja unmöglich. Der Richter in unserer Stadt heißt Mr. Heaslop. Ich kenne ihn ganz genau.«
»Er ist trotzdem mein Sohn«, sagte sie lächelnd.
»Aber Mrs. Moore – wie kann er das sein?«
»Ich war zweimal verheiratet.«
»Ja, nun verstehe ich. Und Ihr erster Gatte ist gestorben.«
»Jawohl, und auch mein zweiter Mann.«
»Dann sind wir genau in derselben Lage«, sagte er geheimnisvoll.
»Dann ist der Richter in dieser Stadt der einzige, der Ihnen von allen Ihren Angehörigen geblieben ist?«
»Nein, ich habe noch zwei jüngere Kinder – Ralph und Stella, die in England leben.«
»Und der Herr hier in der Stadt – er ist Ralphs und Stellas Halbbruder?«
»Ganz richtig.«
»Mrs. Moore – das ist alles ungeheuer seltsam, weil auch ich, genau wie Sie, zwei Söhne und eine Tochter habe. Ist das nicht eine merkwürdige Zufallsfügung?«
»Wie heißen denn Ihre Kinder? Doch nicht wohl auch Ronny, Ralph und Stella?«
Die Frage entzückte ihn. »Nein, das nun wirklich nicht. Wie komisch das klingt! Sie heißen ganz anders – Sie werden überrascht sein. Hören Sie bitte. Ich werde Ihnen jetzt die Namen meiner Kinder sagen: das erste heißt Achmed, das zweite Karim, das dritte – die Erstgeborene – ist Dschemila. Drei Kinder sind genug. Ist das nicht auch Ihre Meinung?«

»O ja.«

Beide versanken für einen Augenblick in Schweigen und gedachten ihrer eigenen Sprößlinge. Mrs. Moore erhob sich mit einem Seufzer.

»Hätten Sie nicht einmal Lust, sich frühmorgens das Minto-Krankenhaus anzusehen?« fragte er. »Etwas anderes habe ich Ihnen in Tschandrapur nicht zu bieten.«

»Danke schön, ich habe es bereits gesehen. Sonst hätte ich es mir wirklich gern von Ihnen zeigen lassen.«

»Dann hat es Ihnen wohl der Oberarzt gezeigt?«

»Jawohl, er und Mrs. Callendar.«

Seine Stimme wechselte den Klang. »Oh, eine wirklich reizende Dame!«

»Möglicherweise. Wenn man sie etwas näher kennt.«

»Wie? Was? Sie hat Ihnen nicht gefallen?«

»Sie hat es durchaus nicht an Freundlichkeit fehlen lassen, nur finde ich sie nicht gerade reizend.«

»Sie hat eben erst ohne meine Einwilligung meine Tonga entführt«, brach Aziz aus. »Nennen Sie so etwas reizend? – Und Major Callendar stört mich Abend für Abend beim Essen. Er läßt mich aus dem Haus meiner Freunde holen, und ich habe sofort zu ihm zu gehen und eine höchst anregende Unterhaltung abzubrechen, und dann ist er nicht da – nicht einmal eine Botschaft von ihm. Bitte schön – ist das reizend? Aber was kommt es schon drauf an! Ich kann mich ja nicht zur Wehr setzen, und das weiß er. Ich bin nur ein Untergebener, und meine eigene Zeit ist alles andere als kostbar. Für einen Inder ist die Veranda gerade gut genug, ja, jawohl, warum sollte er sich auch niedersetzen? Und Mrs. Callendar nimmt meine Tonga – ich bin einfach Luft für sie!«

Mrs. Moore hielt ihm ihr Ohr zugeneigt.

In Erregung geraten war Aziz zum einen bei dem Gedanken an die ihm angetane Kränkung, in weit höherem Maße aber deshalb, weil ein anderer Mensch ihm Teilnahme schenkte. Und das war es auch, was ihn zu Wiederholungen, Übertreibungen, Widersprüchen verführte. Sie hatte ihm ihr Mitgefühl dadurch bewiesen, daß sie ihm gegenüber Kritik an einer anderen Engländerin

übte. Aber selbst vorher schon war er dieses Mitgefühls gewiß gewesen. Die Flamme, die nicht einmal der Anblick bloßer Schönheit entzünden kann, loderte auf, und wenn seine Worte auch wehleidig klangen, so begann sein Herz doch im geheimen zu glühen. Und sogleich ging ihm die Zunge über.
»Sie verstehen mich, Sie wissen, wie einem Menschen zumute ist. Oh, wenn doch auch die anderen Ihnen ähnlich wären!«
Etwas überrascht, erwiderte sie: »Ich glaube, ich verstehe von anderen Menschen nicht viel. Ich weiß nur, ob ich sie gern habe oder nicht.«
»Dann sind Sie Orientalin!«
Sie ließ sich, wie er es vorgeschlagen hatte, von ihm zum Klub zurückbegleiten und bemerkte an der Tür, sie wünschte, sie wäre selbst Mitglied, weil sie ihn dann mit hätte hereinbitten können.
»Im Klub von Tschandrapur sind Inder nicht einmal als Gäste zugelassen«, sagte er einfach. Er verbreitete sich auch nicht weiter über die ihm angetanen Kränkungen, denn er fühlte sich glücklich. Als er unter dem lieblichen Mond hügelab wanderte und die liebliche Moschee wieder vor sich erblickte, war es ihm, als habe er nicht weniger Besitzanrecht auf das ganze Land als irgendeiner der anderen. Was lag schon daran, daß ein paar schwächliche Hindus bereits vor ihm da waren, ein paar frostige Engländer noch nach ihm da sein würden!

3

Als Mrs. Moore den Klubsaal wieder betrat, war man schon mitten im dritten Akt der Aufführung von »*Cousin Kate*«. Die Fenster waren verhängt, damit die Diener ihre Memsahibs nicht schauspielern sehen konnten, und infolgedessen war die Hitze ganz unerträglich. Einer der elektrischen Ventilatoren wirbelte um sich selbst wie ein wunder Vogel, ein anderer funktionierte nicht. Da Mrs. Moore keine Lust verspürte, sich wieder unter die Zuschauer zu mischen, suchte sie statt dessen das Billardzimmer auf, in dem sie mit dem Ausruf: »Ich möchte aber etwas vom wahren Indien sehen!« begrüßt wurde, und schon hatte das ihr zugeteilte Dasein wieder Besitz von ihr ergriffen. Der Ausruf kam von Adela Quested, dem seltsamen, vorsichtigen jungen Mädchen, das sie im Auftrag Ronnys aus England hatte herüberbringen müssen, und Ronny war ihr – gleichfalls vorsichtiger – Sohn, der Miß Quested mit einiger Wahrscheinlichkeit, wenn auch nicht mit aller Bestimmtheit heiraten würde, und sie selbst war eine etwas ältliche Dame.

»Auch ich möchte etwas davon sehen und wünschte nur, wir brächten es wirklich fertig. Offenbar wollen die Turtons am nächsten Dienstag irgend etwas veranstalten.«

»Das wird, wie immer, mit einem Elefantenritt enden. Denk nur an diesen Abend. ›*Cousin Kate*‹. Stell dir vor: ›*Cousin Kate*‹. Aber wo bist du denn in der Zwischenzeit gewesen? Ist es dir gelungen, den Mond diesmal im Ganges schimmern zu sehen?«

Zufällig hatten beide Frauen am Abend vorher in einem ferner gelegenen Seitenkanal des Stromes den Widerschein des Mondes erblickt, freilich vom Wasser so sehr in die Länge gezogen, daß er größer wirkte als der richtige Mond, und heller dazu, und das hatte ihnen Vergnügen bereitet.

»Ich bin bis zur Moschee gekommen, habe aber leider nichts vom Mond gesehen.«

»Heute wäre wohl auch der Winkel etwas anders – er geht erst später auf.«

»Später und immer später«, gähnte Mrs. Moore, die sich nach ihrem Spaziergang etwas müde fühlte. »Laß mich nachdenken – wir sehen hier nichts von der anderen Seite des Mondes, nein.«

»Aber, aber, so schlimm ist es mit Indien nun wieder nicht«, sagte eine freundliche Stimme. »Die andere Seite der Erde, na schön, aber wir halten es noch immer mit dem gleichen alten Mond.«

Keine der beiden Frauen kannte den Sprecher, und keine sollte ihn je wieder zu Gesicht bekommen. Mit seinem gutgemeinten Wort entschwand er hinter den roten Backsteinsäulen im Dunkel.

»Wir bekommen nicht einmal etwas von der anderen Seite der Welt zu sehen – das ist unser Kummer«, bemerkte Adela. Mrs.

Moore stimmte ihr zu. Auch sie war über die Reizlosigkeit ihres neuen Lebens enttäuscht. Ihre Reise, die sie zunächst über das Mittelmeer und dann zwischen den Sandflächen Ägyptens hindurch bis zum Hafen von Bombay geführt hatte, war so romantisch gewesen, und nur an ihrem Endpunkt hatten sie nichts anderes vorgefunden als den Gitterrost einer Bungalowsiedlung. Aber sie nahm die Enttäuschung nicht ganz so schwer wie Miß Quested – sie war immerhin vierzig Jahre älter und hatte erfahren, daß das Leben uns niemals in dem Augenblick unsere Wünsche erfüllt, den wir für den richtigen halten. Gewiß ereignet sich allerhand Abenteuerliches, aber niemals auf die Minute pünktlich. Nochmals bemerkte sie, sie hoffe, daß am folgenden Dienstag irgend etwas Interessantes zustande kommen werde.

»Lassen Sie sich etwas einschenken«, sagte eine andere freundliche Stimme – »Mrs. Moore – Miß Quested – lassen Sie sich beide Ihr Glas füllen!« Diesmal wußten sie, wessen Stimme es war – die des Verwaltungsdirektors Mr. Turton, in dessen Haus sie zu Abend gegessen hatten. Ganz wie ihnen, war es auch ihm bei *»Cousin Kate«* etwas zu heiß geworden. Ronny, berichtete er ihnen, verträte heute abend Major Callendar, den irgendein indischer Untergebener hätte sitzen lassen, in der Rolle des Bühneninspizienten, und er mache seine Sache vortrefflich. Dann ließ er sich über Ronnys Vorzüge aus und äußerte ruhig und entschieden allerhand Schmeichelhaftes über ihn. Nicht, daß der junge Mann sich auf sprachlichem oder sportlichem Gebiet besonders hervortat oder daß er auch das der Jurisprudenz schon beherrschte. Aber – und das war offenbar ein gewichtiges Aber – Ronny hatte persönliche Würde.

Mrs. Moore vernahm es zu ihrer Überraschung, denn Würde gehört an sich nicht gerade zu den Eigenschaften, die eine Mutter ihrem Sohn zuzutrauen pflegt. Miß Quested vernahm es mit einer gewissen Besorgnis, denn sie war sich noch nicht darüber im klaren, ob sie für würdige Männer allzuviel übrig hatte. Tatsächlich versuchte sie, diese Frage mit Mr. Turton zu erörtern, aber er verwies sie mit einer gutgelaunten Handbewegung zum Schweigen und fuhr fort zu äußern, was zu äußern er eigentlich gekommen war. »Kurz und gut – Heaslop ist ein Sahib. Er ist einer von denen, die wir hier brauchen. Er ist einer der Unseren.« Und ein anderer Zivilist, der sich gerade über den Billardtisch beugte, sagte vernehmlich: »Hört, hört!« Damit war die ganze Frage dem Bereich des Zweifels entrückt, und der Verwaltungsdirektor durfte seinen Weg fortsetzen, denn es riefen ihn andere Pflichten.

Inzwischen war die Theateraufführung am Ende angelangt, und das Amateurorchester spielte die Nationalhymne. Unterhaltung und Billardspiel brachen ab, die Gesichter nahmen einen steiferen Ausdruck an. Es war die Hymne der Besatzungsarmee, und die Klubmitglieder, Männer und Frauen, fühlten sich daran erinnert, daß sie Briten waren – Briten im Exil. Sie hatten ihr ein wenig Rührung zu danken und einen nützlichen Zuwachs an Willenskraft. Die dürftige Weise und die kurze Abfolge der an Jehova gestellten Ansprüche verschmolzen zu einem Gebet, wie es in England unbekannt war, und wenn die Teilnehmer am Gesang auch weder von der irdischen noch von der himmlischen Majestät eine deutliche Vorstellung hatten, so hatten sie gleichwohl irgendeine Vorstellung und fühlten sich so weit gestärkt, daß sie dem kommenden Tag mit Fassung ins Auge blicken konnten. Dann füllten sie die Gläser und boten sich gegenseitig etwas zum Trinken an.

»Adela – hier! Mutter – auch etwas!«

Die Angesprochenen lehnten dankend ab – sie hatten mehr als genug von *drinks* –, und Miß Quested, die immer geradeheraus sagte, was ihr in den Sinn kam, erklärte von neuem, daß sie unbedingt etwas vom wirklichen Indien kennenlernen wolle.

Ronny war in bester Stimmung. Adelas Begehren mutete ihn komisch an, und er rief einem der in der Nähe Vorüberstreifenden zu: »Fielding! Wie kann man etwas vom wirklichen Indien kennenlernen?«

»Indem man Inder kennenzulernen sucht«, erwiderte jener und löste sich wieder in Luft auf.

»Wer war denn das?«

»Unser Schulmeister – vom Beamtenseminar.«

»Als ob man je vermeiden könnte, sie kennenzulernen«, seufzte Mrs. Lesley.

»Bisher habe ich es leider erfolgreich vermieden«, sagte Miß

Quested. »Abgesehen von meinem eigenen Diener habe ich seit der Landung kaum mit einem einzigen Inder ein Wort gewechselt.«

»Oh, Sie Glückliche!«

»Aber ich möchte sie kennenlernen.«

Adela war nun der Mittelpunkt einer ganzen Gruppe belustigter Damen. »Sich zu wünschen, Inder kennenzulernen! Wie neu das klingt!« sagte eine, und eine andere: »Eingeborene – man stelle sich vor!« Aber eine dritte, ernster gesinnte bemerkte: »Lassen Sie mich bitte erklären. Wenn wir mit Eingeborenen persönlich bekannt werden, heißt das noch lange nicht, daß sie uns deshalb auch mehr respektieren.«

»Was allerdings nicht nur im Fall von Eingeborenen gilt.« Aber die Sprecherin, so törichten wie freundlichen Herzens, fuhr fort: »Was ich sagen wollte – ich war vor meiner Heirat Krankenpflegerin und hatte beruflich eine ganze Menge mit Indern zu tun. Darum weiß ich Bescheid. Ich weiß, wie es sich mit Indern in Wahrheit verhält. Eine denkbar ungeeignete Stellung für eine Engländerin – ich war Krankenhausschwester in einem der indischen Fürstenstaaten. Die einzige Hoffnung, die mir blieb, war die, mich völlig abseits zu halten.«

»Selbst von den Patienten?«

»Das Beste, was man einem Eingeborenen antun kann, ist, ihn umkommen zu lassen«, erklärte Mrs. Callendar.

»Wenn er nun aber in den Himmel käme?« fragte Mrs. Moore mit einem sanften, obschon etwas hinterhältigen Lächeln.

»Er kann hingehen, wo es ihm Spaß macht – Hauptsache, daß er nicht in meine Nähe kommt. Beim Anblick von Indern wird mir immer ganz anders.«

»Ich habe mir schon öfter Gedanken gemacht über das, was Sie in bezug auf den Himmel sagen. Darum bin ich auch gegen die Missionare«, sagte die Dame, die einmal Krankenschwester gewesen war. »Ich bin durchaus für Militärgeistliche, aber gegen Missionare. Lassen Sie mich erklären.«

Aber bevor sie dazu ausholen konnte, griff der Verwaltungsdirektor wieder in die Unterhaltung ein.

»Möchten Sie wirklich den arischen Bruder kennenlernen, Miß

Quested? Das läßt sich ohne weiteres bewerkstelligen. Ich hatte keine Ahnung, daß Ihnen so etwas Vergnügen machen würde.« Er dachte einen Augenblick nach. »Ich kann Sie mit jedem erdenklichen Typus zusammenbringen. Sie brauchen mir nur zu sagen, mit welchem. Ich kenne die Leute, die mit der Regierung zu tun haben, und ich kenne die Großgrundbesitzer. Unser Freund Heaslop kann die Anwälte herbeibeordern, wogegen wir uns auf Fielding verlassen dürfen, wenn Sie es speziell auf das Erziehungswesen abgesehen haben sollten.«

»Ich bin es etwas müde, malerische Gestalten an mir vorüberziehen zu sehen, wie auf einem Wandelbild«, erklärte die junge Dame. »Beim Landen fanden wir alles so großartig, aber der oberflächliche Reiz stumpft bald ab.«

Ihre persönlichen Eindrücke waren für den Verwaltungsdirektor ohne jedes Interesse – es war ihm lediglich darum zu tun, ihr den Aufenthalt in Indien so angenehm wie möglich zu machen. Ob sie wohl Lust auf eine Bridge Party hatte? Er erklärte ihr, was das war – nicht etwa das wohlbekannte Kartenspiel dieses Namens, sondern eine Party, die die Kluft zwischen Ost und West überbrücken helfen sollte. Er selbst hatte den Ausdruck geprägt, und dieser belustigte alle, die ihn zu hören bekamen.

»Ich möchte nur die Inder kennenlernen, mit denen Sie gesellschaftlich verkehren – Ihre Freunde.«

»Nun, gesellschaftlich verkehren wir eigentlich nicht weiter mit ihnen«, sagte er lächelnd. »Sie haben alle erdenklichen Tugenden, und trotzdem halten wir sie uns vom Leibe, und es ist nun halb zwölf, und also zu spät, die Gründe dafür aufzuzählen.«

»Miß Quested – was für ein Name«, bemerkte Mrs. Turton, als sie sich mit ihrem Mann auf der Rückfahrt befand. Sie hatte die junge Dame nicht gerade ins Herz geschlossen – in ihren Augen war sie unmanierlich und verschroben. Hoffentlich war sie nicht herübergeschleppt worden, um sich mit dem netten kleinen Heaslop zu verheiraten. Nur sah es leider so aus. Im stillen pflichtete ihr Mann ihr bei. Aber er äußerte, wenn es sich irgend umgehen ließ, niemals ein böses Wort über eine Engländerin, und darum bemerkte er lediglich, Miß Quested hege natürlich gewisse irrige Vorstellungen. Er fügte hinzu: »Indien wirkt Wunder in bezug auf das persönliche Urteil, vor allem zur heißesten Zeit des Jahres. Es hat auch bei Fielding Wunder gewirkt.« Bei Erwähnung dieses Namens schloß Mrs. Turton die Augen und erklärte, daß Mr. Fielding nicht *pukka* sei, und lieber solle er Miß Quested heiraten, denn sie sei gleichfalls nicht *pukka*. Dann langten beide an ihrem Bungalow an, der, niedrig und weitläufig, das älteste und unbequemste Haus in der ganzen Beamtensiedlung war und einen Rasenplatz hatte, der wie ein eingelassener Suppenteller aussah. Sie genehmigten sich noch einen weiteren *drink*, der freilich nur aus Sprudel bestand, und gingen dann zu Bett. Ihr Aufbruch vom Klub hatte dem Abend dort vorzeitig ein Ende gesetzt, der, wie alle ähnlichen Veranstaltungen, einen offiziellen Anstrich gehabt hatte. Eine Gemeinschaft, die vor einem Vizekönig das Knie beugt und des Glaubens ist, daß die einen König umgebende Göttlichkeit übertragbar sei, muß auch vor jedem vizeköniglichen Ersatz Ehrfurcht empfinden. In Tschandrapur waren die Turtons wie kleine Götter. Bald jedoch würden sie sich in irgendeiner Vorortvilla zur Ruhe setzen und, fern der Stätte ihrer einstigen Herrlichkeit, im Exil ihre Lebenstage beschließen.

»Es war doch sehr anständig von dem hohen Herrn«, schwatzte Ronny, der über die seinen Gästen erwiesene Liebenswürdigkeit sehr befriedigt war. »Wißt ihr, daß er bisher noch niemals eine Bridge Party veranstaltet hat? Und für euch hat er sogar schon ein offizielles Essen gegeben. Ich wünschte, ich hätte selber etwas arrangieren können. Aber sobald ihr die Eingeborenen ein bißchen genauer kennt, werdet ihr verstehen, daß es für den *Burra Sahib* einfacher ist als für mich. Ihnen ist er ja kein Fremder – sie wissen auch, daß er sich nichts vormachen läßt–, und ich selber bin noch nicht lange genug im Lande. Kein Mensch darf sich einbilden, dieses Land zu kennen, wenn er nicht mindestens zwanzig Jahre hier gelebt hat. Ach, da ist ja Mutter! Hier ist dein Mantel. Tja – nur ein Beispiel für die Art Irrtümer, die man sich hier leistet. Kurz nachdem ich herübergekommen war, lud ich mal einen indischen Verteidiger ein, eine Zigarette mit mir zu rauchen – bitte schön, eine einzige Zigarette. Später kam ich dahinter, daß im ganzen Basarviertel jeder seiner Unterlinge diese Tatsache an die große Glocke hatte hängen und allen Prozeßlustigen hatte versichern müssen: ›Oh, kommt nur zu meinem Vakil Mahmoud Ali – er ist gut Freund mit dem Richter!‹ Seitdem habe ich ihn mir vor Gericht immer besonders scharf vorgeknöpft. Jedenfalls war das Ganze eine Lektion für mich, und für ihn hoffentlich auch.«

»Besteht aber die Lektion nicht darin, daß du alle indischen Verteidiger einladen solltest, eine Zigarette mit dir zu rauchen?«

»Vielleicht. Aber die Zeit ist leider beschränkt, und das Fleisch ist schwach. Mir ist es immer noch lieber, im Klub zusammen mit meinesgleichen zu rauchen.«

»Warum dann aber nicht die Verteidiger in den Klub einladen?« fragte Miß Quested hartnäckig weiter.

»Nicht erlaubt.« Er war freundlich und geduldig und verstand offensichtlich auch, warum sie nicht verstand. Er ließ durchblikken, daß auch er einmal wie sie gedacht hatte, aber nicht sehr lange. Auf die Veranda hinaustretend, rief er mit fester Stimme etwas in Richtung des Mondes. Sein *sais* antwortete, und ohne den Kopf zu senken, gab er Anweisung, seinen Einspänner vorfahren zu lassen.

Mrs. Moore, die vom Klubbetrieb ein wenig benommen war, bekam im Freien gleich wieder einen klaren Kopf. Sie betrachtete den Mond, dessen Glanz das Purpurrot des umgebenden Himmels mit einem bläßlichen Gelbgrün trübte. In England war der Mond ihr stets leblos und fremdartig vorgekommen. Hier war er mit der Erde und allen anderen Gestirnen zusammen in den Schal der Nacht eingehüllt. Ein plötzliches Gefühl für die Einheit alles Geschaffenen, der Verwandtschaft mit allen Himmelskörpern durchströmte die alte Frau wie Wasser einen künstlichen Teich, eine seltsame Frische hinter sich lassend. Sie hatte nichts gegen *»Cousin Kate«*, nichts gegen die Nationalhymne einzuwenden, aber der Nachhall von beidem war nun in einen neuen Klang eingegangen, so wie Cocktails und Zigarren in das nur für ihr inneres Auge sichtbare Bild von Blumen eingegangen waren. Als an der Straßenbiegung die Moschee aufschimmerte, langgestreckt, kuppellos, rief sie aus: »O ja – bis hierher bin ich gekommen, hier bin ich gewesen.«

»Wann denn gewesen?« fragte ihr Sohn.
»In der Zwischenpause.«
»Aber Mutter, so etwas darfst du dir einfach nicht leisten.«
»Das darf Mutter nicht?«
»Nein, wahrhaftig, nicht in diesem Land. Es gehört sich einfach nicht. Man hat sich beispielsweise vor den Schlangen in acht zu nehmen. Am Abend kommen sie gewöhnlich aus ihren Schlupflöchern heraus.«
»Ach ja, das hat auch der junge Mann in der Moschee gesagt.«
»Das klingt ja ganz romantisch«, bemerkte Miß Quested, die, Mrs. Moore von Herzen zugetan, sich ehrlich darüber freute, daß ihr ein kleines Abenteuer vergönnt gewesen war. »Du triffst in der Moschee einen jungen Mann und erzählst mir dann nichts davon!«
»Ich war gerade drauf und dran, es dir zu erzählen, Adela, aber irgendwie bog die Unterhaltung dann in ein anderes Gleis ein, und ich vergaß es. Mein Gedächtnis wird immer unzuverlässiger.«
»War er nett?«
Mrs. Moore zögerte ein wenig, um dann mit vollem Nachdruck zu erklären: »Außerordentlich nett.«
»Wer war's denn?« forschte Ronny.
»Ein Arzt. Ich weiß nicht, wie er hieß.«
»Ein Arzt? Ich kenne in Tschandrapur keinen jungen Arzt. Wie merkwürdig! Wie sah er denn aus?«
»Er war ziemlich klein, hatte einen kleinen Schnurrbart und flinke Augen. Er rief mir etwas zu, als ich mich noch im dunklen Teil der Moschee befand – etwas, das sich auf meine Schuhe bezog. Auf diese Weise kamen wir ins Gespräch. Er bildete sich ein, daß ich welche anhätte. Aber glücklicherweise hatte ich dran gedacht, sie abzutun. Er erzählte mir von seinen Kindern, und dann hat er mich bis zum Klubeingang gebracht. Er kennt dich.«
»Ich wünschte, du hättest ihn mir gezeigt. Ich ahne nicht, wer es ist.«
»Er kam nicht mit in den Klub. Er sagte, er dürfe nicht mit hinein.«
Ronny ging endlich ein Licht auf. »Ach du lieber Himmel«, rief er,

»das war doch nicht etwa ein Mohammedaner? Warum hast du mir nur um alles in der Welt nicht erzählt, daß du dich mit einem Eingeborenen unterhalten hast? Ich war völlig auf dem Holzweg.«

»Ein Mohammedaner! Das ist ja großartig«, rief Miß Quested aus. »Ronny, sieht das deiner Mutter nicht ganz ähnlich? Wir reden fortwährend davon, daß wir etwas vom wirklichen Indien sehen wollen, und sie geht hin und sieht es. Und dann vergißt sie, daß sie es gesehen hat!«

Aber Ronny fühlte sich beunruhigt. Nach den Worten seiner Mutter hatte er angenommen, daß der Arzt der junge Muggins vom anderen Ufer des Ganges war, und er hatte bereits alle kameradschaftlichen Gefühle gezückt. Was für eine Verwechslung! Warum hatte sie nicht wenigstens mit einem Nebenton in der Stimme angedeutet, daß sie von einem Inder sprach! Gereizt und ein wenig diktatorisch, begann er sie zu verhören: »Er rief dir in der Moschee etwas zu, wie? In welchem Ton? Unverschämt? Was hatte er zu so später Stunde dort zu suchen? Nein, es ist nicht die Stunde ihres Gebets.« Das letztere war die Antwort auf eine Frage Miß Questeds, die sich ihrerseits ungemein interessiert zeigte. »Er hat dich also wegen deiner Schuhe zur Rede gestellt. Dann war es Unverschämtheit. Ein alter Kniff. Ich wünschte, du hättest sie anbehalten.«

»Ja, unverschämt war es schon, aber ein Kniff? Er war mit den Nerven so ziemlich am Ende – das konnte ich am Ton seiner Stimme erkennen. Sobald ich antwortete, benahm er sich völlig anders.«

»Du hättest ihm überhaupt nicht antworten sollen.«

»Na hör mal«, warf die logische junge Dame ein, »würdest du nicht zum Beispiel von einem Mohammedaner erwarten, daß er dir antwortete, wenn du ihn darum bätest, in der Kirche seinen Fez abzunehmen?«

»Das ist etwas anderes, etwas völlig anderes. Das kannst du nicht verstehen.«

»Nein, ich weiß, aber ich möchte es gern verstehen. Worin liegt denn, bitte, der Unterschied?«

Wenn sie sich doch nicht immer einmischen wollte! Was seine

Mutter betraf, so war von ihr nicht allzuviel zu befürchten – sie war nichts als eine Touristin, Reisebegleiterin, die jederzeit wieder nach England zurückkehren durfte und von deren Eindrükken auch gar nicht viel abhing. Aber mit Adela, die ernstlich erwog, ihr weiteres Leben in diesem Land zu verbringen, verhielt es sich weitaus bedenklicher. Wie lästig, wenn sie von vornherein mit einer falschen Einstellung an die ganze Eingeborenenfrage heranginge! Die Stute zum Halten bringend, sagte er: »Da ist euer Ganges.«
Die Aufmerksamkeit der beiden Frauen war tatsächlich abgelenkt. Vor ihnen in der Tiefe war plötzlich ein seltsamer Schimmer sichtbar geworden, der weder mit dem Wasser noch mit dem Mondlicht zu tun hatte – er stand wie eine Leuchtgarbe auf dem Feld des Dunkels. Ronny erklärte, daß das die Stelle sei, an der die neue Sandbank sich bildete, daß das schwärzliche Gekräusel am oberen Ende der Sand sei, und daß in ihrer Nähe auch die Leichen aus Benares herabtrieben – oder vielmehr herabtreiben würden, wenn die Krokodile es zuließen. »Von einer Leiche ist nicht mehr viel übrig, wenn sie nach Tschandrapur gelangt.«
»Auch Krokodile im Fluß, wie schrecklich«, murmelte die Mutter. Die jungen Leute wechselten rasch einen Blick und lächelten. Es belustigte sie stets ein wenig, die alte Dame von solchen Anwandlungen leisen Schauders heimgesucht zu sehen, und damit war die Eintracht zwischen ihnen wiederhergestellt. »Was für ein schrecklicher Fluß«, fuhr Mrs. Moore fort. »Was für ein herrlicher Fluß!« Sie seufzte. Der Schimmer war bereits am Verblassen, vielleicht, weil mit Mond oder mit Sand eine Veränderung vor sich gegangen war. Bald war es wohl auch um die helle Garbe geschehen, und nichts anderes würde von ihr mehr verbleiben als ein winziger zitternder Lichtkreis, wie eingeglüht in die flutende Leere. Die Frauen überlegten, ob sie den Wechsel der Beleuchtung noch abwarten sollten oder nicht, während rings um sie her die Stille bereits in kleine Flackerlaute von Unruhe zerbröckelte und die Stute zu zittern begann. Um ihretwillen beschlossen sie, nicht länger zu warten. Sie fuhren gleich weiter bis zum Bungalow des Richters, wo Miß Quested schlafen ging und Mrs. Moore noch eine kurze Unterredung mit ihrem Sohn hatte.

Er wollte noch mehr von dem mohammedanischen Arzt wissen, den sie in der Moschee getroffen hatte. Es gehörte zu seinen Pflichten, verdächtige Individuen anzuzeigen, und möglicherweise war es irgendeiner der zweifelhaften *hakim* aus dem Basarviertel, der auf ein Opfer gelauert hatte. Als Mrs. Moore ihm berichtete, daß es jemand war, der im Minto-Hospital angestellt war, atmete er erleichtert auf und bemerkte, der Bursche müsse Aziz heißen, und er sei einwandfrei, völlig einwandfrei.
»Aziz – was für ein reizender Name!«
»Ihr beide kamt also ins Gespräch. Hattest du den Eindruck, daß er freundlich gesonnen war?«
Ohne die Bedeutung dieser Frage zu ermessen, antwortete sie: »O ja, das schon, zumindest nach einer kleinen Weile.«
»Ich meine, ganz allgemein. Schien er uns gelten zu lassen – die brutalen Eroberer, die blutlosen Bürokraten – und wie man uns so nennt?«
»O ja, ich glaube schon – bloß die Callendars nicht. Für die Callendars hat er nicht das geringste übrig.«
»Oh. Das hat er dir ohne alle Umschweife gesagt, wie? Das wird den Major interessieren. Ich überlege nur, worauf er mit seiner Bemerkung hinauswollte.«
»Ronny, Ronny, das wirst du doch Major Callendar um Himmels willen nicht weiterberichten?«
»O doch. Ich muß es sogar.«
»Aber lieber Junge –.«
»Wenn der Major erführe, daß ein mir unterstellter Inder schlecht von mir spricht, würde er es mir auch gleich wiedererzählen.«
»Aber lieber Junge – eine Privatunterhaltung!«
»Nichts ist in Indien privat. Das wußte Aziz genau, als er so offen sprach. Mach dir also keine Gedanken. Er muß für seine Äußerung irgendein bestimmtes Motiv gehabt haben. Ich bin sogar überzeugt, daß die Bemerkung nicht ehrlich gemeint war.«
»Wieso denn nicht ehrlich gemeint?«
»Er putzte den Major nur herunter, um Eindruck auf dich zu machen.«
»Lieber – ich weiß wirklich nicht, wie du das meinst.«
»Es ist der neueste Kniff des gebildeten Eingeborenen. Früher

pflegten sie einfach zu katzbuckeln, aber die jüngere Generation legt es darauf an, männliche Unabhängigkeit zu bekunden. Sie sind auch der Meinung, daß man auf diese Weise bei einem der herumreisenden Parlamentsmitglieder mehr herausschlagen kann. Aber ob ein Eingeborener angibt oder winselt: immer steckt hinter seinen Bemerkungen noch etwas anderes, irgend etwas, und sei es auch nur die Absicht, sein *izzat* zu verstärken – auf gut englisch, Eindruck zu schinden. Natürlich gibt es Ausnahmen.«

»Bei uns zu Hause pflegtest du Leute nie mit solcher Elle zu messen.«

»Indien ist nicht Zuhause«, entgegnete er etwas schroff. Aber um seine Mutter zum Schweigen zu bringen, hatte er sich gewisser Wendungen und Argumente bedient, die er älteren Beamten abgelauscht hatte. Er fühlte sich seiner selbst nicht ganz sicher. Als er sagte: »Natürlich gibt es Ausnahmen«, hatte er Turton zitiert, während die Wendung »das *izzat* verstärken« auf Major Callendar selbst zurückging. Beides bewährte sich und war auch bei den Klubunterhaltungen gängige Münze. Aber Mrs. Moore war klug genug, bei Ronny das Selbstbeobachtete vom Nachgeredeten zu unterscheiden, und es bestand die Gefahr, daß sie konkrete Beispiele von ihm verlangen würde.

Aber sie sagte lediglich: »Es läßt sich nicht leugnen, daß alles das recht vernünftig klingt. Trotzdem darfst du unter keinen Umständen Major Callendar auch nur das geringste von dem weitergeben, was ich dir von Dr. Aziz erzählt habe.«

Ronny hatte das Gefühl, seiner Kaste gegenüber nicht ganz loyal zu handeln, trotzdem versprach er seiner Mutter, worum sie ihn bat. Nur fügte er hinzu: »Zum Ausgleich sprich du auch bitte nicht mit Adela über Aziz.«

»Nicht über ihn? Wieso?«

»Ach, du lieber Gott, Mutter, da wären wir nun glücklich wieder am Ausgangspunkt angelangt – ich kann dir wirklich nicht alles erklären. Ich möchte nicht, daß Adela sich die geringsten Gedanken macht – das ist der einzige Grund. Sie würde sich gleich die Frage vorlegen, ob wir die Eingeborenen richtig behandeln – und noch mehr solchen Unsinn.«

»Aber sie ist ja eigentlich nach Indien gekommen, um sich Gedanken zu machen – gerade darum ist sie ja hier. Sie hat auf dem Schiff immer wieder davon gesprochen. Wir hatten eine längere Unterhaltung, als wir in Aden zusammen an Land gingen. Sie hat dir, wie sie es ausdrückt, bisher nur beim Spiel zugesehen, aber noch nicht bei der Arbeit, und sie hatte das Gefühl, an Ort und Stelle zunächst ein wenig Umschau halten zu müssen, bevor sie sich endgültig entscheidet – und bevor du dich entscheidest. Sie möchte allen und allem gerecht werden.«

»Ich weiß«, sagte er etwas mutlos.

Der Beiklang von Dringlichkeit in seiner Stimme machte ihn für seine Mutter wieder zum kleinen Jungen, der unbedingt bekommen mußte, was er haben wollte, und sie versprach zu tun, worum er gebeten hatte, und beide gaben sich einen Gutenachtkuß. Er hatte ihr jedoch nicht verboten, über Aziz nachzudenken, und eben das tat sie, sobald sie sich in ihrem Zimmer befand. Im Licht der Erklärung ihres Sohnes ließ sie die Begegnung in der Moschee noch einmal an sich vorüberziehen, um herauszufinden, wessen Eindruck der richtige sei. Ja, es ließ sich schon etwas durchaus Unerfreuliches daraus herauslesen. Der Arzt hatte sie zunächst angefaucht, hatte erklärt, Mrs. Callendar wäre nett, und hatte dann – nachdem er sich vergewissert hatte, daß er sich auf sicherem Gelände befand – den Ton gewechselt. Er hatte über die Kränkungen gejammert, die er hatte ausstehen müssen, und sich zugleich ihr, Mrs. Moore, gegenüber als Beschützer aufgespielt, hatte in einem einzigen Satz ein Dutzend widersprechender Feststellungen gemacht, war zudringlich, eitel und im ganzen wohl auch nicht vertrauenerweckend gewesen. Ja, das stimmte schon alles – aber was für ein falsches Bild ergab es am Ende! Was an Aziz wirklich lebendig war, war völlig daraus entschwunden.

Als sie ihren Mantel aufhängen wollte, entdeckte sie, daß die Spitze des Garderobenhakens von einer kleinen Wespe eingenommen war. Sie hatte diese besondere Wespe oder eine ihrer Anverwandten schon am Tage bemerkt. Anders als die englischen Wespen, hatten die indischen lange gelbe Beine, die sie beim Fliegen herabhängen ließen. Vielleicht verwechselte diese Wespe

den Haken mit einem Zweig – kein Tier in Indien kann zwischen Außen- und Innenraum unterscheiden. Fledermäuse, Ratten, Vögel, Insekten legen sich kaum davon Rechenschaft ab, ob sie im Innern eines Hauses nisten oder im Freien. Für sie gehört alles zu einem ewigen Dschungel, das abwechselnd Häuser und Bäume, Bäume und Häuser hervortreibt. Da saß also die kleine Wespe schlafend auf ihrem Haken, während drunten in der Ebene die Schakale heulend ihre Gelüste kundtaten und gleichzeitig das Dröhnen von Trommeln erscholl.
»Du hübsche Kleine«, sagte Mrs. Moore zu der Wespe. Die Angeredete schlief ungestört weiter, aber Mrs. Moores Stimme schwang fort von ihr, hinaus, die verstörenden Laute der Nacht noch zu mehren.

4

Der Verwaltungsdirektor hielt Wort. Am nächsten Vormittag ließ er zahlreichen höhergestellten Indern der Umgebung Einladungskarten zugehen, auf denen zu lesen stand, daß er sie am folgenden Dienstag zwischen fünf und sieben Uhr nachmittags im Garten des Klubhauses erwarte und daß auch Mrs. Turton sich freuen werde, alle diejenigen ihrer weiblichen Angehörigen zu begrüßen, die sich nicht mehr an die Vorschrift des *purdah* gebunden fühlten. Dieser Schritt rief allgemeine Aufregung hervor und wurde in verschiedenen Sphären lebhaft erörtert.
»Das geht natürlich auf eine Anordnung des Provinzstatthalters zurück«, lautete Mahmoud Alis Erklärung. »Turton würde auf eigene Faust so etwas niemals riskieren. Die ganz hohen Beamten sind anders: sie haben für uns Verständnis, der Vizekönig hat Verständnis, und sie wollen uns anständig behandelt sehen. Nur kommen sie nicht oft genug her und leben zu weit entfernt. Inzwischen –«
»Es ist nicht weiter schwierig, aus der Ferne Verständnis zu bezeigen«, erklärte ein alter vollbärtiger Mann. »Ich schätze ein freundliches Wort um so höher, je dichter es vor meinem Ohr

gesprochen wird. Und das hat Mr. Turton getan – aus welchem Grund auch immer. Er spricht, und wir hören. Ich sehe nicht ein, warum wir noch länger darüber diskutieren sollen.« Worauf ein paar Zitate aus dem Koran folgten.
»Leider verfügen wir anderen nicht über deine Friedfertigkeit, Nawab Bahadur, und über deine Gelehrsamkeit auch nicht.«
»Der Provinzstatthalter mag mir persönlich gewogen sein, aber ich mache ihm auch meinerseits das Leben nicht schwer. Wie geht es Ihnen, Nawab Bahadur? – Danke der Nachfrage, Sir Gilbert, recht gut. Und wie geht es Ihnen? – Und das wäre dann auch alles. Aber dafür kann ich ein Stachel in Mr. Turtons Fleisch sein, und wenn er mich zu sich bittet, nehme ich seine Einladung an. Ich werde sogar eigens von Dilkusha in die Stadt dazu kommen, auch wenn andere Abmachungen dann vertagt werden müssen.«
»Womit Sie sich leider selbst etwas vergeben«, sagte plötzlich ein kleiner Schwarzhaariger.
Ein Gemurmel allgemeiner Mißbilligung erhob sich. Wer war denn dieser ungebildete Emporkömmling, der sich erdreistete, den führenden mohammedanischen Grundbesitzer der Gegend zu kritisieren? Mahmoud Ali teilte zwar seine Meinung, fühlte sich aber verpflichtet, ihm zu widersprechen. »Mr. Ram Chand«, sagte er, mit der Hand an der Hüfte steif vorwärtswippend.
»Mr. Mahmoud Ali!«
»Mr. Ram Chand, der Nawab Bahadur kann wohl selbst entscheiden, wann und wie man sich etwas vergibt, ohne daß wir ihm dafür erst die Maßstäbe liefern.«
»Ich glaube kaum, daß ich mir etwas vergeben werde«, sagte der Nawab Bahadur in durchaus freundlichem Ton, zu Mr. Ram Chand gewandt. Gerade weil dieser unhöflich gewesen war, hatte er ihn vor den Folgen seines Verhaltens zu schützen. Einen Augenblick lang war er versucht gewesen zu antworten: »Ja, ich werde mir wohl etwas vergeben«, aber diese Entgegnung verwarf er als zu wenig rücksichtsvoll. »Ich kann beim besten Willen nicht einsehen, wieso wir uns etwas vergeben sollten. Wirklich, das kann ich nicht einsehen. Die Einladung ist doch höchst huldvoll stilisiert.« In der Überzeugung, daß er die gesellschaftliche Kluft

zwischen sich und seinen Zuhörern nicht noch mehr vermindern durfte, ließ er sich von seinem eleganten Enkel, den er stets um sich zu haben pflegte, den Wagen holen. Dann wiederholte er noch einmal alles, was er zuvor schon gesagt hatte – nur etwas ausführlicher –, und schloß mit den Worten: »Bis Dienstag also, meine Herren – ich hoffe, wir werden uns alle im Blumengarten des Klubs wiedersehen.«

Dieser Meinung kam ein besonderes Schwergewicht zu. Der Nawab Bahadur war ein Großgrundbesitzer und Wohltäter, der es weder an menschenfreundlicher Gesinnung noch an Entschlußkraft fehlen ließ. Bei allen Islamgemeinden der Provinz stand sein Name in hohem Ansehen. Er war ein großmütiger Feind und ein zuverlässiger Freund, und seine Gastlichkeit war geradezu sprichwörtlich: »Schenke, aber leihe nicht – wer würde es dir nach dem Tode noch danken?« lautete seine Lieblingsdevise. Er hielt es für verwerflich, im Vollbesitz des Reichtums dahinzugehen. Wenn also eine solche Persönlichkeit bereit war, aus fünfzig Kilometer Entfernung mit dem Wagen zu kommen, um dem Verwaltungsdirektor die Hand zu schütteln, dann rückte die ganze Veranstaltung in ein anderes Licht. Denn er gehörte nicht zu den Berühmtheiten, die die Nachricht verbreiten lassen, sie würden sich auf der und der Gesellschaft höchstpersönlich einfinden, die dann aber im letzten Augenblick ausbleiben und das kleinere Kroppzeug allein im Netz zappeln lassen. Wenn er sagte, er würde kommen, dann kam er auch. Niemals täuschte, enttäuschte er seine Anhänger. Die Männer, denen er eben einen Vortrag gehalten hatte, redeten einander nun auch ihrerseits lebhaft zu, an der geplanten Gesellschaft teilzunehmen, wenngleich sie im stillen überzeugt waren, daß sein Rat unverständig war.

Er hatte in dem kleinen geschlossenen Raum in der Nähe des Gerichts gesprochen, in dem die Anwälte und Klienten warteten. Die Klienten, die ihrerseits auf Anwälte warteten, hockten draußen im Staub. Sie hatten von Mr. Turton keine Einladung erhalten, aber auch tief unter ihnen gab es noch Zahllose, Leute, die nur einen Hüftschurz, andere, die nicht einmal soviel trugen, und die ihr ganzes Leben damit verbrachten, vor einer scharlachrot gekleideten Puppe mit zwei hölzernen Stäbchen ein Klappergeräusch zu vollführen, menschliche Wesen, die, in immer weiteren und tieferen Abstufungen, auch immer weiter dem Gesichtskreis der Gebildeten entgleiten, bis keine irdische Einladung sie mehr zu erfassen vermag.

Vielleicht sollten alle Einladungen überhaupt vom Himmel selbst ausgehen, und vielleicht sollten die Menschen lieber auf den Versuch verzichten, eine innere Zusammengehörigkeit vorzutäuschen – allzu leicht erweitern sie nur die zwischen ihnen bestehende Kluft. Auf jeden Fall waren dieser Meinung der alte Mr. Graysford und der junge Mr. Sorley, die beiden einzigen Missionare, die hinter den Schlachthäusern wohnten, bei Reisen stets dritter Klasse fuhren und niemals im Klub erschienen. In unseres Vaters Hause sind viele Wohnungen, lehrten sie, und nur dort würden auch die unvereinbar-mannigfaltigen Arten der Menschengattung willkommen geheißen und gespeist. Auf Seiner Veranda sollte von den Dienern keiner je abgewiesen werden, ob weiß- oder dunkelhäutig, und keiner sollte zum Stehen verurteilt sein, sofern er sich nur mit liebendem Herzen näherte. Und warum sollte göttliche Gastfreundlichkeit es bei den Menschen bewenden lassen? Man brauchte, ganz untertänig sei es bemerkt, nur an die Affen zu denken. Sollte es nicht auch für die Affen noch irgendeine Wohnung geben? Nein, meinte der alte Mr. Graysford, aber Mr. Sorley, der fortschrittlich gesinnt war, sagte ja. Er konnte keinen Grund dafür sehen, warum nicht auch den Affen Mitanteil an der ewigen Seligkeit vergönnt sein sollte, und er hatte sich in diesem Sinne auch befreundeten Hindus gegenüber recht verständnisvoll ausgelassen. Und die Schakale? Von den Schakalen hielt Mr. Sorley nicht ganz soviel, aber da die Güte Gottes ja unermeßlich war, so mochte sie sich auf alle Arten von Säugetieren erstrecken. Und die Wespen? Beim Abstieg zu den Wespen war Mr. Sorley nicht ganz geheuer zumute, und wenn das Gespräch darauf kam, fühlte er sich stets geneigt, das Thema zu wechseln. Und Orangen, Kakteen, Kristalle und Straßenschmutz? Und die Bakterien, die Mr. Sorley in seinem Innern beherbergte? Nein, nein, soweit sollte man doch lieber nicht gehen. Irgendwelche Geschöpfe mußten von unserem himmlischen Beisammensein schon ausgeschlossen werden – was sollte sonst für uns selbst übrigbleiben?

5

Die Bridge Party verlief nicht gerade erfolgreich – zumindest nicht in dem Sinne, in dem Mrs. Moore und Miß Quested eine Gesellschaft sonst erfolgreich zu nennen gewohnt waren. Sie fanden sich schon sehr früh dazu ein, da die Gesellschaft ja ihnen zu Ehren gegeben wurde. Aber die meisten der indischen Gäste hatten sich noch früher eingefunden und standen auf der anderen Seite der Tennisplätze herum, ohne sich von der Stelle zu rühren.

»Es ist eben erst fünf«, sagte Mrs. Turton. »Mein Mann wird gleich aus dem Amt zurück sein und das Ganze in Schwung bringen. Ich habe keine Ahnung, wie das geschehen soll. Wir haben bisher noch nie eine solche Gesellschaft im Klub gegeben. Mr. Heaslop, wenn ich selbst nicht mehr unter den Lebenden weile: werden Sie dann noch weiter Gesellschaften solcher Art veranstalten? Der alte Typ des *Burrah Sahib* würde sich im Grabe umdrehen, wenn er je davon zu hören bekäme.«

Ronny lachte ehrerbietig. »Du wolltest etwas Nicht-nur-Malerisches zu sehen bekommen«, sagte er zu Miß Quested, »und da hast du es nun. Was hältst du von unserem arischen Bruder, wenn er dir in Tropenhelm und kurzen Gamaschen entgegentritt?«

Weder die Angeredete noch Ronnys Mutter fühlten sich bemüßigt zu antworten. Sie ließen einen etwas bekümmerten Blick über den Tennisplatz schweifen. Nein, das war sicher nicht malerisch. Der Osten hatte sich seiner irdischen Herrlichkeit entäußert und war beim Abstieg in ein Tal begriffen, dessen andere Seite vorerst noch nicht erkennbar war.

»Die Hauptsache ist, sich immer wieder vor Augen zu halten, daß keiner der hier Anwesenden wirklich zählt. Und umgekehrt sind

die, auf die es ankommt, alle nicht hier – habe ich nicht recht, Mrs. Turton?«
»Völlig recht«, sagte die hohe Dame, sich zurücklehnend. Sie »sparte sich«, wie sie selbst es auszudrücken beliebte, »auf« – nicht etwa für irgendein an jenem Nachmittag oder auch nur in jener Woche bevorstehendes Ereignis, sondern für eine künftige Gelegenheit unbestimmten Datums, bei der einer der höchsten Beamten zu ihr zu Besuch kommen und ihre gesellschaftlichen Talente auf die Probe stellen würde. Fast jedesmal war ihr öffentliches Auftreten durch eine solche Art der Zurückhaltung gekennzeichnet.
Ihrer Zustimmung nunmehr sicher, fuhr Ronny fort: »Die gebildeten Inder werden uns im Fall einer Auseinandersetzung gar nichts nütze sein. Es lohnt einfach nicht, sie friedlich zu stimmen – und eben darum zählen sie auch nicht mit. Die meisten der Leute, die du hier vor dir siehst, sind im Grunde ihres Herzens Rebellen, und die übrigen Schlappschwänze. Der Mann, der in Indien den Boden beackert – das ist ein andrer Kerl. Und auch der Afghan ist ein richtiger Mann. Aber diese Leute hier – bilde dir bitte nicht ein, daß sie Indien verkörpern.«
Er wies auf die ungegliederte Masse hinter dem Tennisplatz, die gelegentlich mit dem Aufblitzen eines Klemmers und der Schlenkerbewegung eines Fußes anzudeuten schien, daß sie seiner hochnäsigen Bemerkungen gewahr wurde. Europäische Kleidung war wie Aussatz über sie gekommen. Wenige waren ihr völlig verfallen, aber niemand war ganz von ihr verschont geblieben. Sobald Ronny zu Ende gesprochen hatte, trat zu beiden Seiten des Tennisplatzes völlige Stille ein. Immerhin gesellten sich der englischen Gruppe noch ein paar weibliche Gäste zu, deren Worte, kaum geäußert, im Leeren zu verhallen schienen. Über den beiden Lagern schwebten, gleichsam unparteiisch, ein paar Papierdrachen, über die der massige Schatten eines Geiers glitt, und mit einer alles andere noch beschämenden Unparteilichkeit ließ der keineswegs tieffarbige, sondern durchsichtig schimmernde Himmel rings umher sein Licht herniederströmen. Wenig wahrscheinlich, daß damit die Höhenfolge bereits an ihrem Ende angelangt sein sollte. Mußte sich über

dem Himmel nicht noch ein anderes dehnen, das alle einzelnen Himmel überwölbte und selbst diese noch an Unparteilichkeit übertrumpfte? Und darüber wiederum...

Man unterhielt sich über *»Cousin Kate«*.

Die Engländer hatten versucht, auf der Bühne ihren eigenen Lebensstil wiederzugeben, und sich dabei als gute englische Bürger kostümiert – die sie ja in Wirklichkeit waren. Nächstes Jahr wollten sie das Lustspiel *»Quality Street«* oder das Singspiel *»The Yeomen of the Guard«* zur Aufführung bringen. Abgesehen von diesem alljährlichen Abstecher aber wollten sie von der Literatur nicht viel wissen. Die Männer hatten keine Zeit dafür übrig, und die Frauen hielten sich allem fern, was sie mit den Männern nicht teilen konnten. Ihre künstlerische Ahnungslosigkeit war bemerkenswert, und sie ließen sich auch keine Gelegenheit entgehen, sie sich gegenseitig unter die Nase zu reiben. Es war die Lebenseinstellung der Public School, die hier in Indien viel üppiger ins Kraut schießen durfte, als es ihr in England jemals hätte gelingen können. Wenn von den Indern zu sprechen uninteressant geworden war, so galt es als geradezu ungehörig, die Schönen Künste zu erwähnen, und Ronny war seiner Mutter über den Mund gefahren, als sie sich nach seiner Bratsche erkundigte. Eine Bratsche war fast etwas Unwürdiges, jedenfalls nicht die Art von Musikinstrument, deren man in der Öffentlichkeit Erwähnung tun durfte. Mrs. Moore stellte bei sich fest, wie lax und konventionell ihr Sohn im Urteil geworden war. Als sie früher einmal in London gemeinsam *»Cousin Kate«* auf der Bühne gesehen hatten, hatte er eine schnoddrige Bemerkung nach der anderen darüber gemacht. Nun gab er, um niemand zu kränken, vor, das Stück für gut zu halten. Im Lokalblatt war eine »unfreundliche Besprechung« erschienen – »kein weißer Kritiker hätte es fertiggebracht, so etwas zu schreiben«, hatte Mrs. Lesley bemerkt. Gewiß wurde das Stück gerühmt, und ebenso Inszenierung und Darstellung als Ganzes, aber dafür fand sich in der Besprechung folgender Satz: »Wenn Miß Derek in ihrer Erscheinung dem Charakter ihrer Rolle auch aufs reizendste gerecht wurde, so ermangelte sie doch der notwendigen Bühnenerfahrung und vergaß gelegentlich ihren Text.« Dieser winzige Hauch von echter Kritik hatte weithin Ärgernis erregt – nicht etwa bei Miß Derek selbst, die durchaus dickfellig war, wohl aber bei ihren Freunden. Miß Derek gehörte nicht mit zu Tschandrapur. Sie weilte auf vierzehn Tage zu Gast bei den McBrydes, dem Polizeichef und seiner Frau, und war so liebenswürdig gewesen, im letzten Augenblick eine bei der Besetzung verbliebene Lücke füllen zu helfen. Was für einen Eindruck von Gastlichkeit sollte sie aus dieser Stadt mit sich davontragen!

»An die Arbeit, Mary, an die Arbeit«, rief der Verwaltungsdirektor, mit einer Reitgerte seine Frau leicht an der Schulter berührend.

Mrs. Turton erhob sich etwas hilflos. »Was soll ich denn nur tun? Oh, diese *purdah*-Frauen! Ich hätte es nicht für möglich gehalten, daß auch nur eine von ihnen auftauchen würde. Du lieber Himmel!«

Auf einem dritten Viertel des Gartengeländes hatten sich ein paar Inderinnen zusammengetan, und zwar in der Nähe eines ländlichen Sommerhäuschens, in dem die weniger Entschlossenen bereits Zuflucht genommen hatten. Die übrigen hatten der ganzen Gesellschaft den Rücken gekehrt und ihr Gesicht in einer Hecke vergraben. In einiger Entfernung von ihnen standen ihre männlichen Angehörigen und warteten gespannt den Ausgang des Abenteuers ab – ein vielsagender Anblick: eine Insel, die, beim Flutwechsel sichtbar geworden, an Größe immer mehr zunehmen mußte.

»Meiner Meinung nach sollten sie zu mir herüberkommen.«

»Na, mach schon, Mary, gib dir einen Ruck!«

»Ich will auf keinen Fall einem der Männer die Hand reichen, es sei denn, dem Nawab Bahadur – wenn es unbedingt sein muß.«

»Wen haben wir denn schon hier?« Mr. Turton ließ den Blick über die Reihen der Gäste gleiten. »Hm, hm. Ganz, wie zu erwarten war. Ich kann mir denken, warum Soundso hier ist – er braucht mich für einen Kontrakt, und der da möchte sich um des *mohurram* willen lieb Kind bei mir machen, und dort ist der Astrologe, der die städtischen Bauvorschriften umgehen möchte, und der da ist der *parsi* und der – hallo, da rast er, pardauz, mitten in unsere

Stockrosen hinein! Zog den linken Zügel anstatt des rechten. Wie immer!«

»Das Einfahren hätte ihnen niemals gestattet werden sollen – es bekommt ihnen nicht«, sagte Mrs. Turton, die sich endlich in Richtung des Sommerpavillons in Bewegung gesetzt hatte, begleitet von Mrs. Moore, Miß Quested und einem Terrier. »Keine Ahnung, warum sie überhaupt kommen. Für sie ist das Ganze nicht weniger peinlich als für uns. Sprechen Sie einmal darüber mit Mrs. McBryde. Auf Wunsch ihres Mannes hatte sie *purdah*-Gesellschaften zu geben, bis sie streikte.«

»Aber das hier ist doch keine *purdah*-Gesellschaft«, versuchte Miß Quested richtigzustellen.

»So? Wirklich nicht?« lautete die hochmütige Entgegnung.

»Seien Sie doch bitte so nett, uns zu sagen, wer diese Damen sind«, bemerkte Mrs. Moore.

»Sie sind denen ohnehin gesellschaftlich überlegen. Vergessen Sie das bitte nicht. Mit Ausnahme einiger weniger Ranis sind Sie allen Inderinnen überlegen, und selbst die sind Ihnen nur ebenbürtig!« Ein paar Schritte vortretend, reichte sie den Besucherinnen die Hand und äußerte auf Urdu ein paar Begrüßungsworte. Sie hatte den Dialekt erlernt, aber lediglich in der Absicht, sich mit ihren Dienern verständigen zu können. Darum kannte sie keine der höflicheren Wendungen, und von den Verbalformen nur die des Imperativs. Sobald ihre kleine Ansprache beendet war, wandte sie sich ihren Begleiterinnen zu: »War es das, was Ihnen vorgeschwebt hat?«

»Bitte, sagen Sie doch den Damen, wir wünschten, wir könnten uns in ihrer Sprache mit ihnen unterhalten, und wir wären eben erst in ihr Land gekommen.«

»Vielleicht sprechen wir dafür aber Ihre Sprache ein wenig«, sagte eine der Inderinnen.

»Nanu – sie versteht!« rief Mrs. Turton aus.

»Eastbourne, Piccadilly, High Park Corner«, rezitierte eine der anderen Damen.

»O ja, sie sprechen Englisch.«

»Nun können wir uns wenigstens unterhalten – wie reizend!« rief Adela, und ihr Gesicht hellte sich auf.

»Sie kennt auch Paris«, warf einer der in der Nähe stehenden Männer ein.

»Ja, zweifellos ist sie auf der Durchreise auch durch Paris gekommen«, bemerkte Mrs. Turton, als beschriebe sie die Wanderbewegung von Zugvögeln. Ihr Verhalten war noch kühler geworden, seit sie entdeckt hatte, daß einige ihrer Gesprächspartnerinnen europäisiert waren und sie, Mrs. Turton, infolgedessen nach ihren eigenen Maßstäben beurteilen mochten.

»Die kleinere Dame, sie ist meine Frau. Es ist Mrs. Bhattacharya«, erklärte der männliche Zuschauer. »Die größere Dame ist meine Schwester, Mrs. Das.«

Sowohl die kleinere wie die größere Dame zupften sich den Sari zurecht und lächelten. Ihren Bewegungen war etwas merkwürdig Unentschiedenes eigen. Es war, als suchten sie nach einer neuen Formel, die ihnen bisher sowohl der Westen wie der Osten vorenthalten hatte. Als Mrs. Bhattacharyas Mann das Wort ergriff, kehrte sie sich von ihm ab, doch machte es ihr nichts aus, ihren Blick auf die anderen Männer zu richten. Ja, alle Damen waren unsicher. Sie senkten den Kopf und hoben ihn wieder, kicherten, machten zur Unterstreichung alles Gesagten winzige Gesten der Verzweiflung oder Zerknirschung und tätschelten den Terrier oder zuckten vor ihm zurück. Miß Quested hatte nun endlich die ersehnte Gelegenheit: vor ihr standen freundliche Inder, und sie versuchte, sie zum Sprechen zu bringen – freilich ohne jeden Erfolg. Immer wieder rannte sie vergeblich gegen die stets nur ein Echo zurückwerfenden Wände ihrer Höflichkeit an. Wenn sie selbst etwas sagte, das wie ein Kompliment klang, antwortete ihr nur ein abwehrendes Gemurmel, das zum Gemurmel der Betrübnis wurde, als sie einmal ihr Taschentuch fallen ließ. Dann nahm sie selbst von jeder eigenen Bemühung Abstand, um zu sehen, ob nicht vielleicht das einige Wirkung tat, aber auch die anderen verhielten sich abwartend. Mrs. Moores Bemühungen waren gleichfalls zur Erfolglosigkeit verurteilt. Mrs. Turton beobachtete beide mit unbeteiligter Miene. Sie hatte vom ersten Augenblick an gewußt, wie unsinnig die ganze Veranstaltung war.

Beim Abschied hatte Mrs. Moore einen plötzlichen Einfall. Sie

fragte impulsiv Mrs. Bhattacharya, deren Gesicht ihr gefiel: »Würden Sie uns wohl erlauben, Sie irgendwann einmal zu besuchen?«
»Und wann?« erwiderte diese, sich anmutig verneigend.
»Wann immer es Ihnen paßt.«
»Es paßt mir jeden Tag.«
»Also vielleicht Donnerstag...«
»Aber gewiß.«
»Es würde wirklich ein Vergnügen für mich sein. Um welche Zeit wohl am besten?«
»Jederzeit.«
»Sagen Sie uns doch bitte, wann es Ihnen am angenehmsten wäre. Wir sind in Ihrem Lande noch fremd und kennen die Besuchsstunden nicht«, bemerkte Miß Quested.
Auch Mrs. Bhattacharya schien sie nicht zu kennen. Aber ihre Gebärde schien zu besagen, daß, solange es überhaupt einen Wochentag namens Donnerstag gab, sie gewußt habe, daß Engländerinnen gerade an einem solchen zu Besuch zu ihr kommen würden, und sie sich darum an jedem Donnerstag zu Hause hielte. Sie zeigte sich sehr erfreut und keineswegs überrascht.
»Wir fahren heute noch nach Kalkutta«, setzte sie hinzu.
»Ja, wirklich?« fragte Adela, die zunächst die Bedeutung dieser Mitteilung nicht ganz ermaß. Dann rief sie aus: »Aber dann treffen wir Sie ja gar nicht mehr an?«
Mrs. Bhattacharya stellte diese Tatsache nicht in Abrede. Aber aus der Entfernung rief Mr. Bhattacharya: »O ja, natürlich, kommen Sie nur am Donnerstag zu uns.«
»Aber dann sind Sie doch in Kalkutta?«
»Nein, nein, keineswegs.« Er rief rasch seiner Frau ein paar Worte auf Bengali zu. »Wir erwarten Sie also Donnerstag.«
»Donnerstag...« echote seine Frau.
»Sie sind doch nicht etwa auf den schrecklichen Gedanken gekommen, um unseretwillen Ihre Reise zu verschieben?« rief Mrs. Moore aus.
»Aber nein, natürlich nicht – das liegt uns ganz fern.« Er lachte.
»Ich fürchte doch. O bitte – es täte mir wirklich leid.«
Alle Umstehenden lachten nun, ohne aber im geringsten den

Eindruck zu erwecken, daß sie irgendeinen Lapsus begangen hatte. Es folgte eine etwas gestaltlose Auseinandersetzung, in deren Verlauf Mrs. Turton, still vor sich hinlächelnd, den Rückzug antrat. Man kam schließlich überein, daß der Besuch tatsächlich am Donnerstag stattfinden sollte, aber so früh am Morgen wie möglich, damit die Pläne der Bhattacharyas so wenig wie möglich beeinträchtigt würden, und daß Mr. Bhattacharya ihnen mitsamt ein paar Dienern, die ihnen den Weg zeigen sollten, seine Kutsche schicken werde, sie abzuholen. Wußte er denn, wo sie wohnten? O ja, natürlich wußte er das, er wußte alles und jedes, und wieder brach er in Lachen aus. Mitten im Flattergewirbel von Komplimenten und lächelnden Blicken verabschiedeten sich schließlich alle, während aus dem Sommerpavillon wie drei buntgefiederte Schwalben drei Damen herausschossen, die sich dem Empfang bisher ferngehalten hatten und sich mit über der Brust gekreuzten Armen vor ihnen verneigten.

Inzwischen hatte auch der Verwaltungsdirektor die Runde gemacht. Er erging sich in liebenswürdigen Bemerkungen und ein paar Scherzen, die aus voller Kehle belacht wurden. Aber von fast jedem seiner Gäste war ihm auch das Sündenregister bekannt, und darum verhielt er sich etwas unverbindlich. Wenn im einen Falle irgendwelche Gaunerei vorlag, dann im anderen Schleichhandel mit *bhang*, oder aber eine Weibergeschichte oder noch Schlimmeres. Und selbst die Vertreter der Elite wollten ihm bei dieser Gelegenheit irgend etwas abhandeln. Er war überzeugt, daß eine Bridge Party mehr Nutzen als Schaden stiften würde – andernfalls hätte er ja auch keine veranstaltet –, aber er gab sich auch keinen übertriebenen Illusionen hin und zog sich im geeigneten Augenblick wieder auf die englische Rasenseite zurück. Der Eindruck, den er bei seinen Gästen hinterlassen hatte, war höchst vielfältiger Art. Manche von ihnen, vor allem die weniger wohlhabenden, wenig anglisierten, waren aufrichtig dankbar. Von einem so hohen Beamten angesprochen zu werden, mußte ihnen zeitlebens zustatten kommen. Es war ihnen einerlei, wie lange sie herumstanden oder wie wenig sich auch ereignen mochte, und als die Uhr sieben schlug, mußten sie sich hinauskomplimentieren lassen. Andere waren mit einigen Vorbehalten dankbar. Der Nawab Bahadur, dem sowohl seine eigene Person wie seine ehrenvolle Aufnahme völlig gleichgültig war, zeigte sich in Gedanken an die Freundlichkeit, der die Einladung entsprungen sein mochte, gerührt. Er kannte auch alle damit zusammenhängenden Schwierigkeiten. Auch Hamidullah war der Meinung, der Verwaltungsdirektor habe sich höchst geschickt aus der Affäre gezogen. Andere jedoch waren so zynisch wie Mahmoud Ali. Sie waren fest überzeugt, daß Turton die Gesellschaft nur auf Druck von seiten seiner Vorgesetzten gegeben hatte und daß er sich die ganze Zeit über in ohnmächtiger Wut verzehrte. Sie steckten mit dieser Überzeugung auch andere an, die sonst sehr viel vernünftiger dachten. Und doch war selbst Mahmoud Ali froh, gekommen zu sein. Jeder Schrein hat etwas Faszinierendes an sich, und erst recht ein solcher, der so selten geöffnet wird, und es bereitete ihm besonderes Vergnügen, das Ritual eines englischen Klubs aus nächster Nähe studieren und es später seinen Freunden gegenüber parodieren zu können.

Der Beamte, der nach Mr. Turton am besten abschnitt, war Mr. Fielding, der Prinzipal des kleinen Beamtenseminars. Es war ihm erst wenig von dem ganzen Distrikt und noch weniger von den Sünden seiner Bewohner bekannt, und darum befand er sich auch in einer etwas weniger zynischen Gemütsverfassung. Sportlich gestählt und stets frohgestimmt, schoß er hierhin und dorthin und leistete sich zahllose kleine Schnitzer, die die Eltern seiner Zöglinge zu vertuschen suchten, denn er war besonders beliebt. Als Erfrischungen angeboten wurden, wanderte er nicht wieder auf die englische Rasenseite zurück, sondern verbrannte sich den Gaumen lieber mit *gram*. Er unterhielt sich mit jedem und kostete von allem. Abgesehen von manchem, was ihn fremdartig anmutete, erfuhr er auf diese Weise, daß die neuen Damen aus England einen höchst günstigen Eindruck hinterlassen hatten, und daß die Höflichkeit, die sich in ihrem Wunsch, Mrs. Bhattacharya einen Gastbesuch abzustatten, kundtat, nicht nur sie allein, sondern alle Inder entzückt hatte, die davon zu hören bekamen. Sie entzückte auch Mr. Fielding. Zwar kannte er die neuen Damen erst flüchtig, aber er war doch entschlossen, ihnen zu sagen, wieviel Freude sie auch ihm durch ihre Freundlichkeit bereitet hatten.

Er fand die jüngere von beiden allein. Sie betrachtete gerade durch einen Einschnitt in der Kaktushecke die fernen Marabarhügel, die, wie es bei Sonnenuntergang auch sonst gewöhnlich geschah, immer näherrückten. Sollte der Sonnenuntergang noch länger währen: würden sie nicht sogar die Stadt erreichen? Aber ein tropischer Sonnenuntergang, das ist etwas Rasches, Unvermitteltes. Fielding berichtete Miß Quested, was er von den anderen zu hören bekommen hatte, und sie zeigte sich derart darüber erfreut und dankte ihm mit so überschwenglicher Herzlichkeit, daß er sie und die andere Dame zu sich zum Tee einlud.

»Ich würde wirklich gern kommen, und Mrs. Moore bestimmt auch.«

»Allerdings führe ich eine Art Eremitendasein.«

»Etwas Besseres kann man an diesem Ort wohl kaum tun.«

»Wegen meiner Arbeit und allem, was damit zusammenhängt, komme ich auch nicht oft in den Klub.«

»Ich weiß, ich weiß, und wir kommen umgekehrt nicht viel aus ihm heraus ... Ich beneide Sie geradezu, daß Sie mit Indern zusammenarbeiten können.«

»Hätten Sie wohl Lust, den einen oder anderen kennenzulernen?«

»Große Lust – das habe ich mir nämlich grade gewünscht. Die heutige Gesellschaft hat mich ganz krank gemacht. Ich habe den Eindruck, als wären meine Landsleute hier draußen völlig verrückt. Gäste einladen und sie nicht wie Gäste behandeln! Sie und Mr. Turton und vielleicht noch Mr. McBryde sind die einzigen, die ihnen so etwas wie die übliche Höflichkeit bezeigt haben. Aber für die anderen schäme ich mich geradezu, und im Laufe des Nachmittags ist es nur immer noch schlimmer geworden.«

Das war es allerdings wirklich. An sich hatten die englischen Männer sehr viel entgegenkommender sein wollen, waren aber daran verhindert worden durch die englischen Frauen, die sie zu unterhalten, denen sie Tee zu bringen und in bezug auf Hunde und dergleichen gute Ratschläge zu erteilen hatten. Als das Tennisspiel begann, wurde die Scheidewand zwischen den beiden Parteien geradezu undurchdringlich. Man hatte gehofft, ein paar Spiele zwischen West und Ost zustande zu bringen, was aber rasch vergessen wurde, und die Tennisplätze waren bald von den üblichen Klubpaaren in Beschlag genommen. Auch Fielding war darüber empört, äußerte jedoch nichts zu der jungen Dame, denn er glaubte, in ihrer Entrüstung einen theoretischen Unterton wahrzunehmen. War sie wohl an indischer Musik interessiert? An seinem Seminar war ein alter Professor tätig, der singen konnte.

»Oh, das ist gerade das, was wir hören wollten. Und kennen Sie Dr. Aziz?«

»Ich bin über ihn im Bilde, aber ich kenne ihn nicht persönlich. Soll ich ihn gleichfalls mit einladen?«

»Mrs. Moore meint, er wäre so nett.«

»Na schön, Miß Quested. Würde es Ihnen am Donnerstag passen?«

»Ausgezeichnet. Morgens besuchen wir die Inderin. Alles Hübsche kommt offenbar am Donnerstag zusammen.«

»Allerdings werde ich den Richter nicht bitten, mitzukommen. Soviel ich weiß, ist er um diese Zeit besonders beschäftigt.«

»Ja, Ronny ist stets etwas überlastet«, erwiderte sie, den Blick auf die Felsenhügel gerichtet. Wie reizvoll sie plötzlich waren! Aber sie blieben ihr unerreichbar. Vor ihr Auge schob sich, wie eine Kulisse, das Bild ihrer künftigen Ehe. Abend für Abend würde sie mit Ronny dem Klub einen kurzen Besuch abstatten und dann zum Umziehen nach Hause fahren. Sie würden immer wieder nur die Lesleys und die Callendars und die Turtons und die Burtons sehen, sie einladen, von ihnen eingeladen werden, während das wahre Indien unmerklich an ihnen vorüberglitt. Gewiß würde etwas von seiner Farbe bleiben – dem festlich bunten Gewimmel der Vögel am frühen Morgen, den braunen Leibern, den weißen Turbanen und Götterbildern, deren Fleisch scharlachrot oder blau war –, bleiben auch etwas von seiner Bewegung, solange es Massen in den Basaren, Badende in den künstlichen Teichen gab. Auf dem Sitz eines kleinen Jagdwagens thronend, würde sie sich an beidem erfreuen. Aber das, was an echter Kraft hinter aller Farbe, aller Bewegung wirksam war, mußte sich ihr in noch stärkerem Maße entziehen als jetzt. Stets würde sie von Indien nur die flimmernde Außenfläche gewahren, aber nichts von seinem innersten Wesen, und es war offenbar dieses Wesen, von dem Mrs. Moore in einem einzigen kurzen Augenblick etwas erschaut hatte.

Und wie konnte es anders sein: nach wenigen Minuten fuhren sie tatsächlich aus dem Klub nach Hause, ja, und sie zogen sich um, und zum Essen stellten Miß Derek und die McBrydes sich ein, und das Menü bestand aus Juliennesuppe mit kugelharten Büchsenschoten, Landbrot, das keines war, Fischen mit weit verästelten Gräten, angeblich Flundern, Kotelett mit weiteren Büchsenschoten, Biskuitauflauf, Sardinen auf Toast: das typische Menü Anglo-Indiens. Je nachdem, ob man auf der Stufenleiter öffentlicher Ämter zufällig eine Sprosse emporgeklettert oder heruntergerutscht war, mochte ein bestimmter Gang hinzugefügt oder ausgelassen werden, mochten die Schoten mehr oder minder unverdaulich, Sardinen und Wermut auch von einer anderen Firma importiert worden sein – die Überlieferung als solche blieb bestehen: die Kost von Leuten, die in der Verbannung lebten, zubereitet von Dienern, die nichts vom Kochen verstanden. Adela gedachte der jungen Leute, die vor ihr nach Indien gekommen waren, ein Dampfer voller als der andere. Man hatte ihnen das gleiche Essen, die gleichen Ideen vorgesetzt, hatte sie auf die gleiche lächelnde Weise zurechtgewiesen, bis sie sich an die gesellschaftlich zulässigen Themen hielten und ihrerseits andere zurechtzuweisen begannen. »Ich werde einmal ganz anders sein«, dachte sie, denn sie war selber noch jung. Und doch wußte sie, daß sie stets gegen etwas würde ankämpfen müssen, das gleichzeitig tückisch und zäh war, und dazu brauchte sie Verbündete. Sie mußte in Tschandrapur ein paar Menschen um sich haben, die das gleiche empfanden wie sie, und sie war froh, solche Leute in Mr. Fielding und der Inderin mit dem unaussprechlichen Namen bereits gefunden zu haben. Auf jeden Fall hatte sie einen Anfang gemacht, und im Laufe der nächsten Tage mußte sie schon klarer erkennen, wo sie eigentlich hingehörte.

Miß Derek – sie war Gesellschafterin bei der Maharani eines etwas abgelegenen indischen Fürstenstaates. Sie war umgänglich und heiter und rief mit der Geschichte ihres Urlaubs allgemeines Gelächter hervor. Sie hatte diesen Urlaub nicht genommen, weil ihr die Maharani ihn großmütig gewährt hatte, sondern weil sie ihn nach ihrer eigenen Meinung verdiente. Nun wollte sie sich aber außerdem den Wagen des Maharadschas nehmen. Dieser Wagen hatte seinen Herrn auf eine Zusammenkunft der Landesfürsten in Delhi begleitet, und sie hatte bereits einen großartigen Plan geschmiedet, sich bei seinem Rücktransport an einem bestimmten Eisenbahnknotenpunkt dieses Wagens zu bemächtigen. Auf höchst belustigende Weise glossierte sie auch die Bridge Party, ja, sie betrachtete die gesamte indische Halbinsel als Schauplatz für eine komische Oper. »Wenn man hier kein Auge für die lächerliche Seite an den Menschen hat, ist man geliefert«, erklärte Miß Derek. Mrs. McBryde – sie war es, die einmal Krankenschwester gewesen war – rief ein ums andere Mal: »O Nancy, das ist ja zum Totlachen! Das ist ja urkomisch, Nancy! Ich wünschte, ich könnte auch alles so sehen!« Mr. McBryde äußerte dafür um so weniger. Es war offenbar ein ganz netter Mann.

Als die Gäste sich verabschiedet hatten und Adela zu Bett gegangen war, kam es nochmals zu einer längeren Unterredung zwischen Mutter und Sohn. Er brauchte an sich ihren Rat und Beistand, verwahrte sich aber gleichzeitig gegen alle Einmischung ihrerseits. »Spricht sich eigentlich Adela manchmal ein bißchen mit dir aus?« begann er. »Ich bin derart mit Arbeit überhäuft, daß ich sie nicht so oft und so lange zu sehen bekomme, wie ich mir gewünscht hätte, aber ich hoffe wenigstens, daß sie sich einigermaßen wohl fühlt.«

»Adela und ich sprechen immerzu von Indien. Übrigens, Lieber, da du gerade die Rede darauf bringst – du hast schon recht. Du solltest etwas häufiger mit ihr zusammensein.«

»Ja, vielleicht, aber dann würden die Leute klatschen.«

»Nun, sie müssen gelegentlich etwas zum Klatschen haben. Laß sie doch!«

»Die Leute benehmen sich hier so merkwürdig, ganz anders als bei uns daheim – man steht hier, wie der Burrah Sahib es einmal ausgedrückt hat, immer im Rampenlicht. Ein kleines törichtes Beispiel: Adela ging nur bis zum äußeren Rand des Klubgeländes, und Fielding ging ihr nach. Ich sah, daß Mrs. Callendar es beobachtete. Die Turtons halten hier jeden Neuankömmling so lange unter Beobachtung, bis sie völlig sicher sind, daß er zu ihnen paßt.«

»Ich glaube nicht, daß Adela jemals zu ihnen passen wird – sie hat einen viel zu ausgeprägten Charakter.«

»Gewiß, das ist gerade das Bemerkenswerte an ihr«, sagte Ronny nachdenklich. Mrs. Moore wurde nicht ganz klug aus ihm. Da sie in London lebte, wo jede Einmischung ins Privatleben verpönt war, konnte sie nicht begreifen, daß es in dem anscheinend so geheimnisvollen Indien etwas wie Privatleben gar nicht gab und daß infolgedessen die Konventionen sehr viel mehr Macht besaßen. »Sie fühlt sich doch nicht etwa bedrückt?« fuhr er fort.

»Frag sie nur ruhig, frag sie selbst, mein lieber Junge.«

»Wahrscheinlich hat sie allerhand Beunruhigendes von der Hitze gehört. Aber ich werde sie natürlich im April immer ins Gebirge schicken – ich gehöre nicht zu den Männern, die ihre Frauen im Flachland schmoren lassen.«

»Oh, es ist wohl kaum das Wetter, das ihr zu schaffen macht.«

»In Indien zählt nichts anderes als das Wetter, liebe Mutter. Es ist das A und O des täglichen Lebens.«

»Jawohl, das hat Mr. McBryde auch gesagt, aber es sind doch wohl eher die Anglo-Inder selber, die Adela auf die Nerven fallen. Sie ist der Meinung, daß sie sich den Indern gegenüber nicht freundlich genug verhalten.«

»Was habe ich dir gesagt?« rief er aus, seine gewöhnliche Sanftmut verleugnend. »Es ist mir schon während der ganzen letzten Woche aufgefallen. Das bringt nur eine Frau fertig – sich über irgendeine völlig nebensächliche Frage so den Kopf zu zerbrechen.«

In ihrer Überraschung verlor Mrs. Moore Adela aus dem Auge. »Eine ganz nebensächliche Frage, eine nebensächliche Frage?« wiederholte sie. »Wie kann so etwas nebensächlich sein?«

»Wir sind doch nicht gerade zu dem Zweck hier im Land, uns freundlich zu verhalten.«

»Wie meinst du das?«

»Ganz wörtlich. Wir sind hier, um Recht zu sprechen und Frieden zu wahren. So empfinde ich es wenigstens. Indien ist kein bürgerliches Wohnzimmer.«

»So empfindet ein Gott«, sagte sie, ohne die Stimme zu heben, aber es war weniger seine Empfindung als sein Ton, was sie aufbrachte.

Er versuchte, seinen Gleichmut wiederzufinden. »Indien hat es nun mal mit den Göttern«, sagte er.

»Und die Engländer haben es mit dem Wunsch, die Götter zu spielen.«

»Das ist doch alles überflüssiges Gerede. Wir sind nun mal hier, und wir bleiben hier, und das Land hat sich mit uns abzufinden, ob wir nun Götter sind oder nicht. Ach«, brach es etwas kläglich aus ihm hervor. »Was sollte ich denn nach deiner und Adelas Meinung hier tun? Mich mit meinen eigenen Standesgenossen, meinen eigenen Leuten überwerfen und mich statt dessen in Bewunderung für die Inder ergehen? Auf die äußere Macht, in diesem Land Gutes zu tun, verzichten, weil mein Verhalten nicht freundlich genug ist? Keiner von euch beiden versteht, was Arbeiten heißt, sonst würdest du nicht solchen Unsinn zusammenschwatzen. Es ist gar nicht schön, so etwas zu sagen, aber gelegentlich muß man's tun. Es ist fast schon ein bißchen krankhaft, wie ihr beide euch aufführt – Adela und du. Ich habe euch heute im Klub beobachtet – und der Verwaltungsdirektor hatte sich doch soviel Mühe gemacht, euch zu unterhalten! Ich bin zum Arbeiten hier, bitte schön, und außerdem dazu, dies elende Land mit aller Gewalt zusammenzuhalten. Ich bin kein Missionar und kein Abgeordneter der Arbeiterpartei und kein verwaschen-sentimentaler Schreiberling, der für alles Verständnis hat. Ich bin Regierungsbeamter, also das, was ich nach deinem Wunsch gerade sein sollte, das ist alles. Wir sind nicht hier in Indien, um nett zu sein, und wir haben auch nicht die Absicht, nett zu sein. Wir haben etwas viel Wichtigeres zu tun.«

Ronny sprach in aller Aufrichtigkeit. Tag um Tag tat er auf dem Richterstuhl sein Bestes, um herauszufinden, welche von zwei unwahren Aussagen die weniger unwahre war, um furchtlos Recht zu sprechen und um, von Lügnern und Schmeichlern umstellt, den Schwachen vor dem weniger Schwachen, den Stammelnden vor dem Zungenfertigen zu schützen. An jenem Morgen hatte er einen bei der Eisenbahn angestellten

Schalterbeamten verurteilen müssen, der Pilgern für ihre Fahrkarte zu viel abverlangt hatte; und weiter einen Afghanen, der versucht hatte, ein Mädchen zu vergewaltigen. Dafür erwartete er keine Dankbarkeit, keine Anerkennung. Der Schalterbeamte wie der Afghane würden wohl auch Berufung einlegen, vor der nächsten Verhandlung die Entlastungszeugen bestechen und zuletzt sogar eine Revision des Urteils erwirken. Er tat nur seine Pflicht. Was er aber erwarten durfte, war Verständnis von seiten seiner Landsleute, und das wurde ihm, von Neuankömmlingen abgesehen, auch nicht vorenthalten. Er hatte wohl ein Anrecht darauf, am Ende eines anstrengenden Tages mit Bridge Parties verschont zu bleiben und statt dessen mit seinesgleichen Tennis zu spielen oder in einem Liegestuhl die Beine langzustrecken.

Ja, Ronny sprach mit ehrlicher Überzeugung – wenn er nur, dachte seine Mutter, auch mit etwas weniger Schwung gesprochen hätte! Wie sehr Ronny die Schwierigkeiten seiner Lage auskostete! Wie nachdrücklich er immer wieder darauf hinwies, daß er nicht in Indien war, um sich angenehm zu machen; ja, wenn er nur weniger Genugtuung darüber empfunden hätte! Er erinnerte sie an den Ronny aus der Zeit der Public School. Keine Spur mehr von jugendlicher Menschenfreundlichkeit. Er sprach wie ein gescheiter und verbitterter Junge. Die Worte als solche hätten womöglich einen gewissen Eindruck auf sie nicht verfehlt, aber als sie ihren selbstgefälligen Klang vernahm, als sie sah, wie unterhalb der kleinen rötlichen Nase so selbstzufrieden, so sachkundig die Lippen auf- und zuschnappten, hatte sie die völlig unmotivierte Empfindung, daß damit noch lange nicht das letzte Wort über Indien gesprochen war. Ein einziger Beiklang des Bedauerns – nicht etwa des gespielten Ersatzbedauerns, sondern des echten Bedauerns, das von Herzen kommt –: er wäre ein anderer Mann gewesen und das britische Empire ein anderes politisches Gebilde.

»Ich bestreite das, ja, ich verlange sogar, daß du mir zustimmst«, sagte sie und ließ dabei die Ringe aneinanderklirren. »Wir Engländer sind hier im Land, um nett zu sein.«

»Wie willst du das denn beweisen, Mutter?« fragte er, nunmehr

aber wieder in leiserem Ton, denn er schämte sich seiner Gereiztheit.
»Weil Indien mit zum Erdball gehört. Und weil wir von Gott auf die Erde gestellt sind, um nett zueinander zu sein. Gott ... ist ... die Liebe.« Sie zögerte ein wenig, weil sie spürte, wie sehr dieses Argument seiner eigenen Überzeugung zuwiderlief, aber irgend etwas nötigte sie, fortzufahren. »Gott hat uns auf die Erde gestellt, damit wir unseren Nächsten lieben und es ihm auch beweisen, und Gott ist allgegenwärtig, sogar in Indien, um sich persönlich davon zu überzeugen, daß wir es ihm auch recht machen.«
Ronny hatte eine etwas düstere und ein wenig besorgte Miene aufgesetzt. Er kannte diese religiösen Anwandlungen seiner Mutter und wußte, daß sie bei ihr Symptom für inneres Unwohlsein waren. Besonders häufig waren sie nach dem Tod seines Stiefvaters gewesen. Er dachte: »Ganz offensichtlich macht sich ihr Alter bemerkbar, und ich sollte keines ihrer Worte allzu tragisch nehmen.«
»Schon unser Bestreben, nett zueinander zu sein, ist Gott willkommen ... Ja, selbst das ehrliche, wenn auch ohnmächtige Bestreben darf Seines Segens gewiß sein. Vermutlich versagt jeder von uns einmal. Aber es gibt so viele Arten des Versagens. Nur auf den guten Willen kommt es an und nochmals den guten Willen. Wenn ich mit Menschen- und mit Engelszungen redete ...«
Er wartete, bis sie mit Zitieren fertig war, und sagte dann leise: »Das verstehe ich schon. Aber nun sollte ich mich wieder an meine Akten machen, und du willst zu Bett gehen.«
»Ja, zweifellos, zweifellos.« Ein paar Minuten saßen beide noch beisammen, aber die Unterhaltung hatte einen etwas unwirklichen Charakter angenommen, seit das Christentum mit hereingezogen war. Ronny hatte nichts gegen Religion einzuwenden, solange sie sich damit begnügte, der Nationalhymne eine höhere Weihe zu verleihen, aber er setzte sich gegen sie zur Wehr, sobald sie versuchte, Einfluß auf sein Leben zu nehmen. Dann pflegte er in ehrerbietigem und doch entschiedenem Ton zu erklären: »Ich glaube kaum, daß es viel Sinn hat, über so etwas zu reden – jeder

Mensch hat sich schließlich seine eigene Religion zurechtzuzimmern«, und jeder Mensch, der sich zufällig dabei in Hörweite befand, pflegte »hört, hört« zu murmeln.
Mrs. Moore spürte, daß es ein Irrtum ihrerseits gewesen war, Gott in dem Gespräch zu erwähnen, aber je älter sie wurde, desto schwerer fiel es ihr, Ihn zu umgehen. Seit sie indischen Boden betreten, hatte der Gedanke an Ihn sie unaufhörlich beschäftigt, auch wenn Er merkwürdigerweise ihrem Gemüt ein wenig die Befriedigung schuldig blieb. Immer wieder hatte sie Seinen Namen im Munde zu führen – den höchsten aller ihr bekannten Namen –, aber niemals hatte sie es mit geringerem Erfolg getan. Über dem sichtbaren Himmel schien sich stets noch ein anderer Himmel zu wölben, hinter dem fernsten Echo noch eine Stille zu breiten. Und später bereute sie sogar, sich nicht an das wirklich ernsthafte Thema gehalten zu haben, das schließlich der eigentliche Anlaß zu ihrem Besuch in Indien gewesen war – nämlich die Beziehung zwischen Ronny und Adela. Würden beide es fertigbringen, sich durch ein Verlöbnis aneinander zu binden?

6

Aziz hatte an der Bridge Party nicht teilgenommen. Unmittelbar nach der Begegnung mit Mrs. Moore sah er sich anderweitig beansprucht. Im Krankenhaus wurden ein paar chirurgische Fälle eingeliefert, die ihn unaufhörlich in Atem hielten. Er war nicht länger Außenseiter oder Dichter, sondern fachkundiger Mediziner und als solcher höchst unternehmungslustig, ganz vom Gedanken an seine Operationen erfüllt, von denen er später seinen Freunden zahllose Einzelheiten in die schaudernden Ohren flüsterte. Bisweilen schlug sein Beruf ihn völlig in Bann, aber seine Arbeit mußte unbedingt aufregend sein. Wissenschaftlich geschult war seine Hand, nicht sein Geist. Das Skalpell war sein Lieblingsinstrument, und er wußte es ungemein geschickt zu handhaben. Nicht weniger Vergnügen fand er daran, den Patienten die neuesten Seren in die Adern zu pumpen. Aber mit der

Eintönigkeit von Disziplin und Hygiene konnte er sich niemals befreunden, und wenn er etwa einen Patienten zum Schutz gegen Unterleibstyphus geimpft hatte, brachte er es fertig, aus dem Haus zu schlüpfen und selber unfiltriertes Wasser zu trinken. »Was kann man auch von einem solchen Mann anderes erwarten?« fragte der unnachsichtige Major Callendar. »Kein Grips und kein Mumm.« Aber im Grunde seines Herzens zweifelte er nicht daran, daß die alte Mrs. Grayford noch am Leben wäre, hätte im vergangenen Jahr nicht er, sondern Aziz ihr den Blinddarm herausgeschnitten. Was ihn natürlich seinem Untergebenen gegenüber nicht eben gnädiger stimmte.

Am Morgen nach dem Moscheebesuch kam es, wie zuvor schon so oft, zu einer Auseinandersetzung zwischen beiden. Der Major, der die halbe Nacht durchgearbeitet hatte, wollte von Aziz wissen, warum zum Teufel er auf seinen Bescheid hin nicht gleich zur Stelle gewesen wäre.

»Verzeihung, Sir, aber ich war gleich zur Stelle. Ich habe mich aufs Fahrrad gesetzt, aber vor dem Kuhspital platzte einer der Reifen. Ich habe also erst eine Tonga auftreiben müssen.«

»Vor dem Kuhspital? Und wie sind Sie überhaupt dort hingekommen?«

»Wie bitte?«

»Gerechter Himmel! Wenn ich hier wohne« – er bohrte eine Fußspitze in den Kies –, »und Sie wohnen da – keine zehn Minuten weit weg –, und das Kuhspital liegt ein ganzes Stück weiter auf der anderen Seite – da –: wie kommen Sie dann auf dem Weg zu mir überhaupt daran vorbei? Nun tun Sie zur Abwechslung mal was!«

Wütend stelzte er davon, ohne Aziz' Entschuldigung abzuwarten, die an sich ganz plausibel gewesen wäre: da das Kuhspital mitten auf der nächsten Verbindungslinie zwischen Hamidullahs Haus und dem seinen lag, war Aziz selbstverständlich daran vorbeigekommen. Callendar konnte niemals begreifen, warum gebildete Inder einander ständig besuchten und soviel Mühe darauf verwandten, ein neues soziales Gewebe zu knüpfen. Kastenvorstellungen oder ähnliche Vorurteile mußten ihnen das ja ohnehin unmöglich machen. Der Major wußte lediglich, daß keiner der Inder ihm je die Wahrheit sagte, auch wenn er nun schon an die zwanzig Jahre im Lande war.

Aziz folgte ihm mit belustigtem Blick. Wenn er hochgestimmt war, betrachtete er die Engländer als eine komische Welteinrichtung, wie es ihm auch Vergnügen machte, sich von ihnen mißverstehen zu lassen. Aber das war eine Art des Belustigtseins, die nur seine Stimmung, seine Nerven betraf und die einem einzigen Zwischenfall oder auch nur dem normalen Verlauf der Zeit nicht standhalten mochte. Sie war ganz verschieden von der inneren Heiterkeit seines Wesens, die erst dann nach außen trat, wenn er mit Menschen zusammensein durfte, denen er wirklich traute. Ein etwas unbotmäßiger Vergleich, Mrs. Callendar betreffend, kam ihm plötzlich in den Sinn. »Das muß ich Mahmoud Ali erzählen – wie der lachen wird!« dachte er. Dann machte er sich an die Arbeit. Er war tüchtig, er war unentbehrlich, und das wußte er. Und während er mit beruflichem Geschick seiner Tätigkeit nachging, entfiel ihm der besagte Vergleich.

Im Lauf jener angenehmen, arbeitsreichen Tage kam es ihm zu Ohren, daß der Verwaltungsdirektor eine Gesellschaft veranstaltete und daß der Nawab Bahadur die Parole ausgegeben hatte, daß jedermann daran teilzunehmen habe. Sein eigener Kollege, Dr. Panna Lal, war bei dem bloßen Gedanken an die Veranstaltung in helles Entzücken geraten und bestand darauf, daß sie beide zusammen in seinem neuen Einspänner hinfahren sollten – was ihnen auch beiden zupaß gekommen wäre. Aziz wäre die unwürdige Vorfahrt mit dem Fahrrad oder die kostspielige Einfahrt in einem Mietfuhrwerk erspart geblieben, und Dr. Panna Lal, der etwas ältlich und furchtsam war, hätte Hilfe beim Kutschieren gehabt. Er bedurfte deren eigentlich nicht, so gut wie nicht, aber er fürchtete sich vor den Autos und der unbekannten Kurve bei der Einfahrt ins Klubgrundstück. »Es mag sich eine Katastrophe ereignen«, sagte er in höflichem Ton, »aber auf jeden Fall werden wir hinfahren, selbst wenn wir nicht mehr zurückkehren sollten.« Und mit etwas weniger zweifelhafter Logik fügte er hinzu: »Es wird bestimmt einen guten Eindruck machen, wenn wir Ärzte gleichzeitig anlangen.«

Als aber der große Augenblick da war, wurde Aziz von Unlust

gepackt, und er beschloß, daheim zu bleiben. Einmal fühlte er sich nach der soeben zu Ende gekommenen Phase fieberhafter Berufstätigkeit sehr viel unabhängiger und stärker, zum anderen fiel das Datum der Einladung mit der alljährlichen Wiederkehr des Todestags seiner Frau zusammen. Sie war kurze Zeit, nachdem er ihr sein Herz erschlossen hatte, von ihm gegangen. Zunächst hatte sie nicht viel für ihn bedeutet. Nicht unbeeinflußt von westlichen Gefühlsvorstellungen, hatte er sich innerlich der Verbindung mit einer Frau widersetzt, die er noch nie zu Gesicht bekommen hatte. Und was schlimmer war: als er sie endlich erblickte, fühlte er sich enttäuscht, und das erste Kind mit ihr hatte er im Zustand bloßer sinnlicher Begehrlichkeit gezeugt. Erst nach der Geburt des Kindes begann alles anders zu werden. Was ihn zuletzt an seine Frau kettete, war ihre Liebe zu ihm, ihre Anhänglichkeit, die mehr war als bloße Unterwürfigkeit, war ihr Bemühen, sich geistig bereits für die Aufhebung der strengen *purdah*-Vorschriften zu wappnen, zu der es womöglich noch zu ihren Lebzeiten kommen würde. Sie war klug und trotzdem in einem altmodischen Sinne anmutig. Und allmählich verlor sich bei ihm das Gefühl, daß seine Angehörigen für ihn eine falsche Wahl getroffen hatten. Sinnliche Freuden – nun, selbst wenn er sie gekostet hätte, sie würden nach Ablauf eines Jahres ihren Reiz für ihn verloren haben, und statt dessen war ihm etwas zuteil geworden, was an Wert immer mehr zu gewinnen schien, je länger beide zusammenlebten. Sie gebar ihm einen Sohn . . . aber als sie einem zweiten Sohn das Leben schenkte, starb sie. Und nun erst begriff er, was er an ihr verloren hatte, begriff, daß keine Frau jemals wieder an ihre Stelle treten könnte, in gewissem Sinne vielleicht nur noch ein männlicher Freund. Sie war von ihm gegangen, keiner zweiten vergleichbar – und war solche Empfindung für die Einzigartigkeit eines andern Wesens nicht Liebe? Er ging seinen Vergnügungen nach, er vergaß sie sogar bisweilen: dann wieder war es ihm, als sei mit ihr alle Schönheit und Freude der Welt ins Paradies entwichen, und er spielte mit dem Gedanken an Selbstmord. Würde er ihr einst jenseits des Grabes wiederbegegnen – sofern es überhaupt einen Ort für solche Wiederbegegnung gab? Auch wenn er überzeugter Moslem war – er wußte es nicht. Die Einheit Gottes stand über jeden Zweifel fest, war über jeden Zweifel auch offenbar, aber im Hinblick auf andere Fragen war er so unsicher wie ein Durchschnittschrist. Die Gewißheit künftigen Lebens verblaßte in ihm zu bloßer Hoffnung, erlosch, erglühte von neuem – und das alles im Rahmen eines einzigen Satzes oder im Verlauf weniger Pulsschläge. Es war, als verfügten seine Blutkörperchen, nicht er selbst, welche Meinung er sich zu eigen machen und wie lange er daran festhalten sollte. Und so verhielt es sich mit all seinen Meinungen. Nichts hatte festen Bestand, aber nichts verflüchtigte sich auch für immer. Unaufhörlich kreiste in ihm und um ihn her die Welt, und so bewahrte er sich die Jugend und trauerte seiner Frau um so ehrlicher nach, als er ihr nur selten nachtrauerte.

Gewiß wäre es einfacher gewesen, Dr. Lal davon in Kenntnis zu setzen, daß er sich die Sache mit der Gesellschaft anders überlegt hatte. Aber bis zur letzten Minute wußte er nichts davon. Ja, nicht er hatte den Entschluß – der Entschluß hatte sich selber geändert. Eine unbezwingliche Unlust wallte in ihm auf. Mrs. Callendar, Mrs. Lesley – nein, in seinem Kummer konnte er beider Gegenwart nicht ertragen. Andererseits würden sie erraten, wie ihm zumute war – er traute älteren Engländerinnen seltsame Kräfte der Ahnung zu –, und sicher würden sie ihn nur zu gern in die Zange nehmen, um sich dann bei ihren Männern über ihn lustig zu machen. Zu der Zeit, in der er sich zur Abfahrt bereit halten sollte, stand er an einem Postschalter, um ein Telegramm an seine Kinder aufzugeben. Bei der Rückkehr erfuhr er, daß Dr. Lal nach ihm gefragt hatte und dann gleich weitergefahren war. Nun, er mochte nur weiterfahren, wie es der Grobkörnigkeit seines Wesens gemäß war. Er, Aziz, wollte Zwiesprache mit der Toten halten.

Er öffnete ein Schubfach und nahm ein Foto seiner Frau heraus. Er betrachtete sie, und in seine Augen traten Tränen. Wie unglücklich ich doch bin! dachte er. Aber weil er wirklich unglücklich war, mischte sich seinem Selbstmitleid noch ein anderes Gefühl bei: er wollte sich unbedingt die lebendige Erscheinung seiner Frau wieder ins Gedächtnis rufen – und vermochte es nicht. Warum konnte er sich dagegen ziemlich genau an Leute erinnern, für die er gar nichts empfand? Sie waren ihm stets so erstaunlich gegenwärtig. Je länger er das Foto betrachtete, desto weniger konnte er darauf wahrnehmen. Seit seine Frau zu Grabe getragen war, hatte sie sich ihm entzogen. Er hatte gewußt, daß sie seinen Händen und Augen entgleiten würde, hatte aber geglaubt, sie werde in seinem Innern weiterleben. Er hatte noch nicht begriffen: die bloße Tatsache, daß wir die Toten einmal geliebt haben, macht sie für uns um so unwirklicher, und sie entweichen in immer weitere Fernen, je leidenschaftlicher wir sie uns wieder vors Auge zu rufen versuchen. Ein Stück bräunlichen Kartons und drei Kinder – das war alles, was ihm von seiner Frau geblieben war. Eine unerträgliche Vorstellung. Und wieder dachte er: wie unglücklich ich doch bin, und eben das stimmte ihn ein wenig glücklicher. Einen Augenblick lang hatte er etwas von der Luft der Sterblichkeit geatmet, die die Orientalen wie alle anderen Menschen umweht, und nun wandte er sich mit einem Seufzer, der wie ein Hauch war, wieder reineren Gefilden zu, denn er war jung. »Nie und nimmer werde ich darüber hinwegkommen«, sagte er zu sich. »Zweifellos gibt es nun für mich keine Zukunft mehr, und auch meine Söhne werden schief heranwachsen.« Da ein Zweifel an seinem Schicksal eben nicht möglich war, versuchte er wenigstens, dessen Lauf abzuändern. Er überflog einige Notizen, die er sich über einen Krankheitsfall gemacht hatte. Vielleicht bedurfte eines schönen Tages eine wohlhabende Persönlichkeit gerade dieser besonderen Operation, die ihm eine beträchtliche Stange Geld einbringen würde. Da aber die Notizen ihn um ihrer selbst willen interessierten, schloß er die Fotografie wieder weg. Sie hatte das Ihre getan, und er dachte nun auch nicht weiter an seine Frau.

Nach dem Tee hob sich seine Stimmung ein wenig und er ging zu Hamidullah hinüber. Hamidullah war gerade auf der Gesellschaft, doch sein Pony war dageblieben, und Aziz lieh es sich aus, und mit ihm des Freundes Reithosen und Poloschläger. Er ritt auf den Maidan, der völlig verlassen dalag. Nur am Rande trainierten ein paar Jugendliche aus dem Basarviertel. Trainierten wofür? Sie hätten es selber kaum sagen können, aber das Wort war nun einmal in Mode gekommen. Lang aufgeschossen, mit einwärtsstehenden Knien – in dieser Gegend schien niemand gut gewach-

sen zu sein –, trugen sie einen Ausdruck nicht so sehr der Entschlossenheit als des Entschlossenseins zur Entschlossenheit zur Schau. »Maharadscha, salaam«, rief Aziz ihnen scherzend zu. Die jungen Leute hielten in der Bewegung inne und lachten. Er warnte sie vor Überanstrengung, und sie versprachen, seine Warnung zu beherzigen, und liefen weiter. Aziz sprengte in die Mitte des Platzes und begann den Ball hierhin und dorthin zu schlagen. Er selbst verstand nicht viel vom Spiel, wohl aber das Pony, und er machte sich, aller menschlichen Spannung enthoben, gleich daran, es zu erlernen. Er vergaß seine sämtlichen Lebensnöte, während er über die flache Schüssel des Maidans fegte. Wie kühl der Hauch des Abendwinds auf seiner Stirn, wie beruhigend der Anblick der ihn umkreisenden Bäume! Der Ball schoß in Richtung eines einzelnen Fähnrichs, der sich hier gleichfalls zum Üben eingefunden hatte. Er schmetterte ihn zu Aziz zurück und rief: »Schlagen Sie ihn wieder her!«
»Na schön.«
Der Neuankömmling wußte ungefähr, was er anzustellen hatte, aber sein Pferd wußte es nicht, und so waren die Kräfte annähernd gleichmäßig verteilt. Ihr Augenmerk ganz dem Ball zugewandt, faßten beide Spieler eine gewisse Zuneigung zueinander und lächelten, wenn sie einmal ihr Reittier zum Stehen brachten, um einen Augenblick zu verschnaufen. Aziz hatte für Uniformierte allerlei übrig – sie freundeten sich entweder gleich mit einem neuen Bekannten an oder schickten ihn fluchend zum Teufel, was immer noch besser war als das eingebildete Getue der meisten Zivilisten –, und der Fähnrich wiederum hatte für jeden etwas übrig, der sich aufs Reiten verstand.
»Spielen Sie oft?« fragte er.
»Sonst nie.«
»Dann lassen Sie uns noch eine Runde versuchen.«
Als er selbst wieder ausholte, bäumte sich sein Pferd auf, er fiel zu Boden, rief: »O Gott!« und saß wieder auf. »Fallen Sie denn nie herunter?«
»Fortwährend.«
»Das glaube ich Ihnen nicht.«
Wieder zügelten beide ihr Reittier, die helle Wärme der Brüder-

lichkeit im Auge. Aber diese Empfindung hielt so wenig vor wie die Erhitzung ihres Körpers, denn sportliche Betätigung vermag nur einen flüchtigen Wärmeschimmer hervorzurufen. Bei beiden machte sich das Gefühl verschiedener Stammeszugehörigkeit wieder geltend, aber bevor es sein Gift abzusondern vermochte, schieden sie mit kräftigem Handschlag. »Wenn die anderen nur genauso wären!« dachte jeder von beiden.
Die Stunde des Sonnenuntergangs war gekommen. Ein paar von Aziz' Glaubensbrüdern waren auf dem Maidan erschienen und hatten sich zum Gebet niedergeworfen, das Gesicht dem fernen Mekka zugewandt. Ein brahmanischer Bulle hatte sich in ihrer Richtung in Bewegung gesetzt, und wenn auch Aziz selbst keine Lust zum Beten verspürte, so konnte er doch nicht einsehen, warum das schwerfällige, götzengläubig verehrte Tier die andern dabei stören sollte. Mit seinem Poloschläger versetzte er ihm einen kleinen Hieb. In diesem Augenblick rief eine Stimme von der Straße her seinen Namen. Es war Dr. Panna Lal, der gerade in tiefster Niedergeschlagenheit von der Gesellschaft des Verwaltungsdirektors zurückkehrte.
»Dr. Aziz, Dr. Aziz, wo haben Sie nur gesteckt? Volle zehn Minuten habe ich vor Ihrem Haus gewartet. Dann bin ich allein losgefahren.«
»Ich bitte tausendmal um Verzeihung – ich mußte gerade aufs Postamt.«
Jeder seiner Bekannten aus seiner eigenen Sphäre würde sofort begriffen haben, daß er sagen wollte, er habe seinen ursprünglichen Entschluß geändert – ein Vorkommnis, das viel zu häufig war, um eine besondere Rüge zu verdienen. Aber Dr. Lal war von niedriger Herkunft und deshalb nicht ganz sicher, ob jene Bemerkung nicht als Beleidigung gemeint war; außerdem war er noch aufgebracht, weil Aziz sich an dem brahmanischen Bullen vergriffen hatte. »Zum Postamt? Schicken Sie dahin nicht Ihre Diener?«
»Ich habe nur wenig Diener – mein Gehalt ist zu niedrig.«
»Ihr Diener hat mir Auskunft gegeben. Ich habe mit Ihrem Diener gesprochen.«
»Aber Dr. Lal, denken Sie doch bitte einen Augenblick nach. Wie

hätte ich meinen Diener wegschicken können, wenn Sie zu mir kommen! Sie kommen, wir beide gehen, mein Haus bleibt unbewacht, vielleicht kommt dann mein Diener zurück, und inzwischen ist meine ganze bewegliche Habe von irgendwelchem zweifelhaften Gelichter weggeschafft worden. Hätten Sie mir so etwas gewünscht? Der Koch ist taub, auf meinen Koch kann ich mich nie verlassen, der Hausdiener ist nur ein kleiner Junge. Unter keinen Umständen dürfen Hassan und ich das Haus gleichzeitig verlassen. Das ist bei uns eine unumstößliche Regel.« Alles dies und noch sehr viel anderes sagte er aus purer Höflichkeit, um Dr. Lal Verlegenheit zu ersparen. Es sollte nicht für bare Münze genommen und darum auch als solche nicht abgelehnt werden. Aber der andere zerpflückte die Erklärung Wort für Wort, was weder sehr schwierig noch sehr vornehm war.
»Und selbst wenn es sich so verhält – warum lassen Sie dann nicht einfach Bescheid zurück und lassen mich wissen, wo Sie hingegangen sind?« Und so fort. Aziz konnte einen solchen Mangel an guter Erziehung nicht verzeihen, und er ließ sein Pony hin und her tänzeln. »Entfernen Sie sich bitte, sonst fängt auch mein Tier noch an zu tänzeln«, jammerte Dr. Lal und enthüllte damit die wahre Ursache seiner Gereiztheit. »Das Pferd ist heute nachmittag so bockig und ungebärdig gewesen. Es hat im Garten des Klubs ein paar wertvolle Blumen zertrampelt und mußte von vier Männern zurückgezerrt werden. Englische Damen und Herren haben alles mit angesehen, und der Sahib Verwaltungsdirektor hat die Stirn gerunzelt. Aber, Dr. Aziz, ich werde Ihre kostbare Zeit nicht länger in Anspruch nehmen. Es ist ohnehin für Sie wohl kaum von Interesse, wo Sie doch so viele Verpflichtungen und telegrafische Verbindlichkeiten haben. Ich bin nur ein armer alter Arzt, der es für recht und billig hielt, seine Reverenz zu erweisen, als man ihn zu Gast lud. Wenn ich mir die Bemerkung gestatten darf: Ihre Abwesenheit hat allerlei böse Zungen in Bewegung gesetzt.«
»Mögen sie doch schwätzen, soviel sie wollen.«
»Was für ein Glück, jung zu sein! Na schön. Ja, wirklich ein Glück. Haben die bösen Zungen aber ganz unrecht?«
»Ich gehe oder ich gehe nicht – ganz wie ich Lust habe.«

»Aber Sie hatten's mir doch versprochen, und dann fabeln Sie diese Geschichte von dem Telegramm zusammen. He! Vorwärts, Dapple!«

Beide entfernten sich, und Aziz verspürte den wilden Drang, sich einen Todfeind fürs Leben zu machen – was er auch nicht unterlassen konnte. Tatsächlich sprengte er in die Nähe des Wagens. Da – Dapple scheute. Dann raste Aziz auf den Paradeplatz zurück. Eine kleine Weile hielt das durch das Spiel mit dem Fähnrich bei ihm ausgelöste Hochgefühl noch vor. Im Galopp fegte er über den ganzen Platz, bis der Schweiß ihm aus allen Poren brach. Solange er auf dem Pony saß, war es ihm, als könne er es mit jedem aufnehmen. Erst als er es in Hamidullahs Stall zurückgebracht hatte und wieder auf seinen Füßen stand, beschlichen ihn allerhand Befürchtungen. Hatte er es möglicherweise nun mit den herrschenden Mächten verdorben? Hatte er den Verwaltungsdirektor durch sein Fernbleiben beleidigt? Dr. Panna Lal war keine sehr hochgestellte Persönlichkeit; aber war es klug, sich auch noch mit ihm zu überwerfen? Seine Gedanken nahmen nun eine weniger menschliche als politische Färbung an. Er fragte sich nicht länger: »Wie kann ich mit anderen Leuten auskommen?«, sondern: »Sind sie stärker als ich?« Er hatte etwas von den in der Luft stehenden Giftkeimen eingeatmet.

Zu Hause erwartete ihn ein amtlicher Umschlag mit einem Regierungsstempel. Wie ein gefährlicher Sprengkörper, der bei der bloßen Berührung seinen Bungalow in Trümmer legen könnte, starrte ihm der Umschlag auf seinem Schreibtisch entgegen. Bestimmt drohte seine Entlassung, weil er der Gesellschaft ferngeblieben war. Als er jedoch den Umschlag öffnete, war es etwas ganz anderes: eine Einladung Mr. Fieldings, des Prinzipals des Beamtenseminars, der ihn für den übernächsten Tag zum Tee bat. Mit einem etwas gewaltsamen Ruck kehrten seine Lebensgeister zurück. Sie wären an sich auf jeden Fall zurückgekehrt, denn er besaß ein Gemüt, das wohl leiden, aber nicht unter ständigem Druck dahinvegetieren konnte. Unter der Oberfläche häufigen Stimmungswechsels führte er ein sonst ausgeglichenes Dasein. Aber diese Einladung bereitete ihm ganz besondere Freude, weil Fielding ihn schon einen Monat zuvor einmal zum Tee gebeten und er, Aziz, es damals völlig vergessen hatte – er hatte nicht geantwortet, war nicht hingegangen, sondern hatte es einfach vergessen. Und hier lag nun eine zweite Einladung – ohne ein Wort des Vorwurfs, ohne die geringste Anspielung auf sein Versäumnis. Ja, das war echte Höflichkeit, war das taktvolle Verhalten, in dem sich das gute Herz offenbarte, und rasch die Feder aufgreifend, schrieb er eine warmherzige Antwort. Dann eilte er zu Hamidullah, um sich einige Auskunft zu holen, denn er hatte den Prinzipal bisher noch nicht persönlich kennengelernt, und er war überzeugt, daß die einzig ernsthafte Lücke in seinem Leben sich nun endlich schließen ließ. Er wollte alles wissen, was diesen großartigen Burschen betraf – Gehalt und Geschmack und Vorfahren und alle Möglichkeiten, ihm gefällig zu sein. Aber Hamidullah war noch immer nicht zurückgekehrt, und Mahmoud Ali, der es war, tat nichts anderes, als dumme, grobe Witze über die Gesellschaft zu reißen.

7

Dieser Mr. Fielding war erst verhältnismäßig spät in die Fänge Indiens geraten. Er war bereits über vierzig, als er jenes seltsamste aller Zugangstore, nämlich den Victoria-Bahnhof in Bombay, durchschritten und dann, nach Bestechung eines europäischen Billett-Kontrolleurs, sein Gepäck im Abteil seines ersten tropischen Zugs verstaut hatte. Diese Reise nahm noch jetzt in seinem Bewußtsein eine bedeutsame Stelle ein. Von seinen beiden Abteilgefährten war der eine ein junger Mann, der, wie er selbst, zum erstenmal nach dem Osten kam, der andere ein abgebrühter Anglo-Inder seines eigenen Alters. Von beiden fühlte er sich durch eine Kluft getrennt: er hatte schon zuviele Städte und Menschen gesehen, um dem einen zu gleichen, dem anderen je gleich zu werden. Er sah sich von zahllosen neuen Eindrücken bedrängt, aber es waren keine neuen Eindrücke im üblichen Sinne. Sie waren von seiner Erfahrung mitbedingt, und nicht anders verhielt es sich auch mit seinen Irrtümern. Beispielsweise ist es kein gewöhnlicher, wenn auch gewiß kein verhängnisvoller

Irrtum, einen Inder zu betrachten, als sei er ein Italiener, und Fielding stellte zunächst immer wieder Vergleiche zwischen dieser Halbinsel und jener anderen, kleineren, kunstvoller geformten an, die sich in die klassischen Gewässer des Mittelmeers schiebt.

Wenn seine Berufslaufbahn auch die eines Intellektuellen war, so war sie doch wechselvoll genug gewesen, und einmal war er dabei auch auf die schiefe Ebene geraten und hatte später Buße dafür getan. Nun war er ein vom Schicksal hart mitgenommener, stets gleichmäßig freundlicher, gescheiter Bursche an der Schwelle der mittleren Jahre, völlig vom Wert der Erziehung überzeugt. Es war ihm gleichgültig, wen er unterrichtete: der Zufall hatte ihn mit Internatsschülern, geistig Zurückgebliebenen, sogar mit Polizisten zusammengeführt, und er hatte keinerlei Bedenken, es nun auch mit Indern zu versuchen. Dank der Fürsprache einflußreicher Freunde war er zum Prinzipal des kleinen Seminars in Tschandrapur ernannt worden, hatte sich mit seiner Arbeit befreundet und durfte sich auch für erfolgreich halten. Er war es tatsächlich im Hinblick auf seine Schüler, aber die Kluft zwischen ihm und seinen Landsleuten, von der er bereits auf der Herfahrt etwas wahrgenommen hatte, verbreiterte sich auf fast beklemmende Weise. Zunächst konnte er nicht einmal recht begreifen, woran das eigentlich lag. Er war durchaus nicht unpatriotisch, in England kam er mit Engländern vortrefflich aus, seine besten Freunde waren englischer Herkunft – warum verhielt es sich hier draußen so völlig anders? Der äußeren Erscheinung nach etwas ungeschliffen, schien er mit seinen blauen Augen und locker schwingenden Gliedern den anderen so lange Vertrauen einzuflößen, bis er den Mund öffnete. Dann bereitete irgend etwas in der Art seines Verhaltens den Leuten Kopfzerbrechen oder vermochte zumindest nicht das Mißtrauen zu beschwichtigen, das sein Beruf verständlicherweise bei ihnen hervorrief. Gewiß mußte es auch in Indien das notwendige Übel von klugen Köpfen geben – aber wehe dem, der ihre Zahl noch vermehren half! Man gewann in wachsendem Maße den Eindruck, daß Mr. Fielding eine zersetzende Kraft war, und das auch nicht ganz zu Unrecht, denn Ideen sind verhängnisvoll für die Aufrechterhaltung strenger Klassen-

unterschiede, und gerade Ideen brachte er auf die methodisch wirksamste Weise ins Spiel – nämlich auf dem Wege persönlichen Gedankenaustauschs. Von Beruf weder Missionar noch Gelehrter, fühlte er sich am wohlsten, wenn er gebend und nehmend an persönlicher Unterhaltung teilnehmen durfte. Nach seiner Überzeugung war die Erde ein Planet, dessen Bewohner einander näherzukommen trachteten – was ihnen am ehesten mit Hilfe von gutem Willen plus innerer Kultur plus Intelligenz gelingen mag –, nur daß diese Überzeugung nicht recht zu Tschandrapur paßte und er zu spät herübergekommen war, um sie noch zu wechseln. Er kannte keinerlei Rassendünkel – nicht etwa, weil er allen anderen Zivilisten geistig überlegen gewesen wäre, sondern weil er in einem völlig verschiedenen geistigen Klima herangewachsen war, in dem der Herdentrieb durchaus nicht gedeihen konnte. Was ihm aber in den Augen der Klubmitglieder am meisten Abbruch tat, war eine unbedachte Nebenbemerkung des Inhalts, daß die sogenannte weiße Rasse eigentlich rosa-grau sei. Er hatte das nur zum Scherz gesagt, denn er machte sich offenbar nicht ganz klar, daß das Wort »weiß« in einem solchen Zusammenhang nicht mehr mit einer Farbe zu tun hat als das »*God save the king*« mit einem Gott und daß es der Gipfel der Ungehörigkeit war, es als Begriff wörtlich zu nehmen. Das rosa-gräuliche Mannsbild, an das er jene Bemerkung gerichtet hatte, war auf eine ihm selbst kaum verständliche Weise darüber aufgebracht. In ihm war ein Gefühl von Unsicherheit erwacht, und er wußte es auch dem anderen Herdenvolk zu übermitteln.
Immerhin duldeten ihn die Männer um seines guten Herzens und seiner starken Glieder willen. Es waren ihre Frauen, die übereinstimmend feststellten, daß er im Grunde kein Sahib war. Sie konnten nichts mit ihm anfangen, er wiederum nahm von ihnen keine Notiz, was in England, dem Lande weiblicher Gleichberechtigung, nicht weiter aufgefallen wäre, was ihm aber in Indien in einer Gemeinschaft, in der ein männliches Wesen sich so energisch wie hilfsbereit zu erweisen hatte, Abbruch tat. Mr. Fielding erteilte niemals Ratschläge im Hinblick auf Hunde oder Pferde. Er nahm niemals an Abendgesellschaften teil oder stattete mittägliche Anstandsbesuche ab, er dekorierte auch für die lieben

Kleinen keinen Weihnachtsbaum, und wenngleich er regelmäßig im Klub aufkreuzte, so nur, um eine Partie Tennis oder Billard zu spielen und gleich wieder zu verschwinden. Ja, so war es tatsächlich. Er hatte entdeckt, daß es möglich war, mit Indern und Engländern, männlichen, gleich gut zu stehen, daß man aber, wenn man es mit Engländerinnen nicht verderben wollte, den Verkehr mit Indern unbedingt aufzugeben hatte. Mit beiden gleichzeitig zu verkehren, war jedenfalls undenkbar. Sinnlos, für diesen Zustand eine der beiden Parteien verantwortlich zu machen, sinnlos auch, ihnen beiden die Schuld dafür in die Schuhe zu schieben, daß sie einander die Schuld in die Schuhe schoben. Es war nun einmal nicht anders, und man hatte sich von vornherein darüber klarzuwerden, was man tat. Die meisten Engländer gaben natürlich den Frauen ihres eigenen Blutes den Vorzug, die, in immer wachsender Zahl mit ihnen herüberkommend, Jahr um Jahr in wachsendem Maße es ihnen ermöglichten, auch in der Fremde ein Dasein nach heimatlichem Muster zu führen. Fielding hatte es nützlich und angenehm gefunden, mit Indern zu verkehren, und dafür mußte er nun den Preis zahlen. In der Regel überschritt keine Engländerin die Schwelle seines Seminars, es sei denn bei irgendeinem offiziellen Anlaß, und wenn er Mrs. Moore und Miß Quested zum Tee einlud, so nur darum, weil beide Neuankömmlinge waren, für deren Auge alles, obschon nur an der Oberfläche, noch gleichwertig war, und die auch bei der Unterhaltung mit seinen anderen Gästen keine Sonderstimme anschalten würden.

Das Seminar selbst war vom Amt für Öffentliche Arbeiten etwas lieblos auf den Boden hingeklatscht worden, aber auf seinem Gelände befand sich ein uralter Garten mit einem Pavillon, in dem Fielding einen Großteil des Jahres hauste. Er hatte ein Bad genommen und war gerade beim Ankleiden, als ihm Dr. Aziz gemeldet wurde. Mit erhobener Stimme rief er aus dem Schlafzimmer: »Bitte, machen Sie sich's bequem.« Es war eine völlig absichtslose Bemerkung, so absichtslos wie die meisten seiner Äußerungen und Handlungen. Es war genau das, was ihm gerade in den Sinn kam.

Aber für Aziz hatte diese Bemerkung eine sehr bestimmte Bedeu-

tung. »Wirklich, Mr. Fielding?« rief er zurück. »Das ist sehr freundlich von Ihnen. Auch ich bin für alles Unkonventionelle.« Es war ihm plötzlich ganz warm ums Herz, und er hielt im Wohnzimmer Umschau. Allerhand Luxusgegenstände, aber gar keine Ordnung – nichts, was einen armen Inder hätte einschüchtern können. Außerdem war es ein überaus schöner Raum mit drei hohen, in den Garten hinausführenden Bogentüren. »Ich habe nämlich schon lange den Wunsch gehabt, Sie persönlich kennenzulernen«, fuhr er fort. »Durch den Nawab Bahadur habe ich schon soviel von Ihrer Herzlichkeit gehört. Aber wie soll man in einem so elenden Loch wie Tschandrapur jemals zusammentreffen?« Er trat näher an die geschlossene Tür. »Ich muß Ihnen etwas erzählen. Als ich hier noch ein Neuling war, habe ich mir oft gewünscht, Sie würden einmal krank, damit wir auf diese Weise miteinander bekannt würden.« Beide Männer lachten, und ermutigt durch seinen Erfolg, begann Aziz zu improvisieren. »Ich sagte zu mir selbst: Wie sieht Mr. Fielding wohl heute früh aus? Vielleicht etwas blaß. Und der Oberarzt sieht auch etwas blaß aus. Er kann ihn also nicht selber behandeln, wenn bei ihm der Schüttelfrost einsetzt. Dann wäre ich also geholt worden. Und dann hätten wir uns ausgiebig unterhalten können, denn Sie sind ja ein berühmter Kenner persischer Dichtkunst.«
»Sie kennen mich also von Ansehen?«
»Natürlich, natürlich. Und Sie kennen mich?«
»Dem Namen nach kenne ich Sie sehr gut.«
»Ich bin erst so kurze Zeit hier und fast immer im Basarviertel. Kein Wunder, daß Sie mich noch nicht gesehen haben. Aber wieso kennen Sie meinen Namen? Ach bitte, Mr. Fielding –«
»Ja?«
»Bevor Sie herauskommen: raten Sie doch bitte, wie ich aussehe. Es soll eine Art Spiel sein.«
»Sie sind ungefähr 1,72 m groß«, sagte Fielding mit einem Blick auf den Schattenriß hinter der Mattglasscheibe der Schlafzimmertür.
»Ziemlich gut geschätzt. Und weiter – habe ich etwa einen ehrwürdigen weißen Bart?«
»Verdammt.«

»Irgendwas nicht in Ordnung?«
»Ich bin auf meinen letzten Kragenknopf getreten.«
»Nehmen Sie meinen, bitte, nehmen Sie ihn!«
»Haben Sie zufällig einen Reserveknopf mit?«
»O ja, eine Sekunde bitte.«
»Nicht, wenn Sie ihn noch am Hemd haben.«
»Nein, nein, ich habe ihn in der Tasche.« Er trat einen Augenblick beiseite, damit hinter der gläsernen Tür nichts mehr von seiner Umrißlinie zu sehen war, würgte sich den Kragen ab und zerrte aus seinem Hemd den hinteren Knopf heraus, einen goldenen Knopf, der zu einer Garnitur gehörte, die sein Schwager ihm aus Europa mitgebracht hatte. »Hier ist er«, rief er.
»Kommen Sie doch bitte damit herein, wenn es Ihnen nichts ausmacht.«
»Noch eine Sekunde, bitte.« Während er den Kragen wieder befestigte, sandte er ein Stoßgebet zum Himmel, daß er während der Teestunde nicht nach oben rutschen möge. Fieldings Diener, der ihm beim Ankleiden behilflich war, öffnete die Tür.
»Vielen Dank!« Die beiden Männer schüttelten einander lächelnd die Hand. Aziz begann um sich zu schauen, als wäre er schon lange mit Fielding befreundet. Dieser war über das Unvermittelte ihres Vertrautseins nicht weiter überrascht. Bei derart ihren Stimmungen unterworfenen Menschen pflegte es sich im ersten Augenblick einzustellen oder nie, und da sowohl er wie Aziz nur Gutes vom anderen gehört hatte, kamen sie auch ohne die üblichen Höflichkeitsfloskeln aus.
»Aber ich habe immer geglaubt, Engländer hielten in ihrem Zimmer so strikt auf Ordnung. Offenbar stimmt das nicht ganz. Ich brauche mich also selber nicht weiter zu schämen.« Er ließ sich fröhlich auf dem Bett nieder, zog dann wie selbstvergessen die Beine hoch und kreuzte sie unter sich. »Alles so kalt und unfreundlich auf Regalen aufgereiht, hatte ich mir vorgestellt. Bitte, Mr. Fielding, geht der Knopf bei Ihnen hinein?«
»Tjo, dat weet ick nu nich.«
»Was bedeutet bitte der letzte Satz? Könnten Sie mir wohl ein paar neue Worte beibringen und meine Ausdrucksweise ein wenig verbessern helfen?«

Fielding zweifelte, ob es an der Wendung: »Alles so kalt und unfreundlich auf Regalen aufgereiht« überhaupt etwas zu verbessern gab. Es fiel ihm immer wieder auf, mit welcher Lebendigkeit die jüngeren Leute in Indien eine fremde Sprache zu handhaben wußten. Sie veränderten wohl Fügung und Tonfall, aber sie konnten alles, was sie sagen wollten, auch gleich in Ausdruck umsetzen. Sie leisteten sich keinen der sprachlichen Schnitzer, die ihnen im Klub zur Last gelegt wurden. Aber im Klub war man stets etwas hinter der Zeit zurück. Hier wurde noch immer behauptet, nur wenige Mohammedaner und gar keine Hindus würden sich mit Engländern je zum Essen zusammensetzen, und sämtliche Inderinnen lebten noch immer hinter einem undurchdringlichen *purdah.* Im einzelnen wußten die Klubmitglieder natürlich, daß das nicht mehr stimmte. Aber *als* Klubmitglied nahm man von Veränderungen grundsätzlich keine Notiz.

»Lassen Sie mich den Knopf befestigen. Ach so ... Das hintere Knopfloch ist etwas klein, und es wäre doch schade, es weiter aufzureißen.«

»Warum zum Teufel braucht man überhaupt Kragenknöpfe?« knurrte Fielding, den Nacken beugend.

»Wir Inder brauchen sie, um mit heiler Haut an den Polizisten vorüberzukommen.«

»Wieso das?«

»Wenn ich in meiner englischen Kleidung – steifer Kragen, Hut mit Krempe – an einem Polizisten vorüberradele, nimmt er keine Notiz. Wenn ich aber einen Fez trage, rufen sie: ›Deine Lampe brennt nicht!‹ Lord Curzon hat das nicht mit in Betracht gezogen, als er die Bewohner Indiens ermahnte, ihre malerische Tracht beizubehalten. – Hurra, der Kragenknopf ist drin! Manchmal träume ich mit geschlossenen Augen und stelle mir vor, ich trüge wieder Prachtgewänder und ritte hinter Alamgir in die Schlacht. Muß Indien damals nicht schön gewesen sein, Mr. Fielding, als das Mogulenreich auf dem Höhepunkt seiner Macht angelangt war und in Delhi Alamgir sein Zepter auf dem Pfauenthron schwang?«

»Um Ihretwillen kommen heute auch zwei Damen zum Tee – ich glaube, Sie kennen sie schon.«

»Um meinetwillen? Ich kenne keine Europäerinnen.«
»Auch Mrs. Moore und Miß Quested nicht?«
»O doch – ich entsinne mich jetzt.« Die romantische Begegnung in der Moschee war seinem Bewußtsein entschwunden, sobald sie hinter ihm lag. »Eine äußerst betagte Dame. Aber könnten Sie bitte den Namen ihrer Begleiterin wiederholen?«
»Miß Quested.«
»Ganz wie es Ihnen beliebt.« Er war enttäuscht, daß noch andere Gäste erwartet wurden. Am liebsten wäre er mit seinem neuen Freund allein geblieben.
»Sie können Miß Quested etwas vom Pfauenthron erzählen – man sagt, sie sei Künstlerin.«
»Ist sie etwa Nachimpressionistin?«
»Nachimpressionistin – ach, du lieber Himmel! Kommen Sie lieber zum Tee. Ich verstehe die Welt nicht mehr.«
Aziz fühlte sich gekränkt. Offenbar wollte Fielding mit seiner Bemerkung andeuten, daß er, Aziz, ein unbedeutender kleiner Inder, kein Recht hätte, jemals von Nachimpressionismus gehört zu haben – das war Vorrecht der herrschenden, der Herrenrasse. Etwas gespreizt erwiderte er: »Ich betrachte Mrs. Moore nicht als gute Bekannte. Ich habe sie lediglich durch Zufall einmal in meiner Moschee getroffen.« Er war gerade dabei hinzuzufügen: »Eine einzige kurze Begegnung genügt nicht für eine Bekanntschaft«, aber noch ehe er den Satz zu Ende gesprochen hatte, fiel alle Förmlichkeit von ihm ab. Er spürte, wie ehrlich Fielding es mit ihm meinte. Auch er neigte sich ihm innerlich bereits zu, kämpfte aber noch gegen die Strömung des Empfindens an, die den Seefahrer zu einem Ankerplatz tragen, ihn aber auch darüber hinwegreißen und an den Klippen zerschellen lassen kann. Aber in Wirklichkeit fühlte er sich so sicher wie eine geborene Landratte, für die es nur Festlandboden gibt und die davon überzeugt ist, daß jede Art von Seefahrzeug scheitern muß. Gleichzeitig aber hatte er gewisse Empfindungen, wie sie einer Landratte auf immer fremd bleiben müssen. Ja, er war nicht so sehr empfänglich wie empfindlich. In jeder Bemerkung nahm er eine bestimmte Bedeutung wahr, aber es war nicht immer die wahre Bedeutung, und sein Dasein floß, wenngleich mit lebhaftem Gefälle, für

ihn wie im Traum dahin. Fielding beispielsweise hatte nicht sagen wollen, daß ein Inder, sondern daß lediglich der Nachimpressionismus für ihn nichts zu bedeuten hatte. Ein Abgrund lag zwischen dieser Bemerkung und Mrs. Turtons Ausruf: »Aber sie reden ja Englisch!« Nur hätte für Aziz' Ohren beides zu ähnlich geklungen. Fielding erkannte, daß irgend etwas aus den Fugen geraten war, sich nun aber von selbst wieder eingerenkt hatte. Er begann jedoch nicht gleich unruhig zu werden, denn in allem, was persönliche Beziehungen anging, war er Optimist. Die Unterhaltung zwischen beiden ratterte munter weiter.

»Außer den Damen erwarte ich noch einen Mitarbeiter – Naraya Godbole.«

»Oh, den Brahmanen aus dem Dekhan?«

»Auch er sehnt sich nach der Vergangenheit zurück, wenngleich nicht gerade nach Alamgir.«

»Ja, das wohl kaum. Wissen Sie, was die Brahmanen aus dem Dekhan behaupten? Daß die Engländer Indien einstmals ihnen abgeknöpft hätten, ihnen, bitte schön, und nicht den Mogulen. Sieht ihnen so eine Unverschämtheit nicht ganz ähnlich? Sie haben es mit Hilfe von Bestechungsgeldern sogar dahin gebracht, daß es in den Geschichtsbüchern zu lesen steht. Sie sind verschlagen und unermeßlich reich. Allerdings muß Professor Godbole nach allem, was ich von ihm höre, ganz anders sein als die sonstigen Brahmanen aus dem Dekhan. Ein durchaus aufrichtiger Mann.«

»Warum gründet ihr in Tschandrapur eigentlich keinen eigenen Klub, Aziz?«

»Vielleicht – eines Tages ... Aber da sehe ich Mrs. Moore kommen – mit – wie heißt sie doch ...«

Wie angenehm, daß es eine »unkonventionelle« Gesellschaft war, bei der für Förmlichkeit kein Raum blieb! In ihrem Rahmen fand es Aziz auch gar nicht schwierig, sich mit den beiden Engländerinnen zu unterhalten. Er behandelte sie, als ob sie Männer wären. Der Anblick körperlicher Schönheit würde ihn wahrscheinlich beunruhigt haben, denn dann wären besondere Spielregeln zu berücksichtigen gewesen. Aber Mrs. Moore war so alt und Miß Quested so wenig bemerkenswert, daß ihm diese Art der Besorgnis erspart blieb. In seinen Augen waren Adelas eckiger Körper und die Sommersprossen auf ihrem Gesicht unverzeihliche Mängel – wie hatte nur der Schöpfer eine weibliche Gestalt mit derart kümmerlichen Reizen ausstatten können! Aus diesem Grund hielt er es auch nicht für nötig, ihr gegenüber ein Blatt vor den Mund zu nehmen.

»Ich möchte Sie etwas fragen, Dr. Aziz«, fing Miß Quested an. »Ich habe von Mrs. Moore gehört, wie hilfreich Sie sich ihr gegenüber in der Moschee erwiesen haben und wie interessant Sie erzählen können. In den paar Minuten mit Ihnen hat sie mehr von Indien erfahren als in den drei Wochen, die seit unserer Ankunft verstrichen sind.«

»O bitte, erwähnen Sie doch etwas so Belangloses nicht. Gibt es irgend etwas in meinem Land, über das Sie gerne Bescheid wissen möchten?«

»Wir haben heute früh eine seltsame Enttäuschung erlebt. Vielleicht könnten Sie mir erklären, was es damit für eine Bewandtnis hat. Es muß sich um irgendeine Frage der Etikette handeln.«

»Ehrlich gesagt, es gibt hierzulande überhaupt keine Etikette«, erwiderte er. »Wir sind von Haus aus völlig formlos.«

»Dann müssen wir leider selbst einen Schnitzer gemacht und jemand gekränkt haben«, sagte Mrs. Moore.

»Das ist noch weniger denkbar. Aber darf ich wohl die Tatsachen erfahren?«

»Ein indisches Ehepaar hatte uns heute früh um neun Uhr die Kutsche zum Abholen senden wollen. Sie ist nicht gekommen. Wir haben gewartet und gewartet und können uns einfach nicht vorstellen, was passiert sein sollte.«

»Irgendein Mißverständnis«, warf Fielding ein. Er sah auf den ersten Blick, daß es sich hier um die Art Vorfall handelte, die am besten ungeklärt blieb.

»O nein, das war es bestimmt nicht«, fuhr Miß Quested hartnäkkig fort. »Sie haben sogar eine Reise nach Kalkutta verschoben, um uns bei sich empfangen zu können. Wir sind beide fest überzeugt, daß wir irgendeinen idiotischen Formfehler begangen haben.«

»Darüber würde ich mir nicht allzuviele Gedanken machen.«

»Das ist genau das, was auch Mr. Heaslop mir immer wieder versichert«, entgegnete sie, ein wenig errötend. »Wenn man sich aber keine Gedanken macht – wie kann man dann je begreifen?«
Der Gastgeber schickte sich an, das Gesprächsthema zu wechseln, aber Aziz hielt eifrig daran fest. Als er Einzelsilben von den Namen der Schuldigen erfuhr, erklärte er, es seien Hindus.
»Indolente Hindus ohne Manieren – sie haben keine Ahnung, was es mit gesellschaftlichen Umgangsformen auf sich hat! Ich kenne ihre Art ganz genau, weil ich im Krankenhaus einen Hindukollegen habe. So ein indolenter, unpünktlicher Mensch! Bei denen haben Sie bestimmt nichts versäumt – im Gegenteil, Sie würden in ihrem Haus ein ganz falsches Bild von Indien bekommen haben. Keinerlei sanitäre Einrichtungen. Ich meinerseits würde glauben, daß sie sich im letzten Augenblick ihres Hauses schämten und Sie darum nicht abholen ließen.«
»Das könnte stimmen«, sagte der andere.
»Ich kann Geheimnisse nun mal nicht ausstehen«, bemerkte Adela.
»Nein, das können wir Engländer nicht.«
»Aber ich habe nicht deshalb etwas dagegen, weil ich Engländerin bin, sondern weil ich es selbst so empfinde«, korrigierte sie.
»Ich habe für Geheimnisse allerlei übrig«, erklärte Mrs. Moore, »aber gar nichts für Kuddelmuddel.«
»Ein Geheimnis ist ein Kuddelmuddel.«
»Oh, meinen Sie das wirklich, Mr. Fielding?«
»Geheimnis ist nur die hochtönende Bezeichnung für Kuddelmuddel. Auf jeden Fall ist es sinnlos, darin herumzustochern. Aziz weiß ebensogut wie ich, daß Indien ein einziger Kuddelmuddel ist.«
»Indien ein – oh, was für ein beunruhigender Gedanke!«
»Es wird nichts von einem Kuddelmuddel zu sehen sein, wenn Sie zu mir zu Besuch kommen«, sagte Aziz, etwas unsicher. »Mrs. Moore, und wer sonst noch anwesend ist –: ich lade Sie alle zu mir ein – bitte.«
Die alte Dame nahm dankend an. Ihr war der junge Arzt noch immer ausgesprochen sympathisch. Außerdem war sie aus einer

ihr neuen Empfindung heraus, die halb Erschlaffung, halb Aufregung war, geneigt, jeden einmal eingeschlagenen Pfad weiter zu verfolgen. Miß Quested sagte aus einer gewissen Abenteuerlust zu. Auch sie war Aziz zugetan und war überzeugt, daß er ihr, wenn sie ihn erst ein wenig besser kannte, das Geheimnis des Landes erschließen werde. Sie freute sich über seine Einladung und bat ihn um seine Adresse.

Voll Grausen dachte Aziz an seine Behausung. Es war eine klägliche Bretterbude, in der Nähe eines etwas zweifelhaften Basars gelegen. Sie bestand im Grunde nur aus einem einzigen Raum, und der war obendrein noch von kleinen schwarzen Fliegen verseucht. »Oh, aber nun wollen wir lieber von etwas anderem reden«, rief er aus. »Ich wünschte, ich wäre hier zuhause. Was für ein herrlicher Raum! Lassen Sie ihn uns eine kleine Weile gemeinsam bewundern. Diese Kurven hier am unteren Ende der Bogentüren – welche Zierlichkeit! Es ist die Architektur von Frage und Antwort. Mrs. Moore – hier befinden Sie sich tatsächlich in Indien – es ist mein voller Ernst.« Der Raum löste ihm die Zunge. Es war ursprünglich ein Audienzsaal, der im achtzehnten Jahrhundert für einen hohen Beamten angelegt worden war und der trotz seiner Holzwände Fielding an die Loggia de' Lanzi in Florenz erinnert hatte. Kleine, nun im europäischen Stil ausgestattete Zimmer klammerten sich zu beiden Seiten daran fest, aber in der Mittelhalle war nichts von Tapeten oder von Glas zu sehen, und vom Garten her wehte es unaufhörlich herein. Man saß gewissermaßen im Freien, wie auf einer Bühne, unmittelbar unter den Augen der Gärtner, die auf die Vögel einbrüllten, und des Mannes, der den großen Teich gepachtet hatte, um Wassernuß darin zu züchten. Fielding verpachtete auch die Mangobäume – man ahnte nicht, wer gerade eintreten mochte –, und Tag und Nacht hockten seine Diener auf den Stufen der Vortreppe, um etwaiges Diebsgesindel abzuschrecken. Ja, es war wirklich ein schöner Raum, und der Engländer hatte ihn nicht entstellt, während Aziz in einer Anwandlung von westlichem Dekorationsbedürfnis Kitschbilder an die Wand gehängt haben würde. Und doch bestand auch nicht der geringste Zweifel, wer in Wahrheit Eigentümer des Saales war . . .

»Hier sitze ich und spreche Recht. Eine arme Witwe, der man das letzte Scherflein geraubt hat, kommt zu mir, und ich schenke ihr fünfzig Rupien, einer anderen hundert, und so fort. Ja, das würde ich wirklich gern.«
Mrs. Moore lächelte und dachte an das moderne Verfahren der Rechtsprechung, wie es in der Person ihres Sohnes verkörpert war. »Ich fürchte, Ihr Vorrat an Rupien wird bald erschöpft sein«, sagte sie.
»Aber keineswegs. Gott würde mir immer neue schenken, sobald er sähe, daß ich selbst welche wegschenkte. Immerzu schenken wie der Nawab Bahadur. Das tat auch mein Vater, und darum starb er so arm.« Und mit einer Gebärde den Raum umkreisend, bevölkerte er ihn mit Gerichtsschreibern und -beamten, die alle wohlgesinnt waren, weil sie vor so langer Zeit lebten. »Ja, hier würden wir also zu Gericht sitzen, schenkend und immer wieder schenkend – auf einem Teppich statt auf Stühlen, denn das ist der Hauptunterschied zwischen damals und heute, aber niemals würden wir einen Menschen bestrafen.«
Die beiden Damen nickten.
»Der arme Verbrecher – er sollte noch einmal davonkommen. Es wird nur noch schlimmer mit ihm, wenn er ins Gefängnis wandern und sich dort noch weiter verderben lassen muß.« Aziz' Gesicht nahm einen ganz zärtlichen Ausdruck an – den Ausdruck eines Mannes, dem jede Art der Verwaltungstätigkeit fremd ist und der auch nicht begreifen kann, daß der arme Verbrecher im Falle eines Freispruchs nichts Eiligeres zu tun haben würde, als die arme Witwe von neuem zu berauben. Er verspürte Zärtlichkeit allen Menschen gegenüber, ausgenommen ein paar Feinde der Familie, die er nicht als menschlich betrachten konnte: an diesen wollte er unbedingt seine Rache kühlen. Selbst den Engländern gegenüber war er zärtlich gestimmt. Er wußte im Grunde seines Herzens: sie konnten ja nichts dafür, daß sie so kalt und so querköpfig waren und mit ihrer Herrschaft einen Eisgürtel um sein Land gelegt hatten. »Keinen, keinen Menschen bestrafen wir«, wiederholte er, »und am Abend werden wir ein großes Tanz-Bankett veranstalten, und rings um den Teich werden hellleuchtend liebliche Mädchen stehen mit Feuerwerkskörpern in

der Hand, und es soll eitel Festglanz und Freude herrschen bis zum folgenden Tag, an dem Recht gesprochen werden soll wie zuvor – fünfzig Rupien, hundert, tausend –, bis überall Frieden ist. Ach, warum haben wir nicht zu jenen Zeiten gelebt? – Aber bewundern Sie auch Mr. Fieldings Haus? Sehen Sie doch, wie blau die Säulen sind, und die winzigen Pavillons an der Veranda – wie nennt man sie doch? – dort, gerade über uns, sie sind gleichfalls blau. Betrachten Sie auch die Schnitzereien daran, und denken Sie, wieviel Zeit und Mühe sie einmal gekostet haben! Ihre kleinen Dächer sind geschwungen, um Bambus zu imitieren. So hübsch – und draußen am Teich wiegt sich der Bambus im Wind. Mrs. Moore! Mrs. Moore!«

»Ja?« fragte sie lachend.

»Sie erinnern sich doch noch an den Bach, der an der Moschee vorüberfließt? Er kommt geradeswegs hierher und füllt auch die Teiche – wie geschickt das doch die früheren Kaiser eingerichtet haben! An dieser Stelle pflegten sie auf ihrem Weg nach Bengal zu rasten. Sie konnten nicht Wasser genug um sich haben. Wohin sie den Schritt auch lenkten: sie legten Springbrunnen, Gärten, türkische Bäder an. Ich war gerade dabei, Mr. Fielding zu sagen, ich hätte alles darum gegeben, ihnen zu dienen.«

Er hatte einen kleinen Irrtum begangen, was das Wasser betraf, denn kein noch so geschickter Kaiser hätte es dazu veranlassen können, hügelaufwärts zu fließen: zwischen der Moschee und Fieldings Haus lag eine nicht unbeträchtliche Bodensenke mitsamt der ganzen Stadt Tschandrapur. Ronny würde ihn deshalb aufgezogen haben, Turton würde den Wunsch danach verspürt und gleichzeitig unterdrückt haben, Fielding dagegen war selbst der bloße Wunsch fremd geworden. Er hatte längst sein Verlangen nach buchstäblicher Wahrheit verkümmern lassen – es war ihm im allgemeinen nur noch um die Wahrheit der Gemütsverfassung, der Stimmung, zu tun. Was aber Miß Quested betraf, so nahm sie jedes der von Aziz geäußerten Worte für bare Münze. In ihrer Unwissenheit betrachtete sie ihn als das personifizierte Indien und kam nicht auf den Gedanken, daß sein Gesichtskreis begrenzt, sein Verfahren ungenau war und daß kein menschliches Einzelwesen Indien je zu verkörpern imstande gewesen wäre.

Er war nun ganz aufgeregt, schwatzte unverzagt drauflos und sagte sogar »verdammt«, wenn er sich mit seinen Sätzen verhedderte. Er erzählte von seiner beruflichen Tätigkeit, von den Operationen, die er mit angesehen oder selber ausgeführt hatte, und ging dabei derart ins einzelne, daß Mrs. Moore einen kalten Schauder verspürte, während Miß Quested in alledem einen Beweis für seine Vorurteilslosigkeit erblickte. Daheim hatte sie derartiges in fortschrittlicher gesinnten akademischen Kreisen zu hören bekommen, in denen man absichtlich kein Blatt vor den Mund nahm. Sie hielt Aziz für geistig unabhängig und für persönlich verläßlich und stellte ihn in Gedanken auf einen Sockel, auf dem er sich auf die Dauer nicht halten konnte. Gewiß fand er sich im Augenblick obenauf, aber durchaus nicht auf einem Sockel. Unsichtbare Schwingen hatten ihn emporgetragen, aber sobald er ins Flattern geriet, mußte er unfehlbar abstürzen.

Bei der Ankunft Professor Godboles legte sich seine Erregung etwas, aber noch immer gehörte der Nachmittag ihm. Der Brahmane, höflich und undurchsichtig, gebot seiner Beredsamkeit nicht nur nicht Einhalt, sondern spendete ihr sogar Beifall. Er trank seinen Tee, ein wenig abseits von den Ungläubigen sitzend. Man hatte hinter ihm ein niedriges Tischchen aufgestellt, zu dem er sich hin und wieder halb umdrehte und auf dem er wie zufällig etwas zu essen vorfand, und die anderen gaben vor, von alledem nichts zu bemerken. Er war etwas ältlich und eingeschrumpelt, hatte einen grauen Schnurrbart und graublaue Augen, und seine Haut war so hell wie die eines Europäers. Er trug einen Turban in Gestalt eines blaßvioletten Makkaroni-Auflaufs, Rock, Weste, *dhoti* und Socken mit Gamaschen. Die Farbe der letzteren entsprach der des Turbans, und seine ganze äußere Erscheinung erweckte den Eindruck des durchaus Harmonischen – es war, als habe er die Errungenschaften des Westens sowohl wie des Ostens, und die geistigen nicht weniger als die materiellen, miteinander in Einklang zu bringen gewußt und als könne er selbst dieses Einklangs auch nicht mehr verlustig gehen. Die anwesenden Damen fanden ihn interessant. Sie hofften, er würde, Aziz ergänzend, von der Religion sprechen. Aber er begnügte sich damit, zu essen – zu essen und wieder zu essen, wobei er lächelte und sich offenbar hütete, die eigenen Augen wissen zu lassen, was die Hand tat.

Aziz kehrte endlich seinen Mogulenkaisern den Rücken und wandte sich Gesprächsthemen zu, die keinen verletzen konnten. Er beschrieb das Reifwerden der Mangofrüchte, erzählte, wie er als Kind, zur Regenzeit, zu einem großen Mangohain, der einem seiner Onkel gehörte, hinauszulaufen und sich dort an den Früchten gütlich zu tun pflegte. »Und dann wieder rasch nach Hause, von außen platschnaß und von innen vielleicht von Bauchweh gepiesackt. Aber das war mir ganz egal. Alle meine Freunde hatten Bauchweh. Wir haben in Urdu ein Sprichwort: ›Was hat ein Unglück auch zu besagen, wenn wir alle unglücklich sind?‹, und es erweist sich als durchaus zutreffend, wenn man gerade Mangofrüchte gegessen hat. Miß Quested, warten Sie, bis die Mangofrüchte reif sind! Und warum wollen Sie sich nicht überhaupt gleich in Indien ansässig machen?«

»Ich fürchte, das kann ich nicht«, sagte Adela. Sie äußerte diese Bemerkung, ohne sich über ihre Bedeutung gleich Rechenschaft abzulegen. Für sie wie für die drei Männer schien sie zunächst lediglich auf die Tonart der sonstigen Unterhaltung abgestimmt zu sein, und erst nach Verlauf mehrerer Minuten, ja, einer halben Stunde, begriff sie, daß es eine sehr vielsagende Bemerkung gewesen war, die in erster Linie Ronny gegenüber am Platz gewesen wäre.

»Besucher wie Sie sind hier viel zu selten.«

»Ja, das sind sie wirklich«, fiel Professor Godbole ein. »Soviel Liebenswürdigkeit auf einmal ist nicht oft zu beobachten. Aber was könnten wir Ihnen denn bieten, um Sie bei uns zu halten?«

»Mangofrüchte, Mangofrüchte!«

Alle lachten. »Selbst Mangofrüchte kann man jetzt in England bekommen«, warf Fielding ein. »Sie werden in eisgekühlten Frachträumen herübergeschifft. Man kann offenbar Indisches ebenso gut in England produzieren, wie Englisches in Indien.«

»Was allerdings in beiden Fällen schauderhaft kostspielig ist«, bemerkte die Jüngere.

»Vermutlich.«

»Und gar nicht sehr schön.«
Aber der Gastgeber wollte nicht zulassen, daß die Unterhaltung allzu schwerfällig wurde. Er wandte sich der älteren Dame zu, die erhitzt und etwas erschöpft aussah – er ahnte nicht, aus welchem Grund –, und fragte sie nach ihren eigenen Plänen. Sie erwiderte, sie würde sich gern das Seminar einmal ansehen. Sogleich standen alle auf, ausgenommen Professor Godbole, der gerade noch an einer Banane kaute.
»Komm nicht erst mit, Adela. Du machst dir ja ohnehin nicht viel aus öffentlichen Gebäuden.«
»Ja, das stimmt«, erwiderte Miß Quested, sich gleich wieder niedersetzend.
Aziz zögerte. Seine Zuhörer waren im Begriff, sich aufzusplittern. Die ihm vertrautere Hälfte verließ das Zimmer, aber die aufmerksamere blieb zurück. In Anbetracht des Umstandes, daß dies ein »unkonventioneller« Nachmittag war, blieb er ebenfalls.
Die Unterhaltung plätscherte weiter wie bisher. Ob man wohl den Besuchern einmal unreife Mangofrüchte in Musform empfehlen durfte? »Ich spreche nun als Arzt: nein.«
»Aber dafür will ich Ihnen ein paar wohlbekömmliche Süßigkeiten ins Haus schicken – zu meinem eigenen Vergnügen«, erklärte der alte Mann.
»Professor Godboles Süßigkeiten sind etwas Köstliches, Miß Quested«, sagte Aziz, ein wenig bekümmert, denn auch er hätte ihr am liebsten welche geschickt, und er hatte keine Frau mehr, die sie hätte zubereiten können. »Das ist eine richtige indische Delikatesse. Ach, ich selbst kann in meiner ärmlich bezahlten Stellung nicht daran denken, Ihnen ein Geschenk zu machen.«
»Warum sagen Sie das bloß, wo Sie uns doch freundlicherweise sogar eingeladen haben!«
Wieder dachte er mit Schaudern an seine kleine Behausung. Gerechter Himmel – dieses dumme Geschöpf hatte ihn beim Wort genommen! Was sollte er nur tun? »Ja, das wäre also abgemacht«, rief er. »Ich lade Sie alle ein, mich in den Marabar-Grotten zu besuchen.«
»Es wird mir ein besonderes Vergnügen sein.«
»Oh, das ist wirklich etwas Großartiges – verglichen mit meinen

armseligen Süßigkeiten. Aber hat Miß Quested unsere Grotten nicht schon besucht?«

»Nein. Ich habe noch nicht einmal davon gehört.«

»Nicht davon gehört?« riefen beide wie aus einem Munde. »Von den Marabar-Grotten, in den Marabar-Felshügeln?«

»Im Klub hören wir gar nichts Interessantes – nur Tennisgespräche und lächerlichen Klatsch.«

Der ältere Mann verstummte, vielleicht in dem Gedanken, daß es etwas ungehörig von ihr war, ihre eigenen Landsleute zu kritisieren, vielleicht auch aus Furcht, sie könne im Falle seiner Zustimmung ihn bei den Engländern des Mangels an Loyalität bezichtigen. Aber der Jüngere fiel mit einem raschen »Ich weiß« ein.

»Dann erzählen Sie mir bitte davon – soviel wie möglich. Sonst werde ich von Indien nie etwas begreifen. Sind es die Hügel, die ich manchmal am Abend sehe? Und was hat es mit diesen Grotten für eine Bewandtnis?«

Aziz schickte sich zu einer Erklärung an, aber bald stellte sich heraus, daß er selbst die Grotten noch niemals besucht hatte; er hatte zwar mehr als einmal hingehen wollen, war aber stets durch Arbeit oder private Verpflichtungen daran gehindert worden. Und außerdem lagen sie so weit weg. Professor Godbole zog ihn gutmütig auf. »Lieber junger Freund: Wer im Glashaus sitzt ... Haben Sie je von diesem nützlichen Sprichwort gehört?«

»Sind es große Grotten?« fragte Adela.

»Nein, nicht sehr groß.«

»Beschreiben Sie sie doch bitte, Professor.«

»Das wird eine hohe Ehre für mich sein.« Er rückte mit dem Stuhl etwas näher, und auf sein Gesicht trat ein Ausdruck von Angespanntsein. Adela hielt ihm und Aziz die Zigarettenschachtel hin und zündete sich selbst eine Zigarette an. Nach einer eindrucksvollen Pause begann er: »Im Felsen befindet sich immer eine Öffnung, und dahinter liegt dann die Grotte.«

»So ungefähr wie in Elephanta?«

»O nein, durchaus nicht. In Elephanta gibt es ja plastische Darstellungen von Schiwa und Parvati. Nichts davon im Marabar.«

»Sie sind zweifellos unerhört heilig«, bemerkte Aziz, um der Erzählung weiterzuhelfen.

»O nein, nicht im geringsten.«
»Immerhin sind sie wohl irgendwie mit Zierwerk versehen?«
»O nein.«
»Nun, warum sind sie dann so berühmt? Wir alle reden doch immerzu von den berühmten Marabar-Grotten. Oder vielleicht ist das nur leere Großsprecherei.«
»Nein, das würde ich nicht unbedingt sagen.«
»Dann beschreiben Sie sie doch bitte der Dame.«
»Es wird mir ein Vergnügen sein.« Freilich versagte er sich dieses Vergnügen, und Aziz begriff, daß er im Hinblick auf diese Grotten mit etwas zurückhielt. Er begriff es, weil er selbst oft genug an ähnlichen Hemmungen litt. Bisweilen überging er in einer bestimmten Lage zum Ärger Major Callendars stillschweigend die einzige Tatsache von Bedeutung, um dafür um so länger auf hundert weniger wichtigen zu verweilen. Der Major bezichtigte ihn bewußter Drückebergerei und hatte im großen und ganzen auch nicht unrecht, aber eben doch nur im großen und ganzen. Es war vielmehr, als habe ihm in solchen Fällen eine geheime Macht, gegen die er nichts ausrichten konnte, aus purer Laune die Denkkraft gelähmt. Das war offenbar nun auch Godbole widerfahren – zweifellos gegen seine Absicht suchte er irgend etwas zu verschweigen. Wenn man ihm vorsichtig zusetzte, mochte er wieder Herr seiner selbst werden und verkünden, daß die Marabar-Grotten – nun, etwa voller Stalaktiten waren. Aziz spielte auf eine solche Möglichkeit an, aber auch das traf nicht zu.
Das ganze Zwiegespräch zwischen beiden war bisher unbeschwert-freundlich verlaufen, und Adela nahm nicht das geringste von seiner Unterströmung wahr. Sie wußte nicht, daß das vergleichsweise unkomplizierte Bewußtsein des Mohammedaners sich plötzlich dem Dunkel der Urnacht ausgesetzt sah. Aziz hatte sich auf ein atemberaubendes Spiel eingelassen. Er fingerte an einem menschlichen Spielzeug herum, das nicht in Gang kommen wollte – so viel war ihm klar. Wäre es anders gewesen, hätten weder er noch Professor Godbole den geringsten Vorteil davon gehabt, aber der bloße Versuch, es in Gang zu bringen, hielt ihn völlig in Bann: ein Abenteuer abstrakten Denkens. Er schwatzte munter weiter, bei jedem seiner Züge auf dem Spiel-

brett von einem Gegner geschlagen, der seinerseits nicht einmal zugeben wollte, daß es zu einem Zug überhaupt gekommen war, und weiter als je von der Entdeckung entfernt, was an den Marabar-Grotten so außerordentlich war.
Und dazwischen platzte nun Ronny.
Mit einem Ärger, den zu verbergen er sich nicht die Mühe nahm, rief er noch vom Garten her: »Was ist denn mit Fielding passiert? Und wo ist meine Mutter?«
»Guten Abend«, erwiderte Adela kühl.
»Du und Mutter – ihr müßt beide jetzt mit mir kommen. Das Polospiel fängt gleich an.«
»Ich dachte, es wäre abgesagt.«
»Das ganze Programm ist geändert. Es sind ein paar Militärs aufgetaucht. Komm bitte gleich mit – ich werde dir alles erzählen.«
»Ihre Frau Mutter wird sofort wieder hier sein«, sagte Professor Godbole, der sich ehrerbietig von seinem Platz erhoben hatte. »An unserm armseligen Seminar ist nicht viel zu besichtigen.«
Ronny nahm keine Notiz von ihm, sondern richtete seine Bemerkungen nach wie vor an Adela. Er hatte seine Arbeit liegen lassen, um die beiden Frauen abzuholen, denn er war überzeugt, es werde ihnen Spaß machen, beim Polospiel zuzusehen. Er wollte den beiden Männern gegenüber nicht gerade unhöflich sein, aber die einzige Kontaktmöglichkeit zwischen ihm und einem Inder war seiner Meinung nach offizieller Art, und von diesen war keiner sein Untergebener. Als Privatpersonen übersah er sie.
Unglücklicherweise war Aziz nicht in der Stimmung, sich übersehen zu lassen. Er wollte das Gefühl des Geborgenseins und der Vertrautheit, wie er es während der letzten Stunde ausgekostet hatte, nicht missen. Er hatte sich nicht gleichzeitig mit Godbole erhoben und rief im Sitzen, herausfordernd freundlich: »Treten Sie doch bitte näher, Mr. Heaslop, und leisten Sie uns ein bißchen Gesellschaft. Und setzen Sie sich, bis Ihre Frau Mutter wiedererscheint.«
Ronnys Antwort bestand darin, daß er einen der Diener Fieldings anwies, seinen Herrn umgehend herbeizuholen.
»Das versteht er möglicherweise nicht. Erlauben Sie mir –.« Und Aziz wiederholte den Auftrag im Dialekt des Angesprochenen.
Ronny fühlte sich zu einer heftigen Entgegnung versucht. Er

kannte diese besondere Spielart, er kannte jede indische Spielart, und dies war die des verwöhnten Halbeuropäers. Aber er war selbst ein Diener der Regierung. Es gehörte zu seinen Pflichten, »Zwischenfälle« zu vermeiden, und darum sagte er nichts, sondern übersah geflissentlich die Herausforderung, die in jedem von Aziz' Worten lag. Sie alle hatten etwas Unverfrorenes an sich oder bildeten eine Art Mißklang. Seine Schwingen versagten ihm, aber er wollte nicht abstürzen, ohne sich noch zur Wehr zu setzen. Er wollte Mr. Heaslop gegenüber, der ihm kein Unrecht getan hatte, nicht auftrumpfen. Aber hier war ein Anglo-Inder, der für ihn erst Mensch werden mußte, ehe er sich selbst wieder wohl fühlen durfte. Sowenig er Professor Godbole mit munterlauten Bemerkungen zusetzen wollte, so wenig wollte er Miß Quested gegenüber auf schleimige Weise vertraulich sein, sondern sich lediglich ihres Beistands versichern. Ein seltsames Quartett – Aziz im Begriff, langsam zu Boden zu flattern, Adela durch den plötzlichen Einbruch von Häßlichem verstört, Ronny vor Wut schäumend und der Brahmane die drei andern scharf beobachtend, wobei er jedoch die Augen gesenkt und die Hände gefaltet hielt, als gäbe es eigentlich nichts zu beobachten. Wie eine Szene in einem Theaterstück, dachte Fielding, als er über die ganze Breite des Gartens hinweg die andern erblickte, die sich zwischen den hohen Säulen seines schönen Saals so dramatisch gruppiert hatten.

»Mach dir nicht erst die Mühe, zurückzukommen, Mutter«, rief Ronny, »wir sind gerade im Aufbruch.« Dann ging er mit raschen Schritten auf Fielding zu, zog ihn beiseite und sagte mit gespielter Munterkeit: »Hallo, entschuldigen Sie bitte, alter Freund, aber war es unbedingt nötig, Miß Quested hier allein zu lassen?«

»Verzeihung – aber was ist eigentlich los?« erwiderte Fielding, gleichfalls bemüht, eine freundliche Miene zu zeigen.

»Nun ... ich bin zweifellos ein vertrockneter Bürokrat. Immerhin sehe ich nicht allzu gern eine junge Engländerin in Gesellschaft zweier Inder allein, und noch dazu rauchend.«

»Es war ihr Wunsch, bei den andern zurückzubleiben, wie es auch ihr eigener Wunsch war zu rauchen, alter Freund.«

»Ja, in England kann man sich das schon leisten.«

»Ich kann beim besten Willen nicht sehen, warum das alles so schlimm sein soll.«
»Wenn Sie es nicht sehen können, dann läßt sich das eben nicht ändern ... Aber können Sie wenigstens erkennen, daß der junge Mann ein Flegel ist?«
Aziz, noch immer fiebrig erregt, sprach etwas gönnerhaft auf Mrs. Moore ein.
»Er ist kein Flegel«, widersprach Fielding. »Er ist nur mit seinen Nerven am Rand, weiter nichts.«
»Aber was sollte seinen kostbaren Nerven wohl derart zugesetzt haben?«
»Keine Ahnung. Er war ganz vernünftig, als ich ihn dort mit den andern allein ließ.«
»Nun, es kann nichts mit dem zu tun haben, was ich selbst gesagt habe«, erklärte Ronny zu seiner eigenen Beruhigung. »Ich habe nicht einmal mit ihm gesprochen.«
»Na schön, dann kommen Sie jetzt nur mit und führen Sie die Damen fort. Die große Katastrophe ist ja nun überstanden.«
»Fielding ... glauben Sie bitte nicht, daß ich eingeschnappt wäre oder dergleichen ... Vermutlich haben Sie keine Lust, mit zum Polospiel zu kommen? Wir würden uns alle darüber freuen.«
»Nein, ich kann jetzt nicht weg – trotzdem schönen Dank. Es tut mir wirklich leid, daß Sie den Eindruck haben, ich hätte meine Pflichten vernachlässigt. Nichts lag mir ferner.«
So begann denn das große Abschiednehmen. Jeder war verärgert oder bekümmert. Es war, als sei die allgemeine Gereiztheit eine Ausdünstung des indischen Bodens. Hätte man sich wohl, dachte Fielding, auch auf der schottischen Heide oder in den italienischen Bergen so kleinlich verhalten können? Offenbar gab es in Indien keinen Vorrat an Gelassenheit, aus dem man stets von neuem hätte schöpfen können. Oder umgekehrt wurde alles andere von Gelassenheit aufgesogen, wie es im Fall Professor Godboles geschah. Ja, da standen sie also alle herum: Aziz, ein windiger und etwas widerlicher Geselle, Mrs. Moore und Miß Quested etwas töricht, er selbst und Heaslop nach außen hin ganz manierlich, aber im Grunde doch verabscheuenswert, wie sie sich auch gegenseitig verabscheuten.

»Auf Wiedersehen, Mr. Fielding, und sehr vielen Dank ... Was für herrliche Seminargebäude!«
»Auf Wiedersehen, Mrs. Moore.«
»Auf Wiedersehen, Mr. Fielding! Ein höchst interessanter Nachmittag...«
»Auf Wiedersehen, Miß Quested.«
»Auf Wiedersehen, Dr. Aziz.«
»Auf Wiedersehen, Miß Quested.« Aziz schüttelte ihr kräftig die Hand, um zu zeigen, daß er sich nicht unsicher fühlte. »Sie werden doch auch bestimmt die Grotten nicht vergessen, wie? Ich werde das Ganze umgehend in die Wege leiten.«
»Danke schön...«
Vom Teufel zu einer letzten Bemühung gestachelt, fügte er hinzu: »Wie jammerschade, daß Sie so bald schon wieder Indien verlassen wollen! Könnten Sie Ihren Entschluß nicht ändern und bei uns bleiben?«
»Auf Wiedersehen, Professor Godbole«, fuhr sie, plötzlich aufgeregt, fort. »Zu schade, daß Sie uns nicht noch etwas vorsingen konnten.«
»Ich könnte ja jetzt noch singen«, erwiderte er – und tat es auch. Er ließ eine dünne Stimme ertönen und dieser einen Laut nach dem andern entquellen. Bisweilen schien auch ein gewisser Rhythmus erkennbar zu werden, bisweilen der Ansatz zu einer Melodie im westlichen Sinne. Aber der immer wieder befremdete Hörer vermochte nicht viel damit anzufangen, sondern verlor sich in einem Labyrinth von Geräuschen, von denen keines hart oder häßlich, keines aber auch ganz verständlich war. Es war das Lied eines unbekannten Vogels, zu begreifen nur für die Diener. Diese begannen untereinander zu raunen, zu wispern. Der Mann, der nach Wassernuß suchte, stieg splitternackt aus dem künstlichen Teich, und seine Lippen öffneten sich vor Entzücken, eine scharlachrote Zunge enthüllend. Die Gesangslaute fügten sich einer an den andern und brachen dann so beiläufig ab, wie sie eingesetzt hatten – offenbar mitten im Takt und auf einer Subdominante.
»Vielen Dank – und was war das?« fragte Fielding.
»Ich will es Ihnen genau erklären. Es war ein religiöses Lied. Ich

habe mich dabei in die Lage einer Milchmagd versetzt. Ich sage zu Schri Krischna: ›Komm. Komm zu mir allein.‹ Der Gott kommt aber nicht. Ich werde ganz kleinlaut und sage: ›Komm nicht zu mir allein. Vervielfache Dich zu hundert verschiedenen Krischnas, von denen jeder eine von meinen hundert Gefährtinnen aufsuchen mag, aber der Eine von ihnen, der Herr des Weltalls – er komme zu mir.‹ Er weigert sich noch immer zu kommen. Das wird mehrere Male wiederholt. Der Sang ist in einer *raga* verfaßt, wie sie der gegenwärtigen Stunde angemessen ist, will sagen, der abendlichen Stunde.«

»Aber in einem andern Lied findet er sich hoffentlich bei ihr ein?« fragte Mrs. Moore leise.

»O nein, er findet sich nicht bei ihr ein«, wiederholte Godbole, der möglicherweise ihre Frage nicht ganz verstanden hatte. »Ich sage zu ihm wieder und wieder: ›Komm.‹ Aber er versäumt es, zu kommen.«

Ronnys Schritte waren bereits verklungen, und einen Augenblick herrschte völlige Stille. Nichts regte sich im Wasser, nichts im Laub.

8

Wenn es auch Miß Quested in England nicht an Gelegenheit gefehlt hatte, Ronny kennenzulernen, hielt sie es doch für ratsam, ihn in der Fremde zu besuchen, ehe sie sich entschloß, sich ihm zu verbinden. Der Aufenthalt in Indien hatte bei ihm gewissen Eigentümlichkeiten des Charakters Vorschub geleistet, die sie niemals bewundert hatte. Seine Selbstgefälligkeit, seine Schulmeisterlichkeit, sein Mangel an Feingefühl – alles das schoß unter einem tropischen Himmel ins Kraut. Er schien auch gleichgültiger geworden zu sein gegen alles das, was im Innern seiner Mitmenschen vor sich ging, wie er umgekehrt immer sicherer geworden war, daß er ihnen gegenüber stets recht hatte – oder daß es andernfalls nicht das geringste ausmachte. Gelang es ihr, ihm einen Irrtum nachzuweisen, war er besonders unausstehlich. Er brachte es stets fertig, anzudeuten, daß sie sich die Mühe solchen

Nachweises hätte ersparen können. Was immer sie feststellte, war nicht des Feststellens wert, was sie bewies, war schlüssig, aber auch überflüssig. Sie mußte sich auch immer wieder versichern lassen, daß er selbst sachkundig war, sie aber nicht, und daß auch praktische Erfahrung ihr kaum weiterhelfen würde, da sie diese geistig nicht einordnen konnte. Besuch einer Internatsschule, dann der Universität London, ein Jahr beim Einpauker, eine bestimmte Abfolge verschiedener Amtsposten in einer bestimmten Provinz, ein Sturz vom Pferd und eine Fieberattacke: alles das war angeblich die einzig angemessene Voraussetzung für das Verständnis der Inder und all derer, die sich ihr Land zum Wohnsitz auserwählt hatten, vielmehr die einzige Voraussetzung, die ihrer Fassungskraft noch zugänglich war, denn hoch noch über Ronny dehnten sich die Bereiche erhabeneren Wissens, bewohnt von den Callendars und Turtons, die nicht nur ein Jahr im Lande gewesen waren, sondern zwanzig Jahre, und die sich außerdem geradezu übermenschlicher Einsicht rühmen durften. Was seine eigene Person betraf, so machte er keinerlei übertriebene Ansprüche geltend – hätte er es doch getan! Es war das verständige I-ah des noch unfertigen Beamten, sein »Ich bin natürlich noch nicht vollkommen, aber –«, das ihr so sehr auf die Nerven ging.

Wie fühllos hatte er sich doch im Haus Mr. Fieldings gezeigt – erst die Unterhaltung zu stören und dann mitten in dem geheimnisvollen Lied wegzulaufen! Als er sie in seinem Einspänner nach Hause kutschierte, wuchs ihre Gereiztheit ins geradezu Unerträgliche. Freilich begriff sie nicht, daß diese zu erheblichem Teil ihrem eigenen Verhalten galt. Sie brannte nach einer Gelegenheit, ihm die Leviten zu lesen, und da auch er ärgerlich war und sich beide in Indien befanden, ließ eine solche Gelegenheit nicht lange auf sich warten. Sie hatten kaum das Seminargrundstück hinter sich, da hörte sie ihn zu seiner Mutter neben ihm auf dem Kutschsitz sagen: »Was war denn das mit den Grotten?« und schon eröffnete sie Feuer.

»Mrs. Moore – Ihr wirklich reizender Arzt hat sich dazu entschlossen, uns zu einem Picknick im Freien einzuladen statt zu einer Gesellschaft in seinem Hause. Wir sollen draußen mit ihm

zusammenkommen – Sie, ich, Mr. Fielding, Professor Godbole: genau dieselben Leute wie heute.«
»Wo denn draußen?« fragte Ronny.
»Bei den Marabar-Grotten.«
»Das ist ja wirklich allerhand«, murmelte er nach einer kleinen Pause. »Ließ er sich denn dazu herbei, irgendwelche Einzelheiten zu erörtern?«
»Nein. Wenn du mit ihm gesprochen hättest, hätten wir mühelos alles klären können.«
Ronny schüttelte, in Lachen ausbrechend, den Kopf.
»Habe ich etwas Komisches gesagt?«
»Ich dachte nur gerade daran, wie der Kragen des würdigen Heilkünstlers immer weiter nach oben rutschte.«
»Ich glaube, du wolltest dich über die Grotten auslassen.«
»Das tue ich auch. Aziz war, von der Krawattennadel bis zu den Gamaschen, tadellos angezogen, aber er hatte nicht an den hinteren Kragenknopf gedacht: und da habt ihr den Inder, wie er leibt und lebt. Kein Augenmerk für die kleinen Dinge. Die angeborene Schlampigkeit, die für das ganze Volk so charakteristisch ist. Nicht anders verhält es sich auch mit seinem Vorschlag eines ›Treffens‹. Gerade, als ob es sich um ein Rendezvous unter der großen Normaluhr auf einem Bahnhof handelte! Dabei liegen diese Grotten meilenweit von jedem Bahnhof und meilenweit voneinander entfernt.«
»Bist du denn selber schon dort gewesen?«
»Nein – aber ich weiß natürlich genau Bescheid.«
»Oh, natürlich.«
»Bist du denn auch zur Teilnahme an diesem Ausflug verpflichtet, Mutter?«
»Mutter ist zu gar nichts verpflichtet«, sagte Mrs. Moore etwas unerwartet. »Und schon gar nicht zum Besuch dieses Polospiels. Könntest du wohl bitte zuerst an unserm Bungalow vorfahren und mich absetzen? Ich möchte mich lieber ein bißchen ausruhen.«
»Setz mich bitte auch ab«, sagte Adela. »Ich habe jetzt keine Lust, beim Polospiel zuzuschauen.«
»Dann wäre es sehr viel einfacher, gleich das Polospiel vom

Programm abzusetzen«, sagte Ronny. Müde und enttäuscht, verlor er vollends die Selbstbeherrschung und fügte mit lauter, schulmeisterlicher Stimme hinzu: »Ich möchte keinesfalls, daß ihr euch noch länger mit Indern abgebt. Wenn ihr die Marabar-Grotten unbedingt sehen wollt, dann bitte unter britischer Führung.«
»Ich habe noch nie von diesen Grotten gehört. Ich weiß auch nicht, wie oder wo sie sind«, sagte Mrs. Moore, »aber« – und dabei tappte sie auf das neben ihr liegende Kissen – »ich kann die ewige Häkelei und Quengelei einfach nicht mehr mit anhören.«
Die jungen Leute erröteten. Sie setzten sie vor ihrem Bungalow ab und fuhren zusammen weiter zum Polospiel – was hätten sie auch sonst tun können! Ihre miserable Stimmung verflüchtigte sich, aber die innere Schwere blieb. Nur selten wird die Luft durch Gewitter gereinigt. Miß Quested dachte über ihr eigenes Verhalten nach und war darüber keineswegs entzückt. Statt sich über Ronny und sich selbst Gedanken zu machen und im Hinblick auf ihre Heirat zu einem wohlbedachten Entschluß zu kommen, hatte sie ganz nebenbei im Verlauf einer Unterhaltung über Mangofrüchte wildfremden Leuten gegenüber bemerkt, sie habe nicht die Absicht, in Indien zu bleiben. Was nichts anderes bedeutete als dies: daß sie nicht die Absicht hatte, Ronny zu heiraten. Aber was für eine Art, das anzukündigen, was für ein Benehmen für eine kultivierte junge Dame! Sie schuldete Ronny eine Erklärung, aber bedauerlicherweise gab es nichts zu erklären. Die »gründliche Aussprache«, für ihre Prinzipien und Wesensart so erwünscht, war hinausgeschoben worden, bis es zu spät war. Es schien so zwecklos, Ronny unfreundlich zu behandeln und die Einwände gegen seinen Charakter ausgerechnet zu dieser Stunde, dieser abendlichen Stunde, in Worte zu fassen...
Das Polospiel fand auf dem Maidan in der Nähe der Stadttore statt. Der Tag neigte sich bereits seinem Ende zu, und über jedem der Bäume lag eine Vorahnung der kommenden Nacht. Ronny und Adela ließen sich in einiger Entfernung vom Klüngel der Regierungsbeamten nieder, und Adela nötigte sich in dem Gefühl, daß sie es ihm und sich selbst schuldig war, die unbedachte Bemerkung ab: »Ich fürchte, Ronny, wir müssen uns einmal gründlich aussprechen.«

»Ich habe eine elende Laune – dafür muß ich dich um Verzeihung bitten«, lautete seine Antwort. »Ich hatte nicht die Absicht, dir und Mutter Vorschriften zu machen. Aber natürlich war ich über die Art, in der diese Bengalen euch heute vormittag aufsitzen ließen, verärgert, und ich möchte nicht, daß so etwas immer wieder passiert.«
»Das hat doch gar nichts damit zu tun, daß ich...«
»Nein, aber Aziz wird ein ähnliches Durcheinander mit den Grotten anrichten. Daß er selbst seine Einladung nicht ganz ernst meinte, konnte ich am Ton seiner Stimme erkennen. Es entspricht ganz ihrer Art, sich bei uns lieb Kind machen zu wollen.«
»Es handelt sich aber um etwas ganz anderes, das nichts mit den Grotten zu tun hat – und darüber möchte ich mit dir reden.«
Sie senkte den Blick auf das farblose Grau des Bodens. »Ich habe mich nämlich entschieden, mein lieber Junge: wir werden nicht heiraten.«
Ronny zuckte bei ihren Worten zusammen. Er hatte wohl Aziz erwähnen hören, daß sie nicht wieder nach Indien zurückkommen werde, hatte dem aber nicht weiter Beachtung geschenkt, denn es wäre ihm nicht einmal im Traum der Gedanke gekommen, daß ein Inder jemals zum Werkzeug der Nachrichtenübermittlung zwischen Leuten englischen Blutes werden könnte. Er bekam sich aber gleich wieder in die Gewalt und sagte leise: »Du hast mir niemals erklärt, daß wir heiraten würden, mein liebes Kind. Du hast also weder dir selbst noch auch mir die geringste Verpflichtung auferlegt und brauchst also das Ganze auch nicht allzu schwer zu nehmen.«
Adela verspürte eine gewisse Scham. Wie anständig er doch war! Er mochte ihr noch so sehr mit seinen Meinungen zusetzen, aber er nötigte ihr nicht das Gefühl einer »Verpflichtung« ab, weil er, wie sie selbst, von der Unantastbarkeit persönlicher Beziehungen überzeugt war: und gerade deshalb war es wohl auch geschehen, daß beide bei ihrer ersten Begegnung im Angesicht der großartigen Landschaft des englischen Seen-Distrikts sich gleich zueinander hingezogen fühlten. Der kritische Augenblick war für sie nun vorüber, aber wenn es nach ihr gegangen wäre, so hätte er eigentlich etwas schmerzhafter und gründlicher ausfallen müs-

sen. Adela wird niemals Ronnys Frau werden: das schien nun wie im Traum an ihr vorübergeglitten zu sein. »Aber laß uns wenigstens drüber reden«, sagte sie. »Es ist alles so schrecklich wichtig, und wir dürfen nichts überstürzen. Ich möchte jetzt zunächst wissen, wie du die Sache siehst – das könnte für uns beide ganz wichtig sein.«

Er blickte unglücklich und etwas abweisend drein. »Ich kann nicht recht den Zweck dieses Drüber-Redens einsehen – und außerdem bin ich von der Extraarbeit, wie der Mohurram sie mit sich bringt, hundemüde. Du mußt mich also entschuldigen.«

»Ich möchte nur, daß zwischen uns vollkommene Klarheit herrscht. Und will dir auch Rede stehen auf alles, was dir an meinem Verhalten fragwürdig erscheinen mag.«

»Aber es erscheint mir gar nichts daran fragwürdig. Was immer du getan hast: es war dein gutes Recht. Du hattest ein Recht, herzukommen und dir selbst ein Bild von meiner hiesigen Tätigkeit zu machen. Es war an sich sogar ein ausgezeichneter Gedanke. Jedenfalls ist es zwecklos, noch weiter darüber zu reden – wir würden beide nur heftig werden.« Er fühlte sich erbittert und verletzt. Er war zu stolz, von neuem um sie zu werben. Aber an ihrem persönlichen Verhalten fand er durchaus nichts auszusetzen: wo immer es sich um seine Landsleute handelte, war er eitel Großmut.

»Ja, mehr ist wohl in der Tat nicht zu sagen«, bemerkte Miß Quested mit schwerer Stimme und blickte stirnrunzelnd zum Geäst des Baumes empor, unter dem sie zufällig saßen. »Es ist unverzeihlich von mir, dir und deiner Mutter soviel zugemutet zu haben.« Ein grüner kleiner Vogel schien sie zu beobachten. Er hatte ein so glitzerndes, glattes Gefieder, als sei er eben erst aus der Hand des Schöpfers gekommen. Bei der Begegnung mit ihrem Auge schloß er die seinen, tat einen kleinen Hupfer und schickte sich an, sich zur Ruhe zu begeben. Irgendein in Freiheit lebender indischer Vogel. »Ja, mehr wohl nicht«, wiederholte sie. Eigentlich hätte wohl einer von ihnen oder hätten gar beide jetzt eine tiefsinnig-leidenschaftliche Betrachtung anstellen müssen. »Wir haben uns schrecklich britisch verhalten. Aber so gehört sich das wohl auch.«

»Ja, wir sind schließlich beide Briten.«
»Jedenfalls haben wir nicht gestritten, Ronny.«
»Oh, das wäre ja lächerlich gewesen. Warum hätten wir uns auch streiten sollen?«
»Ich glaube, wir bleiben Freunde.«
»Ja, das bleiben wir.«
»Bestimmt.«
Sobald sie untereinander diese Zusicherung ausgetauscht hatten, fühlten sie sich von einer Woge der Erleichterung durchwallt, die zu einer Woge der Zärtlichkeit wurde und als solche zurückflutete. In Anbetracht ihrer eigenen Großmut fühlten sie sich auch ein wenig weicher gestimmt, kamen sich gleichzeitig aber einsam und etwas unklug vor. Es waren Verschiedenheiten der Erfahrung, nicht des Charakters, die sie einander entfremdeten. Soweit sie beide der Gattung Mensch angehörten, waren sie sich keineswegs unähnlich, ja, verglichen mit den Leuten, die ihnen gerade jetzt im wörtlich-räumlichen Sinne am nächsten standen, waren sie beinahe identisch. Der Bhil, der das Polo-Pony seines Offiziers fest am Zügel hielt, der Eurasier, der den Wagen des Nawab Bahadur steuerte, der Nawab Bahadur selbst oder sein etwas verkommener Enkel – keiner von ihnen allen würde ein persönliches Dilemma einer so unvoreingenommenen und so kühlen Prüfung unterworfen haben. Ja, die bloße Tatsache einer solchen Prüfung hatte ihm bereits den Stachel genommen. Natürlich waren sie gute Freunde und würden es auch bleiben. »Weißt du zufällig, wie der grüne Vogel über uns heißt?« fragte sie, mit ihrer Schulter etwas näher an ihn heranrückend.
»Bienenfresser.«
»Aber nein, Ronny, er hat doch rote Streifen auf den Flügeln.«
»Papagei«, sagte er etwas unsicher.
»Du lieber Himmel!«
Der fragliche Vogel schwang sich in den Wipfel des Baumes. Es kam zwar gar nicht weiter darauf an, und doch: hätten sie ihn benennen können, wäre es für beide irgendwie tröstlich gewesen. Aber in Indien ist nie etwas genau zu benennen. Sobald man einem geheimnisvollen Etwas mit einer Frage zu Leibe rückt, verflüchtigt es sich oder wechselt die Gestalt.

»McBryde hat ein Vogelbuch mit Abbildungen«, sagte er etwas mutlos. »Ich verstehe wirklich nicht viel von Vögeln. Ich bin überhaupt unbrauchbar, wenn ich nach etwas gefragt werde, was außerhalb meines eigentlichen Arbeitsgebietes liegt. Ein Jammer.«
»Ich weiß leider ebensowenig. Ich fühle mich in jeder Hinsicht unzulänglich.«
»Was höre ich da?« rief neben ihnen aus voller Lunge plötzlich der Nawab Bahadur, so daß beide zusammenfuhren. »Welche höchst unwahrscheinliche Bemerkung haben meine Ohren soeben vernehmen müssen? Eine Engländerin unzulänglich? Nein und abermals nein!« Er lachte jovial, denn er zweifelte nicht, daß, mit gewissen Vorbehalten, seine Gegenwart den andern willkommen war.
»Hallo, Nawab Bahadur! Haben Sie wieder einmal dem Polospiel zugeschaut?« fragte Ronny mit etwas lauwarmer Herzlichkeit.
»Jawohl, Sahib.«
»Guten Abend«, sagte Adela, sich gleichfalls zusammenreißend. Sie streckte die Hand aus. Der alte Herr schloß aus dieser selbstvergessenen Gebärde, daß sie noch nicht lange im Lande sein konnte, aber er nahm nicht weiter Anstoß daran. Frauen, die ihr Gesicht entblößten, wurden bereits durch diese Tatsache derart geheimnisvoll für ihn, daß er, statt sie selbst zu beurteilen, sich auf das Urteil der dazugehörigen Ehemänner verließ. Vielleicht ließen sie es gar nicht an Ziemlichkeit fehlen, und im übrigen gingen sie ihn nichts an. Als er im Zwielicht den Richter allein mit einer jungen Dame erblickte, war er in gastfreundlicher Absicht auf ihn zugesteuert. Er besaß einen neuen kleinen Wagen und gedachte ihnen den zur Verfügung zu stellen. Ob sein Angebot annehmbar war, hatte der Richter selbst zu entscheiden.
Ronny hatte inzwischen bereut, Aziz und Godbole etwas unhöflich behandelt zu haben, und hier bot sich nun die Gelegenheit zu beweisen, daß er Indern gegenüber die gebührende Rücksicht walten lassen konnte, wenn sie dessen würdig waren. Darum sagte er zu Adela im gleichen Ton bekümmerter Freundlichkeit, in dem er vorher über den Vogel mit ihr gesprochen hatte: »Würde dir eine halbstündige Spazierfahrt ein bißchen Vergnügen machen?«

»Sollten wir nicht lieber nach Hause fahren?«

»Warum?« Er blickte sie an.

»Ich glaube, ich sollte jetzt mit deiner Mutter sprechen und die weiteren Pläne mit ihr erörtern.«

»Ganz wie du willst. Aber das ist wohl nicht gerade dringlich, oder?«

»Erlauben Sie mir, daß ich Sie nach Hause bringe, aber erst nach einer kleinen Spazierfahrt«, rief der alte Mann und ging eilig zu seinem Wagen hinüber.

»Er kann dir möglicherweise das Land von einer Seite zeigen, von der es mir selbst noch nicht zugänglich ist, und er ist ein wirklich guter Freund Englands. Ich dachte, daß eine kleine Abwechslung dir jetzt ganz willkommen wäre.«

Entschlossen, ihm das Leben nicht noch schwerer zu machen, willigte sie ein. Aber ihr Verlangen, etwas von Indien zu sehen, war plötzlich erlahmt. Es war etwas nicht ganz Echtes daran gewesen.

Wie sollten sie in dem Wagen sitzen? Der elegante Enkel mußte zurückbleiben. Der Nawab Bahadur stieg gleich vorn ein, denn er hatte keinerlei Absicht, den Rücksitz mit einer jungen Engländerin zu teilen. »Trotz meines vorgerückten Alters lerne ich noch chauffieren. Man kann alles lernen, wenn man es nur ernstlich versucht.« Und in Voraussicht einer weiteren Schwierigkeit fügte er hinzu: »Ich sitze nicht selber am Steuerrad. Ich sitze daneben und frage den Fahrer allerlei, und auf diese Weise höre ich auch, warum dies und wieso jenes getan wird, ehe ich es selber tue. Dabei werden auch so ernsthafte, ich darf wohl sagen groteske Unfälle vermieden, wie sie einem meiner Landsleute auf jenem reizenden Empfang im Englischen Klub zugestoßen sind. Unser guter Panna Lal! Hoffentlich, Sahib, sind Ihre schönen Blumen dadurch nicht allzu sehr beschädigt worden. Wir wollen vielleicht ein bißchen am Ganges entlang fahren. Also bitte munter voran!« Er nickte ein.

Ronny wies den Chauffeur an, die den Marabar-Hügeln zustrebende Straße einzuschlagen, da die am Ufer entlangführende gerade ausgebessert wurde, und er ließ sich neben der Dame, die ihm eben ihre Hand vorenthalten hatte, bequem in den Sitz fallen. Der Wagen raste mit lautem Surrgeräusch über eine Chaussee, die oberhalb melancholischer Felder auf einem Uferdamm hinlief. Sie war gesäumt von dürftigen Bäumen, ja, die ganze Gegend war wenig anziehend: offenbar war die Landschaft viel zu weiträumig, um noch als schön gelten zu können. Vergeblich rief alles einzelne den Fahrenden zu: Kommt doch zu mir, kommt doch zu mir! Aber hier war kein Gott, der sich hätte vervielfachen können. Die beiden jungen Leute warfen sich nur hin und wieder ein Wort zu. Sie kamen sich selber sehr klein vor. Das nun einsetzende Dunkel schien aus dem kümmerlichen Pflanzenwuchs aufzusteigen. Es hüllte zu beiden Seiten die Felder ein, bevor es auch auf die Straße überquoll. Ronnys Gesicht wurde immer undeutlicher – ein Ereignis, das bei ihr stets die Hochschätzung für seinen Charakter verstärkte. Plötzlich ein Ruck, ihre Hand rührte an die seine, und zwischen beiden sprühten, wie es im Tierreich so häufig geschieht, die Funken auf. Ja, vielleicht waren wirklich die Schwierigkeiten, die sie miteinander hatten, nicht mehr als die bei Liebesleuten sonst üblichen Häkeleien. Beide waren zu stolz, den Druck der Hand zu verstärken, aber keiner von beiden zog die seine zurück, und ein oberflächliches Gefühl des Einsseins senkte sich auf sie nieder, so begrenzt und so flüchtig, wie der von einem Glühwürmchen ausgehende Schimmer. Und wie dieser, mochte es einen Augenblick drauf bereits erloschen sein, um später vielleicht noch einmal aufzuleuchten, aber was unbegrenzte Dauer besitzt, ist lediglich das Dunkel. Und die sie nun einkreisende Nacht selbst – eine, wie es schien, niemals endende Nacht – war eines nur an der Oberfläche, denn rings an den Rändern der Erde quoll noch der letzte Schimmer des Tageslichts hoch, und in der Ferne leuchteten die Gestirne.

Plötzlich krampften sich beide am Vordersitz fest – ein Ruck und ein Rutsch, eine scharfe Drehung, zwei Räder halb in der Luft, ein Aufkreischen der Bremsen, Anprall an einen Baum am Rande der Böschung. Stille. Ein Unfall. Ein harmloser Unfall. Keiner verletzt. Der Nawab Bahadur fuhr aus dem Schlummer. Er stieß auf arabisch ein paar Flüche aus und zauste sich heftig am Bart.

»Was ist denn passiert?« forschte Ronny. Bevor er die Befehlsge-

walt an sich riß, hatte er sich noch eine winzige Pause gegönnt. Der Eurasier, der um ein Haar die Nerven verloren hätte, bekam sich beim Klang der Stimme wieder in die Gewalt und erwiderte, jeder Zoll ein Engländer: »Lassen Sie mir nur fünf Minuten Zeit, und dann fahre ich Sie, wohin Sie wollen.«
»Erschrocken, Adela?« Ronny ließ ihre Hand los.
»Kein bißchen.«
»Nicht erschrocken zu sein, betrachte ich als den Gipfel der Torheit«, rief der Nawab Bahadur unverblümt grob.
»Nun, es ist ja alles noch einmal gut gegangen, und Tränen sind zwecklos«, sagte Ronny, während er ausstieg. »Was für ein Glück, daß wir gegen den Baum gefahren sind.«
»Gut gegangen... O ja, die Gefahr ist vorbei. Nun wollen wir eine Zigarette rauchen und tun, wonach uns der Sinn steht. O ja, wir wollen es uns gutgehen lassen – oh, Du barmherziger Gott!« Wieder verloren sich seine Worte in arabischen Flüchen.
»Es hatte nichts mit der Brücke zu tun. Wir sind einfach ins Rutschen gekommen.«
»Wir sind nicht ins Rutschen gekommen«, sagte Adela, die gesehen hatte, was die Ursache des Unfalls gewesen war, und die annahm, die andern hätten es gleichfalls gesehen. »Wir sind in ein Tier hineingefahren.«
Ein lauter Schrei drang aus der Kehle des alten Mannes: ein Entsetzenslaut, der völlig ungerechtfertigt, der geradezu lächerlich war.
»Ein Tier?«
»Ein mächtiges Tier schoß von rechts her aus dem Dunkel und hat unsern Wagen gerammt.«
»Wahrhaftig, sie hat recht«, rief Ronny. »An dieser Stelle ist der Lack abgestoßen.«
»Wahrhaftig, gnädiger Herr, Ihre Dame hat recht«, echote der Eurasier.
Direkt neben den Türangeln war das Blech etwas eingebeult, und die Tür ließ sich nur mit einiger Mühe öffnen.
»Natürlich habe ich recht. Ich habe ganz deutlich das Fell auf seinem Rücken gesehen.«
»Aber was kann es nur gewesen sein, Adela?«

»Ich weiß leider von den Vierfüßlern hier nicht mehr als von den Vögeln – auf jeden Fall war es für eine Ziege zu groß.«
»Jawohl, für eine Ziege zu groß«, wiederholte der alte Mann.
»Das müssen wir feststellen«, sagte Ronny. »Wir müssen nach der Spur des Tieres suchen.«
»Das unbedingt – wollen Sie die Taschenlampe haben?«
Die beiden Landesfremden verschwanden nach ein paar Schritten im Dunkel – aufs neue vereint und sehr glücklich. Dank ihrer Jugend und ihrer Erziehung waren sie durch den Unfall auch nicht weiter mitgenommen. Sie verfolgten die Reifenspuren bis zum Beginn der Störung zurück. Ja, gleich nach dem Passieren der Brücke mußte es geschehen sein. Das Tier war höchstwahrscheinlich aus der Nullah hervorgekommen. Gleichmäßig und glatt verliefen die Wagenspuren – Bänder, zierlich mit eckigen Pastillen bestickt –, dann war alles ein einziges Durcheinander. Gewiß hatte von außen her eine bestimmte Kraft eingewirkt, aber die Straße war von viel zu viel Rädern und Sohlen benutzt, als daß eine einzige Spur deutlich erkennbar gewesen wäre, und das Licht der Taschenlampe war nun so grell, und die Schatten waren so schwarz, daß sie aus dem Wahrgenommenen nicht ganz klug werden konnten. Außerdem hatte sich Adela in der Aufregung auf den Boden gekniet und dabei mit dem Rock über die Straße gestreift, so daß zuletzt der Eindruck entstand, als wäre, wenn überhaupt jemand oder irgend etwas, sie es gewesen, die den Wagen gerammt hatte. Für sie und Ronny bedeutete der ganze Zwischenfall eine ausgesprochene Erleichterung. Sie vergaßen, was mit ihrer persönlichen Beziehung schiefgegangen war, und kamen sich, während sie im Staub herumfummelten, wie zwei richtige Abenteurer vor.
»Ich glaube, es war ein Büffel«, rief Adela ihrem indischen Bekannten zu, der beim Wagen zurückgeblieben war.
»Jawohl.«
»Wenn es nicht sogar eine Hyäne war.«
Ronny fand, daß die zweite Annahme einiges für sich hatte. Hyänen pflegten in ausgetrockneten Strombetten herumzustreichen und wurden auch leicht durch die Scheinwerfer eines Wagens geblendet.

»Großartig – eine Hyäne«, sagte der Inder im Ton grimmiger Ironie und mit einer der Nacht geltenden Gebärde. »Mr. Harris!«
»Sofort. Lassen Sie mir bitte zehn Minuten Zeit.«
»Der Sahib meint, es wäre eine Hyäne!«
»Machen Sie doch Mr. Harris nicht nervös! Er hat uns immerhin vor einem schlimmen Unfall bewahrt. Bravo, Harris!«
»Zu diesem Unfall, Sahib, wäre es nie gekommen, wäre er, meiner Weisung gemäß, am Ganges entlanggefahren, statt in Richtung des Marabar.«
»Meine Schuld. Ich bat ihn, diese Strecke einzuschlagen, weil die Straße hier besser ist. Dank Mr. Lesleys Umsicht ist sie in großartiger Verfassung – bis zum Fuß der Hügel.«
»Ah, nun verstehe ich langsam.«
Anscheinend bemüht, sich wieder in die Gewalt zu bekommen, entschuldigte sich der Nawab Bahadur für den Unfall mit stokkender Stimme und wohlgewählten Worten. »Aber dafür besteht doch nicht der geringste Anlaß«, murmelte Ronny. Entschuldigungen waren ihm gegenüber allerdings stets angebracht und nicht nur in diesem Augenblick. Weil Engländer in kritischer Lage stets eine solche Gelassenheit an den Tag legen, darf man noch lange nicht annehmen, daß sie Entschuldigungen für überflüssig halten. Der Nawab Bahadur hatte sich nicht gerade glücklich aus der Affäre gezogen.
In diesem Augenblick näherte sich aus entgegengesetzter Richtung ein großer Wagen. Ronny ging ihm auf der Straße ein paar Schritte entgegen und brachte ihn mit gebieterischer Stimme und Handbewegung zum Halten. Quer über seine Haube lief die Aufschrift: »Mudkul-Staat.« In seinem Innern saß, eitel Lebhaftigkeit und Liebenswürdigkeit, Miß Derek.
»Mr. Heaslop und Miß Quested – warum halten Sie hier mitten auf der Straße so bedrohlich ein unschuldiges Mädchen auf?«
»Wir hatten eine Panne.«
»Wie schrecklich!«
»Wir sind in eine Hyäne hineingefahren.«
»Das ist ja furchtbar!«
»Könnten Sie uns wohl mitnehmen?«

»Aber gewiß.«
»Und nehmen Sie bitte auch mich mit«, sagte der Nawab Bahadur.
»He, und was soll aus mir werden?« rief Mr. Harris.
»Was soll denn das heißen? Ich bin doch kein Omnibus«, sagte Miß Derek entschlossen. »Ich habe bereits ein Harmonium und zwei Hunde im Wagen. Drei können mitfahren, wenn einer sich nach vorn setzt und das Hündchen auf den Schoß nimmt. Nicht mehr.«
»Ich werde vorn sitzen«, erklärte der Nawab Bahadur.
»Dann klettern Sie herein. Ich habe keine Ahnung, wer Sie eigentlich sind.«
»He, nanu, was soll denn mit meinem Abendessen werden? Ich kann doch nicht die ganze Nacht auf der Straße bleiben«, fiel etwas wütend der Chauffeur ein, der stets das Aussehen und Empfinden eines Europäers zu wahren suchte. Trotz der Dunkelheit hatte er noch immer den Tropenhelm auf und darunter spähte etwas kläglich sein Gesicht hervor, zu dem die Herrenrasse nicht viel mehr hatte beisteuern können als schlechte Zähne. Es schien zu sagen: Was ist denn eigentlich los? Macht mir doch nicht immer das Leben so schwer, ihr Dunkel- und ihr Hellhäutigen! Genau wie ihr, sitze auch ich in diesem verdammten Indien fest, und ihr habt schon etwas mehr Rücksicht auf mich zu nehmen.
»Nussu wird dir auf dem Rad etwas Geeignetes zum Essen herausbringen«, sagte der Nawab Bahadur, der inzwischen seine Würde zurückgewonnen hatte. »Ich werde ihn so rasch als möglich zu dir herausschicken. In der Zwischenzeit wirst du meinen Wagen reparieren.«
Die andern sausten ab, und Mr. Harris hockte sich, ihnen einen vorwurfsvollen Blick nachschleudernd, auf sein Hinterteil nieder. Wenn immer er mit Engländern und Indern gleichzeitig zu tun hatte, geriet er in Verlegenheit, denn er wußte nicht recht, zu wem er gehörte. Eine kleine Weile fühlte er durch die verschiedenen Gegenströmungen in seinem Blut sein Gleichgewicht bedroht, dann aber mischten sie sich, und er gehörte niemand anderem als sich selbst.

Um so hochgestimmter war Miß Derek. Es war ihr tatsächlich gelungen, den Staatswagen von Mudkul zu entführen. Ihr Maharadscha würde zwar vor Wut toben, aber das war ihr einerlei – wenn es ihm Spaß machte, konnte er sie ruhig an die Luft setzen. »Ich bin gar nicht dafür, daß man sich von diesen Leuten hier alles gefallen läßt! Wenn ich nicht selbst zugepackt hätte wie der Leibhaftige, dann könnte ich sehen, wo ich bliebe. Der Fürst selbst braucht den Wagen gar nicht, der alte Dummkopf. Es kommt doch nur dem Ruf seines Staates zustatten, wenn ich mich während meines Urlaubs in Tschandrapur darin blicken lasse. Er sollte die Sache mal von der Seite sehen. Er hat sie jedenfalls von der Seite zu sehen. Meine Maharani ist völlig anders – die ist wirklich lieb. Das hier ist ihr Foxterrier, ein armes kleines Vieh. Ich habe mir beide Hündchen mitsamt dem Chauffeur geangelt. Man stelle sich vor – Hunde auf einer Fürstenkonferenz! Oder vielleicht doch besser Hündchen als Fürsten!« Sie brüllte vor Lachen. »Das Harmonium – das Harmonium ist allerdings ein kleines Versehen meinerseits. Das gebe ich zu. Beim Verladen des Harmoniums wäre ich um ein Haar erwischt worden. Ich hatte eigentlich die Absicht, es im Zug zu lassen. Du lieber Himmel!«
Ronny lachte etwas säuerlich. Er sah es nicht gern, wenn Engländer in indischen Fürstenstaaten eine Stellung annahmen. Sie mochten zwar dort einen gewissen Einfluß erlangen, stets aber auf Kosten des nationalen Prestiges. Mit den erheiternden Triumphen einer intellektuellen Freibeuterin wußte ein Verwaltungsbeamter nicht allzuviel anzufangen, und er bemerkte, die junge Dame werde die Inder an Gerissenheit bald übertrumpfen, wenn sie noch sehr viel länger mit ihnen zusammenspielte.
»Sie setzen mich stets rechtzeitig an die Luft, und dann kriege ich gleich eine andere Stellung. Ganz Indien wimmelt von Maharanis und Ranis und Begums, die sich um Leute meines Schlages reißen.«
»Tatsächlich – das ahnte ich nicht.«
»Wie hätten Sie das auch ahnen sollen, Mr. Heaslop? Was kann er von Maharanis wissen, Miß Quested? Er sollte nicht einmal was von ihnen wissen!«
»Ich habe mir erzählen lassen, daß diese hohen Herrschaften

nicht sonderlich interessant sind«, sagte Adela leise. Der Ton der jungen Frau mißfiel ihr. Wieder rührte ihre Hand in der Dunkelheit an die Ronnys, und bei beiden war das Gefühl animalischen Prickelns nun durch die Gewißheit verstärkt, der gleichen Meinung zu sein.

»Oh, da irren Sie sich aber! Diese hohen Herrschaften sind unschätzbar.«

»Ich würde es kaum als Irrtum bezeichnen«, brach der auf seinem freiwillig gewählten Vordersitz unfreiwillig isolierte Nawab Bahadur los. »Ein indisches Fürstentum – ein Hindu-Fürstentum – die Gemahlin des Herrschers in einem solchen Fürstentum mag fraglos eine höchst vortreffliche Dame sein – und man wolle bitte nicht einen Augenblick lang vermuten, ich hätte irgend etwas gegen den Charakter Ihrer Hoheit, der Maharani von Mudkul, einzuwenden! Aber ich fürchte, sie ist ungebildet, ich fürchte, sie ist abergläubisch. Wie könnte es auch anders sein? Was für Bildungsmöglichkeiten hat eine solche Dame gehabt? Oh, der Aberglaube ist etwas Schreckliches – er ist der eigentliche Schandfleck an unserm indischen Volkscharakter«, und wie zur Untermalung seiner Kritik wurden in diesem Augenblick auf einem Höhenzug zur Rechten die Lichter der kleinen Beamtenstation sichtbar. Er wurde immer redseliger. »Oh, es ist die Pflicht eines jeden Staatsbürgers, dem Aberglauben abzuschwören, und obwohl ich selbst nur geringe Erfahrung in bezug auf Hindustaaten habe und gar keine in bezug auf diesen besonderen, nämlich Mudkul (dessen Herrscher, wie ich annehme, nur einen Salut von elf Böllerschüssen beanspruchen dürfen), so kann ich mir doch nicht vorstellen, daß sie es so weit gebracht haben wie Britisch-Indien, wo Ordnung und Vernunft in jeder Richtung sich ausbreiten wie eine heilkräftige Flut.«

»Mein Gott«, sagte Miß Derek.

Nicht im geringsten durch diesen Ausruf abgeschreckt, orgelte der alte Mann weiter. Seine Zunge war gelöst, und sein Kopf wollte auch Gebrauch davon machen. Er wünschte Miß Questeds Bemerkung zu bestätigen, daß hohe Herrschaften nicht sonderlich interessant seien, weil er selbst eine höhere Stellung innehatte als mancher unabhängige Fürst. Gleichzeitig durfte er ihr aber diese Tatsache weder in die Erinnerung noch zur Kenntnis bringen, damit sie selbst nicht das Gefühl bekam, sich einer Unhöflichkeit schuldig gemacht zu haben. Dies war etwa das Grundmuster seiner Rede. Und mit eingewirkt waren die Dankbarkeit dafür, daß Miß Derek ihn hatte mitfahren lassen, der Hinweis auf seine Bereitwilligkeit, den widerlichen kleinen Köter auf dem Schoß zu halten, und sein etwas unbestimmtes Bedauern, dem Menschengeschlecht im allgemeinen an diesem Abend soviel Umstände bereitet zu haben. Auch wollte er sich in der Nähe der Stadt absetzen lassen, um seines Hausputzers habhaft zu werden und zu sehen, was sein Enkel wieder einmal im Schilde führte. Während er alle diese Absichten und Besorgnisse zu einem einzigen Strang verflocht, kam ihm der Verdacht, daß seine Zuhörer nicht allzu sehr daran interessiert waren und daß der Richter hinter dem Schutzwall des Harmoniums damit beschäftigt war, die jungen Damen zu tätscheln. Aber seine gute Kinderstube erlaubte es ihm nicht, abzubrechen. Es war ihm ohnehin einerlei, ob sie gelangweilt waren, denn er selber wußte nicht, was Langeweile war, und es war ihm auch einerlei, ob sie sich irgendwelche Ungehörigkeiten herausnahmen, denn Gott hatte die Menschen und Völker verschieden geschaffen. Der Unfall war überstanden, sein gleichbleibend nutzbringendes, ruhmvolles, glückliches Leben lief weiter wie bisher und ergoß sich in einem Strom wohlgewählter Worte.

Als der alte Geyser sich endlich versprudelt hatte und die andern wieder unter sich waren, enthielt Ronny sich zunächst jeder persönlichen Bemerkung und begann unverbindlich über das Polospiel zu plaudern. Turton hatte ihm erklärt, man solle einen in einer Gesellschaft Mitanwesenden zweckmäßigerweise niemals gleich nach seinem Weggang kritisieren, und so behielt er sich das, was er in bezug auf den Charakter des Nawabs zu äußern hatte, bis zu einer späteren Abendstunde vor. Seine Hand, die er beim Abschiednehmen zurückgezogen hatte, rührte nochmals an die Adelas. Sie streichelte sie fühlbar, er erwiderte ihre Zärtlichkeit, und die Tatsache ihres festen wechselseitigen Drucks war vielsagend genug. Als sie vor dem Bungalow anlangten, trafen sich ihre Blicke, denn drinnen saß Mrs. Moore. Es war an Miß Quested, die Stille zu brechen, und sie sagte etwas hastig: »Ronny, ich möchte gern zurücknehmen, was ich vorhin auf dem Maidan zu dir gesagt habe.« Er nickte, und die Folge war, daß beide sich offiziell verlobten.

Keiner von ihnen hatte eine solche Wendung vorausgesehen. Adela hatte eigentlich die Absicht gehabt, sich wieder in den früheren Zustand bedeutungsträchtig-kultivierter Ungewißheit zurücksinken zu lassen, aber als der rechte Augenblick da war, war ihr dieser Zustand abhandengekommen. Zum Unterschied von dem grünen Vogel oder dem rätselhaften Pelztier trug sie selbst nun ein Etikett. Wieder kam sie sich ein wenig entwürdigt vor, denn sie wollte von Etiketts nichts wissen. Es war ihr, als hätte es in diesem Augenblick zwischen ihrem Liebsten und ihr selbst eigentlich wieder zu einer größeren Szene kommen müssen, zu etwas Dramatischem, Ausgespieltem. Er war zufrieden, nicht länger bekümmert, er war überrascht, nur hatte er im Grunde nichts weiter zu sagen. Aber was hätte er auch sagen sollen? Heiraten oder nicht heiraten, das war hier die Frage, und beide hatten sie im positiven Sinne entschieden.

»Nun komm bitte gleich mit herein und laß uns der alten Dame alles berichten!« Er öffnete die durchbrochene Zinktür, die den Bungalow vor Schwärmen geflügelter Kleinstlebewesen zu schützen hatte. Das Geräusch weckte die alte Dame. Sie hatte gerade von den fernen Kindern geträumt, die so selten von ihr erwähnt wurden, von Ralph und Stella, und im ersten Augenblick begriff sie noch gar nicht recht, was man eigentlich von ihr wollte. Auch sie hatte sich die Verschleppungstaktik des Nachdenkens angewöhnt und war beunruhigt, wenn sie keine Gelegenheit mehr dazu hatte.

Sobald die Verlobung angekündigt war, machte Ronny eine huldvolle, großmütige Bemerkung: »Hört zu, ihr beiden: seht euch Indien an, wenn und sooft euch danach zumute ist. Ich weiß, daß ich mich bei Fielding etwas lächerlich aufgeführt habe. Aber ... nun ist es völlig anders. Ich war nur eben meiner selbst nicht ganz sicher.«

Da mir hier jetzt offenbar nichts mehr zu tun bleibt, sagte sich Mrs. Moore, so möchte ich von Indien nichts weiter sehen. Ich darf jetzt nur an die Rückreise denken. Sie vergegenwärtigte sich, was es mit einer glücklichen Ehe auf sich hatte, und mit ihren eigenen glücklichen Ehen im besonderen, deren einer Ronny entsprossen war. Auch Adelas Eltern waren glücklich verheiratet gewesen – wie beruhigend, diesen doppelten Glücksfall bei der jüngeren Generation wiederkehren zu sehen! Weiter, nur immer weiter! Bestimmt würde die Zahl derartiger Verbindungen im gleichen Maße zunehmen, in dem allgemein die Unbildung zurückging, der Charakter sich festigte. Aber sie war durch den Besuch im Beamtenseminar ermüdet, die Füße schmerzten sie, Mr. Fielding war zu rasch und zu weit gelaufen. Außerdem hatte sie sich im Einspänner über die jungen Leute geärgert und sogar den Eindruck gehabt, sie stünden im Begriff, miteinander zu brechen, und obwohl alles nun wieder eingerenkt war, konnte sie in bezug auf Trauung und alles, was damit zusammenhing, nicht ganz soviel Entzücken aufbringen, wie von ihr erwartet wurde. Ronny brauchte sie jetzt nicht mehr – sie mußte also wieder nach Hause fahren, um den andern behilflich zu sein, falls diese es wünschten. Sie selbst war über das Alter einer anderen, sogar einer unglücklichen, Heirat hinaus. Ihre Aufgabe war es, andern behilflich zu sein, ihr Lohn die Versicherung dieser andern, daß sie so verständnisvoll sei. Mehr als das durften ältliche Damen nicht erwarten.

Sie aßen an diesem Abend allein. Es war, gefällig und zärtlich, viel von der Zukunft die Rede. Später sprach man auch von flüchtigeren Ereignissen, und Ronny überblickte und überdachte noch einmal den vergangenen Tag – von seinem eigenen Standpunkt. Von dem der Frauen nahm er sich zweifellos etwas anders aus, denn während sie sich vergnügten oder wenigstens zu vergnügen glaubten, hatte er über seiner Arbeit geschwitzt. Mohurram rückte immer näher, und wie sonst auch fertigten die in Tschandrapur ansässigen Mohammedaner Papptürme an, viel zu groß, um bei der festlichen Prozession unter den Zweigen eines bestimmten Pepulbaumes hindurchbugsiert zu werden. Man wußte auch, was in einem solchen Falle passierte: der Turm bewegte sich nicht von der Stelle, ein Mohammedaner hatte den Pepulbaum zu erklettern, um den mißgünstigen Ast abzuhacken, die Hindus protestierten, es kam zu religiösen Unruhen und weiß der Himmel was noch, und vielleicht mußte sogar Militär herbeigerufen werden. Auf Veranlassung von Turton waren schon früher Abordnungen und Versöhnungsausschüsse in Aktion getreten, und jede normale Tagesbeschäftigung war zum Stillstand gekommen. Die Frage war also die: sollte die Prozession einen andern Weg nehmen oder sollten die Türme niedriger gehalten werden? Die Mohammedaner erklärten sich zu ersterem bereit, die Hindus versteiften sich auf letzteres. Der Verwaltungsdirektor hatte zunächst die Partei der Hindus ergriffen, bis der Verdacht in ihm aufstieg, daß sie den strittigen Baum gewaltsam tiefer gebogen hatten. Sie wiederum behaupteten, der Baum habe sich nur auf natürliche Weise dem Erdboden zugeneigt. Vermessungen, Grundrisse, ein offizieller Lokaltermin. Aber Ronny hatte trotzdem an dem bewußten Festtag nichts weiter auszusetzen, bewies er doch, daß die Inder die Briten unbedingt brauchten. Ohne ihre Anwesenheit wäre es bestimmt zu Blutvergießen gekommen. Wieder verfiel er in den Ton der Selbstgefälligkeit. Er war nicht hier, sich angenehm zu machen, sondern um Frieden zu wahren, und nun, da Adela ihm versprochen hatte, die Seine zu werden, würde sie das sicherlich auch verstehen.

»Was sagt zu alledem wohl der ältere Herr, dem der Wagen gehörte?« fragte sie, und die Lässigkeit ihres Tons entsprach durchaus seinen Wünschen.

»Unser alter Herr ist gefällig und vernünftig, wie er es auch sonst in allen Fragen ist, die das öffentliche Wohl betreffen. In seiner Person hast du unsern Renommier-Inder kennengelernt.«

»Tatsächlich?«

»Ja, leider. Sind es nicht ganz unmögliche Leute – selbst die besten von ihnen? Sie alle sind es – früher oder später vergessen sie alle ihren hinteren Kragenknopf. Du hast es heute mit drei verschiedenen Garnituren von Indern zu tun gehabt, den Bhattacharyas, Aziz und diesem alten Mann, und es ist tatsächlich kein Zufall, daß sie alle dich irgendwie haben aufsitzen lassen.«

»Aziz gefällt mir – Aziz ist wirklich ein Freund«, warf Mrs. Moore ein.

»Da braucht uns nur ein Tier in den Weg zu laufen, und schon verliert der Nawab den Kopf, läßt seinen unglücklichen Chauffeur im Stich, drängt sich Miß Derek auf ... alles keine schlimmen Vergehen, gewiß nicht, aber kein Weißer hätte so etwas fertiggebracht.«

»Was für ein Tier?«

»Oh, wir hatten auf der zum Marabar führenden Straße einen kleinen Unfall. Adela meinte, es sei eine Hyäne gewesen.«

»Ein Unfall?« rief Mrs. Moore.

»Oh, nichts Besonderes. Niemand verletzt. Unser alter Freund fuhr etwas verstört aus seinen Träumen – er schien anzunehmen, daß es unsere Schuld war, und greinte immer wieder: Ach ja, ach ja.«

Mrs. Moore schauderte: »Ein Gespenst!« Aber die Vorstellung eines Gespenstes gedieh zwischen ihren Lippen kaum noch zum Laut. Die jungen Leute nahmen sie auch nicht auf, da sie viel zu sehr mit ihren eigenen Zukunftsaussichten beschäftigt waren, und alles äußeren Beistands beraubt, verkümmerte sie oder ging wieder in jenen Teil des Bewußtseins ein, der so selten das Wort ergreift.

»Ja, gar nichts Kriminelles«, sagte Ronny zusammenfassend. »Aber so ist nun einmal der Inder, und das ist auch einer der Gründe, warum wir ihn nicht in unsere Klubs aufnehmen, und wie ein so anständiges Geschöpf wie Miß Derek es fertigbringt, sich von Indern anstellen zu lassen, kapiere ich einfach nicht ... Aber nun muß ich mit der Arbeit weiterkommen. Krischna!«

Krischna war der Gerichtsdiener, der die Akten aus dem Amt hätte bringen sollen. Aber er war nicht aufgetaucht, und es folgte ein höchst dramatischer Auftritt. Ronny wetterte, tobte, brüllte. Und nur der geübte Beobachter hätte erkennen können, daß er gar nicht so wütend war, auch die Akten nicht ernstlich herbeiwünschte und den Auftritt nur darum vom Zaun brach, weil es so üblich war. Die Diener, die das alles begriffen, liefen mit Sturmlichtern langsam im Kreis. Krischna, die Erde, Krischna, der Sternenhimmel, ließen es nicht an Widerhall fehlen, bis der Engländer, durch ihr Echo beschwichtigt, den Gerichtsdiener in dessen Abwesenheit zur Zahlung von acht Annas verdonnerte und sich im Nebenzimmer über seine noch nicht aufgearbeiteten Papiere hermachte.

»Hätten Sie wohl Lust, liebe Adela, mit Ihrer künftigen Schwiegermutter Patience zu legen, oder käme Ihnen das jetzt ein bißchen zu harmlos vor?«

»Ich hätte schon Lust – ich bin auch gar nicht aufgeregt – nur eben froh, daß alles endlich entschieden ist. Aber ich bin mir nicht bewußt, daß sich sehr viel geändert hätte. Wir drei sind noch immer die gleichen.«

»Ja, so sollte man gerade empfinden.« Mrs. Moore legte die erste Reihe.

»Ja, vermutlich«, sagte das Mädchen nachdenklich.

»Ich hatte bei Mr. Fielding einen Augenblick Angst, es würde sich andersherum entscheiden ... Schwarzer Bube auf roter Dame...« Beide begannen mit leiser Stimme vom Spiel zu plaudern.

Unvermittelt sagte Adela: »Sie haben mit angehört, wie ich Aziz und Godbole erklärt habe, ich würde niemals in ihrem Land bleiben. Das war gar nicht meine Absicht gewesen – warum habe ich es dann aber gesagt? Es ist mir, als sei ich nicht – nicht ehrlich genug, nicht ganz bei der Sache gewesen. Als hätte ich nicht das richtige Augenmaß gehabt. Sie, liebe Mrs. Moore, sind immer so gut und freundlich zu mir gewesen, und auch ich hatte mir bei der Abreise fest vorgenommen, gut und freundlich zu sein, aber irgendwie habe ich es nicht fertiggebracht ... Mrs. Moore – wenn man nicht absolut ehrlich ist – was hat das Leben dann noch für einen Sinn?«

Die Angeredete fuhr fort, Patience zu legen. Die Worte klangen dunkel, aber sie begriff das Unbehagen, das sie hervortrieb. Zweimal hatte sie, während ihrer Verlobungszeit, das gleiche verspürt – diese unbestimmte Zerknirschung und innere Unsicherheit. Alles hatte sich am Ende wieder eingerenkt, und das würde es auch in diesem Fall tun – mit der Hochzeit renkte sich von selbst alles wieder ein. »Ich würde mir keine Gedanken machen«, sagte sie. »Es hängt hier zum Teil mit der merkwürdigen Umwelt zusammen. Sie und ich – wir beschäftigen uns hier immer mit Kleinigkeiten, statt mit den Dingen, auf die es ankommt. Wir sind, was man hier ›frischbacken‹ nennt.«

»Sie meinen, daß meine Bedenken mit Indien zu tun hätten?«

»Indien ist –« sie stockte.
»Wie kamen Sie darauf, es ein Gespenst zu nennen?«
»Ein Gespenst – was?«
»Das Tier, das uns gerammt hat. Haben Sie nicht ganz beiläufig: ›Oh, ein Gespenst‹ gesagt?«
»Ich muß wohl etwas geistesabwesend gewesen sein.«
»In Wirklichkeit war es wahrscheinlich eine Hyäne.«
»Ah, höchstwahrscheinlich.«
Und immer weiter legten sie Patience. Unten in Tschandrapur wartete der Nawab Bahadur auf seinen Wagen. Er saß gerade hinter seinem Stadthaus (einem kleinen unmöblierten Gebäude, über dessen Schwelle er nur selten den Fuß setzte) und hielt hof – wie von ungefähr sammeln sich um Inder von Rang stets ein paar Anhänger und Gefolgsleute. Als wäre jeder Turban eine natürliche Ausgeburt des Dunkels, schäumte gelegentlich einer dicht vor ihm auf und neigte sich ihm zu, um gleich wieder zu entschwinden. Er war tief in Gedanken versunken, und sein Tonfall war der einem religiösen Thema angemessene. Als er, neun Jahre zuvor, zum ersten Mal im Besitz eines Wagens gewesen war, hatte er einen Betrunkenen überfahren, tödlich überfahren, und seitdem hatte der Tote ihm immer wieder aufgelauert. Vor dem Auge Gottes und des Gesetzes war der Nawab Bahadur unschuldig. Er hatte auch doppelt soviel Schadenersatz geleistet, wie nötig gewesen wäre. Aber das alles wollte nichts helfen: der Tote pflegte ihm in schrecklicher Gestalt aufzulauern, und zwar stets in der Nähe des Schauplatzes seines Todes. Davon wußte kein Engländer, wußte auch nicht der Chauffeur. Es war ein Geheimnis, das mit der Tatsache seiner indischen Herkunft zusammenhing und das sich weniger mitteilen als erahnen ließ. Voll Grauen sprach er nun von den besonderen Umständen. Er hatte andere in Gefahr gebracht, er hatte das Leben zweier unschuldiger, zweier hochverehrter Gäste aufs Spiel gesetzt. »Wäre nur ich ums Leben gekommen«, wiederholte er, »was hätte es schon ausgemacht? Früher oder später muß es ja doch geschehen. Aber sie, die mir ihr Vertrauen geschenkt –« Die Umstehenden erschauderten und riefen die Gnade Gottes an. Nur Aziz, durch eine persönliche Erfahrung eines Besseren belehrt, hielt sich etwas

zurück. Hatte er nicht gerade deshalb die Bekanntschaft mit Mrs. Moore gemacht, weil er nicht an Gespenster glaubte? »Weißt du, Nureddin«, flüsterte er dem Enkel zu, einem etwas weibischen Halbwüchsigen, mit dem er sonst nur selten zusammenkam, der ihm stets aber von neuem gefiel und den er unfehlbar dann gleich wieder vergaß – »weißt du, mein Lieber, wir Moslems müssen uns unbedingt aller abergläubischen Vorstellungen entledigen, sonst gibt es keinen Fortschritt in Indien. Wie oft muß ich mir wohl noch von dem Wildschwein auf der Marabarstraße erzählen lassen?« Nureddin senkte den Blick. »Dein Großvater«, fuhr Aziz fort, »gehört einer anderen Generation an, und wie du weißt, ich achte und schätze den alten Herrn. Ich sage nichts gegen ihn, nur ist das, was er uns da erzählt, für uns nicht ganz das Richtige, weil wir jünger sind. Bitte, versprich mir – Nureddin, hörst du auch zu? –, daß du niemals an böse Geister glauben wirst und daß du nach meinem Tod (mit meiner Gesundheit steht es jetzt nicht mehr zum besten) dafür sorgen wirst, daß auch meine Kinder nicht daran glauben.« Nureddin lächelte, und eine passende Antwort hob sich bereits auf seine hübschen Lippen, aber ehe sie noch zum Laut wurde, traf der langerwartete Wagen ein, und sein Großvater zog ihn mit sich fort.

Oben im Beamtenviertel dauerte das Patiencespiel noch an. Immer wieder murmelte Mrs. Moore: »Die rote Zehn auf einem schwarzen Buben«, und immer wieder kam Miß Quested ihr zu Hilfe, wobei sie allerdings die verwickelten Manipulationen des Spiels mit gewissen Einzelbemerkungen über die Hyäne, die Verlobung, die Maharani von Mudkul, die Bhattacharyas und den Tag im allgemeinen untermengte – den Tag, der trotz seiner verdorrten Außenfläche in dem gleichen Maße, in dem er zu entschwinden begann, einen immer bestimmteren Umriß annahm: wie es wohl auch mit Indien selbst geschehen wäre, hätte man es vom Mond aus betrachten können. Dann aber begaben sich beide Spielerinnen zu Bett – freilich nicht früher, als andere Leute anderswo bereits aufwachten, Leute, deren Empfindungen sie nicht hätten teilen können und von deren Vorhandensein sie keine Notiz nahmen. Weder ganz still noch auch völlig finster, verflüchtigte sich allmählich die Nacht, von andern Nächten nur durch ein paar Windstöße unterschieden, die, scharf und massiv, fast senkrecht aus dem Himmel niederzustoßen und wieder in ihn zurückzufedern schienen und keinerlei Frische hinter sich ließen: die Zeit der großen Hitze war nahe.

9

Aziz wurde tatsächlich, wie er vorausgesagt hatte, von Unwohlsein befallen – einem leichten Unwohlsein. Drei Tage später lag er in seinem Bungalow zu Bett und gab vor, schwer krank zu sein. Es war ein Anflug von Fieber, den er selbst nicht weiter ernst genommen hätte, wäre im Krankenhaus etwas Wichtigeres zu tun gewesen. Hin und wieder stöhnte er laut auf. Er glaubte sterben zu müssen, aber er glaubte es nicht sehr lange, und bereits die kleinste Kleinigkeit lenkte ihn ab. Es war Sonntag, ein Tag, der im Fernen Osten stets etwas Zweifelhaftes an sich hat und einen bequemen Vorwand zum Schlappmachen abgibt. In seiner Benommenheit konnte er Glocken vernehmen, die aus dem Beamtenviertel und der hinter dem Schlachthaus gelegenen Missionsstation zu ihm herübertönten – verschiedene Glocken, in verschiedener Absicht geläutet. Zur Andacht riefen die einen mit fester Stimme Anglo-Indien, die andern mit sehr viel schwächerer Stimme die ganze Menschheit. Gegen die ersteren hatte er nichts weiter einzuwenden, den zweiten aber verschloß er sein Ohr: er wußte, wie erfolglos ihr Ruf war. Während einer Hungersnot gelang es gewöhnlich dem alten Mr. Graysford und dem jungen Mr. Sorley, ein paar Bekehrungen ins Werk zu setzen, denn sie pflegten dann Nahrungsmittel zu verteilen. Aber wenn die Zeiten sich besserten, fanden sie sich natürlich wieder allein, und wenn sie in Anbetracht dessen auch jedesmal überrascht und bekümmert waren, wurden sie darum doch nicht viel weiser. »Mit Ausnahme von Mr. Fielding versteht uns kein Engländer«, dachte Aziz, »aber wie soll ich ihn nur wiedersehen? Wenn er jetzt zu mir ins Zimmer träte – ich würde die Schande nicht überleben.« Er rief Hassan zu, er solle aufräumen kommen, aber Hassan, der gerade dabei war, die Münzen seines Wochenlohnes auf ihre Echtheit zu prüfen, indem er sie auf die Stufen der Veranda klirren ließ, brachte es tatsächlich fertig, seinen Ruf zu überhören. Er hörte und hörte gleichzeitig nicht, wie auch Aziz seinerseits gerufen und nicht gerufen hatte. »Ja, das ist wie das ganze Indien ... Das sieht uns ganz ähnlich ... So sind wir nun mal ...« Wieder verfiel Aziz ins Dösen, und seine Gedanken strichen ziellos über die wechselvolle Oberfläche des Lebens dahin. Allmählich jedoch sammelten sie sich an einem bestimmten Punkt, den die christlichen Missionare den großen Sündenpfuhl nannten, der aber für ihn selbst nicht mehr als eine kleine Bodenvertiefung war. Ja, er wollte den Abend mit ein paar Mädchen verbringen, wollte singen und guter Dinge sein und sich jener unbestimmten Lustigkeit überlassen, die sich zuletzt bis zur Wollüstigkeit steigern sollte. Ja, das wollte er. Aber wie ließ sich das bewerkstelligen? Wäre Major Callendar ein Inder gewesen, würde er sich daran erinnert haben, wie jungen Leuten zumute ist, und würde ihm ein paar Tage Urlaub für eine Fahrt nach Kalkutta bewilligt haben, ohne weiter viel Fragen zu stellen. Aber der Major nahm offenbar an, daß seine Untergebenen entweder aus Eis waren oder zum Basarviertel in Tschandrapur ihre Zuflucht nahmen – die eine Vorstellung so widerwärtig wie die andere. Es war lediglich Mr. Fielding, der –

»Hassan!«

Der Diener kam eilig herbeigelaufen.

»Sieh dir mal die Fliegen an, Brüderlein.«

Aziz wies auf eine widerlich fette Traube, die von der Decke herabhing. Ihr Stiel war ein dicker Draht, der Elektrizität zu Ehren in die Decke eingelassen. Aber die Elektrizität hatte von Ehre und Anlage keine Notiz genommen, und statt ihrer hatte sich eine Kolonie von Augenfliegen eingestellt und die Windungen des Drahtes mit ihren Leibern geschwärzt.

»Huzoor, das sind Fliegen.«

»Jawohl, jawohl, das stimmt, vortrefflich – aber warum habe ich dich wohl gerufen?«

»Um sie an eine andere Stelle treiben zu lassen«, sagte Hassan nach einer Pause angestrengtesten Nachdenkens.

»Wenn sie nur an eine andere Stelle getrieben werden, kommen sie immer wieder.«
»Huzoor.«
»Du mußt irgend etwas gegen die Fliegen unternehmen. Deshalb bist du doch schließlich bei mir Diener«, sagte Aziz in sanftem Ton.
Hassan erklärte, er werde den kleinen Jungen damit beauftragen, sich aus Mahmoud Alis Haus eine Leiter auszuleihen. Dann wolle er den Koch anweisen, den Primuskocher zu erhitzen und Wasser darauf zum Kochen zu bringen. Und dann werde er höchstpersönlich mit einem Eimer in der Hand die Leiter besteigen und das ganze Drahtende hineintauchen.
»Gut, sehr gut. Und was hast du also zu tun?«
»Ich habe Fliegen umzubringen.«
»Gut. Tu das.«
Hassan zog sich in der besten, fast schon zur Vorstellung gediehenen Absicht zurück und begann, nach dem kleinen Jungen Ausschau zu halten. Da er ihn nicht finden konnte, verlangsamte er bald seinen Schritt, und zuletzt schlich er zu seinem Beobachtungsposten auf der Veranda zurück, ohne dort noch weiter die Echtheit der Rupien auf die Probe zu stellen, denn sein Herr könnte das Klirren hören. Weiter bimmelten die Sonntagsglokken. Der Osten war auf dem Umweg über die Vororte englischer Großstädte in den Osten zurückgekehrt, und auf diesem Umweg hatte er ein bißchen an Würde verloren.
Aziz' Gedanken begannen sich wieder am Bild schöner Frauen zu entzücken.
Sie ließen es in dieser besonderen Hinsicht zwar weder an Bestimmtheit noch an Unmittelbarkeit fehlen, waren aber durchaus nicht gewalttätig. Dank der Gesellschaftsordnung, in die er hineingeboren war, wußte er schon seit vielen Jahren, was er brauchte, um den Ansprüchen seiner Natur Genüge zu tun. Aber als er dann Medizin studierte, fühlte er sich immer wieder abgestoßen von der umständlichen Genauigkeit, mit der Europa die Tatsache der Geschlechtlichkeit registriert. Die Wissenschaft schien alles am falschen Ende anzupacken. Sie verhalf ihm auch nicht zum Verständnis seiner eigenen Erfahrungen, als er diese in einem

deutschen Lehrbuch verzeichnet fand, weil sie infolge der bloßen Tatsache des Gedrucktseins nicht länger seine Erfahrungen waren. Was er von seinem Vater und seiner Mutter gehört oder zufällig von einem Diener aufgeschnappt hatte – ja, das waren Kenntnisse, die ihm zustatten kamen und die er je nach Gelegenheit auch andern zu übermitteln wußte.

Keinesfalls aber durfte er durch irgendwelche törichten Extratouren Schande auf das Haupt seiner Kinder bringen. Nicht auszudenken, was geschehen würde, wenn sich herumsprechen sollte, daß er nicht achtbar war. Auch unabhängig davon, was Major Callendar dachte, mußte seine berufliche Stellung berücksichtigt werden. Aziz hielt es stets mit der Schicklichkeit, auch wenn er diese niemals mit dem Heiligenschein der Moral umkleidete. Gerade in dieser Hinsicht war er von einem Engländer völlig verschieden. Seine eigenen Konventionen waren lediglich gesellschaftlicher Art. Man kann nicht viel Schaden anrichten, solange man nur die Gesellschaft hintergeht – das heißt, ohne daß sie es merkt. Denn erst wenn sie es herausfindet, hat sie Schaden genommen. Sie ist jedenfalls kein Freund und kein Gott, dem man durch einen einzelnen Akt der Untreue bereits eine Kränkung angetan hat. Nein, da gab es nicht den geringsten Zweifel. Und er begann darüber nachzusinnen, welcher Art von Ausrede er sich zu bedienen hatte, wollte er nach Kalkutta fahren. Er erinnerte sich gerade eines Bekannten, vertrauenswürdig genug, ihm, Aziz, ein Telegramm und einen Brief zu schicken, die er Major Callendar vorweisen konnte – da wurde vor dem Haus Rädergeräusch vernehmlich. Irgend jemand fuhr vor, um sich nach seinem Befinden zu erkundigen. Die Vorstellung fremden Mitgefühls trieb seine Temperatur gleich in die Höhe, und mit ehrlichem Stöhnen hüllte er sich wieder in seine Decke.

»Aziz, mein Lieber, wir sind höchst besorgt«, ließ sich Hamidullahs Stimme vernehmen. Eins, zwei, drei, vier kleine dumpfe Erschütterungen – jedesmal hatte sich jemand anders auf seinem Bett niedergelassen.

»Wenn ein Arzt krank wird, ist die Allgemeinheit mitbetroffen«, sagte die Stimme Mr. Syed Mohammeds, des Hilfsingenieurs.

»Wenn ein Ingenieur krank wird, ist sie nicht weniger mitbetroffen«, bemerkte die Stimme Mr. Haqs, des Polizeiinspektors.
»O ja, wir sind alle unentbehrlich für die Allgemeinheit – unsere Gehälter beweisen es.«
»Dr. Aziz hat vergangenen Donnerstagnachmittag bei unserem Prinzipal Tee getrunken«, flötete Rafi, der Neffe des Ingenieurs. »Professor Godbole, der mit dabei war, ist gleichfalls erkrankt – ist das nicht etwas merkwürdig, wie?«
In der Brust jedes der Besucher züngelten Flämmchen des Argwohns auf. »Dummes Zeug«, rief Hamidullah in gebieterischem Ton, sie rechtzeitig erstickend.
»Dummes Zeug, natürlich«, wiederholten die andern, über sich selbst beschämt. Der böse Schuljunge, dem es nicht gelungen war, einen Skandal heraufzubeschwören, wurde etwas betreten. Er stand auf und lehnte sich an die Wand.
»Ist Professor Godbole krank?« fragte Aziz, von der Nachricht beunruhigt. »Das tut mir wirklich leid.« Wißbegierig und mitfühlend spähte sein Gesicht aus den Falten der Steppdecke hervor. »Wie geht es Ihnen beiden, Mr. Syed Mohammed und Mr. Haq? Wie freundlich von Ihnen, sich nach meinem Befinden zu erkundigen! Und wie geht es dir, Hamidullah? Du bringst mir schlechte Nachrichten. Was fehlt ihm denn, dem vortrefflichen Mann?«
»Warum antwortest du nicht, Rafi? Du weißt doch sonst über alles Bescheid«, sagte sein Onkel.
»Ja, Rafi hat sein Ohr in allen Gassen«, sagte Hamidullah, seinerseits weiterstichelnd. »Er ist der Sherlock Holmes von Tschandrapur. Also raus mit der Sprache, Rafi!«
Völlig vernichtet, stammelte der Schuljunge im Flüsterton das Wort »Diarrhöe«, faßte aber, sobald er es ausgesprochen, neuen Mut, denn seine Lage war damit bereits verbessert. Wieder schossen in der Brust der Älteren Flammen des Argwohns hoch – diesmal aber einer anderen Art Argwohn. Konnte das, was »Diarrhöe« genannt worden war, möglicherweise ein vorzeitiger Fall von Cholera sein?
»Wenn es sich so verhielte, wäre es sehr bedenklich: es ist noch nicht einmal Ende März«, rief Aziz. »Warum hat man mir nicht schon längst Mitteilung davon gemacht?«

»Dr. Panna Lal behandelt den Kranken.«
»Ach ja – zwei Hindus. Da haben wir's wieder einmal. Sie hängen zusammen wie die Kletten und lassen nicht das geringste nach außen dringen. Rafi, komm her. Setz dich zu mir. Erzähl mir bitte noch mehr. Hat er sich auch übergeben müssen?«
»O ja, und er hat schreckliche Schmerzen.«
»Kein Zweifel mehr möglich! In vierundzwanzig Stunden ist er nicht mehr am Leben.«
Jeder der Anwesenden bezeigte und verspürte Entsetzen. Aber Professor Godbole bedeutete für sie nicht länger, was er bedeutet hatte, da er sich mit einem Bekenner seiner eigenen Religion verbündet hatte. Sein Los hatte sie nur gerührt, solange er ihnen noch als duldende Einzelpersönlichkeit vor Augen stand. Und bald begannen sie ihn sogar als Bazillenträger zum Teufel zu wünschen. »Jede Krankheit geht von den Hindus aus«, bemerkte Mr. Haq. Syed Mohammed hatte religiöse Massenzusammenkünfte besucht, in Allahabad und in Ujjain, und beschrieb sie mit beißendem Spott. In Allahabad gab es immerhin fließendes Wasser, das alle Unreinlichkeit hinwegspülte, aber in Ujjain war der kleine Fluß Schipra in einem Staubecken eingefangen, in dem Tausende von Badelustigen Krankheitskeime zurückließen. Mit Abscheu sprach er von der heißen Sonne, den Kuhfladen, den Ringelblumen und dem Lagerleben der Sadhus, von denen manche splitternackt durch die Straßen der Stadt stolziert waren. Auf die Frage, wie der oberste der Götzen hieß, erwiderte er, das wisse er nicht; er hatte sich nicht so weit herabgelassen, danach zu forschen, ja, er könne seine Zeit nicht mit derartigen Belanglosigkeiten vergeuden. Sein Ausbruch nahm einige Zeit in Anspruch, und in seiner Aufregung verfiel er in die Sprache des Pandschab – aus dem er stammte – und war für die andern nicht mehr verständlich.
Aziz hörte nur zu gern, was die andern zum Preis seiner Religion zu vermelden hatten. Die Wogen seines Bewußtseins legten sich, und in der Tiefe durften köstliche Bilder erstehen. Als die geräuschvolle Tirade des Ingenieurs verklungen war, sagte er: »Das deckt sich ganz mit meiner eigenen Ansicht.« Er streckte die Hand empor, die Innenfläche nach außen gedreht, und sein Auge

begann zu funkeln, sein Herz mit Zärtlichkeit sich zu füllen. Sich noch weiter aus der Steppdecke schälend, fing er an, ein Gedicht von Ghalib zu deklamieren. Es hatte nicht das geringste mit dem Vorausgegangenen zu schaffen, aber es kam ihm aus dem Herzen und rührte an das der andern. Sie waren von seinem Pathos ganz überwältigt. Pathos, erklärten sie übereinstimmend, ist an jedem Kunstwerk das Höchste. Aus einem Gedicht sollte jedem Hörer etwas vom Gefühl seiner eigenen Schwäche entgegentönen, ihm ein Vergleich zwischen Menschen- und Blumendasein zuwachsen. In dem schmutzigen Schlafzimmer wurde es plötzlich ganz still. Der törichte Argwohn, die Klatscherei, das seichte Unbehagen – alles das war verstummt, während die gleichgültige Luft sich mit scheinbar unsterblichen Worten füllte. Nicht als Schlachtruf, sondern als unbeirrbare Versicherung hallte es an ihr Ohr: Indien war eines, nämlich Moslem, war es auch immer gewesen. Und diese Versicherung hielt für sie vor, solange sie nicht aus der Tür hinausblickten. Was immer Ghalib empfunden hatte – er hatte jedenfalls in Indien gelebt, und damit war seine Empfindung für sie authentisch geworden. Er war mit seinen eigenen Tulpen und Rosen dahingegangen, aber Tulpen und Rosen als solche würden niemals vergehen. Und die Schwesterreiche im Norden – Arabien, Persien, Ferghana, Turkistan – hielten die Hand ausgestreckt, solange die Stimme des Dichters erklang, im Ton der Trauer erklang, denn alle Schönheit ist traurig, und grüßten derart das lächerlich kleine Tschandrapur, wo jedes Haus in Unfrieden mit sich selber lebte, und versicherten ihm, daß es einem ganzen Kontinent angehörte, mit ihm eins war.

Von allen Anwesenden verstand lediglich Hamidullah etwas von Dichtkunst. Die andern hatten leider unterentwickelte, stumpfe Empfindungen. Und doch lauschten sie mit echtem Vergnügen, denn die Literatur war von ihrer Art Kultur noch nicht abgespalten. Der Polizeiinspektor beispielsweise hatte nicht den Eindruck, daß Aziz sich mit der Rezitation etwas vergeben hatte, noch auch brach er in das muntere Gelächter aus, mit dem ein Engländer sich vor aller Ansteckung von seiten des Schönen zu schützen trachtet. Er lauschte mit vollkommen ausgeleertem Hirn, und als seine überwiegend nicht sehr edlen Gedanken wieder zurückfluteten, war ihnen eine angenehme Frische eigen. Das Gedicht hatte keinem irgendwelchen »Nutzen« gebracht, aber es war eine flüchtige Erinnerung an ein höheres Dasein, ein Atemhauch von den göttlichen Lippen der Schönheit, das Lied einer Nachtigall, geflötet zwischen zwei Welten von Staub. Weniger deutlich als der Gebetsruf zu Krischna, lieh es gleichwohl menschlicher Einsamkeit Stimme – Stimme auch dem Gefühl der Vereinzelung, dem Verlangen nach dem Freund, der niemals kommt und der doch, wer weiß, eines Tages noch kommen mag. Was Aziz selbst betraf, so begann er nun wieder an Frauen zu denken – wenn auch auf andere Weise, unbestimmter und gleichzeitig leidenschaftlicher. Bisweilen hatte Dichtkunst eine solche Wirkung auf ihn, bisweilen verstärkte sie lediglich seine sinnliche Begierde, und er konnte nie im voraus sagen, welche dieser Wirkungen eintreten würde: weder in dieser noch in irgendeiner andern Hinsicht konnte er eine feste Regel entdecken.

Hamidullah befand sich gerade auf dem Weg zu einer etwas heiklen Ausschußsitzung. Diesem Ausschuß gehörten ein paar nationalistisch gesinnte Würdenträger an – Hindus, Moslems, zwei Sikhs, zwei Parsi, ein Jain und ein indischer Christ, die einander mehr zu lieben sich mühten, als sie von Haus aus geneigt waren. Solange einer von ihnen gegen die Engländer losdonnerte, war alles in Ordnung. Aber es war bisher noch nichts Positives bewirkt worden, und wenn je die Engländer aus Indien abziehen sollten, dann waren auch die Tage für den Ausschuß gezählt. Es war ihm lieb, daß Aziz, an dem er hing und dessen Familie mit der seinen verwandt war, keinerlei Interesse an Politik bekundete, denn die Politik verdarb den Charakter und alle Chancen beruflichen Aufstiegs, und doch konnte ohne sie nicht das geringste gebessert werden. Er gedachte seiner in Cambridge verbrachten Tage – auch sie ein Gedicht, das allzufrüh geendet hatte. Wie glücklich war er doch vor zwanzig Jahren dort gewesen! In der Pfarre bei Mr. und Mrs. Bannister war von Politik nicht die Rede gewesen. Dort hatten Rasenspiele, Arbeit, angenehme Geselligkeit sich aufs glücklichste miteinander verwoben – und war das als Voraussetzung für ein nationales Leben nicht ausreichend? Hier war alles Drahtzieherei und Angst. Die Herren

Syed Mohammed und Haq – nicht einmal ihnen durfte er trauen, auch wenn sie in seinem Wagen mit hergekommen waren, und der Schüler war geradezu ein Skorpion. Sich niederbeugend, sagte er: »Aziz, Aziz, mein lieber Junge, wir müssen leider jetzt gehen – wir haben uns ohnehin schon verspätet. Komm nur rasch wieder zu Kräften – ich wüßte nicht, was unser kleiner Kreis ohne dich anfangen sollte!«

»Ich werde deine herzlichen Worte niemals vergessen«, erwiderte Aziz.

»Nehmen Sie bitte meine Wünsche dazu«, sagte der Ingenieur.

»Danke schön, Mr. Syed Mohammed – ja, das will ich.«

»Und die meinen!«

»Und bitte nehmen Sie auch die meinen«, riefen die andern, jeder nach Maßgabe seines persönlichen Gefühls zu aufrichtigem Wohlwollen bestimmt. Kleine, harmlose, nicht zu erstickende Flämmlein. Die Gäste blieben weiter auf dem Bett sitzen und lutschten Zuckerrohr, das Hassan rasch aus dem Basarviertel geholt hatte, und Aziz trank eine Tasse gewürzter Milch. Plötzlich hörte er, wie draußen eine weitere Kutsche zum Stehen kam. Dr. Panna Lal war eingetroffen, hergefahren von dem schrecklichen Ram Chand. Im Nu war die Atmosphäre eines Krankenzimmers wiederhergestellt, und der Patient verkroch sich erneut unter der Bettdecke.

»Entschuldigen Sie bitte, meine Herren! Ich komme im Auftrag Major Callendars, um mich nach dem Befinden des Kranken zu erkundigen«, sagte der Hindu, beim Anblick dieser Räuberhöhle religiöser Fanatiker, in die seine eigene Neugier ihn gelockt hatte, ein wenig aus der Fassung geratend.

»Da liegt er«, sagte Hamidullah, auf die hingestreckte Gestalt deutend.

»Dr. Aziz, Dr. Aziz, ich möchte nur fragen, wie es Ihnen geht!«

Mit völlig ausdruckslosem Gesicht nahm Aziz das Fieberthermometer entgegen.

»Auch Ihren Puls bitte!«

Er ergriff Aziz beim Handgelenk, starrte auf die Fliegen an der Decke und verkündete schließlich: »Etwas Temperatur.«

»Nicht sehr hoch, würde ich denken«, erklärte Ram Chand, wie immer darauf erpicht, Unfrieden zu stiften.

»Etwas Temperatur«, wiederholte Dr. Panna Lal. »Er sollte im Bett bleiben.« Er schüttelte das Thermometer herunter, so daß der Quecksilberstand auf immer unbekannt blieb. Seit dem peinlichen Vorfall mit Dapple konnte er den jüngeren Kollegen nicht mehr ausstehen. Am liebsten hätte er ihm eins ausgewischt und Major Callendar berichtet, er simuliere. Aber vielleicht brauchte er selbst schon einen Tag Bettruhe – ganz abgesehen davon, daß Major Callendar, sonst immer auf das Schlimmste von seiten der Inder gefaßt, ihnen selbst dann keinen Glauben zu schenken pflegte, wenn sie etwas Nachteiliges voneinander zu berichten hatten. Mitgefühl war also in diesem Fall offenbar das Sicherere.
»Wie ist der Magen?« forschte er. »Und wie ist der Kopf?« Und da sein Blick zufällig auf die leere Tasse fiel, empfahl er eine Milchdiät.
»Das ist wirklich eine Beruhigung für uns. Wie freundlich von Ihnen herzukommen, Doktor Sahib!« sagte Hamidullah, ihm ein wenig Honig um den Mund schmierend.
»Es ist nur meine Pflicht.«
»Wir wissen, wie beschäftigt Sie sind.«
»Ja, das stimmt.«
»Und wieviel Krankheit es in der Stadt jetzt gibt.«
Der Arzt witterte eine Falle. Ob er zugab, daß es im Augenblick nicht an Krankheitsfällen fehlte, oder auch das Gegenteil: beides mochte gegen ihn ausgespielt werden. »Immer liegen zahlreiche Krankheitsfälle vor«, erwiderte er, »und immer bin ich beschäftigt. Das gehört nun einmal zum Arztberuf.«
»Er kann keine Minute länger bleiben. Er sollte schon längst im Beamtenseminar sein«, sagte Ram Chand.
»Vielleicht haben Sie dort Professor Godbole zu besuchen?«
Der Angeredete setzte eine Berufsmiene auf und hüllte sich in Schweigen.
»Hoffentlich erholt er sich bald von seiner Diarrhöe.«
»Ja, es geht ihm schon besser – aber sein Unwohlsein hat nichts mit Diarrhöe zu tun.«
»Wir machen uns Sorge um ihn – er und Dr. Aziz sind sehr miteinander befreundet. Wenn Sie uns verraten könnten, woran er leidet, wären wir Ihnen verbunden.«

Nach einer kleinen Pause der Vorsicht erwiderte der Angeredete: »Hämorrhoiden.«
»Das wäre also deine Cholera, mein lieber Rafi!« brüllte Aziz, unfähig, sich länger zu beherrschen.
»Cholera, Cholera – was denn sonst noch alles?« rief, sichtlich verstört, der Arzt. »Wer verbreitet in bezug auf meine Patienten so unwahre Angaben?«
Hamidullah wies auf den Schuldigen.
»Ich höre Cholera, ich höre Beulenpest, ich höre jede erdenkliche Art von Lüge! Wohin soll das denn alles noch führen, frage ich mich manchmal. Es wimmelt in dieser Stadt von falschen Behauptungen, und ihre Urheber sollten ausfindig gemacht und gerichtlich zur Rechenschaft gezogen werden.«
»Rafi, hörst du? Warum tischst du uns denn all diese Schwindelgeschichten auf?«
Der Schüler murmelte, er habe seine Weisheit von einem andern Jungen, und außerdem lege die schlechte englische Grammatik, die sie auf Anordnung der Regierung zu benutzen hätten, bestimmten Worten oftmals eine falsche Bedeutung bei und verführe derart die Lernwilligen zu allerlei Irrtümern.
»Das ist doch noch kein Grund, einem Arzt Übles nachzusagen«, bemerkte Ram Chand.
»Sehr richtig«, fiel Hamidullah ein, eifrig bemüht, einen unangenehmen Auftritt zu vermeiden. Es konnte so leicht zu Streitereien kommen, und die Herren Syed Mohammed und Haq sahen beide so wütend aus, als könnten sie jeden Augenblick die Beherrschung verlieren. »Du mußt um Entschuldigung bitten, wie es sich gehört, Rafi, ich kann sehen, daß es auch der Wunsch deines Onkels ist«, sagte er. »Du hast noch nicht erklärt, daß du die Ungelegenheiten bedauerst, die du diesen Herren mit deiner Gedankenlosigkeit bereitet hast.«
»Er ist ja noch ein halbes Kind«, sagte Dr. Panna Lal besänftigt.
»Selbst halbe Kinder haben zu lernen«, bemerkte Ram Chand.
»Was ja auch wohl für Ihren eigenen Sohn gilt, der nicht einmal das unterste Examen bestanden hat«, fiel Syed Mohammed unvermittelt ein.
»Tatsächlich? O ja, vielleicht. Er hat auch nicht den Vorzug, einen

einflußreichen Verwandten in der Prosperity-Druckerei sitzen zu haben.«

»Wie Sie nicht den Vorzug haben, Ihre Klienten jetzt noch vor Gericht vertreten zu dürfen!«

Die Stimmen verstärkten sich. Sie rückten einander mit dunklen Anspielungen zu Leibe und brachen in törichtes Gezänk aus. Hamidullah und der Arzt suchten Frieden zwischen ihnen zu stiften. Mitten in all das Getöse hinein sagte plötzlich eine Stimme: »Nanu! Ist er nun krank oder ist er nicht krank?« Unbemerkt war Mr. Fielding ins Zimmer getreten. Alle erhoben sich, und Hassan machte sich, dem Engländer zu Ehren, gleich daran, mit einem Stück Zuckerrohr auf den Fliegendraht einzuschlagen.

»Nehmen Sie bitte Platz«, sagte Aziz kühl. Was für ein Zimmer! Was für ein Wiedertreffen! Schmutz und häßliche Worte, der Boden mit kleinen Stückchen Zuckerrohr und mit Nüssen bestreut und mit Tinte bespritzt, die Bilder an der schmutzigen Wand ganz schief, kein *punkah* zur Hand! Niemals hätte er sich träumen lassen, in einem solchen Lotterzustand und unter so drittklassigen Leuten leben zu müssen. Und in seiner Verwirrung dachte er lediglich an den unbedeutenden Rafi, über den er gelacht und den die andern in seiner Gegenwart hatten verhöhnen dürfen. Der Junge mußte unbedingt das Zimmer mit glücklicher Miene verlassen – andernfalls wäre es mit seiner Gastfreundlichkeit wahrhaftig nicht weit her.

»Wie freundlich von Mr. Fielding, sich zu einem Besuch bei unserm Freund herbeizulassen!« erklärte der Polizeiinspektor. »Wir alle sind über einen solchen Beweis von Güte gerührt.«

»Reden Sie doch nicht in solchem Ton mit ihm – das will er ja gar nicht, und er braucht auch keine drei Stühle. Er ist ja nicht drei Engländer auf einmal«, sagte Aziz blitzend. »Rafi, komm her, setz dich wieder. Ich freue mich wirklich, daß du mit Mr. Hamidullah zu mir zu Besuch kommen konntest, mein lieber Junge. Es wird sicher mit zu meiner Besserung beitragen.«

»Verzeihen Sie bitte meine Irrtümer«, sagte Rafi, um seine Stellung von neuem zu festigen.

»Nun, Aziz – sind Sie krank, oder sind Sie's nicht?« wiederholte Fielding.

»Zweifellos hat Major Callendar Ihnen gegenüber behauptet, ich simulierte bloß?«
»Nun, tun Sie das?«
Die andern lachten, freundlich und wohlgefällig. Ein Engländer, wie er sein sollte, dachten sie. So umgänglich!
»Erkundigen Sie sich nur bei Dr. Panna Lal.«
»Es ist doch wohl nicht zu anstrengend für Sie, wenn ich noch einen Augenblick bleibe?«
»Aber nein! In meinem kleinen Zimmer befinden sich ja bereits sechs Leute. Bitte bleiben Sie sitzen und entschuldigen Sie diese Formlosigkeit.« Er wandte sich wieder Rafi zu, der, durch die Ankunft seines Prinzipals völlig aus der Fassung gebracht, sich daran erinnerte, daß er versucht hatte, auch über ihn Verleumdungen in Umlauf zu setzen. Wenn er doch nur fortkonnte!
»Er ist krank und ist es auch wieder nicht«, sagte Hamidullah, dem neuen Gast eine Zigarette anbietend. »Und ich vermute, daß bei uns allen der Fall ähnlich liegt.«
Fielding pflichtete ihm bei. Er und der sympathisch-feinfühlige Anwalt verstanden einander. Sie kannten sich schon seit längerem und waren bereit, sich gegenseitig Vertrauen zu schenken.
»Die ganze Welt scheint im Sterben zu liegen, aber sie stirbt noch nicht. Wir müssen also an das Walten einer gütigen Vorsehung glauben.«
»Wie wahr, wie wahr!« rief der Polizeibeamte, der der Meinung war, es sei soeben etwas zum Preis der Religion geäußert worden.
»Hält wohl auch Mr. Fielding es für wahr?«
»In welcher Hinsicht? Die Welt liegt nicht im Sterben. Dessen bin ich ganz sicher.«
»Nein, nein – daß eine Vorsehung waltet.«
»Nun, an die Vorsehung glaube ich nicht.«
»Aber wie können Sie dann an Gott glauben?« fragte Syed Mohammed.
»Ich glaube nicht an Gott.«
Durch die Reihe der Anwesenden lief eine kleine Bewegung, eine Art stummes »Hab ich's nicht gesagt?«, und Aziz hob eine

Sekunde entsetzt den Blick. »Trifft es zu, daß die meisten Leute in England heutzutage Atheisten sind?« forschte Hamidullah.
»Unter den Gebildeten, die sich selber Gedanken machen? Ja, das würde ich sagen, auch wenn sie sich nicht gern so nennen lassen. In Wahrheit wird heutzutage in Europa vom Unglauben nicht viel Aufhebens gemacht. Vor fünfzig Jahren oder sogar noch zur Zeit meiner eigenen Jugend machte man viel mehr davon her.«
»Und geht es dann nicht auch mit der Sittlichkeit abwärts?«
»Das hängt davon ab, was man darunter versteht – ja, ja, ich glaube schon, daß es mit der Sittlichkeit abwärts geht.«
»Entschuldigen Sie bitte die Frage. Aber wenn es sich so verhält – wie ist England dann noch zur Herrschaft über Indien berechtigt?«
Da waren sie also nun wieder glücklich bei der Politik angelangt.
»Das ist eine Frage, die mir selber etwas ferner liegt«, erwiderte Fielding. »Für meine Person bin ich hier, weil ich eine Stellung haben wollte. Ich kann Ihnen aber nicht sagen, warum die andern Engländer hier sind oder sein sollten. Das geht mir selber nicht ein.«
»Es gibt auch Inder mit entsprechender Vorbildung, die eine Stellung im Erziehungswesen suchen.«
»Ja, viele. Nur war ich eben zuerst da«, sagte Fielding lächelnd.
»Dann entschuldigen Sie bitte nochmals – ist es aber ganz anständig von einem Engländer, einen bestimmten Posten anzunehmen, wenn genug Inder dafür zur Verfügung stehen? Natürlich ist das nicht persönlich gemeint. Persönlich sind wir nur allzu froh, Sie hier zu haben, und wir können von dieser freimütigen Unterhaltung alle nur gewinnen.«
Auf alle Fragen solcher Art gab es eigentlich nur eine Antwort: »England herrscht über Indien in Indiens eigenem Interesse.« Aber dazu wollte Fielding nicht Zuflucht nehmen. Er war ganz besessen vom Drang nach Ehrlichkeit. Darum sagte er: »Auch ich bin nur zu glücklich, hier zu sein – das ist meine Antwort, und darin liegt meine einzige Entschuldigung. Ob es anständig ist oder nicht, kann ich selber nicht sagen. Es ist vielleicht nicht einmal anständig von mir, überhaupt auf der Welt zu sein. Denn nehme ich nicht mit jedem Atemzug einem andern etwas von der

Luft weg, wie? Immerhin bin ich froh, daß ich auf der Welt bin, und ebenso froh, hier zu sein. Man mag sogar ein noch so großes Aas sein – wenn man sich dabei selber in seiner Haut wohl fühlt, hat man die eigene Existenz irgendwie auch gerechtfertigt.«

Die Inder waren etwas betroffen. Der Gedankengang als solcher war ihnen nicht fremd, aber die Worte klangen allzu bestimmt, allzu unverblümt. Wenn irgendeine Behauptung nicht wie beiläufig auch der Gerechtigkeit und der Sittlichkeit einen kleinen Tribut entrichtete, verletzte selbst ihre grammatische Fügung das Ohr der Inder und lähmte ihr Gemüt. Was sie äußerten und was sie empfanden, deckte sich darum nur selten, es sei denn, daß persönliche Zuneigung mit im Spiel war. Sie hatten zahllose innere Konventionen, und wenn diese verletzt wurden, verloren sie allzu leicht den Kopf. Hamidullah zeigte sich der unerwarteten Situation noch am ehesten gewachsen. »Und die Engländer, die sich in Indien gar nicht wohl fühlen – haben die nicht auch eine Entschuldigung?« fragte er.

»Keine. Werft sie ruhig hinaus!«

»Es mag etwas schwierig sein, sie von den übrigen zu unterscheiden«, sagte der andere lachend.

»Schlimmer als schwierig – unrecht«, sagte Mr. Ram Chand. »Kein Inder, der auf sich hält, wird einen Gewaltakt billigen. In diesem Punkt unterscheiden wir uns von andern Nationen. Wir sind so vergeistigt.«

»Oh, wie wahr, wie wahr!« bestätigte der Polizeiinspektor.

»Ist es aber wirklich wahr, Mr. Haq? Ich betrachte uns gar nicht als vergeistigt. Wir können einfach Gedanken und Tat nicht miteinander in Einklang bringen – das ist alles. Wir können keine Verabredungen halten, wir können nicht einmal pünktlich zum Zug kommen. Und was sollte es mit dieser sogenannten Geistigkeit Indiens sonst noch auf sich haben? Sie und ich sollten schon längst bei einer Ausschußsitzung sein und sind es nicht. Unser Freund Dr. Lal sollte bei seinen Patienten sein und ist es nicht. So steht es nun mal bei uns, und so wird es wohl bis zum Ende aller Zeiten auch bleiben.«

»Es ist aber nicht am Ende aller Zeiten, sondern es ist noch nicht mal ganz zehn Uhr dreißig, haha!« rief Dr. Panna Lal, nun wieder in etwas zuversichtlicherer Stimmung. »Wenn ich noch ein paar Worte sagen darf, meine Herren – was für eine interessante Unterhaltung – und dafür haben wir an erster Stelle Mr. Fielding zu danken, der unsere Söhne unterrichtet und ihnen allen die Früchte seiner Erfahrung und seines Urteils zugute kommen läßt.«

»Dr. Lal!«

»Dr. Aziz?«

»Sie sitzen auf meinem Bein.«

»Ich bitte um Verzeihung – aber man könnte wohl ebensogut sagen, daß Ihr Bein alles tut, mich nicht sitzen zu lassen!«

»Kommen Sie bitte mit – so oder so muß unser Patient jetzt etwas Ruhe haben«, sagte Fielding, und einer nach dem andern trudelten sie aus dem Zimmer, vier Mohammedaner, zwei Hindus und der Engländer. Sie standen wartend auf der Veranda, während aus verschiedenen schattigen Ecken ihr jeweiliges Gefährt herbeigeholt wurde.

»Aziz hält große Stücke auf Sie, und er hat heute nur deshalb nicht viel gesprochen, weil er so krank ist.«

»Das verstehe ich schon«, erwiderte Fielding, etwas enttäuscht über den Verlauf seines Besuches. Die in solchen Fällen übliche Bemerkung der Klubmitglieder: »Er vergibt sich mal wieder was!« wollte ihm nicht aus dem Kopf. Er konnte sich nicht einmal sein Pferd bringen lassen. Er hatte Aziz bei der ersten Begegnung so liebenswert gefunden, daß er auf eine Weiterentwicklung ihrer Bekanntschaft gehofft hatte.

10

Während der letzten Stunde war es mit einem Schlag sehr viel heißer geworden, und die Straße lag so verlassen, als habe während der unschlüssigen Unterhaltung irgendeine Naturkatastrophe alle menschlichen Wesen daraus fortgefegt. Aziz' Bungalow gegenüber stand ein hohes, noch nicht fertig gebautes Haus, das zwei Brüdern, Astrologen, gehörte. An der Außenwand hing, mit dem Kopf nach unten, ein Eichhörnchen, das den Leib auf ein brennend heißes Holzgerüst gepreßt hielt und mit seinem struppigen Schweif zuckte. Es schien der einzige Bewohner des Hauses zu sein, und die Laute, die es ausstieß, waren zweifellos auf die Unendlichkeit abgestimmt, klangen sonst aber nicht sehr reizvoll – es sei denn für die Ohren anderer Eichhörnchen. Von einem staubbedeckten Baum kamen weitere Geräusche. Hier knackten und flatterten braune Vögel auf der Suche nach Insekten durch das Geäst. Ein anderer Vogel, der unsichtbare Kupferschmied, hatte gerade mit seinem pong-pong begonnen. Für die Mehrzahl aller Lebewesen hat es so wenig zu bedeuten, was die Minderheit, die sich selbst als Menschheit bezeichnet, wünscht oder will. Den meisten der Bewohner Indiens ist es völlig einerlei, wie und von wem Indien regiert wird. Auch die niederen Geschöpfe in England machen sich um England nicht viel Gedanken, aber in den Tropen ist die allgemeine Gleichgültigkeit um so augenfälliger, als die unartikulierte Welt der andern sehr viel näher gerückt ist und die Oberherrschaft an sich zu reißen droht, sobald die Menschen müde geworden sind. Als die sieben Herren, die im Innern des Bungalows so verschiedenen Meinungen Ausdruck verliehen hatten, ins Freie traten, wurden sie sogleich einer gemeinsamen Bedrückung, einer unbestimmten Drohung inne, die sie mit den Worten: »Das schlechte Wetter ist im Anzug« umschrieben. Sie fanden, daß sie nicht imstande waren, ihre Arbeit zu tun, oder daß sie andernfalls nicht gut genug dafür bezahlt waren. Der Zwischenraum zwischen ihnen und ihren Wagen war nicht mehr mit Luft, sondern mit einem unsichtbaren Etwas ausgefüllt, das sich in ihr Fleisch wühlte. Die Wagenkissen versengten ihnen die Hosen, ihre Augen stachen, ein runder Schwall Wassers sammelte sich unter ihrem Kopfputz und ergoß sich über ihre Wangen. Sich nur mit matter Grußgeste voneinander verabschiedend, strebten sie in verschiedenen Richtungen dem Innern anderer Bungalows zu, um ihr männliches Selbstbewußtsein zurückzugewinnen und damit auch die sonstigen Eigenschaften, die sie voneinander unterschieden.

In der ganzen Stadt und in weiten Teilen Indiens hatten die Menschenwesen den gleichen Rückzug angetreten – einen Rückzug in Kellertiefe, auf Bergeshöhe, in Baumesschatten. April, der

Herold aller Schrecken, war nahe. Die Sonne selbst schickte sich an, ihr angestammtes Reich wieder in Besitz zu nehmen – mit voller Macht, aber ohne jede Schönheit: das war gerade das Unheimliche. Wenn sie es wenigstens nicht an Schönheit hätte fehlen lassen! Selbst ihre Grausamkeit wäre dann noch erträglich gewesen. Aber durch das Übermaß an Licht verwirkte sie ihren eigenen Triumph, auch sie. In ihrer gelblich-weißen Sturzflut ertrank nicht nur jede Stofflichkeit, sondern die Helligkeit selbst. Die Sonne war nicht mehr die unerreichbar ferne Freundin – von Menschen, Vögeln oder anderen Sonnen, nicht die ewige Verheißung, das stets eingelöste Versprechen, als das sie uns, selbst unsichtbar, sonst gegenwärtig bleibt. Sie war lediglich ein Naturgeschöpf wie jedes andere, und derart aller überirdischen Herrlichkeit bar.

11

Wenngleich die Inder bereits abgefahren waren und Fielding sein Pferd in einem kleinen Schuppen am Rande der Umzäunung stehen sehen konnte, nahm sich doch niemand die Mühe, es ihm zu bringen. Er schickte sich an, es selber zu holen, wurde aber durch einen aus dem Innern des kleinen Hauses dringenden Ruf daran verhindert. Aziz saß aufrecht im Bett. Er sah zerzaust und bekümmert aus. »Da haben Sie nun ein echtes indisches Haus«, sagte er ironisch. »Hier wäre also die vielgepriesene Gastfreundlichkeit des Ostens. Sehen Sie nur die Fliegen! Sehen Sie nur, wie der *chunam* von der Wand staubt! Ist es hier nicht wohnlich? Sie haben also das Innere eines orientalischen Hauses gesehen – nun haben Sie sicher keine Lust mehr zu bleiben.«
»Sie brauchen immerhin etwas Ruhe.«
»Dank dem würdigen Dr. Lal kann ich den ganzen Tag Ruhe haben. Vermutlich hat Major Callendar ihn mir nur als Spitzel auf den Hals geschickt – diesmal aber ohne Erfolg. Eine kleine Temperaturerhöhung gesteht man mir schon zu.«
»Callendar traut keinem Menschen. Keinem Engländer und keinem Inder – das liegt nun einmal in seiner Art, und ich wünschte,

Sie wären nicht gerade sein Untergebener. Aber das sind Sie leider, und daran ist nichts zu ändern.«

»Sie sind offenbar in Eile. Aber bevor Sie gehen: könnten Sie wohl das Schubfach aufschließen? Sehen Sie ganz obenauf das Stück braunen Kartons?«

»Ja.«

»Bitte schlagen Sie ihn auf.«

»Wer ist das?«

»Das war meine Frau. Sie sind der erste Engländer, der sie zu sehen bekommt. Nun stecken Sie die Fotografie bitte wieder fort.«

Fielding war so erstaunt wie ein Wanderer, der zwischen dem toten Felsgestein einer Wüste plötzlich Blumen erblickt. Die Blumen sind schon die ganze Zeit über dagewesen, aber er hat sie nicht wahrgenommen. Er versuchte, die Gestalt auf dem Foto genauer ins Auge zu fassen, aber an sich war es lediglich irgendeine Frau in einem Sari, die der Welt frei ins Gesicht blickte.

»Wirklich, Aziz«, murmelte er. »Ich weiß nicht, warum Sie mir eine solche Ehre antun, aber ich weiß sie zu würdigen.«

»Oh, nicht der Rede wert. Sie war nicht übermäßig gebildet, war nicht einmal sehr schön. Aber stecken Sie das Bild bitte fort. Sie würden sie hier persönlich zu sehen bekommen haben – warum dann nicht auch ihre Fotografie?«

»Sie würden mir gestattet haben, sie zu sehen?«

»Warum denn nicht? Ich glaube noch an den Purdah, aber ich würde ihr versichert haben, Sie wären mein Bruder, und dann hätten Sie sie sehen dürfen. Auch Hamidullah und ein paar andere Leute haben sie zu Gesicht bekommen.«

»Hat sie auch die für Ihre Brüder gehalten?«

»Natürlich nicht – aber es gibt nun einmal dieses Wort, und es erfüllt seinen Zweck. Alle Menschen sind meine Brüder, und wer sich wie mein Bruder verhält, darf auch meine Frau sehen.«

»Und wenn sich erst einmal die ganze Welt brüderlich verhalten sollte, wäre also der Purdah überflüssig geworden?«

»Gerade weil Sie so etwas fühlen und äußern können, habe ich Ihnen ja die Fotografie gezeigt«, sagte Aziz in nachdrücklichem Ton. »Die meisten Männer sind gar nicht fähig dazu. Aber gerade weil Ihr Benehmen so einwandfrei und das meine so zweifel-

haft ist, zeige ich sie Ihnen. Ich habe nicht erwartet, daß Sie eben jetzt, als ich rief, noch einmal zurückkommen würden. Ich dachte: Ich bin für ihn erledigt. Ich habe ihn gekränkt. Oh, Mr. Fielding, kein Mensch kann ermessen, wieviel Güte wir Inder brauchen. Wir können es nicht einmal selbst ermessen. Aber wir wissen, wenn sie uns zuteil geworden ist. Wir vergessen es auch nicht, selbst wenn es bisweilen so scheinen mag. Güte und nochmals Güte und ein drittes Mal Güte. Ich versichere Ihnen: darin liegt unsere einzige Hoffnung.« Seine Stimme schien wie aus der Tiefe eines Traums heraufzutönen. Ihren Klang leicht abwandelnd, aber noch immer weit unterhalb der Oberfläche seines wachen Bewußtseins weilend, sagte er: »Wir können ein neues Indien eigentlich nur auf unser Gefühl gründen. Was ist der Sinn all dieser Reformen und Versöhnungsausschüsse für den Mohurram und all der ewigen Debatten, ob wir die Papptürme niedriger halten oder sie eine andere Straße entlang tragen sollen, der Sinn auch all der Prominentenklüngel und offiziellen Veranstaltungen, bei denen die Engländer unserer Hautfarbe spotten!«
»Es ist doch, als wollte man das Pferd am Schwanz aufzäumen, nicht wahr? Ich selber weiß es, aber Institutionen und Regierungen wissen es leider nicht.« Nochmals betrachtete Fielding die Fotografie. Auf ihres Gatten und ihren eigenen Wunsch blickte die Dame der Welt frei ins Gesicht, aber wie verwirrend mußte ihr diese Welt erscheinen, die ein so vielfältiges Echo zurückwarf, von soviel Widersprüchen zerrissen war!
»Begraben Sie sie wieder in ihrem Schubfach. Sie hat mir nun nichts mehr zu bedeuten, sie ist nicht mehr«, sagte Aziz leise. »Ich habe sie Ihnen nur gezeigt, weil ich sonst nichts zu zeigen habe. Sie können nun meine ganze Hütte durchsuchen und sämtliche Fächer und Kästen ausschütten. Ich habe kein anderes Geheimnis mehr. Meine drei Kinder leben nicht hier, sondern bei ihrer Großmutter. Das ist alles.«
Fielding ließ sich dicht am Bett nieder. Er fühlte sich angesichts des ihm entgegengebrachten Vertrauens geschmeichelt und gleichzeitig doch ein wenig bekümmert. Er fühlte sich alt. Er wünschte, auch er könnte sich noch einmal den Wogen des

Gefühls anheimgeben. Möglicherweise würde Aziz bei ihrem nächsten Zusammentreffen sehr viel vorsichtiger und zugeknöpfter sein. Das befürchtete er wenigstens – und es bekümmerte ihn, daß er es zu befürchten hatte. Güte, Güte und nochmals Güte – ja, daran würde er es gewiß nicht fehlen lassen. Aber war das wirklich alles, dessen diese seltsame Nation bedurfte? Verlangte sie gelegentlich nicht auch nach einem heißeren Gefühl? Was hatte er getan, um jenes spontane Vertrauen zu rechtfertigen, und welchen Freundschaftsbeweis hatte er seinerseits zu bieten? Er ließ den Blick über sein bisheriges Leben gleiten. Wie kümmerlich sein Ertrag an Geheimnissen doch war! Gewiß gab es manches darin, das er fremden Augen stets vorenthalten hatte, aber das war auch nicht weiter interessant. Kein Purdah-Schleier brauchte deshalb gelüftet zu werden! Er war verliebt und verlobt gewesen, bis die Dame seines Herzens sich ihm entzog. Eine Weile hatte der Gedanke, die Erinnerung an sie ihm den Weg zu anderen Frauen versperrt. Es folgte eine Zeit der Ausschweifung, dann der Buße, und endlich auch der Wiederherstellung seines inneren Gleichgewichts. Bis auf das letztere eine etwas klägliche Ausbeute – und gerade von dem inneren Gleichgewicht wollte Aziz jetzt sicher nichts hören. Er hätte es wohl mit den Worten umschrieben: »Alles so kalt auf Regalen aufgereiht.«
»Ich werde diesem Burschen doch niemals ganz nahe kommen«, dachte Fielding, und nach einer kleinen Pause: »Aber doch wohl auch sonst keinem Menschen.« Die eine Hälfte des Satzes gehörte nun einmal mit zu der andern. Und er mußte sich eingestehen, daß ihm auch nicht viel daran lag, einem andern nahezukommen; daß er es zufrieden war, andern Leuten behilflich zu sein, ihnen Zuneigung entgegenzubringen, solange sie sich nicht dagegen verwahrten, und andernfalls mit heiterer Miene seines Weges zu ziehen. Erfahrung ist sicher etwas sehr Nützliches, und alles, was er je in England und Europa erfahren hatte, war ihm seither zustatten gekommen und verhalf ihm zu innerer Klarheit. Aber umgekehrt hinderte diese Klarheit ihn auch daran, noch weitere Erfahrungen zu machen.
»Wie haben Ihnen denn die beiden Damen gefallen, die Sie am letzten Donnerstag bei mir trafen?« fragte er.

Aziz schüttelte zum Zeichen der Ablehnung den Kopf. Die Frage erinnerte ihn an seine voreilige Bemerkung, die Marabar-Grotten betreffend.
»Wie gefallen Ihnen überhaupt Engländerinnen im allgemeinen?«
»Hamidullah hatte in England allerhand für sie übrig. Hier sehen wir sie lieber überhaupt nicht an – viel zu gefährlich. Lassen Sie uns bitte von etwas anderem plaudern.«
»Hamidullah hat recht: in England sind sie sehr viel netter. Hier liegt irgend etwas in der Luft, das ihnen nicht bekommt.«
»Warum sind Sie eigentlich nicht selbst verheiratet?« fragte Aziz nach einem weiteren Augenblick des Schweigens.
Fielding freute sich, aus seinem Munde eine solche Frage zu hören. »Weil ich mehr oder weniger ohne Heirat habe auskommen können«, erwiderte er. »Ich hatte schon die Absicht, Ihnen gelegentlich etwas von mir selbst zu erzählen, wenn ich es interessant genug für Sie machen kann. Die Dame, auf die ich es abgesehen hatte, wollte mich nicht haben – das ist eigentlich das Wichtigste. Aber das ist nun schon fünfzehn Jahre her und hat gar nichts mehr zu bedeuten.«
»Aber dann haben Sie keine Kinder.«
»Keine.«
»Entschuldigen Sie bitte auch die nächste Frage: haben Sie irgendwelche unehelichen Kinder?«
»Nein. Ich würde es Ihnen andernfalls gern gestehen.«
»Aber dann wird Ihr Name eines Tages völlig ausgelöscht sein.«
»Allerdings.«
»Tja« – Aziz schüttelte den Kopf –, »die Gleichgültigkeit gegen eine solche Tatsache ist etwas, was ein Orientale niemals begreifen wird.«
»Ich mache mir nichts aus Kindern.«
»Das hat gar nichts damit zu tun«, erwiderte Aziz ungeduldig.
»Ich vermisse sie einfach nicht, will auch keine Kinder an meinem Sterbelager schluchzen hören, will nicht, daß sie nach meinem Tod nett von mir reden – wie das nach allgemeiner Anschauung wohl so üblich ist. Ich würde sehr viel lieber einen eigenen Gedanken hinter mir zurücklassen als ein Kind. Kinder – die

können auch andere Leute haben. Zum Kinderzeugen bin ich nicht verpflichtet, solange England dermaßen übervölkert ist und Indien nach freien Stellungen abgrast.«

»Warum wollen Sie eigentlich Miß Quested nicht heiraten?«

»Du lieber Gott! Das Mädchen ist ja ein Blaustrumpf.«

»Blaustrumpf? Blaustrumpf? Bitte erklären Sie mir das. Ist das nicht ein Schmähwort?«

»Oh, ich kenne sie nicht weiter, aber sie erschien mir als eines der kläglicheren Produkte westlicher Erziehungskunst. Sie verdirbt mir immer die Stimmung.«

»Aber Blaustrumpf, Mr. Fielding – wieso das?«

»Sie verhält sich immer so, als ob sie bei einer Vorlesung zuhörte – sie ist auch so eifrig bemüht, Indien und das ganze Leben zu verstehen, und gelegentlich macht sie sich eine Notiz.«

»Sie kam mir immer so nett und aufrichtig vor.«

»Das ist sie wahrscheinlich auch«, sagte Fielding, ein wenig beschämt über seinen Ausbruch von Heftigkeit: jede Anspielung auf eine mögliche Heirat verführt einen Junggesellen stets zu gewissen Übertreibungen, ruft eine Art inneren Wirbels bei ihm hervor. »Aber ich könnte sie nicht einmal heiraten, wenn ich wollte, denn sie hat sich gerade mit dem hiesigen Richter verlobt.«

»Tatsächlich? Das freut mich«, rief Aziz erleichtert aus, denn nun blieb ihm die Marabar-Expedition erspart. Man konnte kaum von ihm erwarten, daß er Leuten gegenüber den Gastgeber spielte, die regelrechte Anglo-Inder waren.

»Das hat die Mutter in Szene gesetzt. Sie hatte Sorge, ihr lieber Junge könnte selbst eine Wahl treffen. Darum hat sie das Mädchen herübergebracht und beide einander in die Arme getrieben.«

»Mrs. Moore hat mir gegenüber nicht erwähnt, daß das mit zu ihren Plänen gehörte.«

»Vielleicht irre ich mich – ich bin nun mal nicht auf dem laufenden mit dem Klatsch im Klub. Jedenfalls sind sie offiziell miteinander verlobt.«

»Ja, Sie sind nicht nur nicht auf dem laufenden, mein armer Freund – Sie sind auch nicht mehr mit im Rennen«, lächelte Aziz.

»Keine Miß Quested für Mr. Fielding. Immerhin ist sie auch nicht gerade schön. Genauer besehen, hat sie gar keine Brüste.«
Auch Fielding lächelte, fand den Hinweis auf die Brüste einer Dame aber doch ein klein bißchen abgeschmackt.
»Für den hiesigen Richter reichen sie wohl aus – wie er auch für sie ausreicht. Was aber Ihre Person betrifft, so werde ich für Sie eine Dame mit Brüsten wie reifen Mangofrüchten herbeizaubern...«
»O nein, tun Sie das lieber nicht.«
»Das will ich im Grunde auch gar nicht, und außerdem wäre es in Ihrer Stellung ja gar nicht ganz unbedenklich.«
Seine Gedanken waren von der Ehe im allgemeinen wieder nach Kalkutta im besonderen abgeschweift. Sein Gesicht nahm einen ernsteren Ausdruck an. Wenn er nun wirklich den Prinzipal zum Mitkommen verleitet und ihm dadurch Schwierigkeiten bereitet hätte! Und ohne jeden Übergang nahm er seinem Freund gegenüber eine andere Haltung ein, die Haltung des Beschützers, der mit den Gefahren Indiens vertraut war und den treuen Mahner zu spielen hatte. »Sie können hier in jeder Hinsicht nicht vorsichtig genug sein, Mr. Fielding. Auch mit allem, was Sie in diesem verdammten Land sagen oder tun, setzen Sie sich irgendwelchen scheelen Blicken aus. Es mag Sie überraschen, zu hören, daß mindestens drei Spitzel bei mir waren, als Sie herkamen, um sich nach meinem Befinden zu erkundigen. Es hat mich sogar ziemlich aufgeregt zu hören, in welcher Art Sie von Gott sprachen. Sie werden es bestimmt weitersagen.«
»Aber wem?«
»An sich ist weiter gar nichts dabei. Aber leider sind Sie auch über die Sittlichkeit hergezogen und haben erklärt, Sie seien hier im Lande, um andern die Stellung wegzuschnappen. Alles das war gar nicht sehr klug, denn der Skandal blüht hier nur so. Unter den Zuhörern befand sich sogar einer Ihrer eigenen Schüler.«
»Schönen Dank für Ihre Warnung! Ja, ich muß wohl versuchen, in Zukunft etwas vorsichtiger zu sein. Wenn ich mich allzusehr beteiligt fühle, lasse ich mich oft zu etwas hinreißen. Immerhin kann es nicht viel Schaden anrichten.«

»Aber wenn Sie so frei von der Leber weg reden, können Sie bald in eine dumme Lage geraten.«
»Das war schon mehr als einmal der Fall.«
»Sieh da! Aber zu guter Letzt werden Sie doch noch einmal Ihre Stellung verlieren.«
»Na schön! Das werde ich überleben. Ich reise mit leichtem Gepäck.«
»Mit leichtem Gepäck! Ihr Engländer seid doch ein höchst merkwürdiger Menschenschlag«, sagte Aziz, sich auf die andere Seite drehend, als wollte er die Augen zum Schlafen schließen. Aber sogleich wandte er Fielding wieder das Gesicht zu. »Hängt das etwa mit eurem Klima zusammen? Oder womit sonst?«
»Auch in Indien sind unzählige Leute mit leichtem Gepäck unterwegs – Sadhus und ihresgleichen. Das ist etwas, das ich an eurem Land so sehr bewundere. Jeder kann mit leichtem Gepäck von einem Ort zum andern ziehn, solange er noch nicht Frau oder Kinder hat. Das ist teilweise auch der Grund, weshalb ich gegen die Ehe bin. Ich bin ein Wandermönch ohne die dazugehörige Frömmigkeit. Berichten Sie das Ihren drei Spitzeln und sagen Sie ihnen, sie sollten mal dran herumknacken.«
Aziz war interessiert, war wie gebannt. Er überdachte, was er gehört hatte und was neu für ihn war. Das war also der Grund, warum Mr. Fielding und ein paar andere seines Schlages so furchtlos waren. Sie hatten nichts zu verlieren. Aber er selbst hatte in der Gesellschaft, im Islam seine Wurzeln. Er war einer hohen Überlieferung verpflichtet und er hatte Kinder gezeugt – zum Besten der Welt, der Gesellschaft der Zukunft. Auch wenn er in dieser baufälligen Behausung auf noch so unbestimmte Weise dahinvegetierte, so hatte er doch in der Welt wenigstens einen Platz, eine Stelle.
»Ich kann übrigens gar nicht entlassen werden, weil ich Erziehungsbeamter bin. Ich glaube an die Notwendigkeit, anderen beizubringen, wie sie Einzelwesen sein und Einzelwesen auch verstehen können. Es ist das einzige, woran ich glaube. Im Beamtenseminar habe ich das mit Trigonometrie und so weiter zu versetzen. Wäre ich ein Sadhu, würde ich es mit etwas anderem versetzen.«

Er hatte sein Bekenntnis nun abgeschlossen, und beide verfielen in Schweigen. Die Augenfliegen waren zudringlicher denn je. Sie schwirrten dicht an ihre Pupillen heran oder krochen ihnen in die Ohren. Fielding schlug wütend um sich. Von der körperlichen Bewegung wurde ihm immer heißer, und er stand auf, um sich zu verabschieden.

»Vielleicht könnten Sie Ihren Diener anweisen, mir das Pferd zu bringen. Er scheint mein Urdu nicht zu würdigen.«

»Ich weiß. Ich habe es ihm bisher untersagt. Das sind so die kleinen Streiche, die wir den unglücklichen Engländern spielen. Armer Mr. Fielding! Aber ich werde Sie jetzt aus der Haft entlassen. Ach ja, Sie und Hamidullah ausgenommen, habe ich niemanden hier, mit dem ich mich unterhalten kann. Sie mögen doch Hamidullah, nicht wahr?«

»Ich habe ihn ausgesprochen gern.«

»Versprechen Sie mir, gleich zu uns zu kommen, wenn Sie in irgendeine Klemme geraten?«

»Ich kann in keine Klemme geraten.«

Was für ein merkwürdiger Bursche – wahrscheinlich kann ihm wirklich nicht viel zustoßen, dachte Aziz, als er wieder allein war. In seinem Alter war er nicht länger geneigt, andere zu bewundern, dafür aber um so empfindlicher, wenn er sich begönnert fühlte. Es fiel ihm auch sonst nicht leicht, Hochachtung vor jemand zu bewahren, der ganz mit offenen Karten spielte. Fielding war, wie er bei näherer Bekanntschaft entdeckte, in der Tat warmherzig und unkonventionell, aber nicht gerade das, was man weltklug nennen durfte. Der Freimut seiner Äußerungen, die er in Gegenwart von Ram Chand, Rafi und Konsorten getan hatte, war bedenklich und wenig elegant. Er war auch nicht nützlich.

Aber sie waren Freunde, Brüder – so viel stand wenigstens fest, und mit der Vorweisung und Betrachtung der Fotografie war auch ihr beiderseitiger Pakt besiegelt. Sie vertrauten einander, und dieses eine Mal hatte in gewissem Sinne wechselseitige Zuneigung triumphiert. Aziz sank in Schlummer, umwogt von den helleren Erinnerungen an die letzten zwei Stunden – an die Dichtkunst Ghalibs, weibliche Anmut, den guten alten Hamidullah, den guten Fielding, seine eigene tief verehrte Frau und die lieben Söhne. Er glitt in ein Gefilde, in dem alle diese Freuden, von Feinden unbedroht, voller Eintracht in einem ewigen Garten blühten oder in dem sie auf gerippten Marmorbahnen abwärts in die Tiefe sausten oder umgekehrt sich zu Kuppeln aufschwangen, unter denen, schwarz auf weiß, die neunundneunzig Eigenschaften Allahs aufgeführt standen.

Buch II
Grotten

12

Der Ganges, zu Füßen Wischnus entspringend und Schiwas Haar durchrauschend, ist gleichwohl kein ganz alter Strom. Die Geologie, die in weitere Fernen zurückzublicken vermag als die Religion, weiß von einer Zeit, da weder der Strom noch der ihn nährende Himalaja existierte, sondern über den heiligen Stätten Hindustans ein Ozean wogte, der später vom Geröll der emporsteigenden Berge verschlammt wurde. Diese Berge wählten sich die Götter zum Wohnsitz. Die Götter waren es auch, die der Erde den Strom entlockten und dem Indien, das wir das uralte nennen, zum Dasein verhalfen. Aber in Wirklichkeit ist Indien sogar noch älter. Zur Zeit des vorgeschichtlichen Ozeans bestand bereits der südliche Teil der Halbinsel, und die Hochfläche Drawidiens ist Land gewesen, seit von Land überhaupt die Rede sein kann. Sie hat mit angesehen, wie auf der einen Seite ein ganzer Kontinent in den Fluten versank, der bisher die Brücke zwischen ihr und Afrika gebildet hatte, und wie auf der anderen Seite der Himalaja von der See hochgeschwemmt wurde. Sie ist älter als jede andere Gegend der Welt. Kein Gewässer hat sie jemals verhüllt, und die Sonne, die ihr durch zahllose Äonen hindurch den Blick zugewandt hielt, mag noch heute in ihren Umrissen etwas von den Formen wiedererkennen, die ihr selbst zu eigen waren, ehe unsere Erde ihr vom Busen gerissen wurde. Wenn irgendwo Fleisch vom Fleisch der Sonne zu gewahren, zu berühren ist, dann hier, inmitten dieser unvorstellbar alten Berge Südindiens.

Und doch geht mit ihnen nun eine Art Wandlung vor. Im gleichen Maße, in dem das Indien des Himalaja emporstieg, sank das andere, das urtümliche Indien, immer tiefer herab, um sich allmählich wieder der Wölbung der Erde anzuschmiegen. Mag sein, daß in fernen Zeiten auch hier wieder ein Ozean wallen und das der Sonne entstammende Felsgestein mit Schleim überziehen wird. Inzwischen aber wirkt die vom Ganges durchschnittene Ebene auf diese Felsen ein, als ob sie selbst Meer wäre. Sie sinken noch tiefer unter die neuen Lande herab. Ihre Kernmasse ist noch unberührt, aber an den Rändern sind ihre Außenposten wie abgeschnitten und stehen dennoch bis zum Knie, ja bis zum Hals in dem immer höher schwellenden Boden. Es ist um diese Außenposten etwas seltsam Geheimnisvolles. Sie haben auf dieser Welt nicht ihresgleichen, und ihr Anblick verschlägt dem Beschauer den Atem. Sie steigen unvermittelt, wie von Sinnen empor, und sie entbehren jeder Gliederung, die selbst den schroffsten Bergen zu eigen ist, jeder Beziehung zu allem sonst je Erträumten oder Geschauten. Sie »unheimlich« zu nennen, würde den Gedanken an etwas Gespenstisches wachrufen, und sie sind älter als alle Geisterwesen. Der Hinduismus hat ein paar der Felsen geritzt und getüncht, aber die Schreine werden nur selten besucht. Es ist, als hätten die Pilger, die gemeinhin nach dem Außergewöhnlichen Ausschau halten, in ihnen des Außergewöhnlichen zuviel gefunden. Wohl haben sich in einer der Grotten einst ein paar Pilger seßhaft zu machen gesucht, doch wurden sie vom Rauch ihres eigenen Feuers wieder vertrieben, und selbst Buddha, der auf seiner Wanderschaft zum Bo-Baum von Gya an ihnen vorübergekommen sein muß, scheute einen Verzicht, der noch umfassender war als der seine, und hat darum auch keine Legende von einem Kampf und Sieg in den Marabar-Hügeln hinterlassen.

An sich sind die Grotten mühelos zu beschreiben. Allüberall, in der ganzen Hügelgruppe, führt ein zweieinhalb Meter langer, anderthalb Meter hoher, ein Meter breiter Zugangsschacht zu einer Rundkammer von etwa sechs Meter Durchmesser – viel mehr ist nicht darüber zu sagen. Das ist jedenfalls, was als Marabar-Grotte bekannt ist. Ob der Besucher eine dieser Grotten gesehen hat oder zwei oder drei, vier, vierzehn, vierundzwanzig: stets kehrt er nach Tschandrapur zurück, ohne ganz sicher zu sein, ob er ein interessantes Erlebnis gehabt hat oder ein langweiliges – ob er überhaupt ein Erlebnis gehabt hat. Niemandem fällt es ganz leicht, von den Grotten zu sprechen oder sie in der Erinnerung auseinanderzuhalten, denn ihre Anlage ist stets die gleiche. Keine Skulptur, nicht einmal ein Wespennest oder eine Fledermaus ermöglicht es dem Betrachter, die eine von der andern zu unterscheiden. Nichts, gar nichts hängt oder haftet an einer solchen Grotte, und ihr Ruf – und sie haben einen sehr hohen Ruf – ist auf keine menschliche Aussage angewiesen. Es ist, als habe die sie umgürtende Ebene, als hätten die sie überfliegenden Vögel es auf sich genommen, ihrem Erstaunen mit einem lauten »Wie außerordentlich!« Ausdruck zu geben, und das Wort wäre in der Luft schweben geblieben, um von den Menschenwesen mit eingeatmet zu werden.

Ja, es sind dunkle Grotten. Selbst wenn sie auf Stunden der Sonne sich öffnen, sickert durch den Eingangsschacht nur spärliches Licht in die Rundkammer. Es gibt darin sehr wenig zu sehen, wie es auch kaum ein Auge gibt, dieses Wenige wahrzunehmen, es sei denn, daß auf fünf Minuten ein Besucher sich einstellt und ein Streichholz entzündet, sogleich zuckt in den Tiefen des Felsens ein anderes Flämmchen auf und strebt der Oberfläche zu wie ein gefangenes Geisterwesen: die Wände der Rundkammer sind auf wundersamste Weise glattgeschliffen. Die beiden Flämmchen nähern sich, trachten einander zu umfangen – vergeblich: das eine atmet Luft, das andere Stein. Ein in den herrlichsten Farben funkelnder Spiegel hält die Liebenden voneinander getrennt, und zwischen beide drängen sich zartleuchtend graurosa Sterne, köstliche Nebel- und Schattengebilde, matter als ein Kometenschweif oder der Mond am Mittagshimmel, das ganze flüchtige Dasein des Granit, wie es hier sichtbar wird. Fäuste und Finger, über den immer weiter vorrückenden Boden emporgereckt – hier endlich ist ihre Haut, zarter als jene von tierischen Wesen erworbene Hülle, glatter als unbewegtes, vom Wind nicht gekräuseltes Wasser, wollüstiger als die Liebe selbst. Der Glanz verstärkt sich, die beiden Flämmchen berühren, umfangen einander, erlöschen. Wieder ist die Grotte so dunkel, wie alle Grotten es sind.

Nur die Wände der inneren Rundkammer sind derart geschliffen. Die Seitenwände des Eingangsschachts sind unbehauen geblieben – wie ein Nachgedanke stellen sie die Vollkommenheit des Innern wieder in Frage. Ein Zugang war unentbehrlich – und darum hat Menschenhand ihn geschaffen. Aber gibt es vielleicht, tiefer im Innern des Granits, gewisse Kammern, die eines Zugangs entbehren? Kammern, seit Ankunft der Götter noch nicht erschlossen? Es heißt in der Gegend, daß ihre Zahl weit größer sei als die der zugänglichen, wie auch die Zahl der Toten die der Lebenden weit hinter sich läßt – vierhundert, viertausend, vier Millionen. Nichts bergen sie in ihrem Innern. Noch vor Erschaffung von Seuchen und Wunderschätzen waren sie bereits versiegelt, und wenn die Menschen, von Neugier gestachelt, je versuchen sollten, sie freizulegen – nichts, nichts, nichts würde zutage gefördert, auf dieser Welt die Summe des Guten, des Schlechten zu mehren. Eine der Grotten soll sich im Innern des Felsblocks befinden, der auf der Spitze des höchsten der Hügel schwingt – eine Grotte in Gestalt einer Luftblase, ohne Decke, ohne Boden, ihr eigenes Dunkel widerspiegelnd, in jeder Richtung, bis in alle Unendlichkeit. Wenn der Felsblock je niederstürzen und bersten sollte, müßte auch die Grotte in Stücke springen – leer wie ein Osterei, und so, ausgehöhlt, schwankt der Felsblock im Wind. Wenn bloß eine Krähe sich darauf niederläßt, gerät er ins Zittern: daher auch sein Name und der seines gewaltigen Sockels – Kawa Dol.

13

Bei geeigneter Beleuchtung und in angemessener Entfernung nehmen die Marabar-Hügel sich ganz romantisch aus. Und als eines Abends Miß Quested sie von der oberen Veranda des Klubhauses aus erblickte, fühlte sie sich veranlaßt, zu Miß Derek zu bemerken, sie hätte sie gern einmal aufgesucht. Dr. Aziz habe im Hause Mr. Fieldings versprochen, einen Ausflug zu ihnen zu unternehmen, aber die Inder schienen allesamt an schlechtem Gedächtnis zu leiden. Diese Bemerkung wurde von einem den Wermut servierenden Diener mitangehört. Er verstand Englisch. Und wenn er auch nicht gerade ein Spitzel war, so hielt er doch seine Ohren offen, und wenn Mahmoud Ali ihn auch nicht gerade bestach, so ermunterte er ihn doch, zu ihm ins Haus zu kommen und unter seinen eigenen Dienern mit niederzuhocken, in deren Nähe er selbst dann wie zufällig vorüberzuschlendern pflegte. Bei ihrer Weitergabe nahm die erwähnte Bemerkung an Nachdrücklichkeit noch zu: Aziz erfuhr zu seinem Schrecken, daß die Damen es ihm verargten, noch nicht die Einladung von ihm erhalten zu haben, auf die sie täglich gewartet hatten. Er glaubte, seine unverbindliche Bemerkung wäre längst der Vergessenheit anheimgefallen. Mit zweierlei Arten von Gedächtnis begabt, einem kurzfristigen und einem dauerhaften, hatte er die Grotten bisher dem ersteren zugeschoben. Nun aber überführte er sie ein für allemal zu dem andern und setzte sein Versprechen endlich in die Tat um. Der Grottenbesuch sollte ein monumentales Gegenstück zu der Teegesellschaft bilden. Er begann sich zunächst der Teilnahme Fieldings und des alten Godbole zu versichern, und beauftragte dann Fielding, die Einladung Mrs. Moore und Miß Quested mündlich zu übermitteln, wenn diese sich gerade allein befanden – auf diese Weise ließ sich Ronny, ihr offizieller Schirmherr, umgehen. Fielding war über die ihm zugedachte Aufgabe nicht übermäßig entzückt. Er hatte viel zu tun, Grotten langweilten ihn, er konnte wieder allerlei persönliche Reibungen und Unkosten voraussehen, wollte aber seinem neuen Freund die erste Bitte nicht abschlagen. Die Damen nahmen an. Im Drang ihrer augenblicklichen Verpflichtungen kam das Ganze ihnen nicht sonderlich gelegen. Immerhin hofften sie nach einer Beratung mit Mr. Heaslop es in ihre sonstigen Pläne einpassen zu können. Da Ronny also nicht übergangen wurde, erhob er auch keinen Einspruch, vorausgesetzt, daß Fielding die volle Verantwortung für ihr Wohl übernahm. Er war beim Gedanken an das Picknick nicht sehr entzückt, was aber auch die Damen nicht waren – keiner der Teilnehmer war entzückt, aber es fand trotzdem statt.

Aziz seinerseits hatte sich unablässig den Kopf zu zerbrechen. Es war kein sehr langwieriges Unternehmen – ein Zug ging kurz vor Morgengrauen aus Tschandrapur ab, und ein anderer würde die Ausflügler noch zur rechten Zeit für ein Gabelfrühstück zurückbringen –, aber er war nur ein kleiner Beamter und fürchtete, sich nicht ganz mit heiler Haut aus der Affäre ziehen zu können. Er hatte Major Callendar um einen halben Tag Urlaub zu bitten, was ihm abgeschlagen wurde, weil er vor kurzem erst Krankheit simuliert habe. Verzweiflung. Nochmaliger Bittgang zu Major Callendar – diesmal von seiten Fieldings –, und mit verächtlicher Knurrstimme gewährte Genehmigung. Bestecke und Geschirr hatte er sich von Mahmoud Ali auszuleihen, ohne aber diesen mit einladen zu können. Und weiter: wie war die Alkoholfrage zu lösen, wenn Fielding, vielleicht sogar die Damen, etwas zu trinken wünschten – mußte er dann nicht für Whisky und Soda oder auch Portwein sorgen? Endlich war das Problem der Beförderung von der Bahnstation Marabar zu den Grotten zu klären, das Problem Godboles und seiner Beköstigung, sowie das Problem von Godboles und der anderen Beköstigung – was zwei verschiedene Probleme waren, nicht ein und dasselbe. Der Professor war kein sehr strenggläubiger Hindu. Er trank Tee, Fruchtsaft und Sodawasser und fragte bei Süßigkeiten auch nicht danach, wer sie zubereitet hatte, aber Gemüse und Reis mußten von einem Brahmanen gekocht sein. Dafür aß er kein Fleisch, keinen Kuchen, sofern er Eier enthielt, und er duldete es auch nicht, daß irgendeiner der anderen Teilnehmer Fleisch vom Rind aß. Eine einzige Scheibe Rindfleisch, in der Ferne auf einem Teller serviert, mußte sein Wohlbefinden in Frage stellen. Andere Leute mochten Hammel, sie mochten Schinken essen. Aber im Falle von Schinken hätte nun wieder Aziz' Religion Einspruch erhoben: er sah gar nicht gern, daß andere Leute Schinken aßen. Eine Schwierigkeit nach der andern türmte sich vor ihm auf – hatte er nicht den Geist des indischen Bodens herausgefordert, der die Menschen im engumschriebenen Bereich festzuhalten trachtete?

Endlich war der große Augenblick gekommen.

Seine Freunde hatten es für sehr unklug von ihm gehalten, sich überhaupt mit Engländerinnen eingelassen zu haben, und hatten ihm dringend nahegelegt, jede Schutzmaßnahme gegen etwaige Unpünktlichkeit seinerseits zu ergreifen. Infolgedessen verbrachte Aziz die vorausgehende Nacht bereits auf dem Bahnhof. Die Diener hockten eng aneinandergedrängt auf dem Bahnsteig. Sie durften sich nicht von der Stelle rühren. Aziz selber ging mit dem alten Mohammed Latif auf und ab, der die Rolle eines Majordomo spielen sollte. Er kam sich etwas verloren, ja, nicht einmal ganz wirklich vor. Da, endlich, ein Wagen – er hoffte schon, daß diesem Fielding entsteigen würde, um ihm Halt und Stärke zu leihen. Aber in seinem Innern saßen Mrs. Moore, Miß Quested und ihr aus Goa stammender Diener. Aziz stürzte in plötzlich aufwallendem Hochgefühl ihnen entgegen. »Oh, so sind Sie denn wirklich gekommen«, rief er. »Dies ist der schönste Augenblick meines Lebens!«

Die Damen ihrerseits waren nur höflich. Es war durchaus nicht der schönste Augenblick ihres Lebens. Immerhin hofften sie, dem Tag einiges Vergnügen abgewinnen zu können, sobald das Lästige des frühen Aufbruchs vergessen war. Sie hatten Aziz seit der beiderseitigen Verabredung nicht mehr wiedergesehen und dankten ihm auf angemessene Weise.

»Sie brauchen natürlich keine Fahrkarte – bitte sagen Sie das Ihrem Diener. Auf der Schmalspurstrecke nach Marabar gibt es keine Billetts. Darin besteht ihre Eigentümlichkeit. Sie kommen einfach mit ins Abteil und ruhen sich dort ein bißchen aus, bis Fielding sich zu uns gesellt. Wußten Sie, daß Sie Purdah reisen müssen? Und ist Ihnen das auch recht?«

Die Damen erwiderten, es wäre ihnen durchaus recht. Der Zug war gerade eingefahren, und wie Affen turnten und tummelten sich in jedem Abteil ganze Schwärme von Dienern. Aziz hatte sich von seinen Freunden Diener ausgeliehen, hatte aber auch seine eigenen drei mitgebracht, und zwischen allen diesen waren Streitereien um den Vorrang unausbleiblich. Der Diener der Damen hielt sich mit hochmütig-verächtlicher Miene ein wenig abseits. Sie hatten ihn unterwegs verpflichtet. In einem Hotel oder in Gegenwart eleganter Leute hätte er seinen Mann gestanden, aber sobald seine Herrschaft Umgang mit jemand pflegte, den er für zweitklassig hielt, überließ er sie ihrem verdienten Schicksal.

Wohl war die Nacht noch immer dunkel, aber sie hatte bereits jenen Charakter von Vorläufigkeit angenommen, der ihr Ende ankündigte. Auf dem Dach eines Schuppens nächtigend, begannen die Hennen des Bahnhofsvorstands von Papierdrachen zu träumen statt von Käuzchen. Man ließ die Lampen ausgehen, um sich die Mühe zu sparen, sie später ausgehen zu lassen. In den dunkleren Ecken der dritten Klasse war der Geruch von Tabak, der Klatschlaut des Ausspuckens wahrzunehmen. Köpfe schälten sich aus ihrer Umhüllung, künstliche Gebisse wurden am Zweig eines Baumes gesäubert. So überzeugt war ein jüngerer Bahnbeamter vom Wiederaufgang der Sonne, daß er wie wild eine Glocke schwang. Die Diener gerieten in sichtliche Erregung. Sie schrien, der Zug ginge ab, und rannten zu seinen äußersten Enden, ihn daran zu hindern. Doch war noch mancherlei in das Purdah-Abteil zu verladen – eine messingbeschlagene Kiste, eine mit einem Fez bedeckte Melone, ein Tuch, mit Guajavafrüchten gefüllt, eine Leiter, eine Flinte. Die Gäste paßten sich der Umgebung an. Sie hatten gar keinen Rassedünkel – Mrs. Moore war zu alt dafür, Miß Quested noch nicht lange genug in Indien –, und sie verhielten sich Aziz gegenüber, wie sie sich jedem jungen Mann gegenüber verhalten haben würden, der ihnen in seinem Lande Freundlichkeiten erwies. Er fühlte sich tief gerührt. Er hatte erwartet, sie in Begleitung Mr. Fieldings aufkreuzen zu sehen, und statt dessen vertrauten sie sich ihm auf ein paar Augenblicke des Alleinseins an.

»Schicken Sie doch ruhig Ihren Diener fort«, schlug er vor. »Er ist überflüssig. Und wir Moslems wären dann unter uns.«

»Und er ist ein so abscheulicher Diener. Antony, du kannst gehen. Wir brauchen dich nicht«, sagte Adela ungeduldig.

»Der gnädige Herr hat mir befohlen, mitzufahren.«

»Die gnädige Frau befiehlt dir, zu gehen.«

»Der gnädige Herr hat gesagt: halte dich den ganzen Morgen in der Nähe der Damen auf.«

»Nun, die Damen wollen dich nicht in ihrer Nähe haben.«

Sie wandte sich ihrem Gastgeber zu. »Schicken Sie ihn doch fort, Dr. Aziz.«

»Mohammed Latif«, rief dieser.

Der arme Verwandte setzte sich gerade den Fez der Melone auf und dieser den seinen, und spähte aus dem Fenster des Eisenbahnabteils, dessen Wirrwarr er überwachte.

»Dies ist mein Vetter, Mr. Mohammed Latif. O nein, schütteln Sie ihm bitte nicht die Hand. Er ist ein Inder alten Schlages, der sich

noch mit über der Brust gekreuzten Armen zu verbeugen pflegt. Da – habe ich es Ihnen nicht gesagt? Mohammed Latif, wie großartig du gegrüßt hast! Sehen Sie, er hat nicht verstanden. Er spricht nicht Englisch.«
»Du sprechen Lüge«, sagte leise der alte Mann.
»Ich Lüge sprechen? Vortrefflich! Ist er nicht ein komischer alter Mann? Wir werden später unsern Spaß mit ihm haben. Er versteht sich auf allerhand Tricks. Er ist nicht halb so dumm, wie man annehmen könnte, und er ist schandbar arm. Was für ein Glück, daß wir eine große Familie sind!« Er schlang seinen Arm um den schmuddeligen Nacken. »Aber gehen Sie jetzt lieber schon ins Abteil und machen Sie es sich bequem. Ja, legen Sie sich nieder.« Der vielberüchtigte orientalische Wirrwarr schien sich endlich klären zu wollen. »Entschuldigen Sie mich bitte – ich habe mich nun noch um unsere anderen zwei Gäste zu kümmern.«
Wieder wurde er etwas nervös, denn es war bis zur Abfahrt des Zuges nur noch zehn Minuten. Immerhin, Fielding war ein Engländer, der als solcher niemals einen Zug verpassen würde, und Godbole war ein Hindu, der als solcher nicht mitzählte. Mit dieser Logik sich selbst beschwichtigend, wurde Aziz immer ruhiger, je näher der Augenblick der Abfahrt rückte. Mohammed Latif hatte durch Bestechung Antony zum Zurückbleiben veranlaßt. Er und sein Vetter gingen weiter auf dem Bahnsteig auf und ab und unterhielten sich auf höchst nutzbringende Weise. Sie waren sich einig, daß sie etwas zu viel Diener verpflichtet hatten und zwei oder drei von ihnen an der Bahnstation Marabar zurücklassen mußten. Und Aziz erklärte, er habe vor, in den Grotten womöglich ein bißchen Schabernack zu treiben – nicht etwa aus Bosheit, sondern in der guten Absicht, seine Gäste zum Lachen zu bringen. Der alte Mann stimmte ihm mit kleinen Ruckbewegungen des Kopfes zu: er war stets bereit, sich zur Zielscheibe fremder Witze machen zu lassen, und er bat auch Aziz, ihn nicht zu schonen. Vom Gefühl seiner eigenen Wichtigkeit erfüllt, begann er mit einer unanständigen Geschichte.
»Erzähl mir das lieber ein andermal, Bruder, wenn ich ein bißchen mehr Muße habe, denn jetzt haben wir, wie bereits erklärt, für die

Unterhaltung von lauter Nicht-Moslems zu sorgen, darunter drei Europäern und einem Hindu, nicht zu vergessen. Auf jeden Fall dürfen wir es Professor Godbole gegenüber nicht an Aufmerksamkeit fehlen lassen, damit er sich hinter unseren anderen Gästen nicht zurückgesetzt fühlt.«

»Mit ihm werde ich allerlei philosophische Fragen erörtern.«

»Das wäre sehr freundlich von dir. Aber die Diener sind sogar noch wichtiger. Wir dürfen nicht den Eindruck von mangelhafter Organisation aufkommen lassen. Es kann alles bewerkstelligt werden, und ich verlasse mich auf dich...«

Ein Aufkreischen im Innern des Purdah-Wagens. Der Zug hatte sich in Bewegung gesetzt.

»Barmherziger Gott«, rief Mohammed Latif. Er krampfte sich am Zug fest und sprang auf ein Trittbrett. Aziz tat das gleiche. Es war nicht gerade ein Kunststück, denn eine Schmalspurbahn braucht sehr viel länger, um Eindruck hervorzurufen. »Wir sind ja geborene Affen, keine Angst«, rief er mit lachendem Gesicht, sich an den Stangen anklammernd. Dann aber brüllte er: »Mr. Fielding! Mr. Fielding!«

Ja, jenseits des Bahnübergangs waren sie tatsächlich zu sehen, Fielding und der alte Godbole – wartend. Was für eine Katastrophe! Die Schranken waren etwas früher geschlossen worden als sonst. Die beiden sprangen von ihrer Tonga. Sie gestikulierten heftig – aber was nützte das noch? So nahe und doch so fern! Als der Zug an ihnen vorbei über die Stellweichen schuckelte, war gerade noch Zeit, ein paar verzweifelte Worte zu wechseln.

»Schrecklich, schrecklich – nun bin ich erledigt, und Sie sind schuld daran!«

»Schuld war Godboles *pujah*!«

Der Brahmane senkte vor Scham über seine Religion den Blick. Ja, so war es: er hatte sich mit der Dauer seines Gebetes verrechnet.

»Springen Sie auf – Sie müssen unbedingt mitkommen«, gellte Aziz wie von Sinnen.

»Schön, helfen Sie uns.«

»Unter keinen Umständen«, fiel Mrs. Moore ein. »Das ist viel zu riskant!« Fielding sprang, aber er sprang zu kurz, verfehlte die

ausgestreckte Hand des Freundes und fiel auf das Nebengleis. Der Zug ratterte vorüber. Fielding sprang wieder auf die Füße und schrie ihm nach: »Bei mir ist alles in Ordnung, bei euch hoffentlich auch, macht euch keine Sorge«, und schon waren sie außer Hörweite seiner Stimme.
»Mrs. Moore, Miß Quested, unser Ausflug ist bereits verhagelt.« Er balancierte, den Tränen nahe, auf dem Trittbrett entlang.
»Steigen Sie ein, steigen Sie ein. Sonst bringen Sie sich in die gleiche Gefahr wie Mr. Fielding. Von Hagel kann ich nichts sehen.«
»Wieso? Oh, erklären Sie mir«, stammelte er so kläglich wie ein Kind.
»Wir Moslems werden nun ganz unter uns sein, wie Sie es uns schon in Aussicht gestellt hatten.«
Wie immer, hatte sie wieder einmal genau das richtige Wort gefunden, seine liebe Mrs. Moore. Die ganze Zuneigung, die er schon in der Moschee für sie empfunden hatte, wallte wieder in ihm auf – und sie war um so erquickender, als sie seinem Gedächtnis abhanden gekommen war. Ja, er hätte für sie durchs Feuer gehen können, er hätte für sie sogar sein Leben hingeben können, nur um sie glücklich zu sehen.
»Steigen Sie ein, Dr. Aziz, Sie machen uns schwindlig«, rief die jüngere Dame. »Wenn die andern so töricht sind, den Zug zu verpassen, ist es ihr Schade, nicht der unsre.«
»Ich bin der Schuldige. Ich bin der Gastgeber.«
»Unsinn. Gehen Sie jetzt in Ihr Abteil. Wir werden es uns auch ohne die andern gut gehen lassen.«
Sie war nicht ganz so vollkommen wie Mrs. Moore, aber trotzdem auf ihre Art aufrichtig und freundlich. Großartige Damen, sie beide, und für die Dauer eines kostbaren Morgens seine Gäste. Er fühlte sich jeder Lage gewachsen. Aus persönlichen Gründen würde er Fielding, den Freund, der ihm immer mehr ans Herz gewachsen war, vermissen. Wäre er aber mitgekommen, so wäre er, Aziz, der Gegängelte geblieben. »Inder sind unfähig, irgendwelche Verantwortung zu übernehmen«, pflegten die englischen Beamten zu sagen, und Hamidullah sagte bisweilen das gleiche. Er würde diesen Pessimisten beweisen, daß sie unrecht hatten.

Stolz lächelnd, schaute er in die Landschaft hinaus, die jetzt noch unsichtbar war – es sei denn, daß sich im Dunkeln etwas Dunkleres bewegte. Dann glitt sein Blick zum Himmel empor, wo die Sterne im Bild des weitgestreckten Skorpion zu verblassen begannen. Endlich stieg er durch ein Fenster in ein Abteil zweiter Klasse ein.

»Übrigens, Mohammed Latif – was befindet sich eigentlich im Innern dieser Grotten, Brüderchen? Warum müssen wir sie uns überhaupt ansehen?«

14

Das Leben verläuft größtenteils so eintönig, daß gar nicht viel darüber auszusagen ist, und die Bücher und Gespräche, die es interessant erscheinen lassen möchten, sehen sich zu Übertreibungen genötigt – offenbar in der Hoffnung, ihre eigene Existenz zu rechtfertigen. In seinem Seidenkokon von Arbeit und geselliger Verpflichtung schlummert der menschliche Geist die meiste Zeit dahin, ohne mehr zu tun, als den Unterschied zwischen Lust und Schmerz zu registrieren, aber längst nicht mit dem Grad von Wachheit, den wir gewöhnlich dabei vortäuschen. Selbst am aufregendsten Tag gibt es längere Zeitabschnitte, in denen gar nichts passiert, und obwohl wir unaufhörlich ausrufen: »Ich bin entzückt« oder »Ich bin entsetzt«, lassen wir es dabei an Aufrichtigkeit fehlen. »Soweit ich überhaupt etwas empfinde, ist es Entzücken oder Entsetzen« – darauf liefe im Grunde alles hinaus, und ein vollkommen seiner Umwelt angepaßter Organismus würde sich stumm verhalten.

Der Zufall wollte es, daß Mrs. Moore und Miß Quested während der letzten vierzehn Tage nichts erlebt hatten, was ihr Gefühl stärker in Mitleidenschaft gezogen hätte. Seit Professor Godbole sein seltsames kleines Lied gesungen hatte, hatten sie beide mehr oder weniger im Innern eines Kokons gelebt – mit dem einzigen Unterschied, daß die Ältere sich mit ihrer eigenen Gleichgültigkeit abfand, während die Jüngere dagegen aufbegehrte. Adela war überzeugt, daß bedeutsam und interessant war, was immer sich begab, und wenn sie sich einmal gelangweilt fühlte, so stellte sie sich selbst nachdrücklich zur Rede und zwang sich, Worte des Entzückens zu äußern. Dies war das einzig Unaufrichtige an einem sonst aufrichtigen Charakter, und das war im Grunde nur die intellektuelle Auflehnung ihrer Jugend. Sie war nun besonders betroffen, weil sie sich sowohl in Indien wie im Zustand des Verlobtseins befand – ein doppeltes Ereignis, das von Rechts wegen jedem Augenblick eine eigene Weihe hätte verleihen sollen.

Indien lag an diesem bestimmten Morgen wie hinter Schleiern, auch wenn sie es unter indischer Führung betrachteten. Adelas Wunsch war endlich in Erfüllung gegangen – nur leider zu spät. Ihr Blut konnte beim Gedanken an Aziz und seine mühsamen Vorbereitungen nicht sonderlich in Wallung geraten. Sie war nicht im geringsten unzufrieden oder niedergeschlagen, und die verschiedenen Merkwürdigkeiten ihrer nächsten Umgebung – das komische Purdah-Abteil, die Stapel von Decken und Polstern, die hin und her rollende Melone, der Geruch von Blumenessenz, die Leiter, die messingbeschlagene Kiste und der plötzliche Anblick von Mahmoud Alis Butler, der mit einem Tablett – Tee und poschierte Eier – aus dem Toilettenraum auftauchte: alles das war für sie neu und unterhaltsam und lockte ihr auch die jeweils zutreffenden Bemerkungen ab, grub sich aber nicht tiefer in ihr Bewußtsein ein. Sie suchte sich also mit dem Gedanken zu trösten, daß in Zukunft ihre eigentlichen Interessen Ronny gehören würden.

»Was für ein netter, fröhlicher Diener! Welche Erleichterung nach Antony!«

»Sie versetzen einen immer wieder in Schrecken«, sagte Mrs. Moore, die auf ein kleines Nickerchen gehofft hatte. »Ein etwas merkwürdiger Ort zum Teekochen.«

»Ich möchte Antony kündigen. Sein Verhalten auf dem Bahnsteig hat den Ausschlag gegeben.«

Mrs. Moore meinte, Antonys besseres Selbst werde in Simla wieder die Oberhand gewinnen. In Simla sollte die Hochzeit Miß Questeds stattfinden. Irgendwelche entfernteren Verwandten, die dort, nicht weit von der tibetanischen Grenze, ein Haus besaßen, hatten sie eingeladen.

»Jedenfalls brauchen wir einen zweiten Diener, weil Sie in Simla im Hotel wohnen werden, und ich glaube nicht, daß Ronnys Baldeo ...« Sie liebte es, Pläne zu schmieden.
»Nun gut, dann engagieren Sie einen zweiten Diener, und ich behalte Antony bei mir. Ich habe mich nun ein bißchen an seine wenig ansprechenden Manieren gewöhnt. Er wird mir über die Zeit der großen Hitze hinweghelfen.«
»Ich glaube gar nicht, daß es eine solche Zeit wirklich gibt. Wenn Leute wie Major Callendar immerzu davon reden, dann doch nur in der Absicht, den andern ihren Mangel an Erfahrung und Wichtigkeit unter die Nase zu reiben. Darum sagen sie ja auch so oft: ›Ich bin schon zwanzig Jahre in diesem Lande.‹«
»Ich glaube schon, daß es mit der heißen Zeit stimmt, aber ich habe niemals angenommen, daß ich dann so festsitzen würde, wie es wahrscheinlich geschehen wird.« Infolge des bedachtsamen Zögerns von Ronny und Adela konnten sie erst im Mai heiraten, und infolgedessen konnte Mrs. Moore auch nicht gleich nach der Hochzeit wieder heimfahren, wie sie eigentlich beabsichtigt hatte. Im Mai würde quer über Indien und der angrenzenden See eine Feuerschranke niedergehen, und sie, Mrs. Moore, würde droben im Himalaja festsitzen und warten müssen, bis die Welt sich wieder etwas abgekühlt hatte.
»Ich werde mich nicht von der Hitze festhalten lassen«, kündigte die Jüngere an. »Ich kann die Frauen nicht leiden, die ihre Männer im Flachland allein schmoren lassen. Mrs. McBryde ist seit ihrer Heirat nicht einmal mit unten geblieben. Sie läßt ihren ganz intelligenten Mann das halbe Jahr allein und wundert sich dann, daß sie ihm in der Zwischenzeit ein bißchen fremd geworden ist.«
»Sie hat immerhin Kinder.«
»O ja, das stimmt«, sagte Miß Quested etwas betroffen.
»Es sind doch die Kinder, an die man in erster Linie zu denken hat. Bis die erwachsen und gleichfalls verheiratet sind. Erst dann hat man wieder das Recht, ein eigenes Leben zu führen – im Flachland oder in den Bergen, je nachdem.«
»Ach ja, da haben Sie völlig recht. Ich habe wohl nicht genug darüber nachgedacht.«

»Vorausgesetzt, daß man in der Zwischenzeit nicht zu dumm und zu alt geworden ist.« Sie reichte dem Diener ihre leere Tasse hin.
»Ich hoffe, daß meine Verwandten in Simla einen Diener für mich auftreiben werden, zumindest für die Tage der Hochzeit. Dann hat Ronny ohnehin die Absicht, den ganzen Haushalt umzuorganisieren. Für einen langjährigen Junggesellen versteht er sich auf so etwas erstaunlich gut. Immerhin werden nach unserer Heirat gewisse Änderungen unvermeidlich sein – seine alten Diener werden von mir keine Anweisungen entgegennehmen wollen. Was ich ihnen nicht verdenken kann.«
Mrs. Moore stieß die Fensterläden in die Höhe und schaute hinaus. Wie beide es gewünscht hatten, hatte sie Ronny und Adela zusammengeführt, aber nun konnte sie ihnen mit ihrem Rat nicht mehr weiterhelfen. Sie hatte in wachsendem Maße den Eindruck (war es eine Art zweites Gesicht oder ein Alptraum?), daß es zwar auf einzelne Menschen stets ankam, nicht aber auf die Beziehungen zwischen ihnen und daß im besonderen viel zuviel Aufhebens von der Ehe gemacht worden war. Jahrhunderte der Paarung, ohne daß deshalb ein Mensch dem Verständnis eines andern näher gekommen wäre. Und heute wurde sie dessen mit solcher Eindringlichkeit inne, daß es zu einer Art persönlicher Beziehung, ja selbst zu einem persönlichen Wesen wurde, das ihre Hand zu ergreifen trachtete.
»Schon etwas von den Hügeln zu sehen?«
»Nur verschiedene Grade von Dunkelheit.«
»Wir können jetzt nicht mehr weit von der Stelle sein, an der die bewußte Hyäne aufgetaucht ist.« Adela sah in das zeitlose Zwielicht. Der Zug überquerte gerade ein ausgetrocknetes Flußbett. »Pomper, pomper, pomper« machten die Räder, während sie langsam über die Brücke rollten. Nach hundert Metern folgte ein zweites Flußbett, dann ein drittes – offenbar war der Zug nun in einer Steigung begriffen. »Vielleicht war es hier. Auf jeden Fall läuft die Fahrstraße den Gleisen parallel.« Der Unfall war für sie nun fast zu einer der erfreulicheren Erinnerungen geworden. In ihrer trockenen, ehrlichen Art versicherte sie sich selbst, daß erst dieser Unfall sie richtig durcheinandergerüttelt und ihr Ronnys

wahren Wert enthüllt hatte. Dann machte sie sich wieder ans Pläneschmieden – was bei ihr seit ihren Kindertagen eine richtige Leidenschaft war. Hin und wieder zollte sie auch dem gegenwärtigen Augenblick Tribut, bemerkte, wie freundlich und bescheiden Aziz war, aß eine Guajavafrucht, wies eine geröstete Süßigkeit zurück und erprobte an ihrem Diener ihre Urdukenntnisse. Aber immer wieder schweiften ihre Gedanken der mühelos zu meisternden Zukunft zu und dem Alltagsleben Anglo-Indiens, mit dem sie sich unbedingt abfinden mußte. Und während sie es mitsamt seinem Zubehör an Turtons und Burtons einer recht abwägenden Prüfung unterwarf, begleitete der Zug ihre Sätze mit seinem pomper, pomper – der Zug, der, halb noch im Schlaf, keinem bestimmten Ziel zustrebte und in keinem seiner Abteile irgendwelche Passagiere von wirklicher Bedeutung beherbergte, der winzige Zug, der wie verloren auf einer niedrigen Böschung zwischen langweiligen Feldern dahinkeuchte. Seine Botschaft – und er hatte eine zu verkünden – schlug einen weiten Bogen um ihr wohlgewappnetes Bewußtsein. In weiter Ferne hinter ihr raste mit gebieterischem Pfeiflaut der Expreßzug dahin, der so bedeutsame Städte wie Kalkutta und Lahor miteinander verband, Städte, in denen Interessantes sich ereignete, Persönlichkeiten auch zur Entfaltung gelangen konnten. Das verstand sie schon. Leider hat Indien aber nur wenige Städte von Bedeutung. Indien – das ist das weite Land und Felder, Felder, Felshügel und Dickicht und Felshügel und nochmals Felder. Eine Nebenlinie hört gewöhnlich unvermittelt auf, und auch die Straße ist nur bis zu einem gewissen Punkt für Wagen befahrbar – Ochsenkarren schwenken rumpelnd in Seitenwege ein, Fußpfade verlieren sich in Ackerland oder verschwinden in der Nähe eines roten Farbflecks. Wie kann das Bewußtsein von einem solchen Land je Besitz ergreifen? Ganze Generationen fremder Eroberer haben es immer wieder versucht, aber sie blieben Verbannte. Die bedeutsamen Städte, die sie selbst angelegt hatten, waren nur eben Zufluchtsorte, ihre inneren Zwistigkeiten nur die Fiebersymptome von Menschen, die nicht mehr heimzufinden vermochten. Indien wußte von ihren Nöten. Es wußte, bis auf den tiefsten Grund seines Herzens hinab, von den Nöten der ganzen Welt. Aus Hunderten von

Mündern, aus Gegenständen, lächerlich und erhaben zugleich, rief es dem Wanderer zu: »Komm!« Aber zu wem, zu was? Indien hat es niemals erklärt. Es war keine Verheißung – es war nur eben ein Anruf.

»Ich werde Sie in Simla abholen kommen, wenn es wieder kühl genug ist. Ich werde Sie sozusagen loseisen«, fuhr die verläßliche Adela fort. »Wir sehen uns dann zusammen etwas von den großen Bauwerken der Mogulen an – undenkbar, daß Sie den Tadsch Mahal versäumen sollten–, und ich werde Sie dann in Bombay ans Schiff bringen. Das letzte, was Sie von diesem Land zu sehen bekommen, sollte wirklich lohnen.« Aber Mrs. Moore war, von dem frühen Aufbruch erschöpft, in Schlummer gesunken. Sie fühlte sich gar nicht sehr wohl und sollte eigentlich auch nicht diesen Ausflug riskiert haben, hatte sich aber zusammengerafft, um den andern nicht das Vergnügen zu verderben. Ihre Träume waren von ihren Gedanken nicht sehr verschieden, aber in den Träumen waren es ihre andern Kinder, Stella und Ralph, die etwas von ihr wollten, und sie hatte ihnen klarzumachen, daß sie nicht an zwei Stellen gleichzeitig weilen konnte. Als sie wieder aufwachte, hatte Adela inzwischen das Pläneschmieden aufgegeben. Sie lehnte sich gerade aus dem Fenster und sagte: »Ja, sie sind wirklich recht schön.«

Selbst von der hochgelegenen Beamtenstation aus gesehen, wirkten die Marabar-Hügel ganz imposant. Hier aber waren sie wie Götter, für die die Erde selbst nur ein Geisterwesen ist. Der Kawa Dol war im Augenblick der nächste. Er hatte das Aussehen einer Felsplatte, auf deren oberem Rand ein Steinblock ruhte – wenn ein so mächtiges Gebilde überhaupt Steinblock zu nennen war. Hinter ihm lagen, sich etwas zurückbiegend, die Hügel, die die anderen Grotten umschlossen, jeder von seinem Nachbarn durch breite Bänder Ebene wie durch Kanäle geschieden. Als der Zug an ihnen vorüberkroch, schienen sie, zehn an der Zahl, sich ein wenig auf ihn zuzubewegen, als wollten sie ihn bei seiner Ankunft genauer ins Auge fassen.

»Das hätte ich um alles in der Welt nicht missen mögen«, sagte das Mädchen mit allzu nachdrücklichem Entzücken. »Schauen Sie – da geht gerade die Sonne auf – es wird großartig werden –

kommen Sie rasch – schauen Sie! Nein, das hätte ich um keinen Preis missen mögen! Und davon hätten wir auch niemals etwas zu sehen bekommen, wenn wir bei den Turtons und ihren ewigen Elefanten geblieben wären.«

Während ihrer Worte erglühte der Himmel in zornigem Orange. Hinter einem Gespinst von Bäumen flackerte und wallte die Farbe empor, verstärkte sich und wurde gleichzeitig heller und immer heller, fast unglaublich hell – es war, als werde sie von außen gegen die gläserne Glocke der Luft gefiltert. Sie harrten des Wunders. Aber im glorreichsten Augenblick, in dem die Nacht hätte ins Grab sinken, der Tag statt dessen zum Dasein hätte erwachen müssen, geschah nicht das geringste. Es war, als habe der göttliche Springquell plötzlich versagt. Die Farbtöne im Osten verblichen, die Umrisse der Hügel verblaßten, obwohl sie nun voller im Licht lagen, und mit dem Morgenwind stellte sich ein Gefühl tiefer Enttäuschung ein. Warum hielt, als das Hochzeitsgemach bereitet war, der göttliche Bräutigam nicht, wie die Menschheit erwartete, zum Klang von Trompeten und Schalmeien festlichen Einzug? Ohne Glanz ging die Sonne auf. Und bald schon konnten sie den gelblichen Ball hinter den Bäumen, vor einem nun farblosen Himmel, seine Bahn ziehen und die nackten Leiber der zu dieser Stunde bereits in den Feldern Arbeitenden sehen.

»Oh, das muß die falsche Morgenröte sein – wird sie nicht durch den Staub in den oberen Schichten der Atmosphäre hervorgerufen, der im Lauf der Nacht nicht herabsinken konnte? Das muß Mr. McBryde einmal erklärt haben. Nun, ich muß gestehen, daß in bezug auf Sonnenaufgänge nichts an England heranreicht. Erinnern Sie sich an Grasmere?«

»Ach, das wonnige Grasmere!« Seine kleinen Berge und Seen waren das Entzücken aller. Romantisch und doch so übersichtlich, fast handlich, schien es einem freundlicheren Planeten zu entstammen. Hier dagegen dehnte sich eine ungegliederte Ebene bis zu den Knien des Marabar.

»Guten Morgen, guten Morgen! Setzen Sie sich den Tropenhelm auf«, rief Aziz aus einem entfernteren Abteil. »Setzen Sie ihn gleich auf, die frühe Morgensonne ist für den Kopf gefährlich. Ich spreche als Arzt.«

»Guten Morgen, guten Morgen. Setzen Sie ihn nur selbst auf.«
»Nicht bei diesem Dickschädel!« Er lachte, klopfte mit dem Knöchel daran und hielt ein paar Büschel seines Haars in die Höhe.
»Was für ein netter Mensch er ist!« murmelte Adela.
»Hören Sie – Mohammed Latif möchte uns nun seinerseits guten Morgen wünschen.« Worauf verschiedene sinnlose Scherze folgten.
»Dr. Aziz – was ist aus unseren Hügeln geworden? Der Zug hat vergessen anzuhalten.«
»Vielleicht macht er eine Rundfahrt, und es geht ohne Unterbrechung wieder nach Tschandrapur zurück. Wer weiß.«
Als der Zug etwa zwei Kilometer weit in die Ebene eingeschwenkt war, verlangsamte er sein Tempo mit Rücksicht auf einen Elefanten. Auch eine Art Bahnsteig war auszumachen, der aber gleich wieder ins Bedeutungslose schrumpfte. Ja, wirklich ein Elefant, der seine bemalte Stirn dem Morgen entgegenschwenkte. »Oh, was für eine Überraschung!« riefen höflich die Damen. Aziz blieb stumm, barst aber fast vor Stolz und Erleichterung. Der Elefant war die eine Galanummer des ganzen Picknickprogramms, und Gott allein wußte, was er alles hatte anstellen müssen, um seiner habhaft zu werden. Da es ein halboffizieller Elefant war, führte der nächste Weg zu ihm über die Person des Nawab Bahadur, zu dem der nächste Weg wieder über die Person Nureddins führte, der freilich grundsätzlich keine Briefe beantwortete. Andererseits war er den Einflüsterungen seiner Mutter zugänglich, die, ihrerseits mit der Hamidullah Begum befreundet, überaus liebenswürdig gewesen war und ihm versprochen hatte, jene in dieser Angelegenheit persönlich aufzusuchen, vorausgesetzt, daß die Rollvorhänge der Purdah-Kutsche rechtzeitig genug von der Reparatur in Kalkutta zurück waren. Daß ausgerechnet ein Elefant an einer so langen und dünnen Schnur hängen sollte, war eine Vorstellung, die Aziz mit einer gewissen Genugtuung und dem Gefühl heiterer Wertschätzung für seine östliche Umwelt erfüllte, denn hier waren die Freunde von Freunden etwas höchst Wirkliches, wurde tatsächlich alles zuletzt auch erledigt, erhielt früher oder später jeder am allgemeinen Glück seinen Anteil. Und Mohammed Latif empfand nicht weniger Ge-

nugtuung, denn zwei der Gäste hatten den Zug verpaßt, und infolgedessen konnte er mit auf dem Howdah sitzen, statt in einem Karren nachfolgen zu müssen. Und die Diener waren zufrieden, weil ein Elefant zur Stärkung ihrer Selbstachtung beitrug, und mit Geschrei und Gejohl ließen sie das Gepäck in den Staub poltern, riefen sich gegenseitig Kommandoworte zu und verrenkten sich vor Beflissenheit fast die Glieder.

»Eine Stunde brauchen wir für den Hinweg, eine für den Rückweg, und zwei Stunden für die Besichtigung der Grotten, also sagen wir lieber drei«, bemerkte Aziz mit gewinnendem Lächeln. Er hatte plötzlich etwas Fürstliches an sich. »Um halb zwölf geht der Zug wieder ab, und genau zur gewohnten Zeit, nämlich um ein Uhr fünfzehn, werden Sie in Tschandrapur wieder mit Mr. Heaslop zusammen bei Ihrem Gabelfrühstück sitzen. Ja, ich weiß genau über Ihren Tageslauf Bescheid. Vier Stunden im ganzen – also gar kein zeitraubender Ausflug –, und eine Stunde extra für etwaige Zwischenfälle, die ja bei meinen Landsleuten nicht gerade zu den Seltenheiten gehören. Ich habe an sich vor, alles selbst in die Hand zu nehmen, ohne mich erst mit Ihnen zu beraten. Aber natürlich können Sie, Mrs. Moore, und Miß Quested, das Programm jederzeit nach Belieben abändern, auch wenn Sie dann notfalls auf den Besuch der Grotten verzichten müssen. Ist es Ihnen so recht? Dann besteigen Sie bitte das wilde Tier.«

Der Elefant war auf die Knie niedergegangen. Grau und vereinzelt, nahm er sich selbst wie einer der Hügel aus. Sie stiegen die Leiter empor, und Aziz schwang sich nach Shikar-Art auf den grauen Rücken, indem er zuerst auf den scharfen Rand der Ferse trat und dann in die vom Schweif gebildete Schlinge. Als Mohammed Latif sich anschickte ihm zu folgen, ließ der Diener, der das Schweifende hielt, dieses verabredungsgemäß fahren, und der arme Verwandte rutschte herab und hatte sich an dem das Hinterteil des Elefanten bedeckenden Netz festzuklammern – eine Art Narrenstreich, der allerdings die Damen, zu deren Erheiterung er doch gerade bestimmt war, in Schrecken versetzte. Beide hatten für handgreifliche Scherze nichts übrig. Dann erhob sich das Tier mit zwei erdbebengleichen Rucken – und sie schwebten etwa zwei Meter über der Ebene. Unmittelbar unter ihnen wogte etwas vom Bodensatz des Landes, wie er sich stets zu den Füßen eines Elefanten anzusammeln pflegt – Dorfbewohner, nackte Kinder. Die Diener warfen Besteck und Geschirr in kleine Gefährte. Hassan nahm den für Aziz bestimmten Hengst in Beschlag und bot aus der Höhe des Sattels den Dienern Mahmoud Alis entschlossen Trotz. Der Brahmane, der eigens dazu engagiert worden war, das Essen für Professor Godbole zuzubereiten, mußte sich unter einem Akazienbaum festpflanzen lassen, um hier bis zur Rückkehr der andern zu warten. Der Zug, der gleichfalls zurückzukehren hoffte, verlor sich ruckelnd zwischen den Feldern, wie ein Tausendfüßler das Kopfende hierhin und dorthin drehend. Und wahrnehmbar blieb nurmehr die Bewegung von Insektenfühlern – nein, von Brunnenstangen mit ihren Gegengewichten, die, auf kleinen Lehmhügeln ruhend, allüberall auf der Ebene sich hoben und senkten und um sich her ein kleines Rinnsal von Wasser verteilten. Das alles ergab in der milden Morgenluft ein eher reizvolles Bild, aber es war nur wenig Farbe darin und gar keine Lebenskraft.

Während nun der Elefant sich in Richtung der Hügel in Bewegung setzte (die bleiche Sonne hatte sie inzwischen bis zum Fuße mit Licht übergossen und Schatten in ihre Ritzen gestrichelt), begab sich etwas Unerwartetes. Es trat eine Art vergeistigter Stille ein, die sich noch anderen Sinnen mitteilte als dem Ohr. Das Leben ging weiter wie bisher, aber jede erwartete Folgeerscheinung blieb aus, das heißt, die Laute hallten nicht nach oder wider, die Gedanken blieben im Keim stecken. Alles war wie an der Wurzel abgeschnitten, der Scheinwelt der Illusion verfallen. Beispielsweise befanden sich am Rand des Pfades ein paar Erdhügel, niedrig, gezackt und mit weißer Farbe betüpfelt. Was mochten diese Hügel darstellen – Gräber oder die Brüste der Göttin Parvati? Die zur Seite des Elefanten einherziehenden Dorfbewohner wollten bald das eine, bald das andere wahrhaben. Und weiter gab es eine Art Meinungswirrwarr im Hinblick auf eine Schlange, der nie ganz geklärt werden sollte. Am jenseitigen Ufer eines der ausgetrockneten Wasserläufe erblickte Miß Quested ein dünnes, dunkles Etwas, senkrecht aufgereckt, und rief: »Eine Schlange!« Die Dorfbewohner pflichteten ihr bei, und Aziz fügte

hinzu: ja, eine schwarze Schlange, sehr giftig, die sich aufgereckt hätte, um den Elefanten an sich vorüberziehen zu sehen. Aber als sie durch Ronnys Feldstecher sah, entdeckte sie, daß es gar keine Schlange war, sondern eher der verknorpelte, verschrumpelte Stumpf einer kleinen Palme. Darum sagte sie: »Es ist keine Schlange.« Aber die Dorfbewohner widersprachen ihr nun. Sie hatten das zuerst von ihr geäußerte Wort ihrer Vorstellung einverleibt und wollten es keinesfalls wieder hergeben. Aziz räumte ein, daß das geheimnisvolle Etwas sich durch das Glas wie ein Baum ausnahm, bestand aber darauf, daß es in Wahrheit eine schwarze Kobra war, und machte aus dem Stegreif irgendwelche törichten Bemerkungen über tierische Verstellungskünste. Nichts war wirklich geklärt, erklärt, und doch war auch nichts in romantischen Schimmer getaucht. Seltsam flimmernde Hitzestreifen, aus den Schrunden des Kawa Dol aufsteigend, trugen zur Sinnesverwirrung noch bei. Sie folgten einander in unregelmäßigen Intervallen und schienen sich willkürlich hierhin und dorthin zu wenden. Ein Stück Fels schien sich bei ihrem Anhauch aufzuwerfen, dann aber wieder glatt zu strecken. Beim Näherkommen der Besucher war von der Hitzestrahlung nichts mehr zu spüren.
Der Elefant schritt geradeswegs auf den Kawa Dol zu, als wolle er, mit dem Schädel anpochend, Einlaß begehren, schwenkte dann aber scharf ab und folgte einem den Fuß des Hügels umwindenden Pfad. Hier hob sich das Felsgestein so steil aus dem Boden wie Klippen aus der See, und noch während Miß Quested bemerkte, wie eindrucksvoll das sei, schien die Ebene in aller Stille sich aufzulösen, gewissermaßen abzublättern, und zu beiden Seiten war nicht mehr zu sehen als der Granit, völlig leblos und starr. Wie auch sonst war es der Himmel, der die Landschaft beherrschte, aber er schien erstickend nahegerückt zu sein, wie ein Zeltdach an den Schroffen zu haften. Es war, als hätte die Luft in dem Felskorridor niemals gewechselt. Ganz erfüllt vom Gefühl seiner eigenen Großzügigkeit, bemerkte Aziz nicht das geringste, seine Gäste wenigstens etwas. Für sie war die Gegend nicht gerade reizvoll, und sie hatten auch nicht den Eindruck, daß sie einen Besuch lohnte. Es wäre ihnen lieber gewesen, hätte sie sich vor ihren Augen in irgendein mohammedanisches Bauwerk

verwandelt – etwa eine Moschee –, die ihr Gastgeber hätte würdigen und ihnen erklären können. Daß er selbst sich hier ratlos fühlte, war bald ein offenes Geheimnis und zweifellos auch ein Nachteil. Trotz seiner heitergestimmten, selbstsicheren Äußerungen hatte er nicht die geringste Ahnung, wie er sich dieser besonderen Eigentümlichkeit Indiens gegenüber verhalten sollte: ohne den Beistand Professor Godboles kam er sich nicht weniger verloren vor als jeder andere.

Der schmale Durchgang verengte sich und erweiterte sich dann zu einem Plateau. Damit war mehr oder weniger ihr Ziel erreicht. In einem verfallenen Tank befand sich nur wenig Wasser, gerade noch genug für das Tier, und dicht über dem Lehmgrund war eine schwarze Öffnung sichtbar: die erste der Grotten. Drei Hügel umgrenzten das Plateau. Zwei von ihnen pumpten geschäftig Hitze aus, aber der dritte stand im Schatten, und an seinem Fuß lagerten sie sich.

»Im Grunde eine schreckliche, stickige Stelle«, murmelte Mrs. Moore vor sich hin.

»Wie flink Ihre Diener sind!« rief Miß Quested aus. Über den Boden war bereits ein Tuch gebreitet, in dessen Mitte eine Vase mit künstlichen Blumen prangte, und Mahmoud Alis Butler bot bereits zum zweiten Mal poschierte Eier und Tee an. »Ich dachte, wir sollten vor Besichtigung der Grotten eine Kleinigkeit zu uns nehmen und erst danach richtig frühstücken.«

»Aber ist das nicht das Frühstück?«

»Das Frühstück? Glauben Sie wirklich, ich wollte Sie auf so merkwürdige Art bewirten?« Aziz hatte gehört, daß Engländer unaufhörlich etwas zu sich nähmen und daß er ihnen alle zwei Stunden etwas vorsetzen müßte, bis eine solide Mahlzeit angerichtet war.

»Wie hübsch das alles arrangiert ist!«

»Das sollten Sie mir lieber auf der Rückfahrt nach Tschandrapur versichern. Aber auch wenn ich meinem Namen Unehre mache: Sie bleiben meine Gäste.« Er sprach nun in allem Ernst. Ein paar Stunden lang waren sie auf ihn angewiesen, und er war ihnen dankbar, daß sie eine solche Abhängigkeit nicht scheuten. Bisher war alles ganz erfreulich verlaufen. Der Elefant hielt sich gerade mit seinem Rüssel einen frischgeschnittenen Zweig vors Maul, die Deichseln der Tonga standen schräg nach oben, der Küchenjunge schälte Kartoffeln, Hassan brüllte herum, und Mohammed Latif schwang auftragsgemäß eine blankgeschabte Gerte in der Hand. Das ganze Unternehmen war bisher jedenfalls geglückt, und es war ein indisches Unternehmen. Einem völlig unbekannten jungen Inder war es vergönnt, Besuchern aus einem andern Land Freundlichkeit zu erweisen – was der Wunsch aller Inder war, selbst der von Zynikern wie Mahmoud Ali, nur daß es ihnen an Gelegenheit dazu fehlte. Die Freundlichkeit war sogar zur Gastfreundlichkeit geworden, denn sie waren »seine« Gäste. Mit deren Wohlbefinden stand seine eigene Ehre auf dem Spiel, und jedes Unbehagen ihrerseits mußte ihn zur Verzweiflung treiben. Wie die meisten Orientalen, überschätzte Aziz die Gastfreundlichkeit als solche, die er mit vertrauter Freundschaft verwechselte: er erkannte nicht, daß sie nicht frei von Besitzerstolz war. Nur wenn Mrs. Moore oder Fielding sich in seiner Nähe befanden, weitete sich sein Gesichtskreis ein wenig, und er konnte begreifen, daß Nehmen seliger ist als Geben. Diese beiden Menschen lösten seltsam beglückende Empfindungen in ihm aus – sie waren seine Freunde, waren es für immer, wie er für immer ihr Freund war. Er war ihnen so sehr zugetan, daß in ihrem Fall Nehmen und Geben eins für ihn waren. Er war ihnen sogar noch mehr zugetan als den beiden Hamidullahs, weil er gewisse Hürden hatte überspringen müssen, um ihnen näherzukommen – ein besonderer Ansporn für einen großmütigen Charakter. Ihr Bild würde ihm bis zum letzten Atemzug irgendwie gegenwärtig bleiben – ein unverlierbarer Neugewinn. Er betrachtete Mrs. Moore, die vor ihm auf einem Liegestuhl saß und ihren Tee schlürfte, und einen Augenblick lang verspürte er ein Hochgefühl, das freilich schon den Keim des eigenen Vergehens in sich trug, denn es verführte ihn zu der stummen Frage: »Oh, was könnte ich sonst noch für sie tun?«, und damit begann also der eintönige Kreislauf der Gastlichkeit von neuem. Die schwarzen Kugeln seiner Augen füllten sich mit linder, ausdrucksvoller Helle, und er fragte: »Denken Sie wohl noch gelegentlich an unsere Moschee, Mrs. Moore?«

»O ja, jawohl«, sagte sie plötzlich ganz lebhaft und jugendlich. »Und wie roh und rüde ich mich benommen habe, und wie gütig Sie selber waren!«

»Und wie glücklich wir beide uns fühlten!«

»Eine Freundschaft, die auf solche Weise beginnt, währt wohl am längsten. Ob ich je Gelegenheit haben werde, Ihre andern Kinder einmal zu Gast bei mir zu sehen?«

»Wissen Sie auch von den andern?« fragte Miß Quested, ahnungslos einen Zauberbann brechend. »Mir selber hat sie niemals von ihnen erzählt.«

»Ralph und Stella – ja, ich bin völlig im Bilde. Aber wir dürfen unsere Grotten nicht vergessen. Von all meinen Träumen ist einer nun in Erfüllung gegangen – ich habe Sie beide hier zu Gast. Sie können sich nicht vorstellen, wie sehr Sie mich damit ehren. Ich komme mir vor wie der Kaiser Babur.«

»Warum gerade wie der?« fragte Miß Quested, sich erhebend.

»Weil meine Vorfahren einst mit ihm aus Afghanistan hergezogen sind. Sie sind bei Herat zu ihm gestoßen. Auch er hatte oft genug nicht mehr als einen Elefanten, und bisweilen nicht einmal den, aber niemals ließ er es an Gastfreundlichkeit fehlen. Ob er sich im Kampf, bei der Jagd, auf der Flucht befand: stets machte er bei den Hügeln ein Weilchen Rast, gerade wie wir es tun. Und niemals wollte er auf die Freuden der Gastlichkeit und der Muße verzichten. Wenn jeweils nur wenig zum Essen da war, dann sorgte er dafür, daß dieses Wenige hübsch ausgelegt wurde, und wenn er nur ein einziges Musikinstrument zur Hand hatte, dann wußte er ihm eine um so schönere Melodie zu entlocken. Ich nehme ihn mir zum Vorbild. Er ist der Arme unter den hohen Herrn, der zuletzt ein großer Fürst wurde.«

»Ich hatte bisher angenommen, Ihr Lieblingskaiser hieße eigentlich anders – wie, daran erinnere ich mich jetzt nicht –, Sie hatten ihn im Haus Mr. Fieldings erwähnt: mein Reiseführer nennt ihn Aurangzebe.«

»Alamgir? O ja, der war natürlich von beiden der Frömmere. Aber Babur – im ganzen Leben hat er niemals einen Freund verraten, und darum ist nur er heute früh in meinen Gedanken. Und wissen Sie, wie er starb? Er gab sein Leben für seinen Sohn dahin. Ein Tod, so viel größer als ein Tod auf dem Schlachtfeld. Vater und Sohn – sie wurden beide von der großen Hitze überrascht. Sie hätten eigentlich zur Zeit des schlechten Wetters nach Kabul zurückkehren sollen, was sie aber aus politischen Gründen nicht tun konnten, und in Agra wurde Humayun plötzlich krank. Dreimal umkreiste Babur sein Lager und flüsterte dabei vor sich hin: ›Ich habe es mit mir fortgenommen‹, und wirklich nahm er es mit sich fort. Das Fieber wich von seinem Sohn und befiel statt dessen ihn selbst, und er starb. Das ist der Grund, warum Babur mir noch lieber ist als Alamgir – was er eigentlich nicht sein sollte, aber nun einmal ist. Immerhin – ich darf Sie nicht länger hier festhalten. Ich sehe, Sie wollen weiter.«

»Aber durchaus nicht«, sagte Adela, sich neben Mrs. Moore nochmals niedersetzend. »Ein Gespräch wie dieses macht uns besonderes Vergnügen.« Ja, endlich sprach er von dem, was er wirklich wußte und auch empfand, sprach er, wie er es bei Fielding im Gartenhaus getan hatte. Wieder war er der orientalische Führer, wie sie ihn sich wünschten.

»Es freut mich immer, von den Mogulen plaudern zu können. Ein größeres Vergnügen kenne ich jedenfalls nicht. Sehen Sie, die ersten sechs Kaiser waren allesamt großartige Männer, und sobald einer von ihnen – gleichgültig, welcher – erwähnt wird, vergesse ich alles auf dieser Welt bis auf die andern fünf. In keinem andern Land der Erde gab es sechs solche Herrscher – nacheinander, meine ich.«

»Erzählen Sie uns etwas von Akbar.«

»Ah, Sie haben den Namen Akbar gehört! Schön. Hamidullah – den Sie noch kennenlernen werden – wird Ihnen versichern, daß Akbar von allen der Größte war. Ich sage: ›Ja, Akbar ist schon großartig, aber er ist ein halber Hindu. Er war kein echter Moslem‹ – worauf Hamidullah ausrufen würde: ›Das war auch Babur nicht, denn er trank Wein.‹ Aber Babur hatte dabei ein schlechtes Gewissen – und das macht gerade den Unterschied aus. Akbar dagegen hat es niemals bereut, anstelle des heiligen Koran eine neue Religion eingeführt zu haben.«

»Aber war Akbars neue Religion nicht etwas sehr Schönes? Sie sollte doch wohl für ganz Indien gelten.«

»Ja, Miß Quested, etwas Schönes schon – aber gleichzeitig etwas Törichtes. Sie halten zu Ihrer Religion, und ich zu der meinen. So ist es am besten. Nichts kann je für das ganze Indien gelten, nichts, gar nichts, und das war Akbars Irrtum.«

»Oh, ist das wirklich Ihre Meinung, Dr. Aziz?« fragte Adela nachdenklich. »Ich wünschte, Sie hätten unrecht. Wenn es in diesem Lande nicht etwas Allgemeines, Umfassendes gibt – ich meine nicht unbedingt eine Religion, denn ich selbst bin nicht religiös –, aber doch wenigstens irgend etwas: wie sollten die Schranken sich je beseitigen lassen?«

Sie empfahl lediglich eine Art umfassender Brüderlichkeit, von der auch er bisweilen träumte. Aber sobald der Gedanke in Prosa ausgedrückt wurde, stimmte es nicht mehr damit.

»Nehmen Sie beispielsweise meinen Fall«, fuhr sie fort – ja, es war ihr eigener Fall, der ihr so lebhaftes Interesse an der erörterten Frage abgelockt hatte. »Ich weiß nicht, ob Sie zufällig schon davon gehört haben, aber ich werde Mr. Heaslop heiraten.«

»Wozu ich Sie herzlich beglückwünsche.«

»Mrs. Moore – darf ich wohl Dr. Aziz etwas von unserm persönlichen Dilemma andeuten – ich meine dem Dilemma, dem wir uns als Anglo-Inder ausgesetzt fühlen?«

»Es ist Ihr Dilemma, nicht das meine, mein liebes Kind.«

»Ja, das stimmt. Nun, dadurch, daß ich mich mit Mr. Heaslop verheirate, werde ich, was man eine Anglo-Inderin nennt.«

Aziz warf protestierend die Hand empor. »Unmöglich. Nehmen Sie bitte eine so erschreckende Bemerkung gleich wieder zurück.«

»Aber ich werde es leider trotzdem – daran läßt sich nichts ändern. Das Etikett läßt sich nun einmal nicht vermeiden. Was ich aber vermeiden möchte, ist die durch das Etikett bezeichnete Gesinnung. Frauen wie –.« Sie unterbrach sich, denn es widerstrebte ihr, irgendwelche Namen anzuführen – vor vierzehn Tagen hätte sie ganz unverzagt noch ›Mrs. Turton und Mrs. Callendar‹ gesagt. »Manche Frauen sind Indern gegenüber so – nun, so engherzig und so hochnäsig, und ich selber würde vor Scham vergehen müssen, wenn ich jemals würde wie sie. Aber – und darin eben besteht mein Dilemma – ich habe so gar nichts

Besonderes an mir, nichts sonderlich Gutes, nichts Schlechtes, jedenfalls keine Eigenschaft, mit deren Hilfe ich mich gegen meine Umwelt behaupten, es vermeiden könnte, zu werden wie die andern. Ich habe höchst bedauerliche Mängel. Und das ist auch der eigentliche Grund, warum ich mir so etwas wie ein persönliches Gegenstück zu Akbars Universalreligion wünsche – ich möchte nämlich anständig und vernünftig bleiben. Verstehen Sie, was ich meine?«

Ihre Frage als solche sagte ihm zu, aber er verschloß sich ihr, weil sie auf ihre Heirat angespielt hatte. Er wollte sich unter keinen Umständen in eine derart persönliche Angelegenheit mit hineinziehen lassen. »Sie würden mit jedem Angehörigen von Mrs. Moore glücklich werden«, sagte er mit formeller Verbeugung.

»Oh, mein Glück – das ist eine ganz andere Frage. Ich hätte nur gern in bezug auf dieses anglo-indische Problem Ihren Rat eingeholt. Könnten Sie mir da wohl helfen?«

»Ich versichere Ihnen: Sie sind ganz und gar nicht wie die andern – Sie werden auch meinen eigenen Landsleuten gegenüber niemals ausfällig werden.«

»Ich habe mir sagen lassen, daß wir alle nach Ablauf eines Jahres ausfällig werden.«

»Dann hat man Ihnen eine Lüge gesagt«, sagte er aufbrausend, denn sie hatte die Wahrheit gesprochen und hatte damit bei ihm einen bloßliegenden Nerv berührt. Die Wahrheit war unter den gegebenen Verhältnissen in sich selbst eine Kränkung. Aber er faßte sich sogleich wieder und brach in Lachen aus. Nur hatte leider ihr Mißgriff dem Zwiegespräch ein Ende bereitet: es verwehte wie die Blütenblätter einer Wüstenpflanze, und sie beide sahen sich plötzlich wieder kahlen Felshügeln gegenüber. »Kommen Sie«, sagte er, jeder eine Hand hinstreckend. Die Frauen erhoben sich etwas widerstrebend, um endlich die berühmten Grotten zu besichtigen. Die erste Grotte war ohne allzu erhebliche Schwierigkeiten zugänglich. Sie hatten um eine Wasserlache herumzugehen und ein paar wenig reizvolle Geröllstücke zu überklettern, während ihnen die Sonne auf den Rücken niederbrannte. Mit gebeugtem Kopf verschwanden sie einer nach dem andern im Innern des Hügels. Wo eben noch Formen und Farben sichtbar gewesen waren, klaffte nun nichts anderes als ein schmales, schwarzes Loch. Sie waren eingesogen wie Wasser von einem Abflußrohr. Klar und kahl schossen die Felsklippen in die Höhe, klar und klebrig war der Himmel, der sie miteinander verband. Greifbar-weiß flatterte mit scheinbar beabsichtigter Schwerfälligkeit ein Brahmanendrache zwischen den Felsen dahin. Lange noch ehe der Mensch mit seinem Bedürfnis für das Geziemende auf der Welt erschienen war, mußte der Planet ein Bild geboten haben wie dieses. Der Drache zog flatternd seines Weges... Vielleicht noch, ehe es überhaupt Vögel gab ... Und dann spie das schwarze Loch plötzlich andere Wesen aus – Menschen.

Was Mrs. Moore anging, so war jene Marabar-Grotte eine Zumutung für sie gewesen, denn sie wäre um ein Haar darin in Ohnmacht gesunken und konnte, sobald sie wieder an der freien Luft war, sich kaum enthalten, das auch zu gestehen. Es wäre an sich auch gar nichts weiter dabei gewesen: sie hatte stets zu Ohnmachtsanfällen geneigt, und die Grotte war überfüllt gewesen, weil ihr gesamtes Gefolge mit ihnen gekommen war. Gedrängt voll von Dorfbewohnern und Dienern, begannen die Rundkammern einen beklemmenden Geruch auszuströmen. Im Dunkeln verlor Mrs. Moore Aziz und Adela aus dem Auge, wußte nicht mehr, wen und was sie berührte, hatte nach Luft zu ringen, und etwas Widerlich-Nacktes platschte an ihr Gesicht und heftete sich an ihre Lippen. Sie versuchte den Eingangsschacht zu erreichen, wurde aber von dem Einstrom der Dorfbewohner wieder zurückgeschwemmt. Dann eckte sie irgendwo mit dem Kopf an. Eine Sekunde lang geriet sie völlig von Sinnen, schlug, Schaum vor dem Mund, um sich wie eine Besessene. Denn es war nicht allein das Gedränge, der Gestank, was ihren Verstand bedrohte: es war auch ein erschreckendes Echo zu vernehmen.

Von einem Echo hatte Professor Godbole niemals gesprochen: vielleicht war es ihm nicht einmal aufgefallen. In Indien gibt es ein paar hinreißende Echos: den die Kuppel in Bijapur umkreisenden Flüsterhall, die vielgewundenen, festgefügten Sätze, die in Mandu, frei ins Weite strebend, gleichwohl ungebrochen zu ihrem Urheber zurückkehren. Das Echo einer Marabar-Grotte dagegen ist etwas anderes, ist jeder Eigentümlichkeit bar. Was immer hier an Worten geäußert wird, schlägt als das gleiche eintönige Geräusch auf den Sprecher zurück und zuckt an den Wänden auf und nieder, bis es sich in der Decke verliert. »Boum« ist der Laut, soweit er mit Hilfe des menschlichen Alphabets sich wiedergeben läßt, oder »bo-u-o-um« oder »o-u-bo-um« – unsagbar eintönig. Ein Wort der Hoffnung, der Höflichkeit, ein Nasenschneuzer, das Knirschen eines Stiefels – alles ruft den gleichen Laut »bo-um« hervor. Selbst beim Anstreichen eines Zündhölzchens beginnt er wie ein kleiner Wurm sich zu ringeln, der für eine in sich geschlossene Windung zu winzig ist, aber stets auf der Lauer bleibt. Und wenn mehrere Leute sich gleichzeitig unterhalten, setzt ein dumpf-verschwommener Heullaut ein, eine ganze Kette von Echos, von denen jedes ein anderes zeugt, und die Grotte ist wie ausgefüllt von einer Schlange, die aus lauter kleinen, wie gesondert sich ringelnden Schlangen besteht.

Mrs. Moore dicht auf den Fersen quollen auch die andern Grottenbesucher wieder ins Freie. Sie hatten das Zeichen für die Umkehr gegeben. Aziz und Adela traten beide lächelnd heraus, und da Mrs. Moore nicht den Eindruck bei ihm aufkommen lassen wollte, daß sie von der ganzen Veranstaltung enttäuscht war, lächelte sie gleichfalls. Während einer nach dem andern auch die Inder wieder zum Vorschein kamen, hielt Mrs. Moore Ausschau nach dem Urheber alles Bösen, aber es war keiner zu entdecken. Nein, sie hatte keinen Zweifel, daß sie unter den sanftmütigsten aller Wesen geweilt hatte, deren einziger Wunsch es war, sie zu ehren, und daß das nackte Etwas an ihrem Mund ein armes kleines Kind gewesen war, das den Nacken der Mutter umklammert hielt. Nichts Böses hatte in jener Grotte Raum gehabt, aber sie hatte sich keineswegs wohl gefühlt, hatte nicht die geringste Freude empfunden – nein, sie hatte keine Freude empfunden, und sie beschloß, keine zweite Grotte zu besichtigen.

»Haben Sie den Widerschein seines Streichholzes gesehen – war es nicht ganz hübsch?« fragte Adela.

»Ich weiß nicht mehr ...«

»Aber er sagt, daß es keine sehr bemerkenswerte Grotte gewesen sei. Die besten lägen am Kawa Dol.«

»Ich glaube nicht, daß ich noch weiter mitkommen werde. Ich mache mir nichts aus der Kletterei.«
»Na schön, dann lassen Sie uns hier zusammen im Schatten warten, bis das Frühstück fertig ist.«
»Ach, das würde eine schlimme Enttäuschung für ihn sein. Er hat sich das Ganze soviel Mühe kosten lassen. Sie sollten mit ihm weitergehen. Ihnen macht es ja nicht so viel aus.«
»Vielleicht sollte ich das wirklich«, sagte die Jüngere, offenbar unbekümmert darum, was sie tat oder ließ, aber immerhin bemüht, eine freundliche Miene zu zeigen.
Die Diener und sonstigen Zufallsbegleiter hasteten zum Lager zurück, von Mohammed Latif mit strengen Verweisen überschüttet. Aziz kam, um den Gästen über den Felsen hinwegzuhelfen. Er wußte sich nun im Vollbesitz seiner Fähigkeiten, war kraftvoll und demütig zugleich, seiner selbst zu sicher, um ihnen irgendwelche Vorbehalte oder Einwände zu verargen, und aufrichtig erfreut bei der Mitteilung, daß sie sein Programm auf eigene Faust abzuändern gedachten. »Aber gewiß, Miß Quested, dann werden Sie und ich weiterwandern und Mrs. Moore hier zurücklassen. Es wird nicht sehr lange dauern, aber wir werden uns auch nicht übermäßig beeilen, denn wir wissen, daß sie selbst es nicht anders haben will.«
»Richtig. Verzeihen Sie mir bitte, wenn ich selbst nicht mitkomme, aber ich bin nun einmal keine gute Fußgängerin.«
»Meine liebe Mrs. Moore – was kommt es auf all das an, solange Sie beide meine Gäste sind? Ich freue mich sogar, daß Sie nicht mitkommen wollen – was etwas seltsam klingen mag, aber Sie verhalten sich mir gegenüber so wohltuend offen wie ein richtiger Freund.«
»Ja, ich bin Ihre Freundin«, sagte sie, ihm die Hand auf den Arm legend. Wie warmherzig, wie gut er ist, dachte sie trotz ihrer Müdigkeit, und wie sehr wünschte sie ihn glücklich zu sehen! »Darf ich darum noch einen anderen Vorschlag machen? Lassen Sie diesmal nicht so viele Leute mitgehen. Das wäre wohl ohnehin angenehmer für Sie.«
»Jawohl, jawohl«, rief er, nun gleich zum andern Extrem überschwenkend. Bis auf einen einzigen Führer untersagte er allen,

Miß Quested und ihn selbst zum Kawa Dol zu begleiten. »Ist es recht so?« fragte er.

»Ja, ganz recht. Nun wünsche ich Ihnen beiden viel Vergnügen, und wenn Sie zurückkommen, werden Sie mir alles genau erzählen.« Und sie versank in ihrem Liegestuhl.

Wenn die drei die vielen zusammenliegenden Grotten erreichen wollten, mußten sie beinahe eine Stunde fortbleiben. Mrs. Moore zog einen Schreibblock hervor und begann: »Liebe Stella, lieber Ralph«, hielt dann aber gleich inne und ließ den Blick über das seltsame Tal und die unscheinbaren Eindringlinge schweifen. Selbst der Elefant war wieder zu einem Niemand geworden. Dann hob sie das Auge zum Eingangsschacht. Nein, sie wollte nicht noch einmal erleben, was ihr dort widerfahren war. Je länger sie darüber nachsann, um so unerfreulicher, erschreckender wollte es ihr erscheinen. Es machte ihr jetzt sogar noch sehr viel schlimmer zu schaffen als im Augenblick des Erlebens selbst. Gedränge, Gerüche – das ließ sich vergessen. Aber das Echo begann auf unbeschreibliche Weise den Boden unter ihr auszuhöhlen. Da es sich ausgerechnet in einem Augenblick vernehmlich machte, in dem sie sich abgekämpft fühlte, hatte es deutlich zu flüstern vermocht: Hochherzigkeit, Frömmigkeit, Mut – das alles gibt es wohl, aber es ist im Grunde das gleiche, wie es auch eins mit dem Schmutz ist. Alles besteht, aber nichts ist von Wert. Ob man an jener Stätte etwas Unflätiges geäußert oder erhabene Verse zitiert hätte: die Reaktion wäre stets die gleiche gewesen – o-u-bo-um. Hätte man mit Engelszungen geredet und für alles in dieser Welt vorhandene Unglück und Unverständnis, einstiges, gegenwärtiges und künftiges, Mitleid zu erwecken versucht; für all das Elend, das den Menschen beschieden ist, was immer sie denken, was immer sie wollen, gleichviel ob sie Drückeberger oder Hochstapler sind – es wäre stets auf das gleiche hinausgelaufen: die Schlange würde sich von der Decke herabgeringelt und wieder zu ihr emporgewunden haben. Teufel haben mit nördlichen Breiten zu tun, darum ließen sich auch Gedichte über sie schreiben, aber niemand konnte den Marabar romantisch verklären, weil er die Unendlichkeit und die Ewigkeit ihrer grenzenlosen Weite beraubte, der einzigen Eigenschaft, die beides für Menschen erträglich macht.

Mrs. Moore versuchte, weiter an ihrem Brief zu schreiben. Sie erinnerte sich daran, daß sie nur eine ältliche Frau war, die zu früh am Morgen aufgestanden war und eine zu lange Reise hinter sich hatte, daß die Verzweiflung, die sie beschlich, lediglich ihre Verzweiflung, ihre persönliche Schwäche war, und daß selbst dann, wenn sie einen Hitzschlag erlitt und den Verstand verlor, die Welt sich ohne sie weiterbewegen würde. Aber plötzlich tauchte am Außenrand ihres Bewußtseins die Religion wieder auf, das arme kleine redselige Christentum, und sie wußte, daß auch seine göttlichen Worte, angefangen vom »Es werde Licht« bis zum »Es ist vollbracht«, lediglich auf bo-um hinausliefen. Nun aber war sie sehr viel schlimmer erschreckt als gewöhnlich. Das Universum, ihrem Verstand niemals zugänglich, verhieß auch ihrem Gemüt keinen Frieden mehr. Was während der letzten beiden Monate in ihrem Innern geschwelt hatte, nahm bestimmtere Gestalt an: sie begriff, daß sie in Wahrheit gar nicht an ihre Kinder hatte schreiben, mit keinem Menschen in Verbindung hatte treten wollen, nicht einmal mit Gott selbst. Sie erstarrte vor Entsetzen, und als der alte Mohammed Latif sich zu ihr gesellte, glaubte er eine Veränderung an ihr wahrzunehmen. Eine Weile sagte sie, wie zu ihrer eigenen Beruhigung, unhörbar vor sich hin: »Ich werde wohl krank«, dann aber ergab sie sich dem, was wie eine Offenbarung über sie gekommen war. Sie verlor jedes andere Interesse, selbst das an Aziz, und die aufrichtig-warmherzigen Worte, mit denen sie ihn hatte ziehen lassen, schienen nicht länger die ihren zu sein, sondern der Luft selbst zu entstammen.

15

Miß Quested, Aziz und ein Führer setzten den etwas lästigen Ausflug fort. Sie sprachen nicht viel, denn die Sonne kletterte immer höher. Die Luft war wie ein warmes Bad, in das unaufhörlich noch heißeres Wasser tröpfelt, die Temperatur stieg und stieg, jeder der mächtigen Felsblöcke schien zu sagen: »Ich bin lebendig«, und die kleineren antworteten: »Wir sind fast lebendig.« Zwischen den Gesteinsritzen moderten die Überreste winziger Pflanzen. Die Wanderer hatten eigentlich die Absicht, bis zu dem in der Höhe schwingenden Felsblock emporzusteigen, aber der Weg war allzu weit, und sie ließen es beim Besuch der größeren Gruppe von Grotten bewenden. *En route* stießen sie auf ein paar Einzelgrotten, zu deren Besuch der Führer sie erst zu überreden hatte. Aber im Grunde war gar nichts weiter darin zu sehen. Sie zündeten ein Streichholz an, bewunderten in der Spiegelglätte der Wände seinen Widerschein, erprobten das Echo und kamen wieder heraus. Aziz war »ziemlich sicher«, daß sie sehr bald auf irgendeine Skulptur stoßen würden, aber was er in Wahrheit meinte, war, daß er hoffte, sie würden bald auf irgendeine Skulptur stoßen. Seine eigentlichen Gedanken galten dem Frühstück. Als er das Lager verließ, hatte er gewisse Anzeichen von Desorganisation wahrzunehmen geglaubt. In Gedanken überflog er noch einmal die Speisekarte: ein englisches Frühstück, bestehend aus Porridge und Hammelkoteletts, aber dazwischen auch ein paar indische Gerichte, um der Unterhaltung Nährstoff zuzuführen, und zuletzt Pan. Er hatte sich aus Miß Quested nie so viel gemacht wie aus Mrs. Moore, und er fand ihr wenig zu sagen, jetzt sogar noch weniger, denn er wußte nun, daß sie einen britischen Beamten heiraten würde.

Auch Adela hatte ihm nicht viel zu sagen. Wenn er in Gedanken mit dem Frühstück beschäftigt war, so sie hauptsächlich mit ihrer Heirat. In der kommenden Woche Simla, Entlassung Antonys. Ein weiter Ausblick auf Tibet. Lästiges Hochzeitsgebimmel. Im Oktober Agra. Dann immer noch Zeit genug, dafür zu sorgen, daß die von Bombay abfahrende Mrs. Moore eine einigermaßen bequeme Reise hatte – und nochmals ließ sie die Reihe bevorstehender Ereignisse, in der Hitze ein wenig verschwommen, vor ihrem inneren Auge vorüberziehen, und dann wandte sie sich der ernsthafteren Frage zu, wie sie ihr Leben in Tschandrapur später einrichten sollte. Hier lagen die wirklichen Schwierigkeiten – Ronnys Schattenseiten und ihre eigenen –, aber es machte ihr Vergnügen, sich mit Problemen auseinanderzusetzen, und wenn es ihr sogar gelang, ihres Mißmuts, das heißt, ihrer eigentlichen Schwäche, Herr zu werden, und weder gegen Anglo-Indien aufzumucken noch davor zu kapitulieren, dann mußte ihre Ehe unbedingt eine glückliche und für beide Teile ersprießliche Ehe sein. Sie durfte nicht allzu theoretisch denken. Sie hatte es je nach Bedarf mit jedem Problem einzeln aufzunehmen und sich dabei auf Ronnys gesunden Menschenverstand und nicht weniger auch auf den eigenen zu verlassen. Glücklicherweise mangelte es ihnen beiden so wenig daran wie an gutem Willen.

Aber während sie sich abmühte, einen kleinen Felsen zu überklettern, der einer umgedrehten Untertasse glich, dachte sie: »Und die Liebe?« Der Felsen war mit einer doppelten Reihe von Einkerbungen für die Füße versehen, und die innere Frage war irgendwie durch den Anblick dieser Einkerbungen ausgelöst. Wo hatte sie solche Art von Einkerbungen schon gesehen? Ach ja, so war das Muster gewesen, das der Wagen des Nawab Bahadur im Straßenstaub zurückgelassen hatte. Sie und Ronny – nein, Liebe war es kaum, was sie miteinander verband.

»Gehe ich zu rasch für Sie?« fragte Aziz, denn sie hatte mit dem Ausdruck des Zweifels auf ihrem Gesicht einen Moment innegehalten. Ihre Erkenntnis war so plötzlich über sie gekommen, daß ihr zumute war wie einem Bergsteiger, dem unversehens das Seil gerissen ist. Den Mann, den man heiraten wollte, nicht zu lieben! Und das erst jetzt herausgefunden, sich vorher nicht einmal danach gefragt zu haben! Also noch etwas, worüber sie sich klar werden mußte. Nicht so sehr erschrocken wie verstört, stand sie still, den Blick auf den glitzernden Felsen geheftet. Wohl bestand zwischen beiden wechselseitige Hochachtung und im Abenddämmer ein dumpf-sinnliches Verbundenheitsgefühl, aber die Empfindung, die beides hätte verklammern können, wollte sich nicht einstellen. Sollte sie die Verlobung deshalb aufsagen? Nein, das vielleicht doch nicht – das würde auch zu viele andere Leute in Mitleidenschaft ziehen. Außerdem war sie nicht davon überzeugt, daß Liebe für eine glückliche Ehe unbedingt nötig ist. Wäre die Liebe wirklich eines und alles, würden wenige Ehen die Flitterwochen überdauern. »Nein, danke schön, es ist schon alles in Ordnung«, erwiderte sie, und aller Empfindungen nun wieder

Herr, setzte sie den steilen Aufstieg fort, auch wenn sie sich ein wenig beklommen fühlte. Aziz ergriff ihre Hand, und der Führer glitt wie eine Eidechse am Boden hierhin und dorthin, als sei ihm ein Schwerkraftzentrum besonderer Art zu eigen.

»Sind Sie eigentlich verheiratet, Dr. Aziz?« fragte sie, nochmals innehaltend, mit gerunzelter Stirn.

»Jawohl – Sie müssen mich einmal besuchen und meine Frau kennenlernen.« Im Augenblick schien es ihm stilgerechter, zu behaupten, daß seine Frau noch am Leben war.

»Danke schön«, sagte sie gedankenabwesend.

»Nur gerade jetzt ist sie nicht in Tschandrapur.«

»Und haben Sie Kinder?«

»Jawohl, drei«, sagte er in festerem Ton.

»Und Sie haben viel Freude an ihnen?«

»Aber natürlich«, sagte er lachend. »Ich vergöttere sie.«

»Das kann ich mir denken.« Was für ein gutaussehender kleiner Orientale er doch war! Zweifellos standen auch Frau und Kinder an Reiz der Erscheinung ihm nicht nach, denn man bekommt im Leben gewöhnlich das, was man selbst schon besitzt. Sie bewunderte ihn, ohne daß irgendwelche persönliche Wärme dabei im Spiel gewesen wäre, denn ihrem Blut war gar nichts Schweifendes eigen, aber sie war ziemlich sicher, daß er für Frauen seines eigenen Stammes und Standes anziehend war, und sie fand es bedauerlich, daß weder sie noch Ronny irgendwelche körperlichen Vorzüge besaßen. Es machte bei einer persönlichen Beziehung doch einen gewissen Unterschied – gutes Aussehen, dichtes Haar, zarte Haut. Wahrscheinlich hatte dieser Mann mehrere Frauen – nach Mrs. Turtons Angabe bestehen Mohammedaner gewöhnlich auf der Zahl Vier. Und da sie auf diesem der Vergänglichkeit entrückten Felsen keinen anderen Menschen zum Sprechen hatte, ließ sie auch dem Thema Ehe die Zügel schießen und fragte auf ihre ehrliche, offene, wißbegierige Art: »Haben Sie nur eine Frau oder mehr als eine?«

Der junge Mann war entsetzt. Mit ihrer Frage hatte Adela Zweifel an einer neugewonnenen Überzeugung seiner Glaubensgemeinschaft zu erkennen gegeben, und alle neuen Überzeugungen sind bekanntlich sehr viel empfindlicher als alte. Hätte sie gefragt:

»Verehren Sie einen Gott oder mehrere?«, würde er kaum Einspruch erhoben haben. Aber einen gebildeten Moslem in Indien nach der Zahl seiner Frauen zu fragen – wie erschreckend, wie abstoßend! Es fiel ihm schwer, seine Betroffenheit zu verbergen. »Eine, in meinem besonderen Falle eine«, sprudelte es aus ihm hervor, und er ließ ihre Hand los. Am Ende des Pfades befand sich eine ganze Reihe von Grotten, und mit dem unhörbaren Ausruf: »Der Teufel soll noch die besten Engländer holen«, tauchte er in einer der Grotten unter, um sein inneres Gleichgewicht wiederzufinden. Sie folgte ihm in aller Gemächlichkeit, ohne die geringste Ahnung davon zu haben, daß sie etwas Verkehrtes gesagt hatte. Da sie ihn nicht mehr vor sich sah, trat auch sie in eine der Grotten ein, und während sie mit der einen Hälfte ihres Bewußtseins dachte: wie langweilig doch solche Besichtigungen sind!, fragte sie sich mit der anderen, welche Bewandtnis es mit der Ehe als solcher wohl haben mochte.

16

Aziz blieb ein paar Augenblicke in seiner Grotte und steckte sich eine Zigarette an, um später draußen bemerken zu können: »Ich wollte nur rasch aus der Zugluft.« Draußen aber fand er den Führer allein, den Kopf zur Seite gedreht. Er habe gerade ein Geräusch vernommen, erklärte er, und da vernahm es auch Aziz: das Geräusch eines Autos. Sie befanden sich auf einem Vorsprung des Kawa Dol, und wenn sie etwa zwanzig Meter höher kletterten, konnten sie einen Blick auf die Ebene erhaschen. Auf der von Tschandrapur herüberführenden Straße kam ein Wagen auf die Hügel zu. Aber sie konnten ihn nicht deutlich erkennen, da die steil abfallende Felsbastion sich am oberen Rand etwas vorwölbte. Je näher also der Wagen kam, um so weniger war davon zu sehen. Kein Zweifel, daß er nun fast senkrecht unter ihnen halten würde, und zwar gerade an der Stelle, an der die *pukka*-Fahrstraße zu einem Pfad verkümmerte und der Elefant ins Hügelgelände abgeschwenkt war.

Aziz lief zurück, um seinem Gast die seltsame Neuigkeit zu überbringen.
Der Führer bemerkte, Miß Quested wäre in einer der Grotten verschwunden.
»In welcher Grotte?«
Der andere machte eine unbestimmte Handbewegung.
»Sie hätten sie nicht aus dem Auge lassen dürfen – das war Ihre Pflicht«, sagte Aziz streng. »Hier befinden sich mindestens zwölf verschiedene Grotten. Woher soll ich wissen, welche von ihnen jetzt gerade meinen Gast in sich birgt? Welches war die, in der ich selber war?«
Die gleiche unbestimmte Bewegung, und Aziz, nochmals um sich blickend, war nicht einmal mehr ganz sicher, ob er überhaupt zur gleichen Gruppe von Grotten zurückgekehrt war. In jeder Richtung lagen Grotten – offenbar war dies ihr ursprünglicher Laichplatz –, und auch die Öffnungen waren alle von gleicher Größe.
»Gerechter Himmel«, sagte er, »Miß Quested ist nicht mehr zu finden«, riß sich dann aber zusammen und begann in aller Gelassenheit nach ihr zu suchen.
»Rufe doch«, befahl er.
Als beide eine Weile gerufen hatten, erklärte der Führer, daß das im Grunde ganz zwecklos sei, weil eine Marabar-Grotte keinen anderen Laut vernehmen könne als den in ihrem Innern erzeugten. Aziz wischte sich die Stirn, und auch zwischen Haut und Kleidern begann es heiß an ihm herunterzurieseln. Alles ringsumher war verwirrend: teils war das Plateau terrassenförmig gestuft, teils schien es auch aus einem Zickzackpfad zu bestehen, von dem wie Schlangenspuren einzelne Felsrinnen hierhin und dorthin führten. Aziz versuchte einen Blick in jede der Grotten zu werfen, wußte aber zuletzt nicht mehr, bei welcher er angefangen hatte. Hinter jeder Grotte tat sich eine andere auf oder war unmittelbar mit ihr verbunden, und manche Grotten befanden sich auch am Eingang zu einem Gießbachbett.
»Komm her«, rief Aziz in leisem Ton, und als der Führer in Reichweite vor ihm stand, schlug er ihm strafend ins Gesicht. Der Führer ergriff die Flucht, und Aziz blieb allein. Er dachte: »Um meine Zukunft ist es nun getan, mein Gast ist verloren.« Und

dann drängte sich ihm plötzlich die einfache und doch so einleuchtende Erklärung für das geheimnisvolle Geschehen auf. Miß Quested war nicht verloren. Sie befand sich vielmehr bei den Leuten im Wagen, zweifellos ihren Freunden, vielleicht Mr. Heaslop. Mit einem Mal nämlich erspähte Aziz sie tief unter sich in der Felsrinne, erspähte sie nur eben auf den Bruchteil einer Sekunde, aber trotzdem sah er sie ganz deutlich, von ein paar Felsen gerahmt, im Gespräch mit einer anderen Dame. Er fühlte sich derart erleichtert, daß ihn auch ihr Verhalten nicht weiter befremdlich anmutete. Auch seinerseits an plötzliche Programmänderungen gewöhnt, nahm er an, daß sie, in der Hoffnung auf eine kleine Spazierfahrt, impulsiv vom Kawa Dol heruntergestürmt war. Er machte sich also allein wieder auf den Weg zum Lager, und wurde unmittelbar darauf eines Gegenstandes ansichtig, dessen Anblick ihn ein paar Minuten früher aufs höchste beunruhigt haben würde: des Feldstechers von Miß Quested. Er lag am Rand einer Grotte, halb schon im Eingangsschacht. Aziz versuchte, sich ihn umzuhängen, aber der Halteriemen war gerissen, und darum steckte er ihn in die Tasche. Als er ein paar Schritte weitergegangen war, kam ihm der Gedanke, sie hätte womöglich noch etwas anderes fallen lassen, und darum machte er nochmals kehrt. Aber wieder stellte die gleiche Schwierigkeit sich ein wie vorher: er konnte die gesuchte Grotte nicht mehr wiedererkennen. Unten in der Ebene hörte er einen Wagen anspringen, aber diesmal war die Aussicht ihm versperrt. Er stieg auf der Talseite des Hügels ab, in Richtung auf den Lagerplatz Mrs. Moores, und hier war ihm mehr Erfolg beschieden: bald wurde das bunte Getümmel seines kleinen Lagers sichtbar, und mitten drin erblickte er den Tropenhelm eines Engländers, und darunter lächelte – o Freude! – nicht Mr. Heaslop, sondern Fielding zu ihm empor.
»Fielding! Oh, Sie haben mir so gefehlt«, rief er, zum ersten Male das ›Mr.‹ fortlassend.
Und sein Freund lief ihm entgegen, so herzlich wie unbekümmert, gar nicht mehr würdevoll, und überschüttete ihn mit Erklärungen und Entschuldigungen hinsichtlich des verpaßten Zuges. Fielding war in dem eben eingetroffenen Wagen mitgekommen – Miß Dereks Wagen. Die andere Dame war also Miß Derek. Mun-

ter flogen die Worte hin und her – sämtliche Diener unterbrachen ihre Essensvorbereitungen, um mit zu lauschen. Treffliche Miß Derek! Zufällig hatte sie Fielding auf dem Postamt getroffen und ihn gefragt: »Warum sind Sie nicht mit in den Marabar-Hügeln?«, und hatte sich auf die Nachricht, daß er den Zug verpaßt hatte, erboten, ihn auf der Stelle hinzufahren. Noch eine nette Engländerin! Wo mochte sie jetzt nur stecken? Sie war bei ihrem Wagen und dem Chauffeur zurückgeblieben, während Fielding sich auf die Suche nach dem Lager begeben hatte. Der Wagen konnte nicht höher hinauf – nein, natürlich nicht, und Hunderte von Leuten sollten gleich hinuntersteigen, um Miß Derek im Triumph einzuholen und ihr den Weg zu zeigen. Der Elefant in höchsteigener Person ...

»Aziz – kann ich wohl einen Drink haben?«

»Völlig unmöglich!«

Aziz stürzte davon, um einen zu holen.

»Mr. Fielding«, rief Mrs. Moore aus ihrem Schattenwinkel. Beide hatten noch nicht miteinander gesprochen, weil seine Ankunft mit der Rückkehr des aus der Höhe niederstürmenden Aziz zusammengefallen war.

»Nochmals Guten Morgen«, rief Fielding, erleichtert, sie alle in guter Verfassung vorzufinden.

»Mr. Fielding, haben Sie wohl Miß Quested gesehen?«

»Aber ich bin eben erst angekommen. Wo ist sie denn?«

»Ich habe keine Ahnung.«

»Aziz – wo halten Sie Miß Quested versteckt?«

Aziz, der mit einem Drink in der Hand zurückkam, hatte einen Augenblick lang nachzudenken. Das Herz war ihm voll von einer ihm bislang unbekannten Glückseligkeit. Das Picknick hatte, nach ein paar schlimmen Anfangsenttäuschungen, einen Verlauf genommen, der noch seine kühnsten Träume hinter sich ließ. Fielding war nicht nur selbst nachgekommen, sondern hatte auch noch einen anderen ungeladenen Gast mitgebracht.

»Oh, sie ist ganz munter«, sagte er. »Sie ist hinuntergelaufen, um Miß Derek zu sprechen. Also auf Ihr Wohl. Chin-Chin!«

»Zum Wohl – aber bitte kein Chin-Chin«, sagte lachend Fielding, der diese Modewendung verabscheute. »Auf Indien!«

»Dies auf Ihr Wohl, und dies auf England!«
Miß Dereks Chauffeur gebot dem Menschenzug, der seine Herrin einholen wollte, Einhalt und erklärte, daß sie mit der andern jungen Dame nach Tschandrapur zurückgefahren sei. Das hatte er ausdrücklich von ihr zu bestellen. Sie saß diesmal selbst am Steuer.
»O ja«, sagte Aziz, »das klingt ganz wahrscheinlich. Ich wußte ja, daß sie eine kleine Spazierfahrt machen wollte.«
»Tschandrapur? Das muß ein Irrtum sein«, rief Fielding.
»O nein, warum?« Aziz war selbst enttäuscht, wollte sich aber nichts anmerken lassen. Zweifellos waren die beiden jungen Damen eng miteinander befreundet. Am liebsten hätte er für alle Frühstück auftragen lassen. Immerhin mußten Gäste tun oder lassen, wonach ihnen gerade der Sinn stand. Andernfalls wären sie ja Gefangene gewesen. Fröhlich verschwand er, um Porridge und Speiseeis in Augenschein zu nehmen.
»Was ist denn passiert?« fragte Fielding, der gleich spürte, daß irgend etwas nicht stimmte. Den ganzen Weg über hatte Miß Derek vom Picknick geschwatzt, hatte es ein unerwartetes Vergnügen genannt und bemerkt, daß Inder, die sie zu einer solchen Veranstaltung nicht einlüden, ihr lieber wären als die andere Sorte. Mrs. Moore ließ einen ihrer Füße hin und her schwingen und sah etwas verdrossen und stumm vor sich hin. »Miß Derek ist höchst unzuverlässig und rastlos«, erklärte sie, »immer ist sie in Eile, immer will sie etwas Neues. Sie würde alles Menschenmögliche anstellen – nur eines würde sie nicht: zu der Inderin zurückkehren, die ihr ihr Monatsgehalt zahlt.«
Fielding, der Miß Derek nicht ungern hatte, erwiderte: »Sie war gar nicht in Eile, als ich sie im Wagen zurückließ. Es war nicht die Rede davon, gleich wieder nach Tschandrapur zurückzufahren. Es sieht also viel mehr danach aus, daß Miß Quested es war, die es eilig hatte.«
»Adela – in ihrem ganzen Leben hat sie's noch nie eilig gehabt«, sagte die alte Dame mit scharfer Stimme.
»Es wird sich bestimmt herausstellen, daß es Miß Questeds Wunsch war, zurückzufahren, ja, ich bin sogar sicher«, beharrte der Schulmeister. Er war etwas verstimmt – hauptsächlich über

sich selbst. Es hatte damit begonnen, daß er einen Zug verpaßte – ein Vergehen, dessen er sich bisher noch nie schuldig gemacht hatte –, und nun, da er endlich eingetroffen war, hatte er Aziz' Pläne zum zweiten Mal durcheinandergebracht. Wenn doch irgend jemand seine Verantwortung teilen wollte! Verweisend blickte er Mrs. Moore an. »Aziz ist ein reizender Bursche«, sagte er.
»Ich weiß«, sagte sie gähnend.
»Er hat keine Mühe gescheut, uns das Picknick angenehm zu machen.«
Beide kannten einander nur flüchtig und fühlten sich etwas verlegen, weil sie ausgerechnet durch einen Inder in Kontakt gebracht worden waren. Die Rassenfrage kann die ungreifbarsten Formen annehmen. In ihrem Fall hatte sie eine Art Eifersucht, ein wechselseitiges Mißtrauen hervorgerufen. Er suchte ihr lebhafte Zustimmung abzunötigen. Sie öffnete kaum die Lippen. Aziz kam, um beide zum Frühstück zu holen.
»Die Sache mit Miß Quested ist schließlich ganz natürlich«, bemerkte er, denn er hatte den Vorfall inzwischen in Gedanken ein wenig hin und her gewälzt, um seine Unebenheiten abzuschleifen. »Wir hatten gerade eine interessante Unterhaltung mit unserem Führer, dann tauchte der Wagen auf, und sie beschloß, zu ihrer Freundin hinunterzulaufen.« Von Haus aus hoffnungslos ungenau, glaubte er bereits, daß gerade dies geschehen sei und nichts anderes. Er war ungenau, weil er feinfühlig war. Er wollte sich nicht an Miß Questeds Bemerkung über Vielweiberei erinnern, weil sie eines Gastes unwürdig war, und darum verbannte er sie aus seinem Bewußtsein, wie er auch die Tatsache daraus verbannte, daß er selbst in eine Grotte gestürzt war, um einen Augenblick von ihr loszukommen. Er war ungenau, weil er ihr Ehre widerfahren lassen wollte, und da Tatsachen ohnehin sehr verwickelt sind, so hatte er sie auch im weiteren Umkreis um ihre Person neu anzuordnen, wie man an einer Stelle, an der man Unkraut gejätet, auch den umgebenden Boden wieder zu glätten hat. Noch ehe aber das Frühstück vorüber war, hatte er ihnen noch eine ganze Reihe von Unwahrheiten aufgetischt. »Sie lief ihrer Freundin entgegen, und ich meinem Freund«, fuhr er lä-

chelnd fort. »Und nun bin ich bei meinen Freunden, und die Freunde sind bei mir und auch einer beim andern – und das ist doch etwas Herrliches!«
Da er beiden zugetan war, nahm er stillschweigend an, daß sie es auch untereinander waren. Aber das wollten sie gar nicht sein. Fielding dachte mit einem Anflug von Feindseligkeit: »Ich wußte doch, daß diese Frauen Unheil anrichten würden«, und Mrs. Moore dachte: »Dieser Mann hat den Zug verpaßt und versucht uns mit dafür haftbar zu machen«, aber ihre Gedanken hatten keinerlei Stoßkraft mehr. Seit sie in der Grotte die Besinnung verloren hatte, war sie in einen Zustand von Gleichgültigkeit und Zynismus verfallen. Das herrliche Indien der ersten vier Wochen, das Indien der kühlen Nächte und der gerade noch faßbaren Andeutungen von Unendlichkeit, war versunken.
Fielding lief im Geschwindschritt nach oben, um wenigstens noch eine der Grotten zu sehen. Er hatte keinen sehr starken Eindruck. Dann bestiegen sie den Elefanten, und die ganze Picknickgesellschaft wand sich aus dem schmalen Felsschacht heraus, und unter dem herabhängenden Gestein, von Pfeilen heißer Luft verfolgt, begann sie dem Bahnhof zuzuflüchten. Sie kamen an der Stelle vorbei, an der Fielding aus dem Wagen gestiegen war. Von einem wenig erfreulichen Gedanken befallen, sagte er: »Aziz – wo und wie ist es eigentlich passiert, daß Sie sich von Miß Quested getrennt haben?«
»Da oben.« Er wies munter auf den Kawa Dol.
»Aber wie –.« An dieser Stelle war zwischen den Felsen nur ein Gießbachbett oder vielmehr eine Gesteinsrinne sichtbar. Sie war vom Schorf von Kaktuspflanzen überzogen. »Und der Führer ist ihr dabei behilflich gewesen?«
»O ja, sehr behilflich.«
»Führt von dort oben ein Pfad herunter?«
»Millionen Pfade, mein lieber Freund.«
Fielding konnte nichts anderes wahrnehmen als die Gesteinsrinne. An jeder andern Stelle fiel der gleißende Granit senkrecht ab.
»Aber Sie haben tatsächlich beide wohlbehalten unten anlangen sehen?«

»Ja, ja, sie und Miß Derek, und ich habe beide auch abfahren sehen.«
»Dann ist der Führer wieder zu Ihnen zurückgekommen?«
»Jawohl. Haben Sie wohl eine Zigarette?«
»Hoffentlich hat sie sich nicht unwohl gefühlt«, beharrte der Engländer. In der Ebene ging die Gesteinsrinne in ein ausgetrocknetes Strombett über, in dem, zur Regenzeit, das Wasser in Richtung des Ganges abfloß.
»Hätte sie sich unwohl gefühlt, dann hätte sie mich auch sicher um Beistand gebeten.«
»Ja, das wäre immerhin wahrscheinlich.«
»Sie sind offenbar beunruhigt«, sagte Aziz mit Wärme. »Lassen Sie uns also lieber von etwas anderem reden. Miß Quested sollte immer nur das tun, wozu sie gerade Lust hatte – das hatten wir von vornherein ausgemacht. Offenbar sind Sie um meinetwillen beunruhigt, aber ich selber mache mir gar keine Gedanken. Über Kleinigkeiten sehe ich grundsätzlich hinweg.«
»Ja, ich bin tatsächlich um Ihretwillen etwas beunruhigt. Meiner Meinung nach haben die Damen es an der nötigen Höflichkeit fehlen lassen«, sagte Fielding, die Stimme dämpfend. »Miß Quested hatte kein Recht, sich ohne ein Wort der Erklärung Ihrer Veranstaltung zu entziehen, und Miß Derek hatte kein Recht, ihr dabei noch Vorschub zu leisten.«
So empfindlich Aziz sonst auch zu sein pflegte: diesmal war ihm nicht beizukommen. Die Schwingen, die ihn emportrugen, kannten kein Ermatten: war er nicht ein Mogulenkaiser, der das Seine getan hatte? Auf dem Rücken seines Elefanten thronend, sahen sie die Marabar-Hügel in der Ferne entschwinden, sahen noch einmal, als wäre sie eine Provinz seines Reiches, die düstere, gestaltlose Ebene, und weiter die ruckhaft-müden Bewegungen der Schöpfeimer, die weißen Schreine, die flachen Grabhügel, den geschmeidigen Himmel, die Schlange, die einem verdorrten Baum glich. Er hatte es seinen Gästen so angenehm gemacht, wie es in seinen Kräften stand, und wenn sie sich zu spät einfanden oder sich zu früh wieder davonmachten, war das nicht seine Sache. Mrs. Moore war, mit dem Kopf an eine der Stützen des Zeltsitzes wippend, in Schlummer gesunken, Mo-

hammed Latif hatte ihr mit aller Sachkenntnis und allem schuldigen Respekt den Arm um die Schulter gelegt, und ihm zur Seite saß Fielding, den er in Gedanken bereits mit ›Cyril‹ anredete.

»Aziz – haben Sie sich schon ausgerechnet, was das Picknick Sie kosten wird?«

»Psst, mein lieber Freund – davon wollen wir lieber nicht reden. Hunderte und aber Hunderte von Rupien! Die Endsumme wird schlimm aussehen. Die Diener meiner Freunde haben mich nach Strich und Faden bestohlen, und was den Elefanten betrifft, so frißt er offenbar Gold. Ich darf mich darauf verlassen, daß Sie das alles für sich behalten, und M. L. – bitte gebrauchen Sie nur die Anfangsbuchstaben, er hört zu – ist bei weitem der Schlimmste.«

»Ich habe Ihnen ja schon gesagt, daß er ein Nichtsnutz ist.«

»Er ist gar kein Nichtsnutz, was seine eigene Person betrifft. Seine Unehrlichkeit wird mich noch an den Bettelstab bringen.«

»Wie grotesk, Aziz!«

»Aber im Grunde habe ich meine Freude an ihm – er hat auch dafür gesorgt, daß meine Gäste sich wohl gefühlt haben. Und außerdem muß ich schon etwas für ihn tun, denn er ist mein Vetter. Wenn das Geld aus dem Fenster hinausfliegt, kommt es zur Tür wieder herein. Wenn das Geld im Zimmer bleibt, stellt sich der Tod als Besucher ein. Haben Sie jemals dieses nützliche Urdu-Sprichwort gehört? Wahrscheinlich nicht. Ich habe es gerade erfunden.«

»Meine Sprichwörter lauten: Ein Pfennig gespart, ist ein Pfennig verdient. Ein Nähstich zur rechten Zeit hilft neun andere sparen. Gebrauch deine Augen, bevor du zum Sprung ansetzt. Darauf gründet sich auch die britische Weltherrschaft. Aber ihr werdet uns niemals aus dem Land hinausjagen, solange ihr noch einen M. L. und seinesgleichen beschäftigt.«

»Oh, euch aus dem Land verjagen? Warum sollte ich mir mit so etwas die Finger schmutzig machen? Das sollte den Politikern vorbehalten bleiben ... Nein. Als ich noch studierte, habe ich mich gewiß oft genug über Ihre verdammten Landsleute aufgeregt. Aber wenn sie mich bei meiner Arbeit in Ruhe lassen und mich auch nach außen hin nicht zu grob behandeln, dann bin ich schon ganz zufrieden.«

»Aber das sind Sie ja gar nicht. Sie laden uns außerdem noch zu einem Picknick ein.«

»Dieses Picknick hat weder etwas mit Engländern noch mit Indern zu tun. Es ist lediglich eine Veranstaltung unter Freunden.«

Damit war die Kavalkade endlich am Ziel angelangt – teils in angenehmer, teils in weniger angenehmer Verfassung. Der zurückgelassene brahmanische Koch wurde wiederaufgegabelt, der Eisenbahnzug kam feurigen Atems über die Ebene geschuckelt, und das sechzehnte Jahrhundert wurde wieder vom zwanzigsten abgelöst. Mrs. Moore begab sich in das gleiche Abteil wie vorher, die drei Männer in das ihre, zogen die Rolläden herab, drehten die Ventilatoren an und versuchten etwas zu schlafen. Im Dämmerlicht glichen sie alle Toten, und auch der Zug war trotz seiner Bewegung wie leblos – ein mit Rädern versehener Sarg aus dem wissenschaftlich geschulten Norden, der viermal täglich den Frieden der Landschaft störte. Als er die Gegend der Marabar-Hügel hinter sich ließ, entschwand auch ihr häßlicher kleiner Kosmos, um Platz für die Marabar-Hügel zu schaffen, wie man sie aus der Ferne erblicken durfte – umrißstark und doch auch romantisch. Einmal hielt der Zug unter einer Wasserpumpe, um den Kohlenvorrat in seinem Tender neu anzufeuchten. Dann wurde er in der Ferne der Hauptgleise ansichtig, schöpfte neuen Mut, gab sich spürbar einen Ruck, umfuhr die Beamtenstation, kreuzte den Bahnübergang (die Gleise waren nun glühend heiß) und kam klirrend zum Stillstand. Tschandrapur, Tschandrapur. Der Ausflug war vorüber.

Und als sie alle sich im Halbdunkel aufrichteten und sich gerade anschickten, ins Alltagsleben zurückzukehren, barst plötzlich das so anhaltendem Druck ausgesetzte Gehäuse des Morgens. Die Tür des Abteils wurde aufgerissen, und mit schriller Stimme rief Mr. Haq, der Polizeiinspektor: »Dr. Aziz – ich habe die peinliche Pflicht, Sie zu verhaften.«

»Nanu – ein Mißverständnis«, sagte Fielding, sogleich die Zügel an sich reißend.

»Sir, ich handle auf höhere Weisung. Ich selber weiß von nichts.«

»Aber mit welcher Begründung wollen Sie ihn denn verhaften?«
»Ich bin ausdrücklich angewiesen, Stillschweigen zu wahren.«
»Antworten Sie mir nicht in diesem Ton. Zeigen Sie den Haftbefehl vor.«
»Verzeihung, Sir – aber unter den vorliegenden Umständen ist kein Haftbefehl erforderlich. Sie müssen sich an Mr. McBryde wenden.«
»Na schön, das werden wir auch. Kommen Sie nun mit mir, Aziz, alter Junge. Kein Grund zur Aufregung. Irgendein Versehen.«
»Dr. Aziz – wollen Sie so freundlich sein, mir zu folgen? Draußen wartet bereits ein geschlossenes Gefährt.«
Der junge Mann brach in Schluchzen aus – der erste Laut, der bei ihm zu vernehmen war – und sprang plötzlich auf, um durch die gegenüberliegende Tür aufs Nebengleis zu entkommen.
»Nun sehe ich mich gezwungen, Gewalt anzuwenden«, jaulte Mr. Haq. »Herrgottnochmal –« rief Fielding, der, wie angesteckt von der Kopflosigkeit des andern, um ein Haar selbst die Nerven verloren hätte. Er riß Aziz zurück, ehe draußen das Getümmel losbrach, und schüttelte ihn wie ein kleines Kind. Eine Sekunde später, und er wäre im Freien gewesen, eine Trillerpfeife nach der andern wäre ertönt, eine richtige Verbrecherjagd im Gang gewesen... »Mein lieber Freund – zusammen gehen wir jetzt zu Mr. McBryde und fragen ihn, wie es zu einem solchen Versehen gekommen ist. Er ist ein anständiger Mann – das alles ist unbedingt ein Versehen... er wird sich entschuldigen. Führen Sie sich doch um Gottes willen nicht auf, als wären Sie wirklich ein Verbrecher!«
»Meine Kinder – mein Name«, keuchte Aziz. Seine Schwingen waren gebrochen.
»Unsinn. Setzen Sie sich den Hut gerade und nehmen Sie meinen Arm. Ich lasse Sie nicht im Stich.«
»Ah, Gott sei Dank, da kommt er«, rief der Inspektor.
Arm in Arm tauchten sie in die dunstige Mittagsglut. Auf dem Bahnsteig wimmelte es von Menschen. Aus jedem Schattenwinkel schossen Leute – Passagiere und Träger, zahlreiche Regierungsbeamte, noch ein paar Polizisten. Ronny hatte sich zur

Abholung Mrs. Moores eingefunden. Mohammed Latif begann in Klagerufe auszubrechen. Und ehe sie sich einen Pfad durch das Getümmel zu bahnen vermochten, wurde Fielding durch die gebieterische Stimme Mr. Turtons zum Stehenbleiben genötigt, und Aziz hatte auf dem Weg zum Gefängnis keinen Begleiter mehr.

17

Der Verwaltungsdirektor hatte die Verhaftung vom Warteraum aus mitangesehen, und als er nun die Flügel der durchbrochenen Zinktür aufwarf, stand er da wie ein Gott in einem Schrein. Hinter Fielding klappten die Flügel wieder zusammen. Ein Diener hielt draußen Wache, während im Innern ein *punkah* zu Ehren des bedeutsamen Augenblicks schmutzige Lappen über ihren Köpfen in flatternde Bewegung versetzte. Der Verwaltungsdirektor war im ersten Augenblick keines Wortes fähig. Sein Gesicht war weiß, fanatisch, eigentlich schön – es trug den Ausdruck, den später für ein paar Wochen in Tschandrapur sämtliche englischen Gesichter zur Schau tragen sollten. Stets unerschrocken und selbstlos, schmolz er nun in der Weißglut edelster Entrüstung fast dahin. Hätte er es für angemessen gehalten, würde er offenbar Harakiri begangen haben. Endlich ergriff er das Wort. »In meinem ganzen Beamtendasein habe ich nichts Schlimmeres erlebt«, sagte er. »In einer Marabar-Grotte ist Miß Quested unsittlich attackiert worden.«

»Aber nein, nein, nein«, stammelte der andere, ein Gefühl von Übelkeit niederkämpfend.

»Es ist ihr gelungen, noch rechtzeitig zu entkommen – mit Gottes Hilfe.«

»Aber nein, nein, doch nicht Aziz ... nicht Aziz ...«

Turton nickte.

»Absolut unmöglich, grotesk.«

»Ich habe Sie gerufen, um Sie vor dem Odium zu bewahren, das sich unfehlbar an Ihre Fersen hätte heften müssen, hätten Sie ihn jetzt vor aller Augen auf die Polizeiwache begleitet«, sagte Turton,

ohne Fieldings Protest auch nur die geringste Beachtung zu schenken, ja, ohne ihn überhaupt wahrzunehmen.
Wie ein Schwachsinniger wiederholte Fielding die Worte: »Aber nein.« Er spürte, daß eine dunkle Flut des Wahnsinns die Dämme durchbrochen hatte und sie alle mit sich zu reißen drohte. Auf irgendeine Weise mußte ihr Einhalt geboten werden, nur ahnte er nicht, wie, denn was es mit dem Wahnsinn auf sich hatte, konnte er nicht begreifen: stets war er ruhig und vernünftig zu Werk gegangen, wenn irgendeine Streitigkeit beizulegen war. »Wer erhebt diese niederträchtige Anklage?« fragte er, sich endlich zusammenreißend.
»Miß Derek und – die Hauptbetroffene selbst ...« Unfähig, den Namen des jungen Mädchens auszusprechen, versagte ihm fast die Stimme.
»Miß Quested beschuldigt ihn tatsächlich der –«
Der andere nickte und wandte das Gesicht ab.
»Dann ist sie nicht mehr bei Trost.«
»Diese letzte Bemerkung kann ich nicht durchgehen lassen«, sagte der Verwaltungsdirektor. Es begann ihm zu dämmern, daß sie beide gänzlich verschiedener Meinung waren, und er zitterte vor Wut. »Sie müssen sie augenblicklich zurücknehmen. Ähnliche Bemerkungen haben Sie sich mehr als einmal gestattet, seit Sie bei uns in Tschandrapur sind.«
»Ich bitte höflichst um Nachsicht. Natürlich nehme ich meine Bemerkung ohne jeden Vorbehalt zurück.«
Offenbar war auch der andere nicht ganz bei Trost. »Darf ich wohl fragen, Mr. Fielding, was Sie dazu veranlaßt, in solchem Ton mit mir zu reden?«
»Ich bin über Ihre Mitteilung noch ganz bestürzt. Darum muß ich Sie um Verzeihung bitten. Ich kann einfach nicht glauben, daß Dr. Aziz schuldig ist.«
Turton schlug mit der Hand auf den Tisch. »Da – damit wiederholen Sie Ihre Beleidigung nur in anderer, noch verschärfter Form.«
»Wenn ich mir die Feststellung gestatten darf – das tue ich nicht«, sagte Fielding, gleichfalls erblassend, aber trotzdem am Ball bleibend. »Ich möchte die reine Gesinnung der beiden Damen nicht

im geringsten anzweifeln, aber die Beschuldigung, die sie gegen Aziz erheben, beruht auf einem Irrtum, der sich in fünf Minuten aufklären läßt. Das Verhalten des Beschuldigten ist völlig natürlich. Außerdem kenne ich ihn gut genug, um zu sagen: er ist einer schimpflichen Handlung schlechthin unfähig.«

»Ja, sie beruht tatsächlich auf einem Irrtum«, erklärte die dünne, messerscharfe Stimme des andern. »Wirklich! Ich kenne dieses Land nun seit fünfundzwanzig Jahren« – er hielt inne, während die fünfundzwanzig Jahre den Warteraum mit ihrer schalen Kleinherzigkeit zu füllen schienen –, »und im Laufe dieser fünfundzwanzig Jahre habe ich erfahren müssen, daß es nichts als Unheil gibt, wenn Engländer und Inder sich näher miteinander einzulassen suchen. Wechselseitige Verständigung – jawohl. Austausch von Höflichkeiten – unter allen Umständen. Vertrauter Umgang – nie und nimmer. Dagegen bin ich mit dem ganzen Gewicht meiner Erfahrung. Seit sechs Jahren bin ich für die Verwaltung von Tschandrapur zuständig, und wenn bisher alles halbwegs glattgegangen ist, wenn beide Seiten es nicht an Hochachtung und Wertschätzung für die andere haben fehlen lassen, so deshalb, weil die Angehörigen beider Nationen sich an diese Grundregel hielten. Neuankömmlinge setzen sich über unsere Überlieferungen hinweg, und im Nu ist das geschehen, was Sie nun vor sich sehen – der Erfolg jahrelanger Bemühungen ist in Frage gestellt, der gute Ruf meines Verwaltungsdistrikts für die Dauer einer Generation dahin. Ich – ich – kann das Ende des heutigen Tages noch nicht absehen, Mr. Fielding. Sie dagegen, der Sie mit völlig anderen Vorstellungen herübergekommen sind – Sie können es zweifellos. Ich wünschte, ich hätte nicht einmal den Beginn dieses Tages mitzuerleben brauchen – soviel ist mir schon klar. Ich bin jetzt erledigt. Daß eine Dame, eine junge Dame, die Verlobte eines meiner besten Beamten – daß sie, eine junge Engländerin, die eben erst aus England zu uns gekommen ist – daß ich ausgerechnet das erleben muß –«

Überwältigt von seiner eigenen Empfindung, verstummte er nun tatsächlich. Was er gesagt hatte, war würdig und auch ganz rührend – aber was hatte es mit Aziz zu schaffen? Wenn Fielding recht hatte: nicht das geringste. Man kann eine Tragödie unmöglich unter zwei verschiedenen Gesichtspunkten betrachten. Wenn Turton entschlossen war, die dem jungen Mädchen angetane Schmach zu rächen, so hoffte Fielding, den angeblichen Missetäter zu retten. Er mußte unbedingt versuchen, McBryde zu sprechen, der sich ihm gegenüber stets ganz freundlich verhalten hatte, der alles in allem auch ganz vernünftig war und dem man zutrauen durfte, daß er einen kühlen Kopf bewahrte.

»Ich bin hauptsächlich Ihretwegen hier heruntergekommen – der arme Heaslop hatte seine Mutter nach Hause zu bringen. Es schien mir das Freundlichste, was sich unter den Umständen tun ließ. Ich wollte Ihnen mitteilen, daß wir heute abend im Klub zu einer zwanglosen Besprechung zusammenkommen werden, aber ich bin nicht ganz sicher, ob Sie mit dabeisein wollen – Sie sind im Klub ja auch sonst kein sehr häufiger Gast.«

»Natürlich werde ich mit dabeisein, und ich bin Ihnen ungemein verbunden für all die Mühe, die Sie meinetwegen auf sich genommen haben. Darf ich mir wohl die Frage gestatten, wo Miß Quested sich jetzt befindet?«

Der andere antwortete mit einer stummen Gebärde – sie war krank. »Schlimmer und schlimmer, erschreckend«, erwiderte Fielding besorgt.

Aber der Verwaltungsdirektor maß ihn mit dem Ausdruck der Mißbilligung, weil Fielding noch nüchtern denken konnte. Er hatte bei dem Satz: »Eine junge Engländerin, die eben erst aus England zu uns gekommen ist« den Kopf nicht verloren, lehnte es auch ab, sich mit den andern um das Rassenbanner zu scharen. Es war ihm noch immer um Tatsachen zu tun, während die Herdentiere es entschlossen bei Gefühlen bewenden ließen. Niemals aber gerät die Gemeinde Anglo-Indiens in schlimmere Wut als dann, wenn ein Einzelner, einem eben ergangenen Gebot zum Trotz, sich weigert, die Leuchte der Vernunft zum Verlöschen zu bringen. In ganz Tschandrapur entäußerten sich an jenem Tag die Europäer ihrer normalen Persönlichkeit, um sich mit Haut und Haaren dem Gemeinschaftsdasein zu verschreiben. Sie waren von Mitgefühl, Wut und Heroismus erfüllt, aber die Fähigkeit, zwei und zwei zusammenzuzählen, war ihnen völlig abhanden gekommen.

Der Verwaltungsdirektor brachte die Unterredung zum Abschluß und trat auf den Bahnsteig hinaus. Das hier herrschende Durcheinander war geradezu widerwärtig. Ronny hatte einen *chuprassi* damit beauftragt, einige den Damen gehörende Kleinigkeiten zu holen, und dieser war gerade dabei, sich unbefugterweise verschiedene Gegenstände anzueignen. Er war ein Parteigänger der wütenden Engländer. Mohammed Latif machte keinerlei Versuch, ihm das Handwerk zu legen. Hassan hatte sich den Turban vom Kopf gerissen und vergoß bittere Tränen. Alle die Tafelfreuden, für die so großzügig Vorsorge getroffen war, rollten auf dem Boden umher, um in der Sonne zu verderben. Der Verwaltungsdirektor überschaute die Situation mit einem einzigen Blick, und ob er auch vor wütender Erregung wie von Sinnen war, regte sich doch noch immer sein angeborenes Gerechtigkeitsgefühl. Er sagte mit gebieterischer Stimme, was gesagt werden mußte, und gleich hörte das Plündern auf. Dann fuhr er in seinen Bungalow zurück, und auf der Fahrt ließ er den Leidenschaften wieder die Zügel schießen. Wenn immer er die Kulis in den Straßengräben schlafen oder die Ladeninhaber auf ihrem kleinen Podest sich zu seiner Begrüßung erheben sah, sagte er bei sich selbst: »Endlich weiß ich, was für ein Gesindel ihr seid. Und dafür sollt ihr mir büßen, bis ihr um Gnade winselt!«

18

Mr. McBryde, der Polizeidirektor, war der besinnlichste, der meistgebildete aller Beamten in Tschandrapur. Er hatte mancherlei gelesen und über vielerlei nachgedacht und hatte es dank einer etwas verunglückten Ehe zu einer geschlossenen Lebensanschauung gebracht. Er war in mancher Hinsicht ein Zyniker, aber durchaus kein Eisenfresser. Niemals verlor er seine Selbstbeherrschung, niemals nahm er sich etwas heraus. Er empfing Aziz mit Zuvorkommenheit, ja, beruhigte ihn sogar in gewisser Hinsicht. »Ich habe Sie hier festzuhalten, bis Sie sich eine Kaution beschaffen können, aber zweifellos werden Ihre Freunde sie stellen, und zweifellos dürfen Sie im Rahmen der geltenden Bestimmungen auch ihren Besuch empfangen. Man hat Anzeige gegen Sie erstattet, und aufgrund dessen hatte ich die entsprechenden Maßnahmen zu ergreifen – aber ich bin nicht Ihr Richter.« Unter Tränen mußte Aziz sich wieder abführen lassen. Mr. McBryde war über seinen plötzlichen Sturz bekümmert. Aber kein Inder vermochte ihn je in Erstaunen zu setzen, denn er hatte sich eine bestimmte Theorie über klimatische Zonen zurechtgelegt. Sie lautete etwa folgendermaßen: »In Wirklichkeit sind alle unglücklichen Nicht-Europäer potentielle Verbrecher – und zwar aus dem einfachen Grunde, weil sie südlich des dreißigsten Breitengrads leben. Man kann ihnen keinen Vorwurf daraus machen – sie können nichts dafür. Und wollten wir Engländer selber uns hier auf die Dauer ansässig machen, dann erginge es uns nicht anders.« Da McBryde selbst in Karatschi zur Welt gekommen war, schien er die leibhaftige Widerlegung seiner eigenen Theorie zu sein – was er bisweilen, traurig vor sich hinlächelnd, auch nicht in Abrede stellte.

»Wieder mal einer entlarvt«, dachte er, als er sich am Schreibtisch niederließ, um den Report für den Richter aufzusetzen.

Er wurde durch den Eintritt Fieldings dabei gestört.

Was immer ihm von dem Vorgefallenen bekannt war, teilte er seinem Besucher ohne jeden Vorbehalt mit. Vor ungefähr einer Stunde war der Staatswagen aus Mudkul, von Miß Derek selbst gesteuert, angekommen. Sie und Miß Quested befanden sich in schrecklicher Verfassung. Sie waren geradewegs zu seinem Bungalow gekommen. Er war zufällig zu Hause, und er konnte ihre Aussage gleich zu Papier bringen und anordnen, daß Aziz umgehend auf dem Bahnhof verhaftet würde.

»Worin genau besteht denn diese Aussage?«

»Daß er ihr in die Grotte nachfolgte und sich unsittlich an ihr zu vergehen suchte. Sie schlug mit dem Feldstecher auf ihn ein. Er zerrte am Riemen, der Riemen riß, und so gelang es ihr, zu entkommen. Als wir ihm eben die Taschen durchsuchten, haben wir ihn gefunden.«

»Aber nein, nein, nein. Das muß sich ja alles in fünf Minuten aufklären lassen«, rief Fielding nochmals.

»Hier, sehen Sie bitte.«
Der Riemen war erst vor kurzem gerissen, das Gewinde verklemmt. »Schuldig«, erklärte die Logik des Augenscheins.
»Hat sie sonst etwas gesagt?«
»Es war irgendein Echo zu hören, das sie erschreckt zu haben scheint. Sind Sie selbst in einer der Grotten gewesen?«
»Ich habe mir eine angesehen. Da war tatsächlich ein Echo zu hören. Ist ihr das auf die Nerven gegangen?«
»Ich konnte ihr nicht allzusehr mit Fragen zusetzen. Um so mehr wird sie auf dem Zeugenstand über sich ergehen lassen müssen. Man wagt gar nicht, daran zu denken, an die nächsten Wochen. Ich wünschte, die Marabar-Hügel mit allem, was zu ihnen gehört, lägen auf dem Grund des Meeres. Abend für Abend hat man sie vom Klub aus gesehen, und sie waren nicht mehr als ein harmloser Name... Na also, da geht es schon los.«
Eine Visitenkarte wurde hereingebracht: Vakhil Mahmoud Ali, Rechtsberater des Verhafteten, suchte um Sprecherlaubnis nach. McBryde erteilte sie seufzend und fuhr fort: »Etwas Weiteres erfuhr ich von Miß Derek, die schon eine ganze Weile mit uns beiden befreundet ist und frei von der Leber weg redet. Nun – sie berichtet, daß sie gerade losgezogen war, um das Lager ausfindig zu machen, und fast im gleichen Augenblick hörte sie Geröll vom Kawa Dol niederprasseln und sah, wie Miß Quested geradewegs über eine steile Felswand zu ihr herunterstolperte. Schön. Sie kletterte also in einer Art Gesteinsrinne zu ihr hin und fand sie so gut wie erledigt – ohne ihren Tropenhelm.«
»Hatte sie denn keinen Führer bei sich?« unterbrach Fielding.
»Nein. Sie war zwischen ein paar Kakteen geraten, und nur dadurch, daß Miß Derek gerade in diesem Augenblick bei ihr auftauchte, rettete sie ihr das Leben – sie schlug bereits um sich. Sie half ihr herunter, und dann auch in den Wagen hinein. Miß Quested konnte den Anblick des indischen Fahrers nicht ertragen und rief: ›Halten Sie ihn mir vom Leibe –‹, und das war es, was unsere Freundin auf die Spur dessen brachte, was geschehen war. Sie fuhren gleich zu unserem Bungalow, und da sind sie auch jetzt noch. Das ist alles, was ich bis jetzt von der ganzen Geschichte weiß. Miß Derek hat Ihnen übrigens gleich den Fahrer

nachgeschickt. Sie hat, wie mir scheint, mit wirklicher Umsicht gehandelt.«

»Es ist wohl nicht gut möglich, ein Wort mit Miß Quested zu wechseln?« fragte Fielding plötzlich.

»Das wäre wohl im Augenblick kaum das Richtige. Sicher nicht.«

»Ich fürchtete schon, daß Sie das sagen würden. Aber es wäre mir doch sehr lieb.«

»Sie ist jetzt einfach nicht in der Verfassung, Leute bei sich zu sehen. Außerdem kennen Sie sie ja nicht näher.«

»Ich kenne sie überhaupt kaum... Aber ich bin nun einmal davon überzeugt, daß sie einer schrecklichen Selbsttäuschung zum Opfer gefallen und daß der unglückselige Bursche unschuldig ist.«

Der Polizeigewaltige fuhr erstaunt zurück, und über sein Gesicht glitt ein Schatten, denn er konnte es nicht vertragen, wenn seine Pläne durchkreuzt wurden. »Ich hatte keine Ahnung, daß Sie mit solchen Gedanken zu mir gekommen sind«, sagte er und blickte wie zum Halt auf die vor ihm liegende Aussage, von Miß Quested unterschrieben.

»Dieser Feldstecher hat mich eine Minute lang stutzig gemacht, aber bei einigem Nachdenken habe ich nicht mehr den geringsten Zweifel: sollte Aziz wirklich versucht haben, sie zu attackieren, würde er nie und nimmer den Feldstecher eingesteckt haben.«

»Oh, das wäre schon denkbar. Wenn ein Inder sich übel aufführt, dann führt er sich nicht nur völlig übel, sondern auch völlig unlogisch auf.«

»Ich verstehe nicht ganz.«

»Wie könnten Sie auch? Wenn Sie sich einen Verbrecher vorstellen, dann haben Sie einen englischen Verbrecher im Auge. Hier ist das allgemeine psychologische Verhalten ganz anders. Sie werden mir bestimmt entgegenhalten, Aziz sei in völlig normaler Gemütsverfassung gewesen, als er aus der Höhe zu Ihnen herunterkam, um Sie zu begrüßen. Und warum sollte er das nicht gewesen sein? Lesen Sie irgendeinen Bericht von dem großen Aufstand des Jahres 1857. Das sollte Ihre Bibel in diesem Lande sein – nicht die Bhagavadgita. Auch wenn ich nicht ganz sicher bin, daß zwischen beidem nicht eine ziemlich enge Verbindung besteht. Bin ich etwa zu zynisch? Aber schauen Sie, Fielding, ich habe es Ihnen früher schon einmal gesagt – Sie sind ein Schulmeister, und infolgedessen lernen Sie die Leute in diesem Lande nur von ihrer besten Seite kennen. Und dadurch lassen Sie sich auch auf die falsche Fährte locken. Als Halbwüchsige können sie charmant sein. Aber ich kenne sie als das, was sie wirklich sind, das heißt als ausgewachsene Männer. Sehen Sie sich beispielsweise jetzt dies einmal an.« Er hielt Aziz' Brieftasche in die Höhe. »Ich habe eben ihren Inhalt durchgesehen. Nicht gerade sehr erbaulich. Hier ist der Brief eines Freundes, der offenbar ein Bordell unterhält.«

»Ich möchte nichts von seiner Privatkorrespondenz wissen.«

»Sie wird ohnehin vor Gericht mitangeführt werden müssen, weil sie gewisse Rückschlüsse auf sein sittliches Verhalten zuläßt. Er war gerade dabei, für seinen Besuch in Kalkutta eine Verabredung mit ein paar zweifelhaften Frauenzimmern zu treffen.«

»Oh, nicht weiter – genug.«

McBryde hielt, auf naive Weise betroffen, inne. Nach seiner Überzeugung sollten zwei Sahibs alles, was ihnen von irgendeinem Inder bekannt war, in die gleiche Waagschale werfen, und er konnte einfach nicht verstehen, was der andere dagegen hatte.

»Sie haben gewiß das Recht, Steine auf einen jungen Mann zu werfen. Aber ich selbst habe es nicht. Ich habe in seinem Alter genau das gleiche getan.«

Das hatte auch der Polizeidirektor. Aber nach seiner Meinung hatte die Unterhaltung eine durchaus unerwünschte Wendung genommen. Auch Fieldings nächste Bemerkung wollte ihm nicht gefallen.

»Miß Quested läßt sich jetzt also wirklich nicht sprechen? Sie sind ganz sicher?«

»Sie haben mir noch gar nicht erklärt, was Sie hier eigentlich wünschen. Warum in aller Welt wollen Sie sie denn unbedingt sprechen?«

»Weil eine winzige Möglichkeit besteht, daß sie ihre Beschuldigung zurücknimmt, bevor Sie den Bericht einschicken und Aziz vor Gericht kommt und der Teufel los ist. Bitte sagen Sie nicht von vornherein nein, alter Freund, sondern geben Sie Ihrem Herzen einen Stoß und rufen Sie Ihre Frau oder Miß Derek an und erkundigen Sie sich. Es kostet Sie ja nichts.«

»Zwecklos, sie anzurufen«, sagte McBryde, die Hand nach dem Hörer ausstreckend. »Für eine Frage wie die ist Major Callendar zuständig. Sie haben noch nicht begriffen, daß sie ernstlich krank ist.«

»Callendar sagt natürlich nein – zu was anderem taugt er ja nicht«, rief Fielding verzweifelt.

Der erwartete Bescheid blieb nicht aus: der Major wollte nichts davon hören, daß die Patientin jetzt beunruhigt würde.

»Ich wollte sie lediglich fragen, ob sie ganz sicher, absolut sicher ist, daß es Aziz war, der ihr in die Grotte nachkam.«

»So viel könnte meine Frau sie möglicherweise auch fragen.«

»Aber das möchte gerade ich sie fragen. Ich möchte unbedingt, daß jemand sie fragt, der von Aziz' Unschuld überzeugt ist.«

»Was macht denn das für einen Unterschied?«

»Sie lebt hier unter Leuten, für die Inder niemals unschuldig sind.«

»Nun, sie hat doch wohl selbst etwas zu erzählen, wie?«

»Ich weiß. Aber sie erzählt es Ihnen.«

McBryde runzelte die Brauen und murmelte: »Ein bißchen zu fein gesponnen. Jedenfalls will Callendar nichts davon wissen, daß Sie sie jetzt besuchen. Ich darf Ihnen auch nicht verhehlen, daß er etwas in Sorge ist. Nach seiner Meinung besteht noch immer Gefahr für sie.«

Beide verstummten. Wieder wurde eine Visitenkarte hereingebracht, diesmal die Hamidullahs. Die Armee des Gegners bezog Position.

»Leider muß ich jetzt den Bericht weitergeben, Fielding.«

»Mir wäre es lieber, Sie täten es nicht.«

»Aber wie ließe sich das vermeiden?«

»Nach meinem Eindruck ist alles so unklar, wie es bedenklich ist. Sie riskieren eine böse Panne. Ich darf doch wohl Ihren Häftling besuchen, nicht wahr?«

McBryde zögerte. »Seine eigenen Leute scheinen bereits in Verbindung mit ihm getreten zu sein.«

»Nun, dann also, wenn er mit ihnen fertig ist.«

»Nein, so lange brauchen Sie nicht zu warten. Herrgott noch mal, Sie haben natürlich vor jedem indischen Besucher den Vortritt. Ich meine nur, was hat's für einen Zweck! Warum wollen Sie sich nur selber die Hände schmutzig machen?«

»Ich behaupte, daß er unschuldig ist –«

»Ob schuldig oder unschuldig – warum mischen Sie sich ein? Was hat es denn für einen Zweck?«

»Oh, Zweck, Zweck«, rief er. Es war, als sei die Bewegung aller Planeten zum Stillstand gekommen. »Man muß gelegentlich atmen können, ich wenigstens muß das. Ich darf sie nicht sprechen, und nun soll ich auch ihn nicht sprechen. Ich hatte Aziz zugesagt, ihn hierher zu begleiten, aber Turton rief mich zurück, ehe ich ganze zwei Schritte an seiner Seite getan hatte. Offenbar nach der Devise: ›Alle Weißen gehören nun mal zusammen‹.« – »Sieht das unserem Verwaltungsdirektor nicht ähnlich?« murmelte der Polizeibeamte sentimental. Und um nicht allzu gönnerhaft zu erscheinen, streckte er Fielding die Hand hin und sagte: »Ja, alter Freund, ich fürchte, wir haben nun alle zusammenzuhalten. Ich habe einige Lebensjahre weniger auf dem Buckel als Sie, ich weiß, aber dafür sehr viel mehr Dienstjahre. Und Sie kennen dieses gefährliche Land noch nicht halb so lange, wie ich es kenne, und Sie müssen mir schon glauben, wenn ich Ihnen sage, daß es in Tschandrapur während der nächsten Wochen sehr unerfreulich zugehen wird, höchst unerfreulich.«

»Das habe ich Ihnen ja gerade gesagt.«

»Aber in einem Augenblick wie diesem gibt es keinen Raum mehr für – nun – für persönliche Meinungen. Jeder, der aus der Reihe tanzt, ist verloren.«

»Ich weiß, was Sie meinen.«

»Nein, Sie wissen es doch wohl nicht ganz. Der ist nicht nur verloren, sondern trägt mittelbar auch zur Schwächung der eigenen Seite bei. Wer aus der Reihe tanzt, läßt hinter sich eine Lücke. Und diese Schakale« – er wies auf die Besuchskarten der Anwälte – »lauern nur darauf, daß irgendwo eine Lücke entsteht.«

»Darf ich Aziz besuchen?« lautete die Antwort des anderen.

»Nein.« Seit er über Turtons Haltung im Bilde war, hatte der Polizeibeamte plötzlich nicht mehr die geringsten Zweifel. »Sie dürfen ihn mit richterlicher Sondererlaubnis sehen – ich selbst fühle mich nicht mehr befugt, Ihnen eine auszustellen. Das könnte zu weiteren Komplikationen führen.«

Fielding blieb einen Augenblick stumm. Ja, wäre er zehn Jahre jünger oder schon zehn Jahre länger in Indien gewesen, hätte er McBrydes Rat sicher beherzigt. So aber sagte er, den ihm gebotenen kleinen Finger ergreifend: »Bei wem habe ich eine solche Sondergenehmigung wohl zu beantragen?«

»Beim Richter der Stadt.«

»Das klingt ja nicht sehr ermutigend.«

»Nein, man sollte den armen Heaslop jetzt etwas in Ruhe lassen.«

In diesem Augenblick erschien noch weiteres Beweismaterial auf der Bildfläche – die Tischschublade aus Aziz' Bungalow, die der Polizeikorporal triumphierend im Arm trug.

»Fotos von Mädchen. Ah.«

»Das ist seine Frau«, sagte Fielding, zusammenzuckend.

»Woher wissen Sie denn das?«

»Er hat es mir selber gesagt.«

McBryde lächelte unmerklich, ungläubig vor sich hin. Dann begann er in der Schublade herumzuwühlen. Sein Gesicht nahm einen gierig-forschenden, fast tierischen Ausdruck an. »Ehefrau ist gut – ich kenne diese Ehefrauen«, dachte er. Laut aber sagte er: »Nun, Sie müssen sich jetzt trollen, alter Freund, und der Herr des Himmels sei uns gnädig, sei uns allen gnädig ...«

Wie zum Zeichen dafür, daß sein Gebet erhört worden war, ließ die Tempelglocke plötzlich ein wildes Getöse erschallen.

19

Hamidullah hieß die nächste Station auf Fieldings Leidensweg. Er wartete draußen vor dem Büro des Polizeidirektors und sprang beim Anblick Fieldings respektvoll von seinem Sitz auf. Des Engländers entschiedene Bemerkung: »Es ist alles nur ein Irrtum«, beantwortete er mit der Frage: »Ah, ist irgendwelches Entlastungsmaterial zum Vorschein gekommen?«

»Es wird schon noch kommen«, sagte Fielding, ihm die Hand entgegenstreckend.
»O gewiß, Mr. Fielding. Aber sobald ein Inder einmal verhaftet ist, weiß man nie genau, wie die Sache ausgeht.« Hamidullah verhielt sich durchaus ehrerbietig. »Es ist sehr freundlich von Ihnen, mich hier in aller Öffentlichkeit zu begrüßen – ich weiß das zu würdigen. Aber der Richter läßt sich doch nur durch Entlastungsmaterial überzeugen. Hat Mr. McBryde irgendeine Bemerkung gemacht, als ihm meine Besuchskarte hereingebracht wurde? Meinen Sie, daß mein Besuchsantrag ihn verstimmt, ihn zuungunsten meines Freundes eingenommen haben könnte? Wenn das der Fall sein sollte, würde ich mich lieber zurückziehen.«
»Er ist nicht verstimmt. Und wenn er es wäre – was hätte das schon zu besagen?«
»Ach, Sie können sich's schon leisten, so etwas zu fragen – aber wir haben in diesem Lande zu existieren.«
Der führende Anwalt in Tschandrapur, der so würdevoll auftrat und seinen akademischen Titel in Cambridge erworben hatte, war etwas verstört gewesen. Auch er war Aziz zugetan und wußte, daß man ihn verleumdete. Aber sein Herz war nicht von Gutgläubigkeit regiert, und er schwatzte von »Politik« und »Entlastungsmaterial« auf eine Weise, die den Engländer bekümmerte. Auch Fielding hatte gewisse Besorgnisse – die Sache mit dem Feldstecher und der Widerspruch in allen Angaben, die den Führer betrafen, gefielen ihm ganz und gar nicht –, aber er verbannte beides an den Rand seines Bewußtseins und gestattete ihm nicht, auch dessen Inneres zu vergiften. Ja, Aziz war wirklich unschuldig, und von dieser Tatsache mußte jede weitere Maßnahme ihren Ausgang nehmen, und wer immer behauptete, er sei schuldig, hatte unrecht, würde sich aber auch niemals vom Gegenteil überzeugen lassen. In dem Augenblick, in dem Fielding sich entschlossen auf seiten der Inder stellte, erkannte er auch schon die Tiefe der Kluft, die ihn von jenen trennte. Was immer sie taten: es hatte stets etwas Fragwürdiges an sich. Aziz hatte versucht, sich dem Griff der Polizei zu entziehen, Mohammed Latif hatte unterlassen, der Plünderei Einhalt zu gebieten. Und nun wieder Hamidullah. Statt zu toben und zu fluchen, hing er das

Mäntelchen nach dem Winde. Waren die Inder etwa feige? Nein, aber sie waren wie Rennpferde, die allzu häufig beim Ablauf versagten und gelegentlich sogar störrisch waren. Überall lauerte die Furcht – und auf diese Tatsache gründete sich auch die britische Herrschaft. Respekt und Zuvorkommenheit, wie sie Fielding bezeigt wurden, waren unbewußte Versuche, ihn günstig zu stimmen. Er redete Hamidullah zu, den Kopf nicht hängen zu lassen – alles werde schon gut ausgehen. Und Hamidullah ließ sich das nicht zweimal gesagt sein, sondern war gleich wieder streitbar und ganz vernünftig. McBrydes Bemerkung: »Wenn Sie aus der Reihe tanzen, lassen Sie eine Lücke hinter sich«, wurde durch sein Verhalten bereits illustriert.

»Das Erste und Wichtigste – die Frage der Bürgschaft.«

Das entsprechende Gesuch mußte noch am selben Nachmittag eingereicht werden. Fielding wollte selbst die Bürgschaft übernehmen. Aber Hamidullah meinte, man solle den Nawab Bahadur darum angehen.

»Warum soll man denn den in die ganze Sache mit hineinziehen?«

Aber so viele Leute wie möglich hineinzuziehen, war gerade die Absicht des Anwalts. Er machte des weiteren den Vorschlag, zum eigentlichen Verteidiger einen Hindu zu wählen. Dann würde die Verteidigung sehr viel breitere Wirkung tun. Er ließ ein, zwei Namen fallen – Leute aus einer fernergelegenen Stadt, die sich durch die örtlichen Verhältnisse nicht einschüchtern ließen –, und erklärte, ihm selbst wäre Amritrao am liebsten, ein Anwalt in Kalkutta, der sowohl in beruflicher wie in persönlicher Hinsicht den besten Ruf genoß, aber als erbitterter Britengegner bekannt war.

Fielding machte Einwendungen – warum nun gleich wieder bis zum Gegenextrem umschwenken? Gewiß mußte Aziz' Unschuld erwiesen werden – aber mit einem Mindestmaß an Rassenfanatismus. Im Klub sprach man nur mit Abscheu von Amritrao. Seine Verpflichtung mußte als politische Herausforderung betrachtet werden.

»O nein, wir sollten gleich mit voller Stärke losschlagen. Als ich eben mit ansehen mußte, wie im Arm eines schmutzigen Polizisten die Briefschaften meines Freundes hineingetragen wurden, da sagte ich mir: ›Amritrao ist gerade der richtige Mann, Licht in diese Sache zu bringen.‹«

Es trat eine Art Trauerpause ein. Immer weiter ließ die Tempelglocke ihr mißtönendes Gerassel erschallen. Der endlose verhängnisvolle Tag war noch kaum bis zum Nachmittag gediehen. Das Räderwerk der Dominion-Verwaltung war nun in vollem Gang: ein reitender Bote machte sich gerade auf den Weg vom Polizeidirektor zum Richter, um diesem den offiziellen Bericht von der Verhaftung zu überbringen. »Machen Sie nicht alles noch schlimmer – warten Sie doch erst ab, wie das Spiel sich entwikkelt«, flehte Fielding, als er den Boten im Staub entschwinden sah. »Wir werden natürlich gewinnen – und brauchen darum auch nicht die Hände zu rühren. Miß Quested wird niemals imstande sein, ihre Anschuldigung zu erhärten.«

Hamidullah fühlte sich sichtlich beruhigt. Er erklärte aus ehrlichem Herzen: »In kritischen Augenblicken haben die Engländer wirklich nicht ihresgleichen.«

»Leben Sie also wohl, mein lieber Hamidullah« (die förmliche Anrede zwischen beiden war nun überflüssig geworden). »Wenn Sie Aziz sehen, bestellen Sie ihm bitte meine herzlichsten Grüße, und sagen Sie ihm, er solle unbedingt ruhig Blut wahren. Ich muß nun ins Seminar zurück. Wenn Sie mich brauchen, rufen Sie mich bitte dort an. Andernfalls aber lieber nicht, denn ich habe sehr viel zu tun.«

»Leben Sie wohl, mein lieber Fielding – Sie fechten also tatsächlich mit auf unserer Seite – gegen Ihre eigenen Landsleute?«

»Jawohl. Ohne jeden Zweifel.«

Es fiel ihm nicht gerade leicht, Partei zu nehmen. Er hatte eigentlich die Absicht gehabt, sich ohne Etikett durch Indien durchzuschlagen. Von nun ab mußte er sich wohl als »Britengegner« und »Umstürzler« abstempeln lassen – Bezeichnungen, die ihn langweilten und die seine persönliche Brauchbarkeit herabminderten. Aller Voraussicht nach mußte es außer zu einer Tragödie auch noch zu einem heillosen Durcheinander kommen. Schon jetzt konnte er mehrere lästige kleine Knoten gewahren, die jedesmal, wenn er den Blick zufällig wieder auf sie richtete, größer gewor-

den waren. In und zur Freiheit geboren, fürchtete er ein Kuddelmuddel nicht gerade, aber er wußte doch, was es damit auf sich hatte.
Den Abschluß dieser besonderen Tagesphase bildete eine merkwürdig unschlüssige Unterhaltung mit Professor Godbole. Wieder einmal ging es um die unerschöpfliche Frage von Russells Natter. Einer der Lehrer, ein wenig beliebter Parsi, hatte zum wer weiß wievielten Male ein Exemplar dieser besonderen Gattung im Klassenzimmer herumstreichen sehen. Vielleicht war sie auf ganz natürliche Weise hereingekrochen, vielleicht aber auch nicht, und noch immer sprachen auch sämtliche anderen Lehrer stets von neuem bei Fielding vor und nahmen seine Zeit mit immer neuen Theorien in Anspruch. Das Reptil war so giftig, daß Fielding ihnen den Mund nicht verbieten wollte, und das spürten sie. Als er also vor eigenen Sorgen nicht aus und ein wußte und gerade mit sich zu Rate ging, ob er eine Art Bittbrief an Miß Quested aufsetzen sollte oder nicht, hatte er wieder einmal einem Vortrag Gehör zu schenken, der nicht nur jeder Voraussetzung, sondern auch jeder logischen Folge ermangelte und völlig in der Luft hängen blieb. Nach seiner Beendigung fragte Professor Godbole: »Darf ich mich nun verabschieden?« – bei ihm stets ein sicheres Zeichen dafür, daß er noch nicht am springenden Punkt angelangt war. »Nun muß ich Ihnen aber rasch noch sagen, wie froh ich war zu hören, daß es Ihnen zuletzt doch noch geglückt ist, den Marabar zu erreichen. Ich hatte schon Sorge, daß meine Unpünktlichkeit Sie daran gehindert hat. Aber Sie sind ja auf eine sehr viel angenehmere Weise in Miß Dereks Wagen hingelangt. Hoffentlich ist der ganze Ausflug gut abgelaufen.«
»Sie haben offenbar noch nicht davon gehört.«
»O doch.«
»Nein. Es hat ein schreckliches Malheur mit Aziz gegeben.«
»O ja. Das hat sich bereits im ganzen Seminar herumgesprochen.«
»Nun, von einem Ausflug, auf dem so etwas passiert, läßt sich schwerlich behaupten, daß er gut abgelaufen ist«, sagte Fielding erstaunten Blickes.
»Da kann ich nicht mitreden. Ich selber war ja nicht mit dabei.«

Wieder starrte Fielding ihn an – ein höchst zweckloses Unterfangen, denn kein menschliches Auge hätte wahrnehmen können, was hinter den Worten Professor Godboles, was auf dem Grund seiner Gedanken lag. Und doch besaß er tatsächlich Denkkraft und ein Herz obendrein, und alle seine Freunde vertrauten ihm, ohne recht zu wissen, warum. »Ich bin im Augenblick schrecklich durcheinander«, sagte Fielding.

»Das habe ich schon gleich beim Eintritt in Ihr Amtszimmer bemerkt. Natürlich darf ich Ihre Zeit jetzt nicht länger in Anspruch nehmen, nur habe ich selber noch eine kleine persönliche Schwierigkeit, für die ich Ihren Rat erbitte. Wie Sie wissen, werde ich schon in nächster Zeit meine Stellung hier aufgeben.«

»Ja, leider.«

»Und nach Mittelindien in meine Heimat zurückkehren, um dort die Leitung des Erziehungswesens zu übernehmen. Ich möchte eine höhere Schule nach englischem Muster gründen, die so weit als möglich dem hiesigen Beamtenseminar gleichen soll.«

»Jawohl – und?« seufzte Fielding, bemüht, Interesse an den Tag zu legen.

»Gegenwärtig wird in Mau lediglich im Landesdialekt Unterricht erteilt. Ich betrachte es als meine Aufgabe, in diesem Punkt Wandel zu schaffen. Ich werde Seiner Hoheit nahelegen, die Errichtung zumindest einer höheren Schule in der Hauptstadt und womöglich in jeder anderen *pargana* genehmigen zu wollen.«

Fielding ließ den Kopf auf die Arme sinken. Wirklich, bisweilen war es mit Indern einfach nicht auszuhalten.

»Die eigentliche Frage nun – die Frage nämlich, bei der Ihr Rat mir so willkommen wäre, wäre die: Was soll wohl eine solche Schule für einen Namen erhalten?«

»Name? Ein Name für eine Schule?« fragte Fielding, wie schon vorher im Warteraum plötzlich von einem Gefühl der Übelkeit befallen.

»Jawohl, ein Name oder ein geeigneter Titel, der ihr als Name dienen und unter dem sie allgemein bekannt werden könnte.«

»Wirklich – ich habe keinen Namen für eine Schule parat. Im Augenblick kann ich nur an den armen Aziz denken. Haben Sie begriffen, daß er gerade jetzt im Gefängnis leidet?«

»O ja. O nein. Ich erwarte jetzt auch gar nicht gleich eine Antwort auf meine Frage. Ich meinte nur, Sie könnten sich die Sache mal durch den Kopf gehen lassen, wenn Sie zufällig dazu Zeit haben sollten, und mir dann zwei, drei Titel zur Auswahl vorschlagen. Ich selber hatte an ›Mr.-Fielding-Gymnasium‹ gedacht – andernfalls an ›Gymnasium König Georgs des Fünften‹.«

»Godbole!«

Der alte Bursche legte die Hände aneinander und blickte mit einer verschmitzten, einer geradezu werbenden Miene zu Fielding auf.

»Ist Aziz unschuldig, oder ist er's nicht?«

»Das hat das Gericht zu entscheiden. Der Urteilsspruch wird ohnehin mit Rücksicht auf das vorliegende Beweismaterial gefällt werden.«

»Ja, ja – aber was meinen Sie persönlich? Es handelt sich doch um einen Menschen, dem wir beide zugetan sind, der sich allgemeiner Achtung erfreut. Er geht hier in aller Stille seiner Arbeit nach. Nun, was soll man von alledem halten? Könnte man ihm ein Vergehen wie das ihm zur Last gelegte wirklich zutrauen oder nicht?«

»Oh, das ist eine Frage, die von der vorausgehenden ziemlich verschieden und außerdem sehr viel schwieriger zu beantworten ist: ich meine schwierig im Sinne unserer Lebensauffassung. Dr. Aziz ist ein sehr ehrenwerter junger Mann, den ich ungemein schätze. Aber Sie wollen von mir wissen, ob er nach meiner Überzeugung gewisser guter oder gewisser böser Handlungen fähig ist, und das können wir Ihnen nicht ohne weiteres sagen.« Er sprach ohne jede Beteiligung, in kurzatmigem Stakkato.

»Ich frage Sie: hat er es getan oder nicht? Ist das wohl klar? Ich weiß, daß er unschuldig ist, und davon gehe ich bei allen meinen Überlegungen aus. In wenigen Tagen schon hoffe ich der richtigen Erklärung für alles Vorgefallene auf die Spur zu kommen. Ich selbst habe den Verdacht, daß der Schuldige der Führer ist, den sie auf ihrem Rundgang bei sich hatten. Böswilligkeit auf seiten Miß Questeds – das kann es unmöglich sein, auch wenn Hamidullah es für wahrscheinlich hält. Zweifellos hat sie ein erschreckendes Erlebnis gehabt. Und da sagen Sie mir, die Frage lasse sich nicht beantworten – weil Gut und Böse das gleiche seien.«

»Aber bitte nein, das sind sie nach unserer Lebensauffassung gerade nicht. Es gibt im Grunde keine Einzelhandlung, keinen Einzeltäter. An jeder guten Handlung sind alle Menschen beteiligt, und an jeder schlechten gleichfalls. Um zu veranschaulichen, was ich meine, darf ich wohl den strittigen Fall zum Beispiel wählen.

Man hat mir berichtet, daß in den Marabar-Hügeln eine üble Handlung begangen wurde, und daß infolgedessen eine hochachtbare Engländerin ernsthaft erkrankt ist. Dazu habe ich zu sagen: Jawohl, es war Dr. Aziz, der diese Handlung begangen hat.« Er unterbrach sich und sog seine dünnen Wangen ein. »Es war der Führer.« Wieder hielt er inne. »Sie waren es.« Nun hatte sein Gesicht den Ausdruck von Kühnheit und gleichzeitig von Beschämtheit angenommen. »Ich war es selbst.« Verschmitzt betrachtete er den eigenen Rockärmel. »Und meine Schüler. Im Grunde war es sogar die Dame selbst. Wenn etwas Böses auf der Welt geschieht, dann drückt sich stets das Ganze des Universums darin aus. Nicht anders auch, wenn Gutes geschieht.«

»Und wenn Leiden die Menschen befällt, und so weiter, und so fort, und alles ist irgend etwas und nichts ist etwas Bestimmtes«, murmelte Fielding in seiner Gereiztheit, denn er brauchte wieder festen Boden unter den Füßen.

»Verzeihen Sie bitte – aber Sie verschieben wieder die Ausgangsposition unserer Debatte. Wir wollten doch die Frage von Gut und Böse erörtern. Leid befällt lediglich den einzelnen. Wenn eine junge Dame einen Hitzschlag erleidet, so hat das für das Universum als solches keinerlei Bedeutung, ja, wirklich nicht die geringste Bedeutung, ist etwas völlig Zufälliges, Vereinzeltes, das lediglich sie selbst betrifft. Wäre sie überzeugt, daß sie keinen Kopfschmerz hätte, dann wäre sie auch nicht krank, und dann wäre das Ganze erledigt. Aber im Falle von Gut und Böse verhält es sich völlig anders. Das ist nicht etwa das, was es nach unserer Meinung zu sein scheint, sondern das, was es an sich, aus sich selber ist, und jeder einzelne von uns hat durch sein Verhalten dazu beigetragen.«

»Sie lehren aber gerade, daß Gut und Böse eines seien.«
»O nein, verzeihen Sie bitte nochmals. Gut und Böse sind unter sich so verschieden, wie es die Namen andeuten. Aber meiner bescheidenen Meinung nach verkörpern sie nur zwei verschiedene Seiten des Herrn. Er ist gegenwärtig im einen, abwesend im andern, und der Unterschied zwischen Gegenwart und Abwesenheit ist so groß, wie unser schwacher Verstand es nur fassen kann. Und doch setzt Abwesenheit zugleich Gegenwart voraus, denn Abwesenheit ist nicht Nicht-Vorhandensein, und deshalb sind wir immer wieder zu dem Bittruf berechtigt: ›Komm, komm, komm, komm.‹« Und im gleichen Atemzug fügte Godbole, als wolle er wieder zunichtemachen, was seine Worte an Zauber enthalten haben mochten, hinzu: »Aber hatten Sie Gelegenheit, einige der interessanten Altertümer in den Marabar-Hügeln zu besichtigen?«
Fielding suchte sich in schweigender Betrachtung zu ergehen und seinem Hirn ein wenig Ruhe zu gönnen.
»Haben Sie wohl in der Nähe des üblichen Lagerplatzes den Wassertank gesehen?« setzte der andere ihm noch weiter zu.
»Doch, doch«, erwiderte Fielding gedankenabwesend. Ein halbes Dutzend Fragen gingen ihm gleichzeitig durch den Kopf.
»Was für ein Glück! Dann haben Sie den Dolch-Tank gesehen.« Und er erzählte eine Legende, die sich möglicherweise ganz reizvoll angehört haben würde, hätte er sie zwei Wochen zuvor am Teetisch erzählt. Sie betraf einen Hindu-Radscha, der den eigenen Schwestersohn umgebracht hatte, und der Dolch, mit dem er die grausige Tat verübt, blieb an seiner Hand haften, bis er im Laufe der Jahre einmal zu den Marabar-Hügeln kam. Hier wurde er von Durst befallen und begann zu trinken, aber er erblickte eine durstige Kuh und gebot, ihr zuerst etwas von dem Trinkwasser anzubieten – »worauf ihm der Dolch aus der Hand fiel, und zum Gedenken an das Wunder ließ er den Tank anlegen«. Allzu häufig war es eine Kuh, die den Höhepunkt einer Unterhaltung mit Professor Godbole bildete. Diesmal reagierte Fielding mit düsterem Schweigen.
Im Laufe des Nachmittags erhielt Fielding die erbetene Sondergenehmigung, Aziz zu besuchen, aber dieser war in so verzweifelter

Gemütsverfassung, daß er kaum mit sich reden ließ. »Sie haben mich im Stich gelassen«, war seine einzige zusammenhängende Äußerung. Fielding verließ ihn auch gleich wieder, um noch den geplanten Brief an Miß Quested zu schreiben. Allerdings versprach er sich nicht viel davon, selbst wenn er in ihre Hände gelangen sollte – was die McBrydes wahrscheinlich verhindern würden. Miß Quested hatte ihn etwas kopfscheu gemacht. Sie war eine so nüchterne, verständige junge Dame, der alle Böswilligkeit fremd war: der letzte Mensch in Tschandrapur, der es fertiggebracht hätte, einen Inder fälschlich zu bezichtigen.

20

Wenn Miß Quested auch nicht gerade verstanden hatte, sich bei ihren Landsleuten beliebt zu machen, so wußte sie doch aus ihnen herauszulocken, was an ihrem Charakter so bemerkenswert war. Ein paar Stunden lang fühlten sie alle sich vom Strom erhabener Gefühle dahingetragen – die Frauen sogar in noch viel stärkerem Maße als die Männer, wenn auch nicht für die gleiche Dauer. »Was können wir für unsere arme Schwester nur tun?« war der einzige Gedanke, der die Damen Callendar und Lesley bewegte, als sie im Wagen durch die prasselnde Mittagshitze fuhren, um sich nach ihrem Ergehen zu erkundigen. Mrs. Turton jedoch war die einzige Besucherin, der Zutritt ins Krankenzimmer beschieden war. Sie trat gerade heraus, die Züge von selbstlosem Kummer geadelt. »Sie ist mir doch jetzt die Liebste«, lautete das erste Wort, das sie über die Lippen brachte, und da sie sich gleich darauf erinnerte, daß sie sie einst als »nicht ganz *pukka*« bezeichnet und ihre Verlobung mit dem jungen Heaslop beanstandet hatte, brach sie in Schluchzen aus. Niemand hatte die Frau des Verwaltungsdirektors jemals weinen sehen. Nicht, daß sie nicht imstande gewesen wäre, Tränen zu vergießen. Aber sie hatte sich solche stets für eine angemessene Gelegenheit aufgespart, und diese Gelegenheit war nun gekommen. Oh, warum hatten sie alle der Fremden nicht mehr Güte entgegengebracht, mehr Geduld, hatten sie ihr nur das Haus geöffnet und nicht auch das Herz? Aber die zarte Innenseite des Herzens, sonst allzusehr geschont, wurde nun unter dem Stachel der Reue eine kleine Weile nach außen gekehrt. Wenn, wie Major Callendar es für möglich hielt, die Patientin verloren war, nun gut, dann war sie eben verloren, und man konnte beim besten Willen nichts mehr für sie tun. Aber trotzdem verspürten sie alle noch ein Gefühl der Mitverantwortung für den Miß Quested widerfahrenen Schimpf, obschon sie dies Gefühl selbst nicht recht benennen konnten. Wenn Adela Quested von Haus aus auch nicht gerade in ihren Kreis gehörte, dann hätten sie sie immerhin darin aufnehmen müssen. Und nun war es leider dafür zu spät, denn keine irdische Einladung konnte sie mehr erreichen. »Warum denkt man nur nicht etwas mehr an andere Leute?« seufzte die sonst so vergnügungssüchtige Miß Derek. Allerdings dauerten solche Selbstvorwürfe in ihrer reinen Form lediglich ein paar Stunden. Nach Einbruch der Dämmerung waren sie bereits durch andere Erwägungen gemildert, und das Schuldgefühl, das mit dem ersten Anblick fremden Leidens in so seltsamem Zusammenhang steht, hatte bereits etwas von seiner Schärfe verloren.

Bei der Einfahrt ins Klubgrundstück wahrten die Briten auf betonte Weise Gelassenheit – sie ließen die Pferde so gemächlich dahintraben, wie Gutsbesitzer zwischen grünen Hecken die ihren –: kein Inder sollte auf den Gedanken kommen, daß sie aufgeregt waren. Sie boten sich gegenseitig die üblichen Drinks an, aber alles schmeckte ein bißchen anders als sonst, und wenn sie dann aus dem Fenster blickten und den Staketenzaun der Kakteen sich in die Purpurkehle des Himmels bohren sahen, wurde ihnen mit einemmal wieder klar, daß sie sich in vielen tausend Meilen Entfernung von jeder ihnen begreiflichen Landschaft befanden. Der Klub war voller als gewöhnlich, und mehrere Leute hatten ihre Kinder in die sonst für Erwachsene reservierten Räume mitgebracht – nicht sehr viel anders mochte es zur Zeit des großen Aufstands in der Residenz zu Lakhnau ausgesehen haben. Eine junge Mutter – ein hirnloses, aber höchst reizvolles Geschöpf – saß im Rauchzimmer auf einer niedrigen Ottomane, ihr kleines Kind im Arm. Ihr Mann war gerade abwesend oder unterwegs, und sie wagte nicht, in ihren Bungalow zurückzukehren, für den Fall, daß die »Niggers« einen Überfall planten. Als Frau eines kleinen Eisenbahnbeamten wurde sie gewöhnlich etwas von oben herab behandelt. Aber am heutigen Abend verkörperte sie mit ihrer fülligen Figur und ihrem reichen weizengoldenen Haar alles das, wofür zu kämpfen, zu sterben sich lohnte; verkörperte es vielleicht sogar noch dauerhafter und endgültiger als die arme Adela. »Machen Sie sich keine Sorgen, Mrs. Blakiston, die Trommeln kündigen lediglich Mohurram an«, sagten zu ihrer Beruhigung immer wieder die Männer. »Dann geht es also schon los«, stöhnte sie, den Kleinen an sich pressend. Wenn er nur in einem Augenblick wie diesem das Sabbern hätte unterlassen können! »Nein, aber ganz und gar nicht, und in den Klub würden sie sich ohnehin nicht wagen.« – »Und in den Bungalow des Burrah Sahib erst recht nicht, meine Liebe, und dort sollen Sie und Ihr Kleines heute übernachten«, fiel Mrs. Turton ein, die neben ihr aufragte wie Pallas Athene und sich selbst gelobte, in Zukunft nicht mehr ganz so snobistisch zu sein.

Mit einem kurzen Händeklatschen gebot der Verwaltungsdirektor Schweigen. Er war nun sehr viel gelassener, als er es bei seiner Unterredung mit Fielding gewesen war, ja, er war stets gelassener, wenn er mehrere Leute anredete, als er es in einem *tête-à-tête* war. »Ich möchte vor allem den Damen etwas sagen«, bemerkte er. »Es gibt nicht den geringsten Anlaß zur Beunruhigung. Bewahren Sie kühles Blut, ganz kühles Blut. Gehen Sie nicht öfter aus, als unbedingt nötig ist, gehen Sie auch nicht in die Stadt, und lassen Sie in Gegenwart Ihres Personals beim Sprechen Vorsicht walten. Das ist alles.«

»Ist wohl aus der Stadt etwas Neues zu vermelden, Harry?« fragte seine Frau, die etwas entfernt von ihm stand und in ihrer Stimme gleichfalls die Sorge für die öffentliche Sicherheit mitschwingen ließ. Die übrigen wahrten während dieses erhabenen Zwiegesprächs völlige Stille.

»Alles ist ganz normal.«

»Das hatte ich auch angenommen. Die Trommeln haben natürlich nur mit dem Mohurram zu tun.«

»Lediglich mit den Vorbereitungen zu dem großen Fest – der Umzug findet erst nächste Woche statt.«
»Jawohl, erst Montag.«
»Mr. McBryde wird in der Verkleidung eines Büßermönchs daran teilnehmen«, sagte Mrs. Callendar.
»Das ist genau die Art Bemerkung, die man jetzt unterdrücken sollte«, sagte Turton, den Finger auf sie richtend. »Bitte, Mrs. Callendar, seien Sie in Zukunft etwas vorsichtiger.«
»Ich ... nun, ich ...« Sie war keineswegs gekränkt. Im Gegenteil gab ihr seine Strenge ein Gefühl der Geborgenheit.
»Noch irgendwelche Fragen? Notwendige Fragen?«
»Ist der – wo ist er jetzt –«, fragte Mrs. Lesley mit bebender Stimme.
»Im Gefängnis. Der Antrag auf Haftentlassung ist abgelehnt.«
Als nächster ergriff Fielding das Wort. Er wollte wissen, ob irgendein offizielles Bulletin in bezug auf Miß Questeds Befinden vorlag oder ob die ernsten Berichte lediglich Gerüchte waren. Seine Frage rief einen höchst ungünstigen Eindruck hervor, zum Teil deshalb, weil er Adelas Namen ausgesprochen hatte. Auf ihre wie auf Azis' Person wurde stets nur mit einer Umschreibung Bezug genommen.
»Ich hoffe sehr, daß Callendar uns schon in kurzer Zeit Bescheid geben kann.«
»Ich kann beim besten Willen nicht einsehen, wieso die letzte Frage als notwendige Frage gelten darf«, sagte Mrs. Turton.
»Vielleicht sind die Damen jetzt so freundlich, das Rauchzimmer zu verlassen«, rief er, nochmals in die Hände klatschend. »Und denken Sie bitte an das, was ich Ihnen gesagt habe. Wir verlassen uns darauf, daß Sie uns über ein paar schwierige Tage hinweghelfen werden, und das können Sie am besten dadurch tun, daß Sie sich so verhalten, als ob nichts geschehen wäre. Das ist alles, worum ich Sie bitte. Darf ich auf Ihren Beistand zählen?«
»Aber natürlich, gewiß doch«, erscholl es im Chor aus verhärmten, verschreckten Gesichtern. Die Damen entfernten sich, äußerlich niedergeschlagen und innerlich ganz erhoben, in ihrer Mitte Mrs. Blakiston, gehütet wie eine heilige Flamme. Die schlichten Worte des Verwaltungsdirektors hatten sie wieder daran ge-

mahnt, daß sie ein Außenposten des Empire waren. Und unmittelbar neben ihrer mitfühlenden Zuneigung zu Adela wallte eine andere Empfindung in ihnen auf, die das frühere Gefühl zuletzt ersticken sollte. Die ersten Anzeichen waren prosaischer, noch kaum merklicher Art. Mrs. Turton machte am Bridgetisch ihre lauten, komisch gemeinten Bemerkungen, Mrs. Lesley begann an einem Halstuch für ihren Mann zu stricken.

Als das Rauchzimmer geräumt war, ließ der Verwaltungsdirektor sich auf der Kante eines Tisches nieder, um ohne jede äußere Förmlichkeit den Versammlungsleiter zu spielen. In seinem Innern wirbelten die widersprüchlichsten Antriebe durcheinander. Er wollte Miß Quested rächen und Fielding bestrafen, und gleichzeitig wollte er völlig unparteiisch bleiben. Er wollte jeden Inder auspeitschen lassen, der ihm zufällig unter die Augen kam, aber er wollte nichts unternehmen, was einen Aufruhr hätte entfesseln oder die Notwendigkeit militärischen Eingreifens hätte zur Folge haben können. Die Gefahren solchen Eingreifens standen ihm besonders deutlich vor Augen: Soldaten pflegten gewöhnlich eine Sache wieder ins Gleichgewicht und dafür ein Dutzend anderer aus den Fugen zu bringen, und außerdem legten sie es stets darauf an, die Zivilverwaltung zu demütigen. Im Rauchzimmer befand sich an jenem Abend ein einziger Mann in Uniform – ein etwas verlorener Fähnrich von einem Gurkha-Regiment. Er war ein wenig betrunken und betrachtete den Zufall seiner Anwesenheit als eine Fügung des Himmels. Der Verwaltungsdirektor seufzte. Es gab offenbar keinen anderen Ausweg als das alte lästige Verfahren des Kompromißschließens und Maßhaltens. Voll Sehnsucht gedachte er der guten alten Zeiten, da ein Engländer einen Ehrenhandel austragen durfte, ohne später auf irgendwelche lästigen Fragen Rede stehen zu müssen. Jung-Heaslop, der Arme, hatte bereits einen Schritt in dieser Richtung getan, indem er den Antrag auf Haftentlassung ablehnte, aber der Verwaltungsdirektor war nicht überzeugt, daß das von Jung-Heaslop, dem Armen, auch sonderlich klug gehandelt war. Nicht nur würden der Nawab Bahadur und viele andere darüber in Wut geraten – auch die Regierung Indiens hielt stets die Augen offen, und hinter ihr stand der ganze Klüngel von Halbverrückten und

Hasenfüßen, das britische Parlament. Er hatte sich beständig daran zu erinnern, daß, im Auge des Gesetzes, Aziz noch nicht schuldig war, und diese geistige Tätigkeit war für ihn derart anstrengend, daß er sich bereits ganz erschöpft fühlte.

Die andern, mit weniger Verantwortlichkeit belastet, durften es sich leisten, nichts anderes als sie selbst zu sein. Sie hatten begonnen, von »Frauen und Kindern« zu sprechen – sich also jenes wohlbekannten Klischees zu bedienen, das, mehrfach geäußert, jedem männlichen Wesen den Gebrauch der Verstandeskräfte erspart. Jeder einzelne hatte das Gefühl, daß alles, was seinem Herzen am teuersten war, auf dem Spiel stand und nach Rache verlangte – ein Gefühl, vor dessen durchaus nicht unbehaglicher Glut die kühlen, kaum wirklich vertrauten Züge Miß Questeds verblaßten und von alledem abgelöst wurden, was im Dasein eines jeden das Wärmste und Süßeste war. »Aber es handelt sich um die Frauen und Kinder«, wiederholten sie, und der Verwaltungsdirektor begriff, daß er ihrer Neigung, sich noch weiter daran zu berauschen, eigentlich Einhalt hätte gebieten müssen, aber dazu hatte er nicht den Mut. »Man sollte sie zwingen, Geiseln zu stellen« – und so weiter. Manche meinten, Frauen und Kinder führen ohnehin in wenigen Tagen ins Gebirge, und es wurde sogar der Vorschlag gemacht, sie alle in einem Sonderzug fortzubringen.

»Ein wirklich vortrefflicher Vorschlag«, rief der Fähnrich. »Die Armee muß früher oder später ohnehin eingreifen. (Der Gedanke an einen Sonderzug war für ihn von dem an eine Truppenbewegung nicht zu trennen.) Das Unglück wäre niemals geschehen, wenn der Barabbas-Hügel unter militärischer Kontrolle stünde. Man hätte am Eingang zur Grotte nur ein paar Gurkhas zu postieren brauchen – das hätte genügt.«

»Wenn doch nur ein paar Tommies zur Stelle wären, hat Mrs. Blakiston eben gesagt«: so ließ sich eine andere Stimme vernehmen.

»Englische Soldaten sind hier gar nichts nütze«, rief er, wobei der Brite und der Krieger in ihm sich gegenseitig ins Gehege kamen. »Gebt mir den kampferprobten Inder, gebt mir den Gurkha, den Radschputen, den Dschat, den Mann aus dem Pandschab, den

Sikh, den Marathanen, den Bhil, den Afridi und den Pathanen und im schlimmsten Notfall den Abschaum der Basare – sie alle natürlich richtig geführt. Ich selbst würde sie zu jedem erdenklichen Ziel führen –«

Der Verwaltungsdirektor nickte ihm freundlich zu und sagte zu seinen eigenen Leuten, den Zivilisten: »Bitte tragt keine Waffen mit euch herum. Ich möchte, daß alles genauso weitergeht wie bisher, solange noch kein Anlaß zu gegenteiliger Erwartung besteht. Schickt eure Frauen ruhig in die Berge, aber bitte, ohne Aufsehen zu erregen, und um Himmels willen redet mir nicht mehr von Sonderzügen. Gleichgültig, was ihr denkt oder fühlt. Möglicherweise habe auch ich gewisse Gefühle. Ein vereinzelter Inder hat versucht – ist angeklagt, einen Gewaltakt versucht zu haben.«

Er ließ den Fingernagel nachdrücklich an die Stirn schnippen, und die Anwesenden begriffen allesamt, daß auch er nicht weniger starker Gefühle fähig war als sie, und ihre Herzen öffneten sich ihm und sie gelobten sich, ihm das Leben nicht noch schwerer zu machen. »Halten Sie sich zunächst an diese eine Tatsache, solange es noch keine weiteren Tatsachen gibt«, schloß er. »Und gehen Sie vorläufig immer von der Annahme aus, daß jeder Inder ein Engel ist.«

»Recht haben Sie«, murmelten die anderen, »das werden wir auch... Engel... jawohl...« Und der Fähnrich: »Genau, wie ich gesagt habe. Der Inder ist gar nicht so übel, wenn man ihn einzeln zu fassen bekommt. Lesley, Lesley! Sie erinnern sich doch noch an den Mann, mit dem ich auf Ihrem Maidan im letzten Monat eine Runde Polo gespielt habe. Nun, der war wirklich ganz ordentlich. Jeder Eingeborene, der Polo spielt, ist ordentlich. Wer wirklich eisern angepackt werden muß, das sind die Gebildeten, und, bitte schön, in diesem Punkte weiß ich nun wirklich Bescheid.«

Die Tür des Rauchzimmers sprang auf, und herein quoll weibliches Gemurmel. »Es geht ihr jetzt besser«, rief Mrs. Turton laut, und auf beiden Seiten der Klubgemeinschaft wurde ein Seufzer der Freude und Erleichterung hörbar. Der Oberarzt, der die gute Nachricht gebracht hatte, trat ins Zimmer. Sein verschwommenes, teigiges Gesicht trug den Ausdruck von Mißstimmung. Er überflog die Anwesenden mit einem Blick, sah vor sich Fielding auf einer Ottomane sitzen und sagte laut: »Mm.« Jeder wollte Genaueres hören. »In diesem Land ist man nie ganz außer Gefahr, solange die Temperatur noch nicht völlig herunter ist«, lautete seine Antwort. Offenbar nahm er seiner Patientin die Besserung des Befindens persönlich übel. Und niemand, der den alten Major mitsamt seinen Schrullen kannte, war darüber erstaunt.

»Nehmen Sie Platz, Callendar. Berichten Sie uns noch mehr.«

»Das dürfte allerdings einige Zeit in Anspruch nehmen.«

»Wie geht es der alten Dame?«

»Etwas Fieber.«

»Meine Frau hat gehört, daß sie zusehends verfällt.«

»Möglich. Ich kann für nichts garantieren. Aber ich kann mich jetzt wirklich nicht auf so viele Fragen einlassen, Lesley.«

»Verzeihung, alter Freund.«

»Heaslop ist hinter mir ins Haus gekommen.«

Bei Erwähnung dieses Namens stellte sich auf jedem der Gesichter wieder ein schöner und edler Ausdruck ein. Miß Quested war lediglich ein Opfer, aber Jung-Heaslop war ein Märtyrer. Auf sein Haupt häufte sich alles Übel, ihnen angesonnen von einem Lande, dem sie ihr Bestes gegeben hatten. Für sie alle trug er das Kreuz des weißen Herren. Und sie fühlten sich etwas bedrückt, weil sie es ihm auf keine Weise vergelten konnten. Es kam ihnen geradezu kläglich vor, auf weichen Polstern zu sitzen und untätig mit ansehen zu müssen, wie das Gesetz seinen Lauf nahm.

»Ich wünschte zu Gott, ich hätte diesem großartigen Assistenten keinen Urlaub bewilligt. Lieber hätte ich mir selber die Zunge abbeißen sollen. Irgendwie fühle ich mich mitschuldig – darüber komme ich gar nicht hinweg. Erst nein zu sagen und sich zuletzt doch noch breitschlagen zu lassen – und nichts anderes ist leider geschehen, meine Kinder –: das war geradezu ein Verbrechen.«

Fielding nahm die Pfeife aus dem Mund und betrachtete sie nachdenklich. Da der andere das für ein Zeichen von Furcht hielt, fuhr er fort: »Es war mir versichert worden, daß ein Engländer mit von der Partie sein sollte. Darum und nur darum habe ich zuletzt auch nachgegeben.«

»Niemand macht Ihnen einen Vorwurf, mein lieber Callendar«, sagte, zu Boden blickend, der Verwaltungsdirektor. »Wir alle verdienen insofern einen gewissen Vorwurf, als wir eigentlich hätten erkennen müssen, daß für den Ausgang des Unternehmens nicht die geringste Gewähr bestand. Wir hätten es sogar von vornherein verhindern sollen. Ich hatte rechtzeitig Kenntnis davon. Heute früh haben wir den Damen für den Weg zum Bahnhof unseren Wagen zur Verfügung gestellt. In diesem Sinne sind wir alle mitverantwortlich, aber Sie persönlich trifft auch nicht ein Gran Schuld.«

»Das alles empfinde ich anders – leider Gottes. Verantwortung ist etwas Ungeheuerliches, und ich habe nichts für den übrig, der sich ihr entzieht.« Sein Blick war nun auf Fielding gerichtet. Denen, die wußten, daß Fielding es auf sich genommen hatte, die andern zu begleiten, und daß der Frühzug ihm vor der Nase weggefahren war, tat er leid. Wie konnte es aber auch anders kommen, wenn man sich je mit Indern einließ! Stets hatte man irgendwie dafür zu büßen. Der Verwaltungsdirektor, der Bescheid wußte, kam ihm mit keinem Wort zu Hilfe. Der Beamte in ihm hoffte noch immer, daß Fielding wieder in Reih und Glied einschwenken werde. Wieder wandte die allgemeine Unterhaltung sich Frauen und Kindern zu, und unter ihrem Deckmantel machte sich Callendar an den Fähnrich heran, um ihn auf Fielding zu hetzen. Tatsächlich begann dieser nun unter dem Vorwand, betrunkener zu sein, als er wirklich war, halbausfällige Bemerkungen zu machen.

»Schon die Geschichte mit Miß Questeds Diener gehört?« sekundierte ihm der Major.

»Nein – was war mit ihm los?«

»Heaslop hat Miß Questeds Diener gestern abend ausdrücklich ermahnt, sie nicht aus dem Auge zu lassen. Der Häftling bekam Wind davon und hat es tatsächlich fertiggebracht, ihn abzuhängen. Durch Bestechung. Heaslop hat das alles eben herausgefunden, mitsamt den dazugehörigen Namen und Summen – ein in der Stadt wohlbekannter Kuppler namens Mohammed Latif hat das Geld ausgehändigt. Soviel, was den Diener betrifft. Wie verhält sich's aber nun mit dem Engländer, unserem Freund, der hier unter uns sitzt? Auf welche Weise mögen sie ihn wohl losgeworden sein? Offenbar wieder mit Geld.«

Flüsterlaute und Ausrufe des Protests. Fielding erhob sich – bisher hatte noch niemand die Lauterkeit seines Charakters anzuzweifeln gewagt.

»Oh, ich werde wohl mißverstanden. Entschuldigung«, sagte der Major patzig. »Ich wollte nicht sagen, daß auch Mr. Fielding sich hat bestechen lassen.«

»Was wollten Sie dann aber sagen?«

»Daß die andern Inder sich haben bestechen lassen, um Sie zu einer Verspätung zu nötigen. Godbole. Er hatte noch sein Morgengebet zu sprechen. Ich kenne diese Sorte Gebete.«

»Das ist ja lächerlich...« Vor Wut an allen Gliedern zitternd, setzte Fielding sich wieder nieder. Einer nach dem andern mußte sich nun in den Dreck ziehen lassen.

Nachdem der Major diesen einen Pfeil abgeschossen hatte, zog er den nächsten aus dem Köcher. »Heaslop hat noch etwas von seiner Mutter erfahren. Aziz hat eine ganze Rotte Eingeborener bestochen, ihr in einer Grotte die Luft abzuschneiden. Das hätte um ein Haar ihr Ende bedeutet, wäre es ihr nicht im letzten Augenblick noch geglückt, ins Freie zu gelangen. Hübsch ausgetüftelt, wie? Eine saubere Sache. Er selber konnte dann mit dem Mädchen allein weiterziehen. Er und sie und der Führer, den der gleiche Mohammed Latif beschafft hatte. Der Führer ist jetzt nicht aufzufinden. Wirklich hübsch!«

Er begann plötzlich loszubrüllen. »Es ist jetzt nicht Zeit zum Stillsitzen. Es ist Zeit zum Handeln. Ruft die Truppen herbei und laßt die Basare räumen!«

Bei andern Anlässen pflegte man die Ausbrüche des Majors nicht sonderlich ernstzunehmen, aber diesmal war allen etwas unbehaglich dabei zumute. Das Ganze war ja noch schlimmer, als sie bereits vermutet hatten – der Gipfel der Schamlosigkeit. Seit dem Jahre 1857, dem Jahr des großen Aufstands, hatte man ähnliches nicht mehr vernommen. Fielding vergaß, wie sehr er sich eben noch um des armen alten Godbole willen aufgeregt hatte, und verfiel in Nachdenken: das Übel wucherte nun in jeder Richtung weiter. Unabhängig von alledem, was von den

einzelnen noch gesagt oder getan wurde, schien es eine Art Eigendasein zu führen. Und er konnte nun auch besser verstehen, warum sowohl Hamidullah wie Aziz im ersten Augenblick bereit gewesen waren, die Waffen zu strecken. Sein Gegner sah, daß er, Fielding, verzweifelt war, und darum riskierte er auch zu sagen: »Ich darf wohl annehmen, daß nichts von dem hier im Klub Geäußerten nach außen dringt.« Und dabei zwinkerte er Lesley zu.
»Weshalb sollte es denn?« parierte dieser.
»Oh, von selber natürlich nicht. Nur ist mir ein Gerücht zu Ohren gekommen, daß eines der hier versammelten Klubmitglieder heute nachmittag den Gefangenen besucht hat. Man kann nicht gut zwei Herren dienen – zumindest nicht in diesem Lande.«
»Haben Sie etwa einen der hier Anwesenden im Sinn?«
Fielding war entschlossen, sich nicht weiter in die Debatte hineinziehen zu lassen. Er hatte schon etwas zu sagen – aber den Zeitpunkt wollte er selbst bestimmen. Der Angriff auf ihn kam vorerst auch noch nicht zur Entfaltung, weil der Verwaltungsdirektor sich nicht daran beteiligte. Wieder wandte die Aufmerksamkeit der Gäste sich anderem zu. Dann aber wurde nochmals das Gesumme weiblicher Stimmen vernehmlich. Ronny hatte die Tür geöffnet.
Der junge Mann sah erschöpft aus, gebrochen, und gleichzeitig etwas sanfter als sonst. Stets trug er seinen Vorgesetzten gegenüber eine Art ehrerbietiges Verhalten zur Schau. Aber nun war es ihm geradezu zur Herzenssache geworden. Er schien angesichts der schweren Kränkung, die ihm widerfahren, ihren Schutz zu erflehen, und sie ihrerseits erhoben sich bei seinem Anblick in dem dunkeln Drang, ihm Huldigung zu erweisen. Aber jeder förmlichen Geste kommt im Fernen Osten eine halb symbolische Bedeutung zu, und damit, daß sie ihm Ehre erwiesen, verdammten sie gleichzeitig Aziz und Indien. Fielding begriff das sofort, und darum blieb er selbst sitzen – was zweifellos etwas fühllos, vielleicht sogar unvernünftig war, aber er hatte nach seiner eigenen Meinung sich lange genug passiv verhalten, und wenn er sich jetzt nicht zur Wehr setzte, bestand die Gefahr, daß er in die falsche Strömung geriet. Ronny, der ihn nicht gesehen hatte, sagte

mit umflorter Stimme: »Oh, bitte, bitte, behalten Sie doch Platz, ich möchte nur hören, was Sie beschlossen haben.«
»Ich habe den andern gerade auseinandergesetzt, Heaslop«, sagte der Verwaltungsdirektor in entschuldigendem Ton, »daß ich gegen jede militärische Demonstration bin. Ich weiß nicht, wie Sie darüber denken, aber ich kann in meiner Lage zu keiner andern Entscheidung kommen. Sobald das gerichtliche Urteil ergangen ist, sieht alles gleich anders aus.«
»Sie wissen natürlich am besten Bescheid. Ich selber habe keine Erfahrung, kann also nicht mitreden.«
»Wie geht es Ihrer Frau Mutter?«
»Besser, danke schön. Ich wünschte nur, daß alle sich wieder setzten.«
»Manche Leute sind nicht einmal aufgestanden«, bemerkte der junge Krieger.
»Und der Major bringt uns höchst beruhigende Nachrichten, was das Befinden Miß Questeds betrifft«, fuhr Turton fort.
»Jawohl, jawohl. Ich bin ganz zufrieden.«
»Sie haben vorher einigen Anlaß zur Sorge gehabt, nicht wahr? Darum habe ich auch den Antrag auf Haftentlassung abgelehnt.«
Callendar lachte freundlich glucksend und sagte: »Ach, Heaslop, wenn das nächstemal ein solcher Antrag gestellt wird, rufen Sie doch bitte gleich den alten Doktor an. Er hat einen breiten Buckel – und, ganz unter uns gesagt, nehmen Sie seine Diagnose bitte nicht allzu ernst. Er ist nun mal ein unheilbarer Idiot, und darauf können Sie sich immer herausreden, aber er will nach Maßgabe seiner bescheidenen Kräfte gern das Seine dazu beitragen, jemanden im Kittchen festzuhalten, der –« Er brach mit gespielter Höflichkeit ab. »Oh, aber in unserm Kreise sitzt einer seiner Freunde.«
»Steh auf, du Schwein«, rief der Fähnrich.
»Sagen Sie, Mr. Fielding, was hat Sie eigentlich eben daran gehindert, mit aufzustehen?« fragte der Verwaltungsdirektor, sich endlich an dem allgemeinen Tumult beteiligend. Das war der Angriff, auf den Fielding gewartet und dem er nun Widerpart zu bieten hatte.

»Darf ich eine Erklärung abgeben?«
»Gewiß.«
In mancherlei Stürmen erprobt und innerlich unabhängig, frei vom Fanatismus des Nationalgefühls oder der Jugend, tat der Schulmeister etwas, was ihm verhältnismäßig leichtfiel. Er erhob sich und sagte: »Es ist meine feste Überzeugung, daß Dr. Aziz unschuldig ist.«
»Sie haben jedes Recht zu einer derartigen Überzeugung – aber, bitte schön, ist das ein Grund, Mr. Heaslop persönlich zu beleidigen?«
»Darf ich wohl meine Erklärung abschließen?«
»Jawohl.«
»Ich werde warten, bis der Richter gesprochen hat. Sollte Aziz für schuldig befunden werden, werde ich meinen Dienst quittieren und Indien verlassen. Schon jetzt möchte ich aus dem Klub austreten.«
»Hört, hört«, riefen ein paar der Anwesenden in nicht ganz feindlichem Ton. Es gefiel ihnen offenbar, daß der Bursche sich so mannhaft zu seiner Überzeugung bekannte.
»Sie haben meine Frage noch nicht beantwortet. Warum haben Sie sich beim Eintritt Mr. Heaslops nicht mit erhoben?«
»Bei allem schuldigen Respekt: ich bin nicht hier, um Fragen zu beantworten, sondern um eine persönliche Erklärung abzugeben – was bereits geschehen ist.«
»Darf ich fragen, ob Sie jetzt auch für die Verwaltung des Distrikts zuständig sind?«
Fielding schritt auf die Tür zu.
»Einen Augenblick, Mr. Fielding. Sie werden den Klub jetzt noch nicht verlassen, auch wenn Sie wohlweislich bereits Ihren Austritt angemeldet haben. Vorher wollen Sie bitte noch ein Zeichen Ihres Abscheus über das begangene Verbrechen zu erkennen geben und Mr. Heaslop Abbitte leisten.«
»Sprechen Sie in Ihrer Eigenschaft als Beamter?«
Der Verwaltungsdirektor, der niemals in anderer Eigenschaft sprach, wurde so wütend, daß er den Kopf verlor. »Verlassen Sie sofort diesen Raum«, brüllte er. »Ich bedaure nur, daß ich mich so weit herabgelassen habe, Sie am Bahnhof noch abzuholen. Sie

sind nun glücklich auf dem Niveau Ihrer Spießgesellen gelandet. Sie sind schwach, schwach, schwach – das ist es, was bei Ihnen nicht stimmt –«

»Ich würde diesen Raum nur zu gern verlassen, kann es aber nicht, solange mich dieser Herr daran hindert«, sagte Fielding, ohne die Stimme zu heben. Der Fähnrich hatte ihm den Weg versperrt.

»Lassen Sie ihn doch gehen«, sagte Ronny, dem Schluchzen nahe. Tatsächlich hätte in diesem Augenblick nichts anderes die Situation retten können. Einer von Heaslop geäußerten Bitte mußte unbedingt stattgegeben werden. Immerhin kam es an der Tür zu einem kleinen Handgemenge, und Fielding wurde etwas rascher, als natürlich gewesen wäre, in das Zimmer befördert, in dem, Karten spielend, die Damen saßen. »Ein Glück, daß ich nicht auf dem Boden gelandet oder wütend geworden bin«, dachte er. Natürlich war er ein bißchen wütend. Niemals zuvor hatten seine Landsleute ihn tätlich bedroht oder ihn schwächlich gescholten, und Heaslop hatte noch obendrein glühende Kohlen auf sein Haupt gesammelt. Nein, er hätte doch die Person des armen Heaslop nicht zum Anlaß für einen Auftritt nehmen sollen. Es gab so viel geeignetere Anlässe.

Immerhin war es nun einmal geschehen. Er hatte das Seine getan oder auch nicht getan, und um sich den Kopf zu kühlen und das innere Gleichgewicht wiederzufinden, trat er einen Moment auf die obere Veranda hinaus, wo das erste, was ihm ins Auge fiel, die Marabar-Hügel waren. In dieser Entfernung und zu dieser Stunde waren sie plötzlich schön, waren sie Montsalvat, Walhalla, die Türme einer Kathedrale, von Heiligen und von Helden bevölkert, über und über mit Blumen bewachsen. Welcher Missetäter mochte sich noch in ihnen verborgen halten – wie lange noch imstande sein, sich verborgen zu halten? Wer war der Führer, und war er inzwischen aufgespürt worden? Worin bestand das »Echo«, über das sich die junge Dame beklagt hatte? Er wußte es nicht, aber schon bald würde er klarer sehen. Gepriesen sei alles Tatsächliche – ihm sei das letzte Wort beschieden! Während Fielding den Blick auf die Marabar-Hügel gerichtet hielt, schienen sie, im letzten Schimmer des Tageslichts, sich so huldvoll wie eine Königin auf ihn zuzubewegen, und ihr Zauber verfloß mit dem des Himmels. Im Augenblick ihres Unsichtbarwerdens waren sie schon allüberall, kühl senkte sich die Segenshand der Nacht auf die Erde herab, die Sterne glitzerten auf, das ganze Universum war zum Hügel geworden. Ein lieblicher, ein köstlicher Augenblick – aber er rauschte mit abgewandtem Antlitz, auf raschen Schwingen an ihm, dem Engländer, vorüber. Fieldings Herz blieb unberührt. Es war, als habe ihm jemand gesagt: es gibt einen solchen Augenblick, und er habe das als wahr hinnehmen müssen, ohne es eigentlich wahrzunehmen. Und plötzlich fühlte er sich unsicher, unzufrieden – hatte er als Mann es wirklich und wahrhaftig zu etwas gebracht? Nach vierzigjähriger Erfahrung hatte er gelernt, mit seinem Leben fertigzuwerden und im fortschrittlich-europäischen Sinne das Beste daraus zu machen, er hatte seine Persönlichkeit entwickelt, seine eigenen Grenzen erkundet, seine Leidenschaften gezügelt – und das alles, ohne der Pedanterie oder der Manier zu verfallen. Eine ganz ansehnliche Leistung, gewiß. Aber als der besagte Augenblick an ihm vorüberwehte, war es ihm, als hätte er sich die ganze verflossene Zeit über eigentlich noch um etwas anderes bemühen sollen – was, wußte er nicht, würde er, konnte er niemals wissen, und eben darum war auch das Herz ihm schwer.

21

Alle persönlichen Anwandlungen von Reue unterdrückend – was hatten sie schließlich mit der nächsten, der dringlichsten seiner Aufgaben zu schaffen? –, beschloß er den Tag damit, daß er zu Pferd seine Bundesgenossen aufsuchte. Er war froh, mit dem Klub gebrochen zu haben, denn dort würde er allerlei Klatschgeschichten aufgeschnappt und sie in der Stadt weiterberichtet haben – ein Glück, daß ihm solche Gelegenheit nun versagt blieb. Gewiß würde er das Billard-, gelegentlich auch das Tennisspiel und das Wortgeplänkel mit Mr. McBryde vermissen, aber das war auch alles. So gering waren seine geselligen Bedürfnisse gewesen. Am Eingang zum Basarviertel scheute sein Pferd – ein Tiger? Ein Halbwüchsiger, der sich, den Körper gelb und braun gestreift und das Gesicht mit einer Maske bedeckt, als Tiger verkleidet hatte. Mohurram warf seine Schatten voraus. In der Stadt wurden zahlreiche Trommeln gerührt, aber im ganzen schien eine friedliche Stimmung zu herrschen. Man forderte ihn auf, eine kleine *tazia* zu besichtigen, ein wackliges und weltliches Gebilde, das mehr an eine Krinoline erinnerte als an ein Grabmal, errichtet für den Enkel des Propheten, der bei Kerbela erschlagen worden war. Aufgeregte Kinder waren gerade damit beschäftigt, seine Rippen mit bunten Papierstreifen zu überkleben. Den Rest des Abends verbrachte Fielding mit dem Nawab Bahadur, Hamidullah, Mahmoud Ali und anderen Mitverschworenen. Auch die Verteidigungskampagne nahm nun bewegtere Formen an. Man hatte dem berühmten Amritrao depeschiert und von ihm bereits eine Zusage erhalten. Der Antrag auf Haftentlassung sollte erneuert werden – nun, da Miß Quested aus aller Gefahr heraus war, konnte er auch kaum abschlägig beschieden werden. Es war eine ernste, sachliche Besprechung, die nur dadurch beeinträchtigt war, daß ein paar Wandermusikanten innerhalb der Einfriedung sich vernehmlich machen durften. Jeder von ihnen hielt einen mächtigen, mit Steinen gefüllten Tonkrug in der Hand, den er im Rhythmus einer wehmütigen Sangesweise auf und nieder klirren ließ. Da Fielding sich durch das Gelärm abgelenkt fühlte, bat er darum, die Musikanten fortzuschicken, was aber der Nawab Bahadur nicht tun wollte. Er behauptete, daß Musikanten, die von so weit herkämen, den Hörern möglicherweise Glück brächten.

Sehr viel später in der Nacht verspürte er plötzlich den Wunsch, Professor Godbole zu gestehen, welchen taktischen und moralischen Mißgriff er damit begangen hatte, daß er Heaslop gegenüber unmanierlich gewesen war, und zu hören, was der andere dazu meinte. Aber der alte Knabe war bereits zu Bett gegangen, und ein paar Tage später war er, ohne sich weiter behelligen lassen zu müssen, in die Ferne entwichen, um seine neue Stellung anzutreten: stets verstand er sich darauf, geräuschlos zu verschwinden.

22

Mehrere Tage lag Adela im Bungalow der McBrydes zu Bett. Sie hatte einen kleinen Hitzschlag erlitten, und außerdem mußten ihr Hunderte von Kaktusstacheln aus der Haut entfernt werden. Allstündlich suchten Miß Derek und Mrs. McBryde ihren Körper mit einem Vergrößerungsglas ab, und stets entdeckten sie neue Kolonien von winzigen Härchen, die, wenn man sie nicht rechtzeitig bemerkte, abknicken und in den Blutkreislauf geraten mochten. Reglos ließ Adela sich von ihren Fingern bearbeiten, die den in der Grotte ausgelösten Schock freilich noch verstärkten. Bisher war es ihr ziemlich gleichgültig gewesen, ob sie berührt wurde oder nicht: ihre Sinne waren ungewöhnlich träge, und die einzige Berührung, die sie je in Rechnung gestellt hatte, war eine innerer Art. Aber nun war alles gleichsam an die Außenfläche ihres Körpers getreten, der sich für die ihm widerfahrene Vernachlässigung zu rächen und auf fast krankhafte Weise übermächtig zu werden begann. Alle fremden Leute schienen einander zu ähneln, nur daß einige ihr allzunahe kamen, andere sich ihr fern hielten. »Im Raum berührt sich, in der Zeit flieht sich alles«, sagte sie immer wieder vor sich hin, während die Stacheln herausgezogen wurden. Ihre Denkkraft war derart mitgenommen, daß sie selbst nicht recht wußte, ob dieser Satz ein Epigramm oder nur ein Spiel mit Worten war.

Man war freundlich zu ihr, ja geradezu überfreundlich, die Männer verhielten sich allzu achtungsvoll, die Frauen allzu mitfühlend, während die einzige Besucherin, die sie sich herbeigewünscht hätte, nämlich Mrs. Moore, ihr fernblieb. Niemand hatte Verständnis für ihre Nöte oder wußte auch, warum sie unablässig zwischen nüchterner Klarsicht und Hysterie hin und her gerissen wurde. Wenn immer sie zum Erzählen ansetzte, war es, als habe sie nichts Besonderes zu berichten. »Ich trat in diese abscheuliche Grotte«, sagte sie in trockenem Ton, »und ich erinnere mich noch, daß ich mit dem Fingernagel über die Wand kratzte, um das erwartete Echo hervorzurufen, und dann, wie schon gesagt, bemerkte ich plötzlich diesen Schatten oder so etwas wie einen Schatten draußen im Eingangsschacht, der mir die Öffnung verstellte. Es kam mir so vor, als hätte das Ganze eine Ewigkeit gewährt – aber in Wirklichkeit kann es kaum eine halbe Minute gedauert haben. Ich schlug mit dem Feldstecher auf ihn ein, er zerrte mich am Halteriemen rund um die Grotte, der Riemen riß, ich entkam – das ist alles. Er hat mich nicht ein einziges Mal berührt. Es kommt mir alles so unsinnig vor.« Dann füllten sich ihre Augen mit Tränen. »Natürlich bin ich noch aufgeregt, aber ich werde schon drüber wegkommen.« Dann jedoch verlor sie gewöhnlich die Fassung, die zufällig bei ihr weilenden Frauen brachen im Gefühl schwesterlicher Verbundenheit gleichfalls in Tränen aus, und im Nebenzimmer murmelten die Männer: »Du lieber Gott, du lieber Gott.« Niemand ahnte, daß sie Tränen für etwas Erbärmliches hielt, für etwas Entwürdigendes – auf ungreifbare Weise sogar für noch mehr entwürdigend als das, was ihr in der Marabar-Grotte widerfahren war; für eine Art Absage an ihre ganze fortschrittliche Gesinnung, die angeborene Redlichkeit ihres Denkens. Immerzu war Adela bemüht, »das Vorgefallene genau zu durchdenken«, und immer erinnerte sie sich daran, daß nichts wirklich Schlimmes passiert war. Gewiß war es bei ihr zu einem »Schock« gekommen – aber was war eigentlich ein Schock? Eine Zeitlang vermochte sie sich mit Hilfe ihrer eigenen Logik zu beschwichtigen, dann aber tönte ihr von neuem das Echo ins Ohr. Sie brach in Schluchzen aus, erklärte, sie sei Ronnys nicht würdig, und gab der Hoffnung Ausdruck, daß ihrem Angreifer das höchstmögliche Strafmaß zudiktiert würde. Nach einem dieser Anfälle verspürte sie plötzlich das Verlangen, ins Basarviertel hinunterzustürzen und jeden der ihr Begegnenden um Verzeihung zu bitten, denn sie hatte das unbestimmte Gefühl, daß sie die Welt in einem schlimmeren Zustand hinter sich ließ als dem, in dem sie sie vorgefunden; das Gefühl, daß eigentlich sie selbst es war, die das Verbrechen begangen hatte – bis ihr Verstand, von neuem sich regend, sie darauf aufmerksam machte, daß sie in diesem Punkt etwas ungenau dachte, und damit begann der sinnlose Kreislauf von neuem.

Hätte sie doch wenigstens mit Mrs. Moore sprechen können! Auch die alte Dame war nicht ganz wohl gewesen und konnte sich, wie Ronny berichtete, noch nicht zum Ausgehen entschließen, und infolgedessen tönte das Echo lauter als je, schwirrten in ihrem Gehörgang die Nerven, und der für ihren Verstand so belanglose Laut in der Grotte hallte über die Außenfläche ihres ganzen Daseins hin nach. Sie hatte – ohne jeden ersichtlichen Grund – an die kunstvoll geglättete Wand geschlagen, und ehe noch der Gegenlaut ausschwingen konnte, war der andere ihr bereits nachgekommen, und der eigentliche Höhepunkt des Dramas hatte darin bestanden, daß der Feldstecher zu Boden fiel. Dieser Laut des Fallens war ihr noch auf der Flucht nachgesprudelt, und auch jetzt noch rauschte er fort, einem Strom gleich, der allmählich eine Ebene zu überfluten droht. Lediglich Mrs. Moore hätte ihm Einhalt gebieten, ihn zur Umkehr zwingen, zum Verschwinden bringen und die Risse in dem geborstenen Behälter, dem er entsprungen war, wieder zustopfen können ... Das Böse war entfesselt ... sie konnte sogar vernehmen, wie es in das Dasein der andern einsickerte ... Und tagelang verharrte Adela in diesem Zustand der Bekümmernis und der Niedergeschlagenheit. Ihre Freunde bewahrten sich ihre eigene Munterkeit dadurch, daß sie Massenverbrennungen von Indern forderten. Aber sie selbst war dazu viel zu verängstigt und schwach.

Als die Kaktusstacheln sämtlich aus ihrer Haut entfernt waren und auch die Temperatur wieder normal war, erschien Ronny bei ihr, um sie nach Hause zu holen. Er war vor Empörung und Kummer ganz elend – hätte sie ihn doch zu trösten vermocht! Aber jede Art der Vertraulichkeit schien ihrer selbst zu spotten, und je mehr beide sprachen, um so unwohler, unbehaglicher fühlten sie sich. Rein sachliche Unterhaltungen waren nun die am wenigsten peinlichen, und Ronny und McBryde rückten mit allerlei heraus, was sie Adela auf Anordnung des Arztes während der Krisis verheimlicht hatten. Zum erstenmal erfuhr sie von den Unruhen, die mit Mohurram in Verbindung standen. Um ein Haar wäre es zu einem regelrechten Aufstand gekommen. Am letzten Tag des Festes waren die Teilnehmer an der großen Prozession von der vorgeschriebenen Route abgewichen und hatten versucht, in die Beamtenstation einzudringen. Dabei war ein Telefondraht durchschnitten worden, weil er einem der großen Papptürme im Weg war. McBryde und seine Polizisten hatten das

Ganze wieder ins rechte Gleis gebracht – eine bemerkenswerte Leistung. Dann aber kamen beide auf ein anderes, sehr viel peinlicheres Thema zu sprechen: die bevorstehende Gerichtsverhandlung. Sie, Adela, würde selbst vor Gericht zu erscheinen haben, um den Angeklagten zu identifizieren, und dabei hatte sie sich dem Kreuzverhör durch einen indischen Anwalt zu unterwerfen.

»Darf Mrs. Moore mit dabeisein?« war alles, was sie auf diese Mitteilung zu erwidern hatte.

»Gewiß, und auch ich werde mit zur Stelle sein«, erwiderte Ronny. »Ich selbst werde leider in diesem Fall nicht als Richter fungieren – die Gegenseite hat unter Hinweis auf die persönlichen Umstände sich dagegen verwahrt. Aber die Verhandlung wird trotzdem in Tschandrapur stattfinden – eine Weile sah es so aus, als sollte sie an einen andern Ort verlegt werden.«

»Immerhin kann Miß Quested ermessen, was es mit alledem auf sich hat«, bemerkte McBryde betrübt. »Herr Das wird in diesem Fall der zuständige Richter sein.«

Das war an sich nur Ronnys Stellvertreter – der Bruder jener Mrs. Bhattacharya, auf deren Kutsche sie im Monat zuvor vergeblich gewartet hatten. Er war zuvorkommend und gescheit und konnte aufgrund des ihm vorliegenden Beweismaterials auch nur zum einzig möglichen Schluß kommen. Aber in Anbetracht der Tatsache, daß er über eine junge Engländerin zu Gericht sitzen sollte, war fast die ganze Station vor Wut außer sich geraten, und einige der Frauen hatten deshalb an Lady Mellanby, die Frau des Provinzstatthalters, ein Beschwerdetelegramm geschickt.

»Ich muß immerhin vor irgendeinem Richter erscheinen.«

»Das – das ist genau die richtige Art, dem Unvermeidlichen ins Auge zu schauen. Sie haben wirklich Mark in den Knochen, Miß Quested.«

Mr. McBryde ereiferte sich beim Gedanken an die beiderseitige Abmachung, die er als Errungenschaft der Demokratisierung bezeichnete. Es hatte einmal eine Zeit gegeben, da hätte keine Engländerin selbst vor Gericht zu erscheinen brauchen, noch hätte damals ein Inder in aller Öffentlichkeit ihre Privatangelegenheiten zu erörtern gewagt. Sie würde einfach eine schriftliche

Aussage gemacht haben, und das Urteil wäre dann automatisch gefolgt. McBryde bat sie gewissermaßen um persönliche Nachsicht für die Verfassung, in der jetzt das ganze Land sich befand. Die Folge: daß ihr, wie auch sonst nun so oft, die Tränen aus den Augen schossen. Währenddessen lief Ronny unglücklich im Zimmer auf und ab. Er trampelte entweder auf die Blumen, die das Muster des unvermeidlichen Kaschmirteppichs bildeten, oder trommelte an die Messingschalen. »So etwas passiert mir jeden Tag schon ein bißchen weniger häufig, und bald fühle ich mich auch wieder ganz wohl«, sagte Adela, sich die Nase schneuzend. Sie kam sich bereits ganz entstellt vor. »Was ich brauche, ist irgendeine Beschäftigung. Darum nimmt bei mir auch die lächerliche Heuchlerei noch kein Ende.«

»So etwas ist ganz und gar nicht lächerlich – im Gegenteil: wir finden Sie großartig«, erklärte der Polizeigewaltige in aller Aufrichtigkeit. »Es bedrückt uns nur, Ihnen jetzt nicht helfen zu können. Daß Sie aber ausgerechnet bei uns wohnen, und gerade zu einer solchen Zeit – das ist die höchste Ehre, die diesem Hause –«. Auch er war nun von Rührung übermannt. »Nebenbei – als Sie krank lagen, ist ein Brief für Sie gekommen«, fuhr er fort. »Ich habe ihn aufgemacht, was zu gestehen mir nicht ganz leichtfällt. Können Sie mir verzeihen? Die Umstände sind etwas merkwürdig. Er ist von Fielding.«

»Warum sollte er überhaupt an mich schreiben?«

»Es hat sich leider etwas höchst Bedauerliches ereignet. Die Verteidigung hat sich seiner Person bemächtigt.«

»Er ist nicht ganz bei Trost, er ist halbverrückt«, sagte Ronny wie beiläufig.

»So kann man es natürlich ausdrücken, aber nicht jeder Halbverrückte braucht obendrein noch ein Flegel zu sein. Es ist doch wohl besser, wenn Miß Quested erfährt, wie er sich Ihnen gegenüber aufgeführt hat. Wenn Sie es ihr jetzt nicht berichten, wird bald jemand anders es tun.« Woraufhin er es ihr selber berichtete. »Ich brauche wohl kaum hinzuzufügen, daß er nun der Haupttrumpf der Verteidigung ist. Er ist für sie der einzige rechtlich denkende Engländer unter lauter Tyrannen. Regelmäßig empfängt er Abordnungen aus dem Basarviertel, und sie alle kauen Betelnuß und beschmieren sich die Hände gegenseitig mit Ambra. Es ist nicht gerade einfach, aus einem solchen Mann klug zu werden. Seine Schüler sind eben in Streik getreten – aus persönlicher Begeisterung für ihn wollen sie lieber nichts lernen. Wäre Fielding nicht, so wäre es auch nicht zu den Mohurram-Unruhen gekommen. Er hat unserer ganzen Gemeinschaft schweren Schaden zugefügt. Dieser Brief liegt schon ein paar Tage hier, aber es ging Ihnen bisher noch nicht gut genug. Andererseits hatte sich die Situation derartig zugespitzt, daß ich ihn aufmachte, weil sein Inhalt uns möglicherweise von Nutzen hätte sein können.«

»Und ist er das gewesen?« fragte sie mit schwacher Stimme.

»Nicht im geringsten. Fielding hatte lediglich die Unverfrorenheit zu behaupten, Sie seien einer Täuschung zum Opfer gefallen.«

»Wenn ich das doch wäre!« Sie überflog den Brief, der vorsichtig abgefaßt und konventionell in seinen Formulierungen war. »Dr. Aziz ist unschuldig«, las sie. Wieder begann ihre Stimme zu zittern. »Sich vorzustellen, wie er sich dir gegenüber aufgeführt hat, Ronny, wo du doch schon um meinetwillen so viel auszustehen hattest! Er hat abscheulich gehandelt. Mein Lieber – wie kann ich dir das nur je entgelten? Wie kann man überhaupt jemandem etwas entgelten, wenn man selber nichts mehr zu geben hat? Was haben persönliche Beziehungen noch für einen Sinn, wenn man immer weniger dazu beitragen kann? Wir sollten alle paar Jahrhunderte wieder in die Wüste gehen und uns bemühen, gut zu werden. Ich möchte wieder ganz von vorne anfangen. Alles, was ich bisher gelernt – zu lernen geglaubt habe, ist nur eine Bürde. Das hat gar nichts mit Wissen zu tun. Ich bin für eine persönliche Beziehung einfach nicht geeignet. Nun, laß uns gehen, bitte, laß uns endlich gehen. Natürlich hat Mr. Fieldings Brief nichts zu besagen. Er kann soviel denken und schreiben, wie er Lust hat – nur hätte er dir gerade jetzt das Leben nicht noch schwerer machen sollen. Das wäre doch jetzt das Wichtigste... Nein, danke, ich brauche deinen Arm nicht, ich kann jetzt sehr gut wieder alleine gehen. Rühr mich bitte auch sonst nicht an.«

Mrs. McBryde entbot ihr ein zärtliches Lebewohl – diese Frau, mit der sie nicht das geringste gemein hatte und deren Vertraulichkeit ihr so sehr auf die Nerven ging. Jahr um Jahr würden sie nun beisammenhocken müssen, bis einer der beiden Gatten pensionsreif war. Ja, Anglo-Indien zahlte es ihr nun offenbar heim, daß sie einmal versucht hatte, einen eigenen Weg zu gehen. Gedemütigt, aber gleichzeitig angewidert, äußerte sie die erwarteten Dankesformeln. »Oh, wir müssen einander zur Seite stehen, wir müssen gute und auch schlechte Tage miteinander teilen«, sagte Mrs. McBryde. Auch Miß Derek war nun wieder zur Stelle und erging sich noch immer in Späßen über ihren komischen Brotgeber, den Maharadscha von Mudkul, und seine Rani. Unter Hinweis auf ihre Zeugenpflicht hatte sie sich geweigert, den Wagen zurückzuschicken. Beide würden toben. Adela mußte sich sowohl von Mrs. McBryde wie von Miß Derek küssen und beim Vornamen nennen lassen. Dann brachte Ronny sie im Wagen nach Hause. Es war noch früh am Morgen, denn mit dem Vordringen der großen Hitze blähte sich der Tag nach beiden Enden hin auf wie ein Ungeheuer und ließ für die Bewegung der Sterblichen immer weniger Spielraum.

Als beide sich dem Bungalow näherten, sagte Ronny: »Mutter freut sich schon darauf, dich wiederzusehen. Aber natürlich ist sie nicht mehr die Jüngste – das darf man nicht vergessen. Meiner Meinung nach reagieren alte Leute niemals so, wie man es von ihnen erwartet.« Er schien sie vor einer bevorstehenden Enttäuschung warnen zu wollen, aber sie hörte offenbar darüber hinweg. Ihre Freundschaft mit Mrs. Moore war so tief und so echt, daß an ihrem Bestand nicht zu rütteln war. »Wie kann ich dir das Leben nur ein bißchen leichter machen?« seufzte sie. »Auf dich kommt jetzt alles an.«

»Wie lieb von dir, mir so etwas zu sagen!«

»Und wie lieb von dir, mich jetzt nicht im Stich zu lassen!« Dann aber rief sie unvermittelt: »Ronny, sie ist doch nicht etwa gleichfalls krank?«

Er beruhigte sie. Major Callendar war mit ihrem Befinden nicht unzufrieden.

»Allerdings wirst du sie etwas – reizbar finden. Wir sind überhaupt eine reizbare Familie. Nun, das wirst du selber entdecken. Zweifellos bin auch ich jetzt mit den Nerven etwas herunter, und abends beim Nachhausekommen hatte ich nicht halb soviel von

Mutter, wie ich erwartet hatte – was wohl an ihr lag. Aber dir zuliebe gibt sie sich bestimmt einen Ruck. Jedenfalls möchte ich nicht, daß du dich beim Nachhausekommen enttäuscht fühlst. Nur erwarte bitte nicht zuviel.«

Nun kam das Haus in Sicht. Es war ein genaues Abbild des Bungalows, den sie soeben hinter sich gelassen hatten. Mit etwas gedunsenem Gesicht, gerötet und merkwürdig streng – so fanden sie Mrs. Moore, auf einer Chaiselongue liegend, vor. Sie richtete sich bei ihrem Eintritt auch nicht auf, und darüber war Adela so sehr überrascht, daß sie ihre eigenen Nöte vergaß.

»Da wärt ihr also wieder«: das waren ihre einzigen Begrüßungsworte.

Adela setzte sich nieder und ergriff ihre Hand. Diese zuckte jedoch zurück, und Adela spürte, daß gerade so, wie sie selbst sich durch andere, Mrs. Moore sich durch sie abgestoßen fühlte.

»Befindest du dich auch wohl? Es schien dir eigentlich ganz gut zu gehen, als ich dich vorhin allein ließ«, sagte Ronny. Er bemühte sich, jeden Ärger aus seiner Stimme fernzuhalten. Aber er hatte ihr nahegelegt, dem jungen Mädchen ein freundliches Willkommen zu bereiten, und darum konnte er eine gewisse Verstimmung nicht unterdrücken.

»Es geht mir schon ganz leidlich«, sagte sie mit schwerer Stimme. »Ich habe mir sogar meine Rückfahrkarte mal etwas genauer angesehen. Sie gilt für alle Linien, und ich habe also für die Heimreise noch sehr viel mehr Schiffe zur Auswahl, als ich angenommen hatte.«

»Das können wir doch später besprechen, wie?«

»Vielleicht möchten Ralph und Stella die Ankunftszeit wissen.«

»Aber mit alledem eilt es doch nicht. Wie, meinst du wohl, sieht unsere Adela aus?«

»Ich bin überzeugt, daß Sie mir über alle Schwierigkeiten weghelfen werden«, fiel das Mädchen rasch ein. »Es ist wirklich schön, jetzt wieder mit Ihnen zusammenzusein. Alle andern Leute sind mir so fremd.«

Aber Mrs. Moore ließ nicht die geringste Neigung zur Hilfsbereitschaft erkennen. Sie strömte vielmehr eine Art Unwilligkeit aus.

Sie schien – wortlos – zu sagen: »Muß ich mich denn immer und ewig von euch behelligen lassen?« Ihre christliche Weichherzigkeit war geschwunden oder sogar in Härte umgeschlagen, in eine selbstgerechte Gereiztheit über das gesamte Menschengeschlecht. Sie hatte keinerlei Interesse an der Verhaftung bezeigt, hatte kaum irgendwelche Fragen gestellt und hatte sich in jener schrecklichen letzten Nacht des Mohurram, in der ein Angriff auf den Bungalow zu befürchten stand, sogar geweigert, das Bett zu verlassen.

»Ich weiß, daß es mit dem Ganzen nichts weiter auf sich hat. Ich muß vernünftig sein, und ich gebe mir auch wirklich Mühe«, fuhr Adela fort, sich wieder in den Zustand hineinsteigernd, in dem die Tränen ihr stets so locker saßen. »Es wäre mir wahrscheinlich auch einerlei, wenn es irgendwo anders passiert wäre. Ich weiß ja nicht einmal genau, wo es überhaupt passiert ist.«

Ronny glaubte zu verstehen, was sie meinte: sie hätte die fragliche Grotte weder wiedererkennen noch beschreiben können, ja sie wehrte sich sogar dagegen, sich in dieser Hinsicht belehren zu lassen, und es bestand nicht der geringste Zweifel, daß im Laufe der Verhandlung die Verteidigung versuchen würde, gerade aus diesem Umstand Kapital zu schlagen. Er beruhigte sie: die Marabar-Grotten waren einander bekanntlich zum Verwechseln ähnlich, ja, in Zukunft sollten sie am besten der Reihenfolge nach numeriert und mit einer weißen Ziffer kenntlich gemacht werden.

»Ja, das meine ich gerade. Jedenfalls weiß ich es nicht ganz genau. Aber das Schlimmste ist das Echo, das ich immerzu höre.«

»Oh, was für ein Echo?« fragte Mrs. Moore, zum erstenmal aufhorchend.

»Ich kann es nicht aus dem Ohr bekommen.«

»Das wird Ihnen wohl auch niemals gelingen.«

Ronny hatte seine Mutter nachdrücklich darauf vorbereitet, daß Adela in einer etwas angekränkelten Gemütsverfassung heimkommen würde, aber Mrs. Moore war ausgesprochen böswillig.

»Mrs. Moore – was ist das nur für ein Echo?«

»Wissen Sie denn das nicht?«

»Nein – was ist es denn? Oh, bitte sagen Sie es mir doch. Ich wußte doch, Sie wären imstande, es mir zu erklären ... Und das wäre mir eine solche Beruhigung ...«

»Wenn Sie es nicht wissen, dann wissen Sie es eben nicht. Ich kann es Ihnen jedenfalls mit Worten nicht klarmachen.«

»Das ist nicht sehr freundlich von Ihnen, daß Sie mir das nicht sagen wollen.«

»Sagen, sagen, sagen«, wiederholte die alte Dame voll Bitterkeit. »Als ob irgend etwas sich jemals mit Worten sagen ließe! Ich habe mein ganzes Leben damit verbracht, daß ich selber geredet oder anderen Leuten beim Reden zugehört habe. Ich habe zu lange zugehört. Nun möchte ich endlich meine Ruhe haben. Das heißt natürlich nicht, daß ich mich schon grabesreif fühlte«, setzte sie mißmutig hinzu. »Zweifellos erwartet ihr schon längst, daß es mit mir zu Ende geht. Aber wenn ich Sie und Ronny habe heiraten sehen und die andern beiden wiedergetroffen und von ihnen erfahren habe, ob auch sie die Absicht haben, zu heiraten – dann werde ich mich in eine Art Privatgrotte zurückziehen.« Sie lächelte, um ihrer Bemerkung den Anstrich des Alltäglichen zu geben und sie dadurch noch bitterer zu machen. »An irgendeine Stelle, wo keine jungen Leute mehr hinkommen können, um mir mit Fragen zuzusetzen, für die es keine Antwort gibt. Auf irgendeinen Felsvorsprung.«

»Na schön, aber inzwischen steht uns die Gerichtsverhandlung bevor«, sagte ihr Sohn hitzig, »und wir haben das Gefühl, daß wir jetzt wieder zusammenhalten und einander über die nächsten Wochen weghelfen sollten, statt ausfällig gegeneinander zu werden. Oder wirst du dich in dieser Tonart auch auf dem Zeugenstand ergehen?«

»Warum sollte ich überhaupt den Zeugenstand betreten?«

»Um gewisse Punkte in unserer Aussage zu bestätigen.«

»Ich habe nicht das geringste mit euren albernen Gerichten zu schaffen«, sagte sie heftig. »Keinesfalls will ich in das Ganze mit hineingezerrt werden.«

»Auch ich will nicht, daß sie mit hineingezerrt wird. Ich will überhaupt nicht, daß um meinetwillen noch jemand etwas auszustehen hat«, rief Adela und griff nochmals nach der Hand, die sich ihr nochmals entzog. »Auf ihre Aussage kommt es nicht im geringsten an.«

»Ich hatte angenommen, es wäre ihr eigener Wunsch, auszusagen. Kein Mensch macht dir einen Vorwurf, Mutter. Aber es ist nun einmal Tatsache, daß du nach der ersten Grotte die Lust zum Weitergehen verloren und Adela zugeredet hast, den Weg allein mit ihm fortzusetzen. Hättest du dich statt dessen wohl genug gefühlt, mit dabeizubleiben, dann wäre gar nichts weiter passiert. Ich weiß, daß er alles vorgeplant hatte. Jedenfalls hast du dich leider nicht weniger von ihm einwickeln lassen als vor dir Fielding und Antony... Verzeih mir bitte, daß ich dir das alles so unverblümt sage, aber du hast wahrhaftig kein Recht, so großspurig über unsere Gerichtsbarkeit herzuziehen. Wenn du krank bist, wäre es natürlich was anderes. Aber du sagst selbst, du fühltest dich wohl, und das stimmt offenbar auch, und in diesem Falle nahm ich an und durfte wohl auch annehmen, daß du bei der Verhandlung das Deine tun wolltest.«

»Ob sie wohl oder unwohl ist: ich möchte nicht, daß du ihr noch weiter zusetzt«, sagte Adela. Sie erhob sich vom Sofa, ergriff seinen Arm, ließ ihn aber, aufseufzend, gleich wieder fahren und setzte sich wieder. Auch ihm tat es wohl, daß sie sich auf seine Seite gestellt hatte, und er betrachtete seine Mutter etwas von oben herab. Niemals hatte er sich ihr gegenüber ganz behaglich gefühlt. Sie war keineswegs die reizende alte Dame, die sie in den Augen Außenstehender war, und gerade Indien hatte bei ihr nun etwas von ihrem wahren Wesen zum Vorschein gebracht.

»Ich werde an eurer Hochzeit teilnehmen, aber nicht an eurer Gerichtsverhandlung«, sagte sie im Ton der Mitteilung, sich aufs Knie tappend. Sie war nun ganz rastlos und etwas ungnädig. »Dann werde ich gleich nach England zurückfahren.«

»Du kannst im Mai nicht nach England zurückfahren – das hast du früher sogar selber gesagt.«

»Ich habe mir's eben anders überlegt.«

»Nun, wir sollten mit diesem unerfreulichen Hin und Her lieber Schluß machen«, sagte der junge Mann, mit großen Schritten den Raum durchmessend. »Du möchtest offenbar von allem und jedem ausgeschlossen sein – nun gut.«

»Mein Körper, mein elender Körper«, seufzte sie. »Warum ist er nur nicht mehr stark genug? Warum kann ich nicht einfach davonlaufen – auf Nimmerwiedersehen? Warum bekomme ich beim Laufen immerzu Kopfschmerzen und kurzen Atem? Und statt dessen habe ich die ganze Zeit über dies zu tun und jenes zu tun, und dieses auf deine Art und jenes auf ihre Art, und alles übrige ist Mitgefühl und Durcheinander und wechselseitige Hilfsbereitschaft. Und warum läßt sich dies und jenes nicht auf meine Art tun und damit basta – und ich darf wieder meine Ruhe haben? Ich kann überhaupt nicht einsehen, warum etwas getan werden muß. Warum nur diese ganze Heiraterei ... Hätte das Heiraten irgendwelchen Zweck, wären schon vor Jahrhunderten die Menschen zur Menschheit geworden. Und dieses ganze Theater, das um die Liebe angestellt wird – Liebe in der Kirche, Liebe in einer Grotte –, als ob das eine vom andern im geringsten verschieden wäre und ich mich immerzu bei solchen Belanglosigkeiten aufhalten müßte.«
»Aber was willst du nur?« sagte Ronny gereizt. »Kannst du es denn nicht in einfachen Worten ausdrücken? Versuch es bitte einmal.«
»Ich möchte jetzt jedenfalls meine Patience-Karten haben.«
»Na schön, dann hol sie dir.«
Natürlich brach, wie zu erwarten war, das arme Geschöpf nun wieder in Tränen aus, und draußen lauerte, wie gleichfalls erwartet, dicht vor dem Fenster ein Inder – in diesem Falle ein Mali –, um irgendwelche Laute aufzuschnappen. Völlig verstört, grübelte Ronny eine Weile stumm vor sich hin. Seine Mutter und ihre altersschwachen Einwürfe! Hätte er sie doch niemals zu Besuch nach Indien eingeladen! Dann brauchte er sich auch jetzt nicht in ihrer Schuld zu fühlen.
»Nun, mein liebes Kind, das ist nicht ganz das richtige Willkommen«, sagte er schließlich. »Ich hatte keine Ahnung, daß sie so etwas in petto hatte.«
Adelas Tränen waren versiegt. Auf ihrem Gesicht malte sich ein höchst ungewöhnlicher Ausdruck, halb Erleichterung, halb Entsetzen. »Aziz, Aziz«, sagte sie zweimal vor sich hin.
Sie alle hatten es bisher vermieden, seinen Namen auszuspre-

chen. Er verkörperte für sie geradezu die Macht des Bösen. Man sprach von dem »Häftling«, dem »Betreffenden« oder dem »Angeklagten«, und nun klang sein Name auf wie der Einsatz zu einer neuen Sinfonie.
»Aziz . . . sollte ich mich wirklich getäuscht haben?«
»Du bist übermüdet«, rief er, nicht weiter erstaunt.
»Ronny, er ist unschuldig. Ich habe mir einen schrecklichen Irrtum zuschulden kommen lassen.«
»Nun setz dich wenigstens hin.« Ronny ließ die Blicke durchs Zimmer schweifen, sah aber lediglich zwei Spatzen vor dem Fenster einander haschen. Adela fügte sich ihm und griff nach seiner Hand. Er streichelte die ihre, und sie lächelte und schnappte nach Luft, als sei sie plötzlich aus tiefer Flut emporgetaucht, und hob dann die Hand zum Ohr.
»Mit dem Echo ist es nun besser.«
»Schön. In ein paar Tagen wirst du dich vollends wohl fühlen, aber du mußt dich für die Verhandlung ein wenig schonen. Dieser Das ist ein sehr guter Mann, und wir stehen dir ja auch alle zur Seite.«
»Aber Ronny, lieber Ronny – vielleicht sollte es gar nicht erst zur Verhandlung kommen!«
»Ich verstehe nicht ganz, was du meinst, und wahrscheinlich verstehst du's auch selber nicht.«
»Wenn Dr. Aziz nichts verbrochen hat, dann sollte er freigelassen werden.«
Ronny zuckte, wie von einem tödlichen Geschoß getroffen, zusammen. Er fiel rasch ein: »Er war schon einmal auf freiem Fuß – bis zu dem Mohurram-Radau. Da mußte er wieder eingelocht werden.« Um sie abzulenken, berichtete er, was sich abgespielt, zu allgemeiner Erheiterung abgespielt hatte. Nureddin hatte den Wagen des Nawab Bahadur stibitzt und in der Dunkelheit Aziz damit in einen Graben gefahren. Beide waren herausgeschleudert worden, und Nureddin hatte sich das Gesicht aufgerissen. Ihr Stöhnen war von den Rufen der Gläubigen übertönt worden, und es dauerte eine ganze Weile, bis die Polizisten ihnen zu Hilfe kamen. Nureddin wurde ins Minto-Krankenhaus eingeliefert, Aziz ins Gefängnis zurückgeschleppt, und gegen ihn wurde eine

zusätzliche Klage wegen öffentlicher Friedensstörung erhoben.
»Einen kleinen Augenblick bitte«, sagte Ronny, als er mit Erzählen fertig war, und ging zum Telefon, um Callendar zu bitten, bei ihm hereinzusehen, sobald es seine Zeit erlaube, weil Adela die Fahrt offenbar nicht gut bekommen war.
Als er wieder zu ihr ins Zimmer trat, befand sie sich in einer Art Nervenkrise, deren Symptome freilich nun andere waren als zuvor. Sie klammerte sich an ihm fest und schluchzte: »Hilf mir bitte, daß ich die Kraft aufbringe, das Nötige zu tun. Aziz ist gut. Du hast ja gehört, daß das auch die Meinung deiner Mutter ist.«
»Gehört was?«
»Daß er gut ist. Es war sehr unrecht von mir, ihn zu beschuldigen.«
»Aber das hat Mutter ja gar nicht gesagt.«
»Nicht gesagt?« fragte sie in ganz vernünftigem Ton, jedenfalls für jeden Vorschlag oder Einwand zugänglich.
»Sie hat nicht einmal seinen Namen erwähnt.«
»Aber Ronny, ich habe es doch selbst gehört.«
»Reine Einbildung. Es kann dir doch noch nicht wieder ganz gut gehen, wie, wenn du so etwas aus der Luft greifst!«
»Nein, wahrscheinlich nicht. Wie komme ich bloß darauf!«
»Ich habe ganz genau gehört, was sie gesagt hat – soweit ihr überhaupt zuzuhören war. Sie verliert jetzt beim Sprechen so oft den Faden.«
»Gerade als sie die Stimme senkte, sagte sie es – so ziemlich gegen Ende, als sie von der Liebe sprach, der Liebe – ich konnte ihr nicht ganz folgen, aber gerade da sagte sie: ›Dr. Aziz hat es nicht getan.‹«
»Mit diesen Worten?«
»Wohl mehr dem Sinn nach als mit Worten.«
»Aber nicht im entferntesten, mein liebes Kind. Reine Einbildung! Nicht ein einziges Mal ist sein Name gefallen. Höre – du verwechselst es offenbar mit dem, was Fielding geschrieben hat.«
»Ja, jawohl, das ist es«, rief sie, sichtlich erleichtert. »Ich wußte doch, daß ich irgendwo seinen Namen gehört hatte. Ich bin dir so dankbar, daß du nun alles für mich aufgeklärt hast – es ist

offenbar die Art von Verwechslung, die mir immer wieder zu schaffen macht und die leider auch beweist, daß ich eine Neurotikerin bin.«

»Du wirst also nicht wieder behaupten, daß er unschuldig ist, nicht wahr? Jeder Diener, den ich hier habe, ist nämlich ein Spion.« Er trat ans Fenster. Der Mali war verschwunden oder hatte sich vielmehr in zwei kleine Kinder verwandelt – sie konnten unmöglich Englisch verstehen, aber er jagte sie trotzdem fort.

»Sie hassen uns alle«, sagte er zur Erklärung. »Sobald das Urteil gesprochen ist, wird alles wieder in Ordnung sein, denn soviel muß ich ihnen immerhin zugute halten: mit unabänderlichen Tatsachen finden sie sich ab. Aber im Augenblick werfen sie mit Geld nur so um sich, um uns bei einem Fehlgriff oder Fehltritt zu ertappen, und eine Bemerkung wie die deine ist gerade das, worauf sie lauern. Die würde ihnen nämlich die Möglichkeit geben zu behaupten, daß das Ganze von englischer Seite, also von uns Beamten angezettelt worden sei. Du verstehst.«

Mit unverändert mißgestimmter Miene kam Mrs. Moore wieder zurück und ließ sich geräuschvoll am Kartentisch nieder. Um Licht in die noch ungeklärte Angelegenheit zu bringen, fragte Ronny sie ins Gesicht, ob sie den Häftling erwähnt hätte. Sie konnte die Frage nicht begreifen, und man hatte ihr zu erklären, was es damit auf sich hatte. »Ich habe seinen Namen niemals ausgesprochen«, erwiderte sie und begann, Patience zu legen.

»Mir war so, als hättest du gesagt: ›Aziz ist unschuldig‹, aber das stand in Mr. Fieldings Brief.«

»Natürlich ist er unschuldig«, bemerkte Mrs. Moore in völlig gleichgültigem Ton. Es war das erstemal, daß sie in diesem besonderen Punkt einer persönlichen Meinung Ausdruck verlieh.

»Siehst du, Ronny, ich hatte doch recht«, rief Adela.

»Du hattest nicht recht. Sie hat es nicht gesagt.«

»Aber sie hat es gemeint.«

»Was kommt schon drauf an, was sie meint?«

»Rote Neun auf schwarzer Zehn« – tönte es vom Kartentisch herüber.

»Sie kann meinen, was sie will, und Fielding gleichfalls. Aber es gibt wohl auch so etwas wie eine Sprache der Tatsachen.«

»Ich weiß. Aber –«

»Habe ich jetzt wieder einmal die Pflicht, den Mund aufzumachen?« fragte Mrs. Moore, den Blick hebend. »Es hat fast den Anschein, denn ihr stört mich ununterbrochen beim Spiel.«

»Nur, wenn du etwas Vernünftiges zu bemerken hast.«

»Oh, wie lästig ... wie jämmerlich ...« Genau wie in dem Augenblick, in dem sie der Liebe, Liebe, Liebe gespottet hatte, schienen ihre Gedanken sich wie aus weiter Ferne, aus tiefem Dunkel auf sie zuzubewegen. »Oh, warum habe ich noch immer lauter Pflichten? Wann werde ich endlich eure ganze Wichtigtuerei hinter mir haben? War er in der Grotte und war sie in der Grotte, und so weiter und so fort. Uns ist ein Sohn geboren, ein Kind ist uns gegeben ... und bin ich gut und ist er schlecht und sind wir alle erlöst? ... Und zuletzt nichts anderes als das Echo.«

»Ich höre es nun nicht mehr ganz so schlimm«, sagte Adela, sich auf sie zu bewegend. »Sie vertreiben es von hier, Sie tun auch sonst nur Gutes, Sie sind so gut.«

»Ich bin nicht gut. Nein. Ich bin schlecht.« Sie sprach nun etwas gelassener, griff wieder nach den Karten und sagte, sie aufdekkend: »Eine schlechte alte Frau, schlecht, schlecht, abscheulich. Ich war ganz gut, solange die Kinder aufwuchsen. Und auch als ich den jungen Mann in seiner Moschee traf, wünschte ich ihm alles erdenkliche Glück. Gute, glückliche kleine Leute! Sie existieren nicht, sie sind mir nur im Traum untergekommen ... Aber ich will euch nicht dabei behilflich sein, ihn für etwas zu martern, was er niemals verbrochen hat. Es gibt verschiedene Arten des Böse-Seins, und meine eigene ist mir lieber als eure.«

»Hast du etwa irgend etwas zugunsten des Häftlings auszusagen?« fragte Ronny im Ton des gerechten Beamten. »In solchem Falle wäre es deine unverbrüchliche Pflicht, öffentlich für ihn Zeugnis abzulegen, und nicht für uns. Kein Mensch würde dich daran hindern.«

»Man kennt doch den Leumund der Leute, wie du es nennst«, entgegnete sie verächtlich, als sei ihr in seinem Fall noch mehr bekannt als der Leumund und als sei eben dies andern Leuten nicht klarzumachen. »Ich habe sowohl Engländer wie Inder freundlich von ihm reden hören, und ich hatte den Eindruck, daß er so etwas einfach nicht tun würde.«

»Nicht sehr überzeugend, Mutter, gar nicht überzeugend.«

»Nein, gar nicht überzeugend.«

»Und nicht gerade rücksichtsvoll Adela gegenüber.«

»Es wäre nicht auszudenken, wenn ich mich geirrt haben sollte«, warf Adela dazwischen. »Ich dürfte nicht länger am Leben bleiben.«

»Wovor habe ich dich gerade gewarnt?« brach Ronny aus. »Du weißt, daß du recht hattest, und die ganze Station weiß es auch.«

»Ja, er ... das ist wirklich schrecklich. Ich bin so sicher wie je, daß er mir nachgekommen ist ... nur – wäre es nicht möglich, die Anklage wieder zurückzuziehen? Der Gedanke, öffentlich aussagen zu müssen, macht mir immer mehr Angst, und ihr seid ja alle so ritterlich zu den Frauen und habt so viel mehr Macht als in England – wie auch die Sache mit Miß Dereks Wagen beweist. Oh, natürlich, es kommt ja gar nicht in Frage, ich schäme mich, das alles überhaupt aufs Tapet gebracht zu haben. Verzeih mir bitte.«

»Schon gut«, sagte er etwas zu kurz. »Natürlich verzeihe ich dir – wie du es nennst. Aber der ganze Fall muß jetzt vor den Richter kommen. Ja, das muß er wirklich – die Räder sind nun einmal ins Rollen geraten.«

»Sie hat die Räder ins Rollen gebracht. Und sie werden sich unbarmherzig weiterdrehen.«

Adela fühlte sich in Anbetracht dieser unfreundlichen Bemerkung wieder den Tränen nahe, und Ronny griff mit einem höchst glücklichen Hintergedanken den Schiffsfahrplan auf. Seine Mutter sollte lieber gleich jetzt schon aus Indien abreisen: mit ihrer weiteren Anwesenheit hätte sie weder sich selbst noch irgend jemand sonst einen Gefallen getan.

23

Lady Mellanby, die Frau des Provinzstatthalters, fühlte sich durch das an ihre Person gerichtete Bittgesuch der Damen von Tschandrapur geschmeichelt. Leider konnte sie nichts weiter für sie tun – abgesehen davon, daß sie gerade im Begriff war, nach England zu reisen. Aber man sollte sie immerhin wissen lassen, ob sie ihr Mitgefühl auf irgendeine andere Weise bekunden konnte. Mrs. Turton antwortete, daß Mr. Heaslops Mutter eine Schiffskarte aufzutreiben versuchte, daß sie aber mit der Bestellung zu lange gewartet hätte, und nun wären alle Schiffe ausgebucht. War es wohl denkbar für Lady Mellanby, ihren Einfluß spielen zu lassen? Wohl vermochte Lady Mellanby die Dimension eines Schiffs der *»Peninsular and Oriental Company«* nicht zu erweitern, aber sie war eine nette, eine höchst nette Frau, und sie bot der ihr völlig unbekannten, nicht einmal dem Namen nach bekannten alten Dame telegrafisch Unterkunft in ihrer eigenen reservierten Kabine an. Es war geradezu ein Geschenk des Himmels. Demütig und dankbar, konnte Ronny nur Betrachtungen darüber anstellen, daß es in dieser Welt für jedes Ach und Weh einen gewissen Ausgleich gab. Sein Name war dank der Verbindung mit dem der armen Adela in höchsten Regierungskreisen bereits zum Begriff geworden, und nun würde er sich Lady Mellanby noch dauerhafter einprägen, wenn Mrs. Moore mit ihr zusammen über den Indischen Ozean und dann durchs Rote Meer fuhr. Er verspürte seiner Mutter gegenüber eine neue Anwandlung von Zärtlichkeit, wie man sie eben Angehörigen gegenüber empfindet, die unerwartete und weithin sichtbare Ehrungen empfangen, und seine Mutter war als Persönlichkeit keineswegs unbeträchtlich. Noch immer war sie imstande, das Augenmerk der Frau eines hohen Beamten auf sich zu lenken.

Mrs. Moore sah also alle ihre Wünsche erfüllt: sie entging rechtzeitig der Gerichtsverhandlung, der Hochzeit und auch der großen Hitze. In aller Bequemlichkeit und in erlauchter Gesellschaft würde sie nach England zurückkehren und dort ihre anderen Kinder besuchen. Auf Rat ihres Sohnes wie auf eigenen Wunsch reiste sie tatsächlich ab. Aber sie brachte angesichts der so glücklichen Lösung keinerlei Entzücken auf. Sie war, wie so viele ältere Leute, bei jenem seltsam zwielichtigen, doppelsichtigen Zustand angelangt, in dem das Grauen vor dem Universum und das Erstaunen über seine Winzigkeit sich gleichzeitig fühlbar machen. Wenn diese Welt nicht nach unserem Sinn ist – nun, dann gibt es auf jeden Fall noch so etwas wie Himmel, Hölle, Vernichtung und ähnlich Überdimensionales, gibt es den riesigen Bühnenhintergrund zu Sternen, Feuern, blauer oder schwarzer Luft. Jede heroische Anstrengung und alles, was wir Kunst nennen, scheint das Bestehen eines solchen Hintergrunds vorauszusetzen, wie umgekehrt alles tätige Bemühen sich mit dieser einen sichtbaren Welt begnügt. Aber im Zwielicht der doppelten Sicht ist nur ein geistiges Zwischenreich wahrzunehmen, für das ein hochtönender Begriff sich nicht einstellen will. Weder können wir uns zum Handeln entschließen noch des Handelns enthalten. Weder können wir die Unendlichkeit verleugnen noch ihr Anbetung zollen. Stets war Mrs. Moore zum Verzicht bereit gewesen. Sobald sie in Indien an Land gegangen war, war ihr solcher Verzicht als etwas Erstrebenswertes erschienen, und als sie das Wasser durch den Moscheeteich hindurchfließen sah, den Ganges, den Mond erblickte, den Mond, mit allen andern Gestirnen in den Schal der Nacht eingehüllt, stand der Verzicht ihr als ein schönes, mühelos zu erreichendes Ziel vor Augen. Sich eins mit dem Universum zu fühlen! Wie würdig und doch auch wie einfach! Aber stets mußte zunächst irgendeine kleine Pflicht erfüllt, mußte von dem immer mehr schrumpfenden Kartenstoß eine weitere Karte aufgedeckt und ins Spiel gebracht werden, und während sie sich im Haus noch zu schaffen machte, ließ der Marabar seinen Gong erdröhnen.

Was war es, das in jener ausgeschliffenen Granithöhlung zu ihr gesprochen hatte? Was, das in der ersten Grotte hauste? Irgend etwas sehr Altes, sehr Winziges. Vor aller Zeit, war es auch vor jedem Raum. Irgend etwas Gliederloses, Gesichtsloses, aller Großmut bar – der nie verendende Wurm selbst. Seit sie seine Stimme vernommen, war sie keiner großen Gedanken mehr fähig, war sie tatsächlich auf Adela neidisch gewesen. All dies Theater um ein verschrecktes Mädchen! Nichts, gar nichts war vorgefallen, und selbst wenn etwas vorgefallen wäre, dachte sie, selbst überrascht, mit dem Zynismus einer verwitterten Priesterin: auch dann gab es schlimmere Übel als Liebe. Der unaussprechliche Überfall stellte sich ihr selbst unter dem Bild der Liebe dar: in einer Grotte, in einer Kirche – bo-um, es lief auf das gleiche hinaus. Angeblich enthüllen sich uns im Zustand der Hellsicht ungeahnte Tiefen – aber möglicherweise ist auch der Abgrund flach, besteht die Schlange der Ewigkeit nur aus winzigen Maden. Immerzu hatte Mrs. Moore zu denken: »Man sollte meiner künftigen Schwiegertochter etwas weniger Aufmerksamkeit vergönnen und mir dafür etwas mehr. Es gibt keinen Kummer, der dem meinen gleichkäme.« Aber wenn ihr tatsächlich Aufmerksamkeit gezollt wurde, wies sie diese gereizt zurück.

Ihr Sohn konnte sie nicht mit nach Bombay begleiten, denn die Spannung in der Stadt hielt an, und als Beamter hatte er auf seinem Posten auszuharren. Auch Antony durfte nicht mitkommen – es bestand die Gefahr, daß er fortbleiben würde, um sich seiner Zeugenpflicht zu entziehen. Sie hatte also keinen Reisegefährten, der sie an das Vergangene hätte erinnern können – was eine Erleichterung für sie war. Die Hitze schien sich vor ihrem nächsten Ansprung ein wenig geduckt zu haben, und die Fahrt war keineswegs unangenehm. Als sie aus Tschandrapur abreiste, stand leuchtend der Mond, nun wieder voll, über dem Ganges, und in seinem Schein wurde das Netzwerk schrumpfender Kanäle zu einem Silbergespinst. Dann vollführte er eine Schwenkung und spähte zum Fenster ihres Abteils hinein. Wie rasch glitt der komfortable Expreßzug mit ihr durch die Nacht! Und während des ganzen folgenden Tages sauste sie, im mittleren Indien, durch Landschaften, die ausgedörrt und ausgebleicht waren, aber nichts von der hoffnungsfremden Schwermut der Ebene an sich hatten. Sie sah, wie unzerstörbar das Leben des Menschen, wie wandelbar sein Antlitz war, sah die Häuser, die er für sich und seinen Gott erbaut hatte, und was sie sah, trat ihr nicht als Abbild ihrer eigenen Nöte entgegen, sondern als etwas, das um seiner selbst willen der Betrachtung würdig war. Beispielsweise erblickte sie einen Ort namens Asirgarh, an dem sie zur Zeit des Sonnenuntergangs vorüberkam und den sie auf ihrer Landkarte auch identifizieren konnte – eine ungeheure Zwingburg zwischen bewaldeten Hügeln. Nie hatte sie den Namen zuvor gehört, aber die Burg hatte gewaltige, edle Schutzmauern, zu deren Rechten sich eine Moschee erhob. Mrs. Moore vergaß den Ort. Zehn Minuten später tauchte Asirgarh wieder vor ihr auf. Die Moschee befand sich nun zur Linken der Schutzmauern. Bei der bergabführenden Fahrt durch die Windhjas hatte der Zug einen Halbkreis um Asirgarh beschrieben. Mit wem oder was konnte sie einen Ort wie diesen noch in Verbindung bringen außer mit seinem eigenen Namen? Sie kannte niemanden, der dort ansässig war. Aber er hatte ihr zweimal den Blick zugewandt. Ich werde niemals vom Antlitz der Erde verschwinden, schien er zu sagen. Mitten in der Nacht schreckte sie auf, denn der Zug schien gleichsam über das westliche Vorgebirge hinab in die Tiefe zu rasen. Mondhelle Zinnen hoben sich ihr blitzend entgegen wie weiße Gischtkämme. Dann das kurze Zwischenspiel der Ebene, und dann die wirkliche See – und endlich das breiige Dämmerlicht von Bombay. Ich habe in Indien nicht ganz das Richtige gesehen, dachte sie, als sie das zwischen den Bahnsteigen des Victoria-Bahnhofs eingebettete Ende der Gleise erblickte, auf denen der Zug sie über einen ganzen Kontinent getragen hatte, kein anderer Zug sie je zurücktragen würde. Niemals mehr würde sie Asirgarh oder die andern, in unerreichbarer Ferne gelegenen Stätten zu Augen bekommen, weder Delhi noch Agra, noch die größeren Städte Radschputanas oder auch Kaschmir, niemals die weniger bekannten Wunderdinge, die gelegentlich hinter den Worten menschlicher Unterhaltung aufgeschimmert waren: den zweisprachigen Felsen von Girnar, die Statue des Schri Belgola, die Ruinen von Mandu und Hampi, die Tempel von Khadschraha, die Gärten von Shalimar. Als sie später im Wagen durch die riesige Stadt fuhr, die der europäische Westen erbaut und dann mit einer Geste der Verzweiflung sich selbst überlassen hatte, verspürte sie den Drang, innezuhalten, auch wenn es nur Bombay war, und die hundert verschiedenen Länder des Namens Indien, die sich in seinen Straßen begegneten, voneinander zu sondern. Aber die Pferde wollten nicht stillstehen, und schon stach das Schiff in See, und rings um den Ankerplatz hoben sich

Tausende von Kokospalmen aus dem Boden und stiegen die Hügel empor, ihr Lebewohl zuzuwinken. »Da hast du also geglaubt, daß Indien nur aus einem Echo bestand! Du hast die Marabar-Grotten für der Weisheit letzten Schluß gehalten«, riefen spottend die Palmen. »Was haben wir mit ihnen, was haben sie mit Asirgarh gemein? Lebewohl!« Dann umfuhr der Dampfer Colaba, der Kontinent schwang zur Seite, das Randgebirge der Ghats verschwamm im Dunst einer tropischen See. Vor Mrs. Moore tauchte Lady Mellanby auf und riet ihr, nicht länger in der Sonne zu stehen. »Wir sind aus dem feurigen Ofen nicht glücklich herausgekommen«, sagte sie, »um nun freiwillig glühende Kohlen auf unser Haupt zu sammeln!«

24

Nach Mrs. Moores Abreise schaltete die Hitze plötzlich auf immer höhere Touren, bis der Arbeitstag kaum noch erträglich, ein Verbrecher bei einer Temperatur von 40 Grad Celsius abzuurteilen war. Ventilatoren summten und fauchten, Wasser sprühte auf Wandschirme. In den Gläsern klirrte Eis, und außer Reichweite dieser Schutzmaßnahmen kreisten zwischen einem graufarbigen Himmel und einer gelben Erde etwas unschlüssig ganze Wolken von Staub. In Europa verschließt das Leben sich vor der Kälte, weshalb auch am prasselnden Feuer die zauberhaftesten Legenden entstanden sind – von Baldur, von Persephone –, aber hier wendet man sich von dem Quell alles Lebens ab, der verräterischen Sonne, und hier wird sie auch von keinem Dichter besungen, denn Entzauberung ist nicht vereinbar mit Schönheit. Stets sehnt sich das menschliche Herz nach dem Dichterwort, auch wenn es sich das nicht eingestehen mag. Wenn es nach seinem Wunsch ginge, so hätte die Freude anmutig, der Kummer erhaben, die Unendlichkeit formvollendet zu sein, und auf solchen Wunsch des Herzens nimmt Indien keinerlei Rücksicht. Nicht zuletzt mit dem bunt wimmelnden April, in dem Reizbarkeit und Begehrlichkeit krebsartig um sich wuchern, scheint es der Ordnungsliebe, der Hoffnung des menschlichen Herzens zu spotten. Wieviel leichter haben es doch die Fische! Wenn die künstlichen Teiche austrocknen, wühlen sie sich im Schlamm ein und warten darauf, daß der Regen sie wieder freispült. Aber die Menschen bemühen sich, das ganze Jahr über mit sich selbst in Eintracht zu leben, und die Folgen sind gelegentlich katastrophal. Es mag geschehen, daß der Siegeswagen der Kultur plötzlich zum Stillstand kommt und zu einem Denkmalsgefährt versteint: in einem solchen Augenblick scheint sich in dem, mit dem Schicksal der Engländer das ihrer Vorgänger zu wiederholen, die ja gleichfalls in dieses Land eingedrungen waren, um es nach ihrem Bild umzumodeln, die sich zuletzt aber seiner Wesensart anzupassen hatten, von seinem Staub sich bedecken lassen mußten.

Nach langen Jahren des Unglaubens hatte Adela wieder die Gewohnheit angenommen, zum Gott des Christentums zu beten. Es konnte wenigstens kein Schaden damit angerichtet werden, es war der kürzeste, der müheloseste Weg zum Unsichtbaren, und sie konnte im Gebet auch ihre persönlichen Nöte mit unterbringen. Nicht anders wie die Hindu-Schreiber die Göttin Lakschmi um eine Gehaltsaufbesserung anbettelten, so suchte sie ihren Jehova um einen günstigen Richtspruch anzuflehen. Gott, der den König segnet, enthielt gewiß auch der Polizei seinen Beistand nicht vor. Adela empfing von ihrer Gottheit auch eine tröstliche Antwort, aber als sie ihr Gesicht mit den Händen berührte, verspürte sie eine stechende Hitze. Es war ihr, als habe sie an dem gleichen törichten Klumpen Luft, der ihr die ganze Nacht über auf der Lunge gelastet hatte, zu würgen. Auch ging ihr die Stimme Mrs. Turtons auf die Nerven. »Sind Sie bereit, junge Dame?« erscholl es mit glöckchenheller Stimme aus dem Nebenzimmer.

»Noch eine halbe Minute bitte«, murmelte sie. Nach Mrs. Moores Abreise hatten die Turtons sie bei sich aufgenommen. Gewiß waren beide auf eine fast unvorstellbare Weise freundlich, aber es war die Lage Adelas, die sie rührte, nicht ihr Wesen: sie war die junge Engländerin, der etwas Schreckliches widerfahren war und für die man nicht genug tun konnte. Außer Ronny hatte kein Mensch eine Vorstellung, was in ihrem Innern vorging, und auch

er ahnte es mehr, als daß er es wußte, denn wo immer Beamtengesinnung Trumpf ist, hat jede menschliche Beziehung zu leiden.
»Ich mache dir nur das Leben schwer«, sagte sie in ihrer Bekümmernis. »Draußen auf dem Maidan hatte ich doch ganz recht – sollten wir nicht lieber nur Freunde sein?« Aber er schüttelte lediglich den Kopf, denn je mehr sie litt, um so mehr bewunderte er sie. Liebte sie ihn aber auch? Irgendwie war diese Frage für sie mit dem Marabar-Erlebnis verknäuelt. Sie hatte sich in Gedanken gerade damit beschäftigt, als sie die verhängnisvolle Grotte betrat. War sie überhaupt der Liebe fähig – der Liebe zu irgendwem?
»Miß Quested, Adela oder wie immer Sie sich nennen – es ist schon halb acht. Wir sollten uns gleich auf den Weg zum Gericht machen, wenn Ihnen danach zumute ist.«
»Sie ist noch beim Beten«, ließ der Verwaltungsdirektor sich vernehmen.
»Verzeihung, meine Liebe – nehmen Sie sich nur Zeit... Hat Ihnen das *chhota hazri* geschmeckt?«
»Ich kann jetzt nicht essen. Könnte ich wohl lieber etwas Kognak haben?« fragte sie, Jehova den Rücken kehrend.
Als ihr der Kognak gebracht wurde, fuhr sie schaudernd zusammen und erklärte, sie sei nun aufbruchbereit.
»Trinken Sie ihn nur aus. Kein schlechter Gedanke, ein kleiner Kognak mit Sodawasser.«
»Ich glaube, er hilft mir jetzt nicht, Burra Sahib.«
»Du hast doch wohl auch etwas Kognak ins Gericht bringen lassen, Mary, nicht wahr?«
»Ja, natürlich, und auch etwas Sekt.«
»Heute abend werde ich Ihnen dafür danken – im Augenblick bin ich völlig durcheinander«, sagte Adela. Sie sprach jede Silbe so deutlich aus, als wären ihre Nöte, laut benannt, auch schon halbwegs behoben. Sie fürchtete den Zustand des Schweigens – irgend etwas nicht deutlich von ihr Wahrzunehmendes mochte unter seinem Deckmantel sich zur Gestalt verdichten, und sie hatte mit Mr. McBryde auf seltsam unnatürliche Weise noch einmal ihr erschreckendes Abenteuer in der Grotte nachgespielt, in dessen Verlauf sie nicht ein einziges Mal berührt, sondern nur

herumgezerrt worden war. An diesem Morgen war es ihr darum zu tun, in aller Unmißverständlichkeit zu erklären, daß die Anstrengung fast über ihre Kräfte ginge und daß sie wahrscheinlich im Kreuzfeuer der Fragen Mr. Amritraos den Kopf verlieren und so ihren Freunden Schande bereiten werde. »Ich höre jetzt wieder in meinen Ohren das Echo – sehr laut sogar«, sagte sie.
»Wie wäre es mit einer Aspirintablette?«
»Es ist kein Kopfschmerz – es ist ein Echo.«
Außerstande, das Summen in ihren Ohren abzustellen, hatte Major Callendar es einfach als krankhafte Sinnestäuschung diagnostiziert, die unter keinen Umständen zu ernst genommen werden sollte. Darum wechselten auch die Turtons das Thema. Noch glitt mit kühlem Züngeln eine Morgenbrise über die Erde, Tag und Nacht voneinander scheidend. Zehn Minuten später würde nichts mehr davon zu spüren sein, aber auf der Fahrt in die Stadt mochte sie ihnen zustatten kommen.
»Ich werde bestimmt den Kopf verlieren«, wiederholte sie.
»Aber nein«, sagte der Verwaltungsdirektor mit Zärtlichkeit in der Stimme.
»Natürlich nicht – sie ist ja so tapfer.«
»Aber Mrs. Turton ...«
»Ja, mein liebes Kind?«
»Wenn ich wirklich den Kopf verlieren sollte, hat es gar nichts zu besagen. Bei jeder anderen Gerichtsverhandlung würde es eine Rolle spielen – nicht bei dieser. Immer wieder versichere ich mir: ich kann tun, was ich will, kann weinen, mich lächerlich aufführen – das Urteil fällt trotzdem zu meinen Gunsten aus, wenn Mr. Das nicht geradezu ungerecht ist.«
»Sie werden selbstverständlich gewinnen«, sagte Turton gelassen, unterdrückte jedoch die Bemerkung, daß in diesem Fall die andere Seite natürlich Berufung einlegen würde. Der Nawab Bahadur kam für die Kosten der Verteidigung auf und würde sich lieber selber zugrunde richten, als ›einen unschuldigen Moslem zugrunde gehen zu lassen‹, und zudem waren noch allerhand weniger ehrenwerte Interessen mit im Spiel. Der ganze Fall mochte sämtliche Instanzen durchlaufen – die Folgen waren von keinem Beamten abzusehen. Wie sehr die Spannung in Tschan-

drapur sich verschärft hatte, bekam Turton selbst zu spüren. Als sein Wagen gerade aus dem Gartentor bog, klirrte es dumpfgrimmig gegen die Lackierung – ein Kieselstein, von einem Kind geworfen. In der Nähe der Moschee hagelte es größere Steine. Auf dem Maidan wartete ein kleines Aufgebot motorisierter Polizeibeamter, um sie sicher durch das Basarviertel zu geleiten. Irritiert murmelte der Verwaltungsdirektor: »McBryde ist ein alter Waschlappen«, aber Mrs. Turton sagte: »Wirklich, sobald der Mohurram vorüber ist, kann eine militärische Demonstration nicht schaden. Wie lächerlich, so zu tun, als ob wir hier nicht verhaßt wären! Laß doch endlich das Komödienspiel!« Mit merkwürdig bekümmerter Stimme erwiderte er: »Ich selber bringe tatsächlich keinen Haß gegen sie auf – warum, ist mir selber nicht klar«, und er brachte auch wirklich keinen Haß gegen sie auf. Andernfalls hätte er seine eigene Berufslaufbahn auch als schlechte Investition betrachten müssen. Er hing noch immer mit einer Art verächtlicher Zuneigung an den Spielfiguren, die er so viele Jahre hierhin und dorthin gerückt hatte – sie mußten schließlich seiner Bemühungen würdig sein. »Es sind ja auch nur die Frauen, die hier draußen für uns alles noch schwieriger machen«, dachte er bei sich selbst, als er auf einer langen, kahlen Mauer einiger unflätiger Aufschriften ansichtig wurde, und hinter dem ritterlichen Verhalten, das er Miß Quested gegenüber zur Schau trug, lauerte eine Art Erbitterung, die eines Tages auch hervorbrechen mußte. Vielleicht ist sogar jeder Art Ritterlichkeit ein Gran Rachsucht beigemischt. Vor dem Eingang zum städtischen Gericht hatten sich ein paar Seminaristen zusammengerottet, hysterische Jungen, mit denen er es schon aufgenommen haben würde, hätte er sich allein befunden. Aber er wies den Fahrer an, um das Gebäude herum zum Hintereingang zu fahren. Die Schüler brachen in Johlen aus, und Rafi (der sich, um nicht erkannt zu werden, hinter dem Rücken eines seiner Kameraden versteckte) rief, die Engländer wären Feiglinge.

Schließlich fanden sie den Weg zu Ronnys Privatzimmer, wo ein paar ihrer Art- und Gesinnungsgenossen sich versammelt hatten. Keiner von ihnen war feige, aber sie alle waren ein bißchen nervös, denn unaufhörlich liefen die seltsamsten Lageberichte ein. Die Straßenreiniger waren eben in Ausstand getreten, und die Hälfte der Nachtgefäße mußte in Tschandrapur infolgedessen unbenutzt bleiben – nur eben die Hälfte, und Straßenreiniger aus der näheren Umgebung, denen die Frage der Unschuld des Dr. Aziz nicht in gleichem Maße am Herzen lag, würden am Nachmittag zur Stelle sein, um den Streik zu brechen –; aber warum sollte es überhaupt zu einem so grotesken Vorfall kommen? Ein paar Mohammedanerinnen wiederum hatten sich gelobt, keine Nahrung mehr zu sich zu nehmen, solange der Häftling nicht freigelassen war. Selbst ihr Hungertod wäre freilich ohne nachhaltige Folgen geblieben, ja, da sie ohnehin unsichtbar waren, schienen sie bereits aus dem Leben geschieden zu sein – und doch war auch das etwas beunruhigend. Irgend etwas Neues schien in der Luft zu liegen, eine geheime Kräfteverlagerung sich zu vollziehen, die niemand in der kleinen Schar düster gestimmter Weißer sich erklären konnte. Offenbar hatte Fielding die Hand im Spiel: die Vorstellung, daß er nur eben unmännlich und verschroben war, hatte man längst aufgegeben. Man fiel mit kräftigen Worten über ihn her. Man hatte ihn in Gesellschaft der Verteidiger, Amritrao und Mahmoud Ali, vor Gericht vorfahren sehen. Aus purer Aufsässigkeit hatte er schon früher die Pfadfinderbewegung unterstützt. Er erhielt Briefe mit ausländischen Marken – wahrscheinlich war er ein japanischer Spion. Der heutige Urteilsspruch würde dem Abtrünnigen gewiß das Handwerk legen. Aber er hatte der Sache seines Landes wie der der Europäer im allgemeinen bereits unabsehbaren Schaden zugefügt. Während man Fielding derart verunglimpfte, hatte Miß Quested sich in ihrem Sessel zurückgelehnt, die Hände auf den Armlehnen und die Augen geschlossen, um ihre Kräfte zu schonen. Nach einer Weile wandten die andern, beschämt darüber, daß man sich so geräuschvoll verhalten hatte, ihr den Blick wieder zu.

»Können wir nichts für Sie tun?« fragte Miß Derek.

»Nein, danke, Nancy, ich kann offenbar nicht einmal für mich selbst etwas tun.«

»So etwas dürfen Sie unter keinen Umständen sagen – Sie sind großartig.«

»Ja, wirklich«, erscholl es in ehrfurchtsvollem Chor.

»Auf meinen braven Das ist schon Verlaß«, sagte Ronny, mit leiser Stimme ein neues Thema aufs Tapet bringend.
»Auf keinen von ihnen ist je Verlaß«, widersprach Major Callendar.
»Aber mit Das verhält es sich anders.«
»Sie meinen, er hat mehr Angst davor, den Angeklagten freizusprechen, als ihn zu verurteilen, weil er im Falle eines Freispruchs seine Stellung verlieren würde«, sagte Lesley mit einem schlauen kleinen Lachen.
Ja, das war es, was Ronny eigentlich hatte sagen wollen, aber im Einklang mit den edleren Überlieferungen anglo-indischen Beamtentums hegte er im Hinblick auf seine eigenen Untergebenen gewisse Illusionen, und er stellte auch gern die Behauptung auf, daß der alte Das tatsächlich die Art Zivilcourage besaß, wie sie sonst nur in den Public Schools gezüchtet wurde. Er wies darauf hin, daß, zumindest unter einem bestimmten Gesichtspunkt, es in diesem Fall ganz nützlich war, wenn ein Inder das Urteil zu sprechen hatte. Eine Verurteilung des Angeklagten war unvermeidlich, und die sollte lieber einem Inder aufs Konto geschrieben werden. Dann gab es, auf längere Sicht, auch weniger unerquickliche Weiterungen. Vor lauter Interesse an diesem besonderen Argument ließ Ronny es auch geschehen, daß Adela seinen Gedanken immer mehr entglitt.
»Sie sind also in Wirklichkeit nicht mit dem Bittgesuch einverstanden, das ich an Lady Mellanby weitergeleitet habe«, sagte Mrs. Turton unerwartet heftig. »Bitte entschuldigen Sie sich nicht, Mr. Heaslop. Ich bin es schon längst gewohnt, unrecht zu haben.«
»Ich wollte nicht sagen, daß . . .«
»Schon gut! Ich habe bereits bemerkt, Sie sollten nicht um Entschuldigung bitten.«
»Diese Schweine legen es ja nur darauf an, einen Grund zur Beschwerde zu finden«, sagte Lesley, um sie wieder gnädig zu stimmen.
»Schweine wahrhaftig«, wiederholte der Major. »Und ich will Ihnen noch was sagen. Was hier passiert ist, das ist im Grunde ein verdammtes Glück – natürlich von den Auswirkungen auf die Versammelten abgesehen. Sie werden noch ganz klein werden,

und es ist höchste Zeit, daß sie klein werden. Im Krankenhaus habe ich ihnen jedenfalls schon ordentlich die Hölle heiß gemacht. Sie sollten jetzt einmal den Enkel unseres sogenannten treuesten Anhängers sehen.« Er kicherte brutal, während er ihnen die äußere Erscheinung des armen Nureddin beschrieb. »Mit seiner Schönheit ist es nun vorbei. Fünf Oberzähne, zwei Unterzähne ausgeschlagen, ein Nasenflügel aufgeschlitzt... Der alte Panna Lal brachte ihm gestern den Spiegel, und er flennte gleich los... Und ich lachte, kann ich Ihnen sagen, ich lachte einfach, und das hätten Sie an meiner Stelle auch getan. Das war früher mal einer von diesen Film-Niggers, und nun hat er Blutvergiftung. Der Teufel soll ihn holen und seine elende Seele dazu – ich glaube – er war unaussprechlichen Lastern ergeben –« Mit einem kleinen Räuspern unterbrach sich, auf den Rippenstoß von seiten eines der Umstehenden hin, der Oberarzt, fügte aber hinzu: »Ich wünschte, ich hätte auch meinen verflossenen Assistenten selber unters Messer bekommen – nichts ist für diese Leute zu schlecht.«

»Endlich ein vernünftiges Wort!« rief Mrs. Turton zum Mißbehagen ihres Mannes.

»Ja, das ist meine Überzeugung – nach dem, was hier vorgefallen ist, sollten sie noch mal wagen, von roher Behandlung zu reden!«

»Jawohl, und haltet euch das auch bitte später vor Augen, ihr Männer! Ihr seid schwach, schwach, schwach! Auf Händen und Knien sollten sie von hier zu den Grotten kriechen, solange eine Engländerin in Sichtweite ist! Man sollte sie nicht mehr anreden – sollte sie anspeien, sie zu Staub zermahlen! Wir sind mit unsern Bridge-Parties und dem allem viel zu freundlich gewesen.«

Von Wut überwältigt, hielt sie inne. Die Hitze hatte sich den Zustand ihres Ergrimmtseins zunutze gemacht und sich mit Haut und Haaren ihrer Person bemächtigt. Mrs. Turton versank gewissermaßen in einem Glas Zitronenlimonade und murmelte zwischen den einzelnen Schlucken immer wieder vor sich hin: »Schwach, schwach.« Die Fragen, die Miß Questeds Fall aufgerührt hatte, waren so viel bedeutsamer als sie selbst, daß die andern sie unweigerlich immer wieder vergaßen. Und nun wurde zur Verhandlung aufgerufen.

Den Engländern voran wurden die Stühle in den Gerichtssaal getragen, denn sie mußten sich unbedingt würdig ausnehmen. Und als die *chuprassis* alles vorbereitet hatten, zogen sie einer nach dem andern in den baufälligen Raum mit so herablassender Miene, als wäre es eine Jahrmarktsbude. Der Verwaltungsdirektor riß beim Platznehmen einen kleinen Beamtenwitz, den die Umsitzenden belächelten, und die Inder, die nicht hören konnten, was er gesagt hatte, fürchteten bereits einen neuen Akt von Grausamkeit – wie hätten die Sahibs in einem solchen Augenblick sonst auch kichern können!

Der Gerichtssaal war gedrängt voll, und es war natürlich sehr heiß. Die erste Gestalt, die Adela ins Auge fiel, war die eines der niedersten unter allen Anwesenden, der offiziell mit der Verhandlung nicht das geringste zu schaffen hatte: der Mann, der den *punkah* bediente. Fast unbekleidet und körperlich prachtvoll gebaut, saß er auf einem kleinen Podest, dem Hintergrund zu, gerade im Mittelgang, und er zog gleich bei ihrem Eintritt ihre Aufmerksamkeit auf sich. Er schien das Ganze zu dirigieren. Er besaß jene Kraft und Schönheit, die gelegentlich in Indern von niederer Abkunft zu wahrer Blüte gelangt. Je näher dieses seltsame Volk dem Staub lebt – und insofern als ›unberührbar‹ gilt –, um so zuverlässiger erinnert sich die Natur der körperlichen Vollkommenheit, die sie an anderer Stelle gebildet hat, und sie bringt einen Gott hervor – nicht eben häufig, aber doch hie und da; es ist, als wolle sie der Gesellschaft vor Augen führen, wie wenig deren Unterscheidungen für sie bedeuten. Überall wäre dieser Mann aufgefallen: unter den dünnschenkligen, flachbrüstigen Mittelmäßigkeiten Tschandrapurs mußte er geradezu als gottgleich erscheinen, und doch war er ein Kind dieser Stadt, von ihren Abfällen genährt und zweifellos dazu bestimmt, auf einem ihrer Kehrichthaufen sein Dasein auch zu beschließen. Das Seil dicht an sich ziehend und es im Gleichtakt wieder lockernd, ließ er über den Köpfen anderer Leute kühlende Luftwirbel kreisen, von denen er selbst nichts zu spüren bekam. Er schien allen menschlichen Zwangsverhältnissen entrückt zu sein – eine männliche Schicksalsgöttin, ein Schwinger von Seelen, der die Spreu vom Weizen zu sondern hatte. Ihm gegenüber, gleichfalls auf einem Podest, saß der Ronny vertretende kleine indische Richter, kultiviert, verlegen, gewissenhaft. Der Punkah-Wallah war nichts von alledem: er wußte kaum, daß er existierte, und er begriff auch nicht, warum der Gerichtssaal voller war als gewöhnlich, ja, er bemerkte gar nicht, daß er voller war, bemerkte nicht einmal, daß er einen Ventilator bediente, auch wenn er ein Seil zu ziehen vermeinte. Irgend etwas an seiner wie abseitigen Erscheinung beeindruckte das junge Mädchen aus dem gutbürgerlichen England, schien der Geringfügigkeit ihrer Leiden zu spotten. Wie kam sie nur dazu, hier in diesem Raum soviel Leute zusammenzutrommeln? Das besondere Gebräu ihrer persönlichen Meinungen und der Vorort-Jehova, der ihnen Weihe verlieh – mit welchem Recht durften sie so viel Bedeutung in der Welt beanspruchen, sich den Namen einer ganzen Kultur beilegen? Mrs. Moore – sie schaute nach ihr aus, aber Mrs. Moore war in weiter Ferne, auf hoher See. Ja, das war gerade die Art Frage, die sie beide auf der Herfahrt hätten erörtern können – damals, als die alte Dame noch nicht so schwierig, nicht so wunderlich war.

Während ihre Gedanken noch bei Mrs. Moore weilten, vernahm sie gewisse Laute, die allmählich immer deutlicher unterscheidbar wurden. Die epochemachende Verhandlung hatte begonnen, eröffnet vom Polizeidirektor als dem Vertreter der Anklage.

Mr. McBryde hatte durchaus nicht den Ehrgeiz, ein interessanter Sprecher zu sein. Er überließ alle Finessen der Beredsamkeit der Verteidigung, die deren ja wahrhaftig bedurfte. Seine Haltung schien zu besagen: niemand zweifelt, daß der Angeklagte schuldig ist, und ich habe das in der Öffentlichkeit lediglich festzustellen, ehe er in die Strafkolonie der Andamanen verschickt wird. Er wandte sich weder an das sittliche Empfinden noch an das Gefühl der Hörer, und erst nach und nach tat die absichtsvolle Lässigkeit seines Vortrags ihre Wirkung und peitschte einen Teil der Anwesenden zu wildem Grimm auf. Umständlich schilderte er die Vorgeschichte des Picknicks. Der Angeklagte hatte Miß Quested bei einer Teeveranstaltung im Hause des Prinzipals des Beamtenseminars kennengelernt und hatte daselbst schon den Gedanken an den später zu verübenden Anschlag gefaßt: er frönte einem lockeren Lebenswandel, wie die bei seiner Verhaftung vorgefundenen Dokumente beweisen würden, und auch sein Mitassistent am Krankenhaus, Dr. Panna Lal, war imstande, einiges über seinen Charakter auszusagen, und endlich würde auch Major Callendar selbst das Wort ergreifen. An dieser Stelle legte Mr. McBryde eine Kunstpause ein. Er wollte die Verhandlung so sachlich wie möglich halten, aber sein Lieblingsthema, orientalische Pathologie, war ihm hier im Saal zu nahe, als daß er der Versuchung hätte widerstehen können, es mit ins Spiel zu bringen. Sich die Brille absetzend, wie er es immer tat, bevor er sich in allgemeineren Betrachtungen erging, spähte er aus einigem Abstand bekümmert durch die Gläser hindurch und bemerkte, daß die dunklere Rasse sich körperlich von der helleren angezogen fühlte – nicht etwa umgekehrt – und daß das noch lange kein Grund zur Erbitterung, kein Anlaß zur Ausfälligkeit sei, sondern nur eben ein Tatbestand, den jeder wissenschaftliche Beobachter bestätigen könne.

»Selbst wenn die Dame so viel häßlicher ist als der Herr?«

Dieser Zwischenruf kam von keiner bestimmten Stelle des Raums, kam vielleicht von der Decke. Es war die erste Unterbrechung, und der Richter fühlte sich verpflichtet, sie zu rügen. »Führt den Mann hinaus«, sagte er. Einer der indischen Polizisten ergriff einen Mann, der nicht das geringste geäußert hatte, und beförderte ihn gewaltsam ins Freie. Mr. McBryde setzte sich die Brille wieder auf und fuhr fort. Aber der Zwischenruf hatte Miß Quested aus der Fassung gebracht. Ihr Körper verwahrte sich dagegen, als häßlich bezeichnet zu werden, und begann zu zittern.

»Fühlen Sie sich wieder schwindlig, Adela?« fragte Miß Derek, die sie mit liebevollem Unwillen betreute.

»Ich fühle mich überhaupt nur noch schwindlig, Nancy. Ich werde schon durchhalten, aber es ist furchtbar, furchtbar.«

Und das wieder war nur der Auftakt zur ersten einer ganzen Reihe von dramatischen Szenen. Adelas Freunde begannen sich geräuschvoll um sie zu scharen, und der Major rief laut: »Ich muß darauf bestehen, daß Rücksicht auf meine Patientin genommen

wird. Warum ist ihr kein Sitz auf dem Podium eingeräumt worden? Hier unten kann sie nicht genug Luft bekommen.«
Mr. Das sah etwas verärgert drein und sagte: »Ich würde mich nur zu glücklich schätzen, Miß Quested in Anbetracht der besonderen Umstände ihres Befindens hier auf dem Podium einen Stuhl zur Verfügung stellen zu dürfen.« Die *chuprassis* beförderten jedoch nicht einen Stuhl hinauf, sondern gleich mehrere Stühle, und die ganze Gruppe von Weißen folgte Adela aufs Podium. Mr. Fielding war der einzige Europäer, der im Saal bei den andern blieb.
»Ja, das ist schon besser«, bemerkte Mrs. Turton, sich in ihrem Stuhl zurechtsetzend.
»Aus mehreren Gründen ein höchst erwünschter Platzwechsel«, bestätigte laut der Major.
Der Richter wußte, daß er diese Bemerkung eigentlich hätte beanstanden müssen, wagte es aber nicht zu tun. Callendar erkannte, daß er Furcht hatte, und rief mit gebieterischer Stimme: »Gut nun, McBryde, reden Sie weiter. Verzeihen Sie, daß wir Sie unterbrochen haben.«
»Bitte fahren Sie fort, Mr. Das, wir sind nicht hier, um Sie zu stören«, sagte im Gönnerton der Verwaltungsdirektor. Ja, sie hatten wirklich die Verhandlung nicht so sehr gestört wie ihre Leitung übernommen.
Während der Vertreter der Anklage weitersprach, ließ Miß Quested ihren Blick prüfend durch den Saal schweifen – zunächst freilich einen etwas verstohlenen Blick, als fürchte sie, daß das, was sie zu sehen bekam, ihre Augen versengen müsse. Zur Rechten und zur Linken des Punkah-Mannes gewahrte sie manches halbvertraute Gesicht. Da waren sie, zu ihren Füßen, alle beisammen, die Überreste ihres törichten Versuchs, etwas von Indien zu sehen – die Leute, denen sie auf der Bridge-Party begegnet war: das Ehepaar, das ihr die Kutsche nicht geschickt hatte, der alte Mann, der ihnen seinen Wagen zur Verfügung hatte stellen wollen, verschiedene Diener, Dorfbewohner, Beamte und schließlich der Angeklagte selbst. Ja, da saß er, ein kleiner Inder, kräftig, adrett, mit dunkelschwarzem Haar und geschmeidigen Händen. Sein Anblick löste keinerlei

Gemütsbewegung in ihr aus. Seit dem letzten Zusammensein mit ihm war sein Bild für sie zum Sinnbild des Bösen geworden, aber nun schien er wieder das geworden zu sein, was er immer gewesen war – ein flüchtiger Bekannter. Er war nicht weiter ernst zu nehmen, war jeder persönlichen Bedeutung bar, dürr wie ein Knochen, und wenn er auch »schuldig« war, so hatte er doch keine Aura des »Sündhaften« um sich. Er ist bestimmt schuldig. Oder sollte ich doch einen Irrtum begangen haben? dachte sie. Noch immer machte diese Frage ihrem Bewußtsein zu schaffen, auch wenn sie, nach Mrs. Moores Abreise, nicht länger ihr Gewissen beunruhigte.

Nun erhob sich für die Verteidigung Mahmoud Ali und fragte mit schwerflüssiger, wenig angebrachter Ironie, ob auch seinem Klienten ein Platz auf dem Podium vergönnt werden könnte: selbst Inder fühlten sich gelegentlich unwohl, auch wenn das nach Meinung Major Callendars unmöglich sei, und dieser müsse es ja als Oberarzt am Regierungskrankenhaus wissen.

»Wieder einmal ein Beispiel für ihren köstlichen Humor«, säuselte Miß Derek. Ronny blickte zu Mr. Das herüber, gespannt, wie er sich aus dieser etwas heiklen Affäre ziehen würde – woraufhin Mr. Das die Nerven verlor und dem Verteidiger Mahmoud Ali eine strenge Abfuhr erteilte.

»Entschuldigen Sie bitte –«. Die Reihe war nun an dem prominenten Anwalt aus Kalkutta. Es war ein vornehm aussehender Mann, breitschultrig und knochig, und er hatte kurzgeschnittenes graues Haar. »Wir erheben Einspruch dagegen, daß so viele Europäer, Herren wie Damen, auf dem Podium versammelt sind«, sagte er mit wohlgeschulter Oxfordstimme. »Es besteht die Gefahr, daß sie unsere Zeugen einschüchtern. Sie sollten mit den andern zusammen im Saal sitzen. Wir haben nichts dagegen einzuwenden, daß Miß Quested oben bleibt, denn sie ist unwohl gewesen. Wir werden ihr ungeachtet der vom Polizeidirektor enthüllten wissenschaftlichen Tatsachen auf jede erdenkliche Weise entgegenkommen. Aber gegen die Anwesenheit der andern müssen wir protestieren.«

»Oh, machen Sie doch Schluß mit dem Gekakel und kommen Sie endlich zum Urteilsspruch«, knurrte der Major.

Der berühmte Gast aus Kalkutta blickte achtungsvoll zum Richter empor.
»Protest stattgegeben«, sagte Mr. Das, das Gesicht verzweiflungsvoll in ein paar Papieren vergraben. »Lediglich Miß Quested habe ich die Erlaubnis erteilt, hier oben Platz zu nehmen. Ihre Freunde sollten so außerordentlich liebenswürdig sein, wieder hinunterzuklettern.«
»Recht so, Das, ganz vernünftig«, sagte Ronny mit erstaunlicher Sachlichkeit.
»Hinunterklettern – was für eine bodenlose Unverschämtheit«, rief Mrs. Turton.
»Komm schon runter, Mary«, murmelte ihr Mann.
»He, meine Patientin darf nicht unbeaufsichtigt bleiben.«
»Haben Sie etwas dagegen einzuwenden, daß der Oberarzt mit bei ihr bleibt, Mr. Amritrao?«
»Allerdings. Ein Podiumssitz trägt auch zur Erhöhung der Autorität bei.«
»Selbst wenn das Podium nur dreißig Zentimeter hoch ist ... so kommt schon alle mit herunter«, sagte der Verwaltungsdirektor mit dem Versuch eines Auflachens.
»Danke vielmals«, bemerkte Mr. Das, sichtlich erleichtert.
»Danke schön, Mr. Heaslop. Und Dank auch Ihnen, meine Damen.«
Und sie alle, Miß Quested mit eingeschlossen, räumten die etwas vorschnell eingenommene Höhenstellung. Die Nachricht von ihrer Demütigung verbreitete sich wie ein Lauffeuer, und draußen begann man zu johlen. Die ihnen vorbehaltenen Stühle folgten ihnen auf den Fersen. Mahmoud Ali – der vor Haß schon beinahe unzurechnungsfähig war – erhob sogar dagegen Einspruch. Mit welcher Berechtigung waren besondere Stühle zugelassen, warum hatte der Nawab Bahadur keinen bekommen usw.? Im Saal begann man laut durcheinanderzuschwatzen – über gewöhnliche und besondere Stühle, Teppichläufer und Podien von dreißig Zentimeter Höhe.
Aber die kleine Abschweifung hatte immerhin eine günstige Wirkung auf das Nervensystem Miß Questeds ausgeübt. Es war ihr jetzt etwas weniger beklommen zumute, denn sie hatte alle

die Leute gesehen, die sich im Saal befanden. Sie wußte nun auch, was im schlimmsten Fall zu erwarten stand. Sie war endlich sicher, daß sie mit »heiler Haut«, will sagen, ohne sich vor sich selbst etwas zu vergeben, durchkommen würde, und sie konnte sich nicht enthalten, diese erfreuliche Tatsache auch Ronny und Mrs. Turton zu übermitteln. Aber beide waren über den Schlag, den das britische Prestige erlitten hatte, viel zu aufgeregt, um sich dafür zu interessieren. Von ihrem Platz konnte Miß Quested auch den abtrünnigen Fielding sehen. Allerdings hatte sie vom Podium aus noch eine bessere Aussicht gehabt, und sie wußte, daß ihm ein indisches Kind auf den Knien hockte. Er folgte aufmerksam dem Gang der Verhandlung, behielt auch aufmerksam sie im Auge. Als ihre Blicke sich kreuzten, wandte er sich rasch ab, als habe er nicht das geringste Interesse, in unmittelbare Verbindung mit ihr zu treten.

Auch der Richter fühlte sich etwas erleichtert. Er hatte im Kampf um das Podium gesiegt und damit auch an Selbstvertrauen gewonnen. Klug und unparteiisch, lauschte er der Beweisführung des Anklägers und bemühte sich zu vergessen, daß sie auch für den späteren Urteilsspruch maßgeblich war. Vorerst ließ der Polizeidirektor seine Sätze unentwegt weiterrollen. Er hatte ohnehin einen solchen Ausbruch von Unverfrorenheit schon erwartet – das war nicht mehr als eine bloße Geste von seiten einer unterworfenen Rasse, und er legte auch Aziz gegenüber keinen Haß an den Tag, sondern nur eine abgrundtiefe Verachtung.

Seine Rede beschäftigte sich ausführlicher mit den »Gimpeln« des Angeklagten, wie sie nun offiziell genannt wurden – Fielding, dem Diener Antony, dem Nawab Bahadur. Dieser Teil der Anklage war Miß Quested stets etwas zweifelhaft erschienen, und sie hatte die Polizei gebeten, sich nicht allzulange dabei aufzuhalten. Aber die Polizei suchte ein denkbar hohes Strafmaß herauszuschlagen und wollte unbedingt beweisen, daß das Sittlichkeitsattentat vorbedacht war. Und um Aziz' ganzen Feldzugsplan zu veranschaulichen, brachte sie eine Kartenskizze der Marabar-Hügel zum Vorschein, auf der die von den Ausflugsteilnehmern eingeschlagene Route und auch der »Dolch-Tank« eingezeichnet waren, an dem sie gelagert hatten.

Der Richter schien besonderes Interesse an Archäologie zu bekunden.
Sodann wurde der Aufriß einer typischen Grotte vorgelegt, die als »buddhistische Grotte« kenntlich gemacht war.
»Nicht buddhistisch, glaube ich, sondern jainistisch...«
»In welcher Grotte soll denn der Anschlag verübt worden sein, in der buddhistischen oder in der jainistischen?« fragte Mahmoud Ali mit einer Miene, als gelte es, eine Verschwörung aufzudecken.
»Alle Marabar-Grotten sind jainistisch.«
»Jawohl, Sir. In welcher jainistischen Grotte also?«
»Sie werden später noch Gelegenheit haben, eine solche Frage zu stellen.«
Mr. McBryde lächelte kaum merklich vor sich hin. Welche Einfalt! Kam es je vor, daß Inder über einem Punkt wie dem vorliegenden nicht den Kopf verloren? Er wußte, daß die Verteidigung die verzweifelte Hoffnung hegte, ein Alibi zu konstruieren, daß sie – ohne jeden Erfolg – versucht hatte, den Führer ausfindig zu machen, und daß in mondheller Nacht Fielding und Hamidullah zum Kawa Dol hinausgezogen waren und alles abgeschritten und ausgemessen hatten. »Mr. Lesley erklärt, es seien buddhistische Grotten, und wenn irgend jemand in dieser Hinsicht Bescheid weiß, ist er es. Aber darf ich Ihre Aufmerksamkeit wohl auf die Gestalt der Grotte lenken?« Und er schilderte, was sich daselbst begeben hätte. Dann sprach er von Miß Dereks Eintreffen, dem überstürzten Abstieg in der Gesteinsrinne, der Rückkehr der beiden Damen nach Tschandrapur, dem Dokument, das Miß Quested bei ihrer Ankunft unterzeichnet hatte und in dem auch des Feldstechers Erwähnung getan war. Und dann kam er zu dem Punkt, der am belastendsten war: der Auffindung des Feldstechers in der Tasche des Angeklagten. »Im Augenblick habe ich dem nichts weiter hinzuzufügen«, schloß er, die Brille einstekkend. »Nun will ich meine Zeugen aufrufen lassen. Die Tatsachen werden für sich selbst sprechen. Der Angeklagte gehört zu den Leuten, die ein Doppelleben geführt haben. Ich darf sagen, daß er erst nach und nach ein Opfer seiner angeborenen Verworfenheit geworden ist. Er hat sich trefflich darauf verstanden, sein wahres

Wesen zu bemänteln, wie es bei einem Mann seines Schlages nicht selten der Fall ist, und sich dafür als ehrenwertes Mitglied der Gesellschaft aufzuspielen, ja, sogar eine offizielle Stellung zu erlangen. Nun ist er freilich moralisch völlig verseucht und, wie ich fürchte, auch nicht mehr zu retten. Auch einem andern seiner Gäste – gleichfalls einer Engländerin – gegenüber hat er sich höchst grausam, höchst brutal aufgeführt. Um sich ihrer zu entledigen und freie Hand für die geplante Untat zu haben, hat er sie in einer Grotte von seinen Dienern fast erdrücken lassen. Das jedoch nur nebenbei.«

Aber gerade nach den letzten Worten erhob sich ein zweiter Tumult, und plötzlich fegte wie ein Windstoß ein neuer Name durch den Gerichtssaal – Mrs. Moore. Mahmoud Ali war vor Wut fast schon rasend, aber nun verlor er völlig den Kopf. Er kreischte wie ein Besessener: sollte etwa sein Klient auch des Mordes bezichtigt werden und nicht nur eines Gewaltakts, und wer sollte die zweite Engländerin wohl sein?

»Ich habe nicht die Absicht, sie als Zeugin vorladen zu lassen.«

»Das können Sie ja gar nicht – Sie haben sie ja aus dem Lande geschmuggelt! Es ist Mrs. Moore. Sie würde seine Unschuld bewiesen haben. Sie war auf unserer Seite. Stets hatte sie ein Herz für uns Inder.«

»Dann hätten Sie sie ja selbst vorladen lassen können«, rief der Richter. »Keine von beiden Seiten hat Mrs. Moore vorladen lassen, keine darf sich in der Aussage auf sie berufen.«

»Sie wurde von uns ferngehalten, bis es zu spät war – ich selbst habe es erst zu spät erfahren –: da habt ihr die vielgerühmte englische Gerechtigkeit, das britische Herrschaftsprinzip. Gebt uns Mrs. Moore nur fünf Minuten zurück, und sie wird meinen Freund retten, seinen Söhnen den Namen retten. Bitte nehmen Sie Ihr Wort zurück, Mr. Das, Sie sind ja selbst Vater. Sagen Sie mir, wo die andern sie hingebracht haben, oh, Mrs. Moore . . .«

»Wenn diese Tatsache von Interesse sein sollte: meine Mutter muß inzwischen Aden erreicht haben«, sagte Ronny trocken. Er hätte sich am liebsten jeder persönlichen Einmischung enthalten, aber der Angriff von der anderen Seite hatte ihn etwas aus dem Konzept gebracht.

»Von Ihnen eingesperrt, weil sie die Wahrheit wußte.« Mahmoud Ali war wie von Sinnen, und man konnte ihn mitten im Tumult rufen hören: »Und wenn es der Ruin meiner Stellung und meiner Zukunft ist – wir sollen alle zugrunde gerichtet werden, einer nach dem anderen.«

»Das ist doch keine Art, einen Angeklagten zu verteidigen«, mahnte der Richter.

»Ich verteidige keinen Angeklagten, und Sie sitzen nicht zu Gericht. Wir sind beide nur Sklaven.«

»Mr. Mahmoud Ali, ich habe Sie bereits vermahnt, und wenn Sie sich nicht sofort wieder hinsetzen, werde ich von den mir zustehenden Befugnissen Gebrauch machen.«

»Tun Sie das! Dieser Prozeß ist eine reine Farce. Ich will nichts mehr damit zu schaffen haben.« Er händigte Amritrao seine Akten aus und schritt auf die Tür zu, rief aber vor Verlassen des Saales auf theatralische Weise und doch mit echter Leidenschaft noch einmal zurück: »Aziz, Aziz – lebewohl für immer!« Der Tumult verstärkte sich, auch die Anrufung des Namens von Mrs. Moore dauerte fort, und diejenigen, die nicht wußten, was seine Silben bedeuteten, wiederholten sie wie eine Zauberformel. Sie wurden im Munde der Inder zu Esmiß Esmoor und wurden draußen in der Straße von andern aufgenommen. Vergeblich drohte der Richter, er werde die Ruhestörer hinausweisen, vergeblich tat er es auch in ein paar Fällen. Solange die magische Wirkung der Zauberformel sich nicht erschöpft hatte, war er machtlos.

»Unerwartet«, bemerkte Mr. Turton.

Ronny war nicht um eine Erklärung verlegen. Ehe seine Mutter abreiste, hatte sie die Gewohnheit angenommen, im Schlaf von den Marabar-Grotten zu sprechen, vor allem am Nachmittag, wenn die Diener sich auf der Veranda befanden, und ihre zusammenhanglosen Äußerungen über Aziz waren zweifellos für ein paar Anas an Mahmoud Ali verhökert worden: so etwas ist im Osten nun einmal nicht zu verhindern.

»Ich dachte mir schon, daß sie etwas Derartiges versuchen würden. Höchst geschickt.«

Er starrte in die weit aufgerissenen Münder. »So etwas passiert bei ihnen immer wieder, wenn die Religion ins Spiel kommt«, setzte er ruhig hinzu. »Fangen an und können nicht wieder aufhören. Ihr alter Das tut mir leid. Er kann heute nicht gerade viel Staat machen.«

»Wie abscheulich, Mr. Heaslop, Ihre liebe Mutter mit hineinzuzerren«, sagte Miß Derek, sich vorlehnend.

»Es ist nur ein Trick, mit dem sie zufällig auch Erfolg gehabt haben. Nun versteht man immerhin, warum sie Mahmoud Ali verpflichtet hatten – sie wollten auf jeden Fall einen Krach inszenieren. Das ist nämlich seine Spezialität.« Aber Ronny war unwilliger, als er zu erkennen gab. Es war widerwärtig, den Namen seiner Mutter zu Esmiß Esmoor entstellt zu hören, als ob es der einer Hindu-Gottheit wäre.

›Esmiß Esmoor
Esmiß Esmoor
Esmiß Esmoor
Esmiß Esmoor . . .‹

»Ronny –«

»Ja, mein liebes Kind?«

»Ist das nicht alles ganz merkwürdig?«

»Ich fürchte, daß es viel zu aufregend für dich ist.«

»Aber ganz und gar nicht. Es berührt mich kaum.«

»Nun, das ist schön.«

Ihre Worte hatten natürlicher, normaler geklungen als sonst. Sich nach links und rechts ihren Freunden zubeugend, sagte sie: »Machen Sie sich bitte keine Sorge um mich. Ich fühle mich sehr viel wohler als bisher und gar nicht mehr schwach. Ich werde schon durchhalten, und ich danke Ihnen allen, danke Ihnen, danke Ihnen für all Ihre Freundlichkeit.« Sie hatte ihre Dankbarkeit fast herauszuschreien, denn die Litanei »Esmiß Esmoor« dauerte an.

Plötzlich brach sie ab. Es war, als sei das Gebet erhört, der Schrein mit den Reliquien vor aller Augen enthüllt worden. »Ich bitte, meinen Kollegen entschuldigen zu wollen«, sagte Mr. Amritrao zu allgemeiner Überraschung. »Er ist mit unserem Klienten eng befreundet, und seine Gefühle sind mit ihm durchgegangen.«

»Mr. Mahmoud Ali wird sich persönlich entschuldigen müssen«, bemerkte der Richter.
»Jawohl, das muß er natürlich. Aber wir hatten soeben erfahren, daß Mrs. Moore imstande gewesen wäre, eine wichtige Aussage zu machen, und tatsächlich auch dazu bereit war. Aber sie wurde von ihrem Sohn eilig aus dem Land entfernt. Und diese Nachricht hat Mr. Mahmoud Ali um jede Fassung gebracht – zumal sie unmittelbar auf den Versuch folgte, unseren einzigen anderen europäischen Zeugen, Mr. Fielding, ins Bockshorn zu jagen. Mr. Mahmoud Ali würde geschwiegen haben, hätte die Anklage ihrerseits nicht Mrs. Moore als Zeugin namhaft gemacht.« Er ließ sich nieder.
»Wir haben es hier mit einem prozeßfremden Element zu tun«, sagte der Richter. »Ich muß nochmals erklären, daß als Zeugin Mrs. Moore nicht vorhanden ist. Weder Sie, Mr. Amritrao, noch Sie, Mr. McBryde, sind berechtigt, eine Vermutung hinsichtlich dessen zu äußern, was jene Dame möglicherweise ausgesagt haben könnte. Sie ist nicht anwesend und kann infolgedessen auch nicht aussagen.«
»Na schön, dann nehme ich die Erwähnung ihres Namens zurück«, erklärte mit müder Stimme der Polizeidirektor. »Hätte man mir Gelegenheit gegeben, hätte ich das schon eine Viertelstunde früher getan. Für die Anklage ist Mrs. Moores Person ohne jede Bedeutung.«
»Für die Verteidigung habe ich die Erwähnung des Namens bereits zurückgenommen«, bemerkte Mr. Amritrao und setzte mit forensischem Humor hinzu: »Vielleicht können Sie auch die Herren draußen bitten, sie zurückzunehmen«, denn noch immer war auf der Straße der Refrain vernehmlich.
»Ich fürchte, meine Befugnisse gehen nicht ganz so weit«, sagte Mr. Das lächelnd.
Damit war die Ruhe wiederhergestellt, und als Adela den Zeugenstand betrat, war die Atmosphäre entspannter, als sie es im bisherigen Verlauf der Verhandlung gewesen war. Die Sachkenner waren nicht weiter darüber erstaunt. Der Inder besitzt keine eigentliche Standfestigkeit. Bei dem geringsten Anlaß scheint er aufzuflammen, und für die eigentliche Krisis bleibt dann

nichts mehr übrig. Was er braucht, ist ein Grund zur Entrüstung, und den hatte er hier in der vermeintlichen Entfernung der alten Dame gefunden. Wenn Aziz später strafverschickt wurde, war der Grad seiner Empörung sicherlich schon sehr viel geringer.

Aber die eigentliche Krisis stand noch bevor.

Stets war Adela entschlossen gewesen, die Wahrheit zu sagen und nichts als die Wahrheit, und sie hatte ihre Aussage geübt und geprobt wie eine schwierige Lektion – schwierig deshalb, weil ihr schlimmes Erlebnis in der Grotte, wenn auch nur durch einen dünnen Faden, mit einem andern Stück ihres Daseins verbunden war, nämlich ihrem Verlöbnis mit Ronny. Unmittelbar vor Eintritt in die Grotte hatte sie sich in Gedanken mit der Liebe beschäftigt, und sie hatte Aziz in aller Unschuld gefragt, was es wohl mit der Ehe auf sich hatte. Sie nahm nun an, daß ihre Frage das in ihm schlummernde Böse aufgestört hatte. Solches in der Öffentlichkeit zu gestehen, war unendlich peinlich. Es war der einzige Punkt, den sie unerwähnt lassen wollte. Sie war bereit, Einzelheiten anzuführen, die andere junge Damen nicht über die Lippen gebracht haben würden. Aber niemand durfte wissen, daß es mit ihrer Beziehung zu Ronny nicht ganz stimmte, und sie fürchtete das öffentliche Kreuzverhör, weil es sich dann möglicherweise nicht mehr ganz geheimhalten ließ. Aber sobald sie sich zur Antwort erhob und den Klang ihrer eigenen Stimme vernahm, fürchtete sie nicht einmal mehr das. Sie fühlte sich von einer neuen, ihr bislang unbekannten Empfindung umschirmt wie von einem mächtigen Panzer. Sie dachte nicht mehr darüber nach, was eigentlich vor sich gegangen war, befragte auch nicht ihr Gedächtnis; sie kehrte tatsächlich noch einmal zu den Marabar-Hügeln zurück und sprach von dort durch eine Art Zwischendunkel hindurch zu Mr. McBryde. In jeder Einzelheit war der verhängnisvolle Tag ihr von neuem gegenwärtig, aber nun hatte sie daran teil und gleichzeitig nicht daran teil, und diese doppelte Beziehung verlieh ihm einen unaussprechlichen Glanz. Warum hatte sie den Ausflug je als »langweilig« empfunden? Wieder stieg die Sonne empor, wartete der Elefant, wogten fahle Massen von Felsgestein um sie her, bot sich ihr der Anblick der ersten

Grotte. Sie trat hinein: und der Schimmer des Zündholzflämmchens wurde von den glattpolierten Wänden zurückgeworfen – alles war schön und bedeutungsvoll, auch wenn sie in jenem Augenblick dafür blind gewesen war. Eine Frage folgte der andern, und auf jede fand sie die genaue Antwort: Ja, sie hatte den »Dolch«-Tank bemerkt, aber sie kannte seinen Namen noch nicht. Ja, Mrs. Moore war nach Besichtigung der ersten Grotte ermüdet und ließ sich im Schatten eines hohen Felsens in einem Liegestuhl nieder, nicht weit von der Stelle, an der der Schlamm eingetrocknet war. Wie geölt tönte die Stimme in der Ferne weiter, Lotsendienste auf dem Pfad zur Wahrheit zu tun, während die vom Ventilator erzeugten Kühlungswinde sie gleichsam darauf vorwärtszutreiben schienen ... »... der Angeklagte und der Führer begleiteten Sie also zum Kawa Dol, ohne daß sonst jemand mit dabei war?«

»Der allerschönste der Hügel. Jawohl.« Während sie sprach, ließ sie in ihrem Innern noch einmal den Kawa Dol aus dem Nichts erstehen, sah noch einmal die Nischen in der felsigen Wölbung und spürte, wie die Hitze ihr ans Gesicht schlug, und aus irgendeinem dunklen Zwang heraus fühlte sie sich bemüßigt hinzuzufügen: »Meines Wissens war sonst niemand mit dabei. Wir waren sicher allein.«

»Schön – auf halbem Wege zur Höhe befindet sich ein Felsvorsprung oder eine Art felsiger Bodenwelle, wo nahe dem Eingang zu einem vertrockneten Flußbett überall Grotten versteckt liegen.«

»Ja, ich weiß, welche Stelle Sie meinen.«

»Sie haben also ohne Begleitung eine der Grotten betreten?«

»Jawohl.«

»Und der Angeklagte ist Ihnen dann nachgekommen?«

»Nun haben wir ihn«, entfuhr es dem Major.

Adela verstummte. Der Gerichtssaal, die Stätte des Fragens, wartete gespannt auf ihre Antwort. Aber sie konnte sie erst erteilen, wenn Aziz die Stätte des Erwiderns betrat.

»Der Angeklagte ist Ihnen nachgekommen, nicht wahr?« wiederholte McBryde in dem gleichförmigen Tonfall, der beiden bei diesem Wechselgespräch eigen war. Sie bedienten sich aus-

schließlich vereinbarter Worte, und darum war in diesem Stadium der Verhandlung noch keinerlei Überraschung zu gewärtigen.
»Darf ich eine halbe Minute nachdenken, Mr. McBryde?«
»Nehmen Sie sich nur Zeit.«
Vor sich sah sie mehrere Grotten zugleich. Sie erblickte sich selbst in einer von ihnen und befand sich doch gleichzeitig noch davor und behielt die Öffnung im Auge, um Aziz ebenfalls eintreten zu sehen. Aber sie konnte ihn nirgends entdecken. Das war der Zweifel, der sie so oft schon heimgesucht hatte, der aber nun so greifbar und so beglückend für sie war wie die Hügel selbst. »Ich bin nicht –« Reden war schwieriger als Schauen. »Ich bin nicht ganz sicher.«
»Wie bitte?« fragte der Polizeidirektor.
»Ich kann nicht mehr ganz sicher sein.«
»Ich habe Ihre Antwort nicht verstanden.« Er sah ganz erschreckt aus, und der Mund klappte ihm hörbar zu. »Sie befinden sich also auf jenem Felsabsatz oder wie immer wir es nennen wollen, und haben eine der Grotten betreten. Und ich behaupte, daß der Angeklagte Ihnen nachgekommen ist.«
Adela schüttelte den Kopf.
»Was wollen Sie bitte damit sagen?«
»Nein«, erklärte sie mit flacher, klangloser Stimme. An verschiedenen Stellen des Raumes erhoben sich kleine Geräusche, aber mit Ausnahme Fieldings begriff noch niemand, was vor sich ging. Er erkannte deutlich, daß Adela sich unmittelbar vor einem Nervenzusammenbruch befand und daß sein Freund gerettet war.
»Was sagen Sie da? Sprechen Sie bitte lauter.« Der Richter beugte sich vor.
»Ich fürchte, ich habe einen Irrtum begangen.«
»Einen Irrtum – inwiefern?«
»Dr. Aziz ist mir in die Grotte nicht nachgekommen.«
Der Polizeidirektor schmetterte die Akten auf den Tisch, griff sie dann aber wieder auf und sagte mit ruhiger Stimme: »Nun, Miß Quested, lassen Sie uns fortfahren. Ich werde Ihnen wörtlich die Aussage vorlesen, die Sie zwei Stunden nach dem Vorfall in meinem Bungalow eigenhändig unterschrieben haben.«
»Verzeihen Sie, Mr. McBryde, aber Sie können jetzt nicht fortfah-

ren. Ich werde nun selbst das Wort an die Zeugin richten. Die Zuhörer müssen unbedingt Schweigen wahren. Wenn die Unterhaltung nicht aufhört, muß ich den Gerichtssaal räumen lassen. Miß Quested – bitte sprechen Sie jetzt direkt zu mir, der ich in diesem Fall der zuständige Richter bin. Sie begreifen wohl, wie schwerwiegend jedes Ihrer Worte nun ist. Vergessen Sie bitte auch nicht, daß Sie jetzt unter Eid stehen.«

»Dr. Aziz ist nicht –«

»Die Verhandlung muß aus medizinischen Gründen unterbrochen werden«, rief, auf ein Wort Turtons hin, der Major, und alle Engländer erhoben sich wie ein Mann, mächtige, weiße Gestalten, hinter denen der kleine Richter fast verschwand. Auch die Inder erhoben sich, und so viel ging gleichzeitig vor, daß später jeder der Anwesenden einen anderen Bericht von der Katastrophe gab.

»Sie nehmen also die Beschuldigung zurück? Antworten Sie mir«, kreischte der Vertreter der Gerechtigkeit.

Irgend etwas, das sie selbst nicht begriff, hatte nun von dem Mädchen Besitz ergriffen und sie mit starkem Arm über alles hinweggetragen. Auch wenn der Augenblick der Hellsicht vorüber, sie wieder zur Nichtigkeit dieser Welt zurückgekehrt war, so erinnerte sie sich doch an das, was sie soeben geschaut hatte. Beichte und Buße – dafür blieb später noch Zeit. In hartem, nüchternem Ton erklärte sie: »Ich nehme alles zurück.«

»Genug – setzen Sie sich. Mr. McBryde, wünschen Sie in Anbetracht der neuen Wendung noch fortzufahren?«

Der Polizeidirektor starrte seine Zeugin an, als sei sie eine nicht mehr funktionierende Maschine, und sagte: »Sind Sie nicht ganz bei Trost?«

»Sie dürfen keine Fragen mehr an sie richten, Sir. Dazu sind Sie jetzt nicht berechtigt.«

»Gewähren Sie mir etwas Zeit zur Überlegung.«

»Sahib – Sie werden die Anklage zurücknehmen müssen. Das ist ja nachgerade skandalös«, rief mit weithin hallender Stimme plötzlich aus dem Hintergrund des Saales der Nawab Bahadur.

»Das wird er nicht tun«, schrie Mrs. Turton, während sich der Aufruhr ringsumher noch verstärkte. »Rufen Sie die andern Zeugen herein. Keiner von uns ist mehr in Sicherheit –.« Ronny versuchte sie zum Schweigen zu bringen, aber sie versetzte ihm einen wütenden Schlag und fiel dann kreischend über Adela her. Der Polizeidirektor kam seinen Freunden zu Hilfe. »Na schön, ich ziehe die Anklage zurück«, sagte er lässig zum Richter.

Mr. Das erhob sich, halbtot vor Anstrengung. Er hatte die Zügel der Verhandlung in der Hand behalten – sie eben noch in der Hand behalten. Er hatte bewiesen, daß auch ein Inder den Vorsitz bei einer Gerichtsverhandlung zu führen vermochte. Zu denen, die ihn noch hören konnten, sagte er: »Der Gefangene ist ohne Schaden für seinen Leumund freizulassen. Die Frage der Kosten wird an anderer Stelle entschieden werden.«

Und dann stürzte das locker gezimmerte Rahmengerüst der Verhandlung in sich zusammen, die Rufe des Spotts und der Wut verstärkten sich immer mehr, die Zuhörer schrien und fluchten, fielen sich gegenseitig um den Hals und brachen in wildes Schluchzen aus. Hier standen die Engländer, von ihren Dienern beschützt, dort sank Aziz ohnmächtig Hamidullah in die Arme. Sieg auf der einen, Niederlage auf der andern Seite – einen Augenblick war der Gegensatz vollkommen. Bald aber nahm das Leben wieder einen etwas gemischteren Charakter an. Einer nach dem andern kämpfte sich, ein verschiedenes Ziel vor Augen, aus dem Getümmel ins Freie, und bald war niemand anders auf dem Schauplatz des unwirklichen Geschehens zurückgeblieben, als der schöne nackte Gott. Ohne zu gewahren, daß irgend etwas Ungewöhnliches sich ereignet hatte, zog er noch immer am Seil seines *punkah,* blickte er noch immer auf den leeren *dais* und die umgestürzten Sonder- und Ehrenstühle, wirbelte er noch immer in rhythmischem Gleichtakt Wolken niederrieselnden Staubes auf.

25

Miß Quested hatte sich von ihren Landsleuten losgesagt. Als sie ihnen den Rücken kehrte, wurde sie von einem Strom indischer Kleinbürger erfaßt und dem öffentlichen Ausgang des Gerichtssaales zugeschwemmt. Der schwache, nicht zu beschreibende Geruch des Basarviertels, süßlicher und doch auch aufreizender als der eines Londoner Elendsviertels, drang ihr tief in die Lunge: ein essenzgetränkter Wattebausch im Ohr eines alten Mannes, kleine Blättchen Pan zwischen seinen schwärzlichen Zähnen, wohlduftender Puder, Hautöl – der ganze blütenreiche Osten der Überlieferung, aber untermengt mit menschlichem Schweiß. Es war, als sei ein hoher Fürst genötigt, ein schmutziges Bettlergewand zu tragen, das er nicht wieder abzustreifen vermochte; oder als seien von der glühenden Sonne alle Herrlichkeiten der Erde zu einer einzigen unterschiedslosen Masse verkocht worden. Die andern schienen sie nicht zu bemerken. Sie schüttelten einander über ihre Schulter hinweg die Hand, schrien sich durch ihren Körper hindurch etwas zu – sobald der Inder einmal keine Notiz von seinen Herrschern mehr nimmt, hören diese tatsächlich auf, für ihn zu existieren. Ohne an dem von ihr ins Dasein gerufenen Universum selbst teilzuhaben, wurde sie plötzlich gegen Mr. Fielding geschleudert.

»Was wollen Sie denn hier?«

Sie wußte, daß er ihr Feind war, und schritt darum wortlos an ihm vorüber in die Tageshelle hinaus.

»Wo wollen Sie denn hin, Miß Quested?« rief er ihr nach.

»Keine Ahnung.«

»Sie können doch hier nicht so ziellos herumstreunen. Wo ist denn der Wagen, mit dem Sie gekommen sind?«

»Ich gehe zu Fuß.«

»Welcher Wahnsinn . . . In der Stadt tobt angeblich die Menge . . . Die Polizisten sind in Ausstand getreten, und kein Mensch weiß, was jetzt noch alles geschehen wird. Warum halten Sie sich nicht an Ihre Landsleute?«

»Sollte ich mich denen denn wieder anschließen?« fragte sie, gleichsam unbeteiligt. Sie fühlte sich wie ausgeleert, nutzlos. Es war keinerlei Lebenskraft mehr in ihr.

»Das können Sie jetzt nicht, dazu ist es zu spät. Wie sollen Sie denn jetzt wieder auf die andre Seite zum Privatausgang gelangen? Kommen Sie mit mir – rasch – ich werde Sie zu meinem Wagen bringen.«

»Cyril, Cyril, laß mich jetzt nicht allein«, ertönte hinter ihnen Aziz' verzweifelte Stimme.

»Ich bin gleich wieder da... Hier, und bitte keinen Widerspruch!« Fielding packte sie am Arm. »Verzeihen Sie bitte diesen Mangel an Förmlichkeit, aber für Äußerlichkeiten ist im Augenblick keine Zeit. Seien Sie doch so gut, mir morgen irgendwann meinen Wagen zurückzuschicken.«

»Aber wo soll ich damit hinfahren?«

»Wohin Sie Lust haben. Ich kenne ja Ihre Pläne nicht.«

Der Zweispänner stand wohlbehalten in einer stillen Seitengasse. Nur waren die Pferde ausgespannt, denn der *sais*, der nicht mit einem so unvermittelten Abbruch der Verhandlung gerechnet hatte, hatte sie zum Besuch eines Freundes mitgenommen. Adela stieg gehorsam ein. Fielding konnte sie nicht gut allein lassen, denn das Getümmel verstärkte sich, und manche der zu vernehmenden Rufe klangen feindlich. Die durch den Basar führende Hauptstraße war gesperrt, und die Engländer strebten auf allerlei Neben- und Umwegen wieder der Beamtensiedlung zu. Sie waren so hilflos wie Raupen und hätten mühelos zertrampelt werden können.

»Was – was haben Sie nur getan?« rief Fielding plötzlich. »Haben Sie irgend etwas gespielt oder das Leben studiert oder was«?

»Sir, das hier ist für Sie«, unterbrach ihn ein Schüler, der mit einer Jasmingirlande über dem Arm die Gasse heraufgelaufen kam.

»Ich will das Zeugs nicht. Packt euch!«

»Sir, ich bin ein Pferd, wir werden Ihre Pferde sein«, rief ein anderer Schüler, während er die Deichsel des Zweispänners in die Höhe hob.

»Hol mir meinen *sais*, Rafi – sei so nett.«

»Nein – dies wird uns eine Ehre sein.«

Fielding fand seine Schüler ein wenig lästig. Je mehr sie ihn ehrten, um so weniger fügten sie sich ihm. Lassogleich warfen sie ihm Jasmin- und Rosengirlanden über... ratschten mit dem Spritzbrett an einer Mauer entlang und deklamierten ein Gedicht, bei dessen Hall die Gasse sich mit einer Menschenmenge zu füllen begann.

»Beeilen Sie sich, Sir. Wir wollen noch für den großen Festzug zurechtkommen.« Und halb liebevoll, halb unverschämt drängten sie ihn in den Wagen.

»Ich ahne nicht, ob Ihnen das zusagt, aber jedenfalls sind Sie hier geborgen«, bemerkte Fielding. Die Kutsche ruckelte in den Hauptbasar, wo sie eine Art Sensation hervorrief. Miß Quested war in Tschandrapur derart verhaßt, daß selbst die Ehrlichkeit ihres Widerrufs in Zweifel gezogen wurde – das Gerücht wollte es, daß sie inmitten ihrer eigenen Lügen von der Gottheit geschlagen worden war. Aber als man sie nun an der Seite des heroischen Prinzipals erblickte (einige redeten sie sogar mit Mrs. Moore an), brach die Menge in Hochrufe aus, und man bekränzte auch sie – Fielding zu Ehren. Zur Hälfte Götter, zur Hälfte Strohpuppen, wurden sie beide, Gewinde von Blumen um den Nacken, im Kielwasser von Aziz' Siegeswagen einhergezerrt. In den ihnen entgegenschallenden Jubel mischte sich freilich auch einiger Spott. Immer mußten die Engländer zusammenkleben. Das war es gerade, was man gegen sie hatte – und nicht ganz zu Unrecht. Fielding empfand selbst nicht viel anders, und er wußte: wenn es ein Mißverständnis gab und das Mädchen von seinen eigenen Bundesgenossen tätlich angegriffen wurde, mußte er ihr zuliebe seine Haut riskieren. Aber er wollte für sie seine Haut nicht zu Markte tragen. Er wollte mit Aziz zusammen feiern.

Wo ging es aber mit dem festlichen Zug nun hin? Zu Freunden, zu Feinden, zu Aziz' Bungalow, zum Bungalow des Verwaltungsdirektors, zum Minto-Hospital, wo man es dem Oberarzt schon zeigen und die Patienten (irrtümlich für Gefangene gehalten) befreien wollte, nach Delhi, nach Simla? Die Schüler glaubten, es ginge zum Beamtenseminar. Als sie bei einer Straßenbiegung anlangten, rissen sie den Zweispänner seitwärts zur Rechten, zogen ihn im Laufschritt bergab und durch ein Gartentor in die Mangopflanzung hinein, und was Fielding und Miß Quested betraf, war alles nun eitel Frieden und Stille. Die Bäume prangten im Schmuck glitzernden Laubs und schmaler grüner Früchte. Der künstliche Teich lag im Schlummer. Und hinter ihm erhoben sich die zartgeschwungenen blauen Fenster- und Torbogen des Gartenhauses. »Sir, wir wollen noch andere holen. Sir, es ist für unseren Arm etwas schwer.« Fielding führte die Flüchtige in sein

Amtszimmer und versuchte telefonisch McBryde zu erreichen – was aber unmöglich war: die Drähte waren durchschnitten. Alle Diener hatten sich heimlich davongemacht, und wieder brachte Fielding es nicht fertig, Adela im Stich zu lassen. Er wies ihr zwei Zimmer zu, verproviantierte sie mit Eis und Drinks und Biskuits, riet ihr sich hinzulegen und streckte sich selber nieder – sonst war ja nichts weiter zu tun. Er fühlte sich rastlos und etwas fehl am Platz, während er den verhallenden Lauten der Prozession lauschte, und seine Freude wich der Verstörung. Ja, es war ein Sieg, aber was für ein seltsamer Sieg!

Gerade in diesem Augenblick rief Aziz laut: »Cyril, Cyril...« In eine Kutsche mit dem Nawab Bahadur, Hamidullah, Mahmoud Ali, seinen eigenen kleinen Jungen und außerdem einem Haufen Blumen hineingezwängt, war er noch immer nicht zufrieden. Er wollte ausnahmslos jeden bei sich sehen, der ihm zugetan war. Er konnte des Sieges nicht recht froh werden: er hatte zuviel gelitten. Vom Augenblick seiner Verhaftung an war es um ihn geschehen. Er war zusammengesunken wie ein verwundetes Tier. Er hatte aufgegeben, nicht weil er feige war, sondern weil er wußte, daß das Wort einer Engländerin stets mehr Gewicht haben würde als das seine. »Es ist Schicksal«, sagte er, und nochmals: »Es ist Schicksal«, als er nach dem Mohurram zum zweitenmal eingesperrt wurde. Alles, was in jener schrecklichen Zeit noch für ihn zählte, war die Zuneigung anderer, zu andern, und Zuneigung war alles, was er in den ersten qualvollen Augenblicken des Wiederfreiseins empfand. »Warum kommt nur Cyril nicht mit? Kehren wir lieber um.« Aber die Prozession konnte nicht kehrtmachen. Wie eine Schlange durch ein Abflußrohr, kroch sie durch den engen Basar bis zum weiten Becken des Maidan, wo sie sich zusammenringelte, um sich über die Wahl des Opfers klarzuwerden.

»Vorwärts, vorwärts«, kreischte Mahmoud Ali, bei dem jede Äußerung zu einem Schrei geworden war. »Nieder mit dem Verwaltungsdirektor, nieder mit dem Polizeidirektor!«

»Das ist nicht sehr klug von Ihnen, Mr. Mahmoud Ali«, sagte mit flehendem Unterton der Nawab Bahadur. Er wußte, daß gar nichts damit gewonnen war, wenn sie jetzt über die Engländer

herfielen, die in die von ihnen selbst gegrabene Grube gestürzt waren, und denen man auch nicht heraushelfen sollte. Außerdem verfügte er über ausgedehnte Besitzungen und verabscheute jede Anarchie.
»Cyril, wieder einmal läßt du mich im Stich«, rief Aziz.
»Und doch wäre eine wohlgeordnete Demonstration jetzt schon ganz angebracht«, bemerkte Hamidullah. »Sonst bilden sie sich womöglich noch ein, wir hätten Angst.«
»Nieder mit dem Oberarzt... rettet Nureddin!«
»Nureddin?«
»Sie foltern ihn.«
»Oh, mein Gott...« Auch Nureddin gehörte zu Aziz' Freunden.
»Das tun sie ja gar nicht. Ich will unter keinen Umständen, daß mein Enkel den Vorwand für einen Angriff aufs Krankenhaus abgibt«, beharrte der alte Mann.
»Aber doch – Callendar rühmte sich dessen sogar vor Beginn der Verhandlung. Ich habe es hinter einem Türvorhang selbst mit angehört. Er sagte: ›Ich habe den Nigger gefoltert.‹«
»Oh, mein Gott, mein Gott... er hat ihn Nigger genannt – tatsächlich?«
»Sie haben ihm Pfeffer auf die Wunde getan statt eines antiseptischen Mittels.«
»Ganz unmöglich, Mr. Mahmoud Ali. Ein bißchen Härte kann dem Bengel ohnehin nichts schaden – er braucht Disziplin.«
»Pfeffer. Der Oberarzt hat es selbst gesagt. Sie hoffen, uns einen nach dem andern kaputtzumachen. Es soll ihnen nicht gelingen.«
Angesichts dieser neuen Kränkung geriet die Menge in wilde Wut. Bisher war sie ziellos vorgegangen und hatte auch keinen rechten Anlaß zur Empörung gehabt. Als sie aber den Maidan erreichte und die gelblichen Arkaden des Minto vor sich erblickte, wälzte sie sich heulend darauf zu. Es war fast Mittag. Erde und Himmel waren erschreckend häßlich, und der Geist des Bösen ging um. Allein der Nawab Bahadur kämpfte dagegen an und versicherte immer wieder, das Gerücht könne nicht stimmen. Erst in der vergangenen Woche hatte er seinen Enkel besucht. Aber

auch er wurde nun über den Abgrund hinweggerissen. Die Opfer retten, an Major Callendar tätlich Vergeltung üben – und dann an der ganzen Beamtenstation!

Aber das Unheil wurde noch einmal abgewendet – abgewendet ausgerechnet durch Panna Lal.

Dr. Panna Lal hatte sich der Anklagebehörde freiwillig als Belastungszeuge zur Verfügung gestellt – einmal in der Hoffnung, sich bei den Engländern lieb Kind zu machen, zum andern aus Haß gegen Aziz. Als das Verfahren zusammenbrach, befand er sich in einer höchst peinlichen Lage. Er sah das Debakel früher kommen als die meisten der übrigen Anwesenden, schlüpfte aus dem Gerichtssaal, noch bevor Mr. Das geendet hatte, und jagte auf der Flucht vor drohender Vergeltung mit Dapple durch den Basar. Im Krankenhaus durfte er sich unter den Fittichen Major Callendars geborgen fühlen. Aber der Major war noch nicht wieder zurück, und nun war alles schlimmer als je zuvor, denn hier war eine tobende Menge, die Blut sehen wollte, die Krankenwärter waren aufsässig und wollten ihm nicht über die rückwärtige Mauer helfen, oder sie stemmten ihn vielmehr hinauf und ließen ihn dann zur Genugtuung der Patienten wieder zu Boden fallen. In seiner Verzweiflung rief er: »Der Mensch kann nur einmal sterben«, und watschelte über den Hof den Eindringlingen geradewegs entgegen, die eine Hand zum Gruß über die Brust gelegt, mit der andern einen blaßgelben Regenschirm in die Höhe haltend. »Oh, vergeben Sie mir«, wimmerte er, als er in Hörweite des Siegeswagens angelangt war. »Oh, Dr. Aziz, vergeben Sie die schlimmen Lügen, die ich weiterverbreitet habe.« Aziz blieb stumm, aber die andern warfen zum Zeichen der Verachtung den Kopf zurück. »Ich war völlig falsch informiert«, fuhr der Bittsteller fort, »ich war immerzu falsch informiert, was Ihren Charakter betrifft. Oh, haben Sie Nachsicht mit dem armen alten Hakim, der Ihnen Milch gab, als Sie krank lagen. Oh, Nawab Bahadur, Sie stets Barmherziger, ist es mein armseliges kleines Medizinschränkchen, das Sie brauchen? Nehmen Sie bitte jede erwünschte Flasche, die Sie nur finden können!« Aufgeregt, aber trotzdem ganz auf der Hut, sah er, wie sie sein mittelmäßiges Englisch belächelten. Und plötzlich begann er den Hanswurst zu spielen. Er warf seinen Regenschirm zu Boden, trampelte darauf herum und schlug sich auf die Nase. Er wußte, was er tat, und die andern wußten es auch. An der Selbsterniedrigung eines solchen Mannes war nichts Rührendes oder gar Tragisches. Von wenig vornehmer Abkunft, war Dr. Panna Lal an sich nicht der Mann, an dem sich überhaupt etwas herabwürdigen ließ, und klugerweise beschloß er, sich so zu verhalten, daß die andern Inder sich ihm gegenüber wie Fürsten vorkommen durften, weil sie dann in bessere Stimmung gerieten. Als er entdeckte, daß sie Nureddin herausholen wollten, setzte er sich, wie ein Geißbock hüpfend und wie eine Henne trippelnd, rasch in Bewegung, um ihnen gefällig zu sein; das Krankenhaus war gerettet, und bis zum Lebensende konnte er nicht fassen, warum er für seine Leistung an diesem besonderen Tag keine Beförderung erhielt. »Geistesgegenwart, nur Geistesgegenwart, ganz wie die Ihre«, war das Argument, dessen er sich Major Callendar gegenüber bediente, als er Anspruch auf solche Beförderung erhob.

Als Nureddin mit völlig verbundenem Gesicht auf der Bildfläche erschien, erhob sich ein dumpfer Schrei der Erleichterung, es war, als wäre die Bastille gefallen. Es war der kritische Augenblick der ganzen Demonstration, und dem Nawab Bahadur gelang es, die Zügel an sich zu reißen. Vor aller Augen den jungen Mann umarmend, begann er eine nach Kapiteln gegliederte Rede über Gerechtigkeit, Mut, Freiheit und Vorsicht zu halten, in deren Verlauf die Leidenschaften der Menge sich abkühlten. Er kündigte weiter an, daß er seinen ihm von Großbritannien verliehenen Titel ablegen und sich unter dem schlichten Namen eines Mr. Zulfiqar ins Privatleben zurückziehen werde, weshalb er sich auch sogleich auf seinen Landsitz begeben wolle. Der Landauer wendete, die Menge gab ihm das Geleit, der kritische Augenblick war überstanden. Der Vorfall in den Marabar-Grotten war für die zuständigen Lokalbehörden eine schlimme Nervenbelastung gewesen, hatte manchem Einzelleben eine andere Richtung gegeben und mancher Laufbahn ein vorzeitiges Ende gesetzt, aber er hatte keinen Kontinent zerrüttet, nicht einmal einen einzigen Distrikt aus den Fugen gebracht.

»Wir werden heute abend ein Freudenfest feiern«, sagte der alte Mann. »Ich beauftrage Sie, Mr. Hamidullah, unsere Freunde Fielding und Amritrao herbeizuschaffen und herauszufinden, ob der letztere eines besonderen Mahles bedarf. Die andern sollen bei mir bleiben. Natürlich werden wir erst zur Zeit der Abendkühle nach Dilkusha hinausfahren. Ich weiß nicht, wie die andern Herren sich fühlen. Ich selbst habe etwas Kopfschmerzen. Hätte ich nur daran gedacht, unsern guten Panna Lal um ein paar Aspirintabletten zu bitten!«

Ja, die Hitze forderte ihren Tribut. Unfähig, die Menschen um den Verstand zu bringen, begnügte sie sich damit, sie in den Zustand der Betäubung zu versetzen, und bald lagen die meisten der Kämpen von Tschandrapur im Schlaf. Die in der Beamtenstation Behausten hielten noch eine Weile Wache, denn sie fürchteten einen Angriff, aber bald glitten auch sie in die Welt der Träume – in jene Welt also, in der wir ein Drittel unseres Lebens verbringen, und über der nach Meinung einiger Pessimisten bereits der Schatten der Ewigkeit liegt.

26

Es war schon fast Abend, als Fielding und Miß Quested wieder zusammenkamen und die erste einer ganzen Reihe von merkwürdigen Unterredungen hatten. Fielding hatte gehofft, beim Aufwachen zu entdecken, daß sie von irgend jemand ab- oder weggeholt worden war, aber das Beamtenseminar lag vom übrigen Universum wie abgeschnitten. Sie fragte, ob sie sich wohl noch einmal mit ihm aussprechen dürfe, und als er ihr die Antwort schuldig blieb, sagte sie: »Können Sie sich mein fragwürdiges Verhalten wohl irgendwie erklären?«

»Nein«, sagte er barsch. »Warum eine solche Beschuldigung erst vorbringen, wenn Sie sie später wieder zurücknehmen mußten?«

»Ja – warum?«

»Ich sollte Ihnen gegenüber wohl Dankbarkeit empfinden, aber –«

»Ich erwarte keine Dankbarkeit. Ich dachte nur, es läge Ihnen möglicherweise daran, zu erfahren, was ich selbst zu sagen habe.«

»Na schön«, knurrte er und kam sich dabei wie ein Schuljunge vor. »Ich glaube nicht, daß eine Auseinandersetzung für uns beide jetzt wünschenswert wäre. Um ganz offen zu sein: ich gehöre in dieser ganzen bösen Affäre auf die andere Seite.«

»Würde es Sie dann nicht interessieren, etwas über meine Seite zu hören?«

»Nicht übermäßig.«

»Ich würde es Ihnen natürlich nicht unter dem Siegel der Verschwiegenheit sagen. Sie könnten also alle meine Bemerkungen an Ihre Seite weitergeben, denn ein Gutes hat dieser schlimme Tag immerhin für mich gehabt: ich habe jetzt keine Geheimnisse mehr. Mein Echo ist endgültig verstummt – ich nenne das Summen in meinen Ohren ein Echo. Schauen Sie, ich habe mich seit dem Ausflug zu den Grotten immer unwohl gefühlt, und möglicherweise schon zuvor.«

Diese Bemerkung fand Mr. Fielding interessant. Er hatte ähnliches bisweilen schon selber vermutet. »Inwiefern unwohl?« fragte er.

Sie führte ihre Hand an die Schläfe und schüttelte den Kopf.

»Das war auch mein erster Gedanke am Tag der Verhaftung: Halluzination.«

»Glauben Sie das tatsächlich?« fragte sie im Ton der Demut. »Was sollte wohl eine Halluzination bei mir hervorgerufen haben?«

»Eines von drei möglichen Dingen ist zweifellos in den Marabar-Hügeln passiert«, sagte er, sich gegen seinen Willen auf ein Gespräch einlassend. »Eines von vier Dingen. Entweder ist Aziz schuldig – was er nach Ansicht Ihrer Freunde ist. Oder Sie haben das Ganze aus purer Böswilligkeit heraus erfunden – was die Ansicht meiner Freunde ist. Oder Sie haben eine Halluzination gehabt. Ich selbst bin nur allzu geneigt« – er erhob sich und ging mit großen Schritten auf und ab–, »nun, da Sie mir sagen, daß Sie sich schon vor dem Ausflug unwohl gefühlt haben – und das ist eine sehr wichtige Feststellung–, ja, ich bin überzeugt, daß Sie selbst den Riemen am Feldstecher zerrissen haben; und daß Sie die ganze Zeit über in der Grotte allein waren.«

»Ja, vielleicht...«
»Können Sie sich noch entsinnen, wann Sie sich zum erstenmal unpäßlich gefühlt haben?«
»Als ich zu Ihnen zum Tee kam, hier, in dem blauen Gartenhaus.«
»Ein etwas verunglückter Nachmittag. Auch Aziz und der alte Godbole waren danach unwohl.«
»Ich war nicht geradezu unwohl – es war viel zu unbestimmt, als daß es eigentlich der Erwähnung wert gewesen wäre: es war hoffnungslos mit meinen persönlichen Angelegenheiten verquickt. Ich hatte Freude an Godboles Gesang... aber ungefähr gleichzeitig stellte sich auch eine Art Betrübnis bei mir ein, was mir damals noch nicht ganz zu Bewußtsein kam... Nein, nichts so Greifbares wie Betrübnis: ein Lebenszustand unter halbem Druck – das wäre wohl noch die beste Umschreibung. Halber Druck. Ich erinnere mich noch, daß ich später mit Mr. Heaslop dem Polospiel auf dem Maidan zuschaute. Auch sonst passierte noch allerlei – was, spielt jetzt keine Rolle –, aber dem allen war ich nicht ganz gewachsen. Und zweifellos befand ich mich gerade in einem solchen Zustand, als ich die Grotten besichtigte, und da behaupten Sie nun (und nichts kann mich jetzt mehr schockieren oder verletzen) – behaupten Sie, ich habe dort so etwas wie eine Halluzination gehabt, das heißt, in freilich schlimmerer Form das gleiche, wie, sagen wir, eine Frau, die sich einbildet, einen Heiratsantrag erhalten zu haben, wenn ihr keiner gemacht worden ist.«
»Sie reden wenigstens nicht um die Sache herum.«
»Zur Ehrlichkeit bin ich erzogen worden – das Malheur ist nur, daß ich damit nicht sehr viel weiterkomme.«
Fielding fand sie nun schon ein bißchen sympathischer und sagte lächelnd: »Man kommt jedenfalls damit in den Himmel.«
»Wirklich?«
»Falls es einen Himmel gibt.«
»Wenn ich fragen darf: glauben Sie nicht an den Himmel, Mr. Fielding?« Sie blickte scheu zu ihm auf.
»Nein. Und doch glaube ich, daß wir mit Hilfe der Ehrlichkeit schließlich dahin gelangen.«

»Wie kann das sein?«
»Um noch einmal auf die Halluzination zu kommen: ich habe Sie heute früh während Ihrer Aussage genau beobachtet, und wenn ich mich nicht irre, ist die Halluzination, ist das, was Sie halben Druck nennen – ein mindestens ebenso brauchbares Wort–, ganz plötzlich von Ihnen gewichen.«
Sie versuchte sich zu erinnern, was sie im Gerichtssaal empfunden hatte – es gelang ihr nicht. Das von ihrem innern Auge Erschaute verblaßte, als sie ihm einen Begriff davon vermitteln wollte.
»Die Ereignisse haben sich mir in ihrer logischen Folge dargestellt« – so sagte sie nun, aber so war es durchaus nicht gewesen.
»Nach meiner Überzeugung – und natürlich habe ich in der Hoffnung, Sie würden sich ein Versehen leisten, gewissenhaft zugehört –, nach meiner Überzeugung hat der arme McBryde bei Ihnen eine Art Teufelsaustreibung vorgenommen. Sobald er eine unverblümte Frage an Sie richtete, gaben Sie eine unverblümte Antwort, und das ganze Gebäude brach zusammen.«
»Oh, Teufelsaustreibung in diesem Sinne. Ich glaubte, Sie wollten sagen, ich hätte ein Gespenst gesehen.«
»Nein, so weit würde ich nun wieder nicht gehen.«
»Ein paar Leute, die ich sehr respektiere, glauben durchaus an Gespenster«, sagte sie mit ziemlich scharfer Stimme. »Auch meine Freundin Mrs. Moore.«
»Sie ist eine alte Dame.«
»Sie brauchen deshalb ihr gegenüber nicht noch weniger höflich zu sein als ihrem Sohn gegenüber.«
»Ich wollte nicht ausfallend werden. Ich wollte lediglich sagen, es sei schwierig, mit zunehmendem Alter sich dem Übernatürlichen zu verschließen. Ich habe das selbst schon gespürt. Vorläufig kann ich noch mit der sichtbaren Welt auskommen. Aber was für eine Versuchung ist es im Alter von fünfundvierzig, sich einzureden, die Toten kehrten wieder ins Leben zurück! Die Toten, die uns nahegestanden haben. Andere zählen nicht.«
»Weil eben die Toten nicht wieder ins Leben zurückkehren.«
»Ich fürchte – nein.«

»Ich fürchte das gleiche.«
Es trat einen Augenblick Stille ein, wie sie dem Triumph des Rationalismus oft auf den Fersen folgt. Dann aber entschuldigte sich Fielding nachdrücklich für das Verhalten, das er Heaslop gegenüber im Klub an den Tag gelegt hatte.
»Was sagt Dr. Aziz von mir?« fragte sie nach einer neuerlichen Pause.
»Er – er ist in seinem Elend keines klaren Gedankens fähig gewesen. Natürlich ist er sehr bitter«, erwiderte Fielding ein wenig verlegen, weil Aziz' Bemerkungen nicht nur bitter, sondern geradezu unflätig waren. Was ihnen zugrunde lag, war der Gedanke: »Wie beschämend für mich, in Verbindung mit einer solchen alten Scharteke in den Mund der Leute zu kommen!« Es machte ihn rasend, von einer Frau angeklagt zu werden, der keine persönliche Schönheit eigen war. In sexueller Hinsicht war er ein Snob – was Fielding schon immer gestört und bekümmert hatte. Reine Sinnlichkeit, soweit sie sich unverhüllt äußerte, stieß ihn durchaus nicht ab, aber diese abgeleitete Sinnlichkeit – die etwa eine Geliebte auf eine Stufe mit einem Rennwagen stellt, wenn sie schön, mit einer Augenfliege, wenn sie nicht schön ist –: sie war für seine eigene Empfindung befremdlich, und er spürte, wie zwischen ihm und Aziz eine Kluft sich auftat, wann immer sie sich bemerkbar machte. Es war, in neuer Form, das alte, alte Übel, das zuletzt jeder echten Kultur das Mark aussog: Snobismus, das Verlangen nach Eigenbesitz und ehrenvollem Zubehör. Und die Furcht, gerade einer solchen Anfechtung – für viele bedrohlicher als Fleischeslust – zu erliegen, war es wohl auch, die Heilige in die Einsamkeit des Himalaja-Gebirges trieb. Um das Thema zu wechseln, sagte er: »Aber lassen Sie mich meine Analyse bitte zu Ende führen. Wir sind uns darin einig, daß Aziz einer Schurkentat so wenig fähig wäre, wie Sie es sind, nur sind wir beide nicht ganz sicher, ob eine Halluzination mit im Spiel war. Bliebe die vierte Möglichkeit, die wir immerhin streifen müssen: kann es jemand anders gewesen sein?«
»Der Führer.«
»Jawohl, der Führer. Den habe ich gleichfalls in Verdacht. Un-

glückseligerweise hat Aziz ihn ins Gesicht geschlagen, und er bekam es mit der Angst zu tun und verschwand. Höchst unangenehm. Die Polizei half uns nicht dabei, ihn wiederzufinden – sie war nicht weiter an ihm interessiert.«

»Vielleicht war es der Führer«, sagte sie unbewegt. Die ganze Frage berührte sie plötzlich nicht mehr.

»Oder könnte es auch einer der Parthanen gewesen sein, die rottenweise die Umgebung durchstreifen?«

»Irgendeiner, der in einer anderen Grotte steckte und mir nachkam, als der Führer zufällig woandershin schaute? Möglicherweise.«

In diesem Augenblick tauchte Hamidullah auf. Er schien nicht gerade angenehm überrascht, die beiden allein zu finden. Wie alle andern Leute in Tschandrapur, konnte auch er aus Miß Questeds Verhalten nicht klug werden. Er hatte ihre letzte Bemerkung mitangehört. »Hallo, mein lieber Fielding – da hätte ich Sie endlich«, sagte er. »Könnten Sie wohl gleich mit hinaus nach Dilkusha kommen?«

»Gleich?«

»Ich kann hoffentlich schon bald wieder von hier weg«, sagte Adela. »Auf keinen Fall möchte ich Sie aufhalten.«

»Die Telefonverbindung ist gestört. Miß Quested kann ihre Freunde nicht erreichen«, sagte Fielding zur Erklärung.

»Sehr viel mehr ist heute zerstört – mehr, als sich jemals reparieren läßt«, sagte der andere. »Immerhin sollte es möglich sein, diese Dame auf irgendeine Weise zur Beamtenstation zurückzuschaffen. Die Errungenschaften der Zivilisation sind nicht eben spärlich.« Er sprach, ohne Miß Quested anzublicken, und übersah darum auch die abwehrende Handbewegung, die sie bei seinen Worten machte.

Fielding, der nicht einsehen konnte, warum das unerwartete Zusammentreffen nicht ebensogut einen freundlichen Verlauf nehmen sollte, sagte: »Miß Quested hat mir in bezug auf ihr heutiges Verhalten einiges erklärt.«

»Vielleicht ist die Zeit der Wunder wiedergekommen. Wie unsere Philosophen zu sagen pflegen: man muß wohl auf alles gefaßt sein.«

»Den Außenstehenden muß es tatsächlich wie ein Wunder vorgekommen sein«, sagte Adela, das Wort etwas nervös an Hamidullah richtend. »Aber es ist nun einmal so, daß ich gerade noch rechtzeitig begriff, was für einen Irrtum ich begangen hatte, und daß ich gerade noch Geistesgegenwart genug besaß, das auch zuzugeben. Das ist im Grunde alles, worauf mein befremdliches Verhalten hinauslief.«

»Ja, wahrhaftig alles, worauf es hinauslief«, entgegnete Hamidullah, zitternd vor Wut, aber noch immer beherrscht, weil er den Verdacht nicht ganz loswerden konnte, daß sie ihm eine neue Falle stellte. »Wenn ich bei einer zwanglosen Unterhaltung eine unverbindliche Privatmeinung äußern darf: ich habe Ihr Verhalten bewundert und war entzückt darüber, Sie von unseren warmherzigen Studenten mit Girlanden bekränzt zu sehen. Aber ganz wie Mr. Fielding bin ich überrascht – ja überrascht ist sogar ein viel zu schwaches Wort. Ich sehe, wie Sie meinen besten Freund in den Dreck herabziehen, seine Gesundheit gefährden und seine Zukunftsaussichten zunichte machen – in welchem Grade, können Sie ohne Kenntnis unserer Gesellschaft und Religion gar nicht ermessen –, und dann erklären Sie plötzlich im Zeugenstand: Ach nein, Mr. McBryde, ich bin doch nicht ganz sicher. Sie können ihn ruhig laufen lassen. Habe ich noch meine fünf Sinne beieinander? frage ich mich immer wieder. Ist es ein Traum – und wenn es das ist: wann hat er wohl begonnen? Und ohne jeden Zweifel ist es ein Traum, der noch nicht ausgeträumt ist. Denn ich vermute, daß Sie vorläufig noch nicht mit uns fertig sind und daß nun der alte Führer drankommt, der Ihnen die Grotten gezeigt hat.«

»Aber ganz und gar nicht«, brach Fielding ein. »Wir haben lediglich gewisse Möglichkeiten erörtert.«

»Ein interessanter Zeitvertreib, aber ein etwas ausgedehnter. Es gibt auf dieser bemerkenswerten Halbinsel nicht weniger als hundertsiebzig Millionen Inder, und natürlich hat im Laufe der Zeit der eine oder andere auch die Grotte betreten. Natürlich ist der Schuldige ein Inder – daran dürfen wir niemals zweifeln. Und da eine Erörterung all dieser Möglichkeiten Sie einige Zeit kosten wird, mein lieber Fielding« – hier legte er den Arm um die

Schulter des Engländers und schaukelte ihn sachte hin und her –, »so sollten Sie lieber gleich mit mir zum Nawab Bahadur kommen – oder richtiger zu Mr. Zulfiqar, denn das ist der Name, bei dem er von uns jetzt angeredet sein will.«
»Gern, in einer Minute.«
»Ich bin mir eben darüber klar geworden, wo ich hingehen werde«, sagte Miß Quested. »Ich werde im Dak-Bungalow Quartier beziehen.«
»Nicht bei den Turtons?« fragte Hamidullah, und die Augen traten ihm fast aus den Höhlen. »Ich hatte angenommen, Sie wären bei denen zu Gast.«
Der Dak-Bungalow in Tschandrapur war nicht einmal mittelmäßig und hatte keinerlei Bedienung. Die Gedanken Fieldings, der noch immer mit Hamidullah hin und her schwang, liefen jedoch in anderer Richtung, und er sagte, nach einer winzigen Pause: »Ich habe einen sehr viel besseren Einfall, Miß Quested. Sie müssen hier im Seminar bleiben. Ich werde mindestens zwei Tage abwesend sein, und Sie können während dieser Zeit von dem ganzen Gebäude Gebrauch machen und in aller Ruhe weitere Pläne schmieden.«
»Da bin ich aber völlig anderer Meinung«, sagte Hamidullah mit allen Zeichen des Mißbehagens. »Dieser Einfall ist wirklich nicht diskutabel. Es kann heute nacht durchaus noch zu einer andern Demonstration kommen – und wenn nun gar ein Angriff auf das Seminar unternommen wird? Sie würden für die Sicherheit der Dame mit Ihrem Kopf haften müssen, mein Freund.«
»Mit gleicher Wahrscheinlichkeit könnte ein Angriff auch auf den Dak-Bungalow erfolgen.«
»Gewiß. Aber so weit erstreckt sich Ihre Verantwortung nicht.«
»Ja, das ist gerade der Grund – ich habe Ihnen allen schon Unannehmlichkeiten genug bereitet.«
»Hören Sie? Die Dame gibt es also selbst zu. Es ist kein Angriff von seiten unserer Leute, den ich fürchte – Sie hätten sehen sollen, wie gesittet sie sich vor dem Hospital aufgeführt haben. Wovor wir aber auf der Hut sein müssen, ist ein Angriff, von der Polizei ins Werk gesetzt, um Ihre Aussage Lüge zu strafen. McBryde hat für solche Fälle eine ganze Anzahl zweifelhafter

Elemente zur Hand. Und das wäre gerade die längst erhoffte Gelegenheit.«

»Und wenn schon! Miß Quested wird jedenfalls nicht in den Dak-Bungalow ziehen«, sagte Fielding. Er verspürte nun eine natürliche Sympathie für die vom Schicksal so hart Mitgenommene – zum Teil war das auch der Grund, warum er sich bisher von Aziz ferngehalten hatte –, und er war entschlossen, das arme Mädchen nicht im Stich zu lassen. Auch empfand er ihr gegenüber nach der vorausgehenden Unterhaltung ein ganz neues Gefühl der Hochachtung. Selbst wenn ihre etwas scharfe, gouvernantenhafte Art noch die gleiche geblieben war, so unterwarf sie doch nicht länger das Leben einer strengen Prüfung, sondern unterzog sich umgekehrt einer schweren Prüfung von seiten des Lebens. Sie war ein wirklicher Mensch geworden.

»Wohin soll sie aber nun gehen? Daß wir nie ganz mit ihr zu Ende kommen!« Miß Quested hatte nicht gerade das Herz Hamidullahs gewonnen. Hätte sie vor Gericht irgendwelche Gemütsbewegung verraten, wäre sie zusammengebrochen, hätte sie sich an die Brust geschlagen und unaufhörlich den Namen Gottes angerufen: sie hätte seine Einbildungskraft, seinen Großmut herausgefordert – von beidem besaß er mehr als genug. Sie hatte zwar das Gemüt der Orientalen von einer Art Last befreit, aber gleichzeitig hatte sie ihnen einen Kälteschauder eingeflößt, und infolgedessen konnte Hamidullah sie auch kaum für aufrichtig halten, was sie von seinem Standpunkt aus tatsächlich nicht war. Denn ihr ganzes Verhalten gründete sich auf kalte Gerechtigkeit, kalte Redlichkeit. Selbst im Augenblick ihres Widerrufs hatte sie kein echtes Mitgefühl mit denen empfunden, denen sie Unrecht getan hatte. In jenem anspruchsvollen Land ist die Wahrheit keine Wahrheit, sofern sie nicht mit Güte und Güte und zum drittenmal mit Güte gepaart ist und sofern das Wort, das einst bei Gott war, nicht gleichfalls Gott ist. Und das Opfer des Mädchens, nach westlichen Vorstellungen so rühmlich, wurde mit Recht zurückgewiesen, denn wenn es auch von Herzen kam, so hatte doch das Herz zuletzt nicht mehr teil daran. Ein paar Girlanden, mit denen ein paar Schüler sie schmückten – das war alles, womit Indien ihr ihr Opfer vergalt.

»Aber wo sollte sie dann essen, wo übernachten? Hier, sage ich, hier. Und was die Gefahr betrifft, der sie sich möglicherweise damit aussetzen würde, so gibt sie sich bestimmt keinen Illusionen hin. Das wäre mein Beitrag zur Debatte. Nun, Miß Quested?«
»Das ist wirklich freundlich von Ihnen, sich so viel Gedanken um mich zu machen. Ich wünschte, ich könnte ja sagen, aber ich habe auch Mr. Hamidullah beizupflichten. Ich darf Ihnen keine Ungelegenheiten mehr bereiten. Es wäre sicher das beste, zu den Turtons zurückzugehen und zu sehen, ob ich bei denen unterkommen kann. Wenn sie mich aber abweisen, muß ich den Dak aufsuchen. Der Verwaltungsdirektor würde mich bestimmt wieder bei sich aufnehmen, aber Mrs. Turton hat heute früh erklärt, sie wolle mich niemals mehr wiedersehen.« Sie sprach ohne jede Bitterkeit, aber nach Meinung Hamidullahs auch ohne rechten Stolz. Sie hatte lediglich die Absicht, so wenig Ärgernis zu verursachen wie möglich.
»Dann bleiben Sie besser hier, statt sich den Anpöbelungen von seiten einer albernen Person auszusetzen.«
»Finden Sie sie wirklich so albern? Auch mir kam sie früher so vor. Aber jetzt nicht mehr.«
»Nun, da ist ja die Lösung unseres Dilemmas persönlich«, sagte der Anwalt, der inzwischen von seiner leicht bedrohlichen Liebkosung abgelassen hatte und zum Fenster hinübergeschlendert war. »Hier kommt der Herr Stadtrichter. Er kommt in einem *bandghari* dritter Klasse, weil er sein Inkognito wahren möchte, er kommt ohne Dienerschaft, aber er kommt immerhin, der Herr Stadtrichter.«
»Endlich«, sagte Adela mit einem so scharfen Ton in der Stimme, daß Fielding ihr einen raschen Blick zuwarf.
»Er kommt, er kommt, er kommt. Ich zittere. Ich bebe.«
»Könnten Sie ihn wohl fragen, Mr. Fielding, warum er hergekommen ist?«
»Natürlich um Ihretwillen.«
»Möglicherweise weiß er nicht einmal, daß ich hier bin.«
»Wenn es Ihnen lieber ist, werde ich zuerst mit ihm sprechen.«
Mit Adela allein gelassen, bemerkte Hamidullah in beißendem Ton:

»Ich muß schon sagen – war es unbedingt nötig, Mr. Fielding noch weitere Unbequemlichkeiten zuzumuten? Er ist viel zu rücksichtsvoll.« Sie erwiderte nichts, und bis zur Rückkehr ihres Gastgebers herrschte zwischen beiden völliges Schweigen.

»Er hat Ihnen etwas zu berichten«, sagte Fielding. »Sie werden ihn auf der Veranda vorfinden. Er möchte nicht gern ins Haus kommen.«

»Verlangt er etwa, daß ich zu ihm hinausgehe?«

»Ob er es verlangt oder nicht – Sie sollten wohl auf jeden Fall zu ihm gehen«, sagte Hamidullah.

Sie zögerte einen Augenblick. »Völlig richtig«, sagte sie dann und dankte mit ein paar Worten dem Prinzipal für all die Freundlichkeit, die er ihr im Laufe des Tages erwiesen hatte.

»Gott sei Dank, das wäre überstanden«, bemerkte Fielding, ohne sie auf die Veranda hinauszubegleiten. Er hielt es für überflüssig, Ronny nochmals zu sehen.

»Es war doch etwas flegelhaft von ihm, jetzt nicht mit hereinkommen zu wollen.«

»Das konnte er nicht gut nach dem, was ich ihm neulich im Klub angetan habe. Heaslop hat sich gar nicht so übel aus der Affäre gezogen. Und außerdem hat das Schicksal ihm heute besonders schlimm mitgespielt. Er hat ein Telegramm mit der Nachricht erhalten, daß seine Mutter gestorben ist, das arme alte Geschöpf.«

»Tatsächlich? Mrs. Moore? Das tut mir leid«, sagte Hamidullah in ziemlich gleichmütigem Ton.

»Sie ist unterwegs gestorben. Auf See.«

»Wohl die Hitze.«

»Vermutlich.«

»Der Mai ist kein Monat, in dem man einer alten Dame erlauben sollte zu reisen.«

»Ganz recht. Heaslop hätte sie niemals fahren lassen dürfen, und das weiß er. Sollen wir uns nun selbst auf den Weg machen?«

»Lassen Sie uns noch so lange warten, bis das glückliche Paar außer Sichtweite ist ... unerträglich, wie sie da draußen herumtrödeln. Ach ja, Fielding, ich erinnere mich – Sie glauben ja nicht an die Vorsehung, nicht wahr? Aber ich glaube daran. Das ist die

Strafe des Himmels dafür, daß Heaslop unsere Zeugin entfernen ließ, um unserer Seite den Nachweis eines Alibis unmöglich zu machen.«

»Da gehen Sie doch wohl ein wenig zu weit. Die Aussage der alten Dame hätte nicht den geringsten Wert gehabt, mag Mahmoud Ali sich auch noch so wild gebärden. Sie hätte beim besten Willen durch die Felswände des Kawa Dol nicht hindurchsehen können. Tatsächlich war niemand anders als Miß Quested imstande, Aziz zu retten.«

»Mrs. Moore war ihm nach seiner eigenen Behauptung sehr zugetan, und Indien gleichfalls, und er war ihr nicht weniger zugetan.«

»So etwas hat bei einem Zeugen gar nichts zu besagen – wie ein Anwalt immerhin wissen sollte. Aber offenbar gibt es in Tschandrapur bereits eine Esmiß-Esmoor-Legende, und ich wäre der letzte, ihrer Ausbreitung im Wege zu stehen.«

Der andere lächelte und warf einen Blick auf seine Uhr. Gewiß bedauerten beide den Tod Mrs. Moores. Aber sie waren gereifte Männer und hatten ihre tieferen Gefühle anderswo investiert. Und da es sich für beide um eine flüchtige Bekanntschaft gehandelt hatte, durfte man bei ihnen auch keinen Ausbruch wilden Schmerzes erwarten. Es ist nur der Tod der uns Nahestehenden, der uns ans Herz greift. Wenn sich bei Fielding und Hamidullah einen kurzen Augenblick lang das Gefühl trauernder Verbundenheit einstellte, so hielt es nicht an. Wie kann auch ein menschliches Wesen Kummer empfinden über all das Weh, das ihm auf dieser Erde begegnet, all den Schmerz, der nicht nur von Menschen erlitten wird, sondern auch von Tieren und Pflanzen, vielleicht sogar von Steinen? Allzu rasch ermattet die Seele, und aus Furcht, auch noch das wenige von dem zu verlieren, was sie wirklich begreift, zieht sie sich hinter jene Befestigungslinie zurück, deren Anlage ihr Gewohnheit oder Zufall vorgezeichnet haben, und leidet dort still für sich. Fielding war mit der Verstorbenen nur wenige Male zusammengetroffen, Hamidullah hatte sie nur ein einziges Mal von weitem gesehen, und beider Gedanken weilten bereits bei der bevorstehenden Zusammenkunft, dem »Siegesfest« in Dilkusha, bei dem sie sich ohnehin nach Art geborener Sieger zu spät einfinden würden. Sie kamen überein, Aziz erst am folgenden Tag vom Tod Mrs. Moores in Kenntnis zu setzen, weil er so zärtlich an ihr hing und die Trauernachricht ihm den ganzen Abend verderben mochte.

»Oh, das ist doch nicht zum Aushalten«, murmelte Hamidullah.

Miß Quested stand wieder im Zimmer.

»Mr. Fielding – hat Ronny Ihnen von diesem neuen Schicksalsschlag berichtet?«

Er neigte den Kopf.

»Du lieber Himmel!« Sie sank auf einen Stuhl und schien zu versteinern.

»Heaslop wartet doch wohl auf Sie.«

»Ich möchte so gern allein sein. Sie war eine richtige gute Freundin – vor allem für mich, nicht so sehr für ihn. Ich bringe es jetzt einfach nicht fertig, mit Ronny zusammenzusein... Es läßt sich nicht recht erklären... Könnten Sie wohl doch die große Güte haben, mir hier Unterkunft zu gewähren?«

Hamidullah erging sich in wilden, für Fremde unverständlichen Flüchen.

»Mir wäre es eine Freude. Aber entspräche es auch dem Wunsch Mr. Heaslops?«

»Ich habe ihn nicht gefragt. Wir sind beide viel zu sehr durcheinander – es ist alles so kompliziert und ganz verschieden von dem, was man unter Unglücklichsein versteht. Jeder von uns beiden sollte für sich sein und zum Nachdenken kommen. Bitte sprechen Sie doch noch einmal mit Ronny.«

»Diesmal sollte er aber doch wohl ins Haus kommen«, sagte Fielding. Soviel wenigstens glaubte er seiner eigenen Würde schuldig zu sein. »Bitten Sie ihn hereinzukommen.«

Adela kehrte mit Ronny ins Zimmer zurück. Er war halb verstört, halb anmaßend – ein seltsames Gemisch –, und gleich beim Eintritt sprudelte er ein paar unzusammenhängende Sätze hervor.

»Ich bin eigentlich gekommen, um Miß Quested von hier fortzuholen, aber bei den Turtons kann sie jetzt nicht länger bleiben, und bisher sind auch noch keine anderen Möglichkeiten erwogen worden. Meine eigene Wohnung ist nun ein Junggesellenquartier...«

Fielding fiel ihm höflich ins Wort. »Sie brauchen gar nicht weiterzusprechen. Miß Quested bleibt einfach hier. Ich wollte mich lediglich Ihrer Zustimmung vergewissern. Miß Quested, lassen Sie doch bitte jetzt Ihren eigenen Diener kommen, sofern er aufzufinden ist, aber trotzdem will ich in der Zwischenzeit meinen eigenen Dienern Weisung hinterlassen, alles zu tun, was in ihren Kräften steht, und werde auch den Pfadfindern Bescheid geben. Sie haben das Seminar vom Augenblick der Schließung an bewacht und können das auch noch weiter tun. Ich glaube wirklich, daß Sie sich hier völlig sicher fühlen dürfen. Am Donnerstag werde ich wieder zurück sein.«
Inzwischen hatte Hamidullah, fest entschlossen, seinem Feind keinen zusätzlichen Schmerz zu ersparen, sich an Ronny gewandt: »Wir haben gehört, daß Ihre Mutter gestorben ist. Dürfen wir uns die Frage erlauben, wo das Telegramm aufgegeben wurde?«
»In Aden.«
»Ah, Sie hatten vor Gericht ja damit aufgetrumpft, daß sie Aden bereits erreicht habe.«
»Aber sie ist gleich nach der Abfahrt von Bombay gestorben«, fiel Adela ein. »Sie war bereits tot, als heute früh ihr Name durch den Gerichtssaal hallte. Sie muß auf See beigesetzt worden sein.«
Irgendwie fühlte Hamidullah sich durch diese Worte in seine Schranken zurückgewiesen, und er ließ auch von den herzlosen Ausfällen ab, über die Fielding noch mehr bestürzt war als die andern. Er blieb auch stumm, solange die Einzelheiten von Miß Questeds Unterbringung im Seminar besprochen wurden, und bemerkte lediglich zu Ronny: »Es bedarf wohl keiner besonderen Erwähnung, daß weder Mr. Fielding noch auch einer von uns andern für die Sicherheit der Dame in den Räumen des Seminars die Verantwortung übernehmen kann.« Ronny nickte. Dann aber begnügte sich Hamidullah damit, das halbritterliche Gebaren der drei Landfremden mit stiller Belustigung zu beobachten. Fielding hatte sich nach seiner Meinung unglaublich töricht und kraftlos verhalten, und er war erstaunt zu sehen, welchen Mangel an echtem Stolz die jüngeren Leute zur Schau trugen. Als er und Fielding mit stundenlanger Verspätung nach Dilkusha hinausfuh-

ren, sagte er zu Amritrao, der mit von der Partie war: »Mr. Amritrao, haben Sie wohl schon erwogen, welche Entschädigungssumme Miß Quested nun zahlen soll?«
»Zwanzigtausend Rupien.«
Mehr wurde zu diesem Punkt nicht bemerkt, aber Fielding war über das Vernommene entsetzt. Er wehrte sich gegen den Gedanken, daß das verschrobene, anständige Geschöpf ihr ganzes Vermögen verlieren sollte und ihren Verlobten womöglich dazu. Plötzlich wurde sie für ihn ganz wirklich, ganz gegenwärtig. Und da er nach dem unerbittlichen, aller natürlichen Maße spottenden Tag ermüdet war, vergaß er, mit welch nüchternem Blick er sonst alle menschlichen Beziehungen betrachtet hatte. Es war ihm, als führten wir kein Eigen-, sondern eine Art Spiegeldasein; als existierten wir nicht in uns, aus uns selbst, sondern nur in den Augen anderer – eine Vorstellung, die sich ihm, von keiner Logik gestützt, bisher nur ein einziges Mal aufgedrängt hatte: am Abend nach der Katastrophe nämlich, an dem er von der Klubveranda aus die Fäuste und Finger des Marabar so lange hatte wachsen und schwellen sehen, bis sie den ganzen nächtlichen Himmel zu umgreifen schienen.

27

»Aziz – sind Sie wach?«
»Nein – und darum lassen Sie uns ein bißchen schwatzen. Lassen Sie uns Pläne für die Zukunft erträumen.«
»Ich tauge nicht zum Träumen.«
»Dann gute Nacht, lieber Freund.«
Das Siegesbankett war vorüber, und die Zecher lagen auf dem Dach des Gutshauses, dessen Eigentümer nun schlicht Mr. Zulfiqar hieß. Sie schliefen oder betrachteten durch die Moskitonetze hindurch die Sterne. Fast senkrecht über ihnen stand das Bild des Löwen mit der Wurfscheibe des Regulus so mächtig und so hell, daß es dem Eingang zu einem Tunnel zu gleichen schien, und sobald diese Vorstellung sich einmal festgesetzt hatte, schienen auch die andern Sterne einen Tunnelbogen zu bilden.

»Sind Sie mit unserer heutigen Leistung zufrieden, Cyril?« fuhr die Stimme zur Linken fort.
»Sind Sie es?«
»Ich habe nur etwas viel gegessen. ›Wie ist die Verdauung, was ist mit Ihrem Kopf?‹ – Ja, Panna Lal und Callendar werden wahrscheinlich beide an die Luft gesetzt werden.«
»Es wird nun in Tschandrapur wohl allgemein zur Umbesetzung gewisser Ämter kommen.«
»Und Sie werden sicherlich eine bessere Stellung erhalten.«
»Zumindest können sie mich nicht gut auf eine schlechtere herunterdrücken, auch wenn sie das gern möchten.«
»Auf jeden Fall werden wir unsern Urlaub gemeinsam verbringen und nach Persien fahren, vielleicht auch nach Kaschmir, denn ich werde nun eine ganze Menge Geld haben. Zur Entschädigung für die Diffamierung meines Charakters«, setzte Aziz mit zynischer Gelassenheit zur Erklärung hinzu. »Solange Sie mit mir zusammen sind, brauchen Sie selbst keinen Heller auszugeben. So habe ich es mir immer gewünscht, und so ist es nun dank meines Mißgeschicks auch gekommen.«
»Sie haben einen glorreichen Sieg errungen ...« begann Fielding.
»Ich weiß, mein lieber Freund, ich weiß. Ihre Stimme braucht deshalb aber nicht gleich so feierlich und so besorgt zu klingen. Ich weiß auch, was Sie sagen wollen: lassen Sie doch bitte Miß Quested so leichten Kaufs davonkommen, daß die Engländer später erklären können: ›Hier ist ein Inder, der sich ganz wie ein christlicher Gentleman benommen hat. Hätte er nicht zufällig ein dunkelfarbiges Gesicht, hätten wir ihn beinahe in unseren Klub aufnehmen können.‹ Aber ich bin am Wohlwollen Ihrer Landsleute nicht länger interessiert. Ich bin zum Britengegner geworden, und wäre ich das schon früher gewesen, hätte ich mir zahllose Mißhelligkeiten ersparen können.«
»Zu denen beispielsweise auch die Bekanntschaft mit mir gehört.«
»Sagen Sie – sollen wir Mohammed Latif nicht ein bißchen Wasser übers Gesicht schütten? Er ist so komisch, wenn ihm das im Schlaf passiert.«
Die ganze Zwischenbemerkung wollte nicht als Fragezeichen,

sondern als Schlußpunkt verstanden sein, und wurde auch von Fielding in diesem Sinne verstanden. Es trat eine kleine Pause ein, wohltuend gefüllt vom Säuseln des Windes, der mit kühler Hand über das flache Dach fächelte. Das festliche Gelage war zwar etwas geräuschvoll, sonst aber durchaus angenehm verlaufen, und nun hatten sich die Segnungen der Muße – etwas dem sonst so tätigen oder trägen Westen völlig Unbekanntes – auf die bunt zusammengewürfelte Gesellschaft herabgesenkt. In diesem Land geht die Kultur um wie ein körperloses Geisterwesen. Sie streicht um die verfallenen Stätten der alten Reiche. Sie nimmt nicht in großen Kunstwerken oder mächtigen Taten Gestalt an, sondern in den Gebärden, mit denen wohlgesittete Inder sich niedersetzen, niederlegen. Fielding, der an diesem Abend selbst indische Tracht trug, mußte gerade an der Unbeholfenheit seiner Bewegungen erkennen, daß diese nichts anderes waren als Behelfsgebärden, während etwas Schönes, keiner weiteren Vervollkommnung Bedürftiges ins Werk gesetzt war, wenn etwa der Nawab Bahadur die Hand nach einer Schüssel ausstreckte oder Nureddin dem Vortrag eines Liedes Beifall spendete. Diese Geruhsamkeit der Gebärdensprache – das ist der Frieden, höher als alle Vernunft, ist das gesellschaftliche Gegenbild zum Yoga. Wenn der Schwirrlaut des Handelns verstummt, nimmt solche Geruhsamkeit sichtbare Gestalt an und enthüllt eine Kultur, die der Westen wohl aus dem Gleichgewicht zu bringen, die er sich aber niemals anzueignen vermag. Auf immer scheint sich die Hand auszustrecken, und dem angehobenen Knie ist etwas von der Ewigkeit, nicht von der Schwermut des Grabes eigen. Aziz war an jenem Abend ganz von Kultur durchdrungen, war ganz er selbst, würdevoll, etwas hart, und nur mit einem gewissen Zögern brachte der andere über die Lippen: »Ja, Sie müssen Miß Quested unbedingt leichten Kaufs davonkommen lassen. Sie hat die Unkosten des Verfahrens zu bestreiten, das ist nur recht und billig, aber bitte ersparen Sie ihr die Behandlung eines geschlagenen Gegners.«

»Ist sie wohlhabend? Ich beauftrage Sie hiermit, das für mich herauszufinden.«

»Die Summen, die im Eifer der Debatte bei Tisch genannt wurden

– die würden sie einfach zugrunde richten. Die sind ganz und gar unsinnig. Schauen Sie her ...«

»Ich schaue, auch wenn es jetzt schon ein bißchen dunkel ist. Ich sehe, daß Cyril Fielding wirklich ein netter Bursche und mein bester Freund, aber in mancher Hinsicht auch ein Dummkopf ist. Sie glauben wirklich, ich könnte für meinen eigenen Ruf und den der Inder im allgemeinen etwas tun, wenn ich Miß Quested leichten Kaufs davonkommen ließe? Nein, nein. Das würde nur als Schwäche meinerseits ausgelegt werden und als Versuch, mir offizielle Beförderung zu sichern. Aber ich bin in Wahrheit entschlossen, mich radikal von Britisch-Indien loszusagen. Ich werde mir in irgendeinem Moslemstaat, in Haiderabad oder Bopal, eine Stellung suchen, irgendwo, wo Engländer mir keinen Schimpf antun können. Bitte raten Sie mir nicht davon ab.«

»Im Verlauf einer längeren Unterredung, die ich mit Miß Quested hatte ...«

»Ich möchte nichts von Ihren längeren Unterredungen hören.«

»Seien Sie bitte still. Im Verlauf einer längeren Unterredung mit Miß Quested ist mir etwas von ihrem Charakter klargeworden. Es ist kein sehr einfacher Charakter, denn sie ist ein Blaustrumpf. Aber sie ist auf ihre Weise ganz echt und sehr tapfer. Als sie einsah, daß sie im Unrecht war, riß sie sich zusammen und gab das auch zu. Versuchen Sie bitte zu begreifen, was das bedeutet. Alle ihre Freunde und Bekannten, das ganze britische Herrschaftssystem nötigen sie immer wieder zum Vorgehen. Aber sie bleibt fest und läßt zuletzt die ganze Gerichtssitzung auffliegen. An ihrer Stelle hätte ich das niemals riskiert. Aber sie blieb tatsächlich fest, und um ein Haar wäre sie sogar in diesem Land zu einer nationalen Figur geworden. Nur bogen meine Schüler mit unserm Wagen in eine Seitengasse ein, ehe die große Menge ganz Feuer und Flamme für sie war. Lassen Sie ihr gegenüber Rücksicht walten. Sie sollte nicht zwischen beiden Welten zermahlen werden. Ich weiß, was alle diese Leute hier« – er wies auf die in Laken gehüllten Gestalten ringsumher auf dem Dach – »ihrerseits von Ihnen erwarten, aber Sie dürfen ihnen kein Gehör schenken. Seien Sie barmherzig. Handeln Sie wie einer Ihrer sechs Mogulenherrscher oder wie alle sechs zusammengenommen.«

»Nicht einmal Mogulenkaiser ließen Barmherzigkeit walten, wenn ihnen zuvor nicht Abbitte geleistet worden war.«

»Sie wird Ihnen schon Abbitte leisten, wenn es nur darauf ankäme«, rief Fielding, sich aufrichtend. »Hören Sie, ich will Ihnen ein Angebot machen. Diktieren Sie mir irgendeine Erklärung, und morgen um die gleiche Zeit will ich sie unterschrieben zurückbringen. Was natürlich kein Ersatz für eine öffentliche, rechtlich verbindliche Abbitte sein soll, sondern nur etwas Zusätzliches.«

»Also denn: ›Lieber Dr. Aziz – ich wünschte, Sie wären zu mir in die Grotte gekommen. Ich bin eine schreckliche alte Scharteke, und dies ist meine letzte Gelegenheit.‹ Würde sie das unterschreiben?«

»Na, dann gute Nacht, gute Nacht. Es ist offenbar Zeit zum Schlafen.«

»Gute Nacht. Ja, das ist es wohl.«

»Oh, ich wünschte, Sie würden so etwas nie äußern«, fuhr Fielding nach einer kleinen Pause fort. »Das ist das einzige an Ihnen, womit ich mich nicht abfinden kann.«

»Und bei Ihnen kann ich mich nun mal mit allem abfinden. Was ist da zu tun?«

»Nun, Sie haben mir mit Ihrer Bemerkung weh getan. Gute Nacht.«

Einen Augenblick herrschte Stille, dann aber ergriff in träumerischem und doch empfindungsstarkem Ton die andere Stimme wieder das Wort: »Cyril, ich habe einen Einfall, der auch Ihrem zartbesaiteten Gemüt Genüge tun wird: ich werde Mrs. Moore um Rat fragen.«

Die Augen aufschlagend und vom Anblick Tausender von Sternen gebannt, war Fielding keiner Erwiderung fähig. Sie geboten ihm Schweigen.

»Was immer sie sagt, wird zu einer Klärung beitragen. Ich kann ihr völlig vertrauen. Wenn sie mir rät, dem jungen Geschöpf zu verzeihen, werde ich es tun. Niemals würde sie mir – wie Sie es möglicherweise versuchen würden – zu etwas raten, das meiner wahren und echten Ehre zuwiderliefe.«

»Das wollen wir alles morgen früh besprechen.«

»Ist es nicht seltsam? Immer wieder vergesse ich, daß sie aus Indien abgereist ist. Die ganze Zeit, in der vor Gericht ihr Name gerufen wurde, bildete ich mir ein, sie sei anwesend. Ich hielt die

Augen geschlossen und suchte mir absichtlich selbst etwas vorzumachen, um den Schmerz zu betäuben. Jetzt, gerade in diesem Augenblick, habe ich es wieder vergessen. Ich werde ihr schreiben müssen. Sie ist nun schon weit entfernt, bereits auf halbem Wege zu Ralph und Stella.«

»Zu wem?«

»Zu ihren anderen Kindern.«

»Ich habe nie von anderen Kindern gehört.«

»Genau wie ich selbst hat auch Mrs. Moore zwei Jungen und ein Mädchen. Das hat sie mir in der Moschee erzählt.«

»Ich kannte sie nur ganz oberflächlich.«

»Ich bin nur dreimal mit ihr zusammengetroffen, aber ich weiß, daß sie eine Orientalin ist.«

»Man sollte es kaum für möglich halten... Miß Quested wollen Sie auch nicht die geringste Großmut erweisen – und Mrs. Moore ruft bei Ihnen alle diese Gefühle von Ritterlichkeit auf den Plan. Und dabei hat Miß Quested sich heute vormittag durchaus anständig benommen, während die alte Dame nicht das geringste für Sie getan hat, und es ist reine Annahme Ihrerseits, daß sie vor Gericht zu Ihren Gunsten ausgesagt haben würde; eine Annahme, die lediglich auf dem Geschwätz der Diener beruht. Ihre Empfindungen, lieber Aziz, scheinen niemals im rechten Verhältnis zu ihrem jeweiligen Gegenstand zu stehen.«

»Ist das Gefühl etwa ein Sack Kartoffeln, das Pfund soundsoviel und einzeln abzuwiegen? Bin ich ein Automat? Gleich werde ich noch zu hören bekommen, daß ich meine Gefühle möglicherweise verbrauchen kann, wenn ich überhaupt Gebrauch davon mache.«

»Das hielte ich schon für denkbar. Jedenfalls wäre es ganz logisch. Man kann nicht gleichzeitig fasten und festen – auch in der Welt des Geistes nicht.«

»Wenn Sie recht hätten, wäre auch jede Freundschaft sinnlos. Dann liefe es nämlich immer wieder nur auf Geben und Wiedernehmen hinaus, auf Leistung und Gegenleistung, was einfach widerlich wäre, und wir sollten uns lieber gleich über dieses Geländer hinweg in die Tiefe stürzen. Stimmt heute abend irgend etwas bei Ihnen nicht, daß Sie so materialistisch denken?«

»Ihre Unnachsichtigkeit ist schlimmer als mein Materialismus.«
»Ich verstehe. Sonst noch ein Grund zur Beschwerde?« Aziz war frohgestimmt und warmherzig, aber ein bißchen befremdlich. Die Haft hatte seinem Wesen so viel neue Kanäle erschlossen, daß es niemals mehr in voller Breite dahinzufluten vermochte. »Ja, wenn wir Freunde fürs Leben bleiben wollen, wäre es schon sehr viel besser, Sie ließen mich auch an Ihren eigenen Nöten teilnehmen. Sie haben für Mrs. Moore nicht viel übrig und verübeln mir das Gegenteil. Immerhin werden Sie sie mit der Zeit wohl noch schätzen lernen.«
Wenn bei einer Unterhaltung ein Toter noch den Lebenden zugerechnet wird, senkt es sich wie ein giftiger Meltau darauf nieder. Fielding konnte die Spannung nicht länger ertragen. »Es tut mir leid«, brach er aus, »aber Mrs. Moore ist tot.«
Hamidullah, der die ganze Unterhaltung mit angehört hatte und den festlichen Abend nicht verdorben sehen wollte, rief laut vom benachbarten Lager: »Aziz – er versucht, dir was weiszumachen. Glaub ihm nur ja nicht, dem alten Schuft.«
»Ich glaube ihm auch nicht«, erwiderte Aziz. Er war gegen klobige Scherze dieser Art abgehärtet.
Fielding verstummte. Tatsachen sind Tatsachen, und am folgenden Morgen würden ohnehin alle von Mrs. Moores Ableben erfahren. Aber es ging ihm auf, daß ein Mensch erst dann wahrhaft tot ist, wenn er auch für das Gefühl der Überlebenden gestorben ist. Solange noch die kleinste Ungewißheit in bezug auf sein Schicksal besteht, ist ihm eine Art Unsterblichkeit eigen. Das war ihm vor vielen Jahren schon einmal klar geworden. Er hatte eine gute Freundin verloren, die an den christlichen Himmel geglaubt und ihm versichert hatte, daß sich beide nach allem Wandel und Wechsel des irdischen Daseins daselbst wiederbegegnen würden. Fielding war ein echtblütiger, freimütiger Atheist, aber bei dieser Freundin respektierte er jede von der seinen abweichende Ansicht: was für den Bestand einer Freundschaft unerläßlich ist. Und es wollte ihm damals eine Zeitlang so vorkommen, als erwarte ihn die Tote, und als später dieses trügerische Gefühl verblich, ließ es eine Leere zurück, die fast so etwas wie schlechtes Gewissen war. »Dies ist nun wirklich das Ende«,

dachte er, »und ich habe ihr nun den letzten, den tödlichen Schlag versetzt.« An diesem Abend, auf dem Dach vom Hause des Nawab Bahadur, hatte er versucht, Mrs. Moore umzubringen, aber noch immer wußte sie sich ihm zu entziehen, und um ihn her blieb alles still. Da ging der Mond auf – die müde Sichel, die der Sonne vorauszieht –, und kurz darauf begannen Männer und Ochsen mit ihrem nimmerendenden Tagewerk, und das anmutige Zwischenspiel, das er gewaltsam hatte abkürzen wollen, kam zu seinem natürlichen Abschluß.

28

Tot war Mrs. Moore – und sie wurde der Tiefe anheimgegeben, während die Kompaßnadel noch in südliche Richtung wies, denn die aus Bombay auslaufenden Schiffe können erst nach Umquerung Arabiens Kurs auf Europa nehmen. Als die Sonne sie zum letzten Mal streifte, und ihre sterbliche Hülle in einem andern, einem noch andern Indien zur Ruhe gebettet wurde – dem Indischen Ozean –, befand sie sich in tropischeren Gefilden, als sie es jemals zu Land gewesen war. Sie ließ ein Gefühl schmerzlichen Unbehagens zurück, denn ein Todesfall ist dem guten Ruf eines Schiffes abträglich. Wer war diese Mrs. Moore gewesen? Bei der Ankunft in Aden sandte Mrs. Mellanby Depeschen und Briefe ab und tat alles Menschenmögliche, aber die Frau eines Provinzstatthalters pflegt einen Zwischenfall wie den erlebten nicht mit einzukalkulieren. Und immer wieder erklärte sie: »Ich hatte das arme Geschöpf erst ein paar Stunden gesehen, als sie bereits erkrankte. Wirklich, so etwas ist zu deprimierend und verdirbt einem nur die Heimfahrt.« Bis zum Ausgang des Roten Meeres wallte ein Gespenst hinter dem Schiff her, wagte sich jedoch nicht mehr bis ins Mittelmeer vor. Ungefähr um Suez herum beginnen sich stets gewisse gesellschaftliche Veränderungen abzuzeichnen: der Einfluß Asiens wird schwächer und dafür der Europas sehr viel spürbarer, und während der eigentlichen Übergangszeit vermochten die Fahrgäste Mrs. Moore von sich abzuschütteln. In

Port Said begann der graue, polternde Norden. Die Luft war nun so kalt und erfrischend, daß die Fahrgäste den Eindruck hatten, das Wetter müsse auch in dem von ihnen verlassenen Land umgeschlagen haben, aber hier wurde es im Einklang mit den vorwaltenden Naturgesetzen immer heißer.

In Tschandrapur nahm Mrs. Moores Tod eine weniger greifbare, dafür aber um so dauerhaftere Gestalt an. Man munkelte, ein Engländer habe seine eigene Mutter umgebracht, weil sie versucht habe, einem Inder das Leben zu retten – und es war immerhin genug an der Sache, um den Behörden allerlei Scherereien zu machen. Bisweilen handelte es sich bei solchen Gerüchten um eine erschlagene Kuh oder auch um ein Krokodil mit Eberhauern, das aus dem Gangesschif hervorgekrochen sein sollte. Unsinn solcher Art ist schwerer zu bekämpfen als eine handfeste Lüge. Er hält sich in Abfallhaufen versteckt und schlängelt sich weiter, sobald er sich unbeobachtet weiß. Eine Zeitlang war vom Vorhandensein zweier verschiedener Gräber die Rede, die angeblich Esmiß Esmoors sterbliche Überreste in sich bargen: das eine lag in der Nähe der Gerberei, das andere, etwas höher, in der Nähe des Güterbahnhofs. Mr. McBryde besichtigte beide und nahm Zeichen eines beginnenden Kultes wahr – tönerne Untertassen und dergleichen. Da er aber ein gewitzter Beamter war, tat er nichts, die entzündliche Hautstelle noch zu reizen, und nach wenigen Wochen ging der Ausschlag zurück. »Dahinter steckt nichts als Propaganda«, erklärte er – wobei er vergaß, daß noch hundert Jahre zuvor ein Europäer, der sich auf dem freien Land ansässig gemacht und die Einbildungskraft seiner Nachbarn beschäftigt hatte, nach seinem Tod gelegentlich zu einem örtlichen Dämon geworden war – nicht gerade zu einem ganzen Gott, wohl aber zu einer Teilgottheit, die bereits Vorhandenes um ein Beiwort oder eine Geste bereicherte, wie auch die Einzelgötter das Ihre zu den Gestalten der großen Götter beitrugen, und diese wiederum zu dem philosophischen Brahma.

Ronny versicherte sich selbst, daß seine Mutter Indien auf eigenen Wunsch verlassen hatte, aber sein Gewissen war nicht ganz rein. Er hatte es ihr gegenüber an Freundlichkeit fehlen lassen, und nun mußte er das entweder bereuen (was einen inneren

Frontwechsel bedeutet hätte), oder er mußte ihr weiterhin ein unfreundliches Andenken bewahren. Er wählte das letztere. Wie sehr war sie ihm mit ihrer Fürsprache für den jungen Aziz auf die Nerven gefallen! Was für einen schlechten Einfluß hatte sie auf Adela ausgeübt. Und nun verursachte sie ihm gar noch nachträglich Scherereien mit lächerlichen »Gräbern« und ließ sich selbst nach dem Tod noch mit Indern ein. Natürlich konnte sie nichts dafür, aber sie hatte sich ähnlich enervierende Extratouren bereits zu ihren Lebzeiten geleistet, und das kreidete er ihr nun an. Der junge Mann hatte sich mit vielem, allzuvielem gleichzeitig herumzuschlagen – der Hitze, der gespannten Lage am Ort, dem bevorstehenden Besuch des Statthalters, den zahlreichen Problemen, die mit der Person Adelas zusammenhingen –, und was nun dies alles zu einer einzigen grotesken Girlande verflocht, waren die indischen Transfigurationen Mrs. Moores. Was geschieht mit der eigenen Mutter, wenn sie stirbt? Vermutlich kommt sie in den Himmel. Jedenfalls verschwindet sie von der Erde. Ronnys Frömmigkeit gehörte zu den sterilisierten, in der Public School verfertigten Produkten, die nicht einmal in den Tropen verderben. Was immer er betrat – eine Moschee, eine Grotte oder einen Tempel –: sein geistiger Horizont blieb der eines Sekundaners, und jeden Versuch, das Bauwerk auch zu verstehen, pflegte er als »unmännlich« abzutun. Er gab sich einen Ruck und verbannte die alte Dame aus seinen Gedanken. In angemessenem Zeitabstand würden er und seine Halbgeschwister in der kleinen Kirche in Northamptonshire, wo Mrs. Moore am sonntäglichen Gottesdienst teilzunehmen pflegte, eine Gedenktafel anbringen lassen, auf der Geburts- und Todesdatum verzeichnet standen – und außerdem die Tatsache, daß sie auf See bestattet worden war. Das war zweifellos ausreichend.

Und Adela – auch sie würde nun wieder abreisen müssen. Er hatte gehofft, sie würde ihm mit diesem Vorschlag zuvorkommen. Beim besten Willen konnte er sie nicht heiraten – das hätte das Ende seiner Beamtenlaufbahn bedeutet. Arme, beklagenswerte Adela ... Dank Fieldings Großmut blieb sie noch im Beamtenseminar wohnen – was wenig angemessen und etwas demütigend war, aber in der Beamtensiedlung wollte niemand sie bei sich aufnehmen. Er schob die persönliche Unterhaltung mit ihr hinaus, bis die Frage der Entschädigungssumme geklärt war, die Aziz gerade bei einer untergeordneten Rechtsinstanz einklagte. Erst dann wollte Ronny sie bitten, ihn freizugeben. Sie hatte seiner – freilich ohnehin nicht sehr lebenskräftigen – Liebe das Genick gebrochen. Ja, ohne den Zwischenfall im Wagen des Nawab Bahadur wäre es zwischen beiden wohl niemals zu einer förmlichen Verlobung gekommen. Sie gehörte mit zu der unreifen Studienzeit seines Lebens, aus der er nun herausgewachsen war – nicht anders, als auch Grasmere, ernsthafte Gespräche und lange Fußwanderungen mit dazugehörten.

29

Die nächste Phase in der Beilegung des Marabar-Konflikts bildete der Besuch des britischen Provinzstatthalters. Sir Gilbert, von Haus aus nicht gerade übermäßig fortschrittlich gesinnt, hegte immerhin gewisse fortschrittsfreundliche Ansichten. Durch langjährige Tätigkeit im höheren Verwaltungsdienst des persönlichen Kontakts mit der indischen Bevölkerung enthoben, war er imstande, als Mann von Welt über sie zu sprechen und die Tatsache des Rassenvorurteils zu beklagen. Er begrüßte das Ergebnis der Gerichtsverhandlung und beglückwünschte Fielding dazu, daß er sich »vom ersten Augenblick an zu einer weitherzigen, verständigen, ja der einzig möglichen humanen Auffassung bekannt« habe. »Im Vertrauen gesagt ...« fuhr er fort. Fielding hatte für vertrauliche Bemerkungen nichts übrig, aber Sir Gilbert bestand darauf, sie an den Mann zu bringen: die ganze Affäre war »durch gewisse unserer auf der Höhe wohnenden Freunde« in ein falsches Gleis gebracht worden. Sie hatten noch nicht begriffen, daß die Zeiger der großen Uhr sich vorwärts, nicht rückwärts drehten, und so weiter. Für eines konnte er sich jedoch schon jetzt verbürgen: daß der Prinzipal eine höchst herzlich gehaltene Aufforderung zum Wiedereintritt in den Klub erhalten werde, und er beschwor ihn, nein, er gebot ihm geradezu, ihr nachzukommen.

Durchaus befriedigt, kehrte er wieder in die erhabenen Gefilde des Himalaja zurück. Die Höhe der von Miß Quested zu zahlenden Entschädigungssumme, der genaue Hergang dessen, was sich in den Grotten abgespielt hatte – das waren örtliche Einzelfakten, die ihn nicht weiter angingen.
Fielding seinerseits sah sich mehr und mehr in Miß Questeds persönliche Angelegenheiten verwickelt. Das Seminar blieb geschlossen, und er selbst pflegte im Haus Hamidullahs zu übernachten und dort auch die Mahlzeiten einzunehmen. Es gab also keinen äußeren Grund für sie, das Quartier zu wechseln. An ihrer Stelle würde er freilich lieber das Feld geräumt, als Ronnys nur halb beteiligten, beiläufig vorgebrachten Artigkeiten gelauscht haben. Aber sie wartete offenbar, bis der Sand im Stundenglas ihres indischen Aufenthalts zu Boden gerieselt war. Ein Haus, in dem sie wohnen, ein Garten, in dem sie während des kurzen Augenblicks der Kühle sich ergehen durfte – das war alles, wonach sie verlangte, und Fielding war imstande, ihr beides zur Verfügung zu stellen. Dank des unglücklichen Zwischenfalls war sie der Grenzen ihres Wesens innegeworden, und er begriff nun, was für ein gediegener, zuverlässiger Mensch sie war. Ihre Bescheidenheit hatte fast etwas Rührendes. Sie klagte niemals darüber, daß sie von beiden Seiten gemieden wurde. Sie betrachtete das fast als gerechte Strafe für ihre Torheit. Als Fielding durchblikken ließ, daß eine persönliche Abbitte Aziz gegenüber doch wohl ganz angebracht sei, antwortete sie bekümmert: »Natürlich. Daran hätte ich eigentlich von selbst denken sollen. Aber ich kann mich auf meine Instinkte niemals verlassen. Warum bin ich nicht gleich nach der Gerichtsverhandlung auf ihn zugestürzt? Ja, natürlich will ich ihm einen Entschuldigungsbrief schreiben – aber könnten Sie wohl so freundlich sein, ihn mir zu diktieren?« Gemeinsam brauten sie einen Brief zusammen, ehrlich und voll bewegender Einzelsätze. Und doch war es als Ganzes kein bewegender Brief. »Soll ich lieber noch einen anderen schreiben?« wollte sie wissen. »Nichts ist mir zu viel, wenn ich Gelegenheit habe, das Unheil wiedergutzumachen, das ich angerichtet habe. Ich kann hier etwas Rechtes tun und dort etwas Rechtes, aber beides zusammen ergibt leider doch etwas Falsches. Das ist das

Manko meines Charakters. Bisher habe ich das selbst nicht begriffen. Ich bildete mir ein, ich brauchte mich bloß zu bemühen, beiden Seiten gerecht zu werden und Fragen zu stellen, und dann würde ich mit allen Schwierigkeiten schon fertig werden.« – »Unser Brief«, erwiderte er, »ist leider danebengegangen, und das aus einem einfachen Grund, den wir uns selber auch nicht verhehlen sollten: Sie sind in Wirklichkeit weder Aziz noch den Indern im allgemeinen sehr zugetan.« Sie nickte. »Als ich das erstemal mit Ihnen zusammentraf, wollten Sie etwas von Indien sehen, nicht von den Indern, und ich sagte mir: ach, damit werden wir nicht weit kommen. Inder spüren sehr genau, ob man sie mag oder nicht – in diesem Punkt lassen sie sich nichts vormachen. Gerechtigkeit als solche genügt ihnen einfach nicht, und eben darum ist auch das britische Empire auf Sand gebaut.« Worauf sie nachdenklich vor sich hin murmelte: »Bin ich aber überhaupt einem Menschen zugetan?« Vermutlich ist sie Heaslop zugetan, dachte Fielding und wechselte das Thema, denn jener Teil ihres Daseins ging ihn nichts an.

Umgekehrt waren seine indischen Freunde ein bißchen überheblich. Wären nach einem Sieg die Engländer etwas salbungsvoll gewesen, wurden sie statt dessen ausfällig. Sie wollten auf ganzer Front gleich zum Angriff übergehen und versuchten das auch, indem sie immer neue Beispiele von Zurücksetzung und Kränkung aufstöberten, von denen viele in Wahrheit aus der Luft gegriffen waren. Sie litten unter der besonderen Ernüchterung, die jedem Krieg auf den Fersen folgt. Kampfziel und Siegesbeute – das ist niemals das gleiche. Gewiß ist auch die letztere nicht zu verachten, und lediglich der Heilige will nichts davon wissen. Aber der Anflug von Unvergänglichkeit, der ihr in der Ferne eigen ist, verflüchtigt sich, sobald man sie glücklich in Händen hält. Wenn Sir Gilbert auch durchaus höflich, fast höflingshaft höflich gewesen war, so hatte doch das von ihm repräsentierte System nicht das geringste von seiner Vormachtstellung geopfert. Britisches Bürokratentum blieb, was es immer gewesen war, und es war alldurchdringend und allbedrängend wie die Sonnenhitze. Und was nunmehr dagegen zu unternehmen war, das lag durchaus nicht auf der Hand, nicht einmal für Mahmoud Ali. Man erging sich in lautstarken Forderungen und kindischen Gesetzesverstößen, und dahinter machte sich ungeschwächt ein ebenso echtes wie unbestimmtes Bildungsverlangen geltend. »Wir müssen uns alle umgehend die richtige Bildung aneignen, Mr. Fielding!«

Aziz war freundlich und etwas diktatorisch. Er wollte, daß Fielding sich dem Osten »mit Haut und Haaren« verschrieb und seiner Umwelt gegenüber im Zustand liebender Abhängigkeit verharrte. »Sie können sich auf mich verlassen, Cyril.« Daran bestand wirklich kein Zweifel, und unter seinen eigenen Landsleuten hatte Fielding keine tieferen Bindungen. Und doch konnte er nicht gut ein zweiter Mohammed Latif werden. Wann immer beide darüber debattierten, drängte sich, zwar nicht erbitternder-, aber doch unvermeidlicherweise, etwas zwischen sie, was mit ihrer blutsmäßigen Herkunft zusammenhing, und sei es die Farbe ihrer Haut: Kaffeebraun stand gegen Rosagrau. Und in solchen Fällen pflegte Aziz stets mit der Frage zu schließen: »Verstehen Sie denn nicht, daß ich Ihnen dankbar für Ihre Hilfe bin und mich dafür erkenntlich zeigen möchte?« Worauf der andere entgegnete: »Wenn Sie sich erkenntlich zeigen wollen, schonen Sie Miß Quested.«

Diese Fühllosigkeit in bezug auf Adela war etwas, das Fielding an Aziz mißfiel. Unter jedem Gesichtspunkt wäre es das richtige gewesen, großmütig mit ihr zu verfahren, und eines Tages kam ihm der Gedanke, das Andenken an Mrs. Moore zu Hilfe zu rufen, der Aziz eine hohe, wenn auch nicht ganz begreifliche Wertschätzung bewahrte. Ihr Tod war für sein warmes Herz ein wirklicher Kummer gewesen. Er hatte geweint wie ein Kind und seinen drei Kindern geboten, gleichfalls zu weinen. Nicht der geringste Zweifel also, daß er sie verehrte und liebte. Aber Fieldings erster Versuch einer Anspielung verfehlte die Wirkung. Die Antwort lautete: »Ich durchschaue Sie. Ich will meine Rache. Warum sollte ich einen Schimpf einstecken und es mir gefallen lassen, daß man mir die Taschen durchwühlt, meine Briefe liest und ein Foto meiner Frau auf die Polizeistation bringt? Außerdem brauche ich ihr Geld, um, wie ich bereits erklärt habe, meinen kleinen Buben eine gute Erziehung zukommen zu lassen.« Aber

mit der Zeit wurde er unsicherer, und Fielding scheute sich nicht, etwas von der Kunst der Totenbeschwörung zu praktizieren. Sooft die Frage der Entschädigung aufs Tapet kam, brachte er den Namen der Toten ins Spiel. So wie andere Werberedner ein Grab für sie erfunden hatten, so ließ er vor Aziz' innerem Auge ein etwas zweifelhaftes Bild von ihr erstehen. Er sagte kein Wort, das er selbst für unwahr gehalten hätte, brachte aber zuletzt doch etwas zustande, was mit der Wahrheit nicht mehr allzuviel zu tun hatte. Unvermittelt lenkte Aziz ein. Es war ihm, als sei es der ausdrückliche Wunsch Mrs. Moores, daß er die Frau schonen sollte, die im Begriff stand, ihren Sohn zu heiraten; und daß das das einzige war, womit er ihr noch Ehre erweisen konnte. Und in einem leidenschaftlich hingerissenen, hinreißenden Ausbruch erklärte er sich zum Verzicht auf die gesamte Entschädigungssumme bereit. Er beanspruchte lediglich die Wiedervergütung der Gerichtskosten. Das war nun wirklich großmütig von ihm gehandelt, aber wie er richtig vorausgesehen hatte, kam es ihm in den Augen der Engländer nicht im geringsten zustatten. Noch immer hielten sie ihn für schuldig, und das bis zum Ende ihrer Beamtentage, denn noch heute kann man pensionierte Anglo-Inder in Tunbridge Wells oder auch Cheltenham untereinander murmeln hören: »Der Marabar-Fall, der im Sande verlief, weil die arme Hauptbetroffene es nicht über sich brachte, auszusagen – ja, das war auch so ein schlimmer Fall.«
Als auf solche Weise die ganze Affäre offiziell zum Abschluß gebracht worden war, machte sich Ronny, der in einen anderen Teil der Provinz versetzt werden sollte, mit seiner gewohnten Zurückhaltung an Fielding heran und sagte: »Ich möchte Ihnen noch einmal danken für all die Hilfe, die Sie Miß Quested haben zuteil werden lassen. Sie wird natürlich Ihre Gastfreundschaft nicht länger in Anspruch nehmen. Tatsächlich hat sie sich entschieden, nach England zurückzukehren. Ich habe bereits die Schiffskarte für sie besorgt. Allerdings würde sie Sie vorher gern noch einmal persönlich sprechen.«
»Ich werde sie gleich aufsuchen.«
Beim Betreten des Beamtenseminars fand er sie im Zustand einiger Aufregung vor. Er erfuhr, daß die Verlobung von seiten

Ronnys gelöst worden war. »Was natürlich sehr viel klüger von ihm ist«, sagte sie mit etwas kläglicher Stimme. »Eigentlich hätte ich selbst schon längst den Mund auftun sollen, aber ich ließ alles treiben und fragte mich nur, was von selbst geschehen würde. Auf solche Weise hätte ich noch lange weiterexistieren können, und damit hätte ich sein Leben durch meine Trägheit ruiniert – man hat nichts weiter zu tun, man gehört nirgendwo hin, und ehe man sich's versieht, wird man zum öffentlichen Ärgernis.« Um Fielding jedoch zu beruhigen, setzte sie hinzu: »Ich spreche nur von Indien. In England fühle ich mich gar nicht verloren. Da passe ich hin – nein, ich glaube nicht, daß ich in England irgendwelches Unheil anrichten werde. Wenn ich mich zur Rückkehr genötigt sehe, werde ich bald irgendeinen Beruf ergreifen. Ich habe genug Geld übrigbehalten, um für den Anfang gesichert zu sein, und außerdem habe ich eine ganze Menge Bekannter meinesgleichen. Es wird mir gar nicht schlecht gehen.« Dann aber schloß sie mit einem Seufzer: »Oh, die Ungelegenheiten, die ich Ihnen hier allen bereitet habe... darüber werde ich niemals hinwegkommen. Meine ganze vorsichtige Überlegung, ob wir heiraten sollten oder nicht... und zuletzt sagen Ronny und ich uns einfach Adieu und sind nicht einmal sonderlich traurig. Wir hätten niemals ans Heiraten denken sollen. Waren Sie nicht ein bißchen erstaunt, als Sie unsere Verlobung angezeigt sahen?«

»Das nicht gerade. In meinem Alter ist man nur noch selten erstaunt«, sagte er lächelnd. »Auf jeden Fall ist die Ehe etwas zu Widersinniges. Aus den geringfügigsten Anlässen fängt es damit an und geht dann immerzu weiter. Die Gesellschaft greift ihr von der einen Seite unter die Arme, die Kirche von der andern – aber keines von beiden hat mit dem Wesen der Ehe etwas zu schaffen, wie? Ich habe Freunde, die sich nicht mehr erinnern können, warum sie eigentlich geheiratet haben, und ihre Frauen können es ebensowenig. Ich habe den Verdacht, daß es zumeist ganz zufällig passiert, auch wenn später allerhand erhabene Gründe dafür ins Treffen geführt werden. Was die Ehe betrifft, bin ich ein Zyniker.«

»Das bin ich durchaus nicht. Ich habe es nur ganz falsch angefangen – meine Schuld. Ich habe Ronny nichts von dem mitgebracht, was ich hätte mitbringen müssen, und das war in Wahrheit wohl auch der Grund, warum er zuletzt nichts mehr von mir wissen wollte. Beim Betreten der besagten Grotte beschäftigte mich gerade die Frage: bin ich eigentlich in ihn verliebt? Das habe ich Ihnen bisher noch nicht erzählt, Mr. Fielding. Ich glaubte bisher nicht, dazu berechtigt zu sein. Zärtlichkeit, Achtung, Vertraulichkeit – das alles sollte für mich die Stelle von etwas anderem einnehmen, nämlich – von –«

»Ich selber will jetzt keine Liebe mehr«, sagte Fielding, das ungesprochene Wort einsetzend.

»Ich ebensowenig. Davon bin ich nach den Erfahrungen in diesem Lande kuriert. Aber ich möchte, daß andere sie wollen.«

»Um noch einmal auf unsere erste Unterredung zurückzukommen (denn diese ist vermutlich die letzte): als Sie die bewußte Grotte betraten – wer ist Ihnen da wohl nachgekommen? Oder sollte Ihnen überhaupt niemand nachgekommen sein? Können Sie das jetzt sagen? Ich möchte das Ganze doch nicht ungeklärt lassen.«

»Sagen wir denn einfach: der Führer«, bemerkte sie in gleichgültigem Ton. »Genaueres werde ich jedenfalls nie in Erfahrung bringen. Es ist, als führe ich im Dunkeln mit dem Finger über die glattpolierte Wand der Grotten und könnte nicht tiefer gelangen. Irgendwie komme ich über einen gewissen Punkt nicht hinaus – und Sie übrigens auch nicht, Mr. Fielding. Mrs. Moore – sie wußte, warum.«

»Wie hätte sie etwas wissen können, das uns selber verborgen bleibt?«

»Möglicherweise Telepathie.«

Das dreiste, dürre Wort klirrte zu Boden – Telepathie? Was für eine Erklärung! Man sollte sie lieber zurücknehmen – was Adela auch tat. Sie war am Ende ihrer höheren Weisheit angelangt, und er gleichfalls. Gab es jenseitige Welten, an die sie niemals zu rühren vermochten? Oder hatten sie alles Denkbar-Mögliche oder Möglich-Denkbare bereits in ihr Bewußtsein eingelassen? Sie hätten es beide nicht sagen können. Sie begriffen lediglich, daß ihre Art, die Welt zu betrachten, mehr oder minder die gleiche war, und bei dieser Entdeckung verspürten sie ein gewisses Gefühl der

Genugtuung. Vielleicht war das Leben ein Geheimnis, kein heilloser Wirrwarr: auch dessen waren sie nicht ganz sicher. Vielleicht sind die hundert verschiedenen Länder des Namens Indien trotz alles Gezänks und Gezeters nur eines, ist auch das Universum, das sie zu spiegeln scheinen, nur eines. Es fehlte ihnen beiden an dem rechten Organ, sich in diesem Punkt selber ein Urteil zu bilden.

»Sie werden mir schreiben, wenn Sie in England sind?«

»Das werde ich – und mehr als einmal. Sie sind wirklich freundlich gewesen. Erst jetzt, bei meinem Abschied, wird mir das ganz klar. Ich wünschte, ich könnte auch für Sie etwas tun, aber offensichtlich haben Sie alles, was Sie brauchen.«

»Ich glaube schon«, erwiderte er nach einer kleinen Pause. »Niemals habe ich mich hier zufriedener und mehr geborgen gefühlt. Ich verstehe mich mit den Indern, und sie vertrauen mir. Wie erfreulich, daß ich meine Stellung nicht aufzugeben brauchte! Erfreulich auch, von einem Provinzstatthalter Komplimente zu hören. Bis zum nächsten Erdbeben bleibe ich, was und wo ich bin.«

»Natürlich hat ihr Tod mir zu schaffen gemacht.«

»Auch Aziz war ihr sehr zugetan.«

»Aber er hat mich auch daran erinnert, daß wir alle sterben müssen: all diese persönlichen Beziehungen, aus denen heraus wir zu leben versuchen, sind nur provisorischer Art. Ich hatte bisher die Vorstellung, der Tod treffe eine Art Auswahl unter den Menschen – eine Vorstellung, die wohl von der Romanlektüre herrührt, denn in Romanen bleiben gewöhnlich ein paar Gestalten am Ende noch übrig, um das Fazit zu ziehen. Nun aber wird der Satz: ›Der Tod verschont niemanden‹ langsam wirklich für mich.«

»Lassen Sie ihn nur nicht allzu wirklich werden, sonst bleiben Sie selbst nicht verschont. Gerade deshalb sollten wir nicht zu lange über den Tod nachdenken – wir verfallen dem, was uns am meisten beschäftigt. Auch ich habe oft die gleiche Versuchung verspürt wie Sie und hatte mich ihr um jeden Preis zu entziehen. Ich möchte schon noch eine kleine Weile weiterleben.«

»Auch ich möchte das.«

Um sie her lag etwas von Freundlichkeit, Freundschaftlichkeit in der Luft – hatten unsichtbare Gnomen einander die Hand geschüttelt? Mann und Frau – sie beide waren im Vollbesitz ihrer Kräfte, waren verständig, redlich, sogar feinfühlig. Sie sprachen die gleiche Sprache, hegten die gleichen Ansichten, und die Verschiedenheiten von Alter und Geschlecht rissen keine Kluft zwischen ihnen auf. Und doch fühlten sie sich ein wenig unbefriedigt. Als sie beide sich in der Feststellung: »Ich möchte noch eine kleine Weile weiterleben« oder »Ich glaube nicht an Gott« gleichsam trafen, war ihnen nicht ganz geheuer zumute. Es war, als habe das Universum sich an einer Stelle verschoben, um eine winzige Leere aufzufüllen, oder als hätten sie ihre eigenen Gebärden wie aus unermeßlicher Höhe erblickt – Gnomen, die miteinander schwatzten, sich die Hand schüttelten und sich gegenseitig beruhigenderweise versicherten, daß sie das gleiche Maß an Einsicht gewonnen hätten. Sie hielten es nicht für wahrscheinlich, daß sie unrecht hatten, denn sobald redliche Leute das vermeinen, setzt eine Art innerer Unsicherheit bei ihnen ein. Nicht ihnen winkte hinter den Sternen ein unendliches Ziel, und niemals strebten sie auf ein solches zu. Aber nun senkte sich, wie auch sonst bisweilen, eine gewisse Wehmut auf sie herab. Der Schatten des Schattens eines Traums fiel auf ihre klar umrissenen Interessen; und Gegenstände, die sie niemals wieder erblikken sollten, schienen ihnen eine Botschaft von einer anderen Welt zuzutragen.
»Und ich habe Sie wirklich in mein Herz geschlossen – wenn ich das sagen darf«, bestätigte er.
»Ich freue mich, das zu hören, denn ich habe Sie gern. Lassen Sie uns wieder zusammenkommen.«
»Das wird sicher in England geschehen, wenn ich meinen Heimaturlaub nehme.«
»Was Sie wohl noch nicht so bald tun werden.«
»Es besteht immerhin eine ernsthafte Möglichkeit. Ich habe sogar einen bestimmten Plan.«
»Oh, das wäre nun wirklich hübsch.«
So verlief denn das Ganze im Sande. Zehn Tage später reiste Adela ab. Sie fuhr zunächst die gleiche Strecke wie ihre tote

Freundin. Zum letzten Mal hatte die Hitze vor Ankunft des Monsun zum Sprung angesetzt. Das Land war verödet, verhangen. Seine Häuser, Bäume und Felder schienen alle aus der gleichen braunen Tonmasse gefertigt zu sein, und wie schwere Brühe schwappte das Meer an die Kais von Bombay. Adelas letztes indisches Abenteuer betraf ihren Diener Antony, der ihr auf das Schiff nachgefolgt war und sie zu erpressen versuchte. Er behauptete, sie sei Mr. Fieldings Geliebte gewesen. Vielleicht war Antony nur mit dem Trinkgeld unzufrieden. Sie drückte in ihrer Kabine den Klingelknopf und ließ ihn hinausbefördern, aber seine Behauptung löste so etwas wie einen Skandal aus, und die andern Fahrgäste sprachen während der ersten Strecke der Reise nicht oft mit ihr. Während der Fahrt durch den Indischen Ozean und das Rote Meer blieb sie sich selbst und dem bitteren Nachgeschmack der Tage von Tschandrapur überlassen.

Mit der Einfahrt in Ägypten aber wechselte die Atmosphäre. In den reinlichen Sandmassen, zu beiden Seiten des Kanals aufgeschichtet, schien alles zu versinken, was schwierig und ungeklärt war, und selbst Port Said nahm sich im Licht eines rosig-grauen Morgens jungfräulich-reizvoll aus. Adela ging mit einem amerikanischen Missionar an Land, besichtigte mit ihm das Standbild des Ingenieurs Lesseps und schlürfte die belebende Luft der Levante in sich ein. »Zu welchen heimischen Pflichten kehren Sie nach Ihrem Aufenthalt in den Tropen nun wohl zurück, Miß Quested?« fragte der Missionar. »Wollen Sie bitte beachten, daß ich nicht frage: welchen Pflichten wenden Sie sich zu, sondern zu welchen kehren Sie zurück. Jedes Leben sollte nämlich Wendungen sowohl wie Rückwendungen kennen. Dieser berühmte Vorkämpfer der modernen Technik« – er wies auf das Denkmal – »mag Ihnen deutlich machen, was ich meine. Er steht hier halb dem Osten zu-, halb auch zum Westen zurückgewandt. Das können Sie an der vielsagenden Pose seiner Hände erkennen, in deren einer er einen Kranz hält.« Der Missionar warf ihr einen neckischen Blick zu, der die Leere seines Innern übertünchen sollte. Er hatte keine Ahnung, was er mit »Wendung« und »Rückwendung« meinte, aber zum Zwecke moralischer Eindrücklichkeit gebrauchte er gewisse Worte oft paarweise. »Ich verstehe«, erwiderte sie. Und mit einem Mal, in der Klarheit der Mittelmeerluft, begriff sie wirklich. Sobald sie nach England zurückgekehrt war, hatte sie die Pflicht, die anderen Kinder Mrs. Moores, Ralph und Stella, aufzusuchen. Dann aber wollte sie sich nach einer Berufstätigkeit umtun. Mrs. Moore hatte sich stets bemüht, die Produkte ihrer beiden Ehen voneinander entfernt zu halten, und bisher war Adela noch niemals den jüngeren Mitgliedern der Familie begegnet.

30

Eine weitere, örtlich begrenzte Folge der Gerichtsverhandlung war ein Bündnis zwischen Hindus und Moslems. Hochgeachtete Bürger der Stadt tauschten laute Freundschaftsbeteuerungen miteinander aus, die zweifellos auch einem echten Verlangen nach besserer Verständigung entsprachen. Als Aziz eines Tages im Hospital war, sah er sich einem nicht unwillkommenen Besucher gegenüber, Mr. Das. Der Richter war gekommen, ihn um zwei verschiedene Gefälligkeiten zu bitten: ein Heilmittel gegen Hautausschlag und einen lyrischen Beitrag zur neuen Monatsschrift seines Schwagers. Aziz konnte ihm mit beidem dienen. »Mein lieber Das – Sie haben einmal versucht, mich zu Gefängnis zu verdonnern. Warum sollte ich dann Mr. Bhattacharya ausgerechnet mit einem lyrischen Geistesblitz beehren, wie? Natürlich soll das nichts weiter sein als ein kleiner Scherz. Ich werde das beste Gedicht für ihn schreiben, was ich jetzt zustande bringe. Aber ich hatte bisher angenommen, eure Monatsschrift sei für Hindus bestimmt.«

»Nicht nur für Hindus, sondern für Inder im allgemeinen«, bemerkte Das verschämt.

»Es gibt aber kein einziges Wesen, das man als ›Inder im allgemeinen‹ ansprechen könnte.«

»Bisher zwar nicht, aber es wird es möglicherweise geben, wenn Sie ein Gedicht verfaßt haben. Sie sind unser Held. Die ganze Stadt steht jetzt hinter Ihnen – ohne Rücksicht auf das Glaubensbekenntnis.«

»Ich weiß. Wird es aber so bleiben?«
»Das wohl kaum«, erwiderte Das, dem es durchaus nicht an geistigem Klarblick mangelte. »Und aus diesem Grunde lassen Sie bitte, wenn ich das noch bemerken darf, nicht allzu viele persische Ausdrücke in Ihr Gedicht mit einfließen, und gehen Sie auch ein bißchen sparsam mit *bulbuls,* mit Nachtigallen, um.«
»Einen winzigen Augenblick, bitte«, sagte Aziz, an seinem Bleistift kauend. Er war gerade dabei, ein Rezept auszustellen. »Hier, für Sie – ist das nicht besser als ein Gedicht?«
»Glücklich der Mann, der beides zustande bringt.«
»Sie machen mir heute ein Kompliment nach dem anderen.«
»Ich weiß, Sie tragen es mir noch nach, daß ich in Ihrem Fall das Richteramt übernommen hatte«, sagte der andere, impulsiv die Hand ausstreckend. »Sie sind so freundlich und umgänglich, aber stets entdecke ich hinter Ihren Worten eine gewisse Ironie.«
»Nein, nein, was für ein Unsinn!« rief Aziz aus. Sie schüttelten einander die Hand und verblieben einen Augenblick in halber Umarmung – ein sprechendes Sinnbild für das Bündnis zwischen den Gegenlagern. Zwischen den Bewohnern noch so weit auseinanderliegender geographischer Zonen besteht immer die Möglichkeit eines romantischen Abenteuers, aber die verschiedenen Gruppen der indischen Stammesgemeinschaft kennen einander zu gut, um sich mühelos über das Niezukennende hinwegsetzen zu können. Sie verständigten sich sehr viel prosaischer. »Vortrefflich«, sagte Aziz. Er klopfte dem andern kräftig auf die stämmige Schulter und dachte dabei: »Wenn die Hindus mich nur nicht immer an Kuhfladen erinnern wollten!« Und Das dachte seinerseits: »Einige dieser Moslems sind doch höchst gewalttätig.« Beide lächelten vielsagend, während jeder den Gedanken im Herzen des andern erblickte, und Das, der Wortgewandtere von beiden, bemerkte: »Entschuldigen Sie bitte meine Irrtümer und sehen Sie über meine Mängel hinweg. Das Leben auf dieser Erde ist, soweit wir es kennen, nicht gerade einfach.«
»Nun ja, und was das Gedicht betrifft – wie ist es Ihnen zu Ohren gekommen, daß ich bisweilen etwas zusammenkritzle?« fragte Aziz, im Grunde seines Herzens erfreut und nicht wenig gerührt, denn die Beschäftigung mit der Literatur war stets ein Trost für

ihn gewesen, etwas, was auch durch die Häßlichkeit der Tatsachen nicht in Frage gestellt werden konnte.

»Professor Godbole hat vor seiner Abreise nach Mau oft davon gesprochen.«

»Und wie ist es ihm zu Ohren gekommen?«

»Auch er war ein Dichter – erahnen Sie nicht einer den Dichter im andern?«

Aziz fühlte sich durch die Einladung zur Mitarbeit geschmeichelt und machte sich noch am gleichen Abend ans Werk. Der bloße Umstand, daß er zwischen seinen Fingern wieder den Druck des Schreibstifts verspürte, ließ im Nu eine Nachtigall nach der andern erstehen. Wieder handelte sein Gedicht vom Verfall des Islam und der Vergänglichkeit der Liebe. Es war so traurig und so süß, wie er es nur zuwege brachte, aber es war von keiner persönlichen Erfahrung gespeist und für die trefflichen Hindus sicher ohne jedes Interesse. Nicht befriedigt von seiner Leistung, schwenkte er in Windeseile ins andere Extrem und schrieb eine Satire, die viel zu verletzend war, als daß sie jemals im Druck hätte erscheinen können. Er war lediglich imstande, der Rührung Ausdruck zu verleihen oder der Bitterkeit, auch wenn sein eigenes Leben nur selten von beidem etwas verspüren ließ. Er liebte die Dichtkunst – die Wissenschaft war für ihn lediglich etwas Erworbenes, Angelerntes, das er, wenn er sich unbeobachtet glaubte, von sich abtat wie seine europäische Kleidung –, und an diesem Abend drängte es ihn, ein neues Lied zu schreiben, das von Ungezählten bejubelt und selbst in den Feldern bei der Arbeit gesungen werden konnte – aber in welcher Sprache? Und wovon sollte es künden? Er gelobte sich, künftig mehr mit Indern zusammenzukommen, die nicht Mohammedaner waren, und niemals rückwärts zu blicken. Das war das einzig Richtige. Wem konnten auf diesem Breitengrad und zu dieser Stunde die Herrlichkeiten von Cordoba und Samarkand noch etwas bedeuten? Sie sind auf immer dahin, dachte er, und während wir noch ihr Verschwinden bejammerten, haben die Engländer Delhi besetzt und uns von Ostafrika abgeschnitten. Der Islam selbst, wenngleich die einzig wahre Religion, vermochte den Pfad der Freiheit nur teilweise zu erhellen. Das Lied der Zukunft mußte alle Glaubensunterschiede hinter sich lassen.

Das Gedicht für Mr. Bhattacharya wurde niemals geschrieben, aber auch so tat es eine gewisse Wirkung. Es rückte Aziz die unbestimmte und etwas massige Gestalt seines Mutterlandes sehr viel näher vor Augen. Er hatte an sich für das Land seiner Kindheit kein stärkeres Gefühl entwickelt, aber seit dem Vorfall in den Marabar-Hügeln wurde das anders. Mit halbgeschlossenen Augen mühte er sich, Indien zu lieben. Es mußte sich ein Beispiel an Japan nehmen. Erst wenn es zu einer Nation geworden war, durften seine Söhne sich allgemeiner Achtung erfreuen. Er spürte, um wieviel härter und abweisender er wurde. Die Engländer, die er verlacht oder mißachtet hatte, verfolgten ihn unaufhörlich. Selbst über seine Träume hatten sie ihr Fangnetz geworfen. »Mein Kardinalirrtum ist es gewesen, unsere Beherrscher nur von der komischen Seite zu nehmen«, bemerkte er am folgenden Tag zu Hamidullah; worauf dieser mit einem Seufzer erwiderte: »Das ist wohl auch das Klügste, nur möglicherweise nicht auf lange Sicht. Früher oder später kommt es zu einem Malheur wie dem deinen, und dann wird nur zu klar, was die andern in Wahrheit von unserm Charakter halten. Wenn Gott selbst von seinem Himmelsthron herabstiege und in ihrem Klub dich für unschuldig erklärte, würden sie ihm keinen Glauben schenken. Nun verstehst du wohl auch, warum Mahmoud Ali und ich selbst so viel Zeit auf politisches Ränkespiel verschwenden und warum wir uns mit Kreaturen wie Ram Chand einlassen.«
»Komitees kann ich nun einmal nicht ausstehen. Ich werde auf der Stelle von hier fortziehen.«
»Und wohin? Die Turtons und Burtons sind sich überall gleich.«
»Aber nicht in einem unabhängigen indischen Fürstenstaat.«
»Ich glaube, die britischen Bevollmächtigten dort sind verpflichtet, etwas bessere Manieren an den Tag zu legen. Das ist aber auch alles.«
»Ich möchte unbedingt aus Britisch-Indien fort, selbst um den Preis einer schlechtbezahlten Stellung. Woanders könnte ich wenigstens Gedichte schreiben. Hätte ich doch zu Baburs Zeit gelebt, für ihn gekämpft und geschrieben! Dahin, dahin, und selbst nur ›dahin‹ zu sagen, ist nutzlos, denn es schwächt uns bereits, das Wort auszusprechen. Wir brauchen einen König, Hamidullah

– das würde alles erleichtern. Wie die Dinge jetzt liegen, müssen wir versuchen, diese komischen Hindus ein bißchen ernster zu nehmen. Ich spiele sogar mit dem Gedanken, mich um irgendeine ärztliche Stellung in einem ihrer Staaten zu bewerben.«

»Oh, da gehst du nun wirklich ein bißchen zu weit.«

»Nicht so weit wie ihr mit eurem Ram Chand.«

»Aber das Geld, das Geld – sie werden dir niemals ein ausreichendes Gehalt bezahlen, diese halbwilden Radschas.«

»Ich werde nirgendwo reich werden – das vertrüge sich auch nicht mit meinem Charakter.«

»Wenn du vernünftig gewesen wärest und Miß Quested wirklich eine größere Summe abgeknöpft hättest –«

»Das wollte ich gerade nicht. Es ist überflüssig, Vergangenes zu erörtern«, sagte er mit plötzlicher Schärfe im Ton. »Ich habe ihr gestattet, ihr Vermögen zu behalten und sich in England einen Ehemann zu kaufen – wofür sie es unbedingt nötig hat. Bitte bring' das Ganze nicht wieder aufs Tapet.«

»Na schön. Dann wirst du eben auch weiterhin das Leben eines armen Mannes führen müssen, wirst dir noch keine Ferien in Kaschmir leisten können, wirst bei deinem Beruf bleiben müssen, bis du zu einem höher bezahlten Posten aufsteigst. Auf keinen Fall darfst du dich aber jetzt schon in einen Dschungelstaat zurückziehen und Gedichte schreiben. Laß deine Kinder was Rechtes lernen, lies die neuesten wissenschaftlichen Zeitschriften und nötige den europäischen Ärzten einige Achtung ab. Nimm die Folgen deiner Handlungsweise auf dich wie ein Mann.«

»Wir sind hier nicht vor Gericht«, sagte Aziz augenzwinkernd. »Es gibt mehr als eine Möglichkeit, sich als Mann zu bewähren. Die meine ist der Versuch, auszudrücken, was auf dem Grund meines Herzens verborgen liegt.«

»Auf eine solche Bemerkung gibt es natürlich keine Erwiderung«, sagte Hamidullah gerührt. Er faßte sich jedoch und sagte mit einem Lächeln: »Hast du wohl schon von dem komischen Gerücht gehört, das Mohammed Latif irgendwo aufgeschnappt hat?«

»Nämlich?«

»Als Miß Quested im Seminar wohnte, pflegte Fielding sie zu besuchen . . . Etwas spät am Abend, behaupten die Diener.«

»Eine ganz hübsche Abwechslung für sie, wenn es wirklich so war«, sagte Aziz, eine merkwürdige Grimasse schneidend. »Du verstehst, was ich meine?«
Nochmals zwinkerte der junge Mann und sagte: »Das schon. Aber damit hilfst du mir noch nicht aus meinen eigenen Nöten heraus. Ich bin fest entschlossen, aus Tschandrapur fortzuziehen – die Frage ist nur: wohin? Ich möchte unbedingt Gedichte schreiben – die Frage ist nur: worüber? Du hilfst mir einfach nicht weiter.« Dann aber, zu Hamidullahs und seiner eigenen Überraschung, rissen ihm plötzlich die Nerven. »Aber wer hilft mir überhaupt? Keiner verhält sich wirklich als Freund. Alle sind Verräter, selbst meine eigenen Kinder. Ich habe genug von der Freundschaft.«
»Ich wollte dir eben vorschlagen, dem Frauengemach einen kleinen Besuch abzustatten. Aber deine verräterischen Kinder sind gerade da, und du wirst wohl nicht mitkommen wollen.«
»Verzeih mir bitte. Aber seit meiner Gefängniszeit habe ich merkwürdige Zustände. Bitte finde dich damit ab und hab etwas Nachsicht.«
»Nureddins Mutter ist jetzt gerade zu Besuch bei meiner Frau. Das bedeutet hoffentlich keine Komplikation.«
»Ich habe sie bisher beide nur einzeln zu sehen bekommen, nicht zugleich. Vielleicht bereitest du sie besser darauf vor, daß sie sich nun gemeinsam auf den Anblick meines Gesichts gefaßt machen müssen.«
»Nein – überraschen wir sie ohne Ankündigung. Unter unseren Damen ist ohnehin noch viel zu viel Unsinn im Schwange. Zur Zeit deiner Verhandlung taten sie so, als wollten sie den *purdah* aufgeben. Diejenigen, die schreiben konnten, haben sogar ein entsprechendes Dokument aufgesetzt. Alles Humbug. Du weißt, welche Hochachtung sie alle Fielding entgegenbringen, und doch hat nicht eine einzige von ihnen ihn je von Angesicht gesehen. Meine Frau möchte ihn angeblich kennenlernen, aber jedesmal, wenn er bei uns vorspricht, findet sie eine andere Entschuldigung – sie fühlt sich nicht recht wohl, sie schämt sich des Zimmers, sie hat ihm keine guten Süßigkeiten vorzusetzen, es seien denn Elefantenohren, und wenn ich ihr erkläre, daß Fielding nichts

lieber ißt, erwidert sie, dann müsse er die ihren schlecht finden, und gerade um der Elefantenohren willen dürfe sie ihn nicht sehen. Fünfzehn Jahre lang, mein lieber Junge, habe ich mit meiner Begum gestritten, fünfzehn Jahre lang, und dabei stets den kürzeren gezogen, und da wollen uns die Missionare weismachen, unsere Frauen seien versklavt! Wenn du ein Thema für ein Gedicht brauchst – hier hast du eines: die Inderin, wie sie wirklich, nicht wie sie angeblich ist.«

31

Aziz hatte keinerlei Gefühl fürs Tatsächliche. Die Abfolge seiner Stimmungen war maßgeblich für seine Überzeugungen und führte zuletzt auch zu der bedauerlichen Abkühlung im Verhältnis zu seinem englischen Freund. Sie hatten beide gesiegt, aber der Lorbeer blieb ihnen versagt. Fielding befand sich auf irgendeiner auswärtigen Konferenz, und da das Miß Quested betreffende Gerücht sich ein paar Tage gehalten hatte, nahm Aziz stillschweigend an, daß es der Wahrheit entsprach. Er hatte keineswegs aus moralischen Gründen etwas dagegen einzuwenden, daß seine Freunde sich auf ihre Weise vergnügten, und Cyril, der schon im mittleren Mannesalter stand, konnte es sich ja auch kaum leisten, in bezug auf Frauen besonders wählerisch zu sein. Er mußte die Gelegenheit zum Vergnügen wahrnehmen, wenn immer sie sich ihm bot. Aber trotzdem verargte es ihm Aziz, daß er sich gerade mit dieser einen Frau eingelassen hatte, die er selbst noch als seine Feindin betrachtete. Und außerdem: warum hatte Fielding ihm nichts davon erzählt? Was ist eine Freundschaft ohne vertrauliche Geständnisse? Er selbst hatte gelegentlich dem andern von Erlebnissen berichtet, die als anstößig gelten mochten, und der Engländer hatte ihn geduldig mit angehört, ihm dafür aber nichts von seinen eigenen Geheimnissen preisgegeben.
Aziz holte Fielding bei dessen Rückkehr am Bahnhof ab und erklärte sich bereit, mit ihm zu Abend zu speisen. Dann begann er, äußerlich ganz vergnügt, ihn auf mittelbare Weise auszuholen.

Unter den Europäern gab es einen ausgesprochenen Skandal: Mr. McBryde und Miß Derek. Der letzteren Anhänglichkeit an Tschandrapur war nun auch kein Rätsel mehr: Mr. McBryde war in ihrem Zimmer ertappt worden, und seine Frau ließ sich von ihm scheiden. »Dieser sittenstrenge Bursche! Aber er wird natürlich das indische Klima dafür haftbar machen. Im Grunde ist eben alles unsere, der Inder, Schuld. Nun, habe ich Ihnen da nicht eine schöne, wichtige Neuigkeit aufgetischt, Cyril?«

»Das nun nicht gerade«, sagte Fielding, der an fremden Seitensprüngen wenig Interesse bezeigte. »Hören Sie, was ich zu berichten habe.« Aziz' Gesicht hellte sich auf. »Auf der Konferenz wurde beschlossen . . .«

»Genug der Schulmeisterei für heute abend! Ich sollte von hier aus gleich ins Minto-Krankenhaus zurück – es sieht schlimm mit der Cholera aus. Wir haben schon ein paar eigene Fälle, und eingeschleppte dazu. Tatsächlich ist das ganze Leben jetzt etwas belämmert. Der neue Oberarzt ist der gleiche Typ wie der vorige, wagt aber noch nicht, das offen zu zeigen. Das ist alles, worauf der Wechsel in den höheren Verwaltungsstellen hinausläuft. All meine bitteren Erfahrungen haben uns Indern keinen Vorteil eingetragen. Aber hören Sie, Cyril, ehe ich's vergesse . . . es ist allerlei Klatsch zu hören, der außer McBryde auch Sie betrifft. Man behauptet, daß auch Sie und Miß Quested sich allzu intim miteinander angefreundet hätten. Um ganz offen zu sein: man behauptet sogar, Sie beide hätten sich eines Verstoßes gegen die gute Sitte schuldig gemacht.«

»Das war immerhin zu erwarten.«

»Die ganze Stadt spricht davon, und das muß zuletzt Ihrem guten Ruf Abtrag tun. Sie wissen ja, daß durchaus nicht jeder Ihnen die Stange hält. Ich habe natürlich alles versucht, was in meinen Kräften stand, um einem solchen Gerücht den Hahn abzudrehen.«

»Machen Sie sich nicht erst die Mühe. Miß Quested hat endgültig das Feld geräumt.«

»Nicht die, die das Land verlassen, haben ein solches Gerücht zu fürchten, sondern die, die weiter drin bleiben. Stellen Sie sich bitte meine Bestürzung und meine Beklemmung vor. Ich konnte nachts kaum ein Auge zutun. Zu Anfang war es mein Name, der mit dem Ihren in Verbindung gebracht wurde, und nun ist es auch noch Ihrer.«

»Gebrauchen Sie doch nicht so übertriebene Worte.«

»Wie beispielsweise?«

»Bestürzung und Beklemmung.«

»Habe ich nicht mein ganzes Leben in Indien zugebracht? Und sollte ich da nicht wissen, was hier besonders übel vermerkt wird?« Seine Stimme hatte sich plötzlich verschärft.

»Ja, aber der Maßstab, der Maßstab! Sie verlieren immer das Augenmaß, lieber Freund. Bedauerlich zwar, daß ein solches Gerücht im Umlauf ist – aber im Grunde doch nur ein kleines bißchen bedauerlich. Wir könnten also ebensogut jetzt von etwas anderem sprechen.«

»Und doch ist es Ihnen in Gedanken an Miß Quested nicht einerlei. Ich kann es Ihrem Gesicht ablesen.«

»Soweit mir so etwas überhaupt nicht einerlei ist. Ich trage nicht viel Sorgengepäck mit mir herum.«

»Cyril, diese Art von Angeberei wird Ihnen noch einmal teuer zu stehen kommen. Damit machen Sie sich überall Feinde, und auch mir ist alles andere als wohl dabei.«

»Was für Feinde denn?«

Da Aziz lediglich sich selbst im Sinn hatte, mußte er Fielding die Antwort schuldig bleiben. Und da er sich ertappt glaubte, wurde er um so ausfälliger. »Ich habe Ihnen immer wieder die Namen von Leuten genannt, denen man in dieser Stadt nicht trauen darf. In Ihrer Stellung wäre ich vernünftig genug, mir zu sagen, daß ich hier von Feinden umgeben bin. Sie werden bemerken, daß ich jetzt leise spreche. Und das nur darum, weil ich eben entdeckt habe, daß Sie einen neuen *sais* haben. Wie kann ich sicher sein, daß er nicht ein Spitzel ist?« Er senkte die Stimme. »Jeder dritte Diener ist ein Spitzel.«

»Aber was ist denn bloß los?« fragte Fielding lächelnd.

»Wollen Sie etwa die Richtigkeit meiner letzten Bemerkung bestreiten?«

»Das alles geht mich jetzt einfach nichts an. Spitzel gibt es in gleichen Mengen wie Moskitos, aber es wird Jahre dauern, bis ich dem einen begegne, der mir das Genick bricht. Offenbar macht Ihnen etwas ganz anderes zu schaffen.«

»Nicht das geringste! Seien Sie doch nicht lächerlich.«

»Doch, doch. Sie sind mir aus irgendeinem Grunde böse.«

Jeder unvermittelte Angriff machte Aziz fast wehrlos. Darum sagte er ohne Zögern: »Sie und Madame Adela haben sich also Abend für Abend miteinander verlustiert, Sie Schwerenöter!«

Der Gedanke an jene schwunglosen, hochgestochenen Unterredungen war nun wirklich mit der Vorstellung irgendwelchen Vergnügens nicht gut vereinbar. Fielding war so erschrocken darüber, daß das Gerede überhaupt ernstgenommen wurde, und so peinlich von dem Wort ›Schwerenöter‹ berührt, daß er völlig den Kopf verlor. »Sie kleiner Mistfink«, rief er aus, »zum Teufel noch mal! Verlustiert! Ist das in einem solchen Augenblick wohl wahrscheinlich?«

»Oh, da bitte ich nun wirklich um Verzeihung. Die ausschweifende orientalische Einbildungskraft hat mir wieder einmal einen Streich gespielt«, erwiderte Aziz in leichtem Ton, aber bis ins Mark getroffen. Noch stundenlang nach Äußerung seines falschen Verdachts sollte ihm das Herz bluten.

»Schauen Sie, Aziz, die Umstände . . . und außerdem war das Mädchen noch immer mit Heaslop verlobt, und ich selbst empfand für sie nicht das geringste . . .«

»Ja, ja, aber Sie hatten mir anfangs nicht gleich widersprochen, und darum nahm ich fest an, daß es mit meinem Verdacht stimmte. Ach ja, der Osten und der Westen. Höchst verwirrend. Wollen Sie nun bitte den kleinen Mistfink an seinem Hospital absetzen?«

»Sie sind doch nicht etwa gekränkt?«

»Nicht im geringsten.«

»Andernfalls müßten wir später noch alles klären.«

»Es ist bereits alles geklärt«, erwiderte Aziz nicht ohne Würde.

»Ich glaube Ihnen, und jede weitere Frage erübrigt sich.«

»Aber der Ton, in dem ich gesprochen habe, bedarf noch einer Erklärung. Ich habe mich gegen meine Absicht zu einer Grobheit hinreißen lassen – was ich wirklich bedaure.«

»Die Schuld ist völlig auf meiner Seite.«

Noch immer wurde beider Umgang durch kleine Scharmützel wie diese empfindlich beeinträchtigt. Eine kurze Stockung an der falschen Stelle, ein mißverstandener Tonfall, und eine ganze Unterhaltung geriet ins falsche Gleis. Fielding war erschrocken, nicht entrüstet gewesen – aber wie dem andern den Unterschied klarmachen? Es gibt immer unerquickliche Momente, wenn im Gespräch nicht beide Beteiligten, offen oder versteckt, gleichzeitig an Sexuelles denken – beide werden gereizt und reagieren irritiert, selbst dann, wenn sie zufällig gleichen Blutes sind. Fielding begann noch einmal, dem Freund auseinanderzusetzen, was er für Miß Quested empfand. Aber Aziz fiel ihm ins Wort: »Ich glaube Ihnen doch, wirklich, ich glaube Ihnen. Mohammed Latif soll unnachsichtig dafür bestraft werden, daß er sich das Ganze aus den Fingern gesogen hat.«

»Ach, lassen Sie es doch auf sich beruhen, wie alles Gerede – dieses halblebendige Gespensterzeug, das dem wirklichen Leben an die Gurgel will. Nehmen Sie keine Notiz davon. Es wird von selbst wieder von der Erde verschwinden, wie die beiden Gräber der armen alten Mrs. Moore.«

»Mohammed Latif hat sich neuerdings aufs Ränkeschmieden verlegt. Wir sind schon höchst unzufrieden mit ihm. Wäre es für Sie eine Genugtuung, wenn wir ihn ohne weitere Angebinde zu seinen Angehörigen zurückschickten?«

»Wir werden über M. L. beim Abendessen sprechen.«

Aziz fand es plötzlich schwierig, den Blick zu heben. »Abendessen. Das ist wirklich Pech. Ich vergaß – ich habe Das versprochen, bei ihm zu Abend zu essen.«

»Dann bringen Sie Das einfach mit.«

»Er hat sicher schon ein paar Freunde eingeladen.«

»Sie kommen zu mir zum Abendessen, wie wir es ausgemacht hatten«, sagte Fielding, zur Seite blickend. »Kein Widerspruch bitte. Sie kommen zu mir zum Abendessen. Sie werden kommen!«

Inzwischen waren sie vor dem Krankenhaus angelangt. Fielding fuhr allein weiter, zunächst um den Maidan herum. Er ärgerte sich über sich selbst, verließ sich aber darauf, daß beim Abendessen sich alles schon von selber wieder einrenken werde. Vor dem Postamt wurde er des Verwaltungsdirektors ansichtig. Ihre

Fahrzeuge hatten unmittelbar Seite an Seite geparkt, während im Innern des Gebäudes ihre Diener sich den Vortritt streitig zu machen suchten. »Guten Tag – da wären Sie also wieder«, sagte Turton in einem eisigen Ton. »Ich würde mich freuen, wenn Sie heute abend den Klub mit Ihrem Erscheinen beehren wollten.«

»Ich habe die Wiederwahl angenommen. Halten Sie mein Kommen für unbedingt erforderlich? Ich wäre froh, wenn ich heute abend entschuldigt werden könnte. Ich habe eine Verabredung zum Essen.«

»Es handelt sich nicht um Ihre Gefühle, sondern um einen Wunsch des Provinzstatthalters. Sie werden jetzt wohl wieder wissen wollen, ob ich in amtlicher Eigenschaft spreche. Jawohl, das tue ich. Ich erwarte Sie heute abend um sechs. In Ihren weiteren Plänen brauchen Sie sich von uns nicht stören zu lassen.«

Pünktlich kam Fielding der etwas peinlichen kleinen Verpflichtung nach. Man hörte das Räderwerk der Gastlichkeit förmlich knarren – »hier, nehmen Sie einen Kognak mit Soda, oder etwas anderes?« Fünf Minuten lang unterhielt Fielding sich mit Mrs. Blakiston, dem einzig überlebenden der weiblichen Klubmitglieder. Er unterhielt sich auch mit McBryde, der in etwas verächtlichem Ton von seiner bevorstehenden Scheidung sprach, wußte er doch im geheimen, daß er sich als Sahib einen Fehltritt hatte zuschulden kommen lassen. Er wechselte auch ein paar Worte mit Major Roberts, dem neuen Oberarzt, und mit dem jungen Milner, dem neuen Ortsrichter. Aber je mehr die äußere Zusammensetzung des Klubs auch gewechselt zu haben schien, um so weniger schien sich sein Charakter verändern zu wollen. »Es hat keinen Zweck«, dachte Fielding, als er bei der Rückfahrt an der Moschee vorüberkam, »wir alle haben auf Sand gebaut. Und je mehr das Land sich modernisiert, um so schlimmer wird später die Einsturzkatastrophe sein. Als früher, im achtzehnten Jahrhundert, Grausamkeit und Ungerechtigkeit wüteten, war eine unsichtbare Macht am Werk, die von beiden geschlagenen Wunden zu heilen. Aber heute löst alles ein Echo aus – und das Echo ist nicht zum Verstummen zu bringen. Der ursprüngliche Laut mag ganz harmlos sein: das Echo ist stets etwas Böses.« Diese Betrachtung über das Echo stellte Fielding nur am Rande seines Bewußtseins an. Er konnte sie nicht bis zu Ende verfolgen. Sie gehörte mit zu dem Universum, das er verfehlt oder von sich gewiesen hatte. Und auch die Moschee hatte es verfehlt: auch ihre flachen Bogengänge verhießen eine nur kümmerliche Zuflucht. »Es gibt keinen andern Gott als Gott«: so etwas trägt uns nicht hoch genug über die Verworrenheiten des geistigen und stofflichen Lebens empor. Es ist im Grunde nur ein Spiel mit Worten, ein religiöses Wortspiel, keine religiöse Wahrheit.

Aziz war übermüdet und niedergeschlagen, und Fielding beschloß, erst wieder auf ihr früheres Mißverständnis zurückzukommen, wenn der Abend sich dem Ende zuneigte. Dann war es für beide Teile erträglicher. Er legte in bezug auf den Klub ein rückhaltloses Geständnis ab: nur unter äußerem Druck sei er überhaupt hingegangen, und freiwillig werde er niemals wieder den Fuß hineinsetzen. »Also wahrscheinlich überhaupt nicht mehr. Denn ich werde sehr bald nach England fahren.«

»Ich dachte mir schon, daß Sie Ihre Lebenstage in England beschließen würden«, sagte der andere leise und wechselte das Gesprächsthema. Etwas verlegen beendeten sie das Mahl und suchten dann den kleinen Gartenpavillon aus der Mogulenzeit auf, um hier noch eine Weile zu plaudern.

»Ich fahre nur für wenige Wochen hinüber. Aus beruflichen Gründen. Meine Behörde möchte mich unbedingt eine Weile aus Tschandrapur entfernen. Sie ist verpflichtet, mich in Ehren zu halten, aber sonst hat sie nicht das geringste für mich übrig. Die ganze Lage ist nicht ohne Komik.«

»Und was haben Sie in England zu tun? Werden Sie auch genug Zeit für sich selber übrigbehalten?«

»Jedenfalls genug, um meine Freunde wiederzusehen.«

»Die Antwort habe ich erwartet. Sie sind ein getreuer Freund. Wollen wir jetzt von etwas anderem sprechen?«

»Gern. Und wovon?«

»Von der Dichtkunst«, sagte Aziz mit Tränen im Auge. »Lassen Sie uns die Frage erörtern, warum die Dichtkunst heute nicht mehr die Macht hat, männlichen Herzen Mut einzuflößen. Auch meiner Mutter Vater war einst ein Dichter, der zur Zeit des großen

Aufstands gegen euch gefochten hat. Wenn es wieder zu einem Aufstand käme, täte ich es ihm wohl gleich. Leider bin ich aber nur ein kleiner Assistenzarzt, der einen Prozeß gewonnen und drei kleine Kinder durchzufüttern und sich bei der Unterhaltung hauptsächlich mit Fragen behördlicher Planung zu beschäftigen hat.«

»Wir wollten doch von der Dichtkunst sprechen.« Fielding hatte sich mit allen Gedanken auf dieses unverfängliche Thema eingestellt. »Ihr Inder seid in einer etwas heiklen Lage. Worüber sollt ihr schreiben? Ihr könnt auf die Dauer nicht immer wieder versichern: ›Die Rose ist verblüht.‹ Wir wissen, daß sie verblüht ist. Aber ihr könnt euch auch keine patriotische Lyrik im Stil von ›Indien, mein Indien‹ leisten, solange Indien in Wahrheit noch eine Art Niemandsland ist.«

»Das ist ein gutes Gespräch. Vielleicht springt sogar etwas Interessantes dabei heraus.«

»Sie haben ganz recht, wenn Sie meinen, daß die Dichtkunst in Fühlung mit dem wirklichen Leben bleiben muß. Zur Zeit unserer ersten Bekanntschaft betrachteten Sie sie als eine Art Zaubersprache.«

»Ich war damals noch ein Kind, und jeder war für mich ein Freund. Freund: ein persischer Ausdruck für Gott. Trotzdem möchte ich auch kein religiöser Dichter sein.«

»Das hatte ich gerade gehofft.«

»Wieso das, wenn Sie selbst Atheist sind?«

»Es ist etwas an der Religion, das nicht unbedingt wahr zu sein braucht, das aber bisher noch nicht besungen worden ist.«

»Erklären Sie das bitte genauer.«

»Etwas, das vielleicht die Hindus entdeckt haben.«

»Dann mögen die es besingen.«

»Hindus verstehen sich nicht aufs Singen.«

»Cyril, Sie sagen wirklich mitunter was ganz Vernünftiges. Soviel zum Thema Dichtkunst. Kommen wir nun auf Ihren Besuch in England zurück.«

»Wir haben die Dichtkunst noch keine zwei Sekunden erörtert«, sagte der Angeredete lächelnd.

Aber Aziz schwärmte für alles Gemmenhafte. Er hielt die winzige

Unterhaltung in der Hand – war nicht jedes seiner Lebensprobleme darin enthalten wie in einer Nußschale? Einen Augenblick lang gedachte er seiner verstorbenen Frau, und wie immer, wenn eine Erinnerung hell gegenwärtig wird, wurde die Vergangenheit zur Zukunft, und er sah seine Frau an seiner Seite in einem stillen Hindu-Dschungelstaat wandeln, in weiter Entfernung von allen Landesfremden. »Vermutlich werden Sie auch Miß Quested besuchen«, sagte er laut.

»Wenn ich Zeit dazu finde. Ein merkwürdiger Gedanke, sie ausgerechnet in Hampstead wiederzusehen.«

»Was ist Hampstead?«

»Ein kunstfreundlicher und etwas verträumter Vorort von London.«

»Und dort wohnt sie also und läßt es sich gut gehen. Und Ihnen wird es Freude machen, sie wiederzusehen . . . oh, mein Gott, habe ich Kopfschmerzen heute abend! Vielleicht bekomme ich noch die Cholera. Wenn Sie nichts dagegen haben, werde ich doch lieber bald aufbrechen.«

»Für wann soll ich den Wagen bestellen?«

»Machen Sie sich keine Umstände – ich fahre mit dem Rad.«

»Aber Sie haben ja Ihr Fahrrad nicht mit – mein Wagen hat Sie abgeholt – er soll Sie auch wieder zurückbringen.«

»Eine höchst einleuchtende Logik«, sagte Aziz, um einen leichten Ton bemüht. »Ich habe tatsächlich mein Fahrrad nicht mit. Aber man sieht mich zu oft in Ihrem Wagen. Mr. Ram Chand meint sogar, ich nützte Ihre Großmut aus.« Er fühlte sich bekümmert und unbehaglich. Mit gleichsam gekrümmtem Rückgrat schien die Unterhaltung von einem Punkt zum andern zu hüpfen. Die Freunde waren herzlich, waren vertraulich, aber es sprühten keine Funken zwischen ihnen auf.

»Aziz, haben Sie mir wohl meine törichte Bemerkung von heute morgen verziehen?«

»Sie meinen, daß Sie mich einen kleinen Mistfink genannt haben?«

»Ja, zu meinem immerwährenden Bedauern. Sie wissen doch, wie sehr ich Ihnen zugetan bin.«

»Es lohnt sich gar nicht, noch darüber zu reden. Wir alle hauen bisweilen daneben. In einer Freundschaft wie der unseren haben ein paar Entgleisungen doch gar nichts zu besagen.«

Aber bei der Abfahrt im Wagen setzte ihm irgend etwas noch zu – ein dumpfer Schmerz in Körper oder Gemüt, der nur darauf lauerte, nach außen zu treten. Als er vor seinem Bungalow angelangt war, hätte er am liebsten kehrtgemacht, um Fielding noch ein besonders herzliches Wort zu sagen. Statt dessen gab er dem *sais* ein hohes Trinkgeld und ließ sich umwölkten Gesichts auf sein Bett fallen, wo ihn Hassan ohne weitere Sachkenntnis zu massieren begann. Auf einer Kommode hatten die Augenfliegen eine ganze Kolonie gebildet, und auf dem *durry* hatten die roten Flecke sich noch vermehrt, denn hier hatte Mohammed Latif während seines Hausarrests geschlafen und nicht selten ausgespuckt. Die Tischschublade zeigte ein paar Kratzer, wo die Polizisten sie aufgebrochen hatten: alles in Tschandrapur war schal, die Luft inbegriffen. Nun trat tatsächlich das peinigende Gefühl nach außen: Aziz war mißtrauisch. Er verdächtigte den Freund der Absicht, Miß Quested um ihres Geldes willen zu heiraten und zu diesem Zweck nach England zu fahren.

»Huzoor?« – Aziz hatte etwas vor sich hin gemurmelt.

»Schau diese Fliegen an der Decke! Warum hast du sie nicht ersäuft?«

»Huzoor – sie kommen immer wieder.«

»Wie alles Böse.«

Um der Unterhaltung eine andere Wendung zu geben, berichtete Hassan, der Küchenjunge habe eine Schlange umgebracht, gut und schön, aber er habe sie dadurch umgebracht, daß er sie in zwei Teile zerhackte, weniger gut und schön, denn dann wären es doch nun zwei Schlangen.

»Wenn er einen Teller zerbricht – werden es dann zwei Teller?«

»Auch Gläser und eine neue Teekanne sind aus dem gleichen Grunde erforderlich, und für mich selber ein neuer Mantel.«

Aziz seufzte. Jeder denkt nur an sich. Einer braucht einen neuen Mantel, ein anderer eine reiche Frau. Und jeder pirscht sich auf einem geschickt gewählten Umweg an sein Ziel heran. Fielding hatte dem Mädchen die Zahlung einer Entschädigungssumme von zwanzigtausend Rupien erspart, und nun fuhr er ihr nach

England nach. Wenn er sie heiraten wollte, lag der Grund auf der Hand: sie verfügte ja nun über eine höhere Mitgift. Freilich traute Aziz seinen Anwandlungen von Mißtrauen selber nicht – hätte er es nur getan! Dann hätte er eine bedenkliche Situation beim Namen genannt und sie dadurch entgiftet. In seiner Brust behaupteten sich Seite an Seite Argwohn und Zutrauen. Sie entsprangen bei ihm völlig verschiedenen Impulsen und brauchten sich auch nicht ins Gehege zu kommen. Argwohn ist bei einem Orientalen eine Art bösartiges Geschwür, eine Gemütsentzündung, die ihn plötzlich unsicher und unzugänglich macht. Im gleichen Atemzug traut und mißtraut er, und das auf eine Weise, die ein Europäer niemals begreifen kann. Das Mißtrauen ist sein Dämon, wie der des Europäers die geistige Verlogenheit ist. Aziz war von diesem Dämon gepackt, und seine Einbildungskraft ließ vor seinem Auge einen teuflisch geplanten Prunkbau erstehen, zu dem der Grundstein zur Zeit jener nächtlichen Unterhaltung unter dem Sternenhimmel in Dilkusha gelegt worden war. Zweifellos war das Mädchen Cyrils Geliebte gewesen, solange sie im Seminar zu Gast war – Mohammed Latif hatte doch recht gehabt. Aber war das alles? Vielleicht war es gar Fielding gewesen, der ihr in die Grotte nachgegangen war . . . nein, ganz unmöglich. Cyril war überhaupt nicht mit am Kawa Dol gewesen. Unmöglich. Geradezu lächerlich. Und doch geriet Aziz bei dem bloßen Gedanken ins Zittern. Ein solcher Verrat wäre, sofern seine Vermutung zutraf, der schlimmste in der Geschichte Indiens gewesen. Nichts konnte ihn an Schmählichkeit übertrumpfen, nicht einmal der Mord, den Schiwadschi an Afzul Khan verübt hatte. Er war so erschüttert, wie man es eigentlich nur im Augenblick einer echten Erkenntnis sein kann, und er gebot Hassan, ihn allein zu lassen.

Am nächsten Tag beschloß er, seine Kinder wieder nach Maisur zurückzubringen. Er hatte sie zur Zeit der Gerichtsverhandlung nach Tschandrapur kommen lassen, um ihnen notfalls Lebewohl sagen zu können, und während des abendlichen Festgelages hatten sie im Haus Hamidullahs geweilt. Major Roberts würde ihm gewiß Urlaub bewilligen, und während seiner Abwesenheit würde Fielding nach England fahren. Dieser Gedanke vertrug sich sowohl mit seiner Gutgläubigkeit wie mit seinem Argwohn. Die Ereignisse würden lehren, was von beidem berechtigt war, ohne in diesem oder in jenem Fall seine Würde im geringsten zu schmälern.

Fielding spürte, wie ihm von Aziz' Seite eine Art Feindseligkeit entgegenschlug, und weil er ihm ehrlich zugetan war, ließ ihn auch sein angeborener Optimismus im Stich. Ohne Sorgengepäck seines Weges zu ziehen, ist weniger einfach, wenn persönliche Zuneigung mit im Spiel ist. Unfähig, bei seinem täglichen Trott noch heitere Zuversicht zu bewahren – wie sollte sich diesmal alles wieder von selbst einrenken? –, schrieb er Aziz einen kunstvoll gedrechselten, im modernen Stil abgefaßten Brief: »Es bedrückt mich, daß Sie mich im Hinblick auf Frauen für prüde halten. Es wäre mir lieber, Sie hätten eine andere Meinung von mir. Wenn mein Leben heute, wie man zu sagen pflegt, ›ohne Fehl‹ ist, so nur darum, weil ich schon mitten in den Vierzig bin, und das ist eine Zeit der inneren Umstellung. Wenn ich in den Achtzig bin, werde ich mich nochmals umstellen. Und vor Eintritt in die Neunzig ist eine letzte Umstellung fällig – nur leider keine freiwillige. Aber, ob tot oder lebendig, ich bin gänzlich und völlig moralinfrei.« Aziz war durchaus nicht von diesem Brief angetan, der sein angeborenes Zartgefühl verletzte. Er schwärmte für vertrauliche Geständnisse noch so unverblümter Art, aber abstrakte Verallgemeinerungen und Vergleiche stießen ihn nur ab. Das Leben war doch schließlich kein wissenschaftliches Handbuch. Seine Antwort war kühl: er bedaure, vor der Abreise seines Freundes nicht aus Maisur zurücksein zu können. »Aber ich muß leider meinen kümmerlichen kleinen Urlaub nehmen, solange ich dazu noch in der Lage bin. Künftig ist äußerste Sparsamkeit geboten. Alle Hoffnungen auf Kaschmir habe ich auf immer und ewig begraben müssen. Zur Zeit Ihrer Rückkehr werde ich bereits in weiter Ferne auf einem neuen Posten Frondienste tun.«

Und Fielding fuhr ab, und für Aziz schienen sich im letzten Flackerschein Tschandrapurs – Himmel und Erde nahmen sich wie brauner Kandiszucker aus – seine Befürchtungen zu bestätigen. Seine Freunde trugen noch dazu bei, denn wenn sie persönlich den Prinzipal auch gern gehabt hatten, fühlten sie sich doch ein bißchen unbehaglich bei dem Gedanken, daß er so gründlich über ihre Privataffären Bescheid wußte. Bald erklärte auch Mahmoud Ali, daß man sich wohl auf Verräterei gefaßt machen müsse. Hamidullah murmelte: »In letzter Zeit ist er uns gegenüber nicht mehr so offen gewesen wie früher«, und er mahnte Aziz, »nicht zu viel von ihm zu erwarten – er und sie gehörten schließlich einer anderen Rasse an.« – »Wo sind meine zwanzigtausend Rupien hin?« dachte Aziz. Er war in bezug auf Geld an sich völlig gleichgültig – er ging nicht nur ungemein freigebig damit um, sondern bezahlte auch pünktlich seine Schulden, wenn er sich zufällig ihrer erinnern konnte –, und doch war er von diesen zwanzigtausend Rupien wie besessen, weil er sich darum geprellt wähnte: hatte er es doch zugelassen, daß sie, wie so viele andere indischen Schätze, über die weite See entführt wurden. Cyril würde Miß Quested heiraten – dessen war er nun schon gewiß, und was an der ganzen Marabar-Angelegenheit noch ungeklärt war, bestärkte ihn nur in seiner Vermutung. Es war der natürliche Abschluß der schrecklichen, sinnlosen Picknick-Veranstaltung, und es dauerte auch nicht lange, bis er felsenfest davon überzeugt war, daß die Hochzeit bereits stattgefunden hatte.

32

Ägypten war bezaubernd – ein grüner Teppichläufer, und darauf unaufhörlich in Bewegung und Gegenbewegung vier Arten Tiere und eine Art Mensch. Fieldings Verpflichtungen hielten ihn ein paar Tage an Land fest. In Alexandria ging er wieder an Bord – ein heller, blauer Himmel, ein unablässiger Wind, eine klare, niedrige Küstenlinie. Wie verschieden das alles von der Verschwommenheit Bombays! Als nächstes hieß Kreta ihn mit den länglichen Schneerücken seiner Gebirge willkommen, und dann tauchte Venedig vor ihm auf. Sobald er auf der Piazzetta an Land ging, wurde ihm von unsichtbarer Hand ein Becher voll Schönheit kredenzt, und mit dem Gefühl, einen Akt geistiger Untreue zu begehen, schlürfte er ihn aus. In Venedig befanden sich die Gebäude wie in Kreta die Berge und in Ägypten die Felder genau da, wo sie hingehörten, während in dem armseligen Indien alles am verkehrten Platz zu stehen schien. Angesichts der Götzentempel und ungestalten Hügel hatte er vergessen, daß es auch eine Schönheit der Form gab. Ja, kann überhaupt von Schönheit die Rede sein, wo keine Form vorhanden ist? Gewiß machte sich hier und da in einer Moschee ein Stammeln der Form vernehmlich, schien sie aus einer Art Nervosität heraus gelegentlich sogar der Erstarrung zu verfallen. Dagegen aber nun die italienischen Kirchen! San Giorgio erhob sich auf einem Eiland, das ohne sie kaum den Wogen hätte entsteigen können, Maria della Salute wachte über dem Eingang zu einem Kanal, der ohne sie niemals zum Canale Grande hätte werden können. In seinen Studententagen hatte er sich an dem vielfarbigen Anblick von St. Markus genügen lassen, aber nun bot sich seinem Auge noch etwas sehr viel Kostbareres als alle Mosaiken und Marmorbauten: der Einklang zwischen menschlicher Schöpfung und der sie tragenden Erde, eine Kultur, frei von aller Verworrenheit, und Geist in vernunftklarer Form, genährt noch von Fleisch und Blut. Als Fielding seinen indischen Freunden Ansichtspostkarten schrieb, spürte er, daß ihnen alle die Freuden versagt bleiben mußten, die ihm zuteil wurden – eine niemals zu übersteigende Schranke. Sie würden an Venedig nur die verschwenderische Pracht gewahren, nicht aber die Gestalt, und wenn Venedig auch nicht Europa war, so hatte es doch am mittelmeerländischen Einklang teil. Die Welt des Mittelmeers ist das Maß alles Menschlichen. Wer immer jenen köstlichen Binnensee verläßt, auf der durch den Bosporus oder an den Säulen des Herkules vorüber führenden Wasserstraße, treibt dem Ungeheuerlichen, dem Unfaßlichen zu; und der südliche Ausfahrtsweg erschließt ihm das seltsamste aller Abenteuer. Dem allen noch einmal den Rücken wendend, bestieg Fielding den nordwärts fahrenden Zug, und als er die Butterblumen und Margeriten des Juni erblickte, entfalteten zarte romantische Träume, die er bereits verblichen gewähnt, sich in seinem Innern zu neuer Blüte.

Buch III
Tempel

33

Mehrere hundert Kilometer westlich der Marabar-Hügel und zwei Jahre nach den geschilderten Ereignissen steht Professor Godbole in der Gegenwart Gottes. Gott ist noch nicht geboren – das wird erst zu mitternächtlicher Stunde geschehen –, aber zugleich ist Er schon vor Jahrhunderten geboren und kann doch auch niemals geboren werden, denn Er ist der Herr des Universums, allem menschlichen Wandel und Wechsel entrückt. Er ist und Er war nicht, Er ist nicht und war. Er und Professor Godbole befinden sich an den entgegengesetzten Enden des gleichen Teppichläufers.

Tukaram, Tukaram,
Du bist mir Vater und Mutter und alles.
Tukaram, Tukaram,
Du bist mir Vater und Mutter und alles.
Tukaram, Tukaram,
Du bist mir Vater und Mutter und alles.
Tukaram, Tukaram,
Du bist mir Vater und Mutter und alles.
Tukaram . . .

Dieser besondere Gang im Palast zu Mau war durch andere Gänge mit einem großen Innenhof verbunden. Es war der Mittelgang einer Halle, deren Wände aus schönem, hartem, weißem Stuck bestanden, deren Säulen und Wölbung aber vor bunten Lappen, schillernden Kugeln, Leuchtern aus undurchsichtigem rosa Glas und schief in ihren Rahmen hängenden Fotografien kaum wahrzunehmen waren. An seinem ferneren Ende erhob sich der kleine, aber um so berühmtere Schrein des dynastischen Kultes, und der noch zu gebärende Gott war eigentlich ein Silberfigürchen in Größe eines Teelöffels. Zu beiden Seiten des

Läufers hatten Hindus sich auf dem Boden niedergelassen, soweit sie nur Raum finden konnten, aber die Menschenmenge war auch in die angrenzenden Korridore und den Innenhof übergequollen – Hindus, lediglich Hindus, Männer mit milden Gesichtern, zumeist Dorfbewohner, für die außerhalb ihres Dorfes alles wie in einem Traum vor sich ging. Sie gehörten der Schicht des schwer arbeitenden *ryot* an, die manchen als das eigentliche Indien gilt. Zwischen ihnen kauerten auch ein paar Handelsleute aus der kleinen Stadt, Beamte, Höflinge, Abkömmlinge des regierenden Hauses. Schuljungen bemühten sich mit zweifelhaftem Erfolg, Ordnung zu halten. Die ganze Versammlung befand sich in einem Zustand zarter Entrücktheit, wie er einer englischen Menge unbekannt ist. Sie brodelte wie eine heilkräftige Quelle. Wann immer die Dorfbewohner die Absperrungslinie durchbrachen, um einen Blick auf das Silberfigürchen zu erhaschen, trat auf ihr Gesicht ein beglückend-beglückter Ausdruck, eine Schönheit, der nichts Persönliches mehr eigen war, denn für die Augenblicksdauer ihres Bestehens glichen sie einer dem andern, und nur bei ihrem Entschwinden wurden sie wieder zu Erdklumpen mit menschlichen Einzelgesichtern. Und ähnlich verhielt es sich auch mit der Musik. Es war Musik zu vernehmen – oder vielmehr das Zugleich und Nebeneinander von so vielen verschiedenen Arten Musik, daß das Ohr nicht mehr ein und aus wußte. Das Dröhnen, Schmettern und Wimmern verschmolz zu einer einzigen ungegliederten Klangmasse, die den Palast umkreiste, bevor sie sich draußen dem Donner vermählte. Die ganze Nacht hindurch fiel in einigen Abständen Regen.

Nun war Professor Godboles Chor an der Reihe. Als Erziehungsminister kam Godbole die besondere Ehre zu, bei diesem Fest eine leitende Rolle zu spielen. Sobald die voraufgehende Gruppe von Sängern sich in der Menge zerstreut hatte, drängte er aus dem Hintergrund nach vorn. Gleich von Anfang an setzte er mit voller Stimme ein, damit die Kette weihevoller Laute nicht einen Augenblick abriß. Er hatte nackte Füße, war ganz in Weiß gekleidet und trug einen mattblauen Turban. Sein goldener Klemmer hatte sich in einer Jasmingirlande verfangen und war ihm schief auf die Nase herabgerutscht. Er und seine sechs Amtsgefährten, die ihm zur Seite standen, ließen die Zimbeln erklirren, die Trommeln erdröhnen und ein tragbares Harmonium erschallen, und sie sangen:

»Tukaram, Tukaram,
Du bist mir Vater und Mutter und alles.
Tukaram, Tukaram,
Du bist mir Vater und Mutter und alles.
Tukaram, Tukaram . . .«

Sie wandten sich mit ihrem Gesang nicht einmal an den Gott, dem sie sich nun gegenüber sahen, sondern an einen Heiligen. Sie schienen alles zu unterlassen, was einem Nicht-Hindu als dramatisch angemessen erschienen wäre. Der von allen erwartete Augenblick höchsten Triumphes war nach westlichen Vorstellungen ein einziges Durcheinander, ein Protest gegen alle Vernunft und alle Form. Wo war der Gott selbst, dem zu Ehren die Gemeinde sich hier versammelt hatte? Ununterscheidbar im Gewirr seines eigenen Altars, fast unsichtbar zwischen Sinnbildern niederer Herkunft, erstickt unter einer Decke von Bananenblättern, überhangen von Farbdrucken, überstrahlt von goldenen Täfelchen, die des Radschas Vorfahren darstellten, und bei jedem Windstoß vom rissigen Blattwerk eines abgeschnittenen Bananenbaumwipfels verhüllt. Hunderte von elektrischen Lampen waren zu seiner Ehre entzündet worden (der Strom wurde von einem Motor erzeugt, dessen dumpfe Stöße den Rhythmus des Preisgesangs durchkreuzten). Und doch war Sein Antlitz nicht zu erblicken. Hunderte Seiner Silberschüsseln waren mit einem Mindestmaß an Wirkung rings um Ihn her aufgehängt. Die Merksprüche, von den Staatsdichtern verfaßt, waren so angebracht, daß niemand sie lesen konnte, oder hatten die in die Stuckwand getriebenen Reißzwecken von sich abgeschüttelt, und einer von ihnen, in Anbetracht seiner Allgemeingültigkeit englisch abgefaßt, bestand infolge eines unglückseligen Versehens des Schriftkünstlers aus den Worten: »Gott tsi Liebe.«
Gott tsi Liebe: ist dies das letzte geistliche Wort Indiens?
»Tukaram, Tukaram . . .« fuhr der Chor fort, verstärkt durch die

Stimmen zankender Frauen, die hinter dem *purdah*-Vorhang vernehmlich wurden: zwei Mütter suchten im gleichen Augenblick ihre Kinder nach vorn zu schieben. Wie ein Aal schoß das Bein eines kleinen Mädchens aus dem Vorhangspalt hervor. In dem vom Regen aufgeweichten Innenhof ging die kleine, europäisch timbrierte Kapelle humpelnd und rumpelnd zu einem Walzer über, einem Schlagerlied aus einer in London gerade erfolgreichen Operette. Die Sänger, ohnehin über jede irdische Konkurrenz erhaben, ließen sich durch ihre ungeistlichen Rivalen nicht aus dem Konzept bringen. Es dauerte geraume Zeit, bis das winzige Wesensteilchen Professor Godboles, das der Außenwelt noch zugewandt war, entdeckte, daß irgend etwas mit dem Klemmer nicht stimmte und daß er erst dann ein weiteres Preislied ausfindig machen konnte, wenn der Klemmer wieder an der ihm zubestimmten Stelle saß. Er legte eine der Zimbeln ab und schlug mit der andern die Luft, während er mit der nun freien Hand an der ihm um den Hals hängenden Blumengirlande herumfummelte. Ein Amtsgefährte kam ihm zu Hilfe. Sich gegenseitig in die grauen Schnurrbärte hinein singend, lösten sie die Kette von dem Flitterzeug, mit dem sie durcheinandergeraten war. Godbole schlug in seinem Liederbuch nach, rief dem Trommler etwas zu, und dieser unterbrach sogleich seinen bisherigen Rhythmus, vollführte ein paar verwaschene Hämmergeräusche und setzte mit einem andern Rhythmus ein. Dieser war sehr viel erregender, wie auch die von ihm heraufbeschworenen Bilder bestimmter waren, und die Gesichter der Sänger nahmen einen einfältig-schmachtenden Ausdruck an. Sie hielten liebend die ganze Menschheit, das gesamte Universum umfangen; Teilstückchen und winzige Einzelsplitter ihrer Vergangenheit hoben sich auf einen Augenblick an die Oberfläche, um in der allumfassenden Wärme dahinzuschmelzen, mit in sie einzugehen. So erinnerte sich Godbole einer älteren Frau, mit der er seinerzeit in Tschandrapur einmal zusammengetroffen war, die aber sonst nichts für ihn zu bedeuten hatte. Nun spülten sie die Umstände ihm nochmals ins überhöhte Bewußtsein. Er hatte sie nicht eigens herbeigerufen, sie befand sich, ein winziges Splitterchen, nur zufällig mit im Gewühl andrängender Bilder, und er versetzte sie mit dem ganzen Aufgebot innerer Kraft an jene Stelle des Universums, an der Vollkommenheit waltet. Vollkommenheit, nicht Wiedererneuerung. Sein inneres Wahrnehmungsvermögen erschlaffte. Er erinnerte sich nur noch einer bestimmten Wespe, die er einmal, wer weiß wo, erblickt hatte, möglicherweise auf einem Stein. Er war der Wespe nicht weniger zugetan, auch sie vermochte er an jene Stelle des Alls zu versetzen – er ahmte Gott nach. Und der Stein, an dem die Wespe sich festgeklammert hatte – vermochte er, Godbole, womöglich –? Nein, das vermochte er nicht, es war ein Irrtum von ihm gewesen, auch den Stein von der Stelle bewegen zu wollen, Logik und absichtsvolles Bemühen hatten ihn auf Abwege gelockt, er kehrte auf den roten Teppichläufer zurück und gewahrte, daß er Tanzschritte darauf vollführte, auf und nieder, vorwärts und wieder zurück. Er ließ die Zimbeln zusammenklirren, seine kleinen Beine über dem Boden wirbeln, seine Gefährten tanzten mit ihm zusammen, und sie tanzten auch untereinander. Lärm über Lärm, die europäisch anmutende Kapelle immer lauter, Weihrauch auf dem Altar, Schweißgeruch, Lichtergeflimmer, Wind in den Bananenblättern, dumpfes Getöse und Donnerhall, auf der Armbanduhr elf Uhr fünfzig – Godbole stellte es fest, als er die Hand in die Höhe warf –, und wie abgelöst von seinem leiblichen Sein die winzige Schwingung, die seine Seele war. Lautere Zurufe aus der Menge. Immer weiter tanzte Godbole. Die am Rande des Ganges hockenden Männer und Jungen wurden plötzlich gewaltsam vom Boden emporgeschleudert. Sie landeten, unverändert im Umriß, im Schoß ihrer Nachbarn. Und auf dem derart verbreiterten Pfad bewegte sich dem Altar eine Sänfte zu.

Sie trug den betagten Herrscher des Staates, der gegen den Rat seiner Ärzte entschlossen war, der großen Geburtszeremonie beizuwohnen.

Niemand begrüßte den Radscha, der selbst auch gar nicht begrüßt sein wollte: dies war kein Augenblick für die Ehrung menschlicher Größe. Auch konnte die Sänfte nicht auf dem Boden niedergelassen werden. Es hätte eine Entweihung des Tempels bedeutet, wäre sie zu einer Art weltlichen Throns geworden. Der Radscha wurde herausgehoben, ohne daß seine Füße den Boden

berührten, und dann auf dem dicht am Altar befindlichen Teppich niedergesetzt. Sein ungeheuer langer Bart wurde glattgestrichen, die Füße wurden ihm untergeschoben, und ein Papierbeutelchen mit rotem Puder wurde ihm in die Hand gedrückt. Da saß er nun an eine Säule gelehnt, krank und erschöpft und die Augen von zahllosen unvergossenen Tränen geweitet.
Er hatte nicht lange zu warten. In einem Land, in dem Pünktlichkeit sonst unbekannt war, wurde die Stunde der Geburt auf die Sekunde genau berechnet. Drei Minuten vor dem großen Augenblick brachte ein Brahmane ein Modell des Dorfes Gokul (das in dieser etwas nebelhaften Geschichte die Rolle von Bethlehem zu spielen hatte) zum Vorschein und stellte es vor den Altar. Das Modell befand sich auf einem ein Quadratmeter großen Tablett. Es war aus Ton und leuchtete, bemalt und mit Bändern geschmückt, in fröhlichem Blau-Weiß. Auf einem etwas zu kleinen Stuhl saß mit etwas zu großem Kopf König Kansa, der indische Herodes, die Ermordung einiger Unschuldiger verfügend, und in einer Ecke standen, in entsprechendem Größenverhältnis oder -mißverhältnis, Vater und Mutter des Herrn, durch einen Traum rechtzeitig gewarnt und zur Flucht gerüstet. Das Modell selbst war nicht heilig, und doch war es mehr als ein bloßes Zierstück, denn es lenkte den Blick der Betrachter von dem eigentlichen Gottesbild ab und trug derart zu einer Erhöhung ihrer weihevollen Verwirrung bei. Einige der Dorfbewohner waren überzeugt, die Geburt sei bereits erfolgt. Sie erklärten mit einiger Berechtigung, der Herr müsse schon geboren sein – wie hätten sie ihn andernfalls mit ihren Augen wahrnehmen können? Aber die Uhr schlug Mitternacht, und gleichzeitig erscholl der markdurchdringende Schmetterlaut eines Muschelhorns, abgelöst vom Trompetengeheul der Elefanten. Alle, die Puderbeutel in Händen hielten, warfen sie auf den Altar, und inmitten von rosigen Staubwolken und Weihrauchdämpfen, von Schmettergetön und lauten Rufen nahm die unermeßliche Liebe selbst das Körperdasein Schri Krischnas auf sich – zum Heil der Welt. Alles Leid war ausgetilgt, für Inder nicht nur, sondern auch für Landfremde, Vögel, Grotten, Eisenbahnen und Sterne. Alles war eitel Freude, eitel Gelächter. Niemals waren Krankheit und Zweifel auf Erden gewesen, nie-

mals Mißverständnis, Grausamkeit, Furcht. Einige der Anwesenden sprangen hoch in die Luft, andere warfen sich der Länge nach auf den Boden, die nackten Füße des alliebenden Gottes zu umfangen. Die Frauen hinter dem *purdah* brachen in Händeklatschen und Jauchzen aus. Das kleine Mädchen schlüpfte wieder aus dem Vorhang hervor und begann mit fliegenden schwarzen Zöpfen vor sich hin zu tanzen. Keine sinnliche Orgie das alles – was mit der Überlieferung des Schreins auch nicht vereinbar gewesen wäre. Aber der menschliche Geist hatte einmal mit Hilfe krampfhafter Verrenkungskünste versucht, des Unbekannten habhaft zu werden, und in diesem Bestreben hatte er Wissenschaft und Geschichte, ja die Schönheit selbst von sich geworfen. War ihm das geglückt? Ja, sagen später geschriebene Bücher. Wie aber kann dergleichen, wenn es jemals Ereignis war, je der Erinnerung erhalten bleiben? Wie kann es durch anderes ausgesagt werden als durch sich selbst? Nicht nur dem Auge des Ungläubigen bleiben gewisse Geheimnisse verborgen – auch der Eingeweihte vermag ihrer nicht auf immer innezubleiben. Er mag, wenn er will, des Glaubens sein, in der Gegenwart Gottes geweilt zu haben, aber sobald er das glaubt, ist sein Erlebnis bereits Geschichte geworden und verfällt dem Gesetz der Zeit.

Auf dem Läufer wurde nun eine Riesenkobra aus Papiermaché sichtbar, und außerdem eine in einem Rahmen locker schwingende Wiege. Professor Godbole trat mit einem rotseidenen Tuch in der Hand auf die letztere zu. Das Tuch war Gott und war es auch wieder nicht; das Gottesfigürchen selbst verblieb im Dämmerdunst des Altars. Es war nur eben ein Tuch, so gefaltet, daß es die Gestalt eines Kindes vortäuschen mochte. Der Professor liebkoste es und reichte es dem Radscha, der mit offensichtlicher Anstrengung sagte: »Ich heiße dieses Kind Schri Krischna«, und es in die Wiege fallen ließ. Seinen Augen entströmten Tränen, weil er des Herrn Errettung mit hatte ansehen dürfen. Er war zu schwach, das Seidentuch vor den Augen seiner Untertanen in die Höhe zu halten, was in früheren Jahren sein Vorrecht gewesen war. Die Diener hoben ihn empor, von neuem wurde ein Pfad durch die Menge gebahnt, und der Fürst wurde nun zu einem weniger heiligen Teil des Palastes getragen. Hier erwartete ihn in einem Raum, der über eine Außentreppe auch für die europäische Wissenschaft zugänglich war, sein Leibarzt, Dr. Aziz. Sein Hindu-Arzt, der ihn bis zum Schrein begleitet hatte, erstattete in Kürze über die von ihm dabei beobachteten Symptome Bericht. Im gleichen Maße aber, in dem der Zustand der Verzückung sich löste, wuchs auch die Reizbarkeit des Kranken. Durch das Puckern der den Dynamo speisenden Dampfmaschine fühlte er sich gestört, und er wollte wissen, aus welchen Gründen so etwas in sein Haus gebracht worden sei. Die Ärzte antworteten, sie wollten Erkundigungen einziehen lassen, und verabreichten ihm ein Beruhigungsmittel.

In den heiligen Gängen war inzwischen die Freude zu allgemeiner Fröhlichkeit gediehen. Es war geradezu eine rituelle Pflicht, zur Erheiterung des neugeborenen Gottes verschiedene Spiele zu veranstalten und seine Tändeleien mit den liebestollen Milchmädchen von Brisbane zu imitieren, wobei auch naturechter Butter eine entscheidende Rolle zufiel. Als die Wiege fortgeräumt worden war, versammelten sich die höchsten Würdenträger des Staates, um an einer harmlosen kleinen Lustbarkeit teilzunehmen. Sie entledigten sich ihres Turbans, und einer von ihnen klatschte sich ein Stück Butter auf die Stirn und wartete, bis es ihm über die Nase herab in den Mund glitt. Aber bevor es dort angelangt war, schlüpfte unbemerkt ein anderer hinter ihn, schnappte ihm den schmelzenden Klumpen fort, um ihn selbst zu verschlingen. Bei der Entdeckung, daß der göttliche Sinn für Humor von dem ihren nicht im geringsten verschieden war, brachen sie in frohlockendes Gelächter aus. »Gott tsi Liebe.« Auch der Himmel verstand zweifellos Spaß. Gott kann handgreifliche Scherze mit sich selber treiben, kann sich unter dem Hintern selbst den Stuhl wegziehen, seinen eigenen Turban in Brand stecken, sich beim Baden die eigenen Gewänder verstecken. Unter Preisgabe des guten Geschmacks ist dieser Frömmigkeit jedenfalls geglückt, was das Christentum nicht einmal angestrebt hat: nämlich auch der Fröhlichkeit ihr Recht zu vergönnen. Geist und Stoff – sie müssen gleichermaßen an der Erlösung teilhaben, und wenn handgreifliche Scherze verbannt sind, ist der Kreis in sich selbst nicht geschlossen. Nach dem Butterschlucken begann man mit einem andern Spiel, das überdies sogar anmutig war. Ein hübscher, rotgoldener Ball wurde in die Höhe geworfen, und wer ihn auffing, durfte sich aus der Menge ein kleines Kind heraussuchen, es auf den Arm nehmen, herumtragen und hätscheln und kosen lassen. Alle streichelten das liebliche Geschöpf um des Schöpfers willen, den das Kind in diesem Augenblick zu vertreten hatte, und stammelten Worte des Glücks. Dann wurde das Kleine wieder zu seinen Eltern zurückgebracht, und wieder wurde der Ball in die Höhe geworfen, und einen Augenblick lang durfte ein zweites Kind das Licht der Welt verkörpern. Und hierhin und dorthin hüpfte der Herr in den Seitenflügeln, und dank eines Zufalls, eines scheinbar ganz willkürlichen Zufalls, erstrahlte nochmals ein kleines sterbliches Wesen im Glanz Seiner Unsterblichkeit . . . Als die hohen Herren sich lange genug an diesem Spiel vergnügt hatten – und da sie Langeweile nicht kannten, spielten sie es wieder und immer wieder –, griffen sie mehrere hölzerne Stecken auf und ließen sie aneinanderklirren, wick-wack, als kämpften sie in den Pandava-Kriegen, und sie machten die Gesten des Dreschens und Butterns, und später befestigten sie an der Decke des Tempels ein Netz, einen großen schwarzen Tonkrug umhüllend – einen Tonkrug, hie und da rot getüpfelt und mit getrockneten Feigen umkränzt. Und nun begann ein aufregendes Spiel. In die Höhe schnellend, schlugen die Herren mit ihren Stecken an den Tonkrug. Er zersprang, zersplitterte, und auf die Gesichter der Drunterstehenden ergoß sich eine fettige Masse von Reis und Milch. Die Herren leckten sich die Lippen und verschmierten sich gegenseitig den Mund und schlüpften einander zwischen den Beinen hindurch, um aufzuschlecken, was auf den Teppich geträufelt war. Hierhin und dorthin rann der göttliche Brei, bis die Kette der Schuljungen, die bisher die Zuschauermenge noch einigermaßen in Zaum hatten halten können, riß: auch die Buben wollten auf ihre Kosten kommen. Die Gänge, der Innenhof hallten bald wider von gnadenspendendem Getümmel. Auch die Fliegen wachten auf und forderten Anteil an Gottes Segensfülle. Ganz in Einklang mit dem Wesen der köstlichen Gabe verhielten sich jedoch alle ganz friedfertig – gesegnet jeder, der sie einem andern zuleitete, denn er ahmte Gott nach. Und stundenlang ergingen sich die Versammelten in solchen Akten der »Nachahmung«, der »Stellvertretung«, und in jedem der Teilnehmer wurde, je nach Maßgabe seiner Fähigkeiten, ein Gefühl ausgelöst, das ihm andernfalls fremd geblieben wäre. Von alledem blieb freilich kein fest umrissenes Bild haften. Selbst während des heiligen Geburtsvorgangs war es fraglich gewesen, ob es ein Silberfigürchen war, das zum Dasein erwachte, oder ein tönernes Dorf oder ein Seidentuch oder ein körperloses Geistwesen oder ein frommer Entschluß. Vielleicht das alles zugleich – vielleicht auch keines von allem. Oder ist jede Geburt nur ein Gleichnis? Wie dem auch sei: das Geburtsfest war jedenfalls das Hauptereignis des geistlichen Jahres und weckte seltsame Gedanken. Unter einer Schmutzschicht von Fett und Puder hatte Professor Godbole noch einmal den Blick ganz nach innen gewandt. Noch immer hatte er, mit wachsender Deutlichkeit, Mrs. Moore vor sich gesehen und rings um sie her, in loser Verbindung mit ihr, beunruhigende Schattengebilde. Er war Brahmane, sie eine Christin, aber das hatte nichts weiter zu besagen, wie es auch keinen Unterschied machte, ob sie ein Trugbild seiner eigenen Erinnerung war oder die Projektion fremder Gedanken. Es war seine Pflicht und nicht minder sein Wunsch, sich in die Lage Gottes zu versetzen und sie liebend zu umfangen, gleichzeitig aber sich in ihre Lage zu versetzen und Gott anzuflehen: »Komm zu mir, komm, komm, komm.« Mehr vermochte er nicht zu tun. Wie wenig das doch war! Aber jeder nach Maßgabe seiner Fähigkeiten, und er wußte, wie beschränkt die seinen waren. »Eine einzige alte Engländerin und eine einzige, winzig kleine Wespe«, dachte er, als er aus dem Tempel ins Grau eines strömend feuchten Morgens hinaustrat. »Es kommt mir nicht gerade viel vor, und doch ist es mehr, als ich selber bin.«

34

Um die gleiche Zeit hatte Dr. Aziz dem Palast den Rücken gewandt. Während er auf sein Haus zuschritt – es stand in einem hübschen Garten, etwas weiter oben an der Hauptstraße der

Stadt –, konnte er sehen, wie vor ihm sein alter Gönner und Beschützer sich rudernd und hüpfend durch den Schlamm vorwärtskämpfte. »Hallo«, rief er, was freilich völlig verfehlt war, denn der tief in Andacht Versunkene gab ihm durch kreisförmige Armbewegungen zu verstehen, daß er nicht gestört sein wollte. »Verzeihung«, fügte Aziz hinzu, was nun wieder das Richtige war, denn Godbole drehte den Kopf so weit zu ihm herum, daß er nicht mehr zu seinem Körper zu gehören schien, und sagte mit abgespannter Stimme, die nichts mehr mit seinem Bewußtsein zu tun hatte: »Er befindet sich bereits im europäischen Gästehaus – zumindest möglicherweise.«

»Tatsächlich? Und seit wann?«

Aber eine Zeitangabe wäre etwas allzu Bestimmtes gewesen. Godbole machte mit dem Arm eine weniger deutliche Bewegung und entschwand. Aziz wußte, wer mit »er« gemeint war – nämlich Fielding –, verbot sich aber, an ihn zu denken, weil das eine Störung seines Lebens bedeutet hätte und er noch immer damit rechnete, daß das Hochwasser ihn am Eintreffen hinderte. Aus seinem Gartentor ergoß sich ein kleiner Bach und stimmte ihn durchaus zuversichtlich. Unmöglich, in einem Wetter wie diesem von Deora aus herzugelangen. Fieldings Besuch war offizieller Natur. Er war von Tschandrapur wegversetzt und auf eine Informationsreise durch Mittelindien geschickt worden: er sollte feststellen, was die entfernter gelegenen Staaten im Hinblick auf englische Erziehung alles unternahmen. Er hatte geheiratet, hatte, was Miß Quested betraf, das Erwartete getan, und Aziz hatte nicht den geringsten Wunsch, ihn wiederzusehen.

»Der gute, alte Godbole«, dachte er und lächelte. Er selbst bezeigte in religiöser Hinsicht nicht die geringste Neugier und hatte auch in diesem jährlichen Firlefanz keinen Sinn entdecken können. Aber er hatte nicht den geringsten Zweifel, daß Godbole ein guter alter Mann war. Dank seiner Fürsprache war er nach Mau gekommen, um seinetwillen war er geblieben. Ohne seinen Beistand hätte er gedanklich auch niemals Probleme meistern können, die von denen Tschandrapurs so völlig verschieden waren. Denn hier ging es im wesentlichen um den Gegensatz zwischen Brahmanen und Nicht-Brahmanen. Moslems und Engländer zählten einfach nicht mit und wurden auch tagelang bei keiner Unterhaltung erwähnt. Da Godbole ein Brahmane war, so war es in seiner Gegenwart aus Freude am geistigen Spiel auch Aziz. Häufig ergingen sich beide sogar darüber in Scherzen. Der Risse im indischen Boden gibt es unzählige. Der Hinduismus, der, von weitem gesehen, so geschlossen wirkt, ist in Wahrheit in lauter einzelne Sekten und Sondergruppen aufgespalten, die sich untereinander weiterverästeln und wieder zusammenwachsen und ihren Namen je nach der Perspektive verändern, unter der man sie betrachtet. Jahrelang mag man diese Religion bei den besten Lehrern studieren, und wenn man dann genauer zusieht, scheint nichts von allem Erlernten völlig zu stimmen. Am Tag seines öffentlichen Amtsantritts hatte Aziz bemerkt: »Ich studiere nichts, respektiere alles« – was allgemein einen vortrefflichen Eindruck hervorrief. Man bezeigte ihm auch nur ein Mindestmaß an Voreingenommenheit. Nach außen hin unter einem Hinduarzt tätig, war er in Wirklichkeit oberster Medizinmann am Hofe. Von Schutzimpfungen und ähnlichen westlichen Willkürmaßnahmen hatte er freilich Abstand zu nehmen, aber selbst in Tschandrapur war seine ärztliche Tätigkeit eine Art Glücksspiel gewesen – ein Spiel am Operationstisch –, und hier, in einer hinterwäldlerischen Umwelt, ließ er seine chirurgischen Instrumente rosten und leitete das Krankenhaus nur eben mit der linken Hand – wodurch er der Öffentlichkeit auch jede weitere Beunruhigung ersparte.

Sein Drang, sich den Engländern zu entziehen, war ganz erklärlich. Sie hatten ihm einen heillosen Schrecken versetzt, und in einem Fall wie dem seinen waren zwei verschiedene Reaktionen denkbar: man konnte um sich schlagen und in Komiteesitzungen seiner Wut die Zügel schießen lassen, oder man konnte sich in einen abgelegenen Dschungelstaat zurückziehen, wo der Sahib nur selten den Fuß hinsetzte. Seine alten Anwaltsfreunde wollten, daß er in Britisch-Indien blieb und sich dort als Agitator für ihre Sache betätigte. Sie hätten ihn möglicherweise sogar breitgeschlagen, hätte er sich nicht von Fielding verraten gefühlt. Was er von ihm vernommen hatte, war nicht im geringsten überraschend für ihn gekommen. Zwischen beiden hatte sich gleich nach der Gerichtsverhandlung eine Kluft aufgetan, weil Fielding nicht an dem ihm zu Ehren veranstalteten Festzug teilnahm. Seine wiederholte Fürsprache zugunsten des jungen Mädchens hatte jene Kluft noch verbreitert. Dann trafen die Postkarten aus Venedig ein, die so kühl, so unfreundlich klangen: ihre Empfänger waren sich alle darüber einig, daß etwas bei ihm nicht stimmte. Und schließlich kam der erwartete Brief aus Hampstead. Der Zufall wollte es, daß Mahmoud Ali sich gerade zu Besuch bei ihm befand. »Hier eine Nachricht, die Sie überraschen wird. Ich bin im Begriff, eine Frau zu heiraten, die Ihnen nicht ganz unbekannt ist . . .« Aziz las nicht weiter. »Da wären wir glücklich soweit – antworte bitte an meiner Stelle«, und er warf den Brief Mahmoud Ali zu. Spätere Briefe vernichtete er ungeöffnet. Das war das Ende eines törichten Experiments. Und wenn er im Untergrund seines Bewußtseins gelegentlich spürte, daß Fielding einmal um seinetwillen gewisse Opfer gebracht hatte, so war das alles nun mit seinem Haß gegen die Engländer verknäuelt. »Endlich bin ich ein Inder«, dachte er und stand wie festgewurzelt im Regen.

Auf angenehme Weise flossen die Tage dahin. Das Klima war gesund. Die Kinder konnten also das ganze Jahr über bei ihm bleiben, und er hatte auch wieder geheiratet – genaugenommen, nicht gerade geheiratet, aber in seinen Augen war er nun wieder ein Ehemann, und er las sein geliebtes Persisch, schrieb seine Verse, hielt sich ein Pferd, und wenn die guten Hindus gerade einmal nicht hinsahen, ging er auch auf die Jagd. Seine Gedichte umkreisten nur ein einziges Thema – die orientalische Frau. »Der Purdah muß verschwinden«, hieß es immer wieder, »sonst werden wir niemals frei sein.« Und er erklärte weiter – was nicht weniger phantastisch war –, daß Indien niemals erobert worden wäre, hätten bei Plassy auch Frauen an der Seite der Männer gefochten. »Aber wir lassen ja unsere Frauen Landesfremden nicht unter die Augen treten« – was praktisch freilich in dieser Hinsicht zu unternehmen war, ließ er offen, denn er schrieb ja nur ein Gedicht. Noch immer wimmelte es in seinen Versen von Nachtigallen und Rosen: das Pathos des besiegten Islam lag ihm im Blut und ließ sich trotz moderner Wendungen nicht verleugnen. Ja, es waren unlogische Gedichte – so unlogisch, wie ihr

Verfasser selbst es war. Und doch rührten sie auch an etwas Wahres: kein Mutterland war denkbar ohne eine Neuordnung der Familie. In einem dieser Gedichte – dem einzigen, das dem komischen alten Godbole zusagte – hatte er das Mutterland (das ohnehin seinem Herzen nicht allzu teuer war) übersprungen und war geradewegs auf die ganze Menschheit zugesteuert. »Ah, das ist *bhakti,* ach, mein junger Freund, das ist etwas völlig anderes, das ist sehr gut. Ach, Indien, das sich nie von der Stelle zu rühren scheint, wird längst bei dem Weltstaat angelangt sein, während die anderen Nationen ihre Zeit noch mit Schwatzen vergeuden. Darf ich dieses besondere Gedicht wohl ins Hindi übersetzen? Tatsächlich ließe es sich fast in Sanskrit wiedergeben – es ist so fortschrittlich. Ja, natürlich, auch Ihre anderen Gedichte sind sehr gut. Seine Hoheit bemerkte sogar zu Oberst Maggs, als dieser das letzte Mal bei Hof vorsprach, daß wir stolz auf Sie sind« – bei welchen Worten er etwas süßlich lächelte.

Oberst Maggs war der für diese Gegend zuständige politische Bevollmächtigte, und Aziz' verachteter Gegner. Die Kriminalpolizei behielt seit der Gerichtsverhandlung Aziz unverwandt im Auge – auch wenn sie nicht den geringsten Anlaß zum Einschreiten hatte. Aber Inder, die einmal Pech gehabt hatten, mußten weiter beobachtet werden, und dank Miß Questeds Irrtum blieb Aziz zeit seines Lebens unter Beobachtung. Zu seiner Bestürzung hatte Oberst Maggs erfahren, daß ein verdächtiges Subjekt nach Mau ziehen werde, und er hatte in halb scherzendem Ton den alten Radscha dafür zur Rede gestellt, daß er einem Moslemarzt erlaube, sich seiner geweihten Person zu nähern. Noch wenige Jahre zuvor würde der Radscha aus einer solchen Andeutung die Konsequenz gezogen haben, denn der politische Bevollmächtigte war damals eine höchst ehrfurchtgebietende Persönlichkeit, die, mit allen Donnerkeilen des Empire bewaffnet, gewöhnlich im ungeeignetsten Moment herniederzufahren pflegte, um im ganzen Fürstenstaat das Unterste zuoberst zu kehren, und die Automobile zur Verfügung gestellt und Tigerjagden veranstaltet haben wollte, lästige, das heißt, die Aussicht vom Gästehaus beeinträchtigende Bäume gefällt, Kühe in seiner persönlichen Gegenwart gemolken zu sehen wünschte und sich ganz allgemein auch die

Kontrolle der inneren Angelegenheiten des Landes anmaßte. Aber inzwischen hatte sich höheren Orts ein grundsätzlicher Wechsel in der Politik angebahnt. Lokalgewitter wurden nicht mehr sehr ernst genommen, und die verschiedenen kleinen Staaten, die den Zuständigkeitsbereich des Bevollmächtigten bildeten, hatten das inzwischen herausgefunden und begannen, ihre Erfahrungen untereinander auszutauschen – zu allseitigem Vorteil. Zu ergründen, wieviel oder wie wenig Oberst Maggs sich gefallen lassen würde, war in Mau bald ein reizvolles Gesellschaftsspiel, an dem sämtliche Behörden sich beteiligten. Er hatte sich die Ernennung von Dr. Aziz gefallen zu lassen. Der Radscha schien jedenfalls die Anspielung nicht zu verstehen, sondern erwiderte, daß die Hindus, dank der aufgeklärten Erlasse des Vizekönigs, weniger exklusiv seien als früher, und er betrachte es als seine Pflicht, mit der Zeit Schritt zu halten.

Ja, bisher war alles ganz nach Wunsch gegangen. Aber nun, da der übrige Staat sich mitten im Festtrubel befand, drohte eine Krise anderer Art. Zu Hause erwartete Aziz ein kleiner Zettel. Kein Zweifel, daß Fielding im Laufe der Nacht in Mau eingetroffen war, kaum auch irgendwelcher Zweifel, daß Godbole von seinem Eintreffen wußte, denn der Zettel war an ihn gerichtet, und er hatte ihn gelesen, bevor er ihn an Aziz weiterleitete, und hatte an den Rand geschrieben: »Ist das nicht eine beglückende Nachricht? Leider verbieten es mir meine religiösen Verpflichtungen, Rücksicht auf seinen Inhalt zu nehmen.« Fielding schrieb, er habe Mudkul inspiziert (Miß Dereks früheren Wirkungsbereich), sei in Deora um ein Haar ertrunken, habe trotzdem zum beabsichtigten Zeitpunkt Mau erreicht und hoffe, zwei Tage bleiben zu können, um die von seinem alten Freund auf dem Gebiet des Bildungswesens eingeführten Neuerungen genauer zu studieren. Er war auch nicht allein gekommen: in seiner Begleitung befanden sich seine Frau und deren Bruder. Und dann wurde der Zettel genau zu der Art Wunsch- und Fragezettel, wie er stets im staatlichen Gästehaus geschrieben wurde. Keine Eier. Die Moskitonetze zerrissen. Wann war wohl der Anstandsbesuch bei Seiner Hoheit fällig? Stimmte es, daß ein Fackelzug stattfinden sollte? Und wenn dem so war: durften sie sich den wohl mit ansehen?

Sie wollten keinerlei Ungelegenheiten verursachen, aber wenn sie vielleicht auf einem Balkon stehen oder in einem Boot ein bißchen hinausfahren dürften ... Aziz riß den Zettel in Stücke. Er hatte genug davon, Miß Quested etwas vom indischen Alltagsleben zu zeigen. Heimtückische, häßliche alte Jungfer! Eine üble Gesellschaft sie alle zusammen! Er hoffte, ihnen aus dem Weg gehen zu können, auch wenn das bestimmt nicht ganz einfach war, denn sie würden zweifellos mehrere Tage lang in Mau festsitzen. Im Innern des Landes war es mit dem Hochwasser sogar noch schlimmer, und in der Nähe des Bahnhofs von Asirgarh waren bereits blaßgraue Riesentümpel gesichtet worden.

35

Lange Zeit, bevor Aziz Mau für seine eigene Person entdeckte, hatte ein anderer junger Mohammedaner sich dahin zurückgezogen – ein Heiliger. Eines Tages hatte seine Mutter zu ihm gesagt: »Geh und befreie, die gefangen sind.« Da ergriff er ein Schwert und begab sich zu dem Festungsturm. Er öffnete das Schloß einer der Türen, und die Gefangenen strömten heraus, um ihre früheren Beschäftigungen wiederaufzunehmen. Aber die Wächter waren viel zu aufgebracht und schnitten dem jungen Mann den Kopf ab. Ohne seiner Verstümmelung zu achten, trat dieser den Heimweg an. Er überkletterte die zwischen Stadt und Festung sich türmenden Felsen und erschlug unterwegs noch manch einen Wächter. Vor seiner Mutter Haus sank er zu Boden – er hatte ihren Auftrag erfüllt. Infolgedessen wurden ihm zu Ehren zwei verschiedene Schreine errichtet – auf der Höhe der des Kopfes, weiter dem Tal zu der des Rumpfes –, und dort pflegten mehrere in der Nähe wohnende Mohammedaner ihre Andacht zu verrichten, und ein paar Hindus gleichfalls. »Es gibt keinen andern Gott als Gott« – diese symmetrisch-starre Formel scheint in den linden Lüften Maus dahinzuschmelzen. Sie verträgt sich nur mit Pilgerzügen und Universitäten, nicht aber mit Feudalverhältnissen und dem Ackerbau. Als Aziz bei seiner Ankunft entdeckte, daß selbst der Islam den Götzendienst nicht verschmähte, stieg die Verachtung in ihm hoch, und er verspürte den Wunsch, jene Kultstätte zu reinigen, wie Alamgir es einst unternommen hatte. Aber bald wurde er so gleichgültig oder nachsichtig, wie einst Akbar es gewesen war. Schließlich hatte jener Heilige Gefangene befreit, und auch er selbst hatte einmal im Gefängnis geschmachtet. Der Schrein des Rumpfes befand sich in seinem eigenen Garten, wo allwöchentlich rings um ihn her ein paar Blumen und Lampen dem Boden entsprossen, bei deren Anblick Aziz sich seiner eigenen Leiden erinnerte. Der Schrein des Kopfes bildete für seine Kinder ein erfreulich nahe gelegenes Ausflugsziel. Am Tag nach dem großen *pujah* war Aziz dienstfrei, und er machte sich mit seinen Kindern dorthin auf den Weg. Dschemila hatte sich an seiner Hand festgeklammert. Achmed und Karim liefen beiden voraus und erörterten lebhaft, wie der hügelabwärts taumelnde Rumpf sich wohl ausgenommen haben mochte und ob sie bei seinem Anblick in Schrecken geraten wären. Aziz, der nicht wollte, daß sie mit abergläubischen Vorstellungen heranwuchsen, stellte sie deshalb zur Rede, und sie antworteten: Ja, Vater, denn es waren wohlerzogene Kinder. Aber wie er selbst, waren auch sie für Vernunftgründe nicht zugänglich und fuhren nach einer höflichen Pause fort zu reden, wie es ihnen ihr Wesen gebot.

Oben auf der Höhe war zwischen ein paar Büschen ein schmales, hohes, achteckiges Bauwerk sichtbar. Dies war der Schrein des Kopfes. Er war ungedeckt und tatsächlich nicht viel mehr als ein Wandschirm. In seinem Innern hockte brütend ein Rundgewölbe, und in dessen Innerm wiederum befand sich, durch ein Gitter zu besichtigen, ein abgeflachter Grabstein, von Segeltuch umhüllt. An den Innenkanten des Wandschirms hafteten zahllose Bienennester, und unablässig ging ein sanfter Schauer von abgerissenen Flügeln und anderen seltsamen Luftgebilden nieder, der das feuchte Gestein mit einer Flimmerschicht überzogen hatte. Achmed, von Mohammed Latif bereits über die Eigenart der Bienen aufgeklärt, bemerkte: »Sie werden uns nichts tun, denn unser Leben ist keusch«, und drängte unverzagt ins Innere, wogegen seine Schwester ein bißchen vorsichtiger war. Nach Betrachtung des Schreins wandten sie alle sich einer kleinen Moschee zu, die in Größe und Anlage einem Feuerschirm glich. Hier waren die Säulengänge Tschandrapurs zu einem flachen Zierstück zusammengeschrumpft, dessen bauliche Auswüchse Minaretts vortäuschen sollten. Der kleine komische Bau stand auf dem Fels, der seinen Untergrund bildete, nicht einmal gerade, sondern hatte sich talwärts gesenkt. Er und der Schrein – in beiden schien sich wie protestierend die Stimme Arabiens vernehmlich zu machen. Vater und Kinder schlenderten über die alten, nun verfallenen Befestigungsanlagen und bewunderten auf allen Seiten die Aussicht. Die ganze Landschaft war nach ihren Begriffen bezaubernd – der Himmel grau und schwarz, über und über regenträchtig, die Erde mit Wasserlachen gesprenkelt oder glitschig-verschlammt. Ein großartiger Monsun – seit drei Jahren der beste –, die Wassertanks bereits gefüllt, Rekordernten zu erwarten. Weiter draußen, dem Fluß zu (aus dieser Richtung war Fielding von Deora geflüchtet), waren die Regengüsse ungeheuer gewesen. Die Postsäcke mußten mit Seilen von einem Ufer aufs andere gezogen werden. Aziz und die Seinen konnten in der Ferne gerade noch die Waldeslücke erspähen – die Stelle, an der die Schlucht sich hindurchzog –, und die Felsspitze, die, vor Feuchtigkeit glänzend, die Lage des Diamantbergwerks anzeigte. Dicht darunter befand sich die vorortgleiche Residenz der zweiten Rani, durch Hochwasser völlig von ihrer Umgebung abgeschnitten, und man konnte sehen, wie Ihre Hoheit, die es mit dem *purdah* nicht allzu genau nahm, mit den Kammerzofen im Garten spazierenruderte und mit ihrem Sari fröhlich den auf dem Dach hockenden Affen zuwinkte. Aber es empfahl sich wohl kaum, allzugenau herab- und unter die Oberfläche der Dinge zu sehen, noch auch den Blick auf das Gästehaus für Europäer zu richten. Hinter dem Gästehaus erhob sich eine andere grau-grüne Schattenwand – Hügel, mit Tempeln übersät wie mit weißen Flämmchen. Allein in jener Richtung hausten zweihundert Gottheiten, die einander beständig besuchten, zahllose Kühe ihr eigen nannten und über ein Monopol für die gesamte Betelindustrie und außerdem noch zahlreiche Aktien der Asirgarh-Autobus-Gesellschaft verfügten. Viele von ihnen weilten zu jener Zeit gerade im Palast und ließen

es sich wohlergehen. Andere, zu groß oder zu stolz zum Selber-Reisen, hatten vertretungsweise ihre Symbole entsandt. Die Luft war trächtig von Religion und von Regen.
In ihren flatternden weißen Hemden rannten Achmed und Karim, vor Freude jauchzend, kreuz und quer über die alten Befestigungsanlagen. Sie schlüpften zwischen ein paar gradlinig aufgereihten Gefangenen hindurch, die ziellos auf ein altes Bronzegeschütz starrten. »Wer von euch wird denn heute begnadigt?« fragten sie. Am Abend sollte der Festzug für den Hauptgott stattfinden, der nach Verlassen des Palastes höchstpersönlich in Gesellschaft aller Würdenträger am Gefängnis vorüberkommen würde, das unten in der Stadt stand. Und in diesem Augenblick würde Er, die Wasser der Gesittung aufrührend, die Freilassung eines der Gefangenen verfügen. Dann würde Er zu dem großen Wassertank von Mau weiterziehen, der sich bis zum Garten des Gästehauses erstreckte. Hier würde ein anderes großes Ereignis stattfinden, nämlich die endgültige oder auch zusätzliche Verklärung des Gottes, nach deren Ausklang er sich dem Schlummer anheimgeben würde. Soviel allerdings überstieg das Fassungsvermögen der Familie Aziz, die ja zu den Moslems gehörte, aber was es mit dem Besuch des Gefängnisses auf sich hatte, war allgemein bekannt. Gesenkten Auges lächelnd, erörterten die Gefangenen mit den Vertretern der höheren Kaste die Aussichten für ihre Befreiung. Von der Eisenkette an ihren Füßen abgesehen, glichen sie allen übrigen Sterblichen und fühlten sich von diesen auch gar nicht verschieden. Fünf von ihnen, die noch nicht vor dem Richter gestanden hatten, durften keine Begnadigung erwarten, aber die bereits Verurteilten waren ausnahmslos voller Zuversicht. In ihrer Vorstellung machten sie keinen Unterschied zwischen dem Gott und dem Radscha, denn beide thronten in gleich unzugänglicher Höhe. Aber der Aufseher war etwas gebildeter und nahm sich die Freiheit, sich nach dem Befinden Seiner Hoheit zu erkundigen.
»Es bessert sich von Tag zu Tag«, erwiderte der Medizinmann. In Wirklichkeit war der Radscha bereits tot: die Zeremonie der vorausgehenden Nacht war über seine Kraft gegangen. Aber sein Tod wurde noch geheimgehalten, auf daß der Glanz des Festes

nicht getrübt werde. Der Hindu-Arzt, der Privatsekretär und ein Leibdiener waren bei dem Leichnam zurückgeblieben, während Aziz es übernommen hatte, sich in der Öffentlichkeit blicken zu lassen und dadurch die Menge irrezuführen. Er hatte den verstorbenen Herrscher außerordentlich geschätzt und würde es möglicherweise unter seinem Nachfolger nicht ganz leicht haben. Aber daran durfte er jetzt noch nicht denken, denn er war persönlich noch mit in die Illusion verstrickt, die er selbst hervorrufen half. Die Kinder tollten munter weiter. Sie jagten nach einem Frosch, den sie in Mohammed Latifs Bett zu verstecken gedachten, die kleinen Dummköpfe. Hunderte von Fröschen waren bei ihnen im Garten zu finden, aber sie hofften unbedingt einen in der Nähe des alten Festungsturms zu ergattern. Sie berichteten, daß weiter unten zwei Tropenhelme zu sehen waren. Statt nach der langen Reise ein wenig zu rasten, klommen auch Fielding und sein Schwager zum Grab des Heiligen empor.
»Sollen wir Steine werfen?« fragte Karim.
»Oder zermahlenes Glas in ihren Pan mischen?«
»Achmed, komm her, du Bösewicht.« Aziz hob die Hand, um sie auf seinen Erstgeborenen niedersausen zu lassen, duldete es aber statt dessen, daß dieser sie küßte. Wie wohltuend für ihn, gerade in diesem Augenblick die beiden kleinen Söhne bei sich zu haben und zu wissen, daß sie zärtlichen und tapferen Herzens waren! Er gab ihnen zu verstehen, daß die Engländer Staatsgäste waren und deshalb auch nicht vergiftet werden durften, und wie immer wurden seine Worte mit sanfter und doch begeisterter Zustimmung aufgenommen.
Die beiden fremden Besucher betraten den achteckigen Bau, stürzten aber sogleich, von Bienen verfolgt, wieder ins Freie. Sie liefen hierhin und dorthin und schlugen sich an den Kopf. Die Kinder schrien vor Schadenfreude, und vom Himmel ging so plötzlich, als sei ein Stöpsel daraus entfernt, ein mächtiger Regenschauer nieder. Aziz hatte seinen früheren Freund nicht begrüßen wollen, aber der eben beschriebene Zwischenfall hatte ihn in beste Stimmung versetzt. Er fühlte sich innerlich unabhängig und stark. Und mit lauter Stimme rief er: »Hallo, meine Herren, ist Ihnen nicht ganz wohl?«

Der jugendliche Schwager stieß einen Wehlaut aus: er war von einer Biene gestochen worden.
»Legen Sie sich in eine Wasserpfütze, mein lieber Herr – es gibt deren mehr als genug. Nur kommen Sie mir bitte nicht zu nahe . . . Ich kann beim besten Willen nichts unternehmen – es sind Staatsbienen. Sie müssen sich bei Seiner Hoheit über ihr Betragen beschweren.« Immerhin bestand keine ernstliche Gefahr, denn der Regen wurde immer stärker. Der Schwarm kehrte in den Schrein zurück. Aziz trat auf den Fremden zu, entfernte ein paar Stacheln aus seinem Handgelenk und sagte: »Nehmen Sie sich doch ein bißchen zusammen und zeigen Sie, daß Sie ein Mann sind.«
»Wie geht es Ihnen denn nach so langer Zeit, mein lieber Aziz? Ich habe gehört, Sie hätten hierzulande Ihre Zelte aufgeschlagen«, rief Fielding zu ihm hinüber, doch nicht eben in freundlichem Ton. »Ein paar Stiche haben wohl nichts weiter zu besagen, wie?«
»Ganz und gar nichts. Ich werde Ihnen eine Heilsalbe ins Gästehaus schicken lassen. Wie ich höre, haben Sie dort Ihre Zelte aufgeschlagen.«
»Warum haben Sie meine Briefe nicht beantwortet?« fragte Fielding, geradewegs auf den springenden Punkt zusteuernd, ohne ihn aber im strömenden Regen ganz zu erreichen. Sein Begleiter, des Landes noch völlig unkundig, rief, als ihm die schweren Tropfen auf den Helm niederprasselten, daß die Hornissen ihren Angriff wieder erneuerten. Fielding verwies ihm in scharfem Ton seine Anstellerei. Dann fragte er: »Gibt es von hier aus einen kürzeren Weg zu unserem Wagen? Wir müssen unsern Spaziergang jetzt abbrechen. Das Wetter ist ja abscheulich.«
»Jawohl. Diesen Weg hier.«
»Kommen Sie selber mit uns herunter?«
Aziz machte die Geste eines komisch-übertriebenen Salaam. Wie alle Inder, verstand er sich trefflich auf die weniger aufreizenden Formen der Unverschämtheit. »Ich zittere und ich gehorche«, schien seine Gebärde zu besagen – was Fielding nicht entging. Sie klommen einen steinigen Pfad zur Fahrstraße herab, voran die beiden älteren Männer, dann der Schwager, der, weniger ein

Mann als ein Knabe, ganz aufgeregt war, weil der Arm ihn schmerzte, und zuletzt die drei indischen Kinder, geräuschvoll-dreist – alle sechs bis auf die Haut durchnäßt.
»Wie steht es denn, Aziz?«
»Befinden einwandfrei wie immer.«
»Springt hier bei Ihrer Arbeit einiges für Sie heraus?«
»Wieviel springt aus der Ihren heraus?«
»Wer ist eigentlich für das Gästehaus zuständig?« fragte Fielding. Er hatte den schwachen Versuch, etwas von der früheren Vertrautheit zwischen sich und Aziz wiederherzustellen, aufgegeben und einen mehr förmlichen Ton angeschlagen. Er wirkte älter und etwas strenger.
»Wahrscheinlich der Privatsekretär Seiner Hoheit.«
»Wie ist er denn zu erreichen?«
»Ahne ich nicht.«
»Seit unserer Ankunft hat sich keine Menschenseele bei uns blicken lassen.«
»Tatsächlich.«
»Dabei hatte ich rechtzeitig beim Durbar angefragt, ob unser Besuch jetzt genehm sei. Erst auf den zustimmenden Bescheid hin habe ich das Programm für meine Rundfahrt festgesetzt. Aber das Gästehauspersonal scheint keinerlei bestimmte Anweisungen zu haben. Wir können keine Eier bekommen. Außerdem möchte meine Frau mit dem Boot ein bißchen hinausfahren.«
»Es gibt zwei Boote.«
»Sehr richtig. Und keine Ruder.«
»Die hat Oberst Maggs bei seinem letzten Besuch hier zerbrochen.«
»Alle vier?«
»Er hat einen sehr mächtigen Arm.«
»Wenn das Wetter ein bißchen besser wird, würden wir heute abend vom Wasser aus gern den Fackelzug mit ansehen«, fuhr Fielding unbeirrt fort. »Ich habe deshalb an Godbole geschrieben, von dem ich aber nicht mehr das geringste gehört habe. Wir sind hier offenbar in einem Land der Toten.«
»Vielleicht ist der Brief nicht in die Hände des erwähnten Ministers gelangt.«

»Würde man wohl etwas dagegen einzuwenden haben, wenn wir als Engländer der Prozession beiwohnen würden?«
»Ich habe von der Religion in diesem Land nicht die geringste Ahnung. Ich käme gar nicht auf den Gedanken, den Zuschauer spielen zu wollen.«
»Sowohl in Mudkul wie in Deora hatten wir eine völlig andere Aufnahme. In Deora war man die Freundlichkeit selbst. Der Maharadscha und die Maharani wollten uns überall herumführen lassen.«
»Sie hätten bei denen bleiben sollen.«
»Steig ein, Ralph« – sie waren bei ihrem Wagen angekommen.
»Steigen Sie bitte ein, Mr. Quested und Mr. Fielding.«
»Wer um alles in der Welt soll denn Mr. Quested sein?«
»Spreche ich etwa den wohlbekannten Namen nicht ganz zutreffend aus? Ist er nicht der Bruder Ihrer Frau?«
»Wen um alles in der Welt soll ich denn nach Ihrer Meinung geheiratet haben?«
»Ich bin nur Ralph Moore«, sagte der junge Mensch errötend. Und in diesem Augenblick ging ein anderer Regenschauer nieder, ihre Füße in Dunst hüllend. Aziz versuchte, den Rückzug anzutreten, aber es war zu spät.
»Quested? Quested? Wissen Sie denn nicht, daß meine Frau Mrs. Moores Tochter ist?«
Aziz zitterte am ganzen Leibe. Sein Gesicht hatte sich purpurgrau gefärbt. Er sträubte sich mit allen Fasern gegen das, was er hörte, sträubte sich auch, den Namen Mrs. Moore zur Kenntnis zu nehmen.
»Vielleicht ist das auch die Erklärung für Ihr merkwürdiges Verhalten?«
»Und was stört Sie, bitte schön, an meinem Verhalten?«
»Dieser lächerliche Brief, den Mahmoud Ali mir in Ihrem Namen zu schreiben hatte!«
»Ich betrachte dies als eine höchst überflüssige Unterhaltung.«
»Aber wie um Himmels willen konnte Ihnen nur ein solcher Irrtum unterlaufen?« fragte Fielding nun in etwas freundlicherem, aber noch immer schneidend-verächtlichem Ton. »Es ist beinahe unglaubhaft. Ich habe Ihnen, glaube ich, mindestens ein

halbes dutzendmal geschrieben und dabei auch den Namen meiner Frau erwähnt. Miß Quested! Was für ein unfaßlicher Gedanke!« Seinem Lächeln glaubte Aziz anzusehen, daß Stella schön war. »Miß Quested ist unsere beste Freundin. Sie hat uns miteinander bekannt gemacht, aber . . . was für ein erstaunlicher Gedanke! Aziz, hören Sie – wir müssen dieses Mißverständnis unbedingt noch klären. Es geht zweifellos auf eine Gaunerei Mahmoud Alis zurück. Er weiß genau, daß ich Miß Moore geheiratet habe. Er hat sie selbst in seinem unverschämten Brief ›Heaslops Schwester‹ genannt.«

Der bloße Klang des Namens Heaslop trieb Aziz zur Raserei. »Das ist sie auch, und das ist Heaslops Bruder, und Sie sind sein Schwager, und nun adieu!« Die Scham war bei Aziz in Wut umgeschlagen, die seine Selbstachtung wiederherstellte. »Was geht es mich an, mit wem Sie verheiratet sind? Nur lassen Sie mich bitte in Frieden. Ich möchte Sie nicht hier haben, ich möchte keinen von euch in der Nähe haben – das werde ich noch bis zum letzten Atemzug rufen. Ja, ja, ich habe diesen einen törichten Schnitzer begangen. Verachten Sie mich und lassen Sie mich kaltblütig fallen. Ich hatte angenommen, Sie hätten meine Feindin geheiratet. Niemals habe ich Ihren Brief gelesen. Mahmoud Ali hat mich angeschwindelt. Ich glaubte, Sie hätten mir mein Geld gestohlen, aber« – er klatschte in die Hände, um seine Kinder herbeizurufen – »es ist, als ob Sie es wirklich gestohlen hätten. Ich kann Mahmoud Ali alles verzeihen, weil er aus Liebe zu mir gehandelt hat.« Nach einer kleinen Pause – das Platschen des Regens klang wie eine endlose Folge von Pistolenschüssen – sagte er: »Mein Herz gehört künftig meinen Landsleuten«, und wandte sich zum Gehen. Cyril stapfte ihm durch den Schlamm nach, stammelte Entschuldigungen, lachte ein bißchen, wollte widersprechen und richtigstellen und erklärte mit unwiderleglicher Logik, daß er nicht Heaslops Verlobte, sondern Heaslops Schwester geheiratet habe. Aber was machte das jetzt noch für einen Unterschied! Aziz hatte sein Leben auf einen Irrtum gegründet, und trotzdem war es deshalb nicht weniger fest gegründet. In Urdu übergehend, damit auch die Kinder ihm folgen konnten, sagte er abschließend: »Mit wem Sie auch verheiratet

sind – bitte kommen Sie mir jetzt nicht nach. Ich möchte keinen Engländer, keine Engländerin mehr zum Freund haben.«
Erregt und befriedigt kehrte er wieder nach Hause zurück. Unbehaglich, ja unheimlich war nur der Augenblick gewesen, in dem Mrs. Moores Name erklungen war und alte Erinnerungen in ihm aufgerührt hatte. »Esmiß Esmoor . . .« – es war, als wollte sie ihm zu Hilfe eilen. Sie war stets so gütig gewesen, und jener junge Mann, dem er kaum einen Blick vergönnt hatte, war ihr Sohn, Ralph Moore. Stella und Ralph – ihnen hatte er Gutes zu erweisen gelobt, und Stella hatte Cyril geheiratet.

36

Die ganze Zeit über verstummten im Palast weder Geklimper noch Geschmetter. Der Augenblick der Offenbarung war vorüber, aber seine Wirkung dauerte noch an, und diese Wirkung bestand eigentlich nur darin, den Festteilnehmern das Gefühl zu vermitteln, daß die Offenbarung noch auf sich warten ließ. Trotz aller Erfüllung war noch ein Hauch von Hoffnung zu verspüren – wie es auch einst im Himmel der Fall sein wird. Selbst wenn der Gott bereits geboren war, hatte die ihm geweihte Prozession – von vielen etwas unbestimmt mit seiner Geburt gleichgesetzt – noch nicht stattgefunden. In normalen Jahren waren die mittleren Stunden dieses besonderen Tages ausgezeichnet durch künstlerische Darbietungen von ungewöhnlicher Schönheit, veranstaltet in den Privatgemächern des Radschas. Er verfügte über eine heilige Truppe von Männern und Knaben, die ihm jeweils die aktiven und kontemplativen Momente seines Glaubens tanzend vor Augen zu führen hatten. Zwanglos hingelagert, konnte er die »Drei Schritte« verfolgen, mit denen der Erlöser zur Bestürzung Indras die Höhe des Weltalls erklomm, und weiter den Tod des Drachen, die Verwandlung des Berges in einen Regenschirm, die Abenteuer des Sadhu, der – mit komischsten Ergebnissen – vor Beginn seiner Mahlzeit den Gott anrief. Den Höhepunkt aber bildete der Tanz der Milchmägde vor Krischna und der noch großartigere Tanz Krischnas vor den Milchmägden, bei dem zuletzt Musik und Musikanten mit den im Schmuck ihrer dunkelblauen Gewänder und ihrer Flitterkronen prangenden Schauspielern wild durcheinanderwirbelten und alles zu Einem wurde. Dann pflegten der Radscha und seine Gäste zu vergessen, daß es sich hier nur um ein dramatisches Spiel handelte, und sie sanken vor den Darstellern auf die Knie. Nichts dergleichen konnte diesmal geschehen, denn der Tod bedeutet stets eine Unterbrechung – hier freilich in geringerem Grade als in Europa. Wenn aber sein Pathos in Indien weniger grausig war, so war seine Ironie dafür weniger grausam. Bedauerlicherweise gab es zwei verschiedene Thronanwärter, die sich zu jener Zeit gerade im Palast aufhielten und die auch ahnten, was vorgefallen war, die aber keinen Versuch einer Ruhestörung unternahmen, weil die Religion für die Hindus eine derart lebendige Kraft ist, daß sie in gewissen Augenblicken alles von sich abwerfen können, was an ihrem Wesen kleinlich, was allzu vergänglich ist. Weiter wogte das Fest, leidenschaftlich und innerlich wahr, und alle Menschen waren einander in Liebe zugetan und mieden deshalb auch instinktiv, was Unbehagen oder Schmerz hätte auslösen können.

Aziz konnte mit alledem nicht viel mehr anfangen als irgendein Durchschnittschrist. Er wollte es nicht recht fassen, daß Mau plötzlich von allem sonstigen Argwohn, aller Selbstsucht geheilt sein sollte. Auch wenn er ein Außenseiter war und als solcher an den Riten der Hindus nicht teilnehmen durfte, so wurde er doch während jener Tage besonders liebevoll behandelt, und er und die Seinen wurden mit kleinen Geschenken und Aufmerksamkeiten geradezu überhäuft – und das eben weil er als Außenstehender galt. Den lieben langen Tag hatte er nichts weiter zu tun, als den Wundbalsam zu besorgen und ins Gästehaus hinüberschikken zu lassen – was ihm freilich erst gegen Sonnenuntergang wieder einfiel, und er suchte im ganzen Haus nach einem Linderungsmittel für die Haut, denn die Apotheke war geschlossen. Er fand eine Büchse Salbe, die Mohammed Latif gehörte, aber dieser wollte sich nicht von ihr trennen, weil bei ihrer Herstellung ein Zaubersegen gesprochen worden war. Aziz gelobte jedoch, sie nach Behandlung der Stichwunden wieder zurückzubringen: er brauchte einen Vorwand für einen abendlichen Spazierritt.

Als er am Palast vorüberkam, begannen die Festzugsteilnehmer sich gerade zu versammeln. Eine dichte Menge beobachtete, wie die schiffsgleich geformte Staatssänfte, deren Bug in Gestalt eines silbernen Drachenschädels aus dem hohen, halbgeöffneten Tor hervorlugte, beladen wurde. Götter, kleine und große, gingen gerade an Bord. Aziz hielt den Blick abgewandt, denn er war nie ganz sicher, wieviel er selbst mit ansehen durfte, und dabei wäre er um ein Haar mit dem Erziehungsminister zusammengeprallt. »Ach, nun werde ich mich verspäten« – was im Munde Godboles besagen sollte, daß die Berührung mit einem Nicht-Hindu eine zweite Körperwaschung erforderlich machte. Aber die Worte waren durchaus nicht im Ton sittlicher Ereiferung gesprochen. »Verzeihung«, sagte Aziz. Der andere lächelte und kam nochmals auf die drei Besucher im Gästehaus zu sprechen. Als er vernahm, daß Mr. Fieldings Frau nicht die frühere Miß Quested war, bemerkte er: »Ach richtig, er hat ja die Schwester von Mr. Heaslop geheiratet. Das habe ich doch nun wahrhaftig schon seit mehr als einem Jahr gewußt« – gleichfalls ohne jede Ereiferung. »Warum haben Sie mir das aber nicht schon längst gesagt? Ihr Stillschweigen hat mich in eine schöne Klemme gebracht.« Godbole, der bekanntlich niemals den Mund auftat, um andern von andern etwas zu erzählen, lächelte wiederum und sagte in flehendem Ton: »Sie dürfen mir niemals böse sein. Ich bin, soweit es meine angeborenen Mängel gestatten, Ihr aufrichtiger Freund. Außerdem bin ich gerade dabei, ein religiöses Fest zu feiern.« Aziz kam sich in Gegenwart dieses seltsamen Manns stets wie ein kleines Kind vor, das überraschenderweise ein Spielzeug zum Geschenk erhält. Auch er lächelte und schwenkte auf seinem Pferd in eine Seitenstraße ab, denn das Gedränge verstärkte sich, und außerdem langte gerade die Kapelle der Straßenfeger ein. Auf Sieben und andern Sinnbildern ihrer Tätigkeit blasend und hämmernd, marschierten sie mit dem ganzen Stolz einer siegreichen Armee geradewegs auf das Palasttor zu. Jede andere Musik verstummte, denn dies war der vom Ritual vorbestimmte Augenblick der Verachteten und Verworfenen. Erst wenn die unreinen Straßenfeger ihre Weise gespielt hatten, durfte der Gott aus seinem Tempel hervortreten: sie bildeten gleichsam den Schmutzfleck, dessen der Geist selbst zu seinem Bestand bedarf. Und nun bot sich dem Beschauer ein großartiges Bild. Die Torflügel sprangen auf, im Innern des Palastes wurden die versammelten Hofleute sichtbar, barfüßig und in weiße Gewänder gehüllt. Im Torweg stand zwischen Riesenwedeln aus Pfauenfedern und gesteiften purpurnen Rundbannern die Arche des Herrn, mit einem goldenen Tuch überdeckt und bis zum Rand mit Götterfiguren und Blumen gefüllt. Sobald sie von den Trägern aufgenommen und geschultert war, brach die gütige Sonne der Monsunzeit durchs Gewölk und tauchte die Welt in eine solche Farbflut, daß die gelben, an die Palastwand gemalten Tiger sich zum Sprung zu ducken und die rosa und grünen Wolkenstreifen am gemalten in den wirklichen Himmel überzugehen schienen. Die Sänfte setzte sich in Bewegung . . . Die Straßen wimmelten von Staatselefanten, die aus Gründen der Demut an jenem Tag einen leeren Howdah auf ihrem Rücken trugen. Aber Aziz zollte den heiligen Vorgängen keine Aufmerksamkeit, denn sie hatten mit seiner eigenen Religion nichts gemein. Er fühlte sich gelangweilt und außerdem etwas zynisch gestimmt – nicht anders mochte seinem geliebten Kaiser Babur zumute gewesen sein, als er aus dem fernen Norden herabgestiegen war und in Hindustan keine eßbare Frucht, kein frisches Wasser, keine Unterhaltung, ja nicht einmal einen Freund vorgefunden hatte.

Die Straße führte im Nu aus der Stadt hinaus – in Felsenhöhe und Dschungeldickicht. Hier zügelte er das Pferd und betrachtete den großen Wassertank von Mau, der, bis zur fernsten Ausbuchtung überschaubar, gerade unter ihm lag. Die Abendwolken widerspiegelnd, ließ er die irdische Welt in gleichem Glanz noch einmal erstehen. Es war, als neigte die Erde dem Himmel, der Himmel der Erde sich zu, beide bereit, einander wie verzückt in die Arme zu stürzen. Von neuem zynisch gestimmt, noch zynischer als vorher, spie Aziz aus. Denn mitten in dem Kreisrund aus Feuer schien sich ein kleiner schwarzer Fleck auf ihn zuzubewegen – das Boot aus dem Gästehaus. Die Engländer hatten anstelle der

Ruder irgend etwas anderes aufgetrieben – sie konnten es offenbar nicht lassen, in Indien herumzuspionieren. Bei ihrem Anblick fand Aziz die Hindus plötzlich sehr viel liebenswerter, und das Auge noch einmal zum milchweißen Höcker des Palastes zurückwendend, hoffte er, es werde ihnen Vergnügen bereiten, ihr Götzenbild umherzutragen, denn das wenigstens steckte seine Nase nicht in anderer Leute Privatangelegenheiten. Selbst dieses angebliche Verlangen Miß Questeds, »etwas von Indien zu sehen«, das ihn in Tschandrapur zunächst so sehr für sie eingenommen hatte, war in Wahrheit nicht mehr als ein besonderes Symptom für den Wunsch, Indien von innen her zu beherrschen. Dahinter lag keine echte Zuneigung. Er wußte genau, was in dem Boot vor sich ging: seine Insassen hielten die Blicke auf die Stufen gerichtet, auf denen augenblicks das Götterbildnis herniedersteigen mußte; und er fragte sich, wie nahe sie daran heranrudern durften, ohne offiziell in Schwierigkeiten zu geraten.
Aber Aziz stand von seinem Ritt nicht ab, denn es gab zweifellos im Gästehaus Bedienstete, die er ausholen konnte, und kleine Auskünfte kamen niemals ganz ungelegen. Er schlug den Pfad ein, der an dem düsteren Vorgebirge mit den fürstlichen Gräbern entlangführte. Wie im Palast, waren auch hier die Wände aus schneeweißem Stuck und schimmerten wie von innen heraus, aber bei Einbruch der Nacht verfärbte ihr Glanz sich ins Geisterhafte. Das Vorgebirge war mit hohen Bäumen bewachsen, von deren Zweigen sich fliegende Hunde herabplumpsen ließen, und während sie über die Wasserfläche hinstreiften, gaben sie kleine Schmatzlaute von sich. Sie hatten den ganzen Tag mit dem Kopf nach unten gehangen und waren nun durstig geworden. Die Zeichen abendlicher Befriedung mehrten sich: ringsumher Frösche, unablässig qualmender Kuhdung, in der Luft ein später Schwarm von Nashornvögeln, die sich bei ihrem Flug durch die Dämmerung wie beschwingte Gerippe ausnahmen. Todesahnung lag in der Luft, aber keine Trauer. Zwischen Bestimmung und Begierde war eine Art Kompromiß zustande gekommen, und selbst das menschliche Herz schickte sich in sein Los.
Das Gästehaus für Europäer erhob sich, etwa siebzig Meter über dem Wasserspiegel, auf dem Rücken eines bewaldeten Felshügels,

der aus dem Dschungel hervorsprang. Als Aziz es endlich erreichte, war das Wasser zu einem malvenfarbig-grauen Streifen abgeblaßt, und von dem Boot war nichts mehr zu sehen. Unter dem Säulenvorbau im Gästehaus hockte schlafend ein Wachsoldat, und in jedem der untereinander kreuzförmig angeordneten Räume brannte eine Lampe. Aziz ging von einem Raum in den andern, mit bösen Hintergedanken um sich blickend. Zwei auf dem Piano liegende Briefe entschädigten ihn für die Mühe des Suchens. Ohne Umschweife machte er sich darüber her und las sie, ohne sich dessen im geringsten zu schämen. Die Auffassung, daß Privatkorrespondenz etwas Unantastbares sei, hat sich der Osten niemals zu eigen gemacht. Außerdem hatte McBryde ja früher einmal alle seine eigenen Briefe gelesen und deren Inhalt in aller Öffentlichkeit ausposaunt. Der eine Brief – der interessantere von den beiden – war von Heaslop an Fielding gerichtet. Er ließ mittelbar auch gewisse Rückschlüsse auf die jetzige Gesinnung seines früheren Freundes zu, und Aziz' Herz verhärtete sich noch weiter gegen ihn. Ein gut Teil des Briefes drehte sich um Ralph Moore, der offenbar ein bißchen schwachsinnig war. »Hängen Sie meinen Bruder nur irgend jemandem anderen auf, wenn er, wie ich fürchte, Ihnen mit seiner Hilflosigkeit auf die Nerven fallen sollte.« Und dann: »In dieser Hinsicht bin ich einer Meinung mit Ihnen – das Leben ist viel zu kurz, als daß man sich gegenseitig etwas nachtragen sollte. Zu meiner Erleichterung habe ich auch den Eindruck, daß Sie sich dem Standpunkt der ›Unterdrücker Indiens‹ immer mehr nähern. Jede persönliche Unterstützung ist uns willkommen. Ich hoffe, daß Stella, wenn sie das nächstemal in meine Gegend kommt, Sie mitbringen wird. Sie sollen es hier so bequem haben, wie es im Hause eines Junggesellen nur möglich ist – es ist gewiß an der Zeit, daß wir wieder einmal zusammentreffen. Der Umstand, daß Sie so bald nach dem Tod meiner Mutter meine Schwester heirateten und daß mir selbst allerlei auf den Nägeln brannte – das alles hatte mich ein bißchen durcheinandergebracht, und ich habe mich auch etwas unvernünftig benommen. Ja, es ist an der Zeit, daß wir, wie Sie richtig bemerken, uns wieder vertragen – lassen wir es bei der Feststellung bewenden, daß es Fehler wohl auf beiden

Seiten gegeben hat. Freue mich mit Ihnen über die Aussicht auf einen Sohn und Stammhalter. Wenn Sie das nächstemal an Adela schreiben, so richten Sie bitte eine Art Grußbotschaft von mir aus, denn auch mit ihr würde ich jetzt gern Frieden schließen. Sie können von Glück reden, daß Sie in diesem Augenblick in Britisch-Indien sind. Ein Zwischenfall nach dem andern. Alles eine Folge der Propaganda – aber was in Wirklichkeit dahintersteckt, ist mir noch nicht ganz klar. Je länger man hier lebt, desto mehr ist man davon überzeugt, daß alles mit allem zusammenhängt. Wenn Sie mich nach meiner persönlichen Meinung fragen, so würde ich sagen, es sind wieder einmal die Juden.«

Soweit Herr Rotnase. Durch verschwommene Geräusche, die von der andern Seite des Wassers zu ihm herüberschallten, fühlte Aziz sich eine Sekunde abgelenkt: die Prozession hatte sich in Bewegung gesetzt. Der zweite Brief war von Miß Quested an Mrs. Fielding gerichtet. Er enthielt nur ein, zwei interessantere Punkte. Die Schreiberin gab der Hoffnung Ausdruck, Ralph werde an »seinem« Indien mehr Freude erleben als sie an dem ihren. Zu diesem Zweck schien sie ihm auch eine größere Summe Geldes zur Verfügung gestellt zu haben: als ein Teil »meiner Schuld, die ich persönlich niemals begleichen werde«. Was glaubte wohl Miß Quested dem Lande zu schulden? Der ganze Satz wollte ihm nicht recht gefallen. Weiter ein paar Worte über Ralphs körperliches Befinden. »Stella und Ralph«, ja sogar »Cyril« und »Ronny« – alles so freundschaftlich und so verständig, und alles auch in einem so leichten Ton hingeplaudert, wie er selbst ihn wohl niemals aufbringen würde. Er neidete ihnen die Zwanglosigkeit des Umgangs, vorstellbar lediglich in einem Land, in dem auch die Frau frei ist. Diese fünf Menschen waren gerade dabei, ihre kleinen persönlichen Differenzen auszubügeln und nach außen hin, das heißt Ausländern gegenüber, eine geschlossene Front zu bilden. Selbst Heaslop war wieder mit von der Partie. Lauter Kleinigkeiten, gewiß, und doch so kennzeichnend für die Stärke Englands – in aufwallender Heftigkeit schlug er mit der Hand aufs Klavier, und da infolge der Hitze die Tasten gequollen waren und jeweils drei von ihnen zusammenhafteten, war das Ergebnis ein bemerkenswert mißtönender Vielklang.

»Oh, oh, wer ist denn hier?« forschte eine ängstliche, aber durchaus respektvolle Stimme. Aziz konnte sich nicht erinnern, wo er sie zuvor schon einmal gehört hatte. Irgend etwas bewegte sich im Dämmerschein des anstoßenden Zimmers. Er erwiderte: »Fürstlicher Leibarzt, hergeritten, um sich nach Befinden zu erkundigen, sehr wenig Englisch«, ließ die Briefe rasch in seiner Tasche verschwinden und schlug, um zu demonstrieren, daß er jederzeit im Gästehaus freien Zutritt hatte, die Tasten nochmals an.
Ins Licht trat Ralph Moore.
Was für ein seltsam aussehender junger Mann – hochgewachsen, vorzeitig gealtert, die großen blauen Augen vor Ängstlichkeit getrübt, das Haar glanzlos und zerzaust. Keiner von denen, die vom Imperium aus Renommiergründen ins Ausland geschickt wurden. Der Arzt in Aziz dachte: geboren, als die Mutter bereits zu alt war, aber der Dichter in ihm konnte sich der Schönheit seiner Erscheinung nicht verschließen.
»Leider konnte ich infolge beruflicher Überlastung nicht früher vorsprechen. Wie steht es mit den vielberühmten Bienenstichen?« fragte er etwas gönnerhaft.
»Ich – ich war gerade dabei, mich etwas auszuruhen. Die andern hielten es für besser. Die Stiche puckern ganz ordentlich.«
Die Wirkung, die seine Schüchternheit und offenkundige »Landesfremdheit« auf den Mißgestimmten hatte, war etwas komplizierter Art. Mit drohendem Unterton in der Stimme sagte Aziz: »Kommen Sie bitte her und lassen Sie mich nachsehen.« Sie waren hier so gut wie allein, und wenn er wollte, konnte er den Patienten auf die gleiche Weise behandeln, wie Callendar den jungen Nureddin behandelt hatte.
»Sie haben heute früh gesagt –«
»Auch die besten Ärzte können irren. Treten Sie bitte hierher ins Licht. Ich bin etwas eilig.«
»Au –«
»Was ist denn los, wenn ich fragen darf?«
»Ihre Hände sind gar nicht freundlich.«
Aziz zuckte zusammen und blickte darauf nieder. Der merkwürdige Junge hatte recht, und er versteckte sie hinter seinem Rükken, ehe er mit gespieltem Ärger antwortete: »Was zum Teufel

haben meine Hände mit Ihnen zu schaffen? Dies ist eine höchst seltsame Bemerkung. Ich bin ein approbierter Arzt und werde Ihnen nicht wehtun.«
»Gegen bloßen Schmerz bin ich unempfindlich. Und ich verspüre gar keinen Schmerz.«
»Gar keinen Schmerz?«
»Nein, eigentlich nicht.«
»Höchst willkommene Neuigkeit«, sagte Aziz spöttisch.
»Was mir aber wehtut, ist Grausamkeit.«
»Ich habe Ihnen etwas Salbe mitgebracht, aber wie ich sie Ihnen bei Ihrer augenblicklichen Nervosität einreiben soll, ist mir nicht ganz klar«, fuhr Aziz nach einer Pause fort.
»Lassen Sie sie bitte hier.«
»Unter keinen Umständen. Sie muß gleich in den Medizinschrank zurück.« Er beugte sich vor, und der andere wich bis zum ferneren Ende des Tisches zurück.
»Nun, was wollen Sie – soll ich mich Ihrer Stiche annehmen oder wollen Sie lieber einen englischen Arzt haben? Es gibt einen in Asirgarh. Asirgarh liegt fünfundsiebzig Kilometer entfernt, und der Ringnod-Damm ist vom Hochwasser eingedrückt. Nun wissen Sie, wo Sie dran sind. Ich sollte wohl lieber mit Mr. Fielding über Sie sprechen. Es ist doch völlig unsinnig, Ihr augenblickliches Verhalten!«
»Die andern sind im Boot ausgefahren«, antwortete Ralph, wie hilfesuchend um sich spähend.
Aziz stellte sich völlig überrascht. »Hoffentlich nicht in Richtung von Mau. An einem Abend wie diesem neigt die Bevölkerung zu einem wilden Fanatismus.« Und wie zur Bestätigung seiner Worte erhob sich draußen ein gewaltiger Stöhnlaut – hatte er sich der Brust eines Riesen entrungen? Die Prozession näherte sich nun offenbar dem Gefängnis.
»Sie sollten uns wirklich nicht auf solche Weise behandeln«, sagte Ralph trotzig, und diesmal fühlte sich Aziz zurechtgewiesen, denn die Stimme des Jüngeren klang, wenn auch noch immer erschreckt, so doch durchaus nicht mehr schwächlich.
»Was soll das heißen?«
»Dr. Aziz, wir haben Ihnen nichts zuleide getan.«

»Aha, Sie kennen also meinen Namen. Ja, ich bin Aziz. Natürlich: Ihre gute Freundin, Miß Quested, hat mir auf dem Marabar gar nichts zuleide getan.«

Die letzten Worte waren in einem mächtigen Knall untergegangen: alle Landesgeschütze hatten gleichzeitig losgefeuert. Eine aus dem Gefängnisgarten aufsteigende Rakete hatte das Signal gegeben. Der Gefangene war also freigelassen und hatte sich den Sängern zu Füßen geworfen. Rosenblätter wehten aus den Fenstern nieder, heilige Gewürze und Kokosnüsse wurden zum Vorschein gebracht . . . Es war der Augenblick des Atemholens, der Rast. Der Gott hatte die Wände seines Tempels gewaltig geweitet und hielt frohlockend inne. Etwas wie ein Gerücht, daß das Werk der Erlösung vollbracht war, drang nun, leicht entstellt und getrübt, bis ins Gästehaus. Aziz und Ralph waren erschreckt und traten, von der plötzlichen Helligkeit angelockt, unter das Vordach. Unaufhörlich blitzte es aus den Mündungen der alten Bronzegeschütze am Festungsturm, die ganze Stadt lag in einem Lichterdunst, jedes Haus schien zu tanzen, der Palast wie mit kleinen Flügeln zu schlagen. Das tiefer liegende Wasser, die Berge und der Himmel darüber waren in die heilige Handlung vorerst noch nicht mit einbezogen. Zwischen den gestaltlosen Schattengebilden des Universums zitterte wie verloren der Flackerschein des Lichtes, der Flackerlaut des Gesangs. Dank unablässiger Wiederholung wurden zuletzt auch die Worte dieses Gesangs vernehmlich: immer wieder wurden vom Chor die Namen gewisser Gottheiten angerufen, wobei ihre Silben gelegentlich auch umgestellt wurden:

»Radhakrischna, Radhakrischna
Radhakrischna, Radhakrischna
Krischnaradha, Radhakrischna
Radhakrischna, Radhakrischna«,

sangen die Frommen und weckten damit den schlafenden Wachsoldaten im Gästehaus auf. Er stützte sich auf seine eiserne Lanze.

»Ich muß nun zurück – gute Nacht«, sagte Aziz und streckte dem

andern die Hand entgegen. Er hatte völlig vergessen, daß sie beide keine Freunde waren, denn der Blick seines Herzens war auf etwas Fernes, Schönes gerichtet, das noch jenseits der Grotten lag. Als der andere seine Hand ergriff, erinnerte er sich, wie unausstehlich er selbst gewesen war, und er fragte leise: »Nun halten Sie mich also nicht mehr für unfreundlich?«
»Nein.«
»Wie können Sie dessen so sicher sein, Sie seltsamer Mensch?«
»Das ist gar nicht so schwierig. Es ist das einzige, dessen ich immer sicher bin.«
»Können Sie auch bei der Begegnung mit einem Fremden immer gleich wissen, ob er Ihr Freund ist?«
»Ja.«
»Dann sind Sie ein Orientale.« Mit einem jähen Aufschaudern ließ Aziz seine Hand fahren. Die gleichen Worte – er hatte sie zu Mrs. Moore in der Moschee gesprochen, damals, als das Rad sich zu drehen begann, von dem er sich nach so vielen Leiden nun endlich hatte freimachen können. Freunde dich niemals mit einem Engländer an! Moschee, Grotten, Moschee, Grotten. Und nun fing es offenbar wieder damit an. Er reichte Ralph den Zauberbalsam. »Hier, nehmen Sie, und denken Sie an mich, wenn Sie das benutzen. Ich brauche es nicht mehr zurück. Ich muß Ihnen ein einziges kleines Geschenk machen, und anderes habe ich jetzt nicht bei mir. Sie sind Mrs. Moores Sohn.«
»Ja, das bin ich«, flüsterte Ralph vor sich hin. Und etwas, das bisher tief in Aziz' Gemüt verborgen gelegen hatte, schien nun in Bewegung zu geraten und nach außen zu drängen.
»Aber Sie sind auch Mr. Heaslops Bruder, und unsere beiden Länder können, leider, niemals miteinander befreundet sein.«
»Ich weiß. Noch nicht.«
»Hat Ihre Mutter Ihnen von mir erzählt?«
»Ja.« Und mit einem plötzlichen Wechsel in Stimme und Körperhaltung, den Aziz nicht ganz begriff, fügte er hinzu: »In ihren Briefen, in ihren Briefen. Sie war Ihnen sehr zugetan.«
»Ja, Ihre Mutter war der beste Freund, den ich je auf der Welt gehabt habe.« Er verstummte, betroffen über seine eigene Dankbarkeit. Denn was hatte es schließlich mit dieser ewigen Güte

Mrs. Moores auf sich? Nicht das geringste, wenn man sie genauer unter die Lupe nahm. Diese Frau hatte vor Gericht nicht zu seinen Gunsten ausgesagt, hatte ihn auch nicht im Gefängnis besucht, und doch hatte sie unmerklich von seinem Herzen Besitz ergriffen, durfte sie auf immer seiner Verehrung gewiß sein. »Das ist unser Monsun, das beste Wetter«, sagte er, während die Lichter der Prozession auf und nieder wogten, als seien sie auf einen im Wind wehenden Vorhang aufgestickt. »Hätte sie ihn doch noch miterleben können, unsern Regen! Jetzt ist die Zeit, in der alt und jung glücklich sind. Sie sind glücklich da draußen mit ihrem barbarischen Getöse, auch wenn wir es nicht ganz begreifen. Die Wassertanks sind gefüllt, und darum tanzen sie, und auch das gehört mit zu Indien. Ich wünschte, Sie wären hier nicht immer nur mit Beamten zusammen. Andernfalls könnte ich Ihnen mein Land zeigen, wie es wirklich ist. Aber das ist ja nun nicht möglich. Vielleicht sollte ich jetzt nur mit Ihnen ein bißchen aufs Wasser hinausfahren, eine einzige halbe Stunde.«

Begann das Rad von neuem zu kreisen? Sein Herz war zu voll, als daß er jetzt noch den Rückzug hätte antreten können. Er mußte hinaus in die Dunkelheit, um dem Sohn Mrs. Moores diese eine Huldigung zu erweisen. Er wußte, wo sich die Ruder befanden – sie waren versteckt, um fremde Besucher von einer Ausfahrt abzuhalten, und für den Fall, daß sie dem anderen Boot begegneten, brachte er auch ein zweites Paar zum Vorschein. Die Fieldings hatten sich mit Hilfe langer Stangen vom Ufer abgestoßen und mochten in Schwierigkeiten geraten, denn der Wind wurde immer stärker.

Sobald sich Aziz auf dem Wasser befand, war ihm sehr viel wohler zumute. Eine freundliche Handlung führte bei ihm stets zu einer andern, und bald sprudelte der Springquell der Gastlichkeit in ihm auf. Er begann im Namen Maus die Honneurs zu machen und sich einzureden, daß er die zügellose Prozession verstand, bei der Helligkeit und Getöse in dem gleichen Maße zunahmen, in dem das Ritual als solches verwickelter wurde. Aziz und Ralph hatten nicht viel Gebrauch von den Rudern zu machen, denn der auffrischende Wind trieb sie gerade in die gewünschte Richtung. Am Kiel wurde das Kratzgeräusch von

Dornen vernehmlich: sie waren auf ein kleines Eiland aufgelaufen und hatten ein paar Kraniche aufgescheucht. Die seltsam zeitgebundene Naturkraft des Augusthochwassers schwemmte sie wieder frei – es war, als wollte sie ewig währen.
Das Boot war ein steuerloser Nachen. Im Heck eingezwängt saß der Gast, die Ersatzruder im Arm, und fragte nicht weiter nach Einzelheiten. Es blitzte unvermittelt, und gleich darauf noch ein zweites Mal – zwei rote kleine Kratzer an der Gewölbefläche des Himmels. »War das der Radscha?« fragte Ralph.
»Wie – wie meinen Sie das?«
»Rudern Sie bitte zurück!«
»Aber da ist kein Radscha – gar nichts.«
»Rudern Sie zurück, und Sie werden sehen, was ich meine.«
Aziz fand es mühsam, gegen den immer stärker werdenden Wind zu rudern. Aber er hielt den Blick auf den Lichtpunkt geheftet, der die Lage des Gästehauses anzeigte, und ließ das Boot rückwärts gleiten.
Da . . .
Mitten im Dunkel trieb ein Fürst, unter einem Baldachin thronend, in leuchtende Herrschergewänder gehüllt . . .
»Ich kann Ihnen wahrhaftig nicht sagen, wer das ist«, flüsterte Aziz. »Seine Hoheit ist tot. Wir sollten wohl gleich zurückfahren.«
Sie waren nun dicht an dem Felsvorsprung mit den Gräbern und hatten durch eine Lücke zwischen den Bäumen geradewegs in den *chhatri* von des Radschas Vater geblickt. Damit war alles erklärt. Aziz hatte von der Figur bereits vernommen – mit einem ungeheuren Kostenaufwand war ihr der Ausdruck von Lebensähnlichkeit abgelistet worden –, hatte aber bisher noch nie Gelegenheit gehabt, sie zu Augen zu bekommen, auch wenn er oft genug auf dem weiten Tank umherruderte. Es gab eine einzige Stelle, von der aus man sie erblicken konnte, und Ralph hatte ihn ausgerechnet zu dieser hingelotst. In aller Hast legte er sich in die Riemen – es war ihm, als sei sein Gefährte nicht so sehr ein Besucher wie ein Führer. »Sollen wir nun zurückrudern?« fragte er.
»Da ist noch immer die Prozession.«

»Ich möchte lieber nicht näher heran – die Hindus haben so seltsame Gebräuche und könnten Ihnen etwas antun.«
»Nur ein bißchen näher.«
Aziz fügte sich. Er wußte tief in seinem Herzen, daß dies Mrs. Moores Sohn war, ja, er konnte es überhaupt nur deshalb wissen, weil sein Herz mitbeteiligt war. »Radhakrischna, Radhakrischna, Radhakrischna, Radhakrischna, Krischnaradha«, tönte der Singsang, brach dann aber ab, um mit einem anderen Anruf zu beginnen, und dazwischen glaubte Aziz fast mit Sicherheit die Silben der Erlösungsformel zu hören, die während der Gerichtsverhandlung in Tschandrapur durch den Saal gehallt waren.
»Mr. Moore – bitte sagen Sie keinem Menschen, daß der Radscha tot ist. Es ist noch ganz geheim, und ich darf nichts davon laut werden lassen. Für die Dauer des Festes bemühen wir uns, den Eindruck aufrechtzuerhalten, daß er noch am Leben sei – niemand soll jetzt unglücklich sein. Wollen Sie noch näher heran?«
»Ja.«
Aziz suchte das Boot aus dem Lichtschein der Fackeln herauszuhalten, die nun auch das andere Gestade mit Sternengefunkel erfüllten. Unaufhörlich stiegen Raketen empor, feuerten die Geschütze. Plötzlich glitt, in geringerem Abstand, als nach seiner Berechnung zu erwarten war, die Sänfte Krischnas hinter einer verfallenen Mauer hervor und senkte sich auf glitzernden gemeißelten Stufen zum Wasser nieder. Zu beiden Seiten hüpften und sprangen die Sänger herab – allen voran ein Weib, eine ungezähmte schöne junge Heilige mit Blumen im Haar. Sie pries einen Gott, dem keine Attribute zukamen – ihren Gott. Die andern priesen Ihn mitsamt Seinen Attributen, die sie in diesem oder jenem körperlichen Organ oder auch in einer Himmelserscheinung wahrzunehmen glaubten. Sie alle rasten zu dem Vorstrand nieder und ließen sich die Füße von den kleinen Wellen benetzen. Hier wurde ein heiliges Mahl bereitet, an dem alle, die sich dessen für würdig hielten, teilnehmen durften. Der alte Godbole entdeckte das Boot, das im Wind näher trieb, und machte heftige Armbewegungen – ob aus Zorn oder Freude, sollte Aziz niemals herausfinden. Oberhalb der Schmausenden hatte die ganze weltliche Macht von Mau – Elefanten, Geschütze, Menschenmassen –

Aufstellung genommen, und hoch über diesen wiederum brach ein wildes Unwetter los, das zunächst auf die oberen Luftregionen beschränkt blieb. Mächtige Sturmböen wirbelten Licht und Finsternis durcheinander, Regenschauer wehten aus nördlicher Richtung herüber, dann aus südlicher und begannen schließlich von unten her aufzusteigen, und gegen alles das kämpften die Stimmen der Sänger an, die jede Empfindung Klang werden ließen, nur die des Entsetzens nicht, und die sich anschickten, Gott, Gott selbst, ins Dunkel zu schleudern (als ob Gott sich je schleudern ließe). Auf solche Weise wurde er Jahr für Jahr ins Dunkel geschleudert, wurde auch anderes ins Dunkel geschleudert – kleine Abbilder von Gampati, Körbe voll zehn Tage alten Weizenkorns, winzige Papptürmchen, den Tazias des Mohurram nachgebildet, Sündenböcke, Hülsen, Sinnbilder für den Durchgang, den Übergang, einen Übergang, der nicht einfach, nicht jetzt und nicht hier möglich ist und dessen Bedeutung erst dann sich ermessen läßt, wenn er uns versagt ist: für alles das war der ins Dunkel zu schleudernde Gott ein Sinnbild.
Nun hob sich auf seinem Tablett noch einmal das Dorf Gokul vor aller Augen. Es stand stellvertretend für das Silberfigürchen, das nicht einen Augenblick sein matt schimmerndes Blumenreich verließ. Um eines anderen Sinnbilds willen also mußte es vergehen. Ein geistlicher Diener ergriff es mit beiden Händen und riß zunächst die blau-weißen Bänder ab. Er war unbekleidet, war breitschultrig und schmalhüftig – wieder einmal triumphierte indische Leiblichkeit –, und es war sein von den Vorvätern ererbtes Amt, die Tore der Erlösung zu schließen. In das dunkle Wasser hinaus watend, stieß er das Dorf vor sich her, bis die Tonpüppchen von ihren Stühlen fielen und im Regen aufzuweichen begannen und König Kansa mit Vater und Mutter des Herrn eins wurde. Dunkel, im Dunkel fast wahrnehmbar, nippten die kleinen Wellen daran, dann spülte eine große Welle über alles hinweg, und dann riefen plötzlich ein paar englische Stimmen: »Vorsicht!«
Die beiden Boote waren zusammengestoßen.
Die vier fremden Frevler warfen erschrocken die Arme nach außen und das Ganze kreiselte, ein mythisches Ungetüm, mit

abstehenden Rudern und Stangen im Wirbelsturm um sich selbst. Die Prozessionsteilnehmer heulten vor Grimm oder Jubel, als die Hilflosen auf den geistlichen Diener zutrieben. Dieser erwartete sie, das schöne, dunkle Antlitz völlig ausdruckslos, und gerade als die letzten Tonklümpchen auf dem Tablett hinschmolzen, prallte dieses an das Boot an.
Die Erschütterung war fast unmerklich, aber Stella, dem Punkt des Aufpralls am nächsten, fuhr, von ihrem Gatten aufgefangen, zurück, warf sich dann aber wieder nach vorne und wurde dabei gegen Aziz geschleudert. Ihre heftige Bewegung brachte beide Boote zum Kentern. Ihre Insassen tauchten in das warme, flache Wasser hinab, kämpften sich aber wieder nach oben, um nun von einem wahren Wirbelgetöse empfangen zu werden. Die Ruder, das heilige Tablett, die Briefe Ronnys und Adelas machten sich selbständig und trieben wild durcheinander. Geschützdonner rollte, Trommeln erdröhnten, die Elefanten trompeteten, und das alles noch übertönend, krachte ein ungeheuer langhinhallender Donnerschlag, von keinem Blitzezucken begleitet, wie mit Hammergewalt auf das Himmelsgewölbe nieder.
Das war der Höhepunkt des Dramas, soweit von einem solchen in Indien überhaupt die Rede sein kann. Es hatte sich nun eingeregnet, alle waren bald bis auf die Haut durchnäßt, und auch das Goldtuch der Sänfte und die kostbaren scheibenförmigen Banner hatten allen Glanz eingebüßt. Einige der Fackeln erloschen, die Feuerwerkskörper versagten, der Gesang wurde langsam spärlicher, und das Tablett kehrte in die Hände Professor Godboles zurück, der ein winziges der daran haftenden Schlammteilchen zwischen die Finger nahm und ohne weitere Feierlichkeit auf der Stirn verrieb. Was immer geschehen war – es war nicht mehr rückgängig zu machen, und während die Eindringlinge wieder auf die Füße schwankten, begannen Hunderte von Hindus planlos in die Stadt zurückzufluten. Auch das Silberfigürchen wanderte mit ihnen zurück, um am darauffolgenden Tage eines stillen einsamen Todes zu sterben, wobei ein paar Vorhänge, magentarot und grün, vor dem dynastischen Schrein niedergelassen wurden. Der Gesang hielt sogar noch länger an . . . ausgefranste Säume der Religion . . . reizlose, undramati-

sche Ausläufer . . . »Gott tsi Liebe«. Beim Rückblick auf den wogenden Farbennebel der letzten vierundzwanzig Stunden hätte wohl niemand sagen können, wo eigentlich sein Gefühlsschwerpunkt lag – wie ließe sich auch das Herz einer Wolke ermitteln?

37

Einander noch einmal in Freundschaft verbunden und gleichzeitig doch auch gewahr, daß sie nie wieder zusammenfinden konnten, unternahmen Aziz und Fielding einen letzten gemeinsamen Ritt in die Dschungelumgebung von Mau. Das Hochwasser war zurückgegangen und der Radscha war offiziell tot erklärt. Die Engländer im Gästehaus hatten also, wie es der Anstand gebot, am nächsten Vormittag wieder abzureisen. Ihr Besuch war in Anbetracht des Trauerfalls und des großen Festes nicht sehr ergiebig gewesen. Fielding hatte kaum etwas von dem alten Godbole zu sehen bekommen, der ihm jeden Tag versprochen hatte, ihm das auf den Namen ›König-Kaiser Georg V.‹ getaufte Gymnasium zu zeigen – was der eigentliche Grund für sein Kommen gewesen war –, aber täglich hatte jener einen andern Grund zum Ausbleiben gefunden. An diesem Tag rückte Aziz mit der Wahrheit heraus: die König-Kaiser-Schule war in einen Getreidespeicher umgewandelt worden – was der Erziehungsminister seinem früheren Prinzipal nicht gern gestehen wollte. Erst im voraufgehenden Jahr war die Schule vom Stellvertreter des Vizekönigs der Öffentlichkeit übergeben worden, und auf dem Papier übte sie noch immer eine erfolgreiche Tätigkeit aus. Godbole hoffte, sie wiedereröffnen zu können, ehe ihr zeitweiliges Verschwinden bemerkt wurde, und die angehenden Gelehrten um sich zu sammeln, ehe diese ihrerseits Kinder in die Welt gesetzt hatten. Fielding brach in Lachen aus, als er von all diesen Verwicklungen und all der Energieverschwendung erfuhr, aber sein Sorgengepäck war nicht mehr so leicht wie früher: unaufhörlich beschäftigte ihn seine Erziehertätigkeit, weil sein Einkommen und das Wohlergehen der Seinen davon abhingen. Er wußte, daß

in Indien nur wenige die Erziehung um ihrer selbst willen schätzen, was er persönlich unter jedem erdenklichen Gesichtspunkt bedauerte. Er begann irgend etwas Tiefgründiges zum Thema der Fürstenstaaten zu äußern, fand sich aber bald durch Aziz' freundschaftliches Verhalten davon abgelenkt. Jedenfalls war die Aussöhnung zwischen beiden in jeder Hinsicht geglückt. Nach dem komischen Bootsunfall war von irgendwelcher Verstocktheit und Bitterkeit nichts mehr zu spüren, und lachend, als ob gar nichts geschehen wäre, nahmen sie die abgeschnittenen Enden ihrer Beziehung wieder auf. Nun ritten sie zwischen stattlichen Büschen und Felsen dahin. Bald aber öffnete sich die Landschaft, und vor sich erblickten sie in voller Sonne einen Grashang, wimmelnd von Schmetterlingen, und weiter eine Kobra, die, ohne sich weiter auffällig zu benehmen, ihren Pfad kreuzte und schließlich hinter ein paar Zimtapfelbäumen verschwand. Am Himmel standen runde weiße Wolken und auf der Erde weißliche Wasserlachen. Die fernen Hügel hatten sich purpurn gefärbt. Die ganze Landschaft hatte in diesem Augenblick so viel von einem Park an sich wie die Landschaft Englands, war deshalb aber nicht weniger seltsam als zuvor. Sie zügelten die Pferde, um der Kobra etwas mehr Bewegungsspielraum zu gönnen, und Aziz zog einen Brief hervor, den er an Miß Quested abzuschicken gedachte. Einen ungemein versöhnlichen Brief. Er wollte seiner alten Feindin für ihr würdiges Verhalten danken, das sie zwei Jahre zuvor an den Tag gelegt hatte. Nicht der geringste Zweifel war nun mehr möglich, daß sie damals wirklich großmütig gewesen war. »Als ich unter Umständen, von denen unsere Freunde Näheres berichten werden, in unseren größten Wassertank fiel, mußte ich daran denken, wie tapfer Miß Quested seinerzeit doch gewesen war, und trotz meines unzulänglichen Englisch beschloß ich, ihr das zu sagen. Ihnen ist es zu danken, daß ich, statt im Gefängnis zu schmachten, mit meinen Kindern hier glücklich sein darf, und meine Kinder sollen dazu angehalten werden, nur mit der wärmsten Zuneigung und Hochachtung von Ihnen zu sprechen.«
»Miß Quested wird sich bestimmt freuen. Ich bin froh zu sehen, daß Sie endlich ihren Mut würdigen.«
»Ich möchte irgend etwas Gutes tun und die elende Marabar-

Angelegenheit ein für allemal aus der Welt schaffen. Ich bin beschämend voreilig gewesen mit meinem Verdacht, Sie wollten sich in den Besitz des mir zustehenden Geldes setzen – ein nicht weniger schlimmer Irrtum, als es der mit der Grotte war.«

»Aziz – ich wünschte, Sie würden sich einmal mit meiner Frau unterhalten. Auch sie ist der Überzeugung, daß die Marabar-Sache nun aus der Welt geschafft ist.«

»Wieso das?«

»Ich weiß es nicht, aber vielleicht wird sie Ihnen sagen, warum. Mir sagt sie es jedenfalls nicht. Sie hat gewisse Vorstellungen und Gedanken, die ich nicht mit ihr teilen kann, ja, wenn ich weiter weg von ihr bin, kommen sie mir fast ein bißchen lächerlich vor. Aber wenn ich bei ihr bin, ist mir gleich anders zumute. Dann fühle ich mich selber nur halb lebendig. Meiner Frau ist es um irgend etwas Bestimmtes zu tun – was bei uns, bei Ihnen, Aziz, und bei mir und Miß Quested im großen und ganzen nicht der Fall ist. Wir möchten nur eben so anständig wie möglich unseres Weges ziehen, Sie sogar ein bißchen voran – eine löbliche kleine Gesellschaft. Aber meine Frau hält sich ein klein wenig abseits.«

»Was wollen Sie damit sagen? Ist Stella Ihnen nicht treu? Das würde mich sehr bekümmern.«

Fielding zögerte. Er war im Hinblick auf seine Ehe nicht völlig glücklich. Seine physische Leidenschaft war noch einmal zurückgekehrt – das letzte Aufflackern der Sinnenkräfte vor Eintritt der mittleren Lebensjahre –, und er wußte, daß seine Frau seine Liebe nicht in gleicher Stärke erwiderte, und doch hätte er sich geschämt, sie allzusehr zu bedrängen. Aber während ihres Aufenthalts in Mau hatte sich die Lage ein wenig gebessert. Endlich schien es zwischen beiden ein Drittes, Verbindendes zu geben, wie es für den Bestand jeder ehelichen Beziehung unumgänglich ist. In der Sprache der Theologie zu reden: ihr Bund war gesegnet worden. Fielding durfte Aziz versichern, daß Stella ihm nicht nur in Treue ergeben war, sondern sich aller Voraussicht nach in noch wachsendem Maße an ihn gebunden fühlen werde. Und in dem Bemühen, etwas auszudrücken, was ihm selbst nicht ganz klar war, setzte er ein wenig lahm hinzu, daß verschiedenen Leuten eben verschiedene Anschauungen eigen wären. »Wenn Sie sich aber nicht mit Stella über den Marabar unterhalten wollen – warum dann nicht mit Ralph? Er ist im Grunde ein gescheiter, sogar ein weiser Junge. Und um bei unserm früheren Bild zu bleiben: er reitet ein Stückchen hinter ihr her, aber noch immer mit ihr zusammen.«

»Sagen Sie bitte auch ihm, daß ich ihm nichts mitzuteilen habe, aber er ist wirklich ein kluger Junge, und er wird irgendwo in Indien stets einen wahren Freund haben. Ich bin ihm zum Teil darum zugetan, weil er mich dazu gebracht hat, Ihnen Lebewohl zu sagen. Denn dies ist nun das Lebewohl, Cyril, auch wenn wir jetzt lieber nicht daran denken wollen – das würde uns nur unseren Ritt verderben und uns traurig stimmen.«

»Nein, wir wollen jetzt nicht daran denken.« Auch Fielding spürte, daß dies ihr letztes unbeschwertes Zusammensein war. All die törichten Mißverständnisse waren aufgeklärt, aber es gab keinen Rahmen mehr für eine spätere Zusammenkunft. Fielding hatte sich auf die Seite von Anglo-Indien geschlagen, denn er hatte eine Frau aus dem Land seiner Herkunft geheiratet, und sein Gesichtskreis hatte sich dementsprechend verengt, ja er spürte bereits so etwas wie Überraschung bei dem Gedanken an all das, was er früher einmal aufs Spiel gesetzt hatte. Würde er auch jetzt noch wagen, seinen eigenen Landsleuten um eines vereinzelten Inders willen Widerpart zu bieten? Aziz' Name war für ihn ein Memento, eine Trophäe, sie waren stolz aufeinander und doch – es gab keine andere Lösung: sie mußten scheiden. Und um dem letzten gemeinsamen Nachmittag das Bestmögliche abzugewinnen, zwang Fielding sich, in aller Vertrautheit von seiner Frau zu sprechen, dem Wesen, das seinem Herzen am nächsten war. Er sagte: »Von ihrem Standpunkt aus ist unser Besuch in Mau nicht vergeblich gewesen. Er hat ihr zur inneren Abklärung verholfen. Denn sie und ihr Bruder sind rastlos – sie hat hier irgendein Beruhigungsmittel gefunden, ein geheimes Heilkraut gegen ihre seltsamen Nöte.«

Und nach einem Augenblick des Schweigens – noch immer sog die Erde das Wasser in sich ein und es war, als werde in der Stille rings um sie her der Laut von ungezählten Küssen vernehmlich –

fuhr er fort: »Ist Ihnen übrigens etwas Genaueres von dem Krischna-Fest bekannt?«

»Mein lieber Freund – offiziell heißt es Gokul-Ashtami. Alle Ämter sind für die Zeit seiner Dauer geschlossen. Aber warum sollte es Sie oder mich sonst noch angehen?«

»Gokul ist das Dorf, in dem Krischna zur Welt gekommen – nun, mehr oder weniger zur Welt gekommen ist, denn die Beziehung zwischen Gokul und einem andern Dorf ist so wenig geklärt wie bei den Christen diejenige zwischen Nazareth und Bethlehem. Was ich aber herausfinden möchte, ist die tiefere, die geistige Bedeutung des Festes – sofern es überhaupt eine hat.«

»Es hat gar keinen Zweck, über Hindus mit mir sprechen zu wollen. Ich weiß auch nicht mehr von ihnen, seit ich mitten unter ihnen lebe. Wenn ich einmal fürchte, sie irgendwie zu verstimmen, verstimme ich sie gerade nicht – und umgekehrt. Vielleicht werden sie mir den Laufpaß geben, weil ich unversehens ihr Puppenhaus durcheinandergebracht habe. Vielleicht werden sie aber auch mein Gehalt verdoppeln. Die Zeit wird es lehren. Warum sind Sie in bezug auf Hindus nur so neugierig?«

»Nicht leicht zu erklären. Ich habe weder viel Verständnis noch auch Vorliebe für sie gehabt, es sei denn, daß mir manches an dem alten Godbole gefiel. Sagt der alte Bursche noch immer: ›Aber, aber‹?«

»Oh, vermutlich.«

Fielding seufzte, öffnete die Lippen, schloß sie wieder und sagte dann mit einem kurzen Auflachen: »Ich kann's nicht recht erklären, weil es nichts mit Worten zu tun hat. Warum haben aber meine Frau und ihr Bruder für den Hinduismus so viel übrig – ohne sich allerdings für seine äußeren Formen sonderlich zu interessieren? Darüber wollen sie nicht mit mir reden. Sie wissen, daß ich bestimmte ihrer Überzeugungen für abwegig halte, und deshalb wollen sie mir gegenüber nicht immer mit der Sprache heraus. Um so lieber sähe ich es also, wenn Sie sich einmal mit ihnen unterhalten wollten, denn Sie sind immerhin Orientale.«

Aziz ließ sich zu keiner Antwort herbei. Er wollte mit Stella und Ralph nicht noch einmal zusammentreffen, und er wußte, daß auch sie nicht den Wunsch hatten, ihn wiederzusehen, verspürte auch im Hinblick auf ihre Geheimnisse nicht allzu viel Neugier und hatte das Gefühl, daß der gute alte Cyril ein bißchen tolpatschig war. Irgend etwas – kein Bild, wohl aber ein Laut – schwirrte ihm durch den Sinn: er mußte unbedingt den an Miß Quested gerichteten Brief noch einmal überlesen. Hatte er ihr nicht eigentlich etwas anderes sagen wollen? Den Schreibstift hervorziehend, fügte er noch ein Postscriptum hinzu: »Was mich betrifft, so werde ich Ihren Namen in Zukunft mit dem in Verbindung bringen, der für mich ein heiliger Name ist – nämlich dem von Mrs. Moore.« Als er den Brief beendet hatte, war der Spiegel der Landschaft zersplittert, wie auch von der Wiese nichts anderes übriggeblieben war als die Schmetterlinge. Ein Gedicht über Mekka, die Kaaba, die Dornenbüsche, an denen die Wallfahrer auf immer die Augen schließen, bevor sie den Freund erblicken durften – das war das Nächste, was ihm durch den Sinn schwirrte. Er gedachte seiner Frau. Und dann kam die ganze seltsame Sturzbewegung, halb mystisch, halb sinnlich, die für sein inneres Leben so kennzeichnend war, an dem ihr vorbestimmten Punkt wie ein Bergrutsch zum Stillstand, und er sah sich wieder neben seinem lieben, munter weiterschwatzenden Cyril im Dschungel reiten.

»Oh, seien Sie doch ruhig«, sagte er. »Verderben Sie uns nicht die letzten Stunden mit törichten Fragereien. Lassen Sie Krischna aus dem Spiel, und reden Sie lieber von etwas Vernünftigem.«

Was er wünschte, geschah. Auf dem ganzen Rückweg nach Mau stritten sie über politische Fragen. Bei beiden waren seit den Tagen von Tschandrapur Haut und Knochen härter geworden, und eine richtige Katzbalgerei war ihnen darum um so willkommener. Sie schenkten einander wieder volles Vertrauen, auch wenn sie im Begriff standen, zu scheiden – vielleicht sogar, weil sie zu scheiden hatten. Fielding hatte, wie er erklärte, für Höflichkeit gar nichts mehr übrig – womit er sagen wollte, daß das britische Empire im Grunde gerade auf Grund seines Mangels an Höflichkeit Aussicht auf dauernden Bestand hatte. Aziz entgegnete: »Schön – und wir haben für euch nichts mehr übrig«, und starrte ihn mit einer Art unpersönlichen Hasses an. Fielding sagte: »Sobald ihr euch selbst überlassen bleibt, muß bei euch

Indern alles unfehlbar bergab- und schiefgehen. Denken Sie nur an das Kaiser-König-Gymnasium! Denken Sie an sich selbst – Sie lassen Ihre ganze medizinische Weisheit hinter sich und kehren wieder zu den Zauberformeln der Vorfahren zurück! Denken Sie an Ihre Gedichte!« – »Verdammt gute Gedichte – ich bringe sie jetzt übrigens in der Nähe von Bombay heraus.« – »Ja – und was haben Sie zu verkünden? Gebt unsern Frauen die Freiheit, und schon wird Indien selbst frei sein. Versuch es nur, mein Junge! Fangen Sie mal bei Ihrer eigenen Dame an – und wer wird dann Achmed, Karim und Dschemila das Gesicht waschen? Eine hübsche Situation!«

Aziz wurde immer erregter. Er stand nun aufrecht in den Steigbügeln und zog die Zügel scharf an – das Pferd sollte unbedingt bäumen. Denn dann erst durfte er sich fühlen wie ein Kämpfer im Schlachtgetümmel. Er rief: »Heraus mit euch, ihr Turtons und Burtons! Vor zehn Jahren hätten wir uns noch mit euch verständigen können – nun ist es dazu zu spät. Wenn wir jetzt in euren Komiteesitzungen mit euch zusammenkommen, dann nur aus politischen Gründen – macht euch da bitte nichts vor.« Ja, sein Pferd bäumte sich. »Heraus, heraus mit euch, sage ich! Warum haben wir so viel Bitteres zu schlucken gehabt? Bisher pflegten wir euch die Schuld dafür zuzuschieben – nun geben wir sie uns selbst. Wir sind klüger geworden. Solange England von wirklichen Schwierigkeiten verschont bleibt, verhalten wir uns still. Aber im nächsten europäischen Krieg – wartet nur! Dann ist unsere Zeit gekommen.« Er hielt inne, und wenngleich die Landschaft noch immer lächelte, drohte sie doch über ihnen zusammenzustürzen und jede menschliche Hoffnung unter sich zu begraben. Vorüber sprengten sie an einem dem Hanuman geweihten Tempel – also hat Gott die Welt geliebt, daß er sich nicht einmal scheute, Affengestalt anzunehmen –, vorüber auch an einem Schiwa-Tempel, der den Betrachter zu lustvollem Verweilen lud, dies aber unter dem Bild der Ewigkeit, denn die Zügellosigkeit seiner Darstellungen hatte nichts mehr mit Fleisch und Blut gemein. Unter den Hufen der Pferde spritzte das Wasser der Lachen auf, vor ihnen stoben Frösche und Schmetterlinge wild auseinander. Aus dem Bodengestrüpp hoben sich mächtige Bäume mit Blättern in Tellergröße. Die Schranken des Alltagslebens hatten ihren Schatten bereits vorausgeworfen, die Tore des Schreins sich fast schon wieder geschlossen.

»Wen wollen Sie denn statt der Engländer im Lande haben? Die Japaner vielleicht?« spottete Fielding, sein Pferd zügelnd.

»Nein, die Afghanen. Meine eigenen Vorfahren.«

»Oh, da werden sich aber Ihre Hindufreunde freuen, wie?«

»Man wird sich untereinander verständigen – ein Kongreß orientalischer Politiker.«

»Man wird sich in der Tat verständigen.«

»Offenbar die alte Geschichte: ›Die Inder werden, sich selbst überlassen, zwischen Peschawar und Kaschmir jeden Mann ausplündern und jede Frau vergewaltigen.‹ Ihr braucht nur dafür zu sorgen, daß so etwas von irgendeinem Herrn Namenlos oft genug wiederholt und dann im ›Pionier‹ jede Woche einmal angeführt wird – und schon, meint ihr, sind wir derart verängstigt, daß wir euch am liebsten gleich im Lande behielten! Wir wissen, wie man das macht!« Immerhin fand Aziz es nicht ganz einfach, sich die Afghanen im Rahmen von Mau vorzustellen, und da er sich in die Enge getrieben fühlte, veranlaßte er nochmals das Pferd, sich zu bäumen, bis er selbst sich daran erinnerte, daß er ein Mutterland hatte – oder wenigstens hätte haben sollen. »Indien muß eine Nation werden«, rief er. »Kein Fremder mehr im Land – welcher Art immer. Hindus und Moslems und Shiks – und alle sollen untereinander eins sein. Hurra! Ein Hurra für Indien! Hurra! Hurra!«

Indien eine Nation – was für ein Wunschbild! Keinen höheren Ehrgeiz zu haben als den, noch zu so später Weltstunde in die Gilde der grauen Schwestermächte, im 19. Jahrhundert begründet, aufgenommen zu werden! Das Land, dem früher nur das Heilige Römische Reich ebenbürtig gewesen war – mußte es nicht damit rechnen, mit Ländern wie Guatemala oder Belgien auf eine Stufe gestellt zu werden? Immer weiter spottete Fielding, und Aziz ließ in rasender Wut das Pferd hierhin und dorthin tänzeln – er wußte nicht, was er anstellen sollte, und rief: »Auf jeden Fall nieder mit den Engländern! Soviel ist sicher. Hinaus mit euch, ihr Burschen, sage ich euch, lieber heute als morgen! Wir Inder

mögen uns untereinander hassen – aber euch hassen wir noch mehr. Wenn ich euch nicht selber mit hinaustreiben helfe, dann wird Achmed, wird Karim es tun. Und wenn es fünfzigmal fünfhundert Jahre dauern sollte – wir werden euer Joch abschütteln. Ja, wir werden jeden verdammten Engländer in die See treiben und dann« – er galoppierte wutschnaubend an Fieldings Seite auf –, »und dann«, schloß er, ihm einen Arm um die Schulter werfend, als wolle er ihn umschlingen, »dann werden Sie und ich endlich Freunde sein.«
»Warum können wir nicht schon jetzt Freunde sein?« fragte der andere, zärtlich seinen Arm drückend. »Das ist es, was ich will – und was Sie wollen.«
Aber die Pferde wollten es nicht – sie drängten wieder in verschiedener Richtung. Die Erde wollte es nicht, denn sie türmte Felsen vor ihnen auf, zwischen denen sie sich einzeln hindurchzuzwängen hatten. Die Tempel, der Wassertank, das Gefängnis, der Palast, die Vögel, die Gerippe am Wege, das Gästehaus, das nun, da sie wieder ins Freie gelangten und Mau unter sich liegen sahen, in ihr Blickfeld rückte – das alles wollte es nicht. Das alles rief mit hundertfach verschiedener Stimme: »Nein, noch nicht«, und der Himmel bestätigte: »Nein, nicht jetzt und nicht hier.«

Glossar

ana	der sechzehnte Teil einer Rupie = 12 Pfennig
bakhti	Segen, Heil, Glückseligkeit
band-ghari	leichtes Gefährt, gewöhnlich zweirädrig wie tonga (s. d.)
bhang	Haschisch
bhil	Stallbursche, Pferdeknecht
Burrah Sahib	Spitzname für den obersten englischen Verwaltungsbeamten, auch von Engländern gebraucht
champak	indische Spielart des Magnolienstrauches
chhatri	Grabkammer
chhotra-hazri	leichtes Frühstück
chin-chin	in englischen Klubkreisen des Fernen Ostens kurz vor und kurz nach dem 1. Weltkrieg modische Trinkspruchformel, übernommen von der englischen Marine – Anglisierung des chinesischen ts'ing-ts'ing (bitte-bitte)
chunam	Kalk zur Bestäubung des die Arekanuß umhüllenden Betelblattes
chuprassi	indischer Amts-, Büro- oder Hausdiener
dais	Estrade, Podium
Dak bungalow	Logierhaus für in Indien reisende Ausländer
dhoti	Lendentuch
durbar	eigentlich: Audienzhalle, allgemeiner: Hofamt
durry	Wandteppich, Brücke
gram	scharfschmeckende indische Frucht, auch ›mungo‹ genannt
hakim	arab.: Arzt, Heilkünstler
hookah	Wasserpfeife
howdah	überdachter Sitz auf dem Rücken eines Elefanten
huzoor	Gebieter (auf indischer Seite etwa der englischen Anrede ›Sir‹ entsprechend)

izzat	persönliches Prestige, Ansehen
Lakh	100 000 Rupien (s. d.)
maidan	Parade-, Exerzierplatz
Mohurram (Muharrem)	der erste Monat des mohammedanischen Mondjahres, dessen erste zehn Tage festlich begangen werden
Nawab	mohammedanischer Fürsten- oder Adelstitel, verliehen von der britischen Regierung Indiens
nullah	ausgetrocknetes Flußbett
pan	narkotisches Kaumittel (Arekanuß, von Betelpfefferblatt umhüllt)
pargana	Teilgebiet eines größeren Verwaltungsdistrikts *(zillah)*
peon	Fußsoldat, Polizist
pujah	Andacht, Fest
pukka	entspricht etwa dem französischen ›comme il faut‹
punkah	Ventilator, Fächer, d. h. eine zumeist mit der Hand bediente Kühlungsvorrichtung
purdah	eigentlich Vorhang, im besonderen das durch den Vorhang abgeteilte Frauengemach oder allgemeiner: häusliche Abgeschiedenheit der Frau
raga	Melodietypus
Rupie	silberne Währungseinheit = etwa 2 Mark = 16 anas (s. d.)
ryot	Bauer, Pächter, Landmann
sadhu	mönchisch lebender Hindu
Sahib	›Herr‹; Titel, mit dem Europäer von Indern angeredet werden
sais	Kutscher
salaam	nach orientalischer Weise mit über der Brust gekreuzten Armen sich grüßend verneigen
tazia	Pappturm (Nachbildung eines aus der Geschichte des Islam bekannten Grabmals)
tonga	zweirädriger Karren nach Art der in Ostasien gebräuchlichen Rikschas
Vakil	indischer Advokatentitel (Vakil Sahib etwa ›Herr Rechtsanwalt‹)

Rohinton Mistry

Das Gleichgewicht der Welt

Roman

Aus dem Englischen von Matthias Müller

Band 14583

Man schreibt das Jahr 1975. Der Ort: Bombay. Hier treffen vier Menschen aufeinander: Dina Dalal, eine Frau, Anfang Vierzig und seit fast zwanzig Jahren verwitwet; Maneck Kohlah, ein Student aus dem Gebiet des Himalajas; Ishvar Darji, ein unglaublicher Optimist, und sein widerspenstiger junger Neffe Omprakash – zwei Schneider, die vor den unerträglichen Verhältnissen auf dem Land in die Stadt geflohen sind. Diese vier lernen sich kennen, achten und lieben und werden doch vom Schicksal wieder auseinandergerissen.

Rohinton Mistry holt weit aus und erzählt von den Lebenswegen, die diese Menschen zu dem gemacht haben, was sie sind. Seine großen erzählerischen Bögen führen den Leser von den grünen Tälern des Himalaja bis in die Straßen von Bombay. Er erzählt von Rajaram, dem Haarsammler; dem geschäftstüchtigen Bettlermeister, Herr über eine Bettlerarmee; oder Mr. Valmik, einem Korrekturleser, der eine Allergie gegen Druckerschwärze entwickelt.

Das Gleichgewicht der Welt läßt den indischen Subkontinent vor den Augen des Lesers entstehen – und es ist ein gewaltiges wie auch gewaltsames Bild einer Gesellschaft, die nur auf den ersten Blick fremd erscheint.

Fischer Taschenbuch Verlag

fi 2027 / 6

M. M. Kaye

Palast der Winde

Roman

Aus dem Englischen von Emil Bastuk

Band 28119

Indien im 19. Jahrhundert: Der junge Engländer Ash wächst im Schatten des Himalaja wie ein Hindu auf und fühlt sich weder im Land seiner englischen Vorfahren noch im Land seiner Kindheit akzeptiert. Er verliebt sich in Anjuli, eine indische Prinzessin, und versucht, in den blutigen Kolonialkriegen als Kundschafter zwischen Indern und Briten zu vermitteln. Mit »Palast der Winde« hat M. M. Kaye einen gewaltigen, leidenschaftlichen Roman geschrieben, der zu einem Weltbestseller geworden ist.

»*Palast der Winde* von M. M. Kaye ist nicht bloß
eine west-östliche Liebesromanze,
sondern ein faszinierender historischer Roman
von literarischer Qualität. «
Die Welt

Fischer Taschenbuch Verlag

fi 28119 / 1

Rohinton Mistry

So eine lange Reise

Ein Indien-Roman

Aus dem Englischen von Matthias Müller

Band 14006

Wie eine gut gelungene Mischung aus Grass und Rushdie (›Mitternachtskinder‹) nimmt sich dies indische Panorama von Rohinton Mistry aus. Lebendig, einfühlsam und humorvoll schildert er das Leben einer indischen Durchschnittsfamilie. Der Autor Rohinton Mistry verknüpft das Schicksal der Familie so geschickt mit den politischen und sozialen Problemen des Subkontinents, dass ein eindrückliches und witziges Porträt der zeitgenössischen indischen Gesellschaft entsteht mit allen ihren Facetten und Widersprüchen.

»Mistry ist ein echter literarischer Kartograph.
Er zeigt die wirkliche Welt. Es gelingt ihm, in einem
Wohnviertel die Besonderheiten, den Zauber und die
Tragödie eines ganzen Kontinents einzufangen.«
Michael Ondaatje

Fischer Taschenbuch Verlag

fi 14006 / 1

Rohinton Mistry

Die Quadratur des Glücks

Roman

Aus dem Englischen von Rainer Schmidt

Band 15635

Wie viel Liebe braucht es, um eine Familie zusammenzuhalten? Die Harmonie in Nariman Vakeels Haus in Bombay ist brüchig. Als der Patriarch einen Unfall hat, verändert sich das Leben seiner Tochter Roxana und aller Verwandten auf dramatische Weise.

»Voller Humor, mit liebevoller
Eindringlichkeit bringt Mistry uns das Leben
der Menschen nahe. Ein Traum, den wir alle gern träumen.
Der Inder Mistry hat uns viel zu sagen.«
Frankfurter Allgemeine Zeitung

»Ein Familienroman, wie er schöner nicht sein könnte.«
Brigitte

Fischer Taschenbuch Verlag

fi 15635 / 1

Rebecca Ryman
Shalimar
Roman
Aus dem Amerikanischen
von Manfred Ohl und Hans Sartorius
Band 14789

Delhi im Jahre 1889. Als Emma Wyncliffe dreiundzwanzig Jahre alt ist, stirbt ihr geliebter Vater bei einer Expedition im Himalaja. Nun trägt ihre Mutter allein die Sorge, ihre Tochter standesgemäß in der englischen Gesellschaft zu verheiraten. Aber Emma ist an einem Mann gar nicht interessiert. Ihr Ziel ist es, die wissenschaftliche Arbeit ihres Vaters zu vollenden und zu veröffentlichen. Eines Tages tritt unerwartet ein Fremder in Emmas Leben: Damien Granville. Keiner weiß Genaueres über diesen Mann, der angeblich wegen Geschäften aus Kaschmir angereist ist und alle Frauenherzen Delhis höher schlagen lässt. Er wirbt um Emma, doch sie weist ihn schroff zurück. Als ihr Bruder bei einem Glücksspiel das Haus der Familie an Granville verliert, wendet Emma sich an ihn. Damien Granville ist nur unter einer Bedingung bereit, die Spielschuld zu erlassen: Emma soll seine Frau werden. Und so folgt Emma einem Fremden nach Kaschmir. Doch je tiefer Emma in sein Geheimnis eindringt, um so weiter öffnet sich ihr Herz für diesen Mann, der einen gefährlichen Plan verfolgt.

Fischer Taschenbuch Verlag

fi 14789 / 1

Rebecca Ryman

Wer Dornen sät

Roman

Aus dem Amerikanischen

von Manfred Ohl und Hans Sartorius

Band 13407

Kalkutta 1871. Olivia Raventhorne ist mit ihrer Tochter Maja und ihrem Sohn Amos von Hawaii nach Indien zurückgekehrt. Ihr Mann Jai, ein Eurasier, soll während einer Meuterei von der Kolonialmacht als Verräter gehängt worden sein. Olivias Lebensinhalt ist seitdem der verzweifelte, aber erfolglose Kampf um seine Rehabilitierung. Die Raventhornes sind Ausgestoßene in jener Welt der selbstgerechten britischen Kolonialherren. Amos leitet das Familienunternehmen Trident und wird zumindest in der Geschäftswelt akzeptiert, aber Maja leidet unter dem Stigma, ein Halbblut und die Tochter eines Verräters zu sein. Sie möchte einen weißen Ehemann und fort von Indien. Christian Pendlebury, ein junger Beamter der Kolonialverwaltung, trifft in Kalkutta ein und verliebt sich in Maja. Aber da ist auch Kyle Hawkesworth, ebenfalls Halbblut, ein Intellektueller und unerbittlicher Gegner der verlogenen europäischen Gesellschaft. Maja lehnt ihn ab, weil er sie immer wieder an ihre Abstammung erinnert. Am Ende stehen Maja und Kyle ernüchtert, mit neuem Bewußtsein vor einem Anfang, vor der Verwirklichung eines Traumes.

Fischer Taschenbuch Verlag

fi 13407 / 1

Rebecca Ryman

Wer Liebe verspricht

Roman

Aus dem Amerikanischen

von Manfred Ohl und Hans Sartorius

Band 11186

1848 trifft die 22-jährige Amerikanerin Olivia auf Einladung ihrer Tante in Indien ein. Lady Bridget sucht für ihre Nichte einen Ehemann, doch Olivia erstickt an der Enge und Steifheit der so genannten guten Gesellschaft wohlsituierter englischer Kolonialherren und sehnt sich nach der Freiheit ihrer amerikanischen Heimat. Da begegnet sie Jai Raventhorne, dem illegitimen Sohn eines Engländers und einer Inderin aus ärmlichen Verhältnissen. Er ist ein Fremder, ein Ausgestoßener in dieser vorurteilsvollen und selbstgerechten Welt der britischen Kolonie, aber er erobert Olivia im Sturm. Dem Gleichklang der Herzen folgen Qualen der Aussichtslosigkeit, denn Jai lässt es nicht zu, dass sie sich seiner Vergangenheit, seinem Wesen nähert. Eines Tages verlässt Jai Olivia, und aus ihrer hingebungsvollen Liebe wird unerbittlicher Hass. Ihr Wunsch nach Rache ist von derselben Intensität wie einst ihre Liebe für Jai.

Ein Roman vor dem farbenprächtigen Hintergrund Indiens, seiner exotischen Schönheit und der Dramatik einer verbotenen Liebe in einer Zeit strenger gesellschaftlicher Konventionen.

Fischer Taschenbuch Verlag

fi 11186 / 2